BASTEI
LÜBBE

Von W. E. B. Griffin sind bei
BASTEI-LÜBBE erschienen:

PHILADELPHIA-COPS

13 625 Band 1 – Männer in Blau
13 657 Band 2 – Sonderkommando
13 677 Band 3 – Das Opfer
13 713 Band 4 – Der Augenzeuge
13 732 Band 5 – Der Bombenleger
13 768 Band 6 – Das Mordkomplott

SOLDATEN-SAGA

13 173 Band 1 – Lieutenants
13 181 Band 2 – Captains
13 196 Band 3 – Majors
13 203 Band 4 – Colonels
13 209 Band 5 – Green Berets
13 217 Band 6 – Generals
13 289 Band 7 – Die neue Generation
13 325 Band 8 – Die Flieger

DAS MARINE-CORPS

13 335 Band 1 – Shanghai
13 355 Band 2 – Wake Island
13 369 Band 3 – Von Pearl Harbor nach Guadalcanal
13 389 Band 4 – Inferno im Pazifik
13 424 Band 5 – Die Beobachter von Buka Island
13 478 Band 6 – Hölle auf den Salomonen
13 612 Band 7 – Geheimauftrag Buenos Aires

In Vorbereitung:

13 786 Band 8 – Hinter den Linien (August 1996)

W.E.B. GRIFFIN

Das Mordkomplott

Ins Deutsche übertragen
von Joachim Honnef

PHILADELPHIA COPS

BASTEI LÜBBE

BASTEI-LÜBBE-TASCHENBUCH
Band 13 768

Erste Auflage
Juni 1996

Deutsche Lizenzausgabe 1996
Bastei-Verlag Gustav H. Lübbe
GmbH & Co., Bergisch Gladbach
Originaltitel:
The Murderers
Lektorat: Rainer Delfs
Titelbild: Monica/Norma Agency,
Barcelona
Umschlaggestaltung:
Quadro Grafik, Bensberg
Satz: KCS GmbH,
Buchholz/Hamburg
Druck und Verarbeitung:
Brodard & Taupin, La Flèche,
Frankreich
Printed in France

ISBN 3-404-13768-X

Der Preis dieses Bandes
versteht sich einschließlich der
gesetzlichen Mehrwertsteuer

1

Officer Jerry Kellog vom Rauschgiftdezernat des Philadelphia Police Department hatte irgendwo gehört, daß man am besten lächelte, wenn etwas schiefging und man in die Mündung einer Waffe schaute. Das Lächeln sollte dem Typen mit der Kanone die Nervosität nehmen, es unwahrscheinlicher machen, daß er einfach aus Angst abdrückte.

Er hatte bisher keine Gelegenheit gehabt, die Theorie in der Praxis zu erproben – er hätte nie erwartet, daß irgendein Bastard ihn in seiner eigenen Küche mit einer Waffe bedrohte –, aber er hob die Hände in Schulterhöhe und lächelte.

»Kein Problem«, sagte Jerry. »Du bekommst, was auch immer du willst.«

»Hast du ein Wadenholster, du Scheißer?« fragte der Mann mit der Waffe.

Jerry registrierte automatisch: *männlicher Weißer, achtzig bis fünfundachtzig Kilo, etwa ein Meter achtzig groß, kräftig, hellbraunes Haar, keine Narben oder besonderen Merkmale, .38er Special Smith & Wesson mit Fünf-Zoll-Lauf, dunkelblauer Rollkragenpullover, dunkelblaue Windjacke, Bluejeans, hohe Arbeitsschuhe.*

»Nein. Ich meine, ich habe eins. Aber ich trage es nicht. Es scheuert an der Wade.«

Das stimmte.

Menschenskind, das ist meine Waffe! Ich habe sie in der Diele an die Garderobe gehängt, als ich heimkam. Dieser Dreckskerl hat sich die Waffe geschnappt. Und deshalb will er wissen, ob ich noch eine habe.

»Zieh die Hosenbeine hoch!« sagte der Dreckskerl.

»Klar. Mach' ich.« Jerry bückte sich und zog erst das linke Hosenbein hoch, dann das rechte.

Er erinnerte sich an das Lächeln und sagte: »Sieh mal, das sieht nach einer heiklen Lage aus. Aber bis jetzt ist es noch nicht so schlimm, wie es sein könnte ...«

»Halt das verdammte Maul!«

»In Ordnung.«

»Wer sonst ist hier?«

»Keiner«, antwortete Jerry, und als er Mißtrauen oder Ungläubigkeit in den Augen des Dreckskerls sah, fügte er hastig hinzu: »Ehrlich niemand. Meine Frau hat mich verlassen. Ich wohne hier allein.«

»Ich hab' die dreckigen Teller im Spülstein gesehen«, sagte der Dreckskerl und wertete das ungespülte Geschirr, das sich in drei oder vier Tagen angesammelt hatte, als Beweis, daß er die Wahrheit sagte.

»Sie ist mit einem anderen Cop durchgebrannt, glaubst du mir das?«

Der Dreckskerl schaute ihn an, zuckte mit den Schultern und sagte: »Dreh dich um.«

Er wird mir auf den Hinterkopf schlagen. O Gott, das ist gefährlich. Es ist nicht wie in den verdammten Filmen. Wenn man jemanden auf den Kopf schlägt, kann man ihn mit einem Schädelbruch töten.

Jerry drehte sich um, die Hände immer noch in Schulterhöhe erhoben.

Vielleicht hätte er versuchen sollen, ihm die Waffe aus der Hand zu treten. Aber dann hätte er abdrücken können.

Jerrys Schultern spannten sich an. Er wartete auf den Hieb.

Der Dreckskerl hob den Smith & Wesson und feuerte in Jerrys Hinterkopf. Und als Jerry zusammenbrach, schoß er noch einmal, leicht vorgeneigt, um sicherzustellen, daß die zweite Kugel ebenfalls ins Gehirn traf.

Dann ließ er den Smith & Wesson sinken und auf das Linoleum von Jerry Kellogs Küchenboden fallen.

»Wo, zum Teufel ...«, fragte Sergeant Patrick J. Dolan vom Rauschgiftdezernat mit lauter Stimme, legte eine Pause ein, um sicherzustellen, daß er die Aufmerksamkeit der sieben Männer der Abteilung fünf hatte, und beendete die Frage, »... ist Kellog?«

Keine Antwort außer einem Schulterzucken.

»Ich habe dem Hurensohn gesagt, daß ich ihn um Viertel nach acht sehen will«, grollte Sergant Dolan. »Dem werde ich den Arsch aufreißen!«

Er schaute empört in die Runde, machte kehrte und verließ den Raum.

Sergeant Patrick J. Dolan wurde von den Beamten der Abteilung fünf des Rauschgiftdezernats – oder, was das anbetraf, von allen im gesamten Rauschgiftdezernat mit Ausnahme von Lieutenant Michael J. ›Mick‹ Mikkles – nicht als prima Kerl und feiner Polizeibeamter betrachtet, unter dem man gern arbeitete. Im Gegenteil. Wenn man die Beamten des Rauschgiftdezernats aufgefordert hätte, Sergeant

Dolan mit einem Wort treffend zu beschreiben, wäre am meisten das Wort ›Arschloch‹ gewählt worden, dicht gefolgt von ›Scheißkerl‹.

Das heißt nicht, daß er kein guter Polizeibeamter war. Er war seit über zwanzig Jahren im Job, seit zehn Jahren Sergeant und seit sieben Jahren im Rauschgiftdezernat. Er war ein erfahrener Ermittler, ziemlich intelligent und ein harter Arbeiter. Selten unterliefen ihm Fehler oder Fehleinschätzungen. Dolans Problem war, wie Officer Tom Coogan mal in der Algood Bar nach Feierabend gesagt hatte, daß er fest davon überzeugt war, niemals Fehler zu machen oder sich Fehleinschätzungen zu erlauben, sondern daß er auch gar nicht fähig dazu war.

Tom Coogan war seit acht Jahren im Job, fünf davon in Zivil beim Rauschgiftdezernat. Aus Gründen, die weder er noch seine Kollegen verstanden, hatte er keine der beiden Prüfungen bestanden, an denen er teilgenommen hatte, um befördert zu werden. Manchmal ärgerte er sich darüber; er war überzeugt, daß er mindestens genauso gescheit und gut im Ermitteln wie ungefähr die Hälfte der Detectives war, die er kannte. Andererseits tröstete er sich mit dem Gedanken, daß er lieber seinen jetzigen Dienst hatte, als zum Beispiel bei Einbruchsdiebstählen für die Kripo Nordost zu ermitteln. Und mit dem Überstundenlohn, den er beim Rauschgiftdezernat erhielt, verdiente er soviel wie ein Sergeant oder Lieutenant in einem der Distrikte, also konnte er recht zufrieden sein.

Coogan hatte keine Ahnung, warum Dolan Jerry Kellog zu einer Versammlung am frühen Morgen bestellt hatte oder warum Kellog nicht aufgetaucht war, aber ihm fielen eine Reihe von Möglichkeiten ein, wovon die wahrscheinlichste war, daß Kellog die Sache einfach vergessen hatte. Eine andere, etwas weniger wahrscheinliche Möglichkeit war, daß Kellog verschlafen hatte. Seit er von seiner Frau verlassen worden war, trank er mehr und öfter, als gut für ihn war.

Seine Frau hatte ihn nicht nur verlassen – gescheiterte

Ehen sind nichts Ungewöhnliches bei der Polizei –, sondern sie war zu einem anderen Cop gezogen. Die Frau eines Polizeibeamten, die das Ehebett verließ, weil sie sich sagt, daß das Leben als Polizistenfrau nichts für sie ist, kann das verständnisvolle Mitleid seiner Kollegen erwarten. Kellogs Frau war jedoch aus dem Bett eines in Zivil arbeitenden Beamten das Rauschgiftdezernats in das Bett eines Detectives der Mordkommission gewechselt. Das war etwas anderes. Es gab eine unausgesprochene Vermutung, daß sie vielleicht gute Gründe hatte – von Kellogs schlechtem Verhalten bis zu der Möglichkeit, daß der Detective der Mordkommission ihr im Bett etwas geben konnte, was Kellog ihr nicht hatte bieten können.

In seiner derzeitigen Lage konnte Jerry Kellog keine Schwierigkeiten von Sergeant Patrick J. Dolan gebrauchen, die von einem simplen Anschiß bis zu einem offiziellen Tadel und einer Eintragung in die Personalakte reichen konnten, weil er eine dienstliche Anweisung ignoriert hatte.

Tom Coogan war kein Busenfreund von Jerry Kellog, aber sie arbeiteten zusammen, und Kellog hatte Coogan mehrmals aus der Patsche geholfen, und er stand in seiner Schuld. So ging Coogan zu seinem Telefon, nahm aus dem kleinen Regal die Liste mit Telefonnummern, suchte Kellogs Namen heraus und wählte die Nummer.

Die Leitung war besetzt.

Zwei Minuten später versuchte Coogan es von neuem. Immer noch besetzt.

Mit wem, zum Teufel, redet er? Vielleicht mit seiner Frau? Mit einer anderen Nutte? Mit seiner Mutter? Telefoniert er dienstlich?

Scheiße! Irgendwie muß ich ihn herrufen und ihm Dolan vom Hals schaffen.

Coogan versuchte es noch einmal, und als er wieder das Besetztzeichen hörte, drückte er die Gabel nieder und wählte die Vermittlung.

»Hier ist Police Officer Thomas Coogan, Dienstmarkennummer 3621. Ich habe versucht, 555-2330 zu erreichen. Dies ist ein dringender Fall. Unterbrechen Sie bitte sein Gespräch.«

»Da ist niemand in der Leitung, Sir«, meldete der Telefonist eine halbe Minute später. »Vermutlich ist der Hörer nicht aufgelegt.«

»Danke«, sagte Coogan.

Daß der Hörer nicht aufgelegt ist, heißt nicht, daß er nicht zu Hause ist. Er kann besoffen heimgekehrt sein und das Telefon umgeworfen haben, bevor er ins Bett fiel. Oder er hat ihn absichtlich abgenommen, damit er nicht gestört wird. Vielleicht liegt er im Bett und pennt seinen Rausch aus.

Jetzt stellte sich für Tom Coogan die Frage, was er als nächstes tun sollte. Er wollte nicht den ganzen Weg bis zu Kellogs Wohnung fahren. Dafür gab es eine Reihe von Gründen, unter anderem, daß Sergeant Dolan ihn wahrscheinlich fragen würde, wo, zum Teufel, er sich herumtrieb.

Er überlegte, griff wieder zum Telefon und wählte.

»25. Distrikt, Officer Greene.«

»Tom Coogan, Rauschgiftdezernat. Wer ist der Schichtleiter?«

»Corporal Young.«

»Darf ich bitte mit ihm sprechen?«

Er kannt Corporal Eddie Young.

»Tom Coogan, Eddie, wie geht's dir?«

»Kann nicht klagen, Tom. Was hast du auf dem Herzen?«

»Ich möchte dich um einen Gefallen bitten.«

»Versuch's. Mehr als ›nein‹ kann ich nicht sagen.«

»Es geht um einen unserer Jungs, Jerry Kellog, kennst du den?«

»Nein.«

»Er wohnt West Luray Street 300. Dort sollte er sein. Unser Sergeant ist stinksauer, weil er nicht antanzt. Kannst du jemand zu dem Haus schicken, ihn wecken und ihm sagen lassen, daß er sofort herkommen muß? Ich habe versucht, ihn anzurufen. Der Hörer liegt nicht auf der Gabel. Ich denke, Kellog hat verpennt.«

»Gib mir noch mal die Adresse, und die Sache ist geritzt. Dann schuldest du mir einen Gefallen.«

Ein fast neuer Buick bog von der 7th Street auf den Parkplatz hinter dem Polizeipräsidium von Philadelphia. Der Fahrer, Mr. Michael J. O'Hara, ein drahtiger, kraushaariger Mann Ende Dreißig, fuhr eine flotte Runde über den Parkplatz, fand keinen freien Platz, stoppte dann direkt vor der Hintertür des Präsidiums und stieg aus. Ein junger Polizeibeamter, der gerade ein Jahr im Dienst war und seit drei Tagen Dienst im Präsidium hatte, fing Mr. O'Hara auf dem Weg zur Tür ab.

»Verzeihung, Sir«, sagte er. »Sie können Ihren Wagen dort nicht lassen.«

Mr. O'Hara lächelte über die ziemlich nette Naivität des jungen Polizisten.

»Das ist okay, Sohn«, erwiderte er. »Ich bin Commissioner Czernicks Buchmacher.«

»Wie bitte?« der junge Polizeibeamte glaubte, sich verhört zu haben.

»Der Polizeichef«, fuhr Mr. O'Hara fort und amüsierte sich jetzt, »setzte zwei Dollar auf einen krassen Außenseiter. Der Klepper gewann und brachte ihm über zweihundert ein. Der Commissioner sagte, ich kann parken, wo ich will, wenn ich komme, um ihn auszuzahlen.«

Der junge Beamte fühlte sich unbehaglich, und sein Unbehagen wurde noch verstärkt durch das Auftauchen von Chief Inspector Heinrich ›Heine‹ Matdorf, Ausbildungsleiter der Polizei von Philadelphia, an den sich der junge Polizist sehr deutlich aus den Tagen auf der Polizeischule erinnerte. Es war das erste Mal, daß der junge Beamte ihn jemals lächeln gesehen hatte.

»Was haben Sie ihm erzählt?« fragte Chief Matdorf.

»Ich habe ihm gesagt, ich bin Czernicks Buchmacher.«

»Mensch, Mickey!« Matdorf lachte und klopfte ihm auf den Rücken.

Wie der junge Polizeibeamte bereits argwöhnte, war der Buickfahrer kein Buchmacher. Mr. Michael J. ›Mickey‹ O'Hara war in Wirklichkeit Reporter und Pulitzer-Preisträger, der für die Zeitung *Philadelphia Bulletin* arbeitete. Es gab wenig Zweifel bei seinen Kollegen – und absolut keinen bei ihm selbst –, daß er der beste Polizeireporter zwischen Boston und Washington war und vielleicht auch noch darüber hinaus.

Mickey O'Hara reichte Matdorfs Fahrer, einem Sergeant, die Hand.

»Guten Tag, Mr. O'Hara«, sagte der Sergeant in respektvollem Tonfall.

»Heine«, fragte O'Hara, »haben Sie hier genug Beziehungen, um diesem feinen jungen Polizeibeamten zu sagen, daß ich hier parken darf?«

Chief Matdorf wandte sich an den jungen Beamten. »Wenn er das Gebäude betritt, lassen Sie sofort die Luft aus seinen Reifen.«

»Vielen Dank, Heine.«

»Was ist los, Mickey?«

»Ich habe gehofft, Sie können mir das vielleicht sagen«, erwiderte O'Hara.

»Soweit ich weiß, ist nicht viel los. Es kam nichts über Funk.«

»Ich weiß«, sagte O'Hara.

»Haben Sie den Polizeifunk abgehört?« fragte Matdorf.

»Ich muß den Commissioner auszahlen«, sagte O'Hara. »Und ich dachte, ich kann mir vielleicht die Nachtmeldungen ansehen.«

Die Nachtmeldungen waren Berichte von den verschiedenen Distrikten und allen Abteilungen des Philadelphia Police Department über außergewöhnliche Aktivitäten der Polizei über Nacht, den ranghohen Polizeibeamten zu ihrer allgemeinen Information vorgelegt.

Es waren interne Informationen der Polizei, die nicht für die Öffentlichkeit oder die Medien bestimmt waren. Mr.

Michael J. O'Hara, Mitglied der Öffentlichkeit und Journalist, war nicht berechtigt, diese Informationen zu sehen.

Aber Mickey O'Hara hatte eine besondere Beziehung zur Polizei von Philadelphia. Er steckte sie nicht in die Tasche, nutzte seine journalistischen Fähigkeiten nicht zu Anbiederung und Lobhudeleien, aber andererseits suchte er auch nicht nach Geschichten, mit denen er die Polizei und ihre Beamten schlechtmachen konnte. Und noch wichtiger, man konnte ihm vertrauen. Was man ihm inoffiziell sagte, behielt er für sich.

»Dann kommen Sie rein«, sagte Chief Matdorf. »Ich spendiere Ihnen sogar eine Tasse Kaffee.«

Er ergriff O'Hara am Arm und führte ihn zur Hintertür des Gebäudes. Es gibt einen Vordereingang mit Blick auf das Metropolitan Hospital, doch er ist normalerweise abgeschlossen. Durch den Hintereingang gelangt man in eine kleine Halle. Gleich neben dem Eingang sitzt ein uniformierter Polizeibeamter hinter einem Schalter mit dickem, kugelsicherem Glas und kontrolliert den Zugang ins Gebäude.

Rechts führt ein Gang am Kautionsbüro, am Büro zur Vernehmung zur Anklage und dem Büro des Haftrichters vorbei. Das städtische Gericht ist ein schmaler Raum, der vom Gang durch dicke Glasscheiben abgegrenzt ist. Auf dem Flur gibt es Sitze für Zuschauer. Weiter rechts ist der Eingang zum Arrestraum, praktisch ein Untersuchungsgefängnis, in das Gefangene von den verschiedenen Distrikten gebracht und nach einem Aufenthalt in den Zellen im Kellergeschoß vor den Richter geführt werden, der die Kaution festsetzt. Diejenigen Gefangenen, die nicht gegen Kaution auf freien Fuß gesetzt werden und keine Kaution aufbringen können, werden in die Strafanstalt gebracht, männliche ins ›Detention Center‹, weibliche ins ›House of Correction‹.

Als der Corporal hinter der kugelsicheren Scheibe Chief Matdorf sah, drückte er auf den Türöffner. Die Tür wurde mit einem Summton entriegelt. Matdorf schob sie auf und winkte O'Hara hindurch in die Halle des Präsidiums, deren Betreten der allgemeinen Bevölkerung versagt ist.

Sie gingen zu den Aufzügen, vorbei an den Fotos von Polizeibeamten, die im Dienst und der Erfüllung ihrer Pflicht getötet worden waren. Als sie zu den Aufzügen gelangten, öffnete sich die Tür eines Aufzugs, und ein halbes Dutzend Leute stieg aus, darunter Chief Inspector Dennis V. Coughlin und Inspector Peter Wohl.

»Hallo, Mickey«, begrüßte Chief Coughlin ihn lächelnd und reichte ihm die Hand.

»Hey, Mick«, sagte Wohl und begrüßte erst O'Hara und dann Chief Matdorf per Handschlag.

Mickey O'Hara spürte sofort, daß etwas nicht stimmte.

Trotz dieser herzlichen Begrüßung freut sich keiner dieser beiden, mich zu sehen. Das bedeutet, daß etwas los ist, was sie mir jetzt lieber nicht sagen wollen. Und was treiben die beiden zusammen so früh am Morgen?

»Was ist los, Mickey?« fragte Chief Coughlin.

»Ich hatte gehofft, Sie würden es mir vielleicht sagen.«

Chief Coughlin zuckte mit den Schultern, als wäre nichts los.

Blödsinn, Denny, da ist was im Busch!

»Ich dachte mir, ich sehe mir die Berichte von dieser Nacht an«, sagte O'Hara.

»Sie liegen auf meinem Schreibtisch, Mick«, sagte Coughlin. »Sagen Sie Veronica, daß Sie meine Erlaubnis haben, sich die Berichte anzusehen.«

Veronica Casey war Coughlins Sekretärin.

»Danke, Denny«, sagte O'Hara. »Es war schön, Sie zu sehen. Und Sie, Peter.«

Sie schüttelten sich wieder die Hände. Chief Coughlin und Inspector Wohl verließen das Präsidium durch die Hintertür. Mickey ging mit Chief Matdorf und dessen Fahrer in die Aufzugkabine.

»O Gott, ich hab' etwas im Wagen vergessen«, sagte O'Hara und verließ den Aufzug.

O'Hara ging gerade noch rechtzeitig durch die Hintertür, um zu sehen, daß Coughlin und Wohl ungewöhnlich schnell zu ihren Wagen eilten. Er blieb an der Tür, bis sie beide in ihren Autos waren und davonfuhren. Dann verließ er das Gebäude, setzte sich schnell hinters Lenkrad seines Buick und folgte ihnen, als sie vom Parkplatz fuhren.

Diese beiden fahren irgendwohin, wo es etwas Interessantes gibt, und sie hoffen, daß ich dort nicht auftauchen werde, dachte O'Hara.

Er schaltete alle drei Kurzwellenempfänger an, die unter dem Armaturenbrett angebracht waren. Die Empfänger in Mickey O'Haras Wagen waren die besten, die man mit dem Geld des *Philadelphia Bulletin* kaufen konnte. Sie konnten jede der zehn verschiedenen Frequenzen empfangen, welche die Polizei von Philadelphia benutzte.

Eine der Frequenzen war das allgemeine Band (J-Band genannt), zu dem jedes Polizeifahrzeug Zugang hatte. Jede von Philadelphias sieben Polizeikategorien hatte ihre eigene Funkfrequenz. Eine achte Frequenz (H-Band) diente ausschließlich der Benutzung von ermittelnden Einheiten (Kripo, Rauschgiftdezernat, Überwachung, Abteilung Organisiertes Verbrechen et cetera). Und weil Bürgermeister Jerry Carlucci vom Kongreß all das Geld für das Anti-Crime-Team erhalten hatte, gab es ein spezielles Band (W-Band), das ausschließlich von der Special Operations Division (einschließlich Highway Patrol) benutzt wurde.

Normale Polizeifahrzeuge waren auf die Benutzung von zwei Bändern beschränkt, auf das allgemeine J-Band und entweder auf die Frequenz der Abteilung oder das H-Band (Kripo).

Mickey schaltete eines der Funkgeräte auf das allgemeine J-Band, das zweite auf das H-Band (Kripo) und das dritte auf das W-Band (Special Operations). Er sagte sich ein wenig selbstgefällig, daß er über eine der Frequenzen bestimmt erfahren würde, wenn etwas Interessantes los war oder wenn Wohl und Coughlin miteinander sprachen.

Es wurde schnell klar, daß die beiden ein gemeinsames Ziel hatten und sich beeilten, dorthin zu gelangen. Wohl blieb dicht hinter Coughlin, als sie durch die Innenstadt und am Schuylkill River entlangfuhren.

Über Funk kam jedoch nichts von Interesse, und das störte empfindlich Mickeys Schadenfreude, daß er Denny Coughlin und Peter Wohl ausgetrickst hatte.

Gut möglich, daß diese beiden Bastarde mich verarschen. Sie sahen, daß ich sie beim Verlassen des Präsidiums beobachtet habe, und bevor ich in meinen Wagen stieg, sagte einer zum anderen über Funk: ›Wenn Mickey uns folgt, machen wir mit ihm 'ne kleine Rundreise durch Philly‹. Sie haben vermutlich überhaupt kein bestimmtes Ziel, und nachdem ich ihnen kreuz und quer durch die Stadt gefolgt bin, stoppen sie bei irgendeiner Kneipe, bestellen Kaffee und erwarten mich mit breitem Grinsen.

O'Hara sagte sich gerade, daß dies sehr wahrscheinlich war, als es im Funk Aktivität gab.

»William eins.«

»William eins«, meldete sich Peter Wohl.

»William zwei bittet um Position.«

Mickey wußte, daß William zwei der Funkname von Captain Mike Sabara war – Wohls Stellvertreter.

»Informieren Sie William zwei, daß ich auf dem Weg nach Chestnut Hill bin und ihn von dort aus anrufen werde.«

Verdammt, sie haben mich reingelegt! dachte O'Hara. *Die beiden sind auf dem Weg zum Haus von Dave Pekachs Freundin. Sie gibt übermorgen eine Party, und sie besprechen noch etwas. So muß es sein. Weshalb sonst würden die beiden am Morgen nach Chestnut Hill fahren?*

Mickey bog vom Schuylkill Expreßway auf den Roosevelt Boulevard ab.

Ich werde im Franklin Diner frühstücken und dann heimfahren.

Er neigte sich zu seinem dritten Funkgerät hinab und schaltete den Empfang von der Frequenz der Special Operations auf den Polizeifunk der Abteilungen Philadelphia Ost. Er tat es, ohne zu denken. Es war ein pawlowscher

Reflex, wann immer er von einem Polizeidistrikt in einen anderen fuhr.

Und da tat sich etwas im 25. Distrikt.

»Fünfundzwanzig siebzehn«, sagte jemand.

»Fünfundzwanzig siebzehn«, ertönte sofort die Antwort.

»Dies ist ein Fünf-zwei-neun-zwei, ein dienstfreier Drei-sechs- neun.«

Mickey kannte die Kürzel des Polizeifunks so gut wie jeder Polizeibeamte. Ein Fünf-zwei-neun-zwei, ein dienstfreier Drei-sechs-neun bedeutete, daß der Beamte die Entdeckung einer Leiche meldete, die eines Cops, der dienstfrei gehabt hatte.

Eine Leiche, sogar die eines Cops, war nicht zwangsläufig gut für eine Schlagzeile auf der Titelseite, aber Mickey spitzte die Ohren.

»Fünfundzwanzig A«, rief der Mann in der Funkzentrale.

»Fünfundzwanzig A«, meldete sich der Sergeant auf Streife vom 25. Distrikt. »Welche Position?«

»West Luray Street 300.«

»Verstanden«, erwiderte 25 A. »Bin unterwegs.«

Und dann klickte es bei Mickey.

Er blickte in den Rückspiegel, trat auf die Bremse, wendete und fuhr zur West Luray Street 300.

Eines der inoffiziellen Privilegien als Chef der Highway Patrol bestand darin, daß er zu Hause abgeholt und zur Arbeit gefahren wurde, ein Vorrecht, das normalerweise nur Chief Inspectors genossen. Ein Wagen der Highway Patrol stand scheinbar zufällig jeden Tag in der Nähe herum, wenn der Chef zur Arbeit aufbrach. Captain David Pekach verzichtete jedoch normalerweise darauf, diese höfliche Geste zu nutzen. Er bezeichnete es als unpassend, besonders weil Inspector Peter Wohl, sein Vorgesetzter, für gewöhnlich selbst fuhr.

Das stimmte natürlich, aber Captain Pekach hatte einen

anderen Grund, auf das Privileg zu verzichten, zu Hause abgeholt, zur Arbeit gebracht und nach Feierabend heimgefahren zu werden. Seit er Miss Martha Peebles kennengelernt hatte, war es äußerst selten, daß er sein erschöpftes Haupt auf das eigene Kissen in seinem kleinen Apartment bettete.

Pekach war der Ansicht, daß jeder leitende Polizeibeamte – und er war der Leiter der Highway Patrol, was ihn zu einem besonderen leitenden Polizeibeamten machte – ein gutes Beispiel sowohl im beruflichen als auch im privaten Leben für seine Untergebenen abgeben sollte. Die Beamten der Highway Patrol würden nicht verstehen, daß seine Beziehung zu Martha auf Liebe von der reinsten Art basierte, eine Beziehung, die er in sehr naher Zukunft vor Gott und den Menschen mit dem heiligen Ehestand würdigen würde.

Er war äußerst empfindlich bei den Gedanken seiner Kollegen – der grausamste ›Scherz‹, den er gehört hatte, war die Formulierung gewesen ›um reich zu werden, muß man einen Pimmel wie ein Maultier haben und eine fünfunddreißigjährige steinreiche Jungfrau finden‹ –, und wenn seine Freunde und Kollegen im Rang des Captains schon nicht verstehen konnten, was ihn und Martha miteinander verband, dann konnte er nicht mehr von den einfachen Cops erwarten.

Wenn er jeden Tag bei Marthas Haus abgeholt und abgesetzt wurde, würde es Gerede geben. So fuhr er selbst. Und es ging keinen etwas an, daß er von der Telefongesellschaft seine Telefonnummer von seinem Apartment auf Marthas Haus hatte umschalten lassen, damit er einen Anruf in seinem Apartment in Chestnut Hill empfangen konnte.

Als Captain Pekach in seinen Dienstwagen der Highway Patrol stieg und rückwärts aus der Garage für fünf Wagen hinter Marthas Haus fuhr, sagte er sich, daß das Problem in nur fünf Wochen gelöst und die Täuschung dann nicht mehr nötig sein würde. Dann würden sie verheiratet sein.

Sie wären bereits verheiratet, wenn sie beide katholisch

oder beide Mitglieder der Episkopalkirche wären. Sowohl Martha als auch seine Mutter hatten auf dem hohen Roß gesessen, was den einzigen wahren Glauben anbetraf. Seine Mutter sagte, eine Trauung in einer heidnischen Zeremonie käme nur über ihre Leiche in Frage, und Martha hatte bedauert, daß sie ihrem verstorbenen Vater versprochen hatte, in der St. Mark's Church in der Innenstadt zu heiraten, wo er und sein Vater getraut worden waren.

Mit Tränen in den Augen, was Dave Pekach wirklich schmerzte, hatte Martha gesagt, ihr Vater würde sich im Grab umdrehen, wenn sie ihr Wort brach, und noch mehr würde er sich im Grab umdrehen, wenn sie sich nach den Vorschriften der römischen Kirche trauen ließ, wonach sie geloben mußte, daß alle Kinder ihrer Ehe im römisch-katholischen Glauben aufgezogen wurden.

Umfassende monatelange Bitten und Gesuche durch die verschlungenen Wege der Erzdiözese Philadelphia hatten zu einem Kompromiß geführt. Nach langwierigen Verhandlungen, bei denen der zukünftige Bräutigam von Father Kaminski, dem Gemeindepriester der Familie, und die zukünftige Braut von Brewster Cortland Payne II., Esquire, vertreten wurden, war der Kompromiß in einem Gespräch von anderthalb Minuten erzielt worden. Das Gespräch war zwischen dem Kardinal der Erzdiözese von Philadelphia und seinem guten Freund, dem Bischof der Episkopaldiözese von Philadelphia, geführt worden, und es war genug Zeit übriggeblieben, die achtzehn Löcher des Merion-Golfplatzes zu schaffen und am folgenden Mittwoch zusammen zu Abend zu essen.

Es wurde vereinbart, daß die Trauung eine ökumenische Messe sein würde, die gemeinsam von dem Bischof der Episkopalkirche und einem römisch-katholischen Monsignore zelebriert werden würde. Und die zukünftige Braut brauchte nur zu geloben, daß sie jede Frucht ihrer Vereinigung mit ihrem zukünftigen Ehemann ›christlich‹ erziehen würde.

Father Kaminski hatte es – nicht ohne Schwierigkeiten –

geschafft, Mutter Pekach für den Kompromiß zu gewinnen. Father Kaminski hatte sie an biblische Worte erinnert, daß es besser ist, zu heiraten als zu verbrennen, und er hatte argumentiert, wenn der Kardinal persönlich Monsignore O'Hallohan von der Erzdiözese zur St. Mark's Church schickte, um die Trauung durchzuführen, konnte sie wirklich nicht als eine heidnische Zeremonie in einer heidnischen Kirche bezeichnet werden.

Übermorgen würde auf einer Party formell ihre Verlobung und die einen Monat später stattfindende Hochzeit verkündet werden.

Captain Pekach fuhr durch das Tor des Peebles-Anwesens an der Glengarry Lane in Chestnut Hill und überlegte, wie er zu dieser Morgenstunde am besten zur Frankford und Castor Avenue gelangte. Er entschied sich, den North Broad Boulevard hinunterzufahren und dann zur Frankford abzubiegen. Es gab keinen *guten* Weg von hier bis dort.

Er griff automatisch unter das Armaturenbrett und schaltete beide Funkgeräte ein, mit denen sein Wagen und ein halbes Dutzend anderer Wagen von Special Operations/Highway Patrol ausgerüstet waren.

Als er sich dem North Broad und Roosevelt Boulevard näherte und im Unterbewußtsein den normalen Funkverkehr am frühen Morgen anhörte, wurde er plötzlich hellwach.

»Dies ist ein Fünf-zwei-neun-zwei, ein dienstfreier Drei-sechs-neun.«

»Fünfundzwanzig A«, rief der Mann in der Funkzentrale.

»Fünfundzwanzig A«, meldete sich der Sergeant auf Streifenfahrt vom 25. Distrikt. »Welche Position?«

»West Luray Street 300.«

West Luray Street 300? Mein Gott, das ist Jerry Kellogs Adresse. Jerry Kellog? Tot? Jesus, Maria und Josef!

»Verstanden«, sagte 25 A. »Bin unterwegs.«

Ohne sich dessen richtig bewußt zu sein, schaltete Captain Pekach Rotlicht und Sirene ein und gab Gas.

Er brauchte keine drei Minuten bis zur West Luray Street 300, aber das war genug Zeit, um zu überdenken, warum er zum Tatort raste.

Eigentlich geht mich die Sache nichts an.

Andererseits geht alles, was irgendwo in Philadelphia geschieht, die Highway Patrol an, und ich bin ihr Chef.

Das ist Quatsch, und du weißt es.

Aber Jerry ist einer meiner Jungs.

Nein, er ist keiner mehr. Ich bin nicht mehr Lieutenant beim Rauschgiftdezernat, sondern Captain bei der Highway Patrol.

Ja, aber jemand muß Helene benachrichtigen, und wer könnte das besser als ich? Mein Gott, ich hörte, daß es Krach zwischen ihnen gab. Sie ist ausgezogen. Das heißt doch nicht …

Ein Streifenwagen des 25. Distrikts parkte am Bordstein, und als Pekach ausstieg, stoppte der Wagen eines Sergeants des 25. Distrikts neben ihm.

»Guten Morgen, Sir«, sagte der Sergeant und grüßte militärisch. Er war offenbar überrascht, Pekach zu sehen. »Sergeant Manning, 25. Distrikt.«

»Ich hörte es im Funk«, sagte Pekach. »Jerry Kellog hat beim Rauschgiftdezernat für mich gearbeitet. Was ist los?«

»Ich kannte ihn vom Sehen«, sagte Sergeant Manning. »Wußte nicht, daß er beim Rauschgiftdezernat arbeitete.«

Die Haustür wurde geöffnet, und ein uniformierter Cop des Distrikts kam heraus und ging zu ihnen. Er grüßte ebenfalls militärisch schneidig und sah Pekach neugierig an.

»Er ist in der Küche, Sergeant.«

»Sonst jemand?«

»Nein. Als ich eintraf …«

»Weshalb kamen Sie her?« unterbrach Pekach.

»Er meldete sich nicht am Telefon, Sir. Jemand vom Rauschgiftdezernat bat uns, bei ihm vorbeizuschauen.«

Pekach nickte.

»Als ich hier eintraf, stand die Haustür offen. Ich ging hinein und sah ihn.«

»Sie haben die Räumlichkeiten überprüft?«

»Ja. Keiner war im Haus.«

»Sie hätten Unterstützung anfordern sollen«, sagte der Sergeant milde tadelnd.

»Ich muß mir das ansehen«, kündigte Pekach an.

Captain Pekach betrat das Haus durch die offene Haustür. Er fand die Leiche zwischen Küche und ›Eßecke‹, die der hintere Teil des Wohnzimmers war.

Kellog lag ausgestreckt auf dem Bauch. Sein Kopf war von einer großen Blutlache umgeben, die getrocknet und fast schwarz war. Pekach erkannte ihn am Kinn und dem Schnurrbart. Der Rest seines Kopfes war ziemlich zerschmettert.

Jemand hat ihm in den Hinterkopf geschossen, vielleicht mehr als einmal. Wahrscheinlich *mehr als einmal.*

Was, zum Teufel, ist hier passiert? Irgendwas im Zusammenhang mit dem Rauschgiftdezernat? Ja, so muß es sein.

Sergeant Manning gesellte sich zu Pekach. »Das hat er sich nicht selbst angetan. Ich muß es der Mordkommission melden.«

»Ich habe selbst daran gedacht, zu telefonieren«, dachte Pekach laut.

»Sir?«

Nein, ich tue es nicht. Ich rufe nicht Bob Talley an, um mich anzubieten, ihn zu begleiten, und um Helene zu sagen, daß Kellog tot ist.

»Ich will keinem im Weg herumstehen. Wenn die Mordkommission eine Aussage von mir will, weiß sie, wo ich zu finden bin.«

»Jawohl, Sir«, sagte Sergeant Manning.

Dave Pekach verließ das Haus und stieg in seinen Wagen.

2

Als die Mordkommission informiert wurde, daß Officer Jerome H. Kellog erschossen in seinem Haus im 25. Distrikt aufgefunden worden war, nahm Detective Joseph P. D'Amata den Anruf aus der Funkzentrale entgegen.

D'Amata notierte die Information schnell, legte den Hörer auf und rief: »Wir haben einen Job.«

Als es keine Antwort gab, sah sich D'Amata in dem Raum um, der sich im zweiten Stock des Polizeipräsidiums befand, das wegen seiner runden Form ›Rundhaus‹ genannt wurde und dessen Fenster nach Süden auf den Parkplatz hinter dem Gebäude blickten. Der Parkplatz war fast ebenso leer.

»Wo, zur Hölle, sind alle?« wunderte sich D'Amata, ein sehr schlanker, schick gekleideter Achtunddreißigjähriger mit olivfarbenem Teint.

D'Amata durchquerte den Raum und schaute durch die offene Tür in Lieutenant Louis Natalis Büro. Natali, Mitte Dreißig, ebenfalls mit olivfarbenem Teint und schick gekleidet, ähnelte D'Amata. Bei ihm war Sergeant Zachary Hobbs, ein stämmiger Vierundvierzigjähriger mit rötlichem Gesicht. Beide Männer blickten von Natalis Schreibtisch auf.

»Wir haben einen Fall. Im 25. Distrikt. Ein Cop namens Kellog. Arbeitete in Zivil beim Rauschgiftdezernat.«

»Was ist mit ihm passiert?«

»Jemand hat ihm in seiner Küche in den Hinterkopf geschossen.«

»Und?« fragte Natali mit einer Spur von Ungeduld im Tonfall.

»Er sagte, sein Name war Kellog, Lieutenant«, sagte Hobbs taktvoll.

»Kellog?« fragte Natali. Und dann erinnerte er sich und erkannte die Verbindung. »O Gott! Weiß man schon mehr?«

D'Amata schüttelte den Kopf.

Natali zögerte kaum wahrnehmbar.

»Wo ist Milham?« fragte er dann.

Hobbs zuckte mit den Schultern.

»Lieutenant, es ist keiner außer mir da«, sagte D'Amata.

»Ist Captain Quaire in seinem Büro?«

»Jawohl, Sir.«

»Hobbs, versuchen Sie herauszufinden, wo Milham ist«, sagte Natali. »Sie, Joe, fahren zum Tatort. Sofort. Wir werden Ihnen Unterstützung schicken.«

»Jawohl, Sir.«

Natali ging zu Captain Henry C. Quaires Büro. Der Captain saß tief konzentriert hinter seinem Schreibtisch.

»Boß«, sagte Natali. Es dauerte einen Moment, bis er Quaires Aufmerksamkeit hatte, doch schließlich blickte der Captain auf.

»Entschuldigung. Was ist los, Lou?«

»Soeben rief uns die Funkzentrale an. Ein Mordfall im 25. Distrikt. Das Opfer ist ein Cop. Jerome H. Kellog. Sagt Ihnen der Name etwas?«

»Er arbeitete in Zivil beim Rauschgiftdezernat?«

Natali nickte. »Er wurde in seinem Haus mit mindestens einer Kugelwunde im Kopf gefunden.«

»Sie meinen doch nicht ...?«

»Ich weiß nicht, Boß.«

»Wir sollten das ganz korrekt anfassen, Lou.«

»Jawohl, Sir. D'Amata nahm den Anruf entgegen. Er ist unterwegs zum Tatort.« Natali wies aus dem Büro zu D'Amata, der seinen Dienstrevolver aus einem Schrank nahm. »Und ich fahre ebenfalls dorthin.«

»Rufen Sie mich an, wenn Sie dort sind«, sagte Quaire.

»Jawohl, Sir.«

Als D'Amata in die West Luray Street einbog, sah er zwei Streifenwagen des 25. Distrikts, einen Transporter, den Wagen eines Sergeants vom 25. Distrikt und einen verschrammten neutralen Wagen, den D'Amata richtig der Kripo Ost zuordnete, vor Kellogs Haus.

Ein uniformierter Beamter vom 25. Distrikt wies ihn in eine Parklücke am Bordstein ein.

Joe D'Amata parkte, stieg aus dem Wagen und ging zur Haustür, wo ein Detective, den D'Amata kannte, Arnold Zigler von der Kripo Ost, mit dem Uniformierten des Distrikts sprach, der die Tür bewachte. Joe kannte das Gesicht des Uniformierten, konnte sich jedoch nicht an den Namen erinnern. Zigler lächelte, als er ihn erkannte.

»Nun, ich sehe, die Kripo Ost ist bereits hier und trampelt über all meine Spuren und Beweismittel«, sagte D'Amata.

»Leck mich, Joe«, erwiderte Zigler.

»Was ist passiert?«

»Ich hörte, daß er nicht zur Arbeit kam, jemand vom

Rauschgiftdezernat rief beim 25. an, und die schickten einen Streifenwagen – Officer Hastings hier – rüber, um zu sehen, ob Kellog verschlafen hat oder so. Die Hintertür stand offen, und Hastings trat ein. Er fand die Leiche und meldete den Fall.«

»Hastings, die *Hintertür* war offen?«

»Richtig.«

Kellogs Reihenhaus befand sich ungefähr in der Mitte des Blocks. D'Amata sagte sich, daß er sich die Hintertür vom Haus aus ansehen konnte, anstatt den halben Block zu umrunden und von hinten einzutreten.

D'Amata lächelte Hastings an, klopfte ihm leicht auf den Arm und betrat das Haus.

»Hey, Joe«, sagte Sergeant Manning. »Wie geht's?«

Das Gesicht kam D'Amata wiederum bekannt vor, aber er konnte sich nicht an den Namen des Sergeants erinnern.

»Unterbezahlt und überarbeitet«, sagte D'Amata mit einem Lächeln. »Und wie geht's Ihnen?«

»Unterbezahlt, das kann man wohl sagen!« schnaubte der Sergeant.

D'Amata ging bei Kellogs Leiche in die Hocke und sah, daß es zwei Einschußwunden im Hinterkopf gab. Dann trat er behutsam um die Leiche und die Blutlache herum und ging in die Küche.

Die Küchentür stand offen. Es gab Anzeichen auf ein gewaltsames Eindringen.

Das kann vielleicht bedeuten, daß jemand mit Gewalt in die Küche eingedrungen ist. Oder es bedeutet vielmehr, daß jemand einen Schlüssel zum Haus hatte – zum Beispiel eine von ihm getrennt lebende Frau – und der Polizei weismachen will, daß jemand eingebrochen hat.

Unbewußt legte er *Wir wissen mit Sicherheit, Fakt # 1* in seinem geistigen Aktenordner ab: Officer Jerome H. Kellog wurde vorsätzlich getötet von jemand, der ihm aus nächster Nähe zwei Kugeln in den Schädel schoß.

Er sah sich in der Küche um. Sein Blick fiel auf das Telefon an der Wand. Zusätzliche Drähte ragten aus der Metallplatte an der Wand. Er ging hinüber, um sich das genauer anzusehen.

Die Drähte führten zu einem Schrank über dem Spülstein.

D'Amata nahm einen Bleistift aus der Tasche und öffnete damit den Küchenschrank. Darin stand ein Kassettenrecorder. Er stellte sich auf die Zehenspitzen, um einen besseren Blick darauf werfen zu können. Der Deckel des Kassettenrecorders war offen. Es lag keine Kassette im Recorder. Ein zweites Gerät stand neben dem Kassettenrecorder. Außerdem ein kleiner Karton, der einst eine Sparpackung von einem halben Dutzend Neunzig-Minuten-Kassetten enthalten hatte. Der Karton war leer.

Er konnte sich natürlich nicht sicher sein, und er wollte jetzt nichts anrühren und sich die Sache erst genauer ansehen, wenn die Jungs vom Mobilen Labor Fingerabdrücke gesichert hatten, aber er konnte sich gut vorstellen, daß das zweite Gerät eines dieser cleveren Spielzeuge war, die den Recorder jedesmal einschalteten, wenn der Telefonhörer abgenommen wurde. Es waren keine Kassetten im Schrank, und er fand auch keine, als er behutsam die unteren Schränke öffnete. Es fiel ihm auf, daß das Stromkabel des Kassettenrecorders nicht mit einem Stecker in der Steckdose an der Wand eingestöpselt, sondern mit dem Draht verbunden war.

Vielleicht um sicherzustellen, daß niemand den Stöpsel aus dem Wandstecker zieht.

Aber wo, zum Teufel, sind die Kassetten?

Und was war darauf?

»Joe, rief eine Männerstimme, »sind Sie da?«

»In der Küche«, antwortete D'Amata.

»Mein Gott, wer hat das getan?« Jetzt erkannte D'Amata die Stimme als die eines Polizeifotografen vom Mobilen Labor.

»Jemand, der ihn nicht mochte«, sagte D'Amata.

»Soll das lustig sein?«

»Im Küchenschrank ist ein Kassettenrecorder«, sagte D'Amata. »Ich möchte einige Fotos davon haben. Und von den Küchenschränken. Und sorgen Sie dafür, daß Fingerabdrücke sichergestellt werden.«

»Noch irgendwelche anderen Befehle, Detective?« fragte der Fotograf, ein sehr großer und sehr dünner Mann, sarkastisch.

»Was habe ich getan? Habe ich wieder mal auf Ihrem Zartgefühl herumgetrampelt?«

»Ich mache diese Arbeit, um mir meine Brötchen zu verdienen. Manchmal vergessen Sie das.«

»Und Sie wollten Konzertpianist werden, richtig?«

»Sie können mich mal, Joe«, sagte der Fotograf, aber er lächelte. »Gehen Sie mir aus dem Weg.«

»Rauschgiftdezernat, Sergeant Dolan«, meldete sich Dolan, ein untersetzter, rotgesichtiger Mann Ende Vierzig, am Telefon.

»Hier ist Captain Samuels vom 25. Distrikt. Ist Captain Talley da? Er meldet sich nicht am Telefon.«

»Ich glaube, er ist auf dem Klo«, sagte Sergeant Dolan. »Moment mal, da kommt er.«

Samuels hörte Dolan rufen: »Captain, da ist Captain Samuels für Sie auf drei-sechs.« Und dann war Captain Robert F. Talley, Leiter des Rauschgiftdezernats, in der Leitung.

»Hallo, Fred. Was kann ich für Sie tun?«

»Ich habe einige schlechte Nachrichten und ein Problem, Bob«, sagte Samuels. »Man fand Officer Jerome Kellogs Leiche in seinem Haus. Mit Einschüssen im Hinterkopf.«

»Mein Gott!« stieß Talley hervor. »Selbstmord?«

Talley wußte wie die meisten guten Chefs vieles über das Privatleben seiner Männer, oftmals mehr, als er wissen wollte. In diesem Fall wußte er, daß Officer Jerome Kellog ernsthafte Probleme mit seiner Frau hatte. Und die Erfahrung hatte ihn die unangenehme Wahrheit gelehrt, daß Polizisten mit Problemen, mit denen sie nicht fertig wurden, oftmals Selbstmord begingen.

»Nein. Jemand hat ihn erschossen. Wie ich hörte, mit zwei Schüssen in den Hinterkopf.«

»Wissen wir, wer?«

»Nein«, sagte Samuels. »Bob, Sie kennen die übliche Prozedur. Er wohnte in meinem Distrikt.«

Ja, Talley kannte die Prozedur. Wenn ein Cop ums Leben kam, wurde die Leiche in ein Krankenhaus gebracht, nicht ins Leichenschauhaus. Der Leiter des Distrikts, in dem der tote Beamte gewohnt hatte, fuhr zu seiner Adresse, benachrichtigte seine Frau oder die nächsten Angehörigen, daß er verletzt worden war, und fuhr sie zum Krankenhaus.

Wenn sie dort eintrafen, waren bereits der Polizeichef, wenn er in der Stadt war, oder der ranghöchste der Deputy Commissioners und der Chief Inspector seiner Sparte – und meistens der Bürgermeister – dort anwesend. Wenn es überhaupt möglich war, alles zu arrangieren, war ebenfalls der Gemeindepriester oder ein Pfarrer oder Rabbi anwesend, und wenn keiner von diesen, dann der Polizeigeistliche des entsprechenden Glaubens. Sie würden der Witwe oder den nächsten Angehörigen die schlechte Nachricht schonend beibringen.

»Und Sie können seine Frau nicht finden?« fragt Talley.

»Richtig. Bob, da gibt es einige unangenehme Gerüchte …«

»Die vermutlich alle stimmen«, fiel ihm Talley ins Wort.

»Sie haben davon gehört?«

»Ja. Fred, wo sind Sie? In Ihrem Büro?«

»Ja. Bob, ich weiß, daß Sie und Henry Quaire ein ziemlich gutes Verhältnis haben …«

Captain Henry Quaire war der Leiter der Mordkommission.

»Ich werde ihn anrufen, Fred, und mich wieder melden«, sagte Talley. Er unterbrach die Verbindung und wollte eine Nummer wählen. Dann spürte er, daß Sergeant Dolans Blick auf ihn gerichtet war, und er hielt es für besser, ihm etwas von seinem Wissen mitzuteilen, anstatt es für sich zu behalten und Dolan raten zu lassen. Dolan hatte einen großen Mund und eine wilde Phantasie.

»Man fand soeben Jerry Kellog erschossen in seinem Haus«, sagte Talley.

»Jesus, Maria und Joseph!« sagte Dolan. »Weiß man, wer es getan hat?«

»Ich weiß nur, was ich Ihnen gesagt habe«, erwiderte Talley. »Ich werde jetzt Captain Quaire anrufen und versuchen, mehr herauszufinden.«

»Haben Sie das Gerede gehört?« fragte Dolan.

»Gerede ist billig, Dolan«, sagte Talley knapp. Er ging in sein Büro, schloß die Tür und wählte eine Telefonnummer, die er auswendig kannte.

»Mordkommission, Sergeant Hobbs.«

»Captain Talley, Sergeant. Verbinden Sie mich bitte mit Captain Quaire. Seine private Leitung ist immer besetzt.«

»Sir, der Captain ist im Augenblick sehr beschäftigt. Vielleicht kann ich Ihnen irgendwie helfen?«

»Ich weiß, womit er beschäftigt ist, Hobbs. Sagen Sie ihm, daß ich mit ihm sprechen muß.«

»Captain, Chief Lowenstein ist bei ihm.«

»Sagen Sie ihm, daß ich ihn sprechen möchte«, wiederholte Talley.

»Jawohl, Sir. Bleiben Sie bitte dran.«

Hobbs ging durch das Vorzimmer zum Büro des Leiter der Mordkommission und klopfte an die Tür.

Die drei Männer im Büro – Captain Henry Quaire, stämmig, fast kahlköpfig und Ende Vierzig; Chief Inspector der Kriminalpolizei Matt Lowenstein, schwergewichtig, mit gewölbter Brust und fünfundfünfzig; und Lieutenant Louis Natali – blickten ärgerlich zur Tür.

»Captain Talley ist am Telefon«, rief Hobbs so laut, daß er durch die Tür gehört werden konnte.

»Ich dachte mir schon, daß wir von ihm vielleicht hören«,

murmelte Lowenstein. Dann hob er die Stimme, damit Hobbs ihn verstehen konnte. »Auf welcher Leitung?«

»Eins-sieben-sieben, Sir«, rief Hobbs.

Lowenstein drehte eines der Telefone auf Quaires Schreibtisch zu sich, so daß er die Anschlußnummern lesen konnte, und dann drückte er auf den Knopf 177.

»Chief Lowenstein, Talley. Ich nehme an, Sie haben das mit Officer Kellog gehört?«

»Jawohl, Sir. Captain Samuels vom 25. Distrikt hat angerufen. Er …«

»… hat Probleme, die Witwe Kellog zu finden?«

»So ist es, Sir.«

»Detective Milham, der an einem Fall arbeitet, ist zu Captain Quaire und mir gerufen worden, um vielleicht etwas Licht ins Dunkel zu bringen, in dem wir tappen. Wenn er das kann, werde ich Captain Samuels anrufen. Und für Ihren allgemeinen Wissensstand, Detective Milham wurde nicht wegen des Falls Kellog zu uns bestellt. Beantwortet das all die Fragen, die Sie vielleicht haben?«

Sergeant Harry McElroy, ein drahtiger Achtunddreißigjähriger mit sandfarbenem Haar, war Chief Matt Lowenstein vor drei Jahren ›vorübergehend‹ als Fahrer zugeteilt worden. Da war er Detective bei der Kripo Ost gewesen und hatte den Job als Fahrer nicht haben wollen. Wie die meisten Kriminalbeamten hatte er ein wenig Bammel vor dem Chef der Kripo. Lowenstein hatte den wohlverdienten Ruf, ein aufbrausendes Temperament zu haben, sich ganz korrekt an die Vorschriften zu halten und keine Dummköpfe ertragen zu können.

Die Bezeichnung ›Fahrer‹ war keine genaue Beschreibung dessen, was ein Fahrer tat. Im militärischen Sprachgebrauch war ein Fahrer etwas zwischen einem Adjutanten und einem Personalchef. Seine Funktion bestand darin, seinen Chef von Einzelheiten zu entlasten, damit er sich mit wichtigeren Dingen beschäftigen konnte.

Während Harrys dreißigtägiger vorübergehender Verwendung hatte Lowenstein nichts getan oder gesagt, was bei Harry den Eindruck erweckt hätte, daß er einen günstigen Eindruck auf ihn gemacht hatte. Er war völlig überrascht gewesen, als Lowenstein ihn gefragt hatte, ob er bleiben und nicht zur Kripo Ost zurückkehren wollte.

Da Harry diese Möglichkeit nie in den Sinn gekommen war – obwohl er den wohlverdienten Ruf hatte, ein heller Kopf und schneller Denker zu sein –, fiel ihm keine Ausrede ein, mit der er Lowensteins Angebot ablehnen konnte.

In den nächsten elf Monaten, während er darauf wartete, daß sein Name auf der Liste zur Beförderung zum Sergeant auftauchte – er war bei der Prüfung unter den ersten sechzehn gewesen und ziemlich überzeugt, befördert zu werden –, sagte er sich, daß alles geritzt war, wenn er sich nur nichts zuschulden kommen ließ. Er war zu der Ansicht gelangt, daß Lowenstein eigentlich gar kein so großer Hurensohn war, wie die meisten Leute dachten, und wenn seine Beförderung durchkam, würde er versetzt werden.

Er würde sozusagen zwar die Angst vor der Bedrohung des Teufels haben, aber das Tal des Todes sicher durchqueren. Und er wußte, daß er vieles bei der Arbeit für Lowenstein gelernt hatte, das er sonst nirgendwo hätte lernen können.

McElroy erfuhr von Chief Lowenstein persönlich, daß sein Name auf der Beförderungsliste stand, und zwar an dem Morgen des Tages, an dem die Liste allgemein bekannt wurde.

»Da gibt es eine freie Stelle für einen Sergeant bei der Kripo«, fügte Lowenstein hinzu, »und man will Sie haben. Aber ich meine, Sie können mehr lernen, wenn Sie bleiben, wo Sie sind. Es ist Ihre Entscheidung.«

Das kam ebenfalls völlig unerwartet, und inzwischen hatte er Lowenstein gut genug kennengelernt, um zu wissen, daß er eine sofortige Antwort erwartete, wenn er eine Entscheidung hören wollte.

»Danke, Chief«, hatte Harry gesagt, »das würde mir gefallen.«

Jetzt hatte sich McElroy einen eigenen Ruf geschaffen, nicht nur als Lowensteins Schatten, sondern auch weil er wußte, wie Chief Lowenstein dachte und wie er wahrscheinlich in der jeweiligen Situation reagieren würde.

Sein Telefon klingelte oft vor Gesprächen, die begannen: ›Harry, was meinen Sie, wie der Chief darüber denken würde …‹

Es wurde ihm klar, daß er tatsächlich wußte, was Lowenstein dachte und wollte.

Für gewöhnlich begleitete Harry Chief Lowenstein überallhin. Doch an diesem Morgen spürte er ohne den geringsten Wink von Lowenstein, daß er nicht in Captain Henry Quaires Büro willkommen sein würde, wenn der Chief dort mit Quaire und Lieutenant Natali über die Ermordung von Officer Jerome H. Kellog sprechen würde.

Er besorgte sich eine Tasse Kaffee und postierte sich nahe beim Eingang der Mordkommission, wo er ein Auge auf Quaires Büro halten und jeden abfangen konnte, der meinte, er müsse den Chief sprechen.

Chief Lowenstein verließ plötzlich Quaires Büro und marschierte aus der Mordkommission. Als er an Harry vorbeikam, sagte er: »Ich muß mit dem Itaker sprechen.«

»Jawohl, Sir.«

Der ›Itaker‹ war der Bürgermeister von Philadelphia, der Ehrenwerte Jerry Carlucci.

Sie fuhren mit dem Lift in die Halle hinab und gingen zu Lowensteins Dienstwagen – ein Oldsmobile –, den Harry vor dem Schild CHIEF INSPECTOR DETECTIVE BUREAU geparkt hatte.

Die Funkgeräte erwachten zum Leben, als Harry den Motor anließ, und es herrschte Funkverkehr auf dem W-Band.

»Mary eins, William fünf, auf dem Parkplatz Zoo«, sagte eine metallen klingende Stimme.

»Ein paar Minuten«, erwiderte eine leicht verzerrte Stimme.

›Mary eins‹, war der Funkname der Limousine, die vom Bürgermeister benutzt wurde. ›William‹, war der Identifizierungskode für die Special Operations Division.

»Wer ist William fünf?« fragte Sergeant McElroy nachdenklich.

»Vermutlich Tony Harris«, sagte Lowenstein. »Jason Washington ist William vier. Aber ich möchte wissen, warum sich die Special Operations mit dem Bürgermeister oder er sich mit ihr auf dem Parkplatz vom Zoo trifft. Ich frage mich, was nicht warten kann, bis der Bürgermeister in seinem Büro ist.«

»Ja«, murmelte McElroy nachdenklich.

»Nun, wenigstens wissen wir, wo wir auf den Bürgermeister warten müssen. In der City Hall, Harry.«

»Jawohl, Sir.«

»Hat Weisbach heute morgen angerufen?«

»Nein, Sir.«

»Wenn wir in der City Hall sind, telefonieren Sie, stellen fest, wo Weisbach ist, und sagen ihm, er soll dort bleiben, bis ich zurückrufe.«

»Jawohl, Sir.«

Als der Cadillac des Bürgermeisters auf den Bürgersteig der nordöstlichen Ecke der City Hall rollte, lehnte Chief Lowenstein am rechten Kotflügel seines Oldsmobile und wartete auf Carlucci.

Lowenstein wußte, daß Police Commissioner Taddeus Czernick gewohnheitsmäßig seinen Tag begann, indem er in Carluccis Büro auf seine Tagesbefehle wartete, und er wollte Bürgermeister Carlucci allein sprechen.

Lowenstein ging schnell zu dem langen schwarzen Cadillac und erreichte ihn, als Lieutenant Jack Fellows gerade die Tür öffnete. Er sah, daß Fellows überrascht war, ihn zu sehen, und der Bürgermeister ebenso erstaunt war, als er aus dem Wagen stieg.

»Guten Morgen, Matt«, sagte Carlucci. Er war ein großer, schwergewichtiger Mann mit maßgeschneidertem, dunkelblauem Anzug, weißem, gestärktem Hemd, dunkler, dezent gemusterter Seidenkrawatte und glänzend polierten, schwarzen italienischen Schuhen.

Es gefiel ihm anscheinend überhaupt nicht, Lowenstein zu sehen.

»Ich brauche eine Minute von Ihrer Zeit, Mr. Mayor.«

»Hier, meinen Sie«, sagte Carlucci mit kaum verhohlenem Unmut und wies auf den Verkehr rings um die City Hall.

Ein Bürger erkannte den Bürgermeister und hupte. Carlucci lächelte herzlich und winkte.

»Jawohl, Sir«, sagte Lowenstein.

Carlucci zögerte kurz, stieg dann wieder in den Cadillac und winkte Lowenstein zu sich. Fellows umrundete den Wagen und setzte sich auf den Fahrersitz. Der Bürgermeister drückte auf den Knopf, durch den die Trennscheibe hochglitt.

»Okay, Matt«, sagte Carlucci.

»Ein Polizeibeamter ist erschossen worden«, begann Lowenstein. »Er ...«

»Tot?« unterbrach der Bürgermeister. Betroffenheit und Empörung lagen in dem Wort.

»Ja, Sir. In den Hinterkopf geschossen.«

»Welche Abteilung?«

»Sein Name ist Kellog. Er arbeitete als verdeckter Ermittler beim Rauschgiftdezernat. Er wurde vor ungefähr einer Stunde in seinem Haus gefunden.«

»Von wem?«

»Als er nicht zum Dienst kam, schickte man jemanden vom 25. Revier zu seiner Adresse, um zu überprüfen, was los ist.«

»Er war nicht verheiratet?«

»Sie lebten getrennt.«

»Ist die Frau benachrichtigt worden?«

»Man versucht, sie ausfindig zu machen.«

»Kommen Sie endlich zur Sache, Matt!«

»Es heißt, daß die Frau zu einem anderen Cop gezogen ist.«

»Scheiße! Wissen Sie, wer der Cop ist?«

»Detective Wallace J. Milham von der Mordkommission.«

»Ist das nicht der Hurensohn, der von der Frau verlassen wurde, weil sie ihn dabei erwischte, wie er mit ihrer Schwester vögelte?«

Bürgermeister Carluccis intime Kenntnisse über das Privatleben von Polizeibeamten war legendär, doch es überraschte Lowenstein, daß er sich sofort erinnerte.

»Ja, Sir.«

»Wollen Sie mir klarmachen, daß dieser Typ – oder seine Frau – in den Mordfall verwickelt ist?«

»Wir wissen es nicht, Sir. Das ist natürlich möglich.«

»Ist Ihnen klar, in welche gottverdammte Lage mich das bringt?« fragte der Bürgermeister rhetorisch. »Ich tauche auf, oder Czernick taucht auf, um die Witwe zu trösten, und die verdammten Zeitungen bringen das, und einen Tag später kommt heraus – ein gefundenes Fressen für den *Ledger* –, daß sie in Wirklichkeit ein Flittchen ist, das mit einem Detective der Mordkommission zusammenlebt, und sie sind die Täter?«

»Jawohl, Sir. Und deshalb hielt ich es für besser, das sofort zur Sprache zu bringen.«

»Und wenn ich mich nicht blicken lasse und Czernick nicht zu der Frau geht, was dann?« Der Bürgermeister grübelte vor sich hin. Dann wandte er sich Lowenstein zu. »Was machen Sie, Matt?«

»Detective Milham ist irgendwo auf der Straße. Er wird gesucht. Ein guter Mann, Joe D'Amata, führt die Ermittlungen. Lou Natali ist bereits auf dem Weg zum Tatort und vermutlich auch Henry Quaire.«

»Haben Sie schon die Geschichte über den Fuchs gehört,

der den Hühnerstall bewacht?« fragte Carlucci gereizt. »Wenn nicht, dann können Sie darauf wetten, daß man sie beim *Ledger* gehört hat.«

»Henry Quaire ist absolut zuverlässig«, sagte Lowenstein.

»Ich habe nichts Gegenteiliges gesagt. Ich rede davon, wie es in der Öffentlichkeit aussehen wird. Was der *Ledger* schreiben wird.«

»Ich bezweifle, daß Wally Milham irgend etwas damit zu tun hat. Ich denke, wir werden herausfinden, daß der Mord mit Kellogs Arbeit beim Rauschgiftdezernat zusammenhängt.«

»Ein Mann, der die Salami in die Schwester seiner Frau schiebt, ist zu allem fähig«, sagte der Bürgermeister. »Ich muß an die Möglichkeit denken, daß er der Täter ist. Oder daß die Frau es tat, und wenn er mit ihr zusammenlebt ...«

»Was soll ich machen? Soll ich den Fall Peter Wohl geben?«

»Wohl hat im Augenblick genug am Hals«, sagte der Bürgermeister.

Du meinst eine Ermittlung in Korruptionsfällen, über die ich nichts wissen darf, obwohl ich derjenige bin, der die Verantwortung hat. Peter Wohl, der Chef der von dir erfundenen Special Operations ermittelt, ohne daß ich eingeweiht wurde, und ich darf später den Kopf dafür hinhalten.

»Wie heißt dieser unscheinbar aussehende Staff Inspector? Weis-sowieso?«

»Mike Weisbach.«

»Das ist der Richtige. Er ist gut, und man kann sich auf ihn verlassen.«

Du hast mich früher für zuverlässig gehalten, Jerry. Was ist passiert, daß du das jetzt anders siehst?

»Was werden Sie tun? Werden Sie ihm die Ermittlungen übertragen?«

»Der Commissioner wird ihm sagen, daß er die Ermittlungen *beobachten* und Ihnen jeden Tag melden soll, was vorgeht. Und dann informieren Sie mich jeden Tag, was los ist.«

Der Bürgermeister stemmte sich aus dem Sitz und schickte sich an, auszusteigen, über Lowenstein hinweg. Er verharrte auf halbem Weg hinaus und blickte Lowenstein an, dessen Gesicht dicht vor seinem war.

»Ich hoffe, Matt, daß Ihr Detective von der Mordkommission, der den Pimmel nicht in der Hose halten kann, nicht in den Mordfall verwickelt ist.«

Lowenstein nickte.

Der Bürgermeister stieg aus dem Cadillac und ging mit schnellen Schritten zum Eingang der City Hall. Lieutenant Fellows stieg ebenfalls hastig aus und eilte hinter ihm her.

Lowenstein wartete, bis die beiden außer Sicht waren. Dann stieg er aus dem Cadillac, ging zu seinem Oldsmobile und setzte sich auf den Beifahrersitz neben Harry McElroy.

»Haben Sie Weisbach aufgetrieben?«

»Er ist in seinem Wagen beim Gericht und wartet darauf, von Ihnen zu hören.«

Lowenstein griff zum Mikrofon.

»Isaac vierzehn, Isaac eins.«

»Vierzehn.«

»Treffen Sie mich an der Ecke Broad und Hunting Park«, sagte Lowenstein.

»Bin schon unterwegs.«

Staff Inspector Michael Weisbachs neutraler, ein Jahr alter Plymouth parkte am Hunting Park mit der Schnauze zum Roosevelt Boulevard, als Chief Inspector Lowensteins Oldsmobile hinter ihm stoppte.

»Wir werden Ihnen zum Tatort folgen«, sagte Lowenstein zu McElroy und öffnete die Beifahrertür. »Sie wissen, wo der ist?«

»Das werde ich herausfinden«, sagte McElroy.

Lowenstein ging zu Weisbachs Plymouth und stieg ein.

»Guten Morgen, Chief«, sagte Weisbach.

Er war ein schmächtiger Achtundreißigjähriger, der schon

mit Ende Zwanzig die ersten hellbraunen Haare verloren hatte. Er trug eine Brille mit imitierter Schildpattfassung, und seine Kleidung war leicht zerknittert. Seine Frau, Natalie, mit der er zwei Kinder hatte, Sharon (jetzt elf) und Milton (sechs) sagten, wenn er ein frisches Hemd anzog, dann sah es nach einer halben Stunde aus, als hätte er es drei Tage getragen.

»Mike«, sagte Lowenstein und gab ihm die Hand. »Folgen Sie Harry.«

»Wohin fahren wir?«

»Ein Cop namens Kellog wurde vor einer Stunde oder so erschossen in seinem Haus gefunden.«

»Ich hörte es im Funk«, sagte Weisbach, während er sich in den Verkehr einfädelte.

»Sie werden die Ermittlungen – *beobachten.* Sie informieren mich einmal pro Tag oder notfalls öfter, wenn sich irgend etwas Interessantes entwickelt.« Er blickte Weisbach an und fuhr fort: »Und ich werde den Bürgermeister auf dem laufenden halten.«

»Was hat das alles zu bedeuten?«

»Es hat den Anschein, daß Officer Kellogs Frau – er hat übrigens in Zivil für das Rauschgiftdezernat gearbeitet – bei ihm ausgezogen und ins Bett von Detective Milham gewechselt ist.«

»Wally Milham ein Verdächtiger?« fragte Weisbach ungläubig.

»Er ist irgendwo unterwegs. Quaire läßt ihn suchen. Ich möchte, daß Sie bei der Befragung anwesend sind.«

»Er ist also eine Verdachtsperson?«

»Er wird befragt werden. Der Bürgermeister will durch diese Sache nicht in Verlegenheit gebracht werden. Er will dem *Ledger* einen Schritt voraus sein. Wenn ein Staff Inspector im Spiel ist, dann wird es seiner Ansicht nach nicht so leicht für den *Ledger* sein, die Mordkommission, die ganze Polizei – ihn – der Vertuschung zu bezichtigen.«

»Warum ich?« fragte Weisbach.

»Der Bürgermeister sagte ›er ist gut und zuverlässig‹«, antwortete Lowenstein, und dann sah er Weisbachs Blick und lächelte. »Das weiß er über Sie, aber er kennt nicht Ihren Namen. Er bezeichnete Sie als ›dieser unscheinbar aussehende Staff Inspector, Weis-sowieso‹.«

Weisbach lachte.

»Jetzt weiß er Ihren Namen, Mike«, sagte Lowenstein. »Wir beide müssen uns vor Augen halten, daß es in Wirklichkeit um Jerry Carluccis Wiederwahl geht.«

»Ja«, sagte Weisbach in einem Tonfall, der resigniert oder angewidert klang.

Michael Weisbach, einer der sechzehn Staff Inspectors des Philadelphia Police Department, hatte nie wirklich gewünscht, Cop zu sein, bis er fast fünf Jahre lang im Job gewesen war.

Sein Vater betrieb einen kleinen Gemischtwarenladen in der South 9th Street in der Innenstadt, und seine Familie wohnte in einem Reihenhaus in der Higbee Street, in der Nähe des Oxford Circle. Nach der High-School entschied sich Mike mit Billigung seiner Eltern, Anwalt zu werden. Er erhielt nach drei Jahren Studium, teilweise als Stipendiat, auf der Temple University das Bakkalaureat der philosophischen Fakultät, wobei er nebenbei jobbte, um finanziell über die Runden zu kommen. Er arbeitete hauptsächlich in der Nachtschicht in einem Hamburger-Imbiß der White-Tower-Kette an der Nordwestecke Broad und Olney. Mit dem Job verdiente er ein bißchen mehr, als der Vater mit seinem kleinen Laden, in dem er hauptsächlich Knöpfe und Reißverschlüsse verkaufte, zahlen konnte, und er hatte Zeit in den frühen Morgenstunden, wenn es praktisch nichts zu tun gab, für sein Studium zu arbeiten.

Irgendwann während dieser Zeit war aus Natalie, dem kleinen Abramowitz-Mädchen in der Straße, die Frau geworden, mit der Michael sein Leben teilen wollte. Aber erst wollte er sein Jurastudium beenden, die Examen bestehen und eine Rechtsanwaltspraxis aufbauen, von der sie leben konnten.

Er und Natalie sagten sich, daß er einen Job suchen mußte. Vielleicht einen Teilzeitjob bei der Stadt oder der Gasgesellschaft, bei dem er mehr verdiente als in dem Hamburgerladen, nicht viel Arbeit von ihm verlangt wurde und er des Abends Jura studieren konnte. Mit dem Geld, das Natalie in ihrem neuen Job als Schreibkraft im Büro des Quästors an der University of Pennsylvania verdiente, würden sie ein Apartment bezahlen können. Das war wichtig, denn sie wollten nicht bei seiner oder ihrer Familie wohnen.

Er bewarb sich bei fast jedem Zweig städtischer Ämter, und weil nichts dagegen sprach, nahm er an der Aufnahmeprüfung bei Polizei und Feuerwehr teil.

Als ihm per Postkarte mitgeteilt wurde, daß er für den Besuch der Police Academy ausgewählt worden war, wußte er nicht, was er tun sollte. Er hatte nie ernsthaft in Erwägung gezogen, Cop zu werden, und seine Mutter meinte, er habe den Verstand verloren. Wenn er mit seiner kleinen Gestalt Cop werden würde, dann würde ihm irgendein zwei Meter großer Neger mit einer Rasierklinge die Kehle durchschneiden; oder irgendein Süchtiger würde ihn im Drogenrausch abknallen; oder Gangster der Mafia in South Philly würden ihn in einen Eimer mit Zement stellen, bis er hart war, und ihn dann im Delaware River versenken.

Michael absolvierte die Philadelphia Police Academy und wurde dem 7. Distrikt zugeteilt, im Nordosten der Stadt. In seinem ersten Jahr mußte er als Protokollführer in einem Transporter mitfahren und Gefangene vom Distrikt ins Zentralgefängnis im Rundhaus bringen und Leute zu verschiedenen Krankenhäusern transportieren.

Im zweiten Jahr fuhr er einen Streifenwagen, stellte im Sommer Hydranten ab und arbeitete an Fußgängerüberwegen vor Schulen. Er nahm an der Prüfung zur Beförderung zum Detective hauptsächlich teil, weil sie schon zwei Wochen nach seiner Zulassung stattfand. Zu diesem Zeitpunkt hätte er viel lieber die Prüfung zum Corporal gemacht, denn Corporals arbeiteten über den Daumen gepeilt in der Verwaltung in den Distrikten. Aber es stand keine Prüfung zum Corporal an, und so nahm er an der zum Detective teil.

Er sagte sich, wenn er die Prüfung bestand, würde er zwei Jahre lang höheren Lohn erhalten, während er sein Jurastudium beendete.

Detective Michael Weisbach wurde der Kripo Mitte zugeteilt, die die Center City, die Innenstadt, abdeckt. Dort erwies er sich zu seiner eigenen Überraschung nicht nur als fähig für seinen ungewollten Beruf, sondern die Arbeit machte ihm tatsächlich Spaß. Er ging gern zur Arbeit, was nicht der Fall gewesen wäre, wenn er mit dem Transporter, dem Streifenwagen oder als Fußstreife im 7. Distrikt gearbeitet hätte.

Seine Leistung weckte die Aufmerksamkeit von Lieutenant Harry Abraham, dessen Förderer der damalige Inspector Matt Lowenstein von der Abteilung Interne Angelegenheiten war. Als Abraham zum Captain befördert und zur Major Crimes Unit versetzt wurde, arrangierte er, daß Weisbach mit ihm versetzt wurde.

Detective Weisbach wurde drei Wochen vor seinem Jura-Examen, das er bestand, zum Sergeant befördert. Mit der Beförderung kam die Versetzung zum Büro des soeben beförderten Chief Inspector Matt Lowenstein, der Leiter der Detective Division geworden war.

Er erklärte Natalie, daß es vernünftig war, noch ein wenig länger bei der Polizei zu bleiben. Wenn er als Anwalt eine Praxis eröffnete, brauchten sie Kapital für die Einrichtung und die Miete, und sie mußten sich über Wasser halten, bis die Praxis Gewinn einbrachte.

Inzwischen war er ehrlich genug, um sich einzugestehen, was er Natalie nicht zu sagen wagte, und schon gar nicht seiner Mutter: die Vorstellung, als Anwalt an schmutzigen Scheidungsfällen zu arbeiten oder zu versuchen, irgendwelchen Abschaum vor dem Knast zu bewahren, war nicht halb so reizvoll für ihn wie der Job des Cops.

Als er die Prüfung zum Lieutenant bestand, lud Chief Lowenstein ihn zum Mittagessen ein und sagte ihm, wenn er weiterhin so gute Arbeit leiste, könne er bei der Polizei sehr hoch aufsteigen. Natalie meinte, daß Chief Lowenstein vermutlich nur höflich war. Aber als die Beförderungsliste kam und er der Intelligence Unit zugeteilt wurde, anstatt zum Dienst in Uniform in einem der Distrikte, sagte er Natalie, daß Lowenstein das arrangiert und seine Worte ernst gemeint hatte.

In Zusammenhang mit einem Skandal gab es drastische personelle Veränderungen, und Michael Weisbach wurde viel eher Captain, als er erwartet hatte. Mit dieser Beförderung kam eine Verwendung in Uniform, und er wurde leitender Beamter im 19. Distrikt. Ihm gefiel das Spiegelbild von Captain Mike Weisbach in gestärktem weißem Hemd mit dem Rangabzeichen des Captains auf den Schultern, aber Natalie sah ihn lieber in Zivilkleidung.

Zwei Jahre später wurden weitere Stellen auf den oberen Ebenen frei, eine Art Nachbeben nach dem Skandal und den Entlassungen, die durch dessen Aufdeckung stattgefunden hatten. Drei Staff Inspectors, von denen zwei Mike erzählt hatten, daß sie niemals geplant hatten, die Abteilung ›Interne Angelegenheiten‹ zu verlassen, wurden ermuntert, an der Prüfung zum Inspector teilzunehmen. Das bedeutete natürlich, daß es jetzt drei freie Stellen für Staff Inspectors gab, und Mike hatte sich bereits entschieden, an der Prüfung teilzunehmen, bevor Chief Lowenstein ihn anrief und ihm dazu riet.

Und wie die Männer, die er ersetzt hatte, fand Mike Weisbach, daß er seine endgültige Heimat bei der Polizei gefunden hatte. Er hatte die vage Absicht, irgendwann einmal, vielleicht ein paar Jahre vor seiner Pensionierung, an einer Prüfung zur Beförderung zum Inspector teilzunehmen, wenn es eine geben würde. Es gab eine höhere Pension, wenn man als Inspector in den Ruhestand trat, aber er zog seine jetzige Arbeit derjenigen vor, die er leisten mußte, wenn er jetzt schon Inspector wurde; er wollte zum Beispiel nicht in irgendeinem Büro im Präsidium landen.

Staff Inspectors, die manchmal – nicht abschätzig – ›Supercops‹ oder ›Superdetectives‹ genannt wurden, hatten nach Mike Weisbachs Ansicht bei der Polizei die interessantesten Aufgaben, die am meisten Befriedigung brachten. Sie führten komplizierte Ermittlungen durch und arbeiteten an Fällen, in die oftmals prominente Regierungsmitglieder oder andere hohe Tiere verwickelt waren. Es war die Art Arbeit, die Weisbach mochte, und er wußte, daß er gut darin war.

Wenn er morgens zur Arbeit fuhr, freute er sich immer noch auf das, was der Tag bringen würde. Es kam äußerst selten vor, daß ihm ein Fall übertragen wurde, an dem er lieber nicht gearbeitet hätte.

Diese ›Beobachtung‹ einer Ermittlung der Mordkommission fiel in diese Kategorie. Es war einer der schlimmsten Jobs. In dem Augenblick, in dem er am Tatort auftauchte, würde sich der Detective der Mordkommission, der den Fall hatte – und was das anbetraf, die gesamte Mordkommission –, sofort und richtig sagen, daß ihm/ihr nicht zugetraut wurde, den Job so zu erledigen, wie er durchgeführt werden sollte.

Und er, Michael Weisbach, würde ihren berechtigten Groll zu spüren bekommen, nicht Lowenstein oder Bürgermeister Carlucci.

Als er Harry McElroy folgte, die Old York Road überquerte, über die Hunting Park Avenue fuhr und dann in die 9th Street einbog, versuchte Michael Weisbach, die Sache philosophisch zu sehen. Es hatte keinen Sinn, über etwas zu stöhnen, auf das er keinen Einfluß hatte.

Auf der Straße vor Officer Kellogs Haus wimmelte es jetzt von Polizeifahrzeugen aller Art, und Mike war nicht überrascht, als er Mickey O'Haras Buick mit den Funkantennen dazwischen sah.

»Ich brauche Ihnen nicht zu sagen, was Sie tun sollen«,

sagte Chief Lowenstein, als er ausstieg. »Rufen Sie mich nach der Befragung von Milham an.«

»Jawohl, Sir«, sagte Mike und ging zu dem Cop des Distrikts, der an der Haustür des Reihenhauses stand.

Der Cop fühlte sich sichtlich unbehaglich. Er erkannte den neutralen Plymouth als Polizeifahrzeug und kannte sich in den Gepflogenheiten gut genug aus, um zu wissen, daß ein fast neuer neutraler Dienstwagen mit an Sicherheit grenzender Wahrscheinlichkeit einem ranghohen ›Weißhemd‹, zugeteilt wurde, aber dieser kleine Mann mit der zerknitterten Kleidung war ein Fremder für ihn.

»Ich bin Staff Inspector Weisbach. Ich weiß, daß Sie keinen reinlassen sollen, aber Chief Lowenstein will, daß ich reingehe.«

»Jawohl, Sir.«

Captain Henry Quaire und Lieutenant Lou Natali waren in der Küche und bemühten sich, der Mannschaft von Labortechnikern nicht im Weg zu stehen.

Sie haben hier nicht mehr zu suchen als ich. Detectives der Mordkommission wissen alles über die Arbeit am Tatort und brauchen nicht beaufsichtigt zu werden.

»Guten Morgen, Henry, Lou.«

»Hallo, Mike«, erwiderte Captain Quaire. Seine Miene spiegelte Überraschung wider und einen Augenblick später Ärger.

»Inspector«, sagte Lou Natali nur.

Weisbach sah sich die Leiche und die Blutlache an und wandte sich schnell ab.

Er war über den Punkt hinaus, bei dem es ihm übel wurde, wenn er eine Leiche sah, aber dieser Anblick war unangenehm für ihn. Er würde ihm schmerzlich deutlich für lange Zeit in Erinnerung bleiben.

»Mit zwei Schüssen getötet, wie es aussieht, und aus kurzer Distanz«, sagte Quaire.

»Ich nehme an, Sie wissen nicht, wer der Täter war, oder?« fragte jemand hinter Mike.

Mike wandte sich um und sah Mr. Michael J. O'Hara vom *Bulletin.*

»Noch nicht, Mickey«, sagte Quaire. »Der Uniformierte hat die Anweisung, Leute von hier fernzuhalten.«

»Ich habe Freunde an hohen Stellen, Henry«, erwiderte O'Hara. »Ich kenne nicht nur Staff Inspector Weisbach hier gut genug, um ihn zu fragen, was er hier treibt, sondern ich kenne auch den legendären Chief Lowenstein. Lowenstein wies den Uniformierten an, mich reinzulassen, Henry. Sonst hätte er es nicht getan.«

»Lowenstein ist draußen?« fragte Quaire.

O'Hara nickte. »Er spricht mit Captain Talley.«

»Ich will ebenfalls mit Talley reden«, sagte Quaire und ging zur Tür.

»Also, was treiben Sie hier, Mike?« fragte O'Hara.

»Ich beobachte«, sagte Weisbach, und er sah Lieutenant Lou Natali den Ärger an.

»Muß das unter uns bleiben, oder darf es veröffentlicht werden?« fragte O'Hara.

»Schreiben Sie meinen Namen bitte richtig.«

»Sagten Sie ›beobachten‹? oder ›beaufsichtigen‹?«

»Beobachten.«

»Was heißt das genau?«

»Warum fragen Sie nicht Chief Lowenstein? Ich weiß es selbst nicht genau.«

»Okay. Ich habe kapiert. Aber – das gilt für Sie beide, inoffiziell, wenn Sie es wünschen – haben Sie eine Ahnung, wer Kellog erschossen hat?«

»Nein«, sagte Natali schnell.

»Ich bin soeben erst eingetroffen«, sagte Weisbach.

»Ist etwas dran an der Story, daß die Witwe Kellog – wie soll ich es feinfühlig formulieren? – *eine persönliche Beziehung* mit Wally Milham hat?«

»Ich weiß nicht, wie ich das feinfühlig beantworten soll«, sagte Natali.

»Mike?«

»Ich hörte dieses Gerücht zum ersten Mal vor einer Viertelstunde«, sagte Weisbach. »Ich weiß nicht, ob etwas dran ist oder nicht.«

Sein Blick fiel auf etwas in dem offenen Küchenschrank hinter Natalis Kopf.

»Was ist das?« fragte er und schob sich an Natali vorbei, um einen besseren Blick zu haben. Dann gab er selbst die Antwort.

»Ein Kassettenrecorder. Mit einem Zusatzspielzeug, das ihn jedesmal einschaltet, wenn das Telefon benutzt wird. Hat die Spurensicherung Fingerabdrücke sichergestellt, Lou?«

»Jawohl, Sir.«

Weisbach zog den Recorder aus dem Schrank und sah, daß keine Kassette darin war.

»Ist was auf der Kassette?« fragte er.

»Es war keine Kassette darin, als D'Amata ihn fand«, sagte Natali. »Und nirgendwo gibt es hier Kassetten. Eine leere Schachtel für Kassetten, aber keine Kassetten.«

»Das ist merkwürdig«, dachte Weisbach laut. »Das Ding ist eingeschaltet.« Er hob das Gerät an, um das rote Lämpchen zu zeigen. »Haben die Jungs vom Labor es eingeschaltet?«

»D'Amata sagte, man kann es nicht ausschalten, es ist durch einen Draht mit der Steckdose verbunden.«

»Sonderbar«, sagte Weisbach.

»Ja, sehr sonderbar«, pflichtete O'Hara ihm bei.

Ein uniformierter Beamter kam in die Küche.

»Lieutenant, der Captain sagte, daß Detective Milham auf dem Weg zum Rundhaus ist.«

»Danke«, sagte Natali.

»Ich möchte bei der Befragung dabeisein«, sagte Weisbach.

»Milham wird befragt?« erkundigte sich Mickey O'Hara.

»Ja, Sir«, sagte Natali, und es gelang ihm nicht ganz, seinen Ärger zu verbergen.

»Routinesache, Mick«, sagte Weisbach. »Wenn sich etwas ergibt, werde ich Sie anrufen. In Ordnung?«

O'Hara überlegte kurz.

»Sie haben ein ehrliches Gesicht, Mike, und ich bin eine vertrauensvolle Seele. Okay. Und unterdessen werde ich schreiben, daß die Polizei zu diesem Zeitpunkt keine Ahnung hat, wer Kellog erschoß.«

»Wir haben keine«, sagte Weisbach.

3

Detective Wallace J. Milham, ein adrett gekleideter Fünfunddreißigjähriger, ein Meter fünfundachtzig groß, achtzig Kilo schwer, sorgfältig ausrasierter, bleistiftdünner Oberlippenbart, griff über die hüfthohe Barriere zum Büro der Mordkommission hinweg, entriegelte sie und schob sie auf.

Er wandte sich nach links und ging zum Büro von Captain Henry C. Quaire, dem Leiter der Mordkommission. Als er aus dem First Philadelphia Building gekommen war, hatte man ihn über Funk gerufen. Er solle sich so schnell wie möglich bei Captain Quaire melden.

Quaire war nicht in seinem Büro. Aber Lieutenant Natali war da, und als er ihn sah, winkte er ihn herein.

Milham betrachtete Natali, einen der fünf Lieutenants der Mordkommission, als einen der Vertrautesten von Captain Quaire und als seinen inoffiziellen Stellvertreter. Er mochte ihn.

»Ich hörte über Funk, daß mich der Captain sprechen will«, sagte Milham, als er das Büro betrat.

»Wo waren Sie, Wally? Wir suchen Sie seit einer Stunde.«

»Im Versicherungsbüro im First Philadelphia Building«, antwortete Milham, und als er spürte, daß Natali mehr wissen wollte, fügte er hinzu: »Im Fall Grover.«

Vor einer Woche hatte Mrs. Katherine Grover der Polizei hysterisch gemeldet, daß es in ihrem Haus in Mt. Airy einen schrecklichen Unfall gegeben hatte. Als ein Streifenwagen des 14. Distrikts hingefahren war, hatte Officer John Sarabello Mr. Grover, ihren Ehemann, tot an der Wand in ihrer Garage gefunden. Mrs. Grover hatte Officer Sarabello gesagt, daß ihr Fuß von der Bremse aufs Gaspedal abgerutscht war und dadurch der Plymouth-Kombi einen Satz nach vorn gemacht und ihren Mann erfaßt hatte.

Weder Officer Sarabello noch sein Sergeant, noch der Kriminalbeamte der Kripo Nordwest, der in dem Unfall weiter ermittelte, waren völlig zufrieden mit Mrs. Grovers Erklärung, und der Fall wurde an die Mordkommission weitergegeben. Detective Milham erhielt ihn.

»Ich weiß, daß sie ihn ermordet hat«, fuhr Detective Milham fort. »Und ihr ist klar, daß ich es weiß. Aber sie ist eine harte Nuß.«

»Haben Sie bei der Versicherung irgend etwas herausgefunden?«

»Hier hat sich in den vergangenen achtzehn Monaten nichts getan. Man überprüft jetzt für mich in Hartford in der Zentrale.«

Man hätte annehmen können, daß es im Interesse der Versicherungsgesellschaften lag, wenn die Mordkommission in einem Fall ermittelte, bei dem einer ihrer Versicherten ums Leben gekommen war. Wenn sich zum Beispiel herausstellte, daß Mrs. Grover ihren Ehemann vorsätzlich um die Ecke beziehungsweise an die Garagenwand gebracht hatte, würde es der Versicherung erspart bleiben, ihr als Begünstigter die Summe der Lebensversicherung auszahlen zu müssen. Doch aus irgendwelchen Gründen arbeiten die Versicherungen nur halbherzig mit der Polizei zusammen, die in einem Mordfall ermittelt.

»Haben Sie die Funkmeldungen gehört?« fragte Natali.

Milham schüttelte den Kopf.

»Kennen Sie einen Cop namens Kellog?«

Milham nickte.

»Man fand ihn heute morgen in der Küche seines Hauses«, sagte Natali. »Jemand schoß ihm zweimal in den Hinterkopf.«

»Allmächtiger!«

»Er war vermutlich ungefähr sechs Stunden tot, als er gefunden wurde.«

»Wer hat das getan?«

»Man hatte Mühe, seine Frau zu finden. Sie lebt offenbar nicht mehr mit ihm zusammen. Das sagen die Nachbarn. Sie wurde vor einer halben Stunde gefunden.«

»Sie arbeitet für die Stadt«, sagte Milham. »Das hätten die Nachbarn wissen sollen.«

»Ich nehme an, durch die Nachbarn hat man es schließlich herausgefunden«, sagte Natali. »Wo waren Sie gestern nacht, Wally, sagen wir mal von Mitternacht bis sechs Uhr?«

»Darum geht es also.«

»Wo waren Sie, Wally?«

»Er war ein Arschloch, Lieutenant. Ich glaube, er hatte auch Dreck am Stecken. Aber ich habe den Hurensohn nicht erschossen.«

»Sagen Sie mir, wo Sie gestern nacht von Mitternacht an waren.«

»Mein Gott, Lieutenant, ich war zu Hause.«

»Allein?«

»Nein.«

»War sie bei Ihnen?«

Milham blickte Lieutenant Natali einen Augenblick lang an, bevor er antwortete.

»Ja, sie war bei mir.«

»Sie würde kein sehr glaubwürdiges Alibi für Sie sein, Wally.«

»Ich habe Ihnen gesagt, daß ich es nicht getan habe.«

»Ich habe nicht gesagt, daß *Sie* es getan haben.«

»Sie war bei mir, das habe ich soeben erklärt.«

»Sie wären unter den gegebenen Umständen auch kein sehr glaubwürdiger Zeuge, Wally.«

»Wir sind also beide verdächtig? Ist es das, was Sie mir sagen wollen?«

»Natürlich sind Sie verdächtig«, erwiderte Natali. »Denken Sie darüber nach, Wally.«

»Ist das alles, was Sie mir sagen wollten?«

»Sie werden eine formelle Erklärung abgeben müssen. Joe D'Amata war nach dem Dienstplan für diesen Job dran. Ich werde die Befragung leiten. Kennen Sie Mike Weisbach?«

»Klar.«

»Er wird dabeisein. Chief Lowenstein hat ihn angewiesen, die Ermittlung ›zu beobachten‹. Er ist oben mit dem Captain und Chief Coughlin. Sie sollten in ein paar Minuten hier sein.«

»Okay.«

»Es sei denn, Sie berufen sich auf Paragraph fünf und verweigern die Aussage, bis Sie von einem Anwalt vertreten werden.«

»Und wenn ich das täte?«

»Sie wissen, wie das läuft, Wally.«

»Ich nehme Paragraph fünf nicht in Anspruch. Ich habe den Mord nicht begangen.«

»Das habe ich auch nicht gedacht.«

»Was ist mit Weisbach?«

»Ich nehme an, man will sicherstellen, daß wir unsere Arbeit richtig machen. Das gefällt mir ebensowenig wie Ihre Befragung. Möchten Sie einen kleinen Rat hören?«

»Klar.«

»Lassen Sie es pro forma über sich ergehen. Verlieren Sie nicht die Beherrschung. Und dann kehren Sie an Ihre Arbeit zurück und vergessen die Sache.«

Milham schaute Natali in die Augen.

»Ich fange heute abend mit den Nachtschichten an«, sagte er geistesabwesend.

»Ich bezweifle, daß irgend jemand denkt, Sie hätten etwas mit der Sache zu tun. Wir führen das ganz korrekt nach den Vorschriften durch.«

»Ein Staff Inspector als ›Beobachter‹, ist das ganz korrekt nach den Vorschriften?«

AUSSAGE VON: Detective Wallace J. Williams, Dienstnummer 626

DATUM UND UHRZEIT: 19. Mai 1975, 11.05 Uhr

ORT: Mordkommission, Polizeipräsidium, Vernehmungsraum A

BETRIFFT: Tod durch Erschießen von Police Officer Jerome H. Kellog.

IN ANWESENHEIT VON: Detective Joseph D'Amata, Dienstnr. 769, Staff Inspector Michael Weisbach
BEFRAGUNG DURCH: Lieutenant Louis Natali, Dienstnr. 233

PROTOKOLLIERT VON: Mrs. Jo-Ellen Garcia-Romez, Angestellte/Schreibkraft.

ICH BIN Lieutenant Natali, und dies sind Inspector Weisbach, Detective D'Amata und Mrs. Garcia-Romez, die alles, was Sie sagen, auf der Schreibmaschine mitschreibt.

WIR BEFRAGEN SIE hinsichtlich der Ermordung von Police Officer Jerome H. Kellog.

Wir haben die Pflicht, Ihnen zu erklären und Sie darauf hinzuweisen, daß Sie die folgenden Rechte haben:

A. Sie haben das Recht, zu schweigen und überhaupt keine Aussage zu machen.

B. Alles, was Sie sagen, kann und wird vor Gericht gegen Sie verwendet werden.

75-331D (Rev.7/70) **Seite 1**

C. Sie haben das Recht, mit einem Anwalt Ihrer Wahl zu sprechen, bevor wir Ihnen Fragen stellen, und Sie haben das Recht, einen Anwalt hier während der Befragung bei sich zu haben.

D. Wenn Sie sich keinen Anwalt erlauben können und einen wünschen, werden wir dafür sorgen, daß Sie kostenlos einen Anwalt erhalten, bevor wir Fragen stellen.

E. Wenn Sie bereit sind, Aussagen zu machen, haben Sie das Recht, jederzeit damit aufzuhören, wenn Sie das wünschen.

1. **Frage: Verstehen Sie, daß Sie das Recht haben, zu schweigen und überhaupt nichts zu sagen?**
   Antwort: Ja, natürlich.
2. **Frage: Verstehen Sie, daß alles, was Sie sagen, vor Gericht gegen Sie verwendet werden kann und wird?**
   Antwort: Ja.
3. **Frage: Wollen Sie die Aussage verweigern?**
   Antwort: Nein.
4. **Frage: Verstehen Sie, daß Sie das Recht haben, mit einem Anwalt zu sprechen, bevor wir Ihnen Fragen stellen?**
   Antwort: Ja, ich verstehe die Frage.
5. **Frage: Verstehen Sie, daß Sie, wenn Sie sich keinen Anwalt leisten können und einen wünschen, wir Ihnen keine Fragen stellen, bevor Ihnen kostenlos ein Anwalt gestellt wird?**
   Antwort: Ja, ich verstehe die Frage.
6. **Frage: Wollen Sie zu diesem Zeitpunkt mit einem Anwalt sprechen oder einen Anwalt bei sich haben, während wir Ihnen Fragen stellen?**
   Antwort: Ich möchte keinen Anwalt, danke.
7. **Frage: Sind Sie bereit, freiwillig Fragen zu beantworten, ohne unter Druck oder Angst zu sein und ohne daß Ihnen irgendwelche Drohungen und Versprechen gemacht worden sind?**
   Antwort: Ja, ich bin bereit.

75-331D (Rev.7/70) **Seite 2**

8. Frage: Nennen Sie Ihren Namen, den Wohnort und die Beschäftigung.
Antwort: Wallace J. Milham, Philadelphia. Ich bin Detective.

9. Frage: Nennen Sie Ihre Dienstnummer und Ihre Verwendung.
Antwort: Dienstnummer 626, Mordkommission

10. Frage: Kannten Sie Police Officer Jerome H. Kellog?
Antwort: Ja.

11. Frage: War er ein Freund von Ihnen?
Antwort: Nein.

12. Frage: Wie war die Art Ihrer Beziehung zu ihm?
Antwort: Er war verheiratet mit einer Freundin von mir.

13. Frage: Wer ist das?
Antwort: Mrs. Helene Kellog.

14. Frage: Wie ist die Art Ihrer Beziehung zu Mrs. Helene Kellog?
Antwort: Wir sind sehr gute Freunde. Sie hat sich mit ihrem Mann auseinandergelebt.

(Captain Henry C. Quaire betrat den Vernehmungsraum und wurde zusätzlich Zeuge bei der Befragung zu diesem Zeitpunkt.)

15. Frage (Captain Quaire): Wally, ist es für Sie irgendein Problem, daß ich dabei bin?
Antwort: Nein, Sir. Mir ist es lieber, wenn Sie hier sind und nicht durch den Spiegel sehen.

16. Frage: Wäre es richtig, Ihre Beziehung mit Mrs. Kellog als eine romantischer Natur zu bezeichnen?
Antwort: Ja.

17. Frage: Sie haben anscheinend gezögert. Warum?
Antwort: Ich habe überlegt, ob ich die Frage beantworten soll oder nicht.

75-331D (Rev.7/70) **Seite 3**

18. Frage: Wußte Officer Kellog von Ihrer Beziehung mit seiner Frau?
Antwort: Ich nehme es an. Ich hatte nie eine Auseinandersetzung mit ihm darüber oder über sonstwas. Aber ich denke, ja, er wußte es. Sie zog bei ihm aus.

19. Frage: Wie lange haben Sie diese Beziehung mit Mrs. Kellog?
Antwort: Ungefähr ein Jahr. Etwas weniger.

20. Frage: Ist Ihnen bekannt, daß Officer Kellog heute morgen erschossen in seinem Haus gefunden wurde?
Antwort: Ja.

21. Frage: Wie erfuhren Sie von seinem Tod?
Antwort: Lieutenant Natali informierte mich vor ein paar Minuten.

22. Frage: Ist das Lieutenant Louis Natali von der Mordkommission?
Antwort: Ja.

23. Frage: Haben Sie Officer Kellog erschossen?
Antwort: Nein.

24. Frage: Wissen Sie irgend etwas über die Erschießung von Officer Kellog?
Antwort: Nein, nicht das geringste.

25. Frage: Wie würden Sie die Beziehung zwischen Officer Kellog und seiner Frau bezeichnen?
Antwort: Sie hatten sich entfremdet.

26. Frage: Wissen Sie, wo Mrs. Kellog hinzog, als sie das Haus ihres Ehemannes verließ?
Antwort: Sie zog zu mir.

27. Frage: Haben Sie eine von der Polizei ausgegebene Feuerwaffe, und wenn ja, welche?
Antwort: Ja, ein stupsnasiger .38er Special Colt.

28. Frage: Wo ist diese Waffe jetzt?
Antwort: Im Waffenschrank.

75-331D (Rev.7/70) **Seite 4**

29. Frage: Wären Sie bereit, mir diese Waffe jetzt für ballistische und andere Untersuchungen in Zusammenhang mit dieser Ermittlung zu übergeben?
Antwort: Captain, ich habe heute Nachtschicht. Wann würde ich sie wiederbekommen?

(Captain Quaire) Ich habe eine Waffe in meinem Schreibtisch. Die können Sie benutzen.

30. Frage: Besitzen Sie oder haben Sie Zugang zu irgendwelchen anderen Schußwaffen?
Antwort: Ja, ich habe zu Hause mehrere Waffen.

31. Frage: Sie haben ausgesagt, daß Mrs. Kellog bei Ihnen wohnt. Wenn das der Fall ist, hat Mrs. Kellog Zugang zu den Waffen, die Sie Ihrer Aussage nach zu Haus haben?
Antwort: Ja.

32. Frage: Welche Schußwaffen genau haben Sie zu Hause?
Antwort: Ich habe einen .45er. Eine Army Modell 1911A1 Automatik. Und einen Smith & Wesson Chief's Special. Und eine Savage .32er Automatik. Und ein Gewehr, Kaliber .22. Eine Winchester-Schrotflinte Modell 12, Kaliber 12. Und ein .30-06 Remington-Jagdgewehr Modell 70.

33. Frage: Und Mrs. Kellog hatte Zugang zu diesen Waffen?
Antwort: Ja.

34. Frage: Glauben Sie, daß Mrs. Kellog irgend etwas mit der Erschießung ihres Mannes zu tun hat?
Antwort: Nein, das glaube ich nicht.

35. Frage: Wären Sie bereit, mir eine oder alle Ihre Schußwaffen für ballistische und andere Untersuchungen in Zusammenhang mit dieser Ermittlung zu übergeben?
Antwort: Ja.

75-331D (Rev.7/70) **Seite 5**

36. Frage: Wären Sie bereit, dies sofort nach dieser Befragung zu tun? Dort mit mir oder einem anderen Kriminalbeamten hinzufahren und die Waffen zu übergeben?
Antwort: Ja.

37. Frage: Wo waren Sie zwischen 16 Uhr gestern abend und 10 Uhr heute morgen?
Antwort: Ich erinnere mich nicht, wo ich um 16 Uhr war, aber von 19 Uhr bis ungefähr 20.30 Uhr befragte ich Leute in Zusammenhang mit dem Fall Grover.

38. Frage: Sie waren im Dienst, führten eine offizielle Ermittlung durch?
Antwort: Richtig.

39. Frage: Und was geschah dann? Nachdem Sie den Dienst um 20.30 Uhr beendeten?
Antwort: Ich fuhr nach Hause, aß zu Abend, sah mir etwas im Fernsehen an und ging zu Bett.

40. Frage: Waren Sie allein?
Antwort: Nein. Helene, Mrs. Kellog, war bei mir. Sie war zu Hause, als ich dort eintraf.

41. Frage: Mrs. Kellog war die ganze Zeit bei Ihnen?
Antwort: Ja. Von der Zeit meines Eintreffens, etwas vor 20.45 Uhr, bis wir heute morgen zur Arbeit fuhren.

42. Frage: Keiner von Ihnen war allein in der Zeit zwischen gestern abend 21 Uhr und heute morgen 8 Uhr?
Antwort: Das ist richtig.

43. Frage: Sahen Sie sonst jemand in der Zeit von 21 Uhr gestern abend und 8 Uhr heute morgen?
Antwort: Nein.

44. Frage: Können Sie mir irgend etwas sagen, das vielleicht bei der Aufklärung der Ermordung von Officer Kellog helfen kann?
Antwort: Nein.

75-331D (Rev.7/70) **Seite 6**

45. Frage: Haben Sie überhaupt keine Meinung?
Antwort: Er arbeitete im Rauschgiftdezernat. Wenn Sie herausfinden, wer es getan hat, dann wette ich, daß es etwas mit seinem Job zu tun hat.

46. Frage: Können Sie das näher erläutern?
Antwort: Ich weiß nichts Genaues, wenn Sie das meinen. Aber ich habe das gleiche Gerede gehört wie Sie.

47. Frage: Captain Quaire?
Antwort (Captain Quaire): Mir fällt nichts mehr ein. Hat sonst noch jemand eine Frage?
(Keine Antwort.)

48. Danke, Detective Milham. (Detective Milham) Captain, ich werde vielleicht um etwas Urlaub bitten.
(Captain Quaire) Natürlich, Wally. Füllen Sie nur den Urlaubsschein aus.
(Detective Milham) Es gefällt mir nicht, hier so zu sitzen.
(Captain Quaire) Keinem von uns gefällt das, Wally.

75-331D (Rev.7/70) **Seite 7**

»Danke, Henry«, sagte Staff Inspector Mike Weisbach in Quaires Büro und nahm von Captain Henry Quaire eine Tasse Kaffee entgegen.

Quaire machte eine Geste ›Nicht der Rede wert‹ und schaute Weisbach dann in die Augen. »Kann ich sonst noch etwas für Sie tun, Inspector?«

»Sagen Sie mir, was Sie von dem Fall halten«, bat Weisbach. »Ganz unter uns.«

»Ich glaube nicht, daß Wally Milham darin verwickelt ist.«

»Und die Witwe Kellog?«

Quaire zuckte mit den Schultern. »Ich kenne sie nicht.«

»Wären Sie einverstanden, wenn ich D'Amata zu der Befragung von Mrs. Kellog begleite?«

»Und wenn ich nein sage, Mike?« fragte Quaire lächelnd.

»Dann würde ich trotzdem hingehen, und Sie könnten mich wieder mit ›Inspector‹ anreden«, sagte Weisbach und lächelte zurück. »Ist Ihnen endlich klargeworden, daß ich ebensowenig hiersein möchte, wie Sie mich hierhaben möchten?«

»Manchmal bin ich ein bißchen langsam. Es ärgert mich wahnsinnig, daß man uns jemand vor die Nase setzte. Meine Jungs würden den Papst in eine Zelle werfen, wenn sie ihn für den Täter halten würden, und Lowenstein weiß das, doch er schickt Sie her, damit Sie uns über die Schulter sehen.«

»Das kam vom Bürgermeister.«

»Der Bürgermeister weiß, daß meine Leute gut und zuverlässig sind.«

»Ich nehme an, er will sicherstellen, daß der *Ledger* keinen Grund hat, das Wort ›Vertuschung‹ zu benutzen.«

»Das bedeutet, er hält es für möglich, daß wir etwas vertuschen könnten.«

»Das bezweifle ich, Henry. Ich denke, er will nur seinen Arsch schützen.«

Quaire zuckte mit den Schultern.

»Ich weiß, daß Sie nicht um den Job gebeten haben«, sagte er.

Weisbach schätzte die Witwe Kellog auf achtundzwanzig oder neunundzwanzig, womit sie ungefähr drei Jahre jünger sein würde als der verstorbene Officer Kellog. Sie war eine schlanke, recht attraktive Frau mit sehr blassem Teint. Ihr geschminkter Mund wirkte wie ein roter Schnitt in ihrem Gesicht, und das Rouge auf den Wangen half wenig, um einen gesunden rosigen Teint vorzutäuschen.

Sie trug ein schwarzes Kostüm mit weißer Bluse, Seidenstrümpfen, Pumps, einen Hut mit Schleier und eine Sonnenbrille. Keine Handschuhe, was Weisbach Gelegenheit gab, zu registrieren, daß sie sowohl einen Ehering als auch einen

Verlobungsring trug. Sie waren offenbar gerade rechtzeitig hier in ihrem Apartment eingetroffen. Helene Kellog wollte ausgehen.

»Mrs. Kellog«, sagte Joe D'Amata und zeigte ihr seine Dienstmarke, »ich bin Detective D'Amata, und das ist Inspector Weisbach.«

Helene Kellog schaute sie beide an, sagte jedoch nichts.

»Das mit Ihrem Mann tut uns sehr leid«, sagte D'Amata. »Und wir stören Sie ungern, aber Sie werden gewiß Verständnis haben, denn je eher wir herausfinden, wer Jerry das antat, desto besser.«

»Haben Sie ihn gekannt?« fragte Mrs. Kellog.

»Nicht gut«, sagte D'Amata. »Erlauben Sie eine harte Frage. Haben Sie eine Ahnung, wer ihn ermordet haben könnte?«

»Nein.«

»Nicht einmal einen Verdacht?«

»Es hatte etwas mit Drogen zu tun, dessen bin ich mir ziemlich sicher.«

»Wann haben Sie Ihren Mann zum letzten Mal gesehen?«

»Vor ein paar Wochen.«

»Gestern haben Sie ihn überhaupt nicht gesehen?«

»So ist es.«

»Nur um das mal festzuhalten, würde es Ihnen etwas ausmachen, mir zu sagen, wo Sie gestern nacht waren? Sagen wir mal von 18 Uhr gestern abend bis heute morgen.«

»Ich war bei einem Freund.«

»Die ganze Zeit? Ich meine, die ganze Nacht?«

Sie nickte.

»Würden Sie mir den Namen dieses Freundes nennen?«

»Ich war bei Wally Milham. Ich denke, das wissen Sie bereits.«

»Ich hoffe, Sie verstehen, daß wir diese Fragen stellen müssen. Welche Beziehung haben Sie mit Detective Milham?«

»Jerry und ich hatten Probleme, ernste Probleme. Können wir es dabei belassen?«

»Mrs. Kellog«, sagte Weisbach. »Als wir in Ihrem Haus waren, in dem wir Officer Kellog fanden, bemerkten wir einen Kassettenrecorder.«

D'Amata mißfällt es, daß ich meinen Senf dazugebe. Aber wir wollen sie auf keinen Fall verärgern. Und sie wäre verärgert worden, wenn er sie weiter unter Druck setzt. Und wozu? Milham hat uns bereits gesagt, daß sie miteinander schlafen.

»Was ist damit?« fragte Mrs. Kellog.

»Ich wunderte mich nur darüber. Der Recorder schaltete sich ein, wenn der Telefonhörer abgenommen wurde, nicht wahr?«

»Er nahm jeden Anruf auf«, sagte sie. »Es war seiner, nicht meiner.«

»Sie meinen, er benutzte den Recorder bei seiner Arbeit?«

»Ja. Sie wissen, was er arbeitete.«

»Wissen Sie zufällig, wo er die Kassetten aufbewahrte?«

»Die Kassetten waren in einer Schachtel im Küchenschrank. Sind sie weg?«

»Wir wollen uns nur vergewissern, daß wir alle Kassetten haben«, sagte Weisbach.

»Alle, von denen ich weiß, bewahrte er gleich beim Kassettenrecorder auf.«

»Sprach Ihr Mann jemals mit Ihnen über seine Arbeit?« fragte Weisbach. »Ich meine, können Sie sich an irgend etwas erinnern, das uns vielleicht hilft, denjenigen zu finden, der ihn ermordet hat?«

»Er hat zu Hause nie über seinen Job gesprochen«, sagte Mrs. Kellog. »Er wollte mir nicht sagen, was er macht, und ich wollte es nicht wissen.«

»Bei meiner Frau ist es das gleiche«, sagte Weisbach.

»Und Sie arbeiten nicht beim Rauschgiftdezernat«, sagte sie. »Hören Sie, wie lange wird das noch dauern? Ich muß zum Bestattungsinstitut und einen Sarg auswählen.«

»Ich denke, wir sind fertig«, sagte Weisbach. »Dürfen wir Sie mitnehmen? Können wir sonst etwas für Sie tun?«

»Ich habe einen Wagen, danke.«

»Danke für Ihre Zeit, Mrs. Kellog«, sagte Weisbach. »Und noch einmal, es tut uns sehr leid, daß dies passiert ist.«

»Wir hatten unsere Probleme«, sagte Helene Kellog. »Aber das hat er nicht verdient.«

Detective Anthony C. ›Tony‹ Harris entschloß sich nach kurzem Überlegen, dem Gebot der Diskretion zu gehorchen und den Wagen im Parkhaus Ecke South Broad und Locust Street zu parken und zu Fuß zum Bellevue-Stratford Hotel zu gehen. Er mußte sich dann zwar eine Quittung vom Parkhaus geben lassen, um sein Geld wiederzubekommen, und er würde die verdammte Quittung bestimmt verlieren oder vergessen, sie einzureichen, und folglich die Parkgebühr aus eigener Tasche bezahlen, aber die Diskretion ging vor.

Die Dinge waren dem Ende ziemlich nahe, und er wollte die Sache nicht vermasseln, nur weil einer der Blödmänner vom Sittendezernat – sie waren schließlich auch Cops – den neutralen Ford auf der Straße oder in der Gasse hinter dem Bellevue-Stratford entdeckte und sich fragte, was er zu dieser nächtlichen Stunde dort beim Hotel zu suchen hatte.

Tony Harris war körperlich wenig beeindruckend. Er war ein dünner, drahtiger Sechsunddreißigjähriger, der schon eine Glatze bekam und dessen Gesicht bereits runzlig wurde. Sein Hemdkragen und die Manschetten seines Sportsakkos waren abgescheuert, seine Krawatte war verwaschen, die Hose mußte gebügelt werden, und die Schuhe brauchten nicht nur Schuhcreme, sondern auch neue Absätze.

Er stand jedoch bei seinen Kollegen in dem Ruf, einer der besten Detectives der Polizei von Philadelphia zu sein, bei der er neun seiner fünfzehn Dienstjahre bei der Mordkommission gearbeitet hatte. Er hatte nur fünf Jahre gebraucht, um zur Mordkommission zu kommen – eine ungewöhnlich kurze Zeit –, und er wäre restlos zufrieden gewesen, wenn er den Rest seiner Dienstjahre dort hätte bleiben können. Vor achtzehn Monaten war er gegen seine ärgerlichen Einwände zur Special Operations Division versetzt worden.

Tony Harris hatte gemischte Gefühle bei seiner derzeitigen Arbeit. Böse Jungs sollten böse Jungs sein, keine Kollegen, keine Jungs, die gute Cops waren, wie er wußte – oder es wenigstens gewesen waren.

Weil er gezwungen gewesen war, darüber nachzudenken, war ihm klargeworden, daß er immer ehrlich gewesen war und nie etwas Krummes getan hatte. Und bei fast all seinen Freunden war das so. Er hatte nie auch nur einen Dime angenommen. Selbst als er frisch von der Polizeiakademie gekommen war und im 23. Distrikt als Fußstreife gearbeitet hatte, war es ihm unangenehm gewesen, wenn ihm zu Weihnachten Geschäftsleute Schinken, Truthähne oder Whisky geschenkt hatten.

Es war nichts Ehrenrühriges, einen Schinken oder Truthahn oder eine Flasche Whisky anzunehmen, aber selbst als Cop, der zu Fuß seine Runden machte, hatte er eine saubere Trennungslinie gezogen. Er hatte kein Geld angenommen. Einen gefalteten Zwanzigdollarschein oder einen Umschlag mit Geld hatte er mit einem Lächeln abgelehnt.

Er hatte sich gesagt, daß es falsch war, wenn ein Cop Geld nahm, weil er seine Arbeit erledigte.

Doch diese Dreckskerle nahmen Geld, viel Geld dafür, daß sie ihre Arbeit *nicht* erledigten. Schlimmer noch, sie wußten verdammt genau, wie dreckig es war, sich schmieren zu lassen.

Das war die eine Seite – sie waren dreckig, und sie verdienten es, geschnappt und bestraft zu werden.

Die andere Seite war, daß sie Cops waren, Kollegen, und er fühlte sich bei seiner Arbeit unbehaglich.

Als Tony seine schlimme Phase gehabt und getrunken hatte, war er ein halbes Dutzend Mal davongekommen, weil Kollegen ihn hatten laufenlassen. Bürger, die betrunken Auto gefahren waren oder jemanden in einer Bar zusammengeschlagen oder sich ganz allgemein im Suff zu Arschlöchern gemacht hatten, wären eingesperrt worden, doch bei ihm hatten sie beide Augen zugedrückt.

Mit anderen Worten, er war nicht die Unschuld in Person.

Washington, Sergeant Jason Washington, sein langjähriger Partner bei der Mordkommission und jetzt sein Vorgesetzter, war Mister Unschuld. Und ebenso Inspector Wohl, der Chef der Special Operations. Das einzige, was sie jemals angenommen hatten, weil sie eine Dienstmarke hatten, war die professionelle Höflichkeit, die sie von einem Kollegen und Cop erhielten, der sie wegen zu schnellen Fahrens stoppte.

Und die Jungs, deren Aufseher er jetzt war, waren ebenfalls sauber. Payne würde niemals Geld annehmen, weil er reich war und keins brauchte, und Lewis war sauber, weil er das von seinem Vater hatte. Lieutenant Foster H. Lewis senior war so sauber und korrekt, daß man schon darüber witzelte: Wenn er einen Frosch im Hals hatte und auf den Bürgersteig spucken mußte, würde er sich selbst einlochen.

Tony wußte, daß richtig war, was er tat, und daß es getan werden mußte. Er wünschte nur, jemand anders würde es tun.

Er betrat das Bellevue-Stratford Hotel durch den Seiteneingang an der Walnut Street und ging in die Cocktailbar. Er blieb gerade lange genug auf der Türschwelle stehen, um ein vertrautes Gesicht an der Bar zu entdecken, und dann durchquerte er die Bar und überprüfte die Halle, bevor er schnell zu den Aufzügen ging. Er bat den Fahrstuhlführer, ihn in die zwölfte Etage zu bringen.

Tony probierte den Schlüssel von Zimmer 1204, doch die Tür war mit der Kette gesichert – wie es sein sollte –, und er mußte warten, bis Officer Foster H. Lewis junior, ein gigantischer Schwarzer, über zwei Meter groß und hundertzwanzig Kilo schwer, zur Tür kam, sie einen Spalt öffnete, sie schloß, die Sicherheitskette entfernte und ihn hereinließ.

Nachdem er die Tür geöffnet hatte, ging Lewis, ›der Kleine‹, wie er scherzhaft genannt wurde, schnell durch das

Zimmer zum Fenster. Auf seinem Kopf war ein Kopfhörer, der mit langen Kabeln mit den beiden Tonbandgeräten verbunden war, die auf einer Kommode standen.

»Was ist los, Kleiner?« fragte Harris, und bevor Lewis etwas sagen konnte, fügte er hinzu: »Wo ist Payne?«

Der Kleine antwortete, indem er zum Fenster und nach oben wies.

Harris durchquerte das Zimmer und bemerkte dabei einen Servierwagen mit silberner Kaffeekanne und den Resten eines Steakabendessens vom Zimmerservice.

Payne, natürlich. Es käme ihm nicht in den Sinn, bei McDonald's oder einem anderen Imbiß ein paar Hamburger und Kaffee in Pappbechern zu holen. Er ist in einem Hotelzimmer, ruft den Zimmerservice an und bestellt ein paar Steaks medium. Scheiß auf die Kosten.

Detective Tony Harris schaute aus dem Fenster und sah Detective Matthew M. Payne.

»Allmächtiger!« stieß er hervor. »Was, zum Teufel, treibt der da?«

»Die Lady hat das Fenster geöffnet«, erklärte Officer Lewis, »und dadurch wurde der Saugnapf des Mikros gelockert.«

»Hat sie das Kabel gesehen?« überlegte Harris laut und bereute es sofort.

Blöde Frage. Wenn sie das Kabel gesehen hätte, würde Payne nicht auf einem schmalen Sims im dreizehnten Stock stehen und versuchen, den Saugnapf wieder fest am Fenster anzubringen.

»Das bezweifle ich«, sagte der Kleine.

»Hat sich etwas ergeben?«

»Wenn wir eine Kamera hätten, könnten wir uns einen heißen Pornofilm ansehen«, sagte Lewis.

»Ist Payne verrückt oder was, so etwas zu versuchen?«

»Ich sagte ihm, daß er bescheuert ist. Er sagte, er kann es schaffen.«

»Wie ist er dorthin gekommen?«

»In 1216 war den ganzen Abend kein Licht. Zwei Türen hinter 1218. Er sagte, er kann in das Zimmer.«

»Sie meinen, das Schloß knacken?« fragte Harris, und wieder sprach er weiter, ohne Lewis Zeit zu einer Antwort zu lassen. »Und wenn ihn jemand auf dem Gang gesehen hätte?«

»Nach dem, was wir abhörten, bevor die Lady die Verbindung unterbrach, bezweifelten wir, daß der Lieutenant schon bereit ist, zu seiner Frau und den Kinderchen zurückzukehren. Und außerdem trägt Matt den Arbeitskittel eines Monteurs des Hotels, und er sagte, der Lieutenant kennt ihn ohnehin nicht.«

»Ja, aber wenn er ihn gekannt hätte?«

»Er hat es geschafft!« sagte Lewis.

Er nahm den Kopfhörer ab und hielt ihn Harris hin.

Harris setzte den Kopfhörer auf.

Bei den Geräuschen sexueller Aktivität wurde er verlegen.

»Ich habe mich gefragt, ob ich pervers bin, weil ich einiges davon ziemlich aufregend finde«, sagte der Kleine.

»Wir wollen ihn mit einem der Mobster erwischen, nicht mit dem Pimmel im Mund einer Nutte.«

»Leider haben wir im Moment nur ihn und die Lady, die ihm einen bläst. Vielleicht haben Martinez und Sowieso Glück, wenn sie uns ablösen.« Dann fügte der Kleine hinzu: »Matt ist wieder drinnen. Ich stimme Ihnen zu, das war verrückt.«

»Ihr Freund hat nicht mehr alle Tassen im Schrank«, sagte Harris.

»Ich denke, er sieht das lieber als aufopferungsvolle Pflichterfüllung«, sagte der Kleine. »Sie kennen das, ›weder Hitze noch Regen, noch dreizehn Stockwerke werden mich von der Mission abhalten …‹«

»Oh, Scheiße!« sagte Harris und mußte lachen. »Ich würde so etwas nie versuchen.«

»Ich auch nicht. Aber ich will ja auch nicht Polizeichef werden, bevor ich vierzig bin.«

Harris schaute zu dem Kleinen auf und lächelte.

»Sie meinen, das will er werden? Wirklich?«

»Keine Ahnung. Manchmal denke ich, er spielt nur Cop ...«

Harris schnaubte.

»Und manchmal denke ich, er nimmt den Job so ernst wie mein Alter. Wissen Sie, die dünne blaue Linie, durch die der Bürger vor den Bösen geschützt wird. Wir wissen, daß Matt es nicht wegen des Geldes tut.«

Es klopfte an der Tür.

»Ist Payne zurück *gerannt?«* fragte Harris.

»Das ist wahrscheinlich Che-sus«, sagte der Kleine und ging zur Tür.

Es war tatsächlich Detective Jesus Martinez, ein kleiner Mann – er erfüllte so gerade die Mindestanforderungen der Polizei hinsichtlich Größe und Gewicht – mit olivenfarbenem Teint und einer Vorliebe für Goldschmuck und maßgeschneiderte Anzüge von Krass Brothers.

»Was ist los?« fragte er anstelle einer Begrüßung.

»Pornographische Tonbandaufnahmen«, sagte der Kleine.

»Und dein geliebter Kumpel spielt den Supercop.«

Es gab keine Liebe zwischen den Detectives Payne und Martinez, und Tony Harris wußte das.

»Wo ist er?«

»Als ich ihn zum letzten Mal sah, balancierte er auf dem Sims draußen vor der Lasterhöhle«, sagte Tony.

»Weshalb?«

»Er hat das Mikro wieder angebracht. Die Nutte öffnete das Fenster, und der Saugnapf löste sich.«

Martinez ging zum Fenster und schaute hinaus.

»Tatsächlich? Arbeitet es jetzt wieder?«

»Ja. Der Lieutenant läßt sich einen blasen.« Der Kleine gab Martinez den Kopfhörer.

Martinez hielt einen der Hörer ans Ohr. Er lauschte fast eine Minute lang und gab den Kopfhörer zurück.

»Payne ging wirklich auf diesen Sims und brachte das Mikro an?«

»›Weder Hitze noch Regen ...‹«, begann der Kleine zu zitieren, und er verstummte, als es wieder an der Tür klopfte.

Martinez öffnete.

Detective Matthew M. Paye trat ein. Er war ein großer, geschmeidiger Fünfundzwanzigjähriger mit dichtem, dunklem Haar und intelligent blickenden Augen. Payne trug den grauen Arbeitskittel eines Monteurs des Hotels.

»Wie geht's, Che-sus?« sagte Payne. »Komisch, es freut mich, dich zu sehen.«

Martinez gab keine Antwort.

»Klappt es?« wandte sich Payne an Lewis. Der Kleine nickte.

»Tony, da jetzt Detective Martinez hier ist«, sagte Payne, »Und das verdammte Mikro wieder an Ort und Stelle ist, kann ich mir jetzt frei nehmen?«

Harris antwortete nicht sofort. Er schaute Lewis an.

»Haben wir bis jetzt schon etwas?«

»Sie meinen, außer dem Stöhnen und Grunzen und anderen Lauten der Geilheit? Nein. Keine Namen wurden erwähnt, und von Geld war nie die Rede.«

»Jason Washington wird die Bänder trotzdem hören wollen«, sagte Harris und wandte sich an Payne. »Sie bringen die Bänder zu Washington und können dann Feierabend machen. Lassen Sie Martinez wissen, wo Sie sind.«

»Okay, abgemacht.«

»Es war blöde, auf diesen Sims zu gehen«, sagte Harris.

»Die Geliebte des Lieutenants lockerte den Saugnapf, als sie das Fenster öffnete«, erwiderte Payne. »Kein Sims, keine Aufnahmen.«

»Die *was* des Lieutenants?« fragte Lewis der Kleine.

»Ich glaube, man nennt das Geliebte, Mätresse, Liebchen oder ...«

»Nutte, meinst du.«

»Eine Nutte tut es für Geld«, sagte Payne. »Das können wir ihr nicht vorwerfen. Es ist kein Geld gezahlt worden.

Und wie ich hörte, ist es nicht gegen das Gesetz, wenn jemand eine kostenlose Probe einer Ware annimmt. Wir wissen nur, daß es wahre Liebe auf den ersten Blick zwischen dem Lieutenant und der *inamorata* war.«

Harris lachte.

»Hauen Sie ab, Payne«, sagte Harris. »Wenn Sie ebenfalls Feierabend machen wollen, Kleiner, bleibe ich hier, bis der andere Knabe – wie, zum Teufel, heißt er? – hier ist.«

»Pederson«, half Martinez aus. »Pederson mit einem *d.*«

»Ich werde warten. Ich finde das alles faszinierend.«

»Du bist ein schmutziger junger Mann, Kleiner«, sagte Payne.

4

Ungefähr zur gleichen Zeit – 21 Uhr 35 – als Detective Matthew M. Payne das Bellevue-Stratford Hotel durch den hinteren Dienstboteneingang verließ und die Walnut Street hinauf zu seinem Apartment am Rittenhouse Square eilte, ging Mr. John Francis ›Frankie‹ Foley vier Blocks entfernt an den 12th und Market Streets in den Reading Terminal Market. Mr. Foley war ebenfalls fünfundzwanzig, aber mit fast zwei Metern und einundneunzig Kilo merklich größer und schwerer als Detective Payne. Mr. Foley trug ein zweifarbiges Sakko (Vorderteil rot, Ärmel und Kragen dunkelblau) und ein blaues Sporthemd mit offenem Kragen.

Mr. Foley ging zielstrebig durch das Einkaufszentrum

und schnüffelte die Gerüche von den verschiedenen Delikatessenläden und Imbißständen, bis er zur Theke von ›Max's Cheese Steaks‹ gelangte. Dort wartete auf ihn auf einem Barhocker Mr. Gerald North ›Gerry‹ Atchison. Mr. Atchison war zweiundvierzig Jahre alt, ein Meter achtundsiebzig groß und dreiundneunzig Kilo schwer. Er genoß ein Pint Bier, einen Teller Pommes frites und eines von Max' fast berühmten Steaks mit Käse-Sandwiches.

Mr. Atchison, der sich als Geschäftsmann und Gastronom betrachtete – er besaß und betrieb das Lokal ›Inferno Lounge‹ in der Market Street – und der Meinung war, daß das Äußere wichtig war, trug einen dunkelblauen zweireihigen Anzug, ein weißes Hemd mit Seidenkrawatte und glänzend polierte italienische Halbschuhe.

Beide Gentlemen waren bewaffnet, Mr. Atchison mit einem Revolver Colt Cobra, Kaliber .38 Special, den er in einem Gürtelholster trug, und Mr. Foley mit einer halbautomatischen Pistole Colt Modell 1911A1 Kaliber .45 ACP, die er hinten in den Hosenbund gesteckt hatte. Mr. Atchison war legal bewaffnet. Er hatte vom Sheriff des Delaware County, Pennsylvania, wo er seinen Wohnsitz hatte, eine Lizenz zum Tragen einer versteckten Waffe zu seinem persönlichen Schutz erhalten.

Mr. Atchison hatte dem Polizeichef gesagt, daß er oftmals spät in der Nacht sein Geschäft mit großen Summen Bargeld verließ und Angst vor einem Überfall hatte. Der Polizeichef wußte, daß der Block 1900 der Market Street eine unangenehme Gegend und Mr. Atchison nicht nur ein gesetzestreuer Bürger war, sondern auch als Captain in der Pennsylvania Air National Guard diente, bei der er selbst Officer war, und so erteilte er den Waffenschein.

Es war für jeden Bürger in Philadelphia äußerst schwierig, eine Erlaubnis zum Tragen einer versteckten Waffe zu erhalten, aber Philadelphia erkannte die Erlaubnis zum versteckten Tragen einer Waffe an, wenn sie von anderen polizeilichen Zuständigkeitsbereichen ausgestellt waren. Deshalb verstieß Mr. Atchison mit seiner Pistole gegen kein Gesetz.

Mr. Foley hingegen hatte keine Lizenz zum Tragen einer versteckten Schußwaffe. Er hatte einen Antrag gestellt und sich gesagt, daß er nicht schlimmer dran sein würde als zuvor, wenn alle Cops ›nein‹ sagen würden. Und eine Zeitlang hatte es ausgesehen, als würde er tatsächlich einen Waffenschein erhalten. Der Polizeibeamte, mit dem er über das Antragsformular gesprochen hatte, erwies sich als Ex-Mitglied des US Marine-Corps, wie ein *Semper Fi*-Abziehbild an seinem Schreibtisch verriet, und Frankie erzählte ihm, daß er selbst bei den Marines gewesen war, und sie sprachen über Parris Island und Quantico und 29 Palms, und schließlich sagte der Polizeibeamte, er könne nichts versprechen, es sei verdammt schwierig, Lizenzen zu bekommen, aber er werde sein Bestes tun. Er solle sein DD-214 mit den Qualifikationen für Waffen mitbringen, damit dem Antrag eine Kopie beigelegt werden konnte, was vielleicht helfen würde.

Frankie erklärte, daß er gern sein DD-214 mitbringen würde, das bewies, daß er sich mit dem .45er als Experte qualifiziert hatte, aber da gebe es ein kleines Problem. In 29 Palms habe sich ein Schwuler an ihn heranmachen wollen und er habe den Wichser zusammengeschlagen und in seinem DD-214 stehe, daß er die Marines wegen ›schlechten Betragens‹ verlassen mußte, was nicht so schlimm wie ›unehrenhaft‹ war, aber auch nicht als ›ehrenhaft‹ bezeichnet werden konnte.

Frankie erkannte an dem daraufhin veränderten Verhalten des Ex-Kameraden vom Marine-Corps, daß es Zeitverschwendung gewesen wäre, wenn er sein DD-214 einreichen würde, und so ging er nie wieder hin.

Deshalb verstieß Frankie durch das Tragen einer versteckten Schußwaffe gegen Paragraph 6162 des Strafgesetzbuches von Pennsylvania und die Paragraphen 907 (unerlaubter Besitz von Feuerwaffen) und 908 (Besitz von Angriffswaffen) des Uniform Firearms Act, beides ein Vergehen, das mit bis zu fünf Jahren Haftstrafe und/oder bis zu zehntausend Dollar Geldstrafe geahndet wurde.

Mr. Foley war nicht besorgt wegen der Möglichkeit, festgenommen zu werden, weil er eine versteckte Waffe trug. Wenn man zum ersten Mal geschnappt wurde, erhielt man eine Strafe auf Bewährung, es sei denn, man wurde geschnappt, nachdem man eine Nonne vergewaltigt hatte. Die Gefängnisse waren überfüllt, und Richter hielten Ersttätern im allgemeinen eine Standpauke und gaben ihnen noch eine Chance, anstatt sie in den Knast zu schicken. Frankie war nie wegen etwas Ernsterem als verschiedenen Verkehrsdelikten festgenommen worden, darunter Trunkenheit am Steuer und schwere Verkehrsgefährdung.

Und selbst wenn er nicht glimpflich davonkommen würde, verzichtete er nicht auf die Waffe, denn er traute Mr. Atchison, der eine Waffe trug, ungefähr so weit, wie er den Hurensohn werfen konnte – *welcher Scheißkerl heuerte schon jemand an, um seine eigene Frau umbringen zu lassen?* –, und er würde sich nicht ohne etwas zu seinem Schutz in der Nacht in seine Nähe wagen.

Noch wichtiger, der Zweck des Treffens war die Besprechung der Einzelheiten des mündlichen Vertrags, den sie abgeschlossen hatten, dessen Planung, ganz zu schweigen von der Ausführung, ein weitaus ernsterer Verstoß gegen das Strafgesetzbuch von Pennsylvania war als das Tragen einer Waffe ohne Waffenschein.

Mr. Foley hatte sich bereit erklärt, für fünftausend Dollar – die Hälfte jetzt und die andere Hälfte nach Erledigung des Jobs – Mrs. Alicia Atchison, Mr. Atchisons fünfundzwanzigjährige Frau, die ihn betrogen hatte, zu ›eliminieren‹ und Mr. Anthony J. Marcuzzi, zweiundfünfzig Jahre, Mr. Atchisons Geschäftspartner, der ihn bestohlen hatte, ebenfalls um die Ecke zu bringen.

Frankie war sich nicht sicher, ob Marcuzzi Atchison tatsächlich bestohlen und Geld aus der Kasse des Inferno genommen hatte – es war wahrscheinlicher, daß Atchison ihn einfach aus dem Weg haben wollte; vielleicht bestahl *er* Marcuzzi und befürchtete, von ihm erwischt zu werden. Aber er war überzeugt, daß Atchison seine Frau nicht umlegen lassen wollte, weil sie ihm Hörner aufsetzte. Frankie wußte, daß Atchison ein Verhältnis mit einer anderen Frau hatte, ebenfalls einer jungen, und vielleicht sagte er sich, wenn er Marcuzzi umlegen ließ, konnte er sich genausogut gleich beide vom Hals schaffen. Oder vielleicht sagte er sich, daß es überzeugender wirkte, wenn sie bei Marcuzzis Tod mit draufging. Oder vielleicht wollte er eine Versicherungssumme kassieren oder so etwas.

Was auch immer seine Gründe waren, es lag nicht daran, daß er sauer war, weil seine Frau einen anderen Mann an ihren Schlüpfer ließ. Zwei Wochen nach Frankies erstem Treffen mit Gerry Atchison, *bevor* der Mordauftrag zur Sprache gekommen war, hatte Atchison rundheraus gesagt, wenn Frankie Alicia ficken wolle, hätte er nichts dagegen.

Frankie war in Versuchung geraten – Alicia sah wirklich gut aus –, aber er hatte sich dagegen entschieden, weil es nicht profihaft war. Er wollte keine Beziehung mit einer Person haben, die er umlegen würde.

Mr. Foley war seinerseits Mr. Atchison gegenüber nicht ganz ehrlich gewesen. Er war kein erfahrener Killer, der Aufträge für die Mafia in Philadelphia (und New York und Las Vegas) erledigte, die sie aus irgendeinem Grund nicht selbst ausführen konnten. Das hatte er Mr. Atchison und anderen nur weisgemacht.

In Wirklichkeit würde dieser Job sein erster werden.

Er setzte sozusagen seinen Fuß auf die erste Sprosse der Leiter einer erfolgreichen Verbecherkarriere. Frankie hatte oft darüber nachgedacht, als man ihn aus dem Marine-Corps geworfen hatte. Als Profiverbrecher konnte man viel Geld verdienen. Das Dumme war nur, man mußte mit blöden Dingen wie Einbrüchen oder dem Klauen von Trucks anfangen, und wenn man geschnappt wurde, verbrachte man lange Zeit in Knast. Und selbst wenn man nicht erwischt wurde, kassierte man für die Beute nur lächerlich wenig – einen Dime pro Dollar, wenn man Glück hatte.

Man mußte an das ganz große Geld herankommen, und dafür brauchte man einen Ruf. Frankie sagte sich, daß das angesehenste Mitglied in der Gemeinde der professionellen Verbrecher der Typ war, der Leute umlegte, wie jeder wußte. Keiner legte sich mit einem Hitman an. Folglich mußte er ein Hitman werden, und das konnte man nur, wenn man einen Hit durchführte.

Das Problem war, daß man jemanden finden mußte, der jemanden killen lassen wollte und bereit war, einem den Job zu geben. Frankie war stolz auf die Art und Weise, wie er dieses Problem gelöst hatte.

Er kannte einen Typen aus der Nachbarschaft, Sonny Boyle, mit dem er schon als Kind gespielt hatte. Sonny war jetzt ein kleiner Ganove und Pimp, nichts Bedeutendes, aber er kannte bedeutende Leute.

Frankie frischte die Freundschaft auf, streifte mit Sonny durch Bars und verschwieg ihm, daß er für das Kaufhaus Wanamakers Lastwagen mit Möbeln belud, um den Lebensunterhalt zu verdienen. Er ließ bei Sonny durchblicken, daß er aus dem Marine-Corps rausgeschmissen worden war, weil er jemand umgelegt hatte – in Wirklichkeit war er entlassen worden, weil er beim Diebstahl aus den Spinden von Kameraden erwischt worden war –, und als Sonny ihn nach seiner jetzigen Tätigkeit fragte, sagte er ihm nur ›ich bin im Geschäft drin‹.

Und als beim nächstenmal in den Zeitungen stand, daß der Mob jemand umgelegt hatte – die Cops fanden eine Leiche beim Flughafen, die .22er Löcher in den Schläfen hatte –, ging Frankie zu Sonny Boyle und bat ihn um einen großen Gefallen. Wenn die Cops oder jemand sonst fragen sollten, waren sie beide von 22 Uhr bis mindestens drei Uhr zusammen und während dieser Zeit nirgendwo in der Nähe des Flughafens gewesen.

Und als Sonny ihn gefragt hatte, was los war, hatte er geheimnisvoll getan und ihn beschworen, ihm ein Alibi zu verschaffen.

So wurde die Kunde verbreitet – Sonny war eine Plaudertüte, worauf Frankie gebaut hatte –, und als wieder jemand vom Mob erschossen wurde und Mickey O'Hara im *Bulletin* schrieb, daß die Polizei den Mord in Zusammenhang mit dem organisierten Verbrechen sah, ging Frankie abermals zu Sonny und bat ihn um ein Alibi.

Drei Wochen später nahm Sonny ihn mit in das Lokal Inferno Lounge und sagte, daß der Besitzer, Gerry Atchison, ihn kennenlernen möchte.

An der Art, wie spendabel und freundlich Atchison gewesen war – er hatte ihm nicht nur die Zeche erlassen, sondern ihm auch seine Frau zum Sex angeboten –, erkannte Frankie sofort, daß Sonny von seinem Freund, dem Killer, erzählt und Atchison angebissen hatte.

Zusätzlich zu den vereinbarten fünftausend Dollar gab es eine andere Vergütung: Frankie würde eine Mischung aus Oberkellner und Rausschmeißer im Inferno werden. Der Lohn war nicht so großartig, nicht viel mehr, als er bei Wanamakers verdiente, aber er sagte Atchison, er suche einen solchen Job nicht wegen des Geldes, sondern damit er den Cops sagen konnte, daß er einen ehrlichen Job hatte.

Das würde für seine Laufbahn von Vorteil sein. Er konnte im verdammten Kaufhaus Wanamaker's kündigen und würde verfügbar sein, wo Leute ihn finden konnten. Frankie Foley war überzeugt, daß seine beruflichen Dienste gefragt sein würden, wenn sich herumsprechen würde, daß er Atchisons Frau und Marcuzzi umgelegt hatte.

Mr. Foley stieg auf den Barhocker neben Mr. Atchison. Atchison zuckte leicht zusammen, als er ihn sah.

»Hast du etwas, das mir gehört, Gerry?« fragte Frankie, woraufhin Mr. Atchison Mr. Foley einen weißen, zugeklebten Briefumschlag überreichte, den er in der linken Tasche seines Sakkos verschwinden ließ.

»Hast du dir alle Einzelheiten gemerkt? Geht alles klar?« fragte Mr. Atchison ein wenig nervös.

Mr. Foley nickte.

Mr. Atchison hielt das für keine völlig befriedigende Antwort. Er sah sich um, vergewisserte sich, daß der Kellner vollauf damit beschäftigt war, einer Wasserstoffblondine in den Ausschnitt zu peilen, und neigte sich näher zu Frankie.

»Du kommst kurz vor dreiundzwanzig Uhr auf einen Drink ins Lokal«, sagte er im Flüsterton. »Ich zeige dir, wo du die Kanonen finden kannst. Dann gehst du. Kurz nach Mitternacht spazierst du die Market runter, schaust in das kleine Fenster in der Tür, als wunderte es dich, daß das Inferno geschlossen ist. Wenn du nur mich siehst, weißt du, daß ich Marcuzzi zum Geldzählen nach unten geschickt habe und sie mit zum ›Aufpassen‹ und daß ich die Hintertür offengelassen habe.«

»Das haben wir schon zwanzigmal durchgekaut«, sagte Mr. Foley und schwang sich vom Barhocker. »Du solltest dir mehr Sorgen machen, ob du bis zweitausendfünfhundert zählen kannst, ohne dich zu verzählen. Zweimal.«

»Mensch, Frankie«, protestierte Mr. Atchison empört über die Andeutung, daß er jemand bei einer geschäftlichen Transaktion übers Ohr zu hauen versuchen könnte.

»Und du läßt von jetzt an das Saufen. Nur noch ein Bier, verstanden?« sagte Mr. Foley. Dann ging er davon.

Mr. Paulo Cassandro, sechsunddreißig, ein Meter neunzig, zweiundneunzig Kilo schwer, der Chef des Autoverleihs Classic Livery, Inc., hatte im Ristorante Alfredo, einem der besseren Restaurants in Philadelphias Innenstadt, mit Mr. Vincenzo Savarese zu Abend gegessen. Mr. Savarese, ein weithin bekannter Geschäftsmann aus Philadelphia, war vierundsechzig, ein Meter sechsundsiebzig groß und wog sechsundsiebzig Kilo.

Mr. Savarese war an einer Reihe von Geschäften beteiligt,

einschließlich am Ristorante Alfredo und Classic Livery, Inc. Sein Name tauchte jedoch nirgendwo in den Büchern beider Geschäfte oder in denen der anderen neunzigprozentigen Beteiligungen auf. Fast alle von Mr. Savareses Geschäftsbeteiligungen basierten auf mündlichen Abmachungen zwischen Ehrenmännern.

Bei einem sehr guten Kalbsschnitzel Marsala erzählte Mr. Cassandro Mr. Savarese, daß er ein kleines Problem habe, das er seiner Ansicht nach Mr. Savarese zu Gehör bringen sollte.

Mr. Cassandro sagte, daß er soeben von einer Geschäftspartnerin, Mrs. Harriet Osadchy, erfahren hatte, daß eine Vereinbarung zwischen Mrs. Osadchy und einem gewissen Polizeibeamten und dessen Partner getroffen worden sei, die von dem Polizeibeamten als nicht mehr angemessen betrachtet wurde.

»Wenn ich mich richtig erinnere«, sagte Mr. Savarese nachdenklich, »war die Vereinbarung sehr großzügig.«

»Ja, das war sie«, pflichtete Mr. Cassandro bei und fuhr fort: »Er sagte, daß seine Ausgaben gestiegen sind und er mehr Geld braucht.«

Mr. Savarese schüttelte den Kopf, trank einen Schluck Asti Spumante aus einem sehr schönen Kristallglas und wartete darauf, daß Mr. Cassandro weitersprach.

»Mrs. Osadchy meint, und ich stimme ihr da zu, daß eine Abmachung eine Abmachung ist und der geile Bastard nur noch gieriger werden wird, wenn wir die vereinbarte Summe erhöhen.«

Mr. Cassandro bereute seine Wortwahl sofort. Mr. Savarese war ein kultivierter Gentleman der alten Schule und fühlte sich von Vulgarität abgestoßen.

»Verzeihung«, sagte Mr. Cassandro.

Mr. Savarese akzeptierte die Entschuldigung für den Mangel an guten Manieren mit einem gnädigen Nicken.

»Eine Erhöhung würde sozusagen appetitanregend für den Gentleman sein?« Mr. Savarese lachte.

Mr. Cassandro lächelte Mr. Savarese an, um anzuzeigen, daß er dessen Esprit zu schätzen wußte.

»Wie möchten Sie dieses Problem gelöst haben, Mr. S.?«

»Wenn möglich, möchte ich die Vereinbarung nicht kündigen«, sagte Mr. Savarese. »Ich betrachte sie als eine Art Leibrente. Wenn die Zusammenarbeit nicht gestört wird, kann sie weiterhin für alle Beteiligten ziemlich profitabel sein. Ich überlasse es dir und deinem Einschätzungsvermögen, wie du dieses Problem löst.«

»Ich werde mit ihm sprechen«, sagte Mr. Cassandro. »Und ihn zur Vernunft bringen.«

»Bald«, sagte Mr. Savarese.

»Noch heute abend, wenn möglich. Wenn nicht, dann morgen.«

»Gut«, sagte Mr. Savarese.

Mr. Cassandro war nicht nur mit den Bedingungen der Vereinbarung, sondern auch mit ihrem Zustandekommen vertraut.

Mrs. Harriet Osadchy, eine vierunddreißigjährige Blondine estnischer Abstammung, war vor vier Jahren von Hazleton, dem Kohlenrevier, nach Philadelphia gekommen. Sie hatte zu Recht geglaubt, daß die Ausübung ihres Gewerbes in Philadelphia lukrativer sein würde. Der Rückgang der Nachfrage nach Antrazitkohle und die zunehmende Mechanisierung der Bergwerke, die noch in Betrieb waren, hatten zu einer starken Reduzierung der Arbeitsplätze und folglich zu weniger verfügbarem Einkommen in der Region geführt.

Mrs. Harriet Osadchy hatte ihr Gewerbe zuerst als freiberufliche Unternehmerin ausgeübt, bis ihre nächtliche Anwesenheit in den besseren Hotels der Innenstadt zwangsläufig den in Zivil arbeitenden Beamten des Sittendezernats aufgefallen war, die dem Inspector der Central Police Division unterstanden.

Nach ihrer dritten Verurteilung, die zu einer dreißigtägigen Haft wegen Verstoßes gegen Paragraph 5902 (Prostitution) und 5503 (ordnungswidriges Verhalten) des Strafgesetzbuches von Pennsylvania führte, wurde ihr klar, daß sie entweder aus dem Gewerbe aussteigen oder ihre Geschäftsmethoden ändern mußte. Inzwischen hatte sie viele ihrer freiberuflichen Kolleginnen im ältesten Gewerbe der Welt und einige Gentlemen kennengelernt, die – wie sie zu Recht annahm – einen gewissen Einfluß in gewissen Gebieten von Philadelphia hatten.

Mit einem hohen Maß an Taktgefühl schaffte sie es, Mr. Cassandro kennenzulernen und ihre Zukunftspläne zu umreißen. Wenn es nicht irgendein ähnliches Arrangement störte, bei dem Mr. Cassandros Freunde und Geschäftspartner beteiligt waren, dann würde ihrer Ansicht nach die Gründung eines hochklassigen Escort Service ein echtes Bedürfnis in Philadelphia befriedigen.

Weil sie nichte wußte, wie die Dinge in Philadelphia liefen, und eine alleinstehende Frau war, brauchte sie Rat, wie sie die passenden gesetzlichen und ärztlichen Dienste und Schutz vor unangenehmen Typen fand, die vielleicht versuchten, sie auszubeuten. Sie sagte sich, daß zehn Prozent der Bruttoeinnahmen ein fairer Preis für solchen Rat und Schutz sein würden.

Mr. Cassandro erklärte Mrs. Osadchy, er würde über die Frage nachdenken, gewisse Nachforschungen anstellen und sich wieder melden.

Dann bat er um eine Audienz bei Mr. Savarese und berichtete ihm von dem Vorschlag. Mr. Savarese dachte ein paar Tage lang über die Sache nach und fand dann, daß an Mrs. Osadchys Vorschlag etwas dran war und Mr. Cassandro sie ermuntern sollte, vorsichtig mit ihrem Geschäft anzufangen.

Es wurde zwischen ihnen als Ehrenmännern vereinbart, daß Mr. Savarese als ›Berater‹ fünfundzwanzig Prozent von den zehn Prozent der Bruttoeinnahmen erhalten würde, die Mrs. Osadchy Mr. Cassandro bezahlen würde.

Das Geschäft blühte vom Start an. Mrs. Osadchy wählte sowohl ihr Personal als auch ihre Kundschaft mit großer Sorgfalt aus. Sie verstand auch, daß es absolut notwendig war, gute Beziehungen zu dem Verwaltungspersonal der Hotels zu pflegen – nicht nur beschränkt auf das Sicherheitspersonal –, in denen ihr Personal das Gewerbe ausübte.

Wenn sie zum Beispiel ein großes Arbeitsaufkommen von – sagen wir mal – einer Tagung von Anwälten oder einem Kongreß von Gefäßchirurgen oder einer ähnlichen Gruppe reicher Berufe erwartete, mietete sie ein Zimmer (oder bei einem großen Kongreß sogar eine Suite) in dem Hotel für die Dauer der Tagung. Kein Geschäft wurde *in* dem Zimmer oder der Suite abgewickelt. Aber zwischen den beruflichen Verpflichtungen benutzte ihr Personal das Zimmer oder die Suite als Operationsbasis. Das steigerte die Wirtschaftlichkeit und schloß aus, daß eine ständige Parade attraktiver junger Frauen ohne Begleitung hin und her durch die Hotelhalle stattfand.

Und Mrs. Osadchy war natürlich klug genug, um peinlich genau ehrlich zu sein, wenn sie die wöchentlichen Zahlungen von zehn Prozent des Bruttoeinkommens an Mr. Cassandro leistete.

Mr. Cassandro stellte Mrs. Osadchy verschiedenen Anwälten und Ärzten vor, die sich darauf verlassen konnten, daß Mrs. Osadchy und ihr Personal ihre Bedürfnisse mit Können und Diskretion befriedigten. Und – noch wichtiger – er machte bekannt, daß Mrs. Osadchy eine sehr gute Freundin von ihm war und deshalb ein Recht darauf hatte, mit einem gewissen Maß an Respekt behandelt zu werden. Wer sie beleidigte, würde auch ihn beleidigen.

Es war eine glatt laufende Operation, und jeder war damit zufrieden gewesen.

Und jetzt wurde dieser verdammte Cop gierig, was alles vermasseln konnte. Darüber hinaus brachte er Mr. Cassandro in Verlegenheit, dem es ganz und gar nicht gefallen hatte, das Problem bei Mr. Savarese anzusprechen.

Ich hätte wissen sollen, daß dieser Hurensohn Ärger machen wird, als er anfing, sich kostenlos von den Nutten bedienen zu lassen, dachte Mr. Cassandro ärgerlich.

Als Mr. Cassandro Mr. Savarese im Ristorante Alfredo verließ, stieg er nicht in den draußen wartenden Wagen, sondern ging zum Benjamin-Franklin-Hotel in der Chestnut Street und betrat die Kabine eines Münzfernsprechers in der Halle.

Er rief Mrs. Harriet Osadchy an und informierte sie, was er bezüglich ihres Problems unternommen und daß man ihm freie Hand gelassen hatte.

»Freut mich, das zu hören«, erwiderte Mrs. Osadchy. »Er wird wirklich eklig.«

»Finanziell, meinst du?« fragte Mr. Cassandro und lachte. »Oder im allgemeinen?«

»Er rief vor ungefähr einer Stunde an und wollte die Zimmernummer im Bellevue wissen. So sagte ich sie ihm. Und dann erzählte er mir, warum er sie wissen wollte. Es wäre eine langweilige Nacht, und ich soll ihm Marianne rüberschicken, damit sie eine kleine Party feiern können.«

»Wirklich ein Scheißer«, sagte Mr. Cassandro mitfühlend.

»Es geht nicht nur darum, daß der den Mädchen nichts zahlt. Er ist gemein zu ihnen. Ich hatte große Mühe, Marianne zu überreden, dorthin zu gehen.«

»Wirklich ein Scheißer«, wiederholte Mr. Cassandro, und dann hatte er eine angenehme Idee. »Harriet, warum rufst du nicht dort an?«

»Was?«

»Sag Marianne, sie soll ihn dort behalten. Ich will mit ihm reden. Das ist ein so guter Ort wie jeder andere.«

»Ich werde sie anrufen«, sagte Harriet wenig begeistert. »Aber ich möchte nicht, daß sie in irgend etwas verwickelt wird, Paulo.«

»Vertraue mir, Harriet«, sagte Mr. Cassandro und hängte den Hörer ein.

Detective Matt Payne bog in den Zufahrtsweg eines luxuriösen Apartmentgebäudes ein und stoppte mit quietschenden Reifen vor der Tür. Ein uniformierter Portier schaute ihn von drinnen ärgerlich an.

Der Wagen war ein silberfarbener Porsche 911. Er war Matts Geschenk nach dem Studium an der University of Pennsylvania, das er vor drei Jahren mit *cum laude* bestanden hatte.

Miss Penelope Detweiler, seine Verlobte in allem außer formeller Verkündigung und Ring am Finger, beschuldigte ihn des öfteren mit einiger Berechtigung, daß er dem Wagen mehr Aufmerksamkeit widmete als ihr.

Er trug immer noch die graue Uniform und den Kittel vom Instandsetzungspersonal des Bellevue-Stratford Hotels. Auf dem Weg vom Hotel zu seinem Apartment am Rittenhouse Square, fünf Blocks westlich des Bellevue-Stratford, hatte er sich gesagt, daß es klug gewesen wäre, wenn er (a) den gutmütigen Lewis den Kleinen gebeten hätte, die verdammten Bänder bei Jason Washington abzuliefern, und daß (b) ein Umziehen nicht mehr in Frage kam, weil er ihn nicht gefragt hatte und deshalb zu spät kommen würde. Er war direkt in die Tiefgarage gegangen und mit dem Porsche losgefahren.

»Dauert nur eine Minute«, sagte er zu dem Portier, der an Paynes häufige, kurze nächtliche Besuche gewöhnt war, nur einen Grunzlaut ausstieß und zum Telefon griff, um zehn-null-sechs zu informieren, daß ein Besucher auf dem Weg hinauf war.

Mrs. Martha Washington, eine sehr große, stattliche Frau mit markanten Gesichtszügen, die auf Matt wirkten wie die von Frauen auf den ägyptischen Flachreliefs im Museum, öffnete die Tür. Sie trug ein fast bis zum Boden reichendes Hauskleid aus Silberlamé.

»Er ist nicht hier, Matt«, sagte sie und hielt ihm die Wange zum Kuß hin. »Ich habe soeben eine gute Flasche kalifornischen Rotwein geöffnet, wenn Sie hereinkommen und warten möchten. Er sollte bald eintrudeln.«

»Ich komme bereits zu spät zum Abendessen, danke«, sagte Matt. »Würden Sie ihm das bitte geben?«

Er überreichte ihr ein großes, zugeklebtes Kuvert.

»Abendessen in dieser Aufmachung?« Martha Washington musterte die Arbeitskleidung. »Sieht aus, als hätten Sie verstopfte Abflüsse gereinigt. Was in alle Welt haben Sie angestellt?«

Sie sah ihm an, daß er sich unbehaglich fühlte, und fügte hastig hinzu: »Entschuldigung, vergessen Sie die Frage.«

»Darf ich auf den Rotwein später zurückkommen?« sagte Matt. »Ich weiß nicht, wo wir zu Abend essen, aber ich werde früh daheim sein, falls Mr. Washington mich braucht.«

»Ich werde es ihm sagen.«

Zehn Minuten später stoppte Matt den Porsche vor dem schwarz angestrichenen Aluminiumschlagbaum, der die Zufahrt zu einer schmalen Kopfsteinpflasterstraße in Society Hill versperrte, nicht weit von der Independence Hall und der Liberty Bell entfernt. Auf einem Schild, das an einer Kette vom Schlagbaum hing, stand ›Stockton Place – Privatbesitz – Durchfahrt verboten‹. Ein Sicherheitsmann der Firma Wachenhut kam aus einem Pförtnerhäuschen aus rotem Sandstein und ging zum Porsche.

»Kann ich Ihnen helfen, Sir?«

»Matthew Payne. Ich möchte zu Mr. Nesbitt.«

»Einen Moment, Sir, ich werde telefonieren«, sagte der Sicherheitsmann und kehrte in das Pförtnerhäuschen zurück.

Es hieß, daß es vor der Sanierung mit der Gegend, die Society Hill hieß und in der Nähe des Delaware River lag, bergab gegangen war – seit Benjamin Franklin, dessen Grab sich auf dem nahen Christ Church Cemetery an der Fifth und Arch Street befand, durch die schmalen Straßen gegangen war. Vor der Sanierung war die Gegend ein Slum gewesen.

Jetzt war es ein Nobelviertel mit den höchsten Immobilienpreisen in Philadelphia. Die Gebäude aus der Zeit der Revolution waren völlig renoviert – oftmals waren nur die Fassaden erhalten und restauriert und alles andere neu gebaut worden – und in Luxuswohnungen und Reihenhäuser umgewandelt worden.

Einer der Entwickler des Projekts hatte bei der Suche nach Eigentumsrechten die angenehm überraschende Entdeckung gemacht, daß die schmale Gasse zwischen zwei Blocks nie urkundlich der Stadt übertragen worden war. So konnte die Öffentlichkeit von der Benutzung der Straße ganz legal ausgeschlossen werden, und das zog die Art von Mietern und Käufern an, die man gewinnen wollte.

Man taufte die Gasse ›Stockton Place‹, schloß ein Ende davon und baute ein Pförtnerhäuschen im Kolonialstil ans andere.

Mr. Chadwick Thomas Nesbitt IV. wohnte mit seiner Frau in Stockton Place 9 B, in einem Apartment, das einst der erste Stock von drei Etagen des Gebäudes aus der Revolutionszeit gewesen war. Nachdem der Sicherheitsmann angerufen und erfahren hatte, daß Mr. Nesbitt tatsächlich den Besuch von Mr. Payne erwartete, drückte er auf einen Knopf, und der Schlagbaum ging hoch.

Matt fuhr fast bis zum Ende von Stockton Place, parkte vorsichtig mit den rechten Rädern auf dem Bürgersteig und betrat dann schnell Nummer neun und ging über die breite, mit Teppichboden bedeckte Treppe zu neun B hinauf.

Die Tür von 9 B wurde geöffnet. Auf der Türschwelle tauchte Miss Penelope Detweiler auf, die vierundzwanzig, blond und recht attraktiv war. Außerdem war sie jetzt ziemlich verärgert. Sie trug ein schlichtes schwarzes Kleid, geschmückt mit einer Perlenkette und einer goldenen Brosche, die einen Papagei darstellte.

»Wo, *verdammt,* bist du gewesen?«, fragte Miss Detweiler, und dann sah sie, wie Detective Payne gekleidet war, und fügte hinzu: »Matt, um Himmels willen, wir gehen zum Abendessen!«

»Hallo!« sagte Detective Payne.

»Grinse mich nicht an, du Bastard! Wir haben für halb zehn reserviert, du bist nicht einmal zu dieser Zeit hier und dann tauchst du in dieser Aufmachung auf!«

Matt versuchte, sie auf die Wange zu küssen. Miss Detweiler wich ihm aus, machte kehrt und ging vor ihm ins Wohnzimmer. Große Fenster boten einen Blick auf die Benjamin Franklin Bridge, den Delaware River und auf ein gewaltiges Reklameschild auf einem riesigen Lagerhaus auf der fernen – der New-Jersey-Seite des Flusses. Das Reklameschild zeigte eine Dose Hühnersuppe und die Worte NESFOODS INTERNATIONAL.

»Ich wage zu behaupten, alter Junge, daß du ganz oben auf der schwarzen Liste der Lady stehst«, sagte Mr. Chadwick Thomas Nesbitt IV., der auf einer grünen Ledercouch lag. Neben ihm saß seine Frau, die frühere Daphne Elizabeth Browne, die sichtlich hochschwanger war.

Auf einem Couchtisch mit dicker Glasplatte stand in einem Kühler eine Flasche Champagner.

»Was feiern wir?« fragte Matt.

»Sieh dir an, wie er angezogen ist!« rief Penny empört.

»Keine Sorge, Chadwick ist hier und löst das Problem.« Chad Nesbitt hob sein Champagnerglas und stand von der Couch auf. »Möchtest du ein Glas Schampus, Matthew?«

»Was feiern wir?« wiederholte Matt seine Frage.

»Ich verkaufe nicht länger Suppe von Laden zu Laden«, sagte Nesbitt. »Ich werde dir alles erzählen, während du dein Kostüm wechselst.«

Chadwick Thomas Nesbitt IV. und Matthew Mark Payne waren die besten Freunde, seit sie sich mit sieben auf der Episkopalschule kennengelernt hatten. Sie waren Klassenkameraden und gemeinsam in der Studentenverbindung auf der University of Pennsylvania gewesen, und Matt war Chads Trauzeuge bei der Hochzeit mit Daphne gewesen.

Nesbitt nahm die Champagnerflasche aus dem Kühler, reichte Matt ein Glas und führte ihn über einen Flur zu seinem Schlafzimmer. Dort wies er auf einen begehbaren Schrank und machte es sich auf seinem großen Bett bequem.

»Wozu trägst du diese Klamotten?« fragte er, während er sich ans Kopfende des Bettes lehnte. »Oder als was?«

»Ich war bei der Arbeit.«

»Hast du verstopfte Toiletten repariert?«

»Das ist nicht originell. Das gleiche hat man mich schon vor einer Viertelstunde gefragt«, sagte Matt, während er ein Hemd und eine Krawatte aus Chad Nesbitts Schrank auswählte.

»Mit anderen Worten, eine geheime Polizeiaktion, richtig? Nicht für die Öffentlichkeit bestimmt, richtig?«

»Richtig.«

»Ich würde an deiner Stelle heute nacht nicht damit rechnen, den Docht einzutauchen, Matthew. Penny ist wirklich sauer.«

»Ich hatte ihr gesagt, daß ich nicht weiß, wann ich hiersein kann«, sagte Matt.

»Deine Verspätung ist ein Symbol für das, worauf sie sauer ist, nicht die Wurzel des Übels.«

»Was gibt es Neues?«

»Wie lange spielst du jetzt schon Cop?«

»Ich spiele nicht Cop, verdammt noch mal! Das ist meine Arbeit. Ich bin gut darin. Sie gefällt mir. Fang du nicht auch noch an.«

»Ich befürchte, ich habe zu der Verstimmung der Lady beigetragen«, sagte Chad Nesbitt. »Den Champagner gibt es, weil du den neusten stellvertretenden Vizepräsidenten von Nesfoods International vor dir siehst.«

»Tatsächlich?«

»Ja. Ich gebe es ungern zu, aber der alte Mann hatte recht. Das ganze verdammte Geschäft lastet auf den Schultern der Jungs, die jeden Tag im Außendienst sind und um Platz in den Regalen kämpfen. Und der einzige Weg, dies wirklich zu verstehen, ist der, auf die Straßen zu gehen und es selbst zu machen.«

Das Geschäft, auf das sich Mr. Nesbitt bezog, war Philadelphias größter Arbeitgeber, Nesfoods International. Vor vier Generationen war George Detweiler eine Partnerschaft mit Chadwick Thomas Nesbitt eingegangen und hatte eine Firma gegründet, die damals ›The Nesbitt Potted Meats & Preserved Vegetables Company‹ getauft worden war. Daraus war Nesfoods International geworden, der Konzern, der in der Mitte der fünfhundert größten Firmen in *Fortune* aufgeführt und immer noch straff in der Hand der Gründerfamilien war. C. T. Nesbitt III. war Chairman of the Executive Committee, und H. Richard Detweiler, Pennys Vater, war President und Chief Executive Officer.

»Der neueste stellvertretende Vizepräsident wovon?« fragte Matt.

»Merchandising. Falls ein Cop nicht weiß, was das ist: verkaufsfördernde Maßnahmen.«

»Herzlichen Glückwunsch«, sagte Matt.

»Etwas mehr Begeisterung wäre angebracht«, sagte Chad. »Vice President, sogar *Assistant* Vice President, hat einen gewissen Klang.«

Matt warf eine von Nesbitts Hosen und ein Tweedsakko aufs Bett und begann die graue Uniformhose des Hotelpersonals auszuziehen. Er hatte Probleme mit dem rechten Hosenbein, die er schließlich löste, indem er sich aufs Bett setzte, das Hosenbein hochzog und ein Wadenholster abschnallte.

»Behindert dich das Ding nicht?« fragte Chad.

»Nur, wenn ich die Hose ausziehe. Ich meinte das ernst, Chad. Herzlichen Glückwunsch.«

»Penny war schon hier, als ich heimkam«, sagte Chad. »Und als ich meine großartige Beförderung ankündigte, sagte sie ›und Matt spielt immer noch kindisch Polizist‹ oder Worte in diesem Sinn.«

»Wenn ich wie du zum Marine-Corps gegangen wäre,

dann hätte ich gerade mein erstes Jahr Jurastudium hinter mir«, erwiderte Matt. »Ich frage mich, wie sie das bezeichnen würde.«

»Das würde sie für vernünftig halten«, sagte Chad. »Dein Fuß auf der ersten Sprosse der Leiter zu einer Anwaltskarriere und/oder einer Karriere bei Nesfood International. Jedenfalls weißt du, wer schuld ist, wenn sie heute nacht zickig ist.«

»Ich will kein Anwalt sein, und schon gar nicht will ich für Nesfoods International arbeiten.«

»*Schon gar nicht?* Was machst du, wenn du Penny heiratest? Es ist ein Familienbetrieb, Matthew.«

»Von deiner Familie. Von ihrer. Nicht von meiner.«

»Das ist Scheiß, und das weißt du«, sagte Chad. »Sie ist das einzige Kind. Ich weiß nicht, wie viele Aktien sie jetzt besitzt, aber ...«

»Hör auf, Chad!«

»... schließlich wird sie erben ...«

»Verdammt, du sollst aufhören!«

»Dein Alter sitzt im Aufsichtsrat«, fuhr Chad fort. »Der größte Mandant der Anwaltskanzlei Mawson, Payne, Stockton, McAdoo & Lester ist Nesfoods.«

»Nur für die Akten, das stimmt nicht«, widersprach Matt. »Hören wir jetzt auf, oder willst du deine Beförderung ganz allein feiern?«

Nesbitt spürte, daß die Drohung ernst gemeint war.

»Eine letzte Bemerkung«, sagte er, »und dann halte ich die Klappe, ja?«

Matt zog den Reißverschluß von Chads grauer Flanellhose zu und nickte nach kurzem Zögern.

»Es gefiel mir beim Marine-Corps. Ich hielt mich für einen verdammt guten Offizier. Ich wollte wirklich bleiben. Aber ich konnte es nicht, Matt. Aus denselben Gründen, aus denen du nicht ignorieren kannst, was du bist und was Penny ist. Ich denke, man nennt es Reife.«

»Jetzt bist du hoffentlich fertig?«

»Ja.«

»Gut. Dann gehen wir aus und feiern, daß du Assistant Vice President geworden bist. Ich kann nur mit dir oder Penny fertig werden, nicht mit euch beiden zusammen.«

»Okay.«

»Wohin gehen wir?«

»Da ist ein neues italienisches Lokal unten beim Fluß. Ein Norditaliener. Ich denke, das bedeutet, ohne Tomatensoße.«

Matt zog das rechte Hosenbein hoch und schnallte sein Wadenholster um.

»Mußt du das wirklich immer tragen?« fragte Chad.

»Ich bin Cop«, sagte Matt. »Merk dir das ein für allemal.«

Mr. John Francis ›Frankie‹ Foley blickte auf seine Armbanduhr, als er die City Hall umrundete und nach Westen auf den Kennedy Boulevard einbog. Es war 20 Uhr 45. Er hatte Mr. Gerald North ›Gerry‹ Atchison gesagt, daß er ›zwischen 22 Uhr 45 und 23 Uhr‹ dort sein würde, und er war also gut in der Zeit.

Mr. Foley hielt das für ein gutes Omen. Er hatte die Erfahrung gemacht, daß alles, was man anpackte, für gewöhnlich gutging, wenn es von Anfang an richtig lief. Wenn kleine Dinge schiefgingen, wenn zum Beispiel ein Schnürsenkel riß oder man sich das Hemd mit Spaghettisoße bekleckerte oder der Wagen nicht ansprang und man sich ein bißchen verspätete, dann konnte man fast wetten, daß auch die großen Dinge danebengingen.

Und er fühlte sich auch gut bei dem Gedanken an das Kommende. Er fühlte sich ruhig, *professionell.* Er hatte die ganze Sache sorgfältig durchdacht und gegrübelt, was schiefgehen und wer etwas vermasseln konnte. Sein Vater pflegte zu sagen: ›Keine Kette ist stärker als das schwächste Glied‹, und man konnte über diesen alten Hurensohn sagen, was man wollte, in diesem Punkt hatte er recht gehabt.

Und das schwache Glied in dieser Kette, da wußte Mr. Foley, war Mr. Gerry Atchison. Zum einen war Frankie ziemlich überzeugt, daß er dem schleimigen Bastard nur halb so weit trauen durfte, wie er spucken konnte. Wer bot schon jemandem, den er zufällig kennenlernte, einen Gratisfick mit seiner Frau an, auch wenn er plante, sie aus geschäftlichen Gründen um die Ecke bringen zu lassen?

Zuerst dachte Frankie, daß Atchison vielleicht plante, die Frau und den Geschäftspartner von ihm umlegen zu lassen, und ihn, Frankie, dann zu erschießen. Das würde clever sein. So war er seine Frau und seinen Partner los, und wenn der Killer tot war und die Tatwaffe in der Hand hielt, konnte Atchison den Cops sagen, daß er Schüsse im Büro im Kellergeschoß gehört hatte, hinuntergegangen war, um festzustellen, was los war, und den dreckigen Verbrecher erschossen hatte, der seine geliebte Frau und seinen besten Freund und Geschäftspartner ermordet hatte. Und wenn er, Frankie, tot war, konnte er den Bullen nicht erzählen, was wirklich passiert war – was er natürlich nicht tun würde –, aber Atchison brauchte dann nicht die zweitausendfünfhundert Dollar zu bezahlen, die nach dem Tod seiner Frau und seines Geschäftspartners fällig wurden.

Frankie bezweifelte, daß Atchison den Mumm hatte, das zu tun, aber der Hurensohn war gewiß gescheit genug, um sich zusammenzureimen, daß er etwas in dieser Art tun *könnte.* So hatte sich Frankie auch gegen dieses Risiko abgesichert.

Als erstes, wenn er Atchison sehen würde, mußte er sicherstellen, daß der Bastard die anderen zweitausendfünfhundert bei sich hatte, und zwar wie verlangt in benutzten Scheinen, keiner größer als ein Zwanziger.

Wenn er den Zaster nicht bereitliegen hatte, dann würde er wissen, daß der Scheißer ihn reinlegen wollte. Frankie hoffte, daß dies nicht passieren würde. Er wollte diese ganze Sache durchziehen, und wenn Atchison den Zaster nicht hatte, wußte er nicht, was er tun würde, vielleicht abgesehen davon, daß er ihm den .45er über den Schädel schlagen würde.

Aber Atchison konnte den Zaster bereithalten und immer noch planen, ihn umzulegen, nachdem er die Frau und den Partner umgelegt hatte.

Frankie hatte überlegt, wie er die ganze Sache schaukeln würde: erstens sicherstellen, daß Atchison das Geld hatte, zweitens, wenn er zurückkehrte, um den Job durchzuführen, entweder sicherstellen, daß Atchison keine Waffe hatte, oder dafür sorgen, daß er ihm stets mit einem Schuß zuvorkommen konnte.

Er mußte nur ruhig und wie ein Profi sein.

Frankie lenkte seinen fünf Jahre alten Buick-Kombi auf die linke Fahrspur, bog vom Kennedy Boulevard auf die South 19th Street, überquerte die Market Street und bog wieder nach links auf den Parkplatz an der South 19th und Lubow Street ab. Tagsüber mußte man hier Parkgebühren zahlen, aber nicht zu dieser späten Stunde. Es standen nur ein Dutzend Wagen auf dem Parkplatz. Frankie stieg aus, ging zurück zur Market Street und nach rechts zur Inferno Lounge.

Er sah in einem Schaufenster sein Spiegelbild und freute sich über den Anblick. Nichts von seiner Kleidung (braunes Sakko, braunes Sporthemd mit offenem Kragen und hellbraune Freizeithose) unterschied sich von der Aufmachung der Leute, die durch die Market Street spazierten, um in den Lokalen etwas zu trinken und/oder eine Schöne der Nacht für eine Nummer zu suchen. Niemand würde sich an ihn erinnern. Er fiel nicht auf wie jemand, der protzig gekleidet war.

Frankie betrat das Inferno. Es waren in paar Leute an der Bar, und hinten im Lokal sah er Atchison, der an einem Tisch Gäste überschwenglich begrüßte.

»Scotch, rocks«, sagte Frankie zu dem Barkeeper, während er sich auf einen Barhocker schwang.

Der Barkeeper servierte den Whisky, und als Frankie die

Mahagoniplatte nicht mit einem Geldschein schmückte, sagte er: »Würde es Ihnen etwas ausmachen, gleich zu zahlen, Sir? Ich habe um elf Feierabend.«

»Sie meinen, Sie schließen um dreiundzwanzig Uhr?«

»Der Kollege, der von elf bis zum Schließen arbeitet, kommt heute nicht. Der Boß, das ist der dort hinten, vertritt ihn.« Der Barkeeper nickte zu Atchison hin.

»Ha, ich war schon besorgt. Die Nacht fängt gerade erst an«, sagte Frankie, nahm einen Zwanziger – sein letzter – aus der Brieftasche und lege ihn auf die Bar.

Soweit, so gut. Atchison sagte, der Barmann für die Nachtschicht hat heute frei.

Frankie schob einen Dollar von seinem Wechselgeld zu dem Barkeeper hin und nahm sein Glas. Es gab einen Spiegel hinter der Bar, doch er konnte Atchison darin nicht sehen, und er wollte sich nicht umdrehen und Ausschau nach ihm halten. Das hätte auffallen können.

Frankie fragte sich, wo Atchisons Frau sowieso – *Alicia* – und der Partner waren.

Vielleicht hätte ich sie doch ficken sollen, dachte er. *Sie sieht nicht schlecht aus.*

Verdammt, ich weiß es besser. Das wäre wirklich blöde gewesen.

»Hallo, Frankie«, sagte Gerry Atchison und legte ihm eine Hand auf die Schulter. Frankie erschrak; er hatte ihn nicht gehört und sein Nahen nicht gespürt.

»Gerry, wie geht es?«

»Ich habe etwas für dich.«

»Das habe ich gehofft. Wie geht es der Gemahlin, Gerry?«

Atchison schaute ihn komisch an, bevor er antwortete. »Prima, danke. Sie wird bald hier sein. Sie ist mit Tony unterwegs.«

Tony ist der Partner, Anthony J. Marcuzzi. Hat er sie auf einen Fick mit dem Partner weggeschickt?

»Tommy«, sagte Gerry Atchison zum Barkeeper. »Bleib noch ein paar Minuten hier, ja? Ich muß etwas Geschäftliches mit Mr. Foley erledigen.«

Tommy blieb nichts anderes übrig, als falsch zu lächeln und sich bereit zu erklären.

Atchison ging nach hinten ins Inferno. Frankie folgte ihm. Sie stiegen eine schmale Treppe ins Kellergeschoß hinab und gingen über einen Gang zum Büro.

Atchison schloß und verriegelte die Bürotür hinter ihnen, ging zu einem verschrammten Schreibtisch und schloß die rechte untere Schublade auf. Er nahm einen alten Karton heraus und stellte ihn auf den Schreibtisch.

Er wickelte einen dunkelroten Putzlappen von etwas, und drei Waffen kamen zum Vorschein. Ein Colt Revolver Kaliber .38 Special und mit Fünf-Zoll-Lauf. Frankie bezeichnete die zweite Waffe als Cowboy-Kanone. In diesem Fall war es die spanische Kopie eines Colt Peacemaker, ein sechsschüssiger Revolver Kaliber .44. Die dritte Waffe war eine Savage-Halbautomatik Modell 1911 Kaliber .32 ACP.

»Da sind sie«, erklärte er überflüssigerweise.

»Wo ist das Geld?« fragte Frankie.

»Im Schreibtisch. In derselben Schublade.«

»Laß sehen.«

»Vertraust du mir nicht?« fragte Atchison mit einem Lächeln, damit es wie ein Scherz klang.

»Laß mich das Geld sehen, Gerry«, sagte Frankie.

Er nahm den Colt, öffnete die Trommel und ließ die Patronen auf seine Hand fallen. Dann schloß er die Trommel und drückte den ungeladenen Revolver ab. Die Trommel drehte sich, wie es sein sollte.

Das metallische Knacken erschreckte Gerry Atchison.

»Was machst du da?«

»Ich vergewissere mich, daß die Kanonen funktionieren.«

»Das brauchst du nicht. Ich habe sie überprüft.«

Ja, aber du hast keine Ahnung von Waffen. Das meinst du nur.

Der Colt würde die wichtigste Waffe sein. Damit würde er die Frau und den Partner umlegen. Die Cowboykanone diente zur Unterstützung, falls etwas schiefging. Vorsicht ist die Mutter der Porzellankiste, wie es so schön hieß. Mit der Savage-Halbautomatik würde er Atchison am Bein verwunden. Frankie hätte ihn lieber mit dem .38er Colt angeschossen, aber Atchison bestand auf der kleinkalibrigen Savage .32 ACP.

Atchison hielt Frankie ein Kuvert hin.

»Das bekommst du nach erledigter Arbeit, verstanden?«

Frankie nahm das Kuvert, öffnete es und blätterte das dicke Bündel Banknoten durch.

»Du läßt den Zaster im Schreibtisch«, sagte Frankie und gab es Atchison zurück. »Wenn ich zurückkomme und es da ist, erledige ich den Job.«

Frankie überprüfte als nächstes den Cowboy-Sechsschüsser und schließlich die Savage-Halbautomatik.

Dann legte er die Waffen in den alten Karton und deckte sie mit dem Putzlappen zu.

»Es wäre mir lieber, du würdest die Waffen mitnehmen«, sagte Atchison. »Was ist, wenn jemand hier runter kommt und sie vielleicht findet?«

»Du sorgst dafür, daß das nicht passiert. Ich spaziere nicht mit drei Kanonen durch die Innenstadt.«

Atchison setzte zu einer Erwiderung an, besann sich jedoch anders.

»Ich zeige dir die Tür«, sagte er.

Frankie folgte ihm aus dem Büro und über den Gang zum hinteren Teil des Gebäudes. Eine kleine Treppe führte zu einer zweiflügeligen Eisentür.

Während Frankie genau zuschaute, schloß Atchison ein Vorhängeschloß auf und öffnete den linken Türflügel so weit, daß Frankie an das nicht abgeschlossene Vorhängeschloß herankommen konnte, wenn er die Tür von außen öffnete.

»Sei vorsichtig, wenn du die Tür aufmachst. Wenn du sie zufallen läßt, kriegst du sie nie mehr auf.«

»Ich bin immer vorsichtig, Gerry«, erwiderte Frankie.

Atchison nahm den alten Karton mit den Waffen von

Frankie entgegen und stellte ihn auf die oberste Treppenstufe, direkt unterhalb der Eisentür.

Er wandte sich um und seufzte. Dann lächelte er und hielt Frankie die Hand hin.

Frankie ignorierte die Hand. »Sorg dafür, daß das Geld an Ort und Stelle ist«, sagte er, machte kehrt und ging zielstrebig über den Gang zurück.

5

Detective Wallace H. Milham meldete sich um Mitternacht zum Dienst bei der Mordkommission im Präsidium, wie es sein Dienstplan verlangte. Die Alternative war, allein mit einer Flasche Bourbon in seinem Apartment herumzuhocken. Oder irgendwo einsam in einer Bar zu sitzen, was er für noch blöder hielt, als sich in seiner Wohnung zu betrinken.

Es war wirklich ein mieser Tag gewesen.

Wally sagte sich, daß er damit hätte rechnen sollen – nicht mit etwas so Miesem, aber daß irgend etwas passierte, weil die Dinge in jüngster Zeit so verdammt gut liefen. Achtzehn Monate lang waren die Dinge wirklich lausig gewesen.

Wally war bereit, zuzugeben, daß er das Dümmste in seinem ganzen Leben getan hatte, als er sich mit Monica, der Schwester seiner Frau Adelaide, eingelassen hatte. Monica wohnte in Jersey, in Ocean City. Ihr Ehemann war ein kleiner fetter Typ, der Versicherungen verkaufte. Adelaides und Monicas Eltern besaßen ein kleines Landhaus nahe beim Strand in Wildwood.

Jeder von der Familie – von Adelaides Familie; Wally war ein Einzelkind gewesen – durfte das Landhaus benutzen. Adelaide hatte außer Monica noch eine Schwester und zwei Brüder. Der Alte – Adelaides Vater – nahm kein Geld, wenn jemand das Landhaus benutzte, was Wally ärgerte, der lieber bezahlt hätte, statt jemandem zu Dank verpflichtet zu sein. Als das Landhaus angestrichen werden mußte, bot er sich an, das zu tun. Er erklärte dem Alten, daß er nach seinem Dienstplan oftmals zwei oder drei Tage mitten in der Woche frei hatte, wenn Adelaide arbeitete, und er würde lieber etwas Nützliches tun, als zu Hause vor der Glotze herumzuhocken.

Was stimmte. Als er anbot, das Landhaus in Wildwood anzustreichen, dachte er nur daran, auf seine Weise Schulden zu begleichen, weil es ihm peinlich war, kostenlos das Landhaus zu benutzen. Monica kam ihm überhaupt nicht in den Sinn.

Aber Charles, Monicas Mann, kam ins Spiel. Er sagte, wenn Wally die weite Fahrt von Philly aus auf sich nahm und die Arbeit erledigte, dann konnte er, Charles, wenigstens das Material stellen. Und das tat er. Und Monica fuhr die Farbe in ihrem Kombi zum Landhaus, weil Charles natürlich arbeiten mußte.

Und daran dachte er ebenfalls nicht. In den ersten beiden Tagen verbrauchte er beim Anstreichen im Landhaus fast alle Farbe, die Monica im Auftrag von Charles dorthin gefahren hatte, und so bat er seine Frau Adelaide, Monica anzurufen, damit sie Charles frage, ob er mehr Farbe zur Verfügung stelle oder ob er, Wally, welche kaufen sollte. In diesem Fall mußte er wissen, wo Charles die ersten drei Gallonen gekauft hatte, damit er eine Sorte holte, die dazu paßte.

Adelaide berichtete, Charles habe gesagt, die Farbe würde ihn erwarten, wenn er das nächste Mal nach Wildwood fahren würde. Sie war jedoch nicht da, und so benutzte Wally die restliche Farbe. Kurz vor zwölf Uhr mittags tauchte dann Monica mit der Farbe auf und sagte, ihr Mann bestehe darauf, daß sie mit ihm zum Mittagessen ausging, ein Nein komme nicht in Frage, es sei das wenigste, was sie für ihn tun konnten.

So gingen sie zum Mittagessen aus, und es überraschte ihn, daß Monica drei Martinis trank. Er hatte nie erlebt, daß sie mehr als ein alkoholisches Getränk auf einmal getrunken hatte. Und sie begann zu plaudern – Frauen neigen nach ein paar Drinks dazu – und bekannte, daß sie ein bißchen eifersüchtig auf Adelaide war, weil ihre Schwester mit einem Mann verheiratet war, der einen aufregenden Beruf hatte, bei dem er Mörder jagte, während Charles die Langeweile in Person war.

»In mehr als einer Hinsicht«, sagte sie, »wenn du verstehst, was ich meine.«

Wally sagte ihr, daß die Arbeit als Kriminalbeamter der Mordkommission längst nicht so aufregend war, wie die Leute dachten, daß das meiste ziemliche Routine war und er Leute befragen mußte, bis jemand endlich eine Antwort gab, die den Fall voranbringen konnte.

Monica sagte, ja, aber er lerne interessante, aufregende Leute kennen, und sie fragte ihn, ob er aufregende Frauen kennengelernt hatte. Er verneinte das, doch sie glaubte ihm nicht und war bereit, mit ihm zu wetten, daß er viele heiße Frauen kennengelernt hatte.

Das war der Augenblick, in dem ihm klar wurde, was los war, und wenn er nur die Hälfte des Verstandes gehabt hätte, mit dem er geboren worden war, hätte er die Sache sofort gestoppt, aber er hatte ebenfalls drei Martinis getrunken.

Auf der Rückfahrt zum Landhaus des Alten legte Monica immer wieder wie zufällig eine Hand auf seinen Oberschenkel, und zehn Minuten nach ihrer Ankunft im Landhaus geschah es im Ehebett des Alten.

Danach behauptete Monica, nicht zu wissen, was über sie gekommen war, es mußte an den Martinis liegen, und so etwas durfte nie wieder geschehen. Aber die Art, wie sie beim Abschiedskuß die Zunge in seinen Mund schob, verriet ihm, daß es nur Gerede war, nicht das, was sie wirklich meinte.

Was ihn anbetraf, so war es aus nach diesem einen Mal. Er würde lange Zeit dafür sorgen, daß er nicht mehr mit ihr allein sein würde.

Zwei Wochen später, um elf Uhr, als er gerade erst aus dem Bett aufgestanden war und Kaffee trank, klingelte jemand an seiner Wohnungstür, und als er öffnete, stand Monica vor ihm.

Sie war in Philly, um einzukaufen, sagte sie, und sie wollte mal vorbeischauen, um zu sehen, ob Adelaide vielleicht frei hatte und sie zusammen einkaufen konnten.

Er sagte ihr, nein, Adelaide arbeitete und würde erst gegen 17 Uhr 30 heimkommen. Und Monica erkundigte sich nach den Kindern, und er sagte ihr, daß beide in der Schule waren und erst gegen 16 Uhr 45 heimkehren würden.

Und dann offenbarte Monica ihm, daß sie ihn einfach nicht vergessen konnte und ihn besucht hatte, weil er sie nicht angerufen oder sonstwie Kontakt zu ihr aufgenommen hatte.

Drei Wochen später kam Adelaide zu ungewohnter Stunde nach Hause und erwischte sie im Bett, mitten in einer erregenden Stellung und kurz vor dem Höhepunkt.

Wie Adelaide das sah, war alles seine Schuld, und vielleicht stimmte das auch. Er hatte gewußt, worauf er sich einließ.

Adelaide erklärte, sie hoffe, er würde wenigstens soviel Anstand haben, sich auf zivilisierte Weise scheiden zu lassen, damit niemand in ihrer Familie erfuhr, daß er Monica verführt und damit auch ihr Leben ruiniert hatte. Sie würde nur ungern den Kindern erzählen, welch ein durch und durch verkommener Hurensohn ihr Vater war. Sie hoffe, er würde sie nicht dazu zwingen.

Es gab eine Klausel bei der Scheidung, nach der er ihr zusätzlich zu dem Unterhalt für die Kinder eine gewisse Summe zahlen mußte, damit sie sich weiterbilden oder ein Geschäft eröffnen konnte. Sie entschloß sich, wieder auf die Uni zu gehen und Bibliothekswissenschaft zu studieren, damit sie einen besseren Job als den bisherigen bekam, und das bedeutete, daß er ihr zwei oder vielleicht drei Jahre Geld geben mußte. Oder mehr. Sie arbeitete nur als Teilzeitkraft.

Und dann lernte sie Greg kennen. Greg war ein großer gutaussehender Typ, der mit dem Verkauf von Trucks viel mehr Geld verdiente, als Wally jemals verdient hatte, selbst bei der Mordkommission.

Adelaide verbrachte die Nächte in Gregs Wohnung, wann immer Wally die Kinder übers Wochenende bei sich hatte oder wenn ihr Vater oder die Oma sie zu sich nahmen. Wally wußte das, denn manchmal fuhr er um Mitternacht bei Gregs Adresse vorbei und sah Adelaides Wagen, und wenn er um drei Uhr und wieder um sieben vorbeifuhr, war der Wagen immer noch da.

Aber sie heiratete Greg nicht, weil es das Ende ihres Studiums auf seine Kosten bedeutet hätte. Das sagte sie ihm offen heraus, und sie ließ ihn wissen, wenn er ihr irgendwelche Schwierigkeiten mache und sich in ihre privaten Dinge einmische, dann müsse sie den Kindern sagen, welch ein geiler Hurensohn er war, der ihre eigene Schwester verführt und nur an sich und sein Vergnügen und nicht an seine Familie gedacht hatte.

Vor zweieinhalb Monaten überraschte Adelaide ihn dann wirklich. Sie rief ihn an – sie klang ziemlich angesäuselt – und sagte ihm, daß sie soeben von Elkton, Maryland, zurückgekehrt sei, wo sie und Greg geheiratet hatten.

Das bedeutete, daß er die Zahlungen für ihre Ausbildung einstellen und aus dem Einzimmerapartment ausziehen – das alles war, was er sich von dem Rest seines Gehalts erlauben konnte – und in eine anständigere Wohnung ziehen konnte.

Und dann ging er zu Lieutenant Sackermans Beerdigung und lernte Helene kennen. Jack Sackerman war ein altgedienter Beamter der Mordkommission gewesen, und ein guter. Als Wally zur Mordkommission gekommen war, hatte Sackerman ihn unter seine Fittiche genommen und ihm gezeigt, wo es bei der Mordkommission langging. Wally nahm an, daß er nicht bei der Mordkommission hätte bleiben können, wenn Sackerman sich nicht um ihn gekümmert hätte.

Als Jack Sackerman an seine Pensionierung dachte, war ihm klar, daß er die Mordkommission verlassen mußte. Beamte der Mordkommission verdienen gut, verdammt gut wegen all der Überstunden, doch wenn sie in den Ruhestand treten, erhalten sie dieselbe Pension wie jeder andere Kriminalbeamte, und das ist nicht viel. So nahm Jack an der Prüfung zum Sergeant teil, bestand sie und wurde zum Rauschgiftdezernat versetzt. Dann bestand er die Prüfung zur Beförderung zum Lieutenant, und man behielt ihn im Rauschgiftdezernat. Er bereitete sich auf die Prüfung zur Beförderung zum Captain vor, als festgestellt wurde, daß er Krebs hatte. Und das war's dann.

Jeder vom Rauschgiftdezernat war natürlich bei Jack Sackermans Beisetzung, und so lernte Wally Helene und ihren Mann kennen. Captain Talley, der Leiter des Rauschgiftdezernats, machte sie miteinander bekannt. Helenes Mann trug zwar einen Anzug und Krawatte, doch er sah auch damit wie ein Penner aus. Jeder, der in Zivil für das Rauschgiftdezernat arbeitete, mußte sich kleiden, als gehöre er zur Drogenszene, was verständlich war – als Dave Pekach, der jetzt Captain der Special Operations Division war, noch als Lieutenant undercover für das Rauschgiftdezernat gearbeitet hatte, war er tatsächlich mit einem Pferdeschwanz herumgelaufen.

Wally begegnete Helene bei der Trauerfeier, dann nach der Beerdigung in Sackermans Haus und ein drittes Mal in der Emmett's Place Bar, in die viele der Trauernden gingen, als sie nach dem Empfang Sackermans Haus verließen. Jack hatte viele Freunde gehabt.

Officer Kellog war in der Bar nicht bei Helene, aber Wally kam mit ihr ins Gespräch. Sie gefiel Wally, doch er hielt sich zurück. Nur ein dummer Vogel beschmutzt sein eigenes Nest, und Helene war mit einem Cop verheiratet.

Danach trafen sie sich immer wieder mal zufällig. Helene arbeitete bei der Stadtverwaltung, und er war oftmals in dem Gebäude und rings um die City Hall oder im Büro des District Attorneys, alles in der gleichen Gegend, und so waren die Begegnungen nur verständlich.

Einmal begegnete Wally Helene auf dem Weg zum Reading Terminal Market, wo er zu Mittag essen wollte, und er fragte sie, ob sie ein Steak mit ihm zusammen essen wollte, und sie stimmte zu und ging mit ihm. Danach trafen sie sich einmal oder zweimal pro Woche zum Mittagessen und manchmal auch zum Abendessen, und Helene ließ durchblicken, daß ihre Ehe nicht in Ordnung war, aber sie sagte ihm nie – und er fragte nicht –, was im besonderen zwischen ihr und ihrem Mann nicht stimmte. Er erzählte Helene von Adelaide und offenbarte ihr, was geschehen war. Und absolut nichts passierte zwischen ihnen, er versuchte nicht einmal, ihre Hand zu halten, bis sie ihn – drei Tage nach seinem Einzug in das neue Apartment – anrief und weinte.

Wally fragte, was los war. Helene rief vom Roosevelt Motor Inn am Roosevelt Boulevard an. Sie hatte endlich den Hurensohn verlassen – er erinnerte sich, daß sie dieses Wort benutzt hatte, denn zum ersten Mal sagte sie etwas Häßliches über ihn –, und sie sagte, sie müsse mit jemandem reden.

Er bot an, sie dort im Motel abzuholen und irgendwo

zusammen etwas zu trinken, doch sie wollte nicht, daß jemand sie zusammen sah, wenn er sie abholte. Und es würde auch schlecht aussehen, wenn jemand sie in einem Lokal zusammen sah, ausgerechnet in der Nacht, in der sie bei ihrem Mann ausgezogen war.

Wally fragte sie, ob sie vielleicht zu seinem Apartment kommen wollte. Helene war unschlüssig und wollte sich nicht aufdrängen.

Er forderte sie auf, mit einem Taxi zu ihm zufahren. Und das tat sie. Vor ihrem Eintreffen kaufte er in einem China-restaurant Essen zum Mitnehmen, wozu sie die Flasche Wein trinken konnten, die er in der Wohnung hatte. Er wollte ihr keinen Whisky anbieten, damit sie nicht auf falsche Gedanken kam. Er wollte nur ein Freund sein, sie bewirten und ihr verständnisvoll zuhören.

Helene nahm nicht mal den Wein, als er ihn anbot, doch sie schlang das chinesische Essen hinunter, und er war froh, daß er daran gedacht hatte, es zu besorgen. Und während er ihr beim Essen zuschaute, sagte er sich, wenn sie über ihren Mann reden wollte, dann war das prima, und wenn nicht, war es ebenfalls gut.

Als sie gegessen hatte, lächelte sie ihn an und fragte ihn, ob es unverschämt sei, ihn um einen Whisky zu bitten. Sie brauche wirklich etwas Starkes.

Er servierte ihr einen Whisky. Helene trank einen Schluck und begann zu weinen, und er legte einen Arm um sie, und eines führte zum anderen, und so fing ihr Verhältnis an.

Was auch immer zwischen ihr und ihrem Mann nicht in Ordnung war, es lag nicht daran, daß sie frigide war.

Nach dem Sex bekannte sie ihm, daß sie sich in ihn verknallt hatte, als sie ihn zum ersten Mal gesehen hatte, bei Lieutenant Sackermans Beerdigung.

Um fünf Uhr am Morgen brachte er sie zum Roosevelt Motor Inn am Roosevelt Boulevard zurück, traf sich mit ihr um zwölf Uhr in der City Hall, nachdem sie mit einem Scheidungsanwalt gesprochen hatte, und sie fuhren zu seinem

Apartment, wo sie ungestört miteinander reden konnten und nicht befürchten mußten, daß in einem Restaurant Leute am Nebentisch mithörten. Sie sprachen nicht viel über das, was der Anwalt gesagt hatte, abgesehen davon, daß eine Scheidung schwieriger werden würde, als Helene gedacht hatte.

Sie mietete ein winziges Apartment, damit ihre Familie keine Fragen stellte, doch sie wohnten vom ersten Tag an zusammen und kamen prima miteinander aus, und ohne daß sie darüber sprachen, war ihnen klar, daß sie heiraten würden, sobald ihr Mann einer Scheidung zustimmen würde. Mit dem, was sie beide verdienten, kamen sie gut zurecht. Sie sprachen darüber, ein größeres Apartment zu mieten, vielleicht sogar ein Haus, damit Platz für seine Kinder war, wenn er sie an den Wochenenden oder sonstwann bei sich hatte.

Sie redeten nie viel darüber, was zwischen ihr und Kellog passiert war, doch Wally gewann den Eindruck, daß Kellog ein schmutziger Cop war und es etwas damit zu tun hatte. Helene wußte etwas, und Wally war überzeugt, daß er es aus ihr herausholen konnte, wenn er sie bedrängte.

Aber was dann? Zum einen wußte sie vielleicht, worüber sie sprach, und zum anderen war ein schmutziger Cop ein Fall für die Abteilung ›Interne Angelegenheiten‹, nicht für ihn. Wenn er etwas erfuhr, das er melden mußte, dann würde bekannt werden, daß er und Helene zusammenlebten, und es würde aussehen, als versuchte er, dem Scheißer etwas anzuhängen.

Und dann wurde der Scheißer erschossen. Und wen verdächtigte man?

Kellog war beim Rauschgiftdezernat gewesen. Wenn der oder die Täter jemals gefaßt wurden, würde sich herausstellen, daß der Mord in Zusammenhang mit Kellogs Arbeit beim Rauschgiftdezernat zu sehen war. Aber vielleicht fand man den oder die Täter nicht, und solange niemand gefaßt wurde, war Helene verdächtig und er ebenfalls.

Wally konnte sich nicht erinnern, jemals etwas so Demütigendes wie die Befragung bei der Mordkommission mitgemacht zu haben.

Abgesehen vielleicht davon, daß Ken Summers ihn zu seiner Wohnung gefahren hatte, um seine Waffen abzuholen, und daß Ken sich ›beruflich‹ umgesehen hatte, um vielleicht etwas zu entdecken, das ihn mit der Ermordung von Kellog in Zusammenhang brachte.

Und als er schließlich Helene traf, sah er, daß sie geweint hatte. Sie erzählte ihm, daß D'Amata und Staff Inspector Weisbach sie aufgesucht hatten. Helene hielt es für besser für sie beide, wenn sie sich nicht mehr sahen, bis die Dinge sich beruhigt hatten, wenigstens bis nach der Beerdigung. Sie war in seine Wohnung gekommen, um ihre Sachen abzuholen und in ihr kleines Apartment zu bringen. Sie hielt es für besser, wenn er sie nicht sah, sie nicht einmal anrief, bis sie es für in Ordnung hielt, und dann würde sie anrufen.

Sie gab ihm nicht einmal einen Kuß, als sie fortging.

Wally tat das einzige, was ihm einfiel. Er arbeitete an dem Fall Grover. Und nichts kam dabei heraus. Weder bei der Befragung von Nachbarn oder Freunden noch bei den Informationen, die er von New Haven erhielt. Mrs. Grover besaß keine Versicherungspolice über diejenigen hinaus, von denen sie ihm erzählt hatte. Und ebensowenig jemand anders.

Aber sie hatte ihn ermordet. Wally war davon überzeugt. Und irgendwie würde er sie überführen.

Er fuhr gegen sechs Uhr nach Hause, trank ein Bier und aß einen Hamburger, und er fühlte sich sehr einsam. Dann stellte er den Wecker auf elf Uhr und versuchte zu schlafen. Er hatte nichts sonst zu tun und konnte genausogut zur Arbeit gehen.

Er erwachte um halb zehn, ohne Helene neben sich, und er konnte nicht mehr einschlafen. So stand er auf und trank ein Bier, und dann dachte er daran, in eine Kneipe zu gehen, sich zu betrinken und auf die Arbeit zu pfeifen. Captain Quaire hatte gesagt, er könne sich frei nehmen, wenn er das wollte.

Aber er wußte, daß es dumm sein würde, und so begnügte er sich mit dem einen Bier, duschte und rasierte sich und verließ das Apartment um halb zwölf, um zum Präsidium zu fahren.

Eine neue Plymouth Limousine stoppte vor dem Gebäude der Delaware-Valley-Krebsforschungsgesellschaft am Rittenhouse Square, und der Fahrer fuhr langsam mit den rechten Rädern auf den Bürgersteig und hielt dann genau zwischen den beiden Schildern, die verkündeten, daß hier absolutes Halteverbot war und jeder Verstoß dagegen mit dem Abschleppen des Wagens geahndet wurde.

Die Tür des Plymouth wurde geöffnet, und ein sehr großer, schwarzer, tadellos gekleideter Gentleman stieg aus. Es war Sergeant Jason Washington von der Special Operations Division, der von seinen Kollegen – natürlich hinter dem Rücken – ›Schwarzer Buddha‹ genannt wurde.

Jason Washington hielt sich für den besten Ermittler des Philadelphia Police Department. Seine Meinung wurde von vielen anderen geteilt, einschließlich des Ehrenwerten Jerome H. ›Jerry‹ Carlucci, Bürgermeister der Stadt der brüderlichen Liebe, Inspector Wohl, Leiter der Special Operations Division, für den Jason Washington arbeitete, und Detective Matthew M. Payne, der für Sergeant Washington arbeitete.

Sergeant Washington trug einen hellgrauen Nadelstreifenanzug. Seine Countess-Mara-Krawatte saß korrekt auf dem maßgefertigten, gestärkten ägyptischen Baumwollhemd, und goldene Manschettenknöpfe mit seinen Initialen funkelten an den Hemdmanschetten.

Die meiste Zeit ihres Ehelebens hatten Jason Washington und seine Frau bescheiden gelebt, obwohl ihr gemeinsames

Einkommen über dem Durchschnitt gelegen hatte. Jason hatte die meiste Zeit seiner Laufbahn bei der Mordkommission verbracht, wo Überstunden zu einem Gehalt führten, das mindestens dem eines Inspectors entsprach, und Martha hatte ein anständiges Gehalt als Mitarbeiterin bei einer Werbefirma in der Innenstadt.

Sie hatten gewissenhaft Geld für die Ausbildung ihres einzigen Kindes, einer Tochter, zurückgelegt und vorsichtig investiert, was sie konnten, und es stellte sich heraus, daß sie das Geld klug angelegt hatten.

In den vergangenen drei oder vier Jahren waren sie wohlhabend geworden. Ihre Tochter hatte geheiratet (viel zu jung, da waren sie einer Meinung), und zwar einen Elektrotechniker, dem RCA in Cherry Hill das Geld anscheinend nur so nachwarf (auch darin waren sie einer Meinung). Die Heirat hatte sie natürlich davon entbunden, die Kosten für die Collegeausbildung ihrer Tochter zu bezahlen, und zur gleichen Zeit waren Marthas Versuche, auf dem Kunstmarkt Fuß zu fassen, plötzlich von Erfolg gekrönt und zu den erstaunlich gewinnbringenden ›Washington Galleries‹ in der Chestnut Street geworden.

Sie konnten sich erlauben, gut zu leben, und das taten sie.

Sergeant Washington ging zur Milchglastür des Gebäudes der Krebsforschungsgesellschaft und wartete, bis sie von einem Wachmann der Firma Rent-a-Cop geöffnet wurde.

»Ist der Supercop daheim?« fragte Sergeant Washington. Der Wachmann, ein Polizeibeamter im Ruhestand, kannte Jason Washington seit Jahren.

»Traf vor ungefähr zehn Minuten ein. Was hat er denn diesmal ausgefressen?«

»Seit er für mich arbeitet, ist es mir peinlich, Ihnen das zu erzählen«, sagte Washington, und dann kam ihm ein Gedanke: »Kam er allein nach Hause?«

»Ausnahmsweise mal«, sagte der Wachmann von Rent-a-Cop.

»Gut. Ich will nicht, daß seine Freundin rote Ohren

bekommt bei dem, was ich ihm zu sagen habe.« Washington ging lächelnd in den Aufzug.

Er fuhr bis zum zweiten Stock hinauf und drückte auf die Klingel neben einer Tür.

»Ja?« ertönte eine Stimme aus der Gegensprechanlage.

»Würden Sie mich bitte reinlassen, Matthew?«

»Ja, Jason, klar.«

Es summte, und Jason öffnete die Tür. Er stieg eine steile, schmale Treppe hinauf. Matt Payne wartete lächelnd an der Wohnungstür.

»Lassen Sie das Grinsen«, sagte Washington. »Ich erhielt soeben einen Anruf von Tony Harris über Ihren Auftritt als Stuntman in luftiger Höhe, Sie verdammter Blödmann! Was ist mit Ihnen los?«

»Die Freundin des Lieutenants öffnete das Fenster und lockerte den Saugnapf des Mikrofons. Wir kamen überhaupt nicht mehr weiter.«

»Die Leute planen nicht den Untergang der Christenheit, wie wir wissen, Sie verdammter Narr. Wir haben es mit einigen schmutzigen Cops zu tun, das ist alles. Keiner von ihnen, nicht mal die gesamte Ermittlung ist es wert, Ihr Leben zu riskieren.«

»Jawohl, Sir.«

»Guter Gott, Matt, was haben Sie sich dabei gedacht?«

Matt gab keine Antwort.

»Ich hasse den Gedanken, daß Sie den Supercop spielen und Ihre Männlichkeit beweisen wollten«, sagte Washington.

Es war eine Anspielung auf einen der Gründe, weshalb ein netter junger Mann aus bestem Hause sich für eine Laufbahn als Polizist entschied, anstatt für eine Karriere als Anwalt. Er hatte die ärztliche Untersuchung in letzter Minute vor dem Eintritt ins Marine-Corps nicht bestanden. Durch einen geringfügigen Augenfehler war er untauglich für das Marine-Corps. Laut Theorie hatte er sich dann für den Polizeidienst entschieden, um seine Männlichkeit zu beweisen.

»Ich dachte, ich kann das Mikro wieder befestigen, ohne in Gefahr zu geraten«, sagte Matt kühl. »Und das habe ich getan.«

Washington sah, daß Matt die Anspielung verstanden hatte. Er starrte ihn eine weitere halbe Minute, die viel länger wirkte, eisig an.

Dann lächelte er, nur ein bißchen.

»Wenn ich das Opfer bedenke, das ich bringe, indem ich zu so später Stunde herkomme, um Ihnen einen klugen Rat zu geben, könnten Sie mir wenigstens eine kleine Entschädigung anbieten. Vielleicht einen von Ihrem Famous Grouse Scotch?«

»Klar, Verzeihung«, sagte Matt lächelnd. Er ging in die Küche. Während er einen Küchenschrank und dann einen anderen öffnete, rief er: »Warum sind Sie so spät unterwegs?«

»Unser geliebter Bürgermeister war so freundlich, sich Zeit zu nehmen, um mir seinen weisen Rat zu geben.«

»Tatsächlich?«

»Insbesondere ist er der Meinung, daß wir zu den Officers Crater und Palmerston gehen und ihnen Straffreiheit als Gegenleistung für ihre Aussagen gegen Captain Cazerra und Lieutenant Meyer zusichern sollen.«

»Jason«, sagte Matt. »Ich kann keine Flasche Scotch finden, weder Famous Grouse noch sonst welchen. Nicht mal irischen.«

»Das überrascht mich nicht«, erwiderte Washington. »Es war einer dieser Tage, an denen nichts klappt. Ziehen Sie Ihr Jackett an. Wir werden einen kurzen Kneipenbummel machen.«

»Ich habe etwas Rum und Gin. Und Wermut. Ich könnte einen Martini mixen.«

»Holen Sie Ihr Jackett, Matt«, sagte Washington. »Ich nehme Ihre freundliche Einladung auf einen Drink an der Bar im Rittenhouse Club an.«

»O danke, sehr freundlich, Sir«, sagte Matt spöttisch und

zog Chad Nesbitts Tweedsakko an. »Ich finde, die Idee des Bürgermeisters stinkt.«

»Warum?«

»Weil jeder Anwalt, der seit einem halben Jahr praktiziert, ihre Aussagen im Zeugenstand zerreißen wird, und wir wissen, daß Cazerras und Meyers Anwälte gut sein werden.«

»Armando C. Giacomo, Esquire«, stimmte Washington zu. Giacomo war Philadelphias fähigster Anwalt für Strafsachen. »Oder jemand seines Kalibers. Vielleicht sogar den legendären Colonel J. Dunlop Mawson, Esquire, von der Anwaltskanzlei Mawson, Payne und sowieso.«

Matt lachte. »Kommt nicht in Frage. Mein Vater würde da nicht mitspielen. Ich bin fertig.«

»Ich machte den Ehrenwerten Carlucci darauf aufmerksam«, sagte Washington und erhob sich aus einem von Matts Sesseln.

»Und?«

»Und es führte wie üblich zu nichts. Oder fast zu nichts. Wir haben zwei Wochen Zeit, um etwas über Cazerra und Meyer zusammenzubekommen, das vor Gericht nicht zerpflückt werden kann. Er will, daß die beiden in den Knast wandern. Entweder gelingt uns das …«

»Oder?«

»Wir bearbeiten Crater und Palmerston mit einem Wasserschlauch – natürlich sinnbildlich gesprochen.«

»Was sagt Wohl dazu?« frage Matt, als sie die Treppe hinabgingen.

»Ich habe es ihm noch nicht erzählt. Ich denke, ich ruiniere ihm den Tag, indem ich es ihm gleich als erstes am Morgen sage.«

Als sie am Rittenhouse Club eintrafen, war er geschlossen.

»Was jetzt?« fragte Matt.

»Warum schlendern wir nicht die Market Street runter?« schlug Washington vor. »So haben wir Gelegenheit, zu sehen, wie die andere Hälfte der Menschheit lebt, und wir können uns an die glücklichen Tage erinnern, an denen Officer Washington seine erste Runde als Fußstreife drehte.«

»Sie waren Fußstreife auf der Market Street?« Matt konnte sich nur sehr schwer vorstellen, daß Jason Washington in der Uniform eines Streifencops durch die Market Street patrouilliert war.

Officer Freundlicher Schwarzer Buddha, dachte er, *in tadelloser Uniform und mit einem etwas drohenden Lächeln, während er mit seinem Schlagstock in die linke Handfläche schlägt.*

»Das war ich in der Tat. Unter der fähigen Führung von Lieutenant Dennis V. Coughlin. Und bei *unseren* Runden ...«, seine Stimme nahm einen sonoren Klang an, »... verlegten die Ganoven ihr Gewerbe in einen anderen Distrikt.«

»Polizeinotruf«, sprach David Meach in das Mikro seines Kopfhörers.

»Inferno Lounge«, sagte der Anrufer. »Market Street 1908. Eine Schießerei, und vielleicht ist jemand tot.«

»Ihren Namen bitte, Sir.«

»Scheiße!« antwortete der Anrufer und legte auf.

David Meach war seit sechs Jahren im Job, lange genug, um abschätzen zu können, ob der Anruf stichhaltig war. Er beurteilte es nicht auf Grund der Worte, sondern wie sie gesagt wurden. Zum Beispiel, ob der Anrufer mündig klang (im Gegensatz zu einem aufgeregten Kind, das den Cops ein wenig Gelegenheit zum Üben geben wollte) oder ob Aufregung oder Spannung oder eine gewisse Benommenheit aus der Stimme herausklang oder nicht. Dieser Anruf war anscheinend ernst und begründet; David Meach bezweifelte, daß jemand sich einen dummen Scherz erlaubte und grundlos Polizeiwagen durch Philadelphias Innenstadt rasen lassen wollte.

Er überprüfte, wer verfügbar war.

Radio Patrol Car Neun-zehn war anscheinend am nächsten beim Tatort. Meach drückte auf einen Knopf und schickte zwei kurze Pieptöne durch den Äther. Dann schaltete er sein Mikrofon ein.

»Alle Wagen bereit halten. Market Street 1908, Inferno Lounge, Meldung einer Schießerei mit vermutlich Verletztem. Neun-zehn, Sie übernehmen.«

Die Antwort kam sofort.

»Neun-zehn, verstanden«, sprach Officer Edward Schirmer ins Mikrofon des Streifenwagens zehn vom 9. Distrikt, während Officer Lewis Roberts, der den Wagen die Walnut Street hinunterfuhr, Sirene und Rotlicht einschaltete.

»Neun-sieben fährt zu angegebener Adresse«, meldete eine andere Stimme, die von Officer Frederick E. Rogers in Streifenwagen Neun-sieben.

»Highway dreizehn auf dem Weg zur Market 1908«, meldete sich Officer David Fowler.

»Neun-null-eins hat verstanden«, sagte Officer Adolphus Hart, der einen der beiden Transporter vom 9. Distrikt fuhr.

Neun-null-eins hatte vor fünf Minuten das Polizeipräsidium verlassen, nachdem er zwei Gefangene von den Zellen des 9. Distrikts zum zentralen Untersuchungsgefängnis transportiert hatte.

Officer Thomas Daniels, der Fahrer von Neun-null-eins, hatte sich rein zufällig entschieden, bei der Rückfahrt durch die Market Street zu fahren, und der Transporter war jetzt das erste Polizeifahrzeug am Tatort.

Als Daniels den Transporter stoppte, sahen er und sein Kollege überhaupt nichts Ungewöhnliches bei Nummer 1908. Die Neonbeleuchtung des Schildes ›Inferno Lounge‹ war ausgeschaltet, und das Lokal schien für die Nacht geschlossen zu sein.

Er hielt gerade lange genug, daß Officer Hart aus dem Transporter springen, zur Tür des Inferno gehen und feststellen konnte, ob er die Tür öffnen konnte. Das konnte er nicht. Dann bog Officer Daniels nach links in die Ludlow Street ein, damit er die Hintertür blockieren konnte.

Zwei Bürger, ein sehr großer Schwarzer und ein großer junger Weißer, beide gut gekleidet, kamen die 19th Street herab auf die Market Street zu. Officer Daniels sagte sich, daß sie soeben aus der Gasse hinter dem Inferno gekommen sein konnten.

Officer Daniels schaltete die Sirene ein, fuhr den Transporter in die Gasse, blockierte sie und sprang aus dem Wagen.

»Stehenbleiben!« rief er.

Die Aufforderung erwies sich als überflüssig. Die beiden Männer waren bereits stehengeblieben. Sie wandte sich ihm zu und schauten ihn neugierig an.

Natürlich war es nötig, Fußgänger an einem vermutlichen Tatort zu stoppen, aber Officer Daniels hielt es für unwahrscheinlich, daß diese beiden etwas mit dem zu tun hatten, was im Inferno passiert war – wenn überhaupt etwas geschehen war. Sie hatten nicht versucht, wegzulaufen, und sie wirkten nicht nervös. Officer Daniels hatte einen unfreundlichen Gedanken. Dies hier war eine ungewöhnliche Gegend für einen Spaziergang nach Mitternacht, es sei denn natürlich, die beiden suchten Frauen. Oder Männer. Vielleicht hatten sie sich soeben gefunden.

»Verzeihung, Sir«, sagte Daniels, »Kann ich bitte irgendeine Legitimation sehen?«

Der jüngere Mann lachte. Daniels schaute ihn finster an.

»Wir sind Polizeibeamte«, sagte der Schwarze. »Was ist los?«

Der junge Mann zeigte ihm die Dienstmarke eines Detective.

»Was ist hier los, Officer?« fragte der Schwarze noch einmal.

Officer Daniels zögerte nur kurz, bevor er antwortete. »Schießerei mit Verletztem im Inferno.«

»War die Vordertür offen?« fragte der Schwarze.

»Nein.«

»Ich blockiere die Vordertür«, sagte der Schwarze. »Die Hintertür des Lokals befindet sich auf halbem Weg durch die

Gasse. Da stehen für gewöhnlich Mülltonnen voller leerer Bierdosen und so weiter.« Er wandte sich an den jungen Weißen. »Sie begleiten ihn, Matt.«

Der junge Mann bückte sich, und als er sich wieder aufrichtete, hielt er einen stupsnasigen Revolver in der Hand.

Officer Daniels schaute den Schwarzen unschlüssig an.

»Sie gehen mit ihm«, sagte der Schwarze zu Officer Daniels im Befehlston. Dann lief er auf die Market Street zu.

Officer Daniels eilte hinter den jungen Weißen her und holte ihn ein.

»Wer ist dieser Mann?«

»Das ist Sergeant Jason Washington. Er hat mir soeben erzählt, daß er früher hier zu Fuß auf Streife war.«

»Er hat hier keine Befugnis.«

»Sagen Sie ihm das«, erwiderte Matt und lachte, während er weiter durch die Gasse eilte.

Das Heulen von Sirenen und das Quietschen von Reifen kündigten die Ankunft anderer Polizeifahrzeuge an.

In der Gasse zwischen den Gebäuden war es stockdunkel, und Matt stolperte zweimal über etwas, das er nicht gesehen hatte. Es gab mehr Licht, als er das Ende der Gasse erreichte und auf das Stück gelangte, das in der Kolonialzeit eine Kopfsteinpflasterstraße gewesen war, jetzt jedoch nicht viel mehr als eine von Abfall übersäte Gasse war.

Er entdeckte die Mülltonnen des Inferno. Sie waren mit Küchenabfällen und leeren Bierdosen und -flaschen überfüllt, wie Jason gesagt hatte.

Er ging zu der Eisentür und versuchte sie zu öffnen. Sie war nicht abgeschlossen.

Wenn jemand hier drin war, dann ist er vermutlich fort. Die Tür würde normalerweise abgeschlossen sein.

Matt trat zur Seite, versteckte sich sozusagen in der Dunkelheit der Hauswand und riß die Tür auf.

»Polizei!« rief er.

Keine Reaktion. Kein Geräusch. Nichts.

Er spähte sehr vorsichtig um den Türpfosten. Niemand war zu sehen, aber er sah einen Gang, der durch Lampenschein aus einem Raum, vermutlich der Küche, schwach beleuchtet war, und jenseits davon die Bar oder das Restaurant oder was auch immer dieses Lokal war.

»Bleiben Sie hier«, wies Matt Officer Daniels an. Dann betrat er das Gebäude und schlich über den Gang. Auf halbem Weg sah er eine Treppe, die ins Kellergeschoß führte, und er bemerkte dort unten Licht. Es war möglich, daß jemand im Keller war; er war zufrieden mit sich, weil er den Uniformierten angewiesen hatte, bei der Tür zu bleiben.

Matt durchquerte vorsichtig die Küche und ging dann in das Restaurant. Jemand hämmerte an die Vordertür des Lokals und jemand – nicht Jason, aber nach dem tiefen Klang der Stimme zu schließen auch nicht der Kollege des jungen Fahrers des Transporters – rief: »Polizei, aufmachen!«

Die Tür war abgeschlossen. Die Schlüssel steckten innen. Es war schwierig, aufzuschließen. Matt steckte den Revolver in die Tasche und benutzte beide Hände, um die Tür aufzuschließen und zu öffnen.

Ein uniformierter Sergeant und zwei Highway Patrolmen standen vor der Tür. Hinter ihnen konnte Matt Jason Washington sehen, der wie ein neugieriger Schaulustiger wirkte.

»Was haben Sie gefunden, Payne?« fragte einer der Highway Patrolmen. Matt erinnerte ich, daß er den Mann schon irgendwo gesehen hatte. Er konnte sich aber nicht an den Namen erinnern.

»Noch nichts. Ich hielt es für besser, euch Jungs hereinzulassen.«

»Wie sind Sie reingekommen?«

»Die Hintertür war unverschlossen. Der junge Cop vom Transporter bewacht sie.«

»Wer sind Sie?« fragte der uniformierte Sergeant.

»Das ist Detective Payne von der Special Operations Division«, antwortete Jason Washington für Matt. »Und ich bin Sergeant Washington. Nichts, Matt?«

»Nichts im Erdgeschoß. Es gibt einen Keller. Ich war noch nicht unten.«

»Ich denke, wir sollten uns dort umschauen«, sagte Washington und stand plötzlich mit zwei schnellen Schritten vor den beiden Highway Patrolmen und dem uniformierten Sergant. »Übernehmen Sie die Führung, Matt!«

Matt machte kehrt und durchquerte schnell die Bar, das Restaurant und die Küche. Dann ging er über den Gang und wollte die Treppe hinabsteigen. Washington stoppte ihn, indem er ihm hart die Hand auf die Schulter legte.

»Kündigen Sie sich an«, sagte er leise. »Sie wissen nicht, was Sie dort finden werden, und wenn zum Beispiel der Besitzer dort unten ist, soll er wissen, daß ein Polizeibeamter die Treppe runterkommt.«

»Polizei!« rief Matt.

»Hier unten«, antwortete eine Männerstimme.

Die Treppe führte zu einem schmalen Gang hinab und der Gang zu einem kleinen Büro.

Als erstes sah Matt einen stämmigen Mann in den Vierzigern, der hinter einem verschrammten Schreibtisch saß und einen Schluck aus einer Flasche Seagrams VO trank. Ein Colt Cobra Revolver lag auf dem Schreibtisch.

Matt betrat das Büro und sah als nächstes eine junge Frau, eine Weiße, die in einem Sessel saß. Ihr Kopf hing schlaff zur Seite. Ihre Augen waren weit aufgerissen, und Kopf, Hals und Oberkörper waren blutüberströmt. Sie war offensichtlich tot. Auf dem Boden lag in einer großen Blutlache die Leiche eines stämmigen Mannes. Der Tote lag auf der Seite, und sein rechter Arm war ausgestreckt und berührte fast den Schreibtisch.

Matt schaute den Mann hinter dem Schreibtisch an.

»Was ist hier passiert?«

»Ich wurde überfallen«, sagte der Mann.

»Von wem?«

Matt blickte zur Bürotür und sah, daß Jason Washington und einer der Highway Patrolmen das Büro betreten hatten.

»Von zwei weißen Gangstern.«

»Alles mit Ihnen in Ordnung?«

»Ich wurde angeschossen«, sagte der Mann. »Am Bein.«

Matt ging zu ihm und sah, daß er das rechte Bein ausgestreckt hatte. Das Hosenbein war vom Knie bis zum Oberschenkel blutgetränkt.

»Können Sie die Täter beschreiben?«

»Es waren zwei«, sagte der Mann. »Einer war ein kleiner, stämmiger Hurensohn, der andere ungefähr so groß wie ich.«

»Wie waren sie bekleidet?«

»Der kleine Scheißer trug einen Anzug; der andere eine dunkle Hose und eine Windbluse mit Reißverschluß.«

»Schnurrbart, Vollbart, irgend so etwas?«

Der Mann schüttelte den Kopf.

Jason Washington wandte sich an den Highway Patrolman, der neben ihm stand.

»Geben Sie das über Funk durch«, sagte er leise. »Und sagen Sie der Funkzentrale, daß Sergeant Washington und Detective Payne von der Special Operations Division am Tatort eines vermutlich bewaffneten Überfalls und Doppelmordes sind.«

6

»Das war interessant«, sagte Sergeant Edward McCarthy von der Mordkommission zu Detective Wallace J. Milham, als er zu seinem Schreibtisch ging, an dem Milham versuchte, seinen Schreibkram aufzuarbeiten. Milham blickte McCarthy mit einer Mischung aus Neugier und Ärger wegen der Störung an.

»Da kam gerade über Funk die Meldung, daß wir einen *Doppel*mord in der Inferno Lounge haben«, sagte McCarthy. »Noch keine Namen der Opfer, aber die Meldung kam über Funk von der Polizei. Ein Transporter vom 9. Distrikt übermittelte die Meldung von niemand anderem als Sergeant Jason Washington von der Special Operations Division, der anscheinend am Tatort ist.«

»Ich frage mich, was das zu bedeuten hat.« Milham lachte. »Diese Gegend und besonders dieses Bumslokal passen nicht zum Stil des Schwarzen Buddhas. Wer bekommt den Job?«

»Sie sind der zugeteilte Kriminale, Detective Milham«, sagte McCarthy.

»Geben Sie mir eine halbe Minute«, sagte Milham. »Ich möchte diese Seite zu Ende bringen.«

»Lassen Sie sich Zeit. Die Opfer laufen nicht weg«, sagte McCarthy und fügte hinzu: »Mal sehen, ob ich den Captain finden kann.«

Captain Henry C. Quaire, der Leiter der Mordkommission, besuchte mit seiner Frau ein gesellschaftliches Fest, das jährliche Abendessen des Gemeindevorstands der St. John's Lutheran Church, im Bellevue-Stratford Hotel, als Sergeant McCarthy ihn telefonisch erreichte.

»Wo sind Sie, Mac?« fragte Quaire.

»Im Rundhaus.«

»Holen Sie mich draußen ab. Ich werde auf Sie warten.«

»Jawohl, Sir.«

Captain Quaire fragte sich besorgt, was seine Frau sagen würde, wenn sie allein nach Hause fahren mußte – er sah bereits vor seinem geistigen Auge, wie er endlich heimkehrte und sie die Lippen aufeinanderpreßte und ihm im Bett kalt den Rücken zuwandte –, und er war so in Gedanken, daß er versäumte, Sergeant McCarthy zu fragen, ob er Kontakt mit Chief Inspector Matthew Lowenstein aufgenommen hatte. Der Chief wollte über alle interessanten Fälle informiert werden, ganz gleich zu welcher Zeit, und ein Doppelmord zählte gewiß dazu. Und weil Jason Washington irgendwie mit im Spiel war, wurde es noch interessanter.

Er entschied sich, Lowenstein anzurufen, während er darauf wartete, daß McCarthy ihn abholte.

Das Telefonat erübrigte sich, als Quaire aus dem Aufzug trat und Macs Wagen draußen auf der South Broad Street sah.

»Haben Sie Kontakt mit Chief Lowenstein aufgenommen?« fragte Quaire, als er einstieg.

McCarthy schaltete Rotlicht und Sirene ein und wendete auf der Straße.

»Das war nicht nötig«, antwortete McCarthy. »Ich erhielt über Funk die Meldung, daß der Chief informiert ist und er bat, daß jemand seine Frau anruft und ihr sagt, daß er später kommt.«

»Wer sind die Opfer? Wissen wir das schon?«

»Ich hoffe, daß es ein Familienstreit war«, sagte McCarthy.

Quaire lachte. Sergeant McCarthy sprach nicht von einer Meinungsverschiedenheit zwischen Ehemann und Ehefrau, sondern von einer zwischen Mitgliedern von Philadelphias oftmals gewalttätigen Mafia.

»Wer bearbeitet den Fall?« erkundigte sich Quaire.

»Wally Milham. Captain, Sie haben nichts anderes gesagt ...«

»Das geht klar. Er ist laut Plan an der Reihe, und er bekommt den Job. Ich glaube nicht, daß er irgend etwas mit dem Fall Kellog zu tun hat.«

»Wer mag das getan haben?«

»Hat sich noch nichts ergeben?«

»Nicht das geringste.«

Als Detective Milham vor der Inferno Lounge stoppte, parkten neun Polizeifahrzeuge, davon drei neutrale Wagen, auf der Market Street. Unbewußt erkannte er das Ungewöhnliche. Die drei neutralen Wagen waren verbeult und alt. Deshalb gehörte keiner Sergeant Washington, dessen nagelneuer neutraler Wagen das Thema vieler Unterhaltungen in der Mordkommission gewesen war.

Wally fragte sich, ob McCarthy ihn auf den Arm genommen hatte, als er erzählt hatte, Jason Washington sei im Spiel, oder ob McCarthy auf den Arm genommen worden war.

Ein uniformierter Cop stand an der Tür. Er erkannte Milham und ließ ihn passieren. Im Inferno sah Milham drei Detectives, die er kannte: David Rocco von der Kripo Mitte; John Hanson vom Raubdezernat; und Wilfred ›Wee Willy‹ Malone, ein Zweimeterhüne von der Intelligence Unit. Das erklärte die drei neutralen Wagen.

Rocco und Hanson winkten ihm grüßend zu. Wee Willy schaute ihn sonderbar an. Wally fragte sich, ob er von dem Fall Kellog gehört hatte; daß er befragt worden war und man seine Waffen bei der ballistischen Abteilung überprüfte.

»Wir sind froh über Ihr Kommen«, sagte Rocco. »*Sergeant* Washington ist bei den Opfern und sichert den Tatort bis zur Ankunft der Asse der Mordkommission – zu denen vermutlich Sie zählen, Wally.«

»Wenn ihr weniger wichtigen Leute lernen würdet, nicht über unser Beweismaterial und über Spuren zu trampeln, wäre das nicht nötig«, erwiderte Wally.

Hanson lachte gutmütig.

Wally hielt vergebens nach Jason Washington Ausschau. »Wo ist der Schwarze Buddha?«

»Hinten vom Gang geht eine Treppe ab. Im Kellergeschoß ist ein Büro.«

Wally fand die Treppe und ging hinab. Washington hörte ihn kommen und wandte sich um. Seine Miene spiegelte Ungeduld wider, als er ihn erkannte.

»Guten Morgen, Detective Milham«, sagte Washington.

»Hallo, Jason. Was haben wir?«

»Kennen Sie Detective Payne?«

»Nur vom Namen her«, sagte Milham und reichte dem jungen Detective die Hand.

»Detective Payne und ich spazierten rein zufällig auf der 19th Street«, sagte Washington, »als der erste Polizeiwagen eintraf – die Officers Adolphus Hart und Thomas Daniels mit Wagen neun-null-eins. Sie sind oben. Weil kein Ranghöherer hier war, übernahm ich das Kommando, und weil die Vordertür abgeschlossen war, wies ich Detective Payne an, zu versuchen, das Gebäude durch die Hintertür zu betreten. Ich schickte Officer Daniels mit. Detective Payne konnte ins Haus gelangen. Er ließ Officer Daniels die Hintertür bewachen, drang in das Gebäude ein, öffnete die Vordertür, die von innen abgeschlossen war, und ließ mich herein. Detective Payne ging voran, und wir durchsuchten das Gebäude und stießen auf den Tatort. Wir fanden Mr. Gerald Atchison, einen der Besitzer dieses Etablissements. Er saß hinter dem Schreibtisch. Mr. Atchison sagte uns, er war oben in der Bar, als er ein Geräusch hörte, das wie ein Knall klang und das er jetzt für einen Schuß hält. Als er hineinging, um nachzusehen, was los war, stieß er auf dem Gang oben auf zwei bewaffnete Weiße – die Beschreibung ist zur Fahndung durchgegeben worden –, die auf ihn schossen und ihm am Bein einen Streifschuß zufügten. Er zog seine eigene Waffe ...«

Jason verstummte.

»Matthew«, sagte er dann, »geben Sie Detective Milham bitte die Waffe.«

Matt ging zu einem Aktenschrank. Er faßte einen Colt Cobra Revolver vorsichtig an den hölzernen Griffschalen an und hielt ihn Milham hin. Wally nahm eine Plastiktüte aus seiner Jackentasche und hielt sie auf, und Matt ließ den Revolver hineingleiten.

»Mr. Atchison hat eine Lizenz, erteilt vom Sheriff des Delaware County, die ihm das Tragen der Waffe erlaubt«, fuhrt Washington fort. »Ein Schußwechsel folgte, bei dem er am Bein verletzt wurde. Mr. Atchison stürzte zu Boden. Er weiß nicht, wie lange er dort lag.«

»Es tut weh«, sagte Atchison.

»Ein Polizeiwagen ist draußen, Mr. Atchison«, sagte Washington. »Sie werden gleich in ein Krankenhaus transportiert. Habe ich das Wesentliche Ihres Gesprächs mit Detective Payne exakt wiedergegeben?«

»Ein kleiner Scheißer und ein großer haben mir das angetan«, sagte Atchison.

»Nachdem er nicht wußte, wie lange er auf dem Boden gelegen hat, erholte Mr. Atchison sich genug, um zu erkennen, daß seine Angreifer nicht länger anwesend waren. Dann stieg er die Treppe zu seinem Büro hinab, in dem er die Leichen seiner Frau und seines Geschäftspartners fand. Daraufhin setzte er sich hinter seinen Schreibtisch, rief den Polizeinotruf an und meldete, was geschehen war. Anschließend trank er Whisky, um den Schmerz seiner Wunde zu betäuben. Ist das immer noch korrekt wiedergegeben, Mr. Atchison?«

»Ich wußte, daß sie tot waren«, sagte Mr. Atchison.

»Ja, natürlich, das konnten Sie sehen.« Dann fuhr Washington mit seinem Bericht fort. »Ich wies einen Beamten der Highway Patrol an, über Funk zu melden, daß ich am Tatort eines Doppelmordes bin. Dann sicherte ich den Tatort bis zur Ankunft der Mordkommission. Niemand außer Detective Payne und mir hat den Tatort betreten. Und wenn Sie keine weiteren Fragen an uns haben, verabschieden wir uns jetzt. Wenn es keine Einwände gibt, werden wir ein Protokoll bezüglich unserer Beteiligung in diesem Fall schreiben und bis zum Mittag bei der Mordkommission einreichen. Haben Sie irgendwelche Fragen, Wally?«

»Nein, Jason«, sagte Milham lächelnd. »Damit ist alles sauber abgedeckt.«

An dem Tag, an dem Wally sich zum Dienst bei der Mordkommission gemeldet hatte, war er von dem damaligen Lieutenant Quaire begrüßt worden, und nach dem ›Willkommen an Bord‹ hatte Quaire ein Ermittlungsprotokoll aus einem Aktenhefter genommen und ihm überreicht.

»Lassen Sie ihn nicht wissen, daß ich Ihnen das gezeigt habe, Milham, sein Ego ist schon schlimm genug, aber so gut sollten Sie Ihre Sache ebenfalls machen.«

»Was ist das, Sir?«

»Das ist ein Bericht von Detective Jason Washington über

einen Mord im Verlauf eines bewaffneten Raubüberfalls, aber es ist ein Schulbeispiel, wie ein Bericht sein sollte. Alles ist perfekt, in der richtigen Reihenfolge, in prägnanter Wortwahl, ohne Wiederholung, ohne Verfahrensfehler, ohne grammatische Fehler.«

»Wenn Sie also keine Fragen mehr haben, Wally, dann lege ich diesen Fall in Ihre fähigen Hände«, sagte Washington. »Gehen wir, Matt?«

»Ich brauche ärztliche Behandlung«, sagte Mr. Atchison. »Mein verdammtes Bein tut weh.«

»Wir bedauern die Verzögerung, Mr. Atchison«, sagte Washington. »Aber Sie sind gewiß sogar noch mehr daran interessiert als wir, daß die Leute gefaßt werden, die Ihre Frau und Ihren Geschäftspartner ermordet haben, und es war nötig, daß ich alle Informationen, die ich über diesen tragischen Fall habe, dem Polizeibeamten gebe, der die Ermittlungen leiten wird.«

»Ja. Ich will, daß diese Bastarde geschnappt werden. Und gebraten.«

»Gute Nacht, Sir«, sagte Washington. »Danke für Ihre Geduld.«

Er wandte sich um und blickte Wally Milham an. Dann rümpfte er die Nase, als hätte er etwas Faules gerochen.

»Gute Nacht, Detective Milham«, sagte er, ergriff Matt am Arm und zog ihn aus dem Büro.

Als Captain Quaire und Sergeant McCarthy eintrafen, parkten über ein Dutzend Polizeifahrzeuge aller Art, darunter Chief Inspector Matt Lowensteins Oldsmobile, auf der Straße und dem Bürgersteig vor der Inferno Lounge.

Captain Thomas Curran von der Kripo Mitte stand mit Staff Inspector Michael Weisbach und Captain Alexander Smith vom 9. Distrikt auf dem Bürgersteig, aber weder Chief Lowenstein noch sein Fahrer waren zu sehen.

»Der Chief ist drinnen«, erklärte Curran. »Betreten auf

eigene Gefahr. Er wies uns an, hier draußen zu warten, und Weisbach sprach kurz mit ihm, als er vorfuhr. Der Chief hat miese Laune.«

»Ist Washington drinnen?« fragte Quaire.

»Was seine miese Laune vielleicht erklärt.« Curran nickte. »Washington und der junge Payne, der die Sexbestie erschoß. Und Milham ist soeben eingetroffen.«

»Sie warten besser hier, Mac«, sagte Quaire und ging zum Eingang der Inferno Lounge. Ein Uniformierter öffnete die Tür.

Quaire fand Chief Lowenstein nicht, wo er ihn erwartet hatte – wo auch immer die Leichen waren –, sondern im Restaurantbereich des Inferno. Er saß an einem Tisch, und bei ihm saßen Jason Washington und Detective Matthew M. Payne.

»Guten Abend, Sir«, sagte Quaire.

»Sergeant Washingtons einzige Funktion bei diesem Fall bestand darin, zu verhindern, daß die Highway Patrol alle Spuren zertrampelt«, sagte Lowenstein. »Die Leichen sind im Kellergeschoß. Milham ist dort unten.«

»Wer sind die Opfer?« fragte Quaire.

»Eine weibliche Weiße, Alicia Atchison«, antwortete Washington. »Die Frau des Besitzers, eines gewissen Gerry Atchison. Und Mr. Atchisons Geschäftspartner, ein Anthony J. Marcuzzi. Mr. Atchison behauptet, daß zwei weiße Männer sie im Verlauf eines Raubüberfalls erschossen haben, bei dem er selbst angeschossen wurde, als er tapfer versuchte, seine Frau, seinen Besitz und seinen Freund und seinen Geschäftspartner zu verteidigen.«

Er hielt sich kurz die Nase mit Daumen und Zeigefinger zu, was eine unbedeutende unschuldige Geste sein konnte, aber auch ein Anzeichen darauf, daß Mr. Atchisons Version der Ereignisse seine Ansicht nach stank wie verfaulter Fisch.

»Ich werde mir das ansehen«, sagte Quaire.

»Nehmen Sie Detective Payne mit«, sagte Chief Lowenstein. »Er könnte nützlich sein – er war als erster am Tatort –, und er kann vielleicht etwas lernen.«

Matt Payne erhob sich ein wenig überrascht.

Chief Lowenstein wartete, bis Quaire und Payne außer Hörweite waren, und wandte sich dann an Jason Washington.

»Jason, wir haben lange ein gutes Verhältnis gehabt.«

»Ho-ho, sagte der Apachenkrieger, dem klar war, daß der große Häuptling ihm schmeicheln will.«

Lowenstein lächelte, doch dann wurde seine Miene ernst.

»Ich weiß, woran Sie arbeiten, Jason.«

»Wie bitte?«

»Und glauben Sie mir, wenn ich jemand für den Fall auswählen müßte, wären Sie das. Oder Peter Wohl. Oder Sie beide, wie es der Fall ist nach dem, was ich hörte.«

»Chief, wir haben lange ein gutes Verhältnis, und Sie bringen mich in Verlegenheit.«

»Ja, und ich weiß es. Aber, verdammt ...«

Washington schaute ihn an, und ihre Blicke trafen sich, aber er sagte nichts.

»Ich möchte Ihnen einige Fragen stellen. Wenn Sie meinen, Sie dürfen sie beantworten, tun Sie es. Wenn Sie das Gefühl haben, nicht antworten zu dürfen, lassen Sie es.«

Washington erwiderte nichts, aber nach kurzem Überlegen nickte er.

»Wie schlimm ist es?« fragte Lowenstein.

Washington antwortete nach zehn Sekunden, die viel länger wirkten. »Schlimm.«

»Wie hoch geht es?«

»Es ist ein Captain darin verwickelt.«

»Ein Verdacht? Oder kann es bewiesen werden?«

Washington dachte nach, bevor er antwortete.

»Es wird Anklagen geben.«

Lowenstein blickte ihm in die Augen und atmete tief durch.

»Jemand, den ich kenne?«

»Chief, Sie kennen viele Leute.«

»Wenn ich ein paar Namen nenne, würden Sie dazu nicken?«

»Nein.«

»Mike Weisbach hörte Gerede über Vito Cazerra.« Washington schwieg.

»Weisbach arbeitet daran, und er ist ein verdammt guter Ermittler.«

Washington schwieg weiterhin, und seine Miene blieb ausdruckslos.

»Der Name Seymour Meyer fiel ebenfalls.«

»Chief, dieses Gespräch findet nicht statt«, sagte Washington. »Wenn es stattfände, müßte ich das melden.«

Lowenstein schaute Washington in die Augen.

»Wieviel Zeit habe ich?«

Washington zuckte mit den Schultern. »Sehr wenig.«

»Werden Sie dem Bürgermeister erzählen, daß ich Sie in die Enge getrieben habe und wir diesen kleinen Plausch hatten?«

»Welchen kleinen Plausch?«

»Okay, Jason«, sagte Lowenstein. »Danke.«

Washington machte eine bescheiden abwehrende Geste.

Lowenstein stand auf und blickte auf Jason Washington hinab.

»Weiß Denny Coughlin, was los ist?« fragte er.

Jason Washington zögerte kaum wahrnehmbar, bevor er den Kopf schüttelte.

Lowenstein dachte darüber nach, nickte, wandte sich um und verließ das Lokal.

Wally Milham war nicht überrascht, als Captain Henry Quaire ins Büro im Kellergeschoß kam. Quaire tauchte routinemäßig am Tatort eines interessanten Mordes auf, und diesen zweifachen Mord konnte man gewiß dazu zählen. Es überraschte und ärgerte Wally jedoch, Detective Payne in Quaires Begleitung zu sehen.

»Was haben wir, Wally?« fragte Quaire.

Wally berichtete und beendete seine Zusammenfassung mit der Ankündigung, daß er im Begriff war, Mr. Atchison zum Hahnemann Hospital transportieren zu lassen, damit dort seine Wunde behandelt wurde.

»Sind Sie bereit für die Techniker?« fragte Quaire. »Sie sind hier.«

»Jawohl, Sir.«

»Ich werde sie herschicken«, sagte Quaire. »Wir wollen das nach allen Regeln der Kunst machen. Chief Lowenstein ist ebenfalls hier. Halten Sie mich auf dem laufenden, Wally.«

»Jawohl, Sir.«

Weil Detective Payne mit Captain Quaire eingetroffen war, nahm Detective Milham an, er würde mit ihm weggehen. Das tat er nicht.

Warum, zum Teufel, treibt er sich hier herum? dachte Milham.

»Vielleicht sollte ich besser mit meinem Anwalt reden«, sagte Mr. Atchison. »Bei all der Aufregung kann ich nicht richtig klar denken.«

»Gewiß«, sagte Wally. »Das kann ich verstehen.«

»Wie lange wird es im Krankenhaus dauern?« fragte Mr. Atchison.

»Das kann ich nicht sagen«, antwortete Wally. »Eine Stunde vielleicht. Möglicherweise auch länger. Der Anwalt wird Zeit haben, Sie dort zu treffen, wenn Sie das meinen.«

»Und ich werde heimfahren müssen«, sagte Mr. Atchison. »Aber ich kann nicht mit dem verletzten Bein fahren.«

»Haben Sie seine Telefonnummer? Soll ich ihn für Sie anrufen?« fragte Wally fürsorglich.

»Ich werde ihn anrufen«, sagte Atchison. Er stöhnte, setzte sich auf und rückte näher zum Schreibtisch.

»Es wäre besser, wenn Sie dieses Telefon nicht benutzen, Sir«, sagte Matt, und als Atchison ihn anschaute, fuhr er fort: »Wir möchten von unseren Technikern feststellen lassen, ob Fingerabdrücke darauf sind. Das wäre hilfreich, wenn wir die Männer finden, die Ihnen das angetan haben. So könnten wir beweisen, daß sie hier in diesem Büro waren.«

Was soll dieser Scheiß mit dem ›wir‹? dachte Milham. *Das ist mein Job, nicht deiner. Halte dich da raus.*

»Ja, sicher«, sagte Mr. Atchison.

»Sie können bestimmt im Krankenhaus telefonieren«, fuhr Matt fort. »Oder wenn Sie es möchten, richten wir Ihrem Anwalt aus, daß daß er sich mit Ihnen im Hahnemann Hospital treffen soll.«

Wieder ›wir‹! Für wen hältst du dich, Payne?

»Das ist sehr nett von Ihnen«, sagte Mr. Atchison. »Sein Name ist Sidney Margolis. Ich habe seine Nummer hier in der Kartei.«

Er wollte eine Schublade des Schreibtisches aufziehen, doch Matt stoppte ihn.

»Es wäre besser, Mr. Atchison, wenn Sie nicht berühren, bis unsere Techniker ihre Arbeit erledigt haben. Steht der Anwalt im Telefonnummer? Oder hat er eine Geheimnummer?«

»Ah, ich erinnere mich«, sagte Atchison triumphierend und nannte die Nummer aus dem Gedächtnis.

»Wenn Sie mir die Nummer noch mal zum Mitschreiben sagen, dann rufe ich ihn gern für Sie an«, sagte Matt.

»Ja, würden Sie das bitte tun? Sagen Sie ihm, was hier passiert ist, und bitten Sie ihn, zu mir ins Hahnemann zu kommen.«

Matt nahm ein Notizbuch aus der Tasche und schrieb die Nummer auf, die Mr. Atchison noch einmal nannte.

»Kann ich Sie einen Augenblick sprechen, Payne?« sagte Wally. Er ergriff Matt am Arm und zog ihn aus dem Büro. »Bin sofort wieder bei Ihnen, Mr. Atchison.«

Er führte Matt ein paar Schritte auf den Gang hinaus und blieb dann stehen.

»Ich weiß nicht, für wen Sie sich halten, Payne«, zischte er. »Aber halten Sie Ihr verdammtes Maul. Dies ist mein Fall. Wenn ich Hilfe haben will, bitte ich darum.«

»Entschuldigung«, sagte Matt. »Ich wollte nur helfen.«

»Tun Sie mir einen Gefallen, ja? Hören Sie damit auf.«

»Okay. Tut mir leid.«

Wallys Zorn war noch nicht verraucht.

»Ich werde Ihnen sagen, was Sie tun sollen«, sagte er. »Als erstes geben Sie mir die Telefonnummer des Anwalts, und dann verschwinden Sie zum Rundhaus und warten dort auf mich. Ich will Ihre Aussage haben. Von Jason Washington nehme ich das Gelaber ›Sie bekommen morgen mein Protokoll‹ vielleicht noch hin, aber von Ihnen brauche ich mir das nicht bieten zu lassen.«

Matt, dem das Blut in die Wangen gestiegen war, riß die Seite mit der Telefonnummer aus seinem Notizbuch und gab sie Wally. Wally nahm sie und ging zum Büro zurück.

Matt sah ihm einen Moment nach und ging dann die Treppe hinauf, als zwei uniformierte Beamte, von denen einer eine Trage dabeihatte, herunterkamen.

Chief Lowenstein war verschwunden. Jason Washington saß allein am Tisch, wo sie gesessen hatten. Er stand auf, als er Matt sah.

»Nun, haben Sie was gelernt?«

»Erstens«, antwortete Matt, »Detective Milham hat den Charme eines Alligators, der an Verstopfung leidet, und zweitens will er meine Aussage heute nacht, nicht am Mittag.«

Washington hob überrascht die Augenbrauen.

»Soll ich mit ihm sprechen?«

»Nein. Nein, danke. Wenn ich's mir recht überlege, bringe ich's am besten gleich hinter mich. Am Tage werde ich sehr beschäftigt sein.«

»In Ordnung. Gehen Sie mit mir zurück zu Ihrer Wohnung, und ich werde Sie auf der Heimfahrt beim Rundhaus absetzen. Oder Sie können Ihren Wagen holen.«

»Ich werde mit Ihnen fahren, danke. Und später mit einem Taxi heimfahren.«

Jason Washington war überrascht und ein wenig besorgt, als er leise in seine Wohnung ging und sah, daß im Wohnzimmer Licht an war.

Die Liebe meines Lebens ist nicht nur ärgerlich, sondern so verärgert, daß sie sich sagt, eheliche Gerechtigkeit verlangt, daß sie aufbleibt und wartet, um mir ihr Mißfallen persönlich, sofort und in einigen Einzelheiten auszudrücken.

Als er durch die Diele ging, hörte er Martha ziemlich förmlich sagen: »Ich denke, das ist er.«

Es ist jemand bei ihr. Jemand, den sie nicht gut kennt. Wer? Wer kann das zu dieser frühen Morgenstunde sein?

Er ging ins Wohnzimmer. Martha, im Morgenrock, saß auf der Couch. Ein Kaffeeservice stand auf dem Couchtisch. Und in einem der Sessel saß eine besorgt und verwirrt wirkende Frau und hielt eine Tasse Kaffee in der Hand.

»Martha, es tut mir leid, daß ich so spät dran bin. Ich wurde aufgehalten.«

»Das kommt vor, nicht wahr?« erwiderte Martha, und ihr Tonfall machte klar, daß sie annahm, er war von einem Barkeeper aufgehalten worden, der äußerst langsam bedient hatte.

»Guten Abend«, sagte Jason zu der besorgt wirkenden Frau.

»Genauer gesagt ›guten Morgen‹«, korrigierte Martha. »Jason, dies ist Mrs. Kellog.«

»Guten Morgen, Mrs. Kellog«, sagte Jason.

Kellog? Wie bei Officer Kellog?

»Es tut mir leid, daß ich Sie störe«, sagte Mrs. Kellog. »Aber ich mußte einfach zu Ihnen gehen.«

»Wie kann ich Ihnen helfen, Mrs. Kellog?«

»Jerry Kellog war mein Ehemann«, sagte sie.

Genau das habe ich befürchtet. Und was willst du hier bei mir?

»Darf ich Ihnen mein Beileid ausdrücken, Mrs. Kellog?«

»Ich hatte nichts mit seiner Ermordung zu tun«, sagte sie. »Und Wally auch nicht.«

Washington nickte mitfühlend.

»Martha, du bist bestimmt müde«, sagte er.

»Nein, überhaupt nicht.« Martha lächelte süß und ließ Jason wissen, daß er sie nicht so leicht loswerden würde.

»Wally sagte mir, nicht nur Wally, auch Lieutenant Sackerman, besonders er, daß Sie nicht nur der beste Mann der Mordkommission sind …«

»Das war sehr nett von Jack Sackerman«, sagte Washington, »wir waren lange befreundet.«

»… sondern der einzige Cop, bei dem man *weiß*, daß er ehrlich ist.«

»Das ist sehr freundlich«, sagte Washington, »aber ich kann nicht die pauschale Verurteilung aller anderen Polizisten akzeptieren. Ich finde, wir sind so wie Ivory-Seife: 99,45 Prozent pure Reinheit, wie es in der Werbung heißt.«

Helene Kellog ignorierte ihn.

»Deshalb bin ich hier«, sagte sie. »Ich wußte nicht, wohin ich sonst gehen konnte.« Sie sah ihn an, atmete tief durch und sprach weiter. »Jerry war dreckig. Ich weiß das. Und was mit ihm geschah, hatte etwas damit zu tun. Sie sind alle korrupt, die ganze fünfte Abteilung.«

»Mrs. Kellog, als Sie von den Beamten befragt wurden, die in dem Fall Kellog ermitteln, haben Sie ihnen gesagt, was Sie soeben mir erzählt haben?«

Sie schnaubte.

»Natürlich nicht. Sie benahmen sich alle, als verdächtigen sie mich, daß ich etwas damit zu tun hatte. Oder daß Wally es tat. Es würde mich kein bißchen überraschen, wenn sie daran beteiligt sind.«

»Woran beteiligt?«

»Beim Vertuschen. Vielleicht versuchen sie, es Wally oder mir anzuhängen. Wally *und* mir.«

»Weiß Detective Milham, daß Sie mich aufsuchen?«

»Natürlich nicht!«

»Warum denken Sie, jemand versucht Ihnen die Ermordung Ihres Mannes ›anzuhängen‹? Oder Detective Milham?«

»Ich habe es doch soeben gesagt! Um zu vertuschen. Um

sich selbst zu schützen. Sie sind alle dreckig. Die ganze verdammte fünfte Abteilung des Rauschgiftdezernats ist dreckig! Deshalb wurde Jerry vermutlich umgebracht. Er wollte nie wirklich darin verwickelt werden. Sie zogen ihn da hinein! Und vielleicht wollte er es jemandem erzählen oder etwas unternehmen.«

»Mit dreckig meinen Sie, daß Ihr Mann von jemandem Geld annahm?«

»Ja, natürlich.«

»Hat er Ihnen erzählt, daß er sich bestechen ließ?«

»Nein. Er sprach überhaupt nicht darüber.«

»Woher wissen Sie es dann?«

»Er bekam das Geld von irgendwoher.«

»Welches Geld?«

»Alles. Ganz plötzlich hatten wir viel Geld. Sie sind Cop. Sie wissen, wieviel ein Cop selbst mit Überstunden verdient.«

»Und Jerry hatte große Geldsummen?«

»Wir – *er* – kaufte eine Eigentumswohnung nahe beim Strand. Und ein Boot. Und er bezahlte bar. Soviel Geld bekam er nicht von der Polizei.«

»Haben Sie ihn gefragt, woher das Geld stammt?«

»Er wollte es nicht sagen. So begann unser Krach, als er es mir nicht sagen wollte.«

»Haben Sie darüber mit Detective Milham gesprochen?«

»Nein.«

»Darf ich fragen, warum nicht?«

»Wenn ich ihm davon erzählt hätte, dann hätte er etwas dagegen unternommen. Er ist ein ehrlicher Cop.«

»Wäre er dann nicht logischerweise die Person, der man es erzählt?«

»Ich wollte nicht, daß Jerry im Gefängnis landet«, sagte Helene Kellog. »Und wie hätte es ausgesehen, wenn die Anschuldigung von mir kommt? Ich lebe mit Wally zusammen. Man hätte mich für eine Nutte gehalten, die Ärger machen will.«

»Haben Sie mich aufgesucht, um sich einen Rat zu holen, Mrs. Kellog?« fragte Washington.

»Weil ich Sie um Hilfe bitten wollte. Und um Rat.«

»Wenn stimmt, was Sie gesagt haben ...«

»Selbstverständlich stimmt es!« unterbrach sie aufgebracht.

»... dann sollten Sie die Informationen den Leuten geben, die etwas unternehmen können. Sie wissen sicher, daß wir eine Abteilung ›Interne Angelegenheiten‹ haben ...«

»Wenn ich gedacht hätte, ich könnte dieser Abteilung vertrauen, wäre ich nicht hier«, sagte Helene. »Sie stecken alle unter einer Decke.«

»Mrs. Kellog, ich kann verstehen, warum Sie aufgeregt sind, aber glauben Sie mir, Sie können der Abteilung ›Interne Angelegenheiten‹ vertrauen.«

In diesem Moment bin ich mir leider nicht völlig sicher, ob das stimmt. Und ich bin mir ebenfalls nicht sicher, ob stimmt, was ich vorhin so vollmundig sagte: daß die Polizei 99,45% Prozent pure Reinheit ist.

Helene Kellog schnaubte.

»Wenn ich Ihnen den Namen eines Staff Inspectors von der Abteilung Interne Angelegenheiten nenne, für den ich mich verbürge ...«

Helene Kellog stand auf.

»Ich nehme an, ich hätte wissen sollen, daß es keinen Sinn hat, hierhinzugehen«, sagte sie, den Tränen nahe. »Es tut mir leid, daß ich Ihre Zeit vergeudet habe.« Sie wandte sich an Martha Washington. »Danke.«

»Mrs. Kellog, ich kann Ihnen wirklich nicht helfen. Ich habe weder etwas mit der Mordkommission noch mit dem Rauschgiftdezernat, noch mit der Abteilung Interne Angelegenheiten zu tun.«

»Wie ich schon sagte, es tut mir leid, daß ich Ihre Zeit vergeudet habe«, sagte Helene. »Dort geht's hinaus, ja?«

»Ich bringe Sie zur Tür«, sagte Washington und ging mit ihr.

An der Tür wandte sich Helene zu ihm um.

»Tun Sie mir einen Gefallen? Erzählen Sie Wally nichts von meinem Besuch?«

»Wenn Sie es wünschen, Mrs. Kellog.«

Sie wandte sich ab und ging über den Flur zum Aufzug.

Martha wartete auf Jason im Wohnzimmer.

»Es tut mir leid, Schatz«, sagte er.

»Ich glaube, sie hat die Wahrheit gesagt.«

»Sie hat geglaubt, was sie gesagt hat«, wandte Jason ein. »Das ist nicht immer dasselbe wie die ganze Wahrheit.«

»Sie tat mir leid.«

»Mir auch.«

»Aber du unternimmst nichts?«

»Und ob ich etwas unternehme«, sagte Jason.

»Was?«

»Das habe ich mir noch nicht überlegt. Ich bin überzeugt, daß Wally Milham nichts mit der Ermordung ihres Mannes zu tun hat. Er ist nicht der Typ. Ich traf ihn übrigens. Dort war ich.«

»Wie bitte?«

»Ich besuchte Matt. Wir wollten im Rittenhouse Club noch etwas trinken, doch es war geschlossen, und so machten wir einen Spaziergang und landeten bei einem Doppelmord in der Market Street. Und wir wurden darin verwickelt. Wally Milham hat den Fall.«

»Du meinst, verwickelt in eine Schießerei?«

»Nein. Wir trafen ein, als alles passiert war.«

»Was war so wichtig, daß du Matt um Mitternacht besuchen mußtest?« fragte Martha. »Und rede nicht von ›Polizeiarbeit‹, das akzeptiere ich nicht.«

Er blickte ihr in die Augen, lächelte und schüttelte den Kopf.

»Wir führen eine Überwachung durch. Früher am Abend war unser Mikrofon ausgefallen, das wir an einem Hotelfenster befestigt hatten. Ich erfuhr von Tony Harry, daß Matt auf einen Sims im 13. Stock kletterte, um das verdammte Ding wieder zu befestigen.«

»Mein Gott! Im Bellevue? Als er hier war, trug er die Kleidung eines Arbeiters des Bellevue.«

Jason ignorierte die Frage.

»Ich wollte ihn deswegen zusammenstauchen. Unter vier Augen.«

»So fuhrst du zum Rittenhouse Club?«

»Das war, nachdem ich ihn zur Schnecke gemacht hatte.«

»Nachdem du ihn zur Schnecke gemacht hattest, tat er dir leid?«

»Ich tat mir selbst leid. Ich wollte einen Whisky, und er hatte keinen.«

»Im Zweifel für den Angeklagten«, sagte Martha. »Ich akzeptiere deine Geschichte.«

»Vielen Dank.«

»Willst du etwas essen? Kaffee? Noch einen Whisky?«

»Wenn ich dir erzähle, was ich wirklich will, würdest du mir vorwerfen …«

»Sonderbar, ich dachte selbst an so etwas«, sagte Martha. »Holst du eine Flasche Champagner aus dem Kühlschrank, während ich hier alle Lampen ausschalte und ins Schlafzimmer gehe?«

Als Detective Wallace J. Milham die Mordkommission betrat, sah er Detective Matthew M. Payne an einem unbesetzten Schreibtisch sitzen und die *Daily News* lesen.

Payne sah ihn, faltete die Zeitung zusammen und stand auf.

Wally winkte ihn zu sich und führte ihn in einen der Vernehmungsräume, wobei er sich daran erinnerte, daß er am vergangenen Morgen selbst Aussagen in demselben verdammten Vernehmungsraum hatte machen müssen.

Milham setzte sich auf den Vernehmungsstuhl, der aus Stahl und mit Bolzen im Boden verankert war. Handschellen waren daran befestigt und konnten dem zu Vernehmenden durch ein Loch im Sitz angelegt werden.

Er forderte Payne mit einer Geste auf, die Tür zu schließen.

Payne überreichte ihm zwei Seiten, die mit Schreibmaschine beschrieben waren. »Ich wußte nicht, wie Sie die Sache handhaben wollen«, sagte Payne. »Aber ich habe das schon mal getippt.«

Milham las Matts Bericht über die Ereignisse in der Inferno Lounge. Er war nicht so perfekt wie Jason Washingtons Berichte, aber er beeindruckte mit seiner Klarheit, Gliederung und Vollständigkeit. Und der Bericht war tadellos getippt.

Warum überrascht mich das? dachte Milham. *Er arbeitet für Jason Washington.*

»Was machen Sie für Washington?« überlegte er laut.

Payne fühlte sich bei der Frage sichtlich unbehaglich.

»Was auch immer er mir aufträgt«, sagte er. »Das sollte keine flapsige Antwort sein …«

Er will nicht über seine Tätigkeit für Washington reden. Auch das sollte mich nicht überraschen. Ich weiß nicht, womit man Jason beauftragt hat, aber was es auch ist, jemand hält es für wertvoller für die Polizei als seine Arbeit für die Mordkommission. Und Payne arbeitet für ihn.

»Payne, es tut mir leid, daß ich Sie im Inferno angeschnauzt habe. Ich hatte gestern einen wirklich miesen Tag, aber ich hätte das nicht an Ihnen auslassen sollen.«

»Nein. Ich hätte mich zurückhalten sollen. Sie hatten recht.«

Es klopfte an der Tür.

Wally erhob sich, ging zur Tür und öffnete sie.

Ein wohlbeleibter Detective, den Matt erkannte, stand draußen.

»Mr. Atchison und sein Anwalt, Mr. Sidney Margolis, sind hier«, sagte er förmlich, und dann erkannte er Matt. »Hallo, Payne.«

Matt zuckte nur mit den Schultern, eine Geste, die Milham als *Leck mich am Arsch* deutete, und dann verließ der Detective den Vernehmungsraum.

»Sie kennen Summers, Payne?« fragte Milham.

»Der Hurensohn und ein anderer namens Kramer hatten mich hier in der Mangel, nachdem ich Stevens erschossen hatte. Bei ihrem Verhalten dachte ich, es wären seine großen Brüder.«

»Als Sie was getan hatten? ›Stevens erschossen‹?«

»Charles D. Stevens alias Abu Ben Mohammed. Er war einer der – in Anführungszeichen – ›Araber‹ im Fall Goldblatt.«

»Daran erinnere ich mich«, sagte Wally. »Er versuchte, sich den Fluchtweg freizuschießen, als er geschnappt wurde?«

»Richtig.«

»Und schoß einen Cop nieder, der ihm dann drei Kugeln verpaßte? Waren Sie das?«

Matt nickte. »Ich wurde vorher von einem Querschläger getroffen.«

»Ich sah da keinen Zusammenhang mit Ihnen«, sagte Wally. Dann fügte er zu seiner eigenen Überraschung hinzu: »Haben Sie von dem Jungen gehört, der in Zivil beim Rauschgiftdezernat arbeitete und erschossen wurde?«

»Washington erwähnte es.«

»Summers hatte mich hier drin. ›Was wissen Sie über die Ermordung von Officer Jerome C. Kellog?‹ fragte er mich.«

»Ich habe es gehört.«

»Kellogs Frau – sie lebten getrennt – und ich sind eng befreundet. Sie hatten mich hier drin. Es ist wirklich beschissen, auf diesem Stuhl zu sitzen.«

»Ja«, pflichtete Matt ihm bei.

»Und Sie erschossen auch den Serienmörder, die Sexbestie von North Philly, nicht wahr?« sagte Wally, der sich jetzt an den spektakulären Fall erinnerte.

Matt nickte.

Allmächtiger, dachte Wally, *seit ich Cop bin, habe ich niemals meine Waffe benutzen müssen. Und dieser Junge hat der Stadt zweimal die Kosten eines Prozesses erspart.*

»Wenn ich Ihnen mein Pfadfinder-Ehrenwort gebe, das Maul zu halten, kann ich dann ein bißchen hierbleiben?« fragte Matt.

»Warum wollen Sie das?«

»Washington sagte, Sie sind ein verdammt guter Ermittler. Ich möchte Sie bei der Arbeit erleben.«

Washington hat das über mich gesagt? Nicht zu glauben!

»Klar. Seien Sie mein Gast.«

»Wo war das ›Opfer‹ – in Anführungszeichen – bis jetzt?«

»Vielleicht auf dem Parkplatz des Hahnemann Hospital, wo ihm sein Anwalt gesagt hat, was er nicht aussagen soll. Oder sie haben überlegt, ob es nicht klüger wäre, die Aussage zu verweigern.«

»Ich hatte das Gefühl, daß Jason Washington nicht glaubte, was Atchison gesagt hat.«

»Oh, der Typ hat das getan«, sagte Milham sachlich. »Oder hat es tun lassen. Daran gibt es für mich keinen Zweifel.– Doch es wird nicht leicht sein, es zu *beweisen*. Er ist clever und hart, und er hat einen guten Anwalt. Aber ich denke, ich werde den Hurensohn festnageln.«

»Ist das Intuition bei Ihnen? Oder bei Jason? Oder ist mir etwas entgangen?«

»Wie es bei Jason Washington ist, weiß ich nicht. Er sieht Dinge, spürte Dinge, die uns anderen entgehen. Aber ich sah als erstes einen Kerl, der überhaupt nicht aufgeregt war, als er am Schreibtisch saß, gegenüber von seiner Frau, der soeben das Gehirn aus dem Kopf geblasen worden war. Und da liegt sein Geschäftspartner ebenfalls mit Kugellöchern am Boden. Und ich hörte kein einziges Wort über den armen Sowieso. Haben Sie etwas gehört?«

»Marcuzzi, Anthony J.«, sagte Matt. »Stimmt, er hat kein Wort über ihn verloren.«

»Der arme Tony war mehr als ein Geschäftspartner. Wir

waren Busenfreunde. Ich habe ihn geliebt«, sagte Milham spöttisch.

Matt lachte.

»Auf dem Weg zum Krankenhaus«, fuhr Milham fort, »hat er sich wohl daran erinnert, daß er voller Trauer sein sollte. Er begann zu heulen. Er war gar nicht so schlecht darin. Ich hatte fast Mitleid mit ihm.«

»Meinen Sie, er weiß, daß Sie ihn verdächtigen?« fragte Matt.

»Keine Ahnung«, erwiderte Milham nachdenklich. »Jetzt vielleicht ja. Ich nehme an, es ist ihm klargeworden, daß wir seinen Blödsinn nicht schlucken. Man vergißt immer etwas, wenn man so etwas ausheckt. Ich weiß nicht, was er vergessen hat, noch nicht, aber er weiß es. Ich glaube, er ist jetzt besorgt.«

»Mir kam etwas komisch vor«, sagte Matt. »Als ich von einer Kugel getroffen wurde, tat es höllisch weh. Er hatte anscheinend keine starken Schmerzen.«

»Er war nicht überrascht, als man ihm im Hahnemann die Kugel rausholte«, sagte Wally. Er zog eine Plastiktüte aus seiner Tasche und gab sie Matt. »Eine .32er. Auch nicht darüber, daß er nur einmal getroffen worden war. Wer auch immer die Frau und den Partner erschossen hat, er stellte verdammt sicher, daß sie tot waren.«

Matt betrachtete die Kugel und gab Milham die Plastiktüte zurück.

»Und es würde mich nicht überraschen, wenn wir die Kugeln aus den Leichen vom Leichenbeschauer erhalten, daß es keine .32er sind. Nach dem Schaden zu urteilen, die sie angerichtet haben, müssen es mindestens .38er, vielleicht sogar .45er sein. Wenn ich eine mißtrauische Person wäre, und dafür bezahlt mich die Stadt, würde ich mich darüber wundern. Wie kommt es, daß der Überlebende eine kleine Wunde am Bein hat und …«

»Ja«, sagte Matt nachdenklich.

»Ich denke, es ist an der Zeit, daß wir sie reinholen«, sagte Wally. »Wenn Sie bleiben wollen, tun Sie das.«

Milham ging zur Tür und öffnete sie.

»Würden Sie bitte hereinkommen, Mr. Atchison?« fragte er höflich.

Einen Augenblick später tauchte Atchison, gestützt von einem kleinen, stämmigen Mann mit Stirnglatze, im Vernehmungsraum auf.

»Fühlen Sie sich ein bißchen besser, Mr. Atchison?« fragte Wally.

»Wie, zum Teufel, soll ich mich denn Ihrer Meinung nach fühlen?« sagte Atchison.

Margolis blickte Matt kalt, aber ohne viel Neugier an.

»Guten Tag«, sagte der Anwalt.

Matt bemerkte, daß Margolis trotz der Uhrzeit – es war anzunehmen, daß er im Bett gelegen hatte, als Milham angerufen hatte – frisch rasiert und sorgfältig frisiert war. Seine Hose war jedoch verknittert und paßte nicht zu seinem Jackett, und das weiße Hemd war nicht frisch. Er trug keine Krawatte.

Margolis führte Atchison zu dem Vernehmungsstuhl und ließ ihn darauf sinken.

Matt sah, daß Atchison ein frisches Hemd und eine andere Hose – wenn auch keine frische – trug. Auf der Hose, die er anhatte, waren keine Blutflecken zu sehen.

»Ich erhebe Einspruch dagegen, daß mein Mandant auf diesem verdammten Stuhl sitzen muß, als hätte er sich etwas zuschulden kommen lassen«, sagte Margolis. »Mein Gott, er hat eine Schußverletzung erlitten!«

»Wir haben wirklich nichts Bequemeres, Mr. Atchison«, sagte Wally. »Aber ich werde Detective Payne bitten, einen zusätzlichen Stuhl zu holen, damit Sie ihr Bein darauf legen können. Wären Sie damit zufrieden?«

»Es kann nicht schaden«, sagte Atchison. »Bringen wir es um Himmels willen hinter uns. In meinem Bein beginnen klopfende Schmerzen.«

»Wir werden es so schnell hinter uns bringen, wie wir können«, hörte Matt Wally sagen, als er sich auf die Suche nach einem Stuhl machte. »Wir wissen zu schätzen, daß Sie hergekommen sind, Mr. Atchison.«

Matt fand einen Bürostuhl und brachte ihn zum Vernehmungsraum. Er stellte ihn vor den Vernehmungsstuhl, und Atchison legte stöhnend sein Bein darauf.

Matt blickte zu Atchison. Atchison musterte ihn sorgfältig, und Matt erinnerte sich an Wallys Worte: ›Ich denke, es ist ihm klargeworden, daß wir seinen Blödsinn nicht schlucken.‹

Als Matt zu Milham blickte, gab der ihm mit einem Nicken zu verstehen, daß er sich an die Wand hinter Atchison stellen sollte.

Eine sehr schlanke grauhaarige Frau kam mit einem Klappstuhl und einem Stenoblock in den Vernehmungsraum.

»Dies ist Mrs. Carnelli«, sagte Milham. »Eine Polizeistenografin. Sie wird alles aufzeichnen. Es sei denn, natürlich, Mr. Atchison, Sie erheben einen Einwand?«

Atchison blickte zu Margolis.

»Bringen wir es hinter uns«, sagte der Anwalt.

»Danke.« Milham wartete, bis Mrs. Carnelli bereit war. Dann sprach er mit leicht erhobener Stimme. »Dies ist eine Befragung von Mr. Gerald N. Atchison, durchgeführt in der Mordkommission am 20. Mai um 2 Uhr 30 von Detective Wallace J. Milham, Dienstmarke 626, bezüglich des vorsätzlich herbeigeführten Todes von Mrs. Alicia Atchison und Mr. Anthony Marcuzzi. Anwesend sind Mr. Sidney Margolis, Mr. Atchisons Anwalt, und Detective Payne … Vorname und Dienstmarkennummer, Payne?«

»Matthew M. Payne, Dienstmarke Nummer 701«, sagte Matt.

»Mr. Atchison, ich bin Detective Milham von der Mordkommission«, begann Milham. »Wir befragen Sie bezüglich des vorsätzlich herbeigeführten Todes von Mrs. Alicia Atchison und Mr. Anthony Marcuzzi.«

7

Mrs. Martha Washington war nicht überrascht, daß ihr Mann bei ihrem Erwachen nicht im Bett neben ihr lag. Sie waren seit über einem Vierteljahrhundert verheiratet, und sie war es gewohnt, allein im Bett wach zu werden – selbst nach einem romantischen Zwischenspiel –, wie sie es gewohnt war, sich Witzeleien über den Namen Washington anzuhören. Sie ärgerte sich über beides, aber weil sie nichts dagegen tun konnte, hatte es keinen Sinn, sich zu bedauern.

Als sie auf den Wecker auf ihrem Nachttisch blickte, stellte sie überrascht fest, wie früh es noch war: zwanzig nach sieben. Sie wachte selten so früh auf. Und dann fand sie die Erklärung. Das Klappern einer Schreibmaschine im Wohnzimmer, *ihrer* Schreibmaschine, einer IBM-Kugelkopf, die sie von der Washington Galleries Incorporated mit nach Hause genommen hatte, weil IBM sie nicht zu einem vernünftigen Preis eintauschen wollte, als sie sich einen Computer zugelegt hatte (den sie dann von einer anderen Firma gekauft hatte).

»Verdammter Kerl!« sagte sie.

Sie erhob sich vom Bett, und mit einer schläfrigen, unabsichtlich erotischen Bewegung streifte sie ihr Nachthemd über den Kopf und warf es aufs Bett. Nackt, mit einer Figur, an der sie auch noch mit siebenundvierzig nichts auszusetzen hatte, ging sie ins Badezimmer, dessen Wände mit Marmor verkleidet waren, und duschte.

Danach trocknete sie vor dem zum Teil in Dampf gehüllten Spiegel ihr kurzes Haar ab. Sie hatte große, dunkelbraune Augen, eine markante Nase und glatte, hellbraune Haut. Nachdem Matt die witzige Bemerkung gemacht hatte, daß sie wie die Frauen auf den ägyptischen Flachreliefs im Philadelphia Art Museum aussehe, hatte sie in Erwägung gezogen, daß vielleicht tatsächlich etwas daran sein konnte und das Blut einer ägyptischen Königin durch ihre Adern floß – oder wenigstens das einer ägyptischen Kurtisane; einige der Frauen auf diesen Reliefs sahen aus, als wüßten sie, daß der Weg zum Herzen eines Mannes keineswegs durch den Magen führt.

Martha trocknete ihren Körper mit den noch straffen Formen ab, zog einen seidenen Hausmantel an und ging durch das Schlafzimmer zum Wohnzimmer. Ihre Schreibmaschine und ein kleiner Kassettenrecorder standen auf dem Couchtisch. Ihr Mann saß mit einem Stöpsel im Ohr, der durch ein Kabel mit dem Recorder verbunden war, auf der Kante der Ledercouch – ein wenig unbequem, wie Martha fand –, und sein Gesicht spiegelte tiefe Konzentration wider.

Martha ging zum Panoramafenster, das auf das Kunstmuseum und den Schuylkill River blickte, und betätigte einen Hebel. Mit einem leisen Summen öffneten Elektromotoren die Vorhänge.

»Wie oft habe ich dich gebeten, keine schweren Dinge auf den Couchtisch zu stellen?«

»Wie oft habe ich dir gesagt, daß ich angerufen und gefragt habe, wieviel Gewicht die Glasplatte sicher trägt?« entgegnete ihr Mann völlig unbeeindruckt.

Jason war fast vollständig für die Arbeit angezogen. Er brauchte nur noch sein Schulterholster (auf dem Couchtisch neben der Schreibmaschine) anzulegen und sein Jackett (auf der Couch) anzuziehen.

»Darf ich fragen, was du da machst?«

»Fragen? Ja. Ob ich darauf antworte? Nein.«

»Du kannst dir selbst Kaffee machen.«

»Das habe ich bereits, und wenn du ein gutes Mädchen bist, darfst du eine Tasse haben.«

»Du würdest mich nicht mögen, wenn ich ein gutes Mädchen wäre.«

»Das käme darauf an, worin du gut bist«, sagte er. »Und es gibt einige Dinge, mein Schatz, in denen du in der Tat sehr gut bist.«

Während des Wortwechsels klapperte die Schreibmaschine weiter. Martha war fasziniert von seiner Fähigkeit, zweierlei Dinge, sogar noch mehr, gleichzeitig zu tun. Sie erkannte, daß er hörte, was auf der Kassette war, auswählte, was er tippen wollte, und gleichzeitig mit ihr sprach.

»Es gefällt mir nicht, wenn du die Schreibmaschine auf die Glasplatte stellst«, sagte Martha.

»Dann schau nicht hin«, erwiderte Jason, tippte mit einer Hand, zog mit der anderen den Stöpsel aus dem Ohr, nahm den Telefonhörer ab und wählte aus dem Gedächtnis eine Nummer. »Bleib im Bett.«

Martha ging in die Küche und schenkte Kaffee ein.

»Guten Morgen, Inspector«, hörte sie Jason sagen. »Ich hoffe, ich habe Sie nicht geweckt.«

Der Inspector war vermutlich Peter Wohl. Was auch

immer Wohl erwiderte, es veranlaßte ihren Mann zu einem Lachen, das tief und heiter klang.

»Ich habe etwas, daß Sie hören und sehen sollten, und zwar so schnell wie möglich«, sagte ihr Mann. »Wann wäre es Ihnen am passendsten?«

Was hat das zu bedeuten? Was kann nicht warten, bis er Wohl im Büro trifft?

»Es wird nicht lange dauern, Peter«, sagte Jason.

Und dann ahnte Martha, was los war. Sie ging zur Küchentür und sah ihren Mann an.

»Ich werde draußen auf Sie warten, Peter«, sagte Jason. Dann legte er den Hörer auf.

Jason blickte zu ihr auf.

»Hast du aufgenommen, was diese bedauernswerte Frau gesagt hat?«

Jason antwortete nicht.

»Du hast es getan!« sagte Martha schockiert und angewidert. »Jason, sie kam zu einem vertraulichen Gespräch her.«

»Sie kam her, weil sie Hilfe suchte. Und ich versuche ihr zu helfen.«

»Das ist nicht nur illegal – und du bist Polizist –, es ist abscheulich! Sie hätte dir nichts anvertraut, wenn sie gewußt hätte, daß du es aufzeichnest!«

Er schaute sie lange an.

»Ich wollte sicherstellen, daß ich wirklich verstand, was sie erzählte«, sagte er. »Sieh mal.«

Jason drückte auf die Löschtaste des Recorders.

»Keine Kassette, Martha. Ich wollte nur sicherstellen, daß ich alles richtig verstanden habe.«

Er stand auf und legte sein Schulterholster an.

Martha wandte sich ärgerlich um und ging in die Küche zurück.

Als er in der Küchentür auftauchte, war er völlig angezogen. Sie sah, daß sein Jackett das neue war, ein Tweedjackett aus Uruguay.

»Hast du jemals von der alten Sitte gehört, daß man den Überbringer schlechter Nachrichten tötet?« sagte Jason. »Sei nett zu mir, Martha.«

»Versuch nicht, den Cleveren zu spielen. Was auch immer es ist, Peter Wohl wird dir nicht die Schuld geben.«

»Ich rede vom Bürgermeister.«

Sie hielt einen Moment seinem Blick stand, wandte sich von ihm ab, und als sie sich ihm wieder zuwandte, bot sie ihm eine Tasse Kaffee an.

»Hast du noch Zeit für einen Kaffee?« fragte sie. »Oder ist das Vierteilen für die nächsten fünf Minuten geplant?«

»Es ist keine richtige Henkersmahlzeit, aber der zum Tode Verdammte ist trotzdem dankbar.«

Er nahm die Tasse Kaffee entgegen, trank einen Schluck und stellte die Tasse ab.

»Was hat all das zu bedeuten?« fragte Martha. »Was sagte diese Frau? Schmutzige Cops im Rauschgiftdezernat?«

»Wir ermitteln gegen schmutzige Cops bei anderen Abteilungen.«

»Ich dachte, die Abteilung Interne Angelegenheiten dient dazu, die Polizei polizeilich zu überwachen.«

»So ist es.«

Sie dachte darüber nach.

»Oh, das erklärt, warum du und Peter beteiligt seid.«

Er nickte.

»Und jetzt dies. Ich denke, Mrs. Kellog hat die Wahrheit gesagt. Der Bürgermeister wird keinen guten Tag haben.«

»Beehrst du mich später am Tag mit deiner Gesellschaft?« fragte Martha. »Irgendwann heute? Oder irgendwann in dieser Woche?«

»Ich weiß, was du tun solltest. Du solltest wieder ins Bett gehen und noch mal aufstehen. Diesmal mit einem Lächeln und nichts als Mitgefühl für deinen überarbeiteten und nicht genügend geschätzten Ehemann.«

»Seit Wochen haben wir keine Zeit mehr miteinander verbracht. Und selbst wenn du hier bist, hast du keine Zeit, sondern arbeitest.«

»Ich weiß. Das wird bald vorbei sein, Martha. Und wir werden ein paar Tage ans Meer fahren.«

»Das habe ich schon oft gehört«, sagte sie, aber sie ging zu ihm und küßte ihn auf die Wange. »Räum das Zeug von meinem Tisch. Bring die Schreibmaschine an ihren Platz zurück.«

»Jawohl, Ma'am.« Jason brachte die Schreibmaschine in einen kleinen Schrank in der Küche. Dann nahm er den Kassettenrecorder, gab seiner Frau einen Klaps auf den Po und verließ das Apartment.

»Guten Morgen, Jason«, sagte Wohl, als Washington zu ihm in den Wagen stieg.

»Es tut mir wirklich leid, aber ich dachte mir, Sie sollten es so schnell wie möglich erfahren.«

»Was ist los?«

»Gestern gegen Mitternacht spazierten Matt und ich in einen Doppelmord in der Market Street.«

»Tatsächlich? Warum um alles in der Welt seid ihr beide um Mitternacht in der Market Street spazieren gegangen?«

»Kurz gesagt, die Bar im Rittenhouse Club hatte geschlossen.«

»Erzählen Sie von dem Mord.«

»Zwei Opfer. Kopfschüsse mit offenbar großem Kaliber. Ein Opfer ist die Frau von einem der Besitzer der Inferno Lounge ...«

»Ich weiß, wo das ist.«

»Das andere Opfer war der Partner. Der andere Partner erlitt eine Verletzung am Bein durch eine kleinkalibrige Kugel, wie er sagt, bei einem Zusammenstoß mit den Tätern, zwei vage beschriebenen männlichen Weißen.«

Er hat mich nicht hierherbestellt, um mir das zu erzählen, dachte Peter Wohl. *Warum? Weil er denkt, daß es kein bewaffne-*

ter Raubüberfall war, daß der Ehemann der Täter war? Und daß der Detective der Mordkommission die Geschichte des Ehemanns akzeptiert?

»Wir trafen dort gleich nach einem Transporter des 9. Distrikts ein«, sagte Washington. »Chief Lowenstein kam ebenfalls zum Tatort und sprach dann mit mir unter vier Augen. Er weiß, was vorgeht.«

Ich wußte doch, daß er mich nicht behelligt hätte, wenn es unwichtig wäre!

»Zwangsläufig hat er herausgefunden, was wir ermitteln. Wieviel mußten Sie ihm sagen?« fragte Wohl.

»Nicht viel. Er kennt die Namen. Die meisten davon. Ich sagte ihm, daß ich nicht darüber reden kann. Das einzige Mal setzte er mich richtig unter Druck, als er fragte, wieviel Zeit ihm bleibt.«

»Was haben Sie ihm gesagt?«

»Zitat Anfang, nicht viel, Zitat Ende.«

»Das stimmt, nicht wahr?«

»Jawohl, Sir. Peter, ich sagte ihm, daß die Unterhaltung nie stattgefunden hat, denn sonst müßte ich das melden.«

»Und das tun Sie hiermit?«

»Es liegt an Ihnen, Peter. Ich richte mich ganz nach Ihnen.«

»Ich mag Matt Lowenstein. Es gibt absolut keinen Verdacht, daß er etwas falsch gemacht hat. Welchen Sinn hätte es, damit zu Carlucci zu gehen?«

»Sie haben gehört, was der Bürgermeister gesagt hat, Peter. Wenn jemand Ihnen oder mir *irgendwelche* Fragen über die Ermittlung stellt, will er das wissen.«

»Die Entscheidung liegt bei Ihnen, Jason. War Chief Lowenstein – wie soll ich es sagen? – *sauer*, weil Sie ihm nichts gesagt haben?«

»Nein. Er verstand anscheinend, daß er mich in Verlegenheit brachte.«

»Mein Gefühl sagt mir, und ich wiederhole, daß es Ihre Entscheidung ist, daß Sie mit Chief Lowenstein nur über den Doppelmord gesprochen haben.«

»Okay. Das war's dann. Dieses Gespräch fand ebenfalls nicht statt.«

»Welches Gespräch?« fragte Wohl mit übertriebener Unschuldsmiene.

»Ich bin leider noch nicht fertig«, sagte Washington.

»Was gibt es denn noch?« fragte Wohl.

»Chief Lowenstein wurde Matt los, damit er mit mir unter vier Augen sprechen konnte, indem er ihn zusammen mit Henry Quaire zum Tatort geschickt – die Leichen waren in einem Büro im Kellergeschoß. Ich weiß nicht, was zwischen Matt und Milham passierte, aber Milham hielt sich stur an die Vorschriften und bestand darauf, daß Matt seine Aussage noch in der Nacht machte – o Gott, ich muß ja meine bis zum Mittag bei der Mordkommission abliefern! Matt fuhr also zum Rundhaus, und ich fuhr heim, und als ich eintraf, war die Witwe Kellog in meiner Wohnung.«

»Die Witwe des Ermordeten, der als verdeckter Ermittler beim Rauschgiftdezernat gearbeitet hat?«

Washington nickte.

»Der in seinem Haus mit zwei Kugeln im Kopf gefunden wurde. Der Ehemann von Detective Milhams Freundin.«

»Sie war in Ihrer Wohnung?« Wohl blickte ihn überrascht an.

»Ja. Und sie ist überzeugt, daß der Tod ihres Mannes einen Zusammenhang mit Drogen hat ...«

»Sie glauben doch nicht, daß Milham etwas damit zu tun hatte, oder?«

»Nein. Das glaube ich nicht. Aber die Witwe Kellog denkt, daß jemand vom Rauschgiftdezernat die Tat begangen hat, weil sie alle – die fünfte Abteilung – Dreck am Stecken haben.«

»Laut Dave Pekach sind das Ritter in glänzender Rüstung, die in den Krieg gegen verbotene Substanzen ziehen. Sie haben eine Menge Korpsgeist, der vermutlich darauf zurückzuführen ist, daß sie sich für besser als andere Cops halten, einschließlich der vier anderen Abteilungen des

Rauschgiftdezernats. Mit anderen Worten, eine Gruppe von Assen, die große Scheinkäufe tätigen, Razzien machen, Gebäude stürmen und so weiter. Sie sollen ziemlich tüchtig und erfolgreich sein. Kaum zu glauben, daß jemand davon Dreck am Stecken hat, geschweige denn einen der ihren umbringt.«

»Aber davon ist die Lady überzeugt.«

»Sie glauben ihr?«

»Sie sagte, daß jede Menge Geld im Spiel ist. Sie, das heißt ihr Mann kaufte eine Eigentumswohnung am Strand und zahlte in bar.«

»Das kann ohne große Schwierigkeiten überprüft werden. Hat sie der Mordkommission davon erzählt? Oder sonst jemandem?«

»Nein. Sie meint, alle sind schmutzig.«

»Was haben Sie ihr gesagt?«

»Ich habe ihr gesagt, ich kenn' einen Staff Inspector, der ehrlich ist. Sie sollte zu ihm gehen, ich würde das arrangieren.«

»Und sie will nicht zu ihm gehen?«

»So ist es«, sagte Washington. »Sie hat es kategorisch abgelehnt.«

»Sie glauben ihr?«

»Ich denke, sie sagt die Wahrheit. Meine Frage lautet, was machen wir?«

»Wenn Sie es zur Abteilung Interne Angelegenheiten geben ...«, sagte Wohl und sprach nicht weiter.

»Ja.«

»Lassen Sie mich das lesen«, sagte Wohl und öffnete das Kuvert, das Washington ihm hinhielt.

Wohl stieß zweimal einen Grunzlaut aus, während er die drei Seiten las. Dann faltete er sie und schob sie ins Kuvert zurück.

»Das muß zum Bürgermeister«, sagte Wohl. »So schnell wie möglich. Und dann sollten Sie ein langes Gespräch mit Captain Pekach über die fünfte Abteilung des Rauschgiftdezernats führen.«

Washington nickte.

»Kann ich ihm sagen, daß ich Ihre Anweisungen befolge?«

»Alles, was Sie tun, sind meine Anweisungen. Dave Pekach weiß das. Werden Sie paranoid, Jason?«

»Wenn man paranoid ist, schließt das nicht aus, daß Leute schreckliche Dinge hinter dem Rücken von einem sagen«, erwiderte Washington sonor.

Wohl lachte.

»Kein Cop mag jemanden, der die falschen Fragen über andere Cops stellt«, sagte Washington. »Ich inbegriffen. Ich hasse es besonders, dieser Jemand zu sein, der die Fragen stellt.«

»Ich weiß«, sagte Wohl mitfühlend. »Bitte sagen Sie mir nicht, daß es noch mehr gibt, Jason.«

»Das reicht für einen Morgen, finden Sie nicht auch?«

Um fünf vor acht fuhr Sergeant Jason Washington auf den Parkplatz der ehemaligen Schule, die 1982 an der Ecke Frankford und Castor Avenue erbaut worden war und jetzt als Hauptquartier der Special Operations Division des Philadelphia Police Department diente.

Er stoppte auf einem Platz nahe beim Eingang vor einem Schild mit der Aufschrift INSPECTORS. Jason betrachtete diesen Parkplatz als seinen. Er war überzeugt davon, daß sich eine Reihe von Sergeants und Lieutenants ärgerten und sich offiziell oder inoffiziell beschwerten, weil er parkte, wo es nicht sein sollte, doch niemand hatte etwas zu ihm gesagt.

Es gab eine gewisse militärische Befehlswegstruktur bei der Special Operations Division. Nur der direkte Vorgesetzte hatte das Recht, einen auf Fehler hinzuweisen. In Jason Washingtons Fall war der direkte Vorgesetzte der oberste Chef, Inspector Peter Wohl, der Leiter der Special Operations. Peter Wohl wußte, wo Jason Washington seinen

Wagen parkte, und er sagte nichts. Jason fand, daß dies folglich die Genehmigung war, dort zu parken.

Sergeant Jason Washington und Inspector Peter Wohl hatten eine einzigartige Beziehung, die auf die Zeit zurückging, in der Wohl als Detective der Mordkommission zugeteilt und von Detective Washington unter die Fittiche genommen worden war. In dieser Zeit hatte Jason Washington – der nicht an Bescheidenheit litt, wie seine Frau oftmals sagte – festgestellt, daß Wohl nicht nur einen Intelligenzquotienten hatte, der seinem fast ebenbürtig war, sondern auch die angeborene Fähigkeit, Anomalien in einer gegebenen Situation zu finden – darum geht es bei einer Ermittlung, zu finden, was nicht zusammenpaßt –, eine Fähigkeit, die erstaunlich nahe an seine eigene heranreichte.

Washington sagte voraus, daß Detective Wohl nicht nur bei der Mordkommission bleiben würde (viele Detectives, die der Mordkommission zugeteilt wurden, bewährten sich nicht und wurden zu anderem Dienst versetzt), sondern auch eine lange und hervorragende Karriere dort haben würde.

Mitglieder der Mordkommission waren die Elite der Kriminalpolizei. Für viele Leute, Jason Washington zählte dazu, stellte der Dienst in der Mordkommission die herausforderndste und befriedigendste Laufbahn bei der Polizei dar, und der Gedanke, woanders hinzugehen, war absurd.

Detective Wohl blieb nicht bei der Mordkommission. Er nahm an der Prüfung zur Beförderung zum Sergeant teil und wurde dann erstaunlich schnell der jüngste Sergeant, der je bei der Highway Patrol gearbeitet hatte; dann Lieutenant; dann der jüngste Captain, den es je gegeben hatte; und schließlich der jüngste Staff Inspector, den es jemals gegeben hatte.

Und dann kam die Special Operations Division.

Sie war eigentlich schon ein paar Jahre zuvor gegründet worden, als Antwort auf Kritik, die der *Philadelphia Ledger*, eine der vier großen Zeitungen der Stadt, an der Polizei – und an Bürgermeister Carlucci – übte.

Mr. Arthur J. Nelson, Chairman of the Board und Chief Executive Officer der Daye-Nelson Corporation, die den *Ledger* und zwölf andere Zeitungen besaß, war nie ein Bewunderer von dem Ehrenwerten Jerry Carlucci gewesen, und sowohl der *Ledger* als auch die Fernseh- und Rundfunkstationen der Daye-Nelson Corporation in Philadelphia (WGHA-TV, Kanal sieben; WGHA-FM 100,2 MHz; und WGHA-AM, 770 KC) hatten vor der Wahl zum Bürgermeisteramt Stimmung gegen ihn gemacht.

Mr. Nelsons Abneigung gegen Bürgermeister Carlucci wurde noch viel größer, als Mr. Nelsons einziger Sohn, Jerome Stanley Nelson ermordet – regelrecht abgeschlachtet – in seinem Nobelapartment in Society Hill gefunden wurde.

Die Ermittlung in dem Mordfall wurde Detective Jason Washington übertragen, und er fand schnell heraus, daß der Hauptverdächtige Mr. Jerome Nelsons Lebensgefährte, ein fünfundzwanzigjähriger schwarzer Homosexueller war, der sich ›Pierre St. Maury‹ nannte.

Als diese Information durch Lieutenant Edward M. DelRaye von der Mordkommission an die Presse gegeben wurde – kurz darauf wurde er deswegen versetzt –, erschien sie im *Inquirer, Bulletin* und den *Daily News*, Philadelphias anderen großen Zeitungen, und sonstwo.

Mrs. Nelson erlitt einen Nervenzusammenbruch, was Mr. Nelson auf die Demütigung zurückführte, die ihr durch die Veröffentlichung des Lebensstils ihres Sohnes zugefügt worden war. Mr. Nelson war der Ansicht, wenn die Polizei so anständig gewesen wäre, die schmutzigen Fakten für sich zu behalten, anstatt sie der Konkurrenz zuzuspielen und sich auf billige Weise dafür zu rächen, daß er Carluccis Gegenkandidat bei der Wahl des Bürgermeisters unterstützt hatte, wäre seiner Frau der Nervenzusammenbruch erspart geblieben.

Sofort begannen die Reporter des *Ledger* jeden Aspekt der

Arbeit des Philadelphia Police Department mit sehr kritischem Auge zu betrachten, und in einer Reihe von Leitartikeln – viele von Mr. Nelson persönlich geschrieben, wie man argwöhnte – wurden Fehler der Polizei an die Öffentlichkeit gebracht und in scharfer Form gegen die Polizeiarbeit Stimmung gemacht.

Die Highway Patrol, eine Spezialeinheit der Polizei, wurde als ›Carluccis Commandos‹ bezeichnet und in einem denkwürdigen Leitartikel gar ›Philadelphias Gestapo‹ genannt.

Eine ausgezeichnete Gelegenheit für journalistische Kritik an der Polizei bot sich Mr. Nelson und seinen Angestellten dann mit dem Fall eines Serientäters. Ein Psychopath entführte junge Frauen, transportierte sie in seinem Van zu abgelegenen Orten und quälte sie auf unvorstellbar grausame und obszöne Weise. Die Polizei hatte Schwierigkeiten, diesen Gentleman zu fassen, der in den Zeitungen bald ›Sexbestie von Northwest Philly‹ genannt wurde.

Der *Ledger*, keine Kosten scheuend, um die Öffentlichkeit zu informieren, trieb einen ziemlich bekannten Psychiater auf, der erklärte, daß der Serientäter fraglos über das Quälen und Demütigungen seiner Opfer hinausgehen und sie ermorden und vielleicht sogar verstümmeln würde.

Ein langes Interview mit diesem Klapsdoktor erschien in der Wochenendbeilage des *Ledger* unter der fetten Überschrift: »Warum unternimmt unsere Polizei nichts?«

Am Montag nach dem Erscheinen dieses Artikels berief Commissioner Taddeus Czernick im Präsidium eine Konferenz ein, an der die drei Deputy Commissioners und sechs der zwölf Chief Inspectors teilnahmen. Bei dieser Konferenz kündigte er eine Umorganisation gewisser Einheiten der Polizei an. Es würde eine neue Einheit mit dem Namen Special Operations Division gegründet werden. Sie unterstand direkt dem Deputy Commissioner für Operationen. Sie würde sich, wie der Name schon sagte, mit besonderen Fällen befassen. Die erste Aufgabe bestand darin, den Serientäter zu fassen. Die Leitung der Special Operations Division wurde Staff Inspector Peter Wohl übertragen, der vom Staff Investigation Bureau der Internal Affairs Division versetzt wurde.

Das war die erste Anomalie. Staff Inspectors, deren Rang in der polizeilichen Hierarchie zwischen Captain und Inspector lag, wurden als eine Art Superdetektive betrachtet, deren hervorragende Fähigkeiten als Ermittler sie qualifizierten, an den kompliziertesten und heikelsten Fällen zu arbeiten, aber sie wurden keine Abteilungsleiter.

Staff Inspector Peter Wohl hatte vor kurzem schmeichelhaftes Lob von der Presse bekommen – natürlich nicht vom *Ledger* –, weil er Richter Moses Findermann hinter Gitter gebracht hatte, der gegen das Gesetz und die Berufsethik verstoßen hatte.

Und die Highway Patrol, kündigte Commissioner Czernik an, würde von der bürokratischen Leitung der Verkehrspolizei entfernt und der Special Operations Division unterstellt werden. Und von anderen Abteilungen würden Personen versetzt werden, die gebraucht wurden, damit die Special Operations Division ihre Mission erfüllen konnte.

Zu denjenigen, die sofort versetzt wurden, kündigte Commissioner Czernick an, zählte der kürzlich zum Captain beförderte David Pekach vom Rauschgiftdezernat. Er würde Captain Michael J. Sabara ersetzen, den derzeitigen Chef der Highway Patrol, der Staff Inspector Wohls Stellvertreter werden würde.

Als Antwort auf die Fragen, die Chief Inspector Matt Lowenstein von der Detective Division stellte, sagte Commissioner Czernick:

»Weil der Bürgermeister findet, daß Mike Sabara wie ein Wächter in einem Konzentrationslager und Pekach wie ein polnischer Ministrant aussieht. Der Bürgermeister denkt an das Bild in der Öffentlichkeit, okay?«

Es gab Gelächter. Captain Sabara, ein sanfter, freundlicher Mann, der in der Sonntagsschule lehrte, hatte in der Tat etwas Bedrohliches. Captain Pekach, der bis zu seiner kürzlichen Beförderung viel auf den Straßen gearbeitet und schmutzige Klamotten, einen struppigen Bart und einen Pferdeschwanz getragen hatte, würde rasiert, gebadet und mit kurzen Haaren in der Tat dem polnischen Ministranten ähneln, der er einst gewesen war.

Chief Lowenstein lachte.

»Lachen Sie nicht voreilig, Matt«, sagte Commissioner Czernick. »Peter Wohl kann jeden von Ihren Leuten haben, wenn er meint, er braucht ihn. Und ich weiß, daß er Jason Washington für den Mann hält, der den Serientäter schnappen kann.«

Lowensteins Lächeln verschwand.

Die Verwendung eines Kriminalbeamten außerhalb der Kripo war eine andere Anomalie, genauso ungewöhnlich wie die Verwendung eines Staff Inspectors als Leiter einer Einheit. Lowenstein setzte wegen des Verlusts von Detective Jason Washington – den er für den besten Beamten der Mordkommission hielt – an die Special Operations Division zum Protest an, doch dann sagte er nichts. Es hatte keinen Sinn, sich bei Commissioner Czernick zu beschweren. Diese ganze Sache war nicht Czernicks Idee, sondern die des Bürgermeisters, und Lowenstein kannte den Bürgermeister lange genug, um zu wissen, daß eine Beschwerde bei ihm wie pinkeln gegen den Wind war.

Am nächsten Tag wurden Detective Washington und sein Partner, Detective Tony Harris, trotz ihrer offen ausgesprochenen Proteste ›vorübergehend‹ zur Special Operations Division versetzt, mit dem erklärten Ziel, den Serientäter von Nordwest-Philly zu fassen.

Sie kehrten nie zur Mordkommission zurück.

Peter Wohl behandelte beide gut. Sie konnten so viele Überstunden machen wie bei der Mordkommission. Sie hatten jetzt, wenn auch inoffiziell, an fünf Tagen in der Woche eine Tagesschicht, wann immer sie am Morgen anfangen und am Nachmittag Feierabend machen wollten.

Jeder der beiden erhielt einen neuen neutralen Wagen zur eigenen Benutzung. Neue neutrale Wagen wurden für gewöhnlich an Inspectors und höhere Dienstränge vergeben, und dann nach einer gewissen Zeit an rangniedrigere Polizeibeamte abgegeben. Wohl kündigte an, daß die Ermittlungen, die sie führen würden, wichtig, interessant und herausfordernd sein würden.

Das war nicht eingetreten. Man konnte natürlich sagen, daß es wichtig war, Cops zu fassen, die sich von der Mafia bestechen ließen. Und wenn man ›herausfordernd‹ mit schwierig gleichsetzte, war dies gewiß eine herausfordernde Ermittlung. Aber an Ermittlungen gegen Kollegen – besonders wenn dabei herauskam, daß mindestens ein Captain und ein Lieutenant zu den korrupten Polizisten zählte – war etwas, das Jason Washington widerlich fand.

Über den abgedroschenen Satz ›Es ist ein schmutziger Job, aber jemand muß ihn erledigen!‹ konnte Jason Washington nicht mehr lächeln.

Washington stieg aus seinem Wagen und betrat das Gebäude. Als erstes ging er zum Büro des Leiters, das früher als Büro des Schuldirektors gedient hatte.

Officer Paul Thomas O'Mara, Inspector Wohls Verwaltungsassistent, mit einem hellblauen Anzug, den er, wie Washington richtig vermutete, im letzten Sommerschlußverkauf erstanden hatte, sagte ihm, daß Captain Mike Sabara, Wohls Stellvertreter, noch nicht eingetroffen war.

»Rufen Sie mich an, wenn er eintrifft, Tommy«, bat Washington. Er verließ das einstige Büro des Schuldirektors und stieg eine steinerne Treppe hinauf, die seit 1892 von unzähligen Kinderschuhen ausgetreten worden war. Im ersten Stock betrat er ein ehemaliges Klassenzimmer, über dessen Tür ein Schild hing: INVESTIGATION SECTION.

In der Ermittlungsabteilung traf er Detective Matthew M. Payne im Dienst an. Payne trug ein Sakko, das er bei Brooks Brothers gekauft hatte, ein hellblaues Hemd mit einer Krawatte vom Goodwill-Ruderclub, eine schwarze Bundfaltenhose und glänzend polierte Slipper.

Er sieht aus wie aus einer Werbung von Brooks Brothers, dachte Jason. Und das war ein Kompliment.

»Guten Morgen, Detective Payne«, sagte Jason. »Sie brauchen eine Rasur.«

»Ich bin spät aufgewacht«, sagte Matt und betastete sein Kinn. »Und ich setzte darauf, daß Sie nicht hier sind, bevor ich mich rasieren kann.«

»Was ist passiert? Hat Milham Sie in der Mordkommission festgehalten?«

»Ich war dort. Aber er hat mich nicht festgehalten. Er ließ mich an der Befragung von Atchison teilnehmen.« Washingtons Miene verriet, daß er das interessant fand, aber er sagte nichts zu diesem Thema.

»Es geht nicht, daß Sie sich und unserer Abteilung mit Ihrem Äußeren Schande machen, wenn Sie zum Bürgermeister fahren«, sagte er.

»Ich fahre zum Bürgermeister?« fragte Payne.

»Ich nehme es an.« Jason Washington wählte bereits eine Telefonnummer.

Es folgte ein kurzes Telefonat mit jemandem namens Jack – Detective Payne erriet, daß es sich um Lieutenant J. K. Fellows, den Leibwächter und Vertrauten des Bürgermeisters handelte –, und dann legte Washington den Hörer auf.

»Steigen Sie in Ihren Wagen«, sagte Washington und überreichte Matt Payne ein großes Kuvert.

»Fahren Sie zum Schuylkill Expressway. Wenn Sie dort sind, rufen Sie M-Mary eins und erfahren eine Position. Dann warten Sie entweder auf sie oder fahren zu ihnen und geben dies Lieutenant Fellows.«

»Was ist das?«

»Als ich heute nacht heimkehrte, wartete Officer Kellogs Witwe auf mich. Sie ist überzeugt, daß der Tod ihres Mannes etwas mit dem Rauschgiftdezernat zu tun hat. Sie beschuldigte auch die fünfte Abteilung des Rauschgiftdezernats. Sie behauptet, alle Cops dort haben Dreck am Stecken. Das ist eine fast wörtliche Abschrift dessen, was sie sagte.«

»Sie glauben ihr?«

Washington zuckte mit den Schultern. »Ich glaube, sie glaubt, was sie mir sagte. Wohl meinte, es soll so schnell wie möglich zum Bürgermeister.«

Washington wählte die Privatnummer des Leiters der Highway Patrol aus dem Gedächtnis. Nach dem zweiten Klingeln wurde abgehoben.

»Captain Pekach.«

»Sergeant Washington, Sir.«

»Also wirklich, Jason, ich habe soeben an Sie gedacht.«

»Ich hoffe, Sie haben ein paar Minuten Zeit für mich, Sir.«

»Das klingt irgendwie offiziell.«

»Jawohl, Sir. Inspector Wohl beauftragte mich, mit Ihnen zu reden.«

»Sie sind im Gebäude?«

»Ja, Sir.«

»Dann kommen Sie. Ich bin gespannt.«

Als Washington Captain Pekachs Büro betrat, sah er Pekach in der besonderen Uniform, die nur von der Highway Patrol getragen wurde: Kniehose, Stiefel, ein Sam-Browne-Koppel, alles, was auf die Tage zurückging, als die Hauptaufgabe der Highway Patrol darin bestanden hatte, auf den Hauptverkehrsstraßen zu patrouillieren.

Washington dachte daran, als er zu Pekachs Schreibtisch ging und etwas förmlich die von Pekach hingehaltene Hand schüttelte: *Sie wurden ›Banditenjäger‹ genannt; jetzt nennt man sie ›Carluccis Commandos‹. Schlimmer: ›Gestapo‹.*

»Danke, daß Sie Zeit für mich haben, Sir.«

»Die Neugier hat mich überwältigt, Sergeant«, sagte Pekach. »Kaffee, Jason?«

»Ja, bitte«, sagte Washington.

Pekach ging zu einem kleinen Tisch mit einer Kaffeemaschine, füllte zwei Tassen aus der Thermoskanne und überreichte eine Washington. Dann forderte er ihn mit einer Geste auf, in einem der beiden Sessel Platz zu nehmen, setzte sich in den anderen und streckte die Beine in den Stiefeln aus.

»Okay, was haben Sie auf dem Herzen?«

»Es geht um Officer Kellog. Und um die fünfte Abteilung des Rauschgiftdezernats«, sagte Washington. »Der Boß schlug vor, daß ich über beides mit Ihnen spreche.«

»Welche Rolle spielen Sie dabei?«

»Das ist alles inoffiziell«, sagte Washington.

Pekach hob die Hand mit der Kaffeetasse in einer Geste *schon verstanden.*

»Die Witwe Kellog besuchte mich gestern nacht in meinem Apartment«, sagte Washington. »Sie ist überzeugt, daß der Tod ihres Mannes etwas mit dem Rauschgiftdezernat zu tun hat.«

»Sie kam in Ihr Apartment?« fragte Pekach sichtlich überrascht, und ohne auf eine Antwort zu warten, fuhr er fort: »Ich denke, das ist gut möglich. Als ich vor Ihrem Anruf an Sie dachte, wollte ich Sie fragen, ob die Mordkommission etwas in dieser Art herausgefunden hat. Ich dachte mir, Sie würden wissen, wenn sich etwas ergeben hat.«

»Sie ist ebenfalls überzeugt, daß Officer Kellog ein schmutziger Cop war und die ganze fünfte Abteilung des Rauschgiftdezernats Dreck am Stecken hat«, fuhr Washington fort.

Das rief eine empörte Reaktion hervor – wie Washington befürchtet hatte. Pekach blickte ihn kalt an.

»Blödsinn«, sagte er. »Jerry Kellog arbeitete für mich, bevor er zur fünften Abteilung ging. Ein guter, kluger, hart arbeitender, *ehrlicher* Cop. Deshalb kam er zur fünften Abteilung. Ich habe ihn empfohlen.«

»Wieviel wissen Sie über die fünfte Abteilung?«

»Genug. Bevor ich befördert wurde, war ich der dienstälteste Lieutenant beim Rauschgiftdezernat … nein, das war Lieutenant Mikkles. Aber ich vertrat Captain Talley oft genug, um alles über die fünfte Abteilung zu wissen. Das gleiche – gute, kluge, hart arbeitende, *ehrliche* Cops.«

Washington schwieg.

»Mensch, Jason, die fünfte Abteilung des Rauschgiftdezernats ist …«, er suchte nach einem Vergleich und fand einen, » … die Highway Patrol des Rauschgiftdezernats. Die besten, erfahrensten, fleißigsten Leute. Viel Stolz, Korpsgeist. Sie sind es, die bei Razzien und der Erstürmung von Drogennestern Kopf und Kragen riskieren. Woher hat Wohl die Idee, daß sie schmutzig sind?«

»Von mir, befürchte ich«, sagte Washington.

Pekach blickte ihn erst überrascht und dann zornig an.

»Ich behaupte nicht, daß sie schmutzig sind«, sagte Washington. »Ich weiß es nicht …«

»Glauben Sie mir, Jason«, unterbrach Pekach.

»Ich sagte dem Boß, ich glaube, daß Mrs. Kellog glaubte, was sie sagte.«

»Wenn sie jemand beschuldigt, soll sie zur Abteilung Interne Angelegenheiten gehen.«

»Das will sie nicht. Sie mißtraut dieser Abteilung.«

»Haben Sie und Wohl in Erwägung gezogen, daß sie ihren Freund entlasten will?« fragte Pekach. »Wie heißt er noch? Milham?«

»Das ist natürlich eine Möglichkeit.«

»Sie sollten – und wenn Sie es nicht Wohl sagen wollen, dann werde ich es tun – die Sache der Abteilung Interne Angelegenheiten übergeben und sich um Ihre eigenen Dinge kümmern.«

Washington schwieg.

Pekach war in Wut geraten.

»Wissen Sie, was die Abteilung Interne Angelegenheiten finden wird? Angenommen, sie sieht diese wilden Anschuldigungen nicht als das, was sie sind – eine verzweifelte Frau versucht ihren Freund zu entlasten –, und führt eine Ermittlung durch, dann stellt sie fest, daß es sich bei den Beschuldigten um hervorragende Leute handelt, um Leute, die Drogenbosse hinter Gitter brachten und Gott weiß wie viele Drogen von der Straße holten.«

»Wir können damit im Augenblick nicht zur Abteilung Interne Angelegenheiten gehen«, sagte Washington.

»Warum nicht?« Pekach sah ihn scharf an. »Oh, damit sind Sie beschäftigt, das ist der Grund der Heimlichtuerei? Sie ermitteln gegen die Abteilung, die in internen Angelegenheiten ermittelt? Deshalb können Sie die Sache nicht an sie weitergeben?«

»Sie bringen mich in Verlegenheit, Captain«, sagte Washington. »Ich kann das nicht beantworten.«

»Natürlich nicht«, sagte Pekach sarkastisch. »Aber ich will Ihnen was sagen, Jason: Wenn jemand zufällig gegen die Abteilung Interne Angelegenheiten ermittelt, sagen wir zum Beispiel, das persönliche Detektivbüro des Bürgermeisters, dann würde er eher dort schmutzige Cops finden als bei der fünften Abteilung des Rauschgiftdezernats.«

Washington spürte, daß er jetzt ebenfalls zornig wurde. Er wartete einen Augenblick.

»Captain, ich tue, was mir der Boß sagt. Er wies mich an, ein langes Gespräch mit Ihnen über die fünfte Abteilung des Rauschgiftdezernats zu führen. Und nichts anderes mache ich.«

»Mensch, Jason, ich weiß das. Es regt mich nur auf, daß diese Fragen gestellt werden. Ich kenne diese Jungs. Ich wollte Sie wirklich nicht anschnauzen.«

Washington sagte nichts.

»Und ich sage Ihnen noch etwas, nur unter uns«, fuhr Pekach fort. »Ich nehme an, ich werde übergangen. Ich soll die Nummer drei in der Special Operations sein, und es gefällt mir nicht, daß man mir vorenthält, was Sie und Ihre Leute treiben. Ich weiß, daß es nicht Ihre Schuld ist, aber ...«

»Nur unter uns, Captain Sabara weiß es ebenfalls nicht«,

sagte Washington. »Und auch unter uns, ich weiß, daß die Entscheidung, Sie und Sabara im dunkeln zu lassen, nicht von Inspector Wohl getroffen wurde und sie ihm ebensowenig gefällt wie Ihnen.«

»Ich dachte mir schon, daß es vielleicht so etwas ist«, sagte Pekach. »Aber danke dafür, daß Sie es mir gesagt haben.

Washington zuckte mit den Schultern.

»Was kann ich sonst für Sie tun, Jason?«

»Ich wage kaum zu fragen.«

»Nur zu.«

»Ich weiß nicht, wie die fünfte Abteilung des Rauschgiftdezernats arbeitet. Sie kennen sich aus. Würden Sie mir einige Tips geben, wie sie möglicherweise schmutzig sein kann?«

»Verdammt!« sagte Pekach bitter, und dann: »Okay, Jason, ich werde Ihnen Tips geben.«

»Das weiß ich zu schätzen«, sagte Washington und erhob sich.

»Jason, ich hoffe, Sie verstehen, warum ich sauer bin. Und daß ich nicht sauer auf Sie bin.«

»Ich hoffe, Sie verstehen, Captain, daß ich die Fragen nur ungern stelle.«

»Ja, das verstehe ich«, sagte Pekach. »Sind wir noch Freunde? Trotz meines aufbrausenden polnischen Temperaments?«

»Ich hoffe wirklich, Sie betrachten mich immer noch als Freund«, sagte Washington.

Als Matt Payne durch die Hintertür auf den Parkplatz ging, sah er, daß Schichtwechsel war. Der Parkplatz war voll von Wagen der Highway Patrol, weniger auffällig markierten Wagen des Anti-Crime-Teams (ATC) und neutralen Fahrzeugen. Fast alle Wagen waren neu.

Es gab bei der Polizei ziemlichen Groll wegen der Flotte

neuer Wagen, die der Special Operations Division zur Verfügung stand. In den Distrikten zeigten die Tachos der Streifenwagen für gewöhnlich die zweiten hunderttausend Meilen an, die Sitzpolster waren durchgesessen, Fenster hatten Sprünge, Heizungen waren defekt, und Pannen der einen oder anderen Art waren die Regel, nicht die Ausnahme.

Die meisten Cops der Distrikte nahmen an, daß Inspector Wohl ein Liebling bei den hohen Tieren war und deshalb auf Kosten anderer, die diesen Status nicht genossen, neue Wagen erhielt. Andere waren der Ansicht, daß die Special Operations Division so viele neue Wagen hatte, weil sie der Liebling von Bürgermeister Carlucci war, der ihr praktisch einen Blankoscheck ausstellte.

Die Wahrheit – Matt Payne kannte sie, denn er war Staff Inspector Wohls Verwaltungsassistent gewesen, bevor er Detective geworden war – hatte nichts mit Inspector Wohl oder der Tatsache zu tun, daß die Special Operations Division ein Einfall vom Bürgermeister war, sondern mit dem Kongreß der Vereinigten Staaten.

Es war ein populäres Thema im Kongreß gewesen, etwas gegen die Kriminalität auf den Straßen zu tun, als der Bürgermeister auf die Idee mit der Special Operations Division gekommen war. Die Wähler forderten lautstark eine Lösung des Problems, und der Kongreß reagierte wie üblich, indem er mit dem Geld der Steuerzahler und lautstark Fordernden um sich warf.

Den örtlichen Polizeibehörden wurden Gelder zur Verfügung gestellt, um ein neues Konzept der Verbrechensbekämpfung auszuprobieren. Es wurde das ›Anti-Crime-Team‹-Konzept genannt, kurz ATC. Es bedeutete, daß Gebiete mit hoher Kriminalitätsrate von gut ausgebildeten Polizisten förmlich überschwemmt wurden, die mit modernster Ausrüstung und Technik ausgestattet waren und mit besonderen Anklägern vom Büro des District Attorneys zusammenarbeiteten, damit die Festgenommenen schneller verurteilt und aus dem Verkehr gezogen werden konnten.

Die Gelder basierten auf dem Bedarf. Philadelphia hatte in zweierlei Hinsicht Bedarf. Die Kriminalität war ein großes Problem in Philadelphia, und die Stadt brauchte Hilfe. Ebenso wichtig war, daß der Ehrenwerte Jerry Carlucci eine politische Macht war, deren Einfluß weit über das Büro des Bürgermeisters hinaus reichte. Zwei Senatoren und über ein Dutzend Kongreßabgeordneter, die es bleiben wollten, brauchten Jerry Carluccis Einfluß und seine Unterstützung.

Die Stadt Philadelphia erhielt einige der allerersten und großzügigsten Geldspritzen. Es gab eine kleine Bedingung. Die Gelder durften nur für neue, innovative, experimentelle Polizeioperationen verwendet werden, nicht für Routineaufgaben. Für Bürgermeister Carlucci war die Special Operations Division neu, innovativ und experimentell. Deshalb konnten die Gelder des Bundes für die Bezahlung der Polizeibeamten, die zur Special Operations Division zum Dienst als Anti-Crime-Team-Cops versetzt wurden, und für ihre neue und innovative Ausrüstung verwandt werden, wozu natürlich neue und besonders ausgerüstete Polizeifahrzeuge zählten. Da es natürlich nötig war, das neue und innovative ACT-Personal und die Ausrüstung in die alte und nicht innovative Polizei einzugliedern, konnten die Gelder des Bundes für diesen Zweck genutzt werden.

Bis Ermittler des Rechnungshofes der Sache ein Ende machten, war es nach Bürgermeister Carluccis Ansicht eine gerechtfertigte Ausgabe von Bundesmitteln, der Highway Patrol in ihrer neuen, innovativen und experimentellen Rolle als Unterabteilung der neuen, innovativen und experimentellen Special Operations Division neue Wagen zu beschaffen.

Ranghöhere Polizeibeamte, Lieutenant und darüber, hegten weniger Groll. Sie verstanden, daß Geld Geld war, und wenn zusätzliches Geld von außerhalb für den Kauf von Wagen für die Special Operations und Highway Patrol ausgegeben wurde, konnte das Geld, das normalerweise für diesen Zweck hätte aufgebracht werden müssen, woanders bei der Polizei verbraten werden. Aber diese vernunftsmäßige Erklärung war nicht sehr befriedigend für einen Distrikt-Cop, dessen verschrammter Streifenwagen um drei Uhr morgens nicht ansprang.

Detective Payne ging an einer Reihe von acht neuen, neutralen Ford-Limousinen vorbei, die nach Ansicht der Bundesregierung für neue, innovative und experimentelle Aktivitäten nach dem ATC-Konzept verwendet wurden, und stieg in eine davon. Es war einer der vier Wagen, die der Investigation Section, der Ermittlungsabteilung der Special Operations Division, zugeteilt waren. Sergeant Jason Washington und Detective Tony Harris hatten einen, der ihnen rund um die Uhr zur Verfügung stand. Die beiden anderen Wagen wurden von den anderen der Investigation Section benutzt.

Matt Payne fuhr vom Parkplatz auf die Castor Avenue und in Richtung Hunting Park Avenue. Von der Hunting Park Avenue bog er in die 9th Street und von dort aus auf die Auffahrt zur Roosevelt-Verlängerung des Schuylkill Expressway und dann nach Süden in Richtung Schuylkill River.

Bei der ersten roten Ampel nahm er eines der beiden Mikrofone aus der Halterung, die sich außer Sicht unter dem Armaturenbrett befanden.

»Mary eins, William vierzehn.«

»Haben Sie etwas für mich, William vierzehn?« ertönte sofort Lieutenant Jack Fellows Stimme.

»Richtig.«

»Wo sind Sie jetzt?«

»Habe soeben Special Operations verlassen.«

Es folgte eine Pause, in der Lieutenant Fellows offenbar Zeit und Entfernung abschätzte.

»Treffen Sie uns auf dem Parkplatz vom Zoo«, sagte er dann.

»Bin unterwegs«, sagte Matt und legte das Mikrofon auf den Beifahrersitz.

Dann betätigte er den Hebel, durch den die Bremslichter

und die blauen und weißen Lichter, die hinter dem Kühlergrill des Ford versteckt waren, in Intervallen aufleuchteten, und gab Gas.

Der Bürgermeister ist ein vielbeschäftigter Mann. Er kann keine Zeit verplempern, indem er auf dem Parkplatz vom Zoo auf einen popeligen Detective wartet. Diese Situation entspricht den Vorschriften von Paragraph sowieso, wonach die Benutzung von Warnlicht und Sirene nur in Situationen benutzt werden darf, in denen es eindeutig nötig ist.

Es gab eine Reihe kleiner Vergnügen, wenn man Polizist war, und eines davon, diese Erfahrung hatte Matt Payne gemacht, bestand darin, daß man Warnlicht und Sirene einschalten konnte, wenn man schnell irgendwohin wollte.

Daran hatte er am vergangenen Abend während des Abendessens gedacht, als er mit Miss Penelope Detweiler eine etwas heftige Diskussion über seine – ihre gemeinsame – Zukunft gehabt hatte.

Penny war der Ansicht (und Mr. und Mrs. Nesbitt IV. waren Miss Detweilers Verbündete in ihrem noblen Kampf, Matt zur Vernunft zu bringen), daß es kindisch und egoistisch von ihm war, bei seiner Bildung, seinen Fähigkeiten und seiner Herkunft Polizist zu bleiben, der für Peanuts arbeitete, anstatt an ihre gemeinsame Zukunft zu denken.

Es gab andere Befriedigungen im Job eines Cops, aber aus irgendeinem Grund konnte er sich nicht ausdrücken, wenn er sie ihr zu erklären versuchte. Seiner Ansicht nach war er lange genug Cop, und es steckte ihm so im Blut, daß er niemals glücklich in einem Routinejob sein würde.

Er gelangte zum Schuylkill River, fuhr über ihn hinweg, bog nach Osten ab und raste gen Center City. Dann schaltete er die Warnlichter aus. Der Verkehr war nicht so stark, und wenn Mary eins, die Limousine des Bürgermeisters, vor ihm auf dem Parkplatz vom Zoo war, wollte er keinen Rüffel riskieren. Er war sich nicht ganz sicher, ob der Bürgermeister seine Entscheidung, die Lichtorgel einzusetzen, für gerechtfertigt halten würde.

Nach dem, was er über die Karriere des Bürgermeisters als Polizist gehört hatte, war er ein Cop gewesen, der sich streng an die Vorschriften gehalten hatte.

Auf dem Parkplatz vom Zoo stoppte Matt und griff zum Mikrofon.

»Mary eins, William vierzehn, beim Zoo.«

»Ein paar Minuten«, ertönte Lieutenant Fellows Stimme.

Matt nahm das Kuvert vom Beifahrersitz, stieg aus dem Wagen und wartete auf den Bürgermeister.

Zweieinhalb Minuten später stoppte die Limousine neben ihm. Matt ging zur Tür auf der Beifahrerseite, als die Fensterscheibe elektrisch hinunterglitt und Lieutenant Fellows sichtbar wurde.

»Guten Morgen, Sir«, sagte Matt und überreichte ihm das Kuvert.

»Danke, Payne«, sagte Fellows, und die Fensterscheibe glitt wieder hoch. Dann senkte sich die hintere Fensterscheibe, und Matt hörte den Bürgermeister von Philadelphia sagen:

»Warten Sie einen Moment, Charley.« Dann wurde die Fondtür geöffnet, und der Bürgermeister stieg aus.

»Lange nicht gesehen«, sagte Bürgermeister Carlucci und reichte Matt die Hand. »Wie geht es Ihnen, Matt?«

»Prima, Sir. Danke.«

»Schön, Sie zu sehen, Matt«, sagte der Bürgermeister. »Und grüßen Sie Ihre Eltern von mir.«

»Jawohl, Sir. Das werde ich. Danke.«

Der Bürgermeister klopfte ihm auf die Schulter, stieg in die Limousine, und gleich darauf rollte sie vom Parkplatz.

8

Matt stieg in den Ford und fuhr vom Parkplatz. Er fragte sich, wo er einen Rasierapparat kaufen konnte, damit er sich wie von Washington verlangt rasieren konnte.

Es war nett vom Bürgermeister gewesen, auszusteigen und ihn zu begrüßen. Man konnte ihm leicht vorwerfen, daß er bereit war, einen Orang-Utan zu umarmen und sich nach dem Wohlergehen seiner Eltern zu erkundigen, wenn ihm das eine weitere Wählerstimme einbrachte, aber es wurde Matt klar, daß man sich gut fühlte, wenn man von ihm umarmt wurde, und seine Motive nicht in Frage stellte.

Es hieß – und die meisten glaubten es –, daß der Bürgermeister den Namen von jedem Cop in Philadelphia kannte, aber das stimmte nicht. Es gab über achttausend Polizeibeamte, und der Bürgermeister kannte nicht jeden Namen und jedes Gesicht. Aber er kannte das Gesicht und manchmal auch den Namen von jedem Cop, der jemals etwas Außergewöhnliches geleistet hatte.

Matt zählte zu den Cops, die der Bürgermeister nicht vergaß. Er kannte zwar Matts Eltern, aber Matt war ihm als Cop aufgefallen.

Kurz nach der Gründung der Special Operations Division, als Detective Washington der Sexbestie nahe genug auf der Spur war, um Gipsabdrücke von den Reifen und eine gute Beschreibung des Van zu bekommen, versuchte Mr. Warren K. Fletcher, einunddreißig, aus Germantown, Matt mit seinem Van zu überfahren.

Das gab Matt das Recht zum Schußwaffengebrauch (obwohl er zu diesen Zeitpunkt zu entsetzt war, um über die Vorschriften nachzudenken). Er zog seinen Dienstrevolver und feuerte fünfmal auf den Van. Eine der Kugeln traf Mr. Fletchers Kopf und blies sein Gehirn auf die Windschutzscheibe.

Es machte nichts, daß Matt den Van durch pures Glück entdeckt hatte oder daß er Mr. Fletcher aus reinem Zufall getroffen hatte. Es zählte nur, daß Mr. Fletcher zum Zeitpunkt seines Todes Mrs. Naomi Schneider, vierunddreißig, nackt und gefesselt unter einer Plane hinten im Van gehabt und ihr vor dem Ende des Ausflugs ausgemalt hatte, was er mit ihr anstellen würde, wenn sie an einem abgelegenen Ort sein würden.

Es zählte auch, daß Matt für die Special Operations arbeitete. Selbst die Redakteure und Reporter des *Ledger* hatten Mühe, der Polizei Unfähigkeit vorzuwerfen, nachdem die Karriere der Sexbestie beendet worden war. Der *Ledger* ignorierte die Geschichte einfach. Die anderen Zeitungen schlachteten die Story aus, und die meisten brachten auf der Titelseite ein Foto des Bürgermeisters, der herzlich einen Arm um die Schulter von Matthew M. Payne, dem Officer der Special Operations Division, gelegt hatte.

Ein paar Monate später, nach einem brutalen Raubüberfall und sinnlosen Mord in Goldblatts Möbelhaus in South Philadelphia, bat die Kripo die Special Operations Division um Unterstützung bei der gleichzeitigen Festnahme von acht Personen, die als Teilnehmer bei dem Raubüberfall/Mord identifiziert worden waren.

Die acht Typen, die sich als Mitglieder einer sogenannten Islamischen Befreiungsarmee bezeichneten, hielten sich an verschiedenen Orten in Philadelphia auf. Sieben davon wurden in einer gut geplanten und perfekt durchgeführten Aktion ohne Zwischenfall festgenommen, wie die Medien allgemein lobten – mit Ausnahme des *Ledger*. Der achte Verdächtige versuchte zu flüchten, zog einen .45er und wollte sich in einer Gasse den Weg freischießen. Dabei verwundete er einen Cop, der seinen Dienstrevolver in Notwehr zog, auf ihn feuerte und Abu Ben Mohammed (auch bekannt als Charles D. Stevens) mehrere Wunden zufügte, die sich als tödlich erwiesen.

Und wieder gab es Fotos von Officer Matthew M. Payne auf den Titelseiten von *Daily News*, *Inquirer* und *Bulletin* (jedoch nicht *Ledger*). Diesmal zeigten sie ihn mit verbundenem Gesicht in einem Krankenhausbett, und Bürgermeister Carlucci legte anerkennend einen Arm um Matts Schulter.

Ranghohe Polizeibeamte sagte sich, daß der junge Cop angesichts der günstigen Publicity, die er für die Special Operations Division und folglich für den Bürgermeister erlangt hatte, eine Heimat in der Special Operations gefunden hatte. Man war der Ansicht, daß er die Special Operations verlassen würde, wenn er pensioniert oder zu Grabe getragen werden würde. Oder wenn er seinen Abschied nahm, weil er es leid war, Cop zu spielen.

Matt hörte diese Geschichten an, aber er machte sich nichts daraus. Er wollte so bald wie möglich, wenn er teilnahmeberechtigt war, die Prüfung zu der Beförderung zum Detective ablegen. Er war ziemlich zuversichtlich, daß er sie bestehen und befördert werden würde. Und weil die einzigen Stellen für Detectives bei der Polizei nur in einer der untergeordneten Abteilungen der Kripo frei waren, würde man ihn dort verwenden. Unterdessen gefiel ihm die Arbeit für Staff Inspector Wohl als dessen Verwaltungsassistent.

Und so kam es dann. Matt Payne bestand die Prüfung (als Drittbester) und wurde bald befördert.

Er wurde zur Kripo Ost versetzt und begann seine Laufbahn als Detective unter der Anleitung von Sergeant Aloysius J. Sutton.

Seine erste Aufgabe im Kampf gegen das Verbrechen bestand im Aufspüren gestohlener Fahrzeuge. Das bedeutete, daß er zu dem wieder aufgefundenen Fahrzeug hinfahren und dann ein halbes Dutzend Formulare in vierfacher Ausfertigung ausfüllen mußte. Es wurde ihm bald klar, daß keines der Formulare – wenn Sergeant Sutton sie auf bürokratische Perfektion überprüft hatte – jemals wieder von menschlichen Augen gesehen wurde.

Fast alle gestohlenen und wieder aufgefundenen Fahrzeuge waren von Halbstarken für eine Spritztour geklaut worden oder von Kids, die Reifen, Räder, Autoradios etc. abmontierten, um die Dinge zu verkaufen und das Taschengeld aufzubessern.

Verschwundene und nie wieder aufgefundene Fahrzeuge wurden fast immer von Profis gestohlen, die sie entweder völlig ausschlachteten oder auf ein Schiff nach Paraguay oder sonstwohin verfrachteten, bevor der Besitzer den Verlust bemerkte.

Autodiebstahl ist jedoch ein Verbrechen, und die Polizei ist verpflichtet, zu ermitteln und den wieder aufgefundenen Besitz zurückzugeben. Detective Payne hatte die Erfahrung gemacht, daß normalerweise diese Pflicht bei Autodiebstahl denjenigen Mitgliedern der Kripo übertragen wird, deren Zeit am wenigsten wertvoll ist.

Es war Sinn darin, und er sagte sich, daß die Ermittlung bei Autodiebstählen eine Art Training für wichtigere Ermittlungen war. Jeder neue Detective mußte das hinter sich bringen.

Und er war bereit zu tun, was auch immer man von ihm verlangte.

Doch dann war seine Verwendung als Autodiebstahlermittler abrupt zu Ende. Er wurde wieder zur Special Operations Division versetzt. In der Theorie war es eine einfache Sache, einen Detective von einer Abteilung, in der seine Dienste nicht wirklich gebraucht wurden, zu einer anderen zu versetzen, wo man ihn brauchte. Aber Matt erfuhr bald, daß er zur Special Operations zurück versetzt worden war, weil der Bürgermeister Commissioner Czernick gesagt hatte, daß das vielleicht eine kluge Entscheidung sei.

Bei der Special Operations Division stellte er fest, daß es mal wieder eine neue Unterabteilung gab, die Investigation Section. Der Leiter dieser Ermittlungsabteilung war der vor kurzem zum Sergeant beförderte Jason Washington. Für ihn arbeiteten fünf Detectives, von denen drei zu ihm versetzt wurden: Tony Harris, Jesus Martinez und Matthew M. Payne.

Tony Harris war ein erfahrener Detective der Mordkommission, der von dort rekrutiert (Harris und Washington benutzten die Bezeichnung ›schanghait‹) wurde, als Warren K. Fletcher gefaßt werden sollte. Harris wurde dann trotz seiner Proteste bei der Investigation Section behalten, weil Peter Wohl das Gefühl hatte, daß mit an Sicherheit grenzender Wahrscheinlichkeit in Zukunft außergewöhnlich gute Ermittler gebraucht wurden.

Jesus Martinez war ebenfalls ein junger Polizeibeamter, jedoch viel erfahrener als Matt. Er hatte seine Laufbahn als verdeckter Ermittler beim Rauschgiftdezernat unter dem Chef David Pekach – damals Lieutenant – begonnen. Er und ein anderer Cop in Zivil namens Charles McFadden hatten Gerald Vincent Gallager zur Strecke gebracht, der an der Ermordung des Chefs der Highway Patrol, Captain Richard C. ›Dutch‹ Moffitt, beteiligt gewesen war.

Durch die folgende Publicity konnten Martinez und McFadden nicht mehr als verdeckte Ermittler beim Rauschgiftdezernat arbeiten, und als Belohnung für den wirkungsvollen Abschluß des Falles (Mr. Gallager wurde von der U-Bahn überrollt, als er vor McFadden und Martinez über die Gleise flüchten wollte) wurden sie zur Highway Patrol versetzt.

Der Dienst bei der Highway Patrol wurde als wünschenswert betrachtete, und man kann ihn normalerweise erst nach fünf bis sieben Jahren vorbildlichem Polizeidienst antreten. Weil Captain Moffitt zum Zeitpunkt seiner Ermordung der Chef der Highway Patrol gewesen war, sah man großzügig darüber hinweg, daß die Officers McFadden und Martinez noch halbe Anfänger waren, und hielt ihre Verwendung bei der Highway Patrol für berechtigt.

Officer Martinez bestand als Siebtbester von ein paar hundert anderen ehrgeizigen Polizeibeamten die Prüfung zur Beförderung zum Detective und stand auf derselben Beförderungsliste, durch die Officer Payne zum Detective wurde. Officer McFadden war bei der Prüfung nicht annähernd so gut gewesen, und es hatte ihn angenehm überrascht, seinen Namen als den letzten auf der Beförderungsliste zu finden.

Detective Payne und Detective McFadden waren Freunde, wie natürlich die Detectives Martinez und McFadden Freunde waren. Detective Payne und Detective Martinez waren keine Freunde. Payne hielt Martinez für einen boshaften kleinen Mann, der sehr empfindlich war und Minderwertigkeitskomplexe hatte. Martinez hielt Payne für einen reichen Bengel mit Beziehungen und Protektion, der den Cop nur spielte.

Für gewöhnlich – keineswegs immer – hielten die Detectives Payne und Martinez ihre gegenseitige Abneigung unter Kontrolle. Die vierte Stelle bei der Investigation Section hatte ›vorübergehend‹ Officer Foster H. Lewis junior inne. Er war dreiundzwanzig und hatte noch weniger Dienstzeit als Detective Payne. Officer Lewis, ein schwergewichtiger Riese mit dem Spitznamen ›der Kleine‹, wußte mehr über den Ablauf bei der Polizei als Payne und Martinez. Sein Vater war Polizist, und der Kleine hatte schon als Achtzehnjähriger nachts und an Wochenenden in der Funkzentrale des Polizeipräsidiums gearbeitet. Im ersten September seines Medizinstudiums auf der Temple University war ihm klargeworden, daß er in Wirklichkeit Cop werden wollte, nicht Arzt. Sein Vater, Lieutenant Foster H. Lewis senior, hatte sich sehr über die Entscheidung geärgert.

Lieutenant Lewis ärgerte sich ebenfalls und aus mehreren Gründen über die Verwendung seines Sohnes bei der Ermittlungsabteilung der Special Operations Division. Zum einen argwöhnte er, daß wegen der Gesetze gegen die Diskriminierung von Rassen sein Sohn der Vorzeigenigger bei der Special Operations Division war. Jason Washington, der Schwarze Buddha, hatte ihn vielleicht – eigentlich fast mit Sicherheit – wegen seiner beruflichen Fähigkeiten und nicht wegen seiner Hautfarbe ausgewählt, aber Lieutenant Lewis konnte sich keinen Grund außer seinem afrikanischen Erbe denken, weshalb sein Sohn praktisch gleich von der Polizeiakademie zur Special Operations Division geschickt worden war.

Und er hatte Dienst in Zivil, einen zugeteilten neutralen Dienstwagen und konnte praktisch unbegrenzt Überstunden machen, wodurch er fast soviel verdiente wie sein Vater, wie der Kleine ein wenig selbstgefällig verkündet hatte.

Lieutenant Lewis war der Ansicht, daß Cops bei der Polizei hinsichtlich des Rangs und der wünschenswerten Verwendung nur aufsteigen sollten, nachdem sie alle Ebenen hinter sich gebracht hatten. Neulinge fingen in einem Distrikt an, fuhren meistens erst einen Transporter und sammelten Erfahrungen auf den Straßen beim Erledigen von Routinearbeiten, bevor man ihnen größere Verantwortungen übertrug. Bei ihm war es so gewesen.

Die fünfte Stelle für einen Detective in der Ermittlungsabteilung des Special Operations Division war unbesetzt.

Detective Payne fand einen Drugstore und kaufte einen batteriebetriebenen Remington-Rasierapparat, Old Spice Pre-shave und After-shave und stieg wieder in seinen Wagen.

Es war der fünfte Elektrorasierer, den er in den paar Monaten gekauft hatte.

Seine Kollegen im Kampf gegen das Verbrechen waren gewiß keine Diebe, aber wenn sie einen herrenlosen Rasierapparat auf der Männertoilette des ehemaligen Schulgebäudes sahen und er zwei Stunden später immer noch da war, glaubten sie anscheinend, daß die Bartfee ihn als Geschenk für sie dorthin gelegt hatte.

Der schwarze Cadillac, den die Steuerzahler von Philadelphia zum Transport ihres Bürgermeisters, des Ehrenwerten Jerry Carlucci, bei der Ausübung seiner Amtsgeschäfte bezahlten, fuhr über die South Broad Street, um die City Hall herum, die in der Mitte zwischen Broad und Market Street in der Innenstadt von Amerikas viertgrößter Stadt steht, bog auf die Parkway Avenue, die am Kunstmuseum vorbei und dann am Schuylkill River entlangführt.

Der Bürgermeister trug einen dunkelblauen Anzug, ein steif gestärktes weißes Hemd mit dezent gemusterter blaugrauer Seidenkrawatte, auf Hochglanz polierte schwarze italienische Schuhe und einen Smith & Wesson ›Chief's Special‹ Revolver Kaliber .38 in einem Lederholster an seinem Krokodilledergürtel.

Er teilte den Rücksitz der Limousine mit seiner Frau Angeline, die ein schlichtes schwarzes Kleid mit Perlenkette und ein Hütchen trug. Sie hatte Kleidung und Schmuck mit großer Sorgfalt ausgewählt, damit sie für beide gesellschaftlichen Ereignisse paßten, die heute abend auf dem Terminplan standen.

Der Abend hatte mit der Fahrt von ihrem Haus in Chestnut Hill im Nordwesten von Philadelphia zur Carto-Leichenhalle in der South Broad Street 2212 im Süden der Stadt begonnen.

Das Ratsmitglied Anthony J. Cannatello, ein langjähriger Freund und politisch Verbündeter von Bürgermeister Carlucci, war nach langem und schmerzhaftem Kampf gegen Prostatakrebs verschieden, und ein Erscheinen bei den Angehörigen und der morgigen Beerdigung war ein notwendiges Opfer der kostbaren und begrenzten Zeit des Bürgermeisters. Er hatte nur eine halbe Stunde in der Leichenhalle bleiben wollen, doch es hatte über eine Stunde gedauert, bis er sich von denjenigen hatte losreißen können, die gekränkt gewesen wären, wenn er ihnen nicht wenigstens die Hand geschüttelt hätte.

Der Bürgermeister war sich völlig darüber im klaren, daß die um Ratsmitglied Cannatello Trauernden alle zur Wahl gingen und alle Verwandten hatten, die wählten, und wie die Dinge aussahen, konnte er jede Wählerstimme brauchen, besonders wenn man bedachte, was auf der Titelseite der Montagsausgaben der vier Zeitungen Philadelphias – *Bulletin, Ledger, Inquirer* und *Daily News* – stehen würde.

Sie waren jetzt auf dem Weg nach Chestnut Hill zu einer völlig anderen gesellschaftlichen Versammlung, zu einem festlichen Anlaß, wie der Bürgermeister informiert worden war, bei dem die Verlobung von Miss Martha Peebles und Mr. David R. Pekach verkündet werden würde.

Sowohl in geographischer wie auch in gesellschaftlicher Hinsicht war es eine Fahrt von einem Ende Philadelphias zum anderen. Die Einladungen, auf denen um ›Das Vergnügen der Gesellschaft des Ehrenwerten Bürgermeister von Philadelphia und Mrs. Jerome H. Carlucci zum Abendessen in Glengary Lane 606 um 20 Uhr 30‹ gebeten wurde, waren im Namen von Mr. und Mrs. Brewster Cortland Payne II. gedruckt worden.

Mr. Payne, ein Gründungspartner von Philadelphias renommiertester Anwaltskanzlei Mawson, Payne, Stockton, McAdoo & Lester war ein lebenslänglicher Freund von Miss

Peebles Vater gewesen, dem verstorbenen Alexander F. Peebles. Er war Alex Peebles' persönlicher Anwalt gewesen, und die Kanzlei Mawson, Payne, Stockton, McAdoo & Lester war juristisch beratend für die Tamaqua Mining Inc. tätig. Im Nachruf auf Mr. Peebles im *Wall Street Journal* hatte gestanden, daß die Tamaqua Mining Inc., im Alleinbesitz von Mr. Peebles, nicht nur ungefähr 11,5 Prozent der bekannten Anthrazitreserven der Vereinigten Staaten besaß, sondern auch andere beträchtliche Beteiligungen in der Petrochemie und im Immobiliengeschäft.

Ein Jahr nach Mr. Peebles Tod berichtete das *Wall Street Journal*, daß Mr. Peebles einziger Sohn, Stephen, das Testament seines Vaters, mit dem er seiner Tochter seinen gesamten Besitz vererbte, gerichtlich angefochten hatte und die Klage auch vom Revisionsgericht abgewiesen worden war.

Auch bei diesem Besuch hatte der Bürgermeister persönliche und politische Gründe. Es würde mit Sicherheit eine große Versammlung von Philadelphias gesellschaftlicher und finanzieller Elite dort sein, Leute, die nicht nur wählten und Verwandte und Freunde hatten, die wählten, sondern auch in der Position waren, einen Betrag zum Wahlkampf für die Wiederwahl des Bürgermeisters zu leisten.

Angesichts dessen, was am Montag in den Zeitungen stehen würde, war es wichtig, vor Martha Peebles' Freunden den Eindruck zu erwecken, daß er sich der Lage bewußt und vorbereitet war – noch wichtiger, *fähig* war –, damit fertig zu werden.

Persönlich hatte er nicht das Privileg einer engen Freundschaft mit Miss Peebles, aber er kannte den zukünftigen Bräutigam, Dave Pekach, und insgeheim machte er ihm das größte Kompliment in seinem Repertoire: Dave Pekach war ein höllisch guter Cop.

Dem Bürgermeister kam eine Idee.

Ich nehme an, Mickey O'Hara wird dort sein, aber ich weiß es nicht. Und Mickey ist fast so gut wie ich darin, Dinge in die Hand zu bekommen, die er nicht erfahren sollte. Er soll es von mir erfah-

ren, nicht von sonst jemandem, und dann soll er mich anrufen und mir Fragen stellen. Und der Zeitpunkt, es ihm zu stecken, ist jetzt genau der richtige.

Er drückte auf eine Taste, und die gläserne Trennscheibe zwischen Fahrer und Passagieren senkte sich. Dann neigte er sich auf dem Sitz vor, um nahe an die Öffnung zu gelangen.

Es gab ein Telefon von Passagier zu Chauffeur in der Limousine, doch der Bürgermeister hatte es nur einmal ausprobiert, um zu sehen, ob es funktionierte, und dann nie wieder benutzt. Er hielt es für besser, den Leuten ins Gesicht zu sehen, wenn er mit ihnen sprach.

Der sehr große schwarze Fahrer hatte einen Ausweis mit Foto und eine Dienstmarke im Lederetui, die ihn als Lieutenant J. K. Fellows vom Philadelphia Police Department auswiesen. Er wandte den Kopf, als er das Abwärtssurren der Trennscheibe wahrnahm.

»Sir?«

»Versuchen Sie über Funk Mickey O'Hara zu erreichen«, sagte der Bürgermeister.

Lieutenant Fellow nickte und griff nach einem der beiden Mikrofone unter dem Armaturenbrett.

Als sich der Bürgermeister auf den Sitz zurücksinken ließ, verfing sich sein Jackett am Griff seines Revolvers. Mit einer automatischen Geste, als rücke er den Knoten seiner Krawatte zurecht, schob er den störenden Stoff zur Seite.

Jerry Carlucci fuhr selten ohne seine Waffe irgendwohin.

Es gab mehrere Theorien, warum er den Revolver stets mitnahm. Eine Theorie besagte, daß er die Waffe zu seinem Schutz trug; es gab immer frei herumlaufende Irre, die in die Geschichtsbücher eingehen wollten, indem sie einen Prominenten erschossen. Die Polizei hatte gerade erst einen Verrückten in die Psychiatrie des Byberry State Hospital gebracht, der gedacht hatte, Gott habe ihm befohlen, den Vizepräsidenten in die Luft zu sprengen. Ein völlig normal aussehender Typ, der studiert hatte und als Finanzanalytiker für eine Bank arbeitete, hatte ein paar hundert Pfund hochexplosiven Sprengstoff im Keller gehabt und gedacht, Gott spreche zu ihm!

Der Bürgermeister mochte gar nicht daran denken, wieviel die Stadt allein an Überstunden bezahlt hatte, um den Spinner aus dem Verkehr zu ziehen.

Eine zweite Theorie besagte, daß Carlucci den Revolver aus Reklamegründen trug. Diese Theorie wurde im allgemeinen von Kritikern des Bürgermeisters vertreten, von denen es nicht wenige gab. »Er hat immer mindestens einen bewaffneten Leibwächter bei sich, wozu braucht er dann eine Waffe? Nur um sein Foto in die Zeitungen zu bekommen, wo er uns ›beschützt‹, indem er seine Kanone herumschwenkt und sich für Wyatt Earp oder für sonstwen hält.«

Die einzige Person, die den wahren Grund wußte, weshalb der Bürgermeister bewaffnet herumlief, war seine Frau.

»Brauchst du das Ding?« hatte Angeline Carlucci vor ein paar Jahren in ihrem Schlafzimmer gefragt, als er über das Problem gegrübelt hatte ›Wo bringt man seinen Revolver unter, wenn man einen Kummerbund trägt?‹

»Schatz«, hatte der Bürgermeister erwidert, »ich trage seit sechsundzwanzig Jahren eine Waffe. Ich fühle mich komisch, regelrecht nackt, wenn ich sie nicht bei mir habe.«

Bürgermeister Carlucci hatte seine Laufbahn als Polizeibeamter begonnen und jeden Dienstrang beim Philadelphia Police Department außer Polizistin innegehabt, bevor er Bürgermeister geworden war.

Mrs. Carlucci akzeptierte seine Erklärung. Soweit sie wußte, hatte ihr Mann sie nie angelogen. Wenn sie dachte, daß er vielleicht andere Gründe hatte, behielt sie ihre Meinung für sich – sie wußte, daß es ihm nicht unangenehm war, wenn sein Foto, das ihn mit dem Revolver an irgendeinem Tatort zeigte, in den Zeitungen erschien.

»Mary eins«, sprach Lieutenant Fellows ins Mikrofon.

Die Antwort der Funkzentrale der Polizei kam sofort. »Mary eins«, sagte eine angenehm klingende weibliche Stimme.

»Wir brauchen die Position von Mickey O'Hara«, sagte Lieutenant Fellows.

»Bleiben Sie dran«, sagte die Frau in der Funkzentrale, und Lieutenant Fellows schob das Mikrofon in die Halterung, während die Trennscheibe hochglitt.

Die Frau in der Funkzentrale, die siebenunddreißigjährige Janet Grosse, eine zivile Angestellte, die seit dreizehn Jahren diesen Job versah, kannte Mr. O'Hara sehr gut und wußte, was der Leibwächter des Bürgermeisters wollte – sie hatte Lieutenant Fellows' Stimme erkannt. Er wollte wissen, wo Mickey O'Hara war, das und nichts sonst. Er erwartete von ihr, daß sie gescheit genug war und nicht über den Äther die Besatzung jedes mit Funk ausgerüsteten Polizeifahrzeugs in Philadelphia fragte, ob jemand Mickey gesehen hatte und wenn ja, wo.

Janet hätte die Möglichkeit gehabt, das zu tun, und das Resultat wären mindestens ein Dutzend Meldungen über alle Polizeifrequenzen gewesen, wo man Mickeys mit Antennen gespickten Buick zum letzten Mal gesehen hatte. Mickey O'Hara kannte nicht jeden Cop in Philadelphia, aber jeder Cop kannte ihn.

Und Mickey würde den Polizeifunk abhören und erfahren, daß man ihn suchte. Fellows hatte gesagt, der Bürgermeister wolle Mickeys Position wissen. Er hatte nicht gesagt, daß Mickey erfahren sollte, daß der Bürgermeister wissen wollte, wo er war.

Janet überlegte eine Weile, und dann schaltete sie auf die Frequenz der Highway Patrol. Nur die Fahrzeuge der Highway Patrol plus sehr wenige Fahrzeuge von ranghohen in Zivil arbeitenden Beamten waren mit dieser Frequenz ausgerüstet.

»William eins«, sagte Janet.

William eins war der Funkname von Inspector Peter Wohl. Janet wußte, daß sein Dienstwagen, ein neutraler Ford, den er für gewöhnlich selbst fuhr – mit dem W-Band ausgerüstet war.

Es gab keine Antwort, was Janet nicht überraschte, denn sie hatte eine Ahnung gehabt, wo William eins war und was er machte und folglich nicht den Funk hörte. Es überraschte sie ebensowenig, als eine Stimme auf dem W-Band ertönte.

»Zentrale, hier ist Highway eins. William eins ist außer Dienst. Ich kann ihm eine Nachricht übermitteln.«

Highway eins war der Funkname des Wagens, der dem Chef der Highway Patrol zugeteilt war, die der Special Operations Division unterstellt war.

Ich dachte mir schon, daß es so kommt. William eins, Highway eins und fast jedes hohe Tier, das im Dienst ein weißes Hemd trägt, hat frei und ist heute abend in Chestnut Hill. Wohl läßt von Highway eins Funkmeldungen entgegennehmen.

»Highway eins, sind Sie in Chestnut Hill?«

»Richtig.«

»Ist Mickey O'Hara auch dort?«

»Richtig.«

Bingo! Cleveres Mädchen! Eine Versammlung von ranghohen Cops, bei der es kostenlos Schampus gibt, und schon ist Mickey O'Hara dabei.

»Das ist alles, Highway eins. Danke«, sagte Janet. Sie wechselte die Frequenz.

»Mary eins.«

»Mary eins.«

»Der Gentleman ist auf einer Party in Chestnut Hill«, meldete Janet. »Brauchen Sie die Adresse?«

»Das ging schnell«, sagte Fellow und lachte. »Nein, danke, ich bin sicher, wir können ihn durch diese Information finden. Vielen Dank.«

»Viel Spaß«, sagte Janet, setzte sich zurück und wartete auf den nächsten Funkruf.

»Sir, Mickey ist bereits auf der Party.«

Bürgermeister Carlucci nickte.

»Wenn wir dort eintreffen, suchen Sie ihn. Lassen Sie mir ein paar Minuten Zeit, eine Runde zu machen, und dann bitten Sie Mickey, einen Moment von seiner Zeit für mich zu opfern. Und bringen Sie ihn zu mir.«

»Jawohl, Sir.«

Uniformierte Beamte – Weißmützen von der Verkehrspolizei, keine Cops vom 14. Distrikt, zu dem Chestnut Hill zählte – regelten den Verkehr auf der Glengary Lane in Chestnut Hill. Der Cadillac des Bürgermeisters wurde schnell an die Spitze der Wagen gewinkt, die darauf warteten, durch das prächtige Portal auf das fünf Morgen große Grundstück zu fahren. Als der Cadillac an den Uniformierten vorbeirollte, grüßte jeder Verkehrspolizist wie ein Soldat, und der Bürgermeister winkte zurück.

Die lange, gewundene Zufahrtsstraße zum Herrenhaus der Peebles, das um die Jahrhundertwende erbaut worden war, wurde von parkenden Wagen gesäumt, und eine Traube von Chauffeuren war um ein Dutzend Limousinen versammelt – einschließlich drei Rolls-Royce, wie Jerry Carlucci registrierte –, die nahe beim Herrenhaus parkten.

Wenn das nicht morgen auf der Titelseite jeder Zeitung stehen würde, dachte der Bürgermeister, *könnte ich diese Party genießen. Jetzt kann ich nur hoffen, den Schaden zu begrenzen und zu verhindern, daß diese Leute sich fragen, ob sie auf das falsche Pferd gesetzt haben.*

Ein Mann mit Smoking stand vor der Tür und nahm die Einladungskarten entgegen. Er fragte nicht nach den Einladungskarten des Bürgermeisters und seiner Frau, was Carlucci in seiner Annahme bestätigte, daß er vermutlich ein Ex-Polizist war, der jetzt für die Wachenhut Security oder einen anderen Sicherheitsdienst arbeitete.

Das Empfangskomitee bestand aus Mr. und Mrs. Brewster Cortland Payne II., Miss Martha Peebles und Mr. – Captain – David Pekach.

»Mrs. Carlucci, Mr. Mayor«, sagte Payne. »Wie nett, Sie zu sehen.«

Payne und Pekach trugen Smokings.

Vermutlich trägt jeder hier außer mir einen Smoking, dachte der Bürgermeister. *Aber ich konnte nicht in der Leichenhalle mit einem Smoking herumlaufen. Jeder hätte dann vermutet, daß ich anschließend gleich zu einer lustigen Party fahre.*

»Wir freuen uns, hier zu sein, und wir danken für die Einladung, Mr. Payne.«

»Sie kennen meine Frau, nicht wahr? Und Miss Peebles?«

»Wie geht es Ihnen, Angeline?« fragte Mrs. Patricia Payne. »Mir gefällt Ihr Kleid.«

Patricia Payne und Martha Peebles trugen ähnliche schwarze, schulterfreie Cocktailkleider. Martha Peebles trug eine zweireihige Perlenkette, die bis ins Tal zwischen ihren Brüsten reichte, und Mrs. Payne trug eine nur einreihige Perlenkette.

Klasse Titten, dachte der Bürgermeister beim Anblick von Miss Peebles. *Schöne Frau. Auch ohne das Geld eine gute Partie für Dave Pekach.*

Und dann dachte er leicht pikiert: *Ja, natürlich kenne ich deine Frau. Ich kenne sie länger als du. Ich trug den Sarg mit ihrem ersten Mann aus der St.-Dominic's-Kapelle, als wir ihn beisetzten. Und wir kennen uns so lange, daß es Zeit wird, daß du mich ›Jerry‹ nennst.*

»Wie kommt es, Patricia, daß Sie immer noch wie ein Mädchen aussehen?« fragte Angeline Carlucci mit ehrlicher Bewunderung.

Der Bürgermeister sah plötzlich vor seinem geistigen Auge das bleiche, kummervolle Gesicht der jungen Witwe von Sergeant John X. Moffitt, der im Dienst von einem Gangster erschossen worden war, und er glaubte noch einmal ihre Tränen zu sehen, als der Sarg ins Grab gesenkt wurde.

Das ist lange her. 25 Jahre. Ich war Captain bei der Highway Patrol, als Jack Moffitt erschossen wurde.

Angie hat recht. Sie sieht gut aus. Wirklich gut. Sie ist jetzt eine Lady der High-Society, nicht mehr die Witwe eines Cops, die bei ihrer Familie in der Nähe des Roosevelt Boulevard wohnte.

»Es freut mich, daß Sie kommen konnten«, sagte Martha Peebles zu Angeline Carlucci.

»Oh, Jerry hätte sich das um nichts in der Welt entgehen lassen«, sagte Angeline.

»Bestimmt nicht«, pflichtete der Bürgermeister ihr bei. »Danke für die Einladung, Miss Peebles.«

»Oh, sagen Sie bitte Martha«, sagte Miss Peebles, als sie ihm die Hand reichte.

Dann begrüßte der Bürgermeister Captain Pekach mit Handschlag.

»Mensch, sehen Sie schick aus, Dave«, sagte er.

»Mr. Mayor.«

»Es gibt Gerüchte, daß irgendein unglückliches Mädchen, das nicht weiß, worauf es sich einläßt, eingewilligt hat, Sie zu ehelichen. Ist da etwas dran?«

Martha Peebles kicherte. Dave Pekach blickte zu ihr und lächelte den Bürgermeister gezwungen an, sagte jedoch nichts.

Ein Kellner in weißem Jackett wartete am Ende des Empfangskomitees mit einem Tablett, auf dem Gläser mit Champagner standen. Angeline nahm ein Glas. Der Kellner, der dem Bürgermeister die Unentschlossenheit ansah, sagte: »Da ist eine Bar im Wohnzimmer zu Ihrer Linken, Sir.«

»Ein kleiner Champagner ist prima«, sagte der Bürgermeister und nahm ein Glas. »Aber vielen Dank für die Information.«

9

Bürgermeister Carlucci brauchte fünf Minuten, um sich einen Weg durch die Eingangshalle zur Bar im Wohnzimmer zu bahnen, und weitere fünf Minuten, um jemanden zu finden, bei dem er Angie zurücklassen und zu seinem Ziel gelangen konnte.

Er wünschte, mit Chief Inspector Dennis V. Coughlin, Chief Inspector Matthew Lowenstein und Inspector Peter Wohl zu sprechen, am besten in dieser Reihenfolge. Er hatte vor, erst Denny zu suchen und dann Fellows zu beauftragen, die anderen zu holen, aber das Glück war mit ihm. Die drei standen zusammen in einer Ecke des Wohnzimmers – *nicht überraschend, denn gleich und gleich gesellt sich gern* –, und es gab einen Bonus. Bei ihnen waren Chief Inspector (im Ruhestand) August Wohl, Detective Matthew M. Payne und Mr. Michael O'Hara vom *Bulletin.*

Die Chief Inspectors Coughlin, Lowenstein und Wohl trugen Straßenanzüge. Inspektor Wohl und Detective Payne hatten Smokings an. Mr. O'Hara trug ein buntkariertes Sakko von der Art, wie Gentlemen sie tragen, die auf Pferderennbahnen heiße Tips geben.

Nicht überraschend, dachte der Bürgermeister. *Dave Pekach arbeitet für Peter Wohl, und Peter hätte sich einen Smoking für diesen Anlaß geliehen, wenn er keinen eigenen hatte, aber vermutlich besitzt er einen, denn er ist Junggeselle, braucht keine Familie zu ernähren und kann sich einen Smoking leisten. Und Detective Payne ist nicht nur ebenfalls Junggeselle, der keine Familie ernähren muß, sondern er ist nicht mal auf das Gehalt eines Detectives angewiesen. Sein Vater, sein Adoptivvater, ist Brewster Cortland Payne II.*

Der Bürgermeister überreichte Inspector Wohl sein Champagnerglas.

»Entfernen Sie das bitte für mich, Mac?« fragte er, als nehme er an, jeder mit Smoking müßte ein Kellner sein. »Besorgen Sie mir einen kleinen Scotch, und schenken Sie meinen Freunden eine Runde dessen ein, was sie trinken.«

»Guten Abend, Mr. Mayor«, sagte Peter Wohl, während die anderen lachten.

»Mein Gott, wie man sich irren kann«, sagte der Bürgermeister in gespielter Bestürzung. »Das ist ja gar kein Kellner. Wir haben hier einen Cop mit Smoking. Ich hätte ihn nie erkannt.«

»Zwei Cops mit Smoking, Jerry«, sagte Chief August Wohl. »Drei mit Dave Pekach. Die Polizei bekommt Klasse.«

Als Bürgermeister Carlucci bei der Polizei Karriere gemacht hatte, war Chief Inspector August Wohl sein Mentor und Beschützer gewesen. ›Wohl war Carluccis Rabbi‹ hatte man es formuliert. Es hieß, natürlich hinter vorgehaltener Hand, aber ganz treffend, daß Chief Wohl Carlucci nicht nur bei der Karriere geholfen, sondern auch mindestens zweimal dafür gesorgt hatte, daß die Karriere nicht abrupt beendet worden war.

Und Inspector, dann Chief Inspector, dann Deputy Commissioner und schließlich Commissioner Carlucci war der Rabbi für die Chiefs Coughlin und Lowenstein gewesen, als sie sich in der Hierarchie hinaufgearbeitet hatten. Detective Payne hatte – wie es hieß – zwei Rabbis: Chief Coughlin und Inspector Wohl.

Paynes Beziehung mit Wohl war die traditionelle. Wohl sah in ihm einen guten Cop, der mit Anleitung und Erfahrung ein guter ranghoher Polizeibeamter werden würde. Seine Beziehung zu Chief Dennis V. Coughlin war etwas anderes. Coughlin war John Francis Xavier Moffitts bester Freund gewesen, seit sie auf der Polizeiakademie gewesen waren. Er war sein Trauzeuge gewesen, und er hatte Patricia Moffitt, die mit Matt schwanger gewesen war, die schreckliche Nachricht vom Tod ihres Mannes überbracht. Fast jeder – einschließlich Jerry Carlucci – hatte gedacht, daß die Witwe Moffitt nach der Trauerzeit den besten Freund ihres verstorbenen Mannes heiraten würde. Man brauchte kein Sherlock Holmes zu sein, um an seinen Blicken und seinen Worten über sie zu schließen, was er für sie empfand.

Patty Moffitt hatte jedoch Brewster Cortland Payne II. kennengelernt, in dessen väterlicher Anwaltskanzlei sie als Stenotypistin gearbeitet hatte. Er war vier Monate zuvor Witwer geworden, als seine Frau bei einem Verkehrsunfall ums Leben gekommen war.

Ihre Heirat hatte beide Familien erzürnt. Der Verlust eines Ehepartners rechtfertigte nicht eine hastige Heirat über eine große Kluft von gesellschaftlichen und religiösen Unterschieden hinweg. Man war allgemein der Ansicht, daß die Ehe nicht lange gutgehen würde, und darin sahen viele den Grund dafür, daß Denny Coughlin nie geheiratet hatte: Er wartete immer noch auf Patty Moffitt.

Die Ehe ging gut. Payne adoptierte Matthew Mark Moffitt

und gab ihm seinen Namen und seine Liebe. Denny Coughlin heiratete nie. Er und Brewster Payne wurden Freunde, und er war für alle Payne-Kinder Onkel Denny.

Der Bürgermeister schüttelte allen die Hand. Ein Kellner tauchte auf. Der Bürgermeister gab ihm sein Champagnerglas und bat um einen kleinen Scotch. Inspector Wohl und Detective Payne nahmen jeder ein Glas mit Champagner vom Tablett des Kellners.

»Wie geht's, Bürgermeister?« fragte Mickey O'Hara.

»Lesen Sie das und raten Sie mal«, sagte der Bürgermeister, nahm einen Zeitungsausschnitt aus der Jackentasche und gab ihn O'Hara.

O'Hara las den Artikel und gab ihn dem Bürgermeister zurück, der ihn an Chief Wohl weiterreichte.

»Sie alle sollten das lesen«, sagte der Bürgermeister.

WEITERE UNGELÖSTE MORDE; KEINE FESTNAHMEN UND ›KEIN KOMMENTAR‹

Von Charles E. Whaley

Reporter des Philadelphia Ledger

Captain Henry O. Quaire, Leiter der Mordkommission des Philadelphia Police Department, verweigerte einen Kommentar zu Gerüchten, die bei der Polizei die Runde machen, daß gegen einen Detective der Mordkommission wegen der brutalen Ermordung von Police Officer Jerome H. Kellog ermittelt wird. Chief Inspector Matthew Lowenstein, der Leiter der Kriminalpolizei, war ›dienstlich außerhalb der Stadt‹, als dieser Reporter mit ihm Kontakt aufnehmen wollte.

Kellog, 33, der beim Rauschgiftdezernat arbeitete, wurde am Freitagmorgen in seinem Haus in der West Luray Street 300 mit mehreren Schußwunden im Kopf aufgefunden. Sein Tod wurde als ›vorsätzlich herbeigeführt‹ bezeichnet, was die Polizeisprache für Mord ist.

Sofort machten Gerüchte die Runde, daß ein Detective der Mordkommission, der angeblich eine Affäre mit Officer Kellogs Frau hat, ein Hauptverdächtiger in dem Mordfall ist. Obwohl eine große Zahl seiner Kollegen Officer Kellog heute nachmittag in der Leichenhalle John J. Fluehr & Sons die letzte Ehre erwiesen, darunter ein Dutzend Beamte mittleren Rangs, war keiner der ranghöchsten Beamten der Polizei anwesend.

Ihre Abwesenheit führte zu einem weiteren Gerücht, daß Officer Kellog nicht die Beisetzung zuteil wird, die manchmal ›Inspectors-Beerdigung‹ genannt und normalerweise Polizeibeamten gewährt wird, die in Erfüllung ihrer Pflicht ums Leben kamen.

Captain Robert F. Talley, Leiter des Rauschgiftdezernats, der sich kurz in der Leichenhalle sehen ließ und Officer Kellogs Witwe begleitete, verweigerte jeden Kommentar.

Captain Quaire erklärte auf die Frage, ob Officer Kellog eine ›Inspectors-Beerdigung‹ versagt bleibt, daß Kellog nicht im Dienst ums Leben kam und daß noch keine Entscheidung in dieser Sache getroffen worden sei, soweit er das wisse. Er sagte, Police Commissioner Taddeus Czernick genehmige oder verweigere eine offizielle polizeiliche Beisetzung, und alle Fragen bezüglich dieses Themas sollten an ihn gestellt werden.

Als der Reporter des *Ledger* Commissioner Czernicks Büro anrief, erhielt er die Auskunft, daß der Commissioner nicht anwesend sei und man nicht wisse, wann er zur Beantwortung von Fragen der Presse zur Verfügung stehe.

Kellog wird morgen nach einer Trauerfeier in der Memorial Presbyterian Church of Fox Chase auf dem Lawnview Cemetery in Rockledge beigesetzt.

Quaire sagte ebenfalls, daß die Mordkommission ›aktiv beteiligt‹ an den Ermittlungen wegen der Ermordung von Mrs. Alicia Atchison und Anthony J. Marcuzzi ist, die gestern gegen Mitternacht in einem Restaurant in der Innenstadt ums Leben kamen, aber die Polizei war noch nicht in der Lage, die beiden Männer, die Gerald N. Atchison, Mrs. Atchisons Ehemann und der Besitzer des Restaurants, als die Mörder beschrieb, zu identifizieren, geschweige denn festzunehmen.

»Warum sind Sie überrascht?« fragte O'Hara. »Sie wissen doch, daß der Ledger auf Sie losgeht, wann immer sich die kleinste Möglichkeit bietet.«

»Es interessiert mich nicht, wenn er auf mich losgeht«, sagte der Bürgermeister, »aber es ist verdammt unter der Gürtellinie, in die Zeitung zu setzen, daß Kellogs Witwe fremdgegangen ist. Haben Sie von diesen Gerüchten gehört?«

O'Hara nickte.

»Haben Sie darüber geschrieben?« fragte der Bürgermeister. »Oder haben Sie das Gefühl, Ihre Leser haben ein Recht darauf, zu erfahren, daß die Witwe mit einem anderen Cop schläft?«

O'Hara schüttelte den Kopf.

»Na also, Mick«, sagte der Bürgermeister zufrieden. »In diesem gottverdammten Artikel schreibt dieser Hurensohn, daß die Witwe ein Flittchen ist ...«

»Das ist ein bißchen übertrieben, Jerry«, wandte Chief August Wohl ein.

»Wie bezeichnet man es, wenn eine verheiratete Frau mit einem anderen Mann vögelt?« fragte der Bürgermeister sarkastisch. »Und da wir gerade bei diesem Thema sind, Lowenstein, wie kommt es, daß weder Sie noch Quaire Detective Milham gesagt haben, er soll seinen Pimmel in der Hose behalten?«

Chief Lowenstein stieg das Blut in die Wangen.

»Jerry, ich finde, diese privaten Dinge gehen mich nichts an.«

»Vielleicht sollten Sie sich aber dafür interessieren«, blaffte der Bürgermeister. »Ich weiß nicht, ob ich einen Detective um mich haben möchte, dessen Frau sich scheiden ließ, weil er ihre Schwester vögelte, und als nächstes Versteck-die-Salami mit der Frau eines Kollegen spielte. Das sagt etwas über seinen Charakter aus, finden Sie nicht auch?«

Lowensteins Gesicht war jetzt hochrot.

Chief Wohl legte Lowenstein kurz die Hand auf den Arm, um ihn von einer Erwiderung abzuhalten. Wenn Jerry Carlucci ärgerlich war, hatte es keinen Sinn, sich mit ihm zu streiten.

»Immer mit der Ruhe, Jerry«, sagte Chief Wohl.

Matt Payne blickte zu Chief Coughlin. Coughlin bewegte kurz den Kopf, als wollte er ihm signalisieren, daß es besser war, die Runde zu verlassen. Matt überlegte, ob er die Geste richtig verstanden hatte, als er von der ärgerlichen Stimme des Bürgermeisters abgelenkt wurde, der zu Chief Wohl sagte:

»Für wen, zum Teufel hältst du dich, daß du es wagst, mich zur Ruhe zu ermahnen?«

»Nun, zum einen bin ich größer als du«, sagte Chief Wohl lächelnd, »und zum anderen klüger. Und ich sehe besser aus.«

Carlucci starrte ihn wütend an.

»Matty«, sagte Chief Coughlin. »Deine Freundin erdolcht dich mit Blicken. Vielleicht solltest du dich um sie kümmern.«

Matt sah sich um, konnte Penny Detweiler jedoch nirgendwo sehen. Das überraschte ihn nicht. Coughlin gab ihm zu verstehen, daß ein popeliger Detective nicht dabeisein sollte, wenn es einen Streit zwischen den ranghohen Polizeibeamten und dem Bürgermeister gab.

»Entschuldigen Sie mich bitte«, sagte er.

»Sie haben einige gute Arbeit geleistet, Payne«, lobte der Bürgermeister. »Das ist nicht unbemerkt geblieben.«

Carlucci wartete, bis Matt außer Hörweite war.

»Wissen Sie, was dieser junge Mann getan hat, Mickey? Nicht zur Veröffentlichung freigegeben?«

»Nein«, sagte O'Hara und lachte. »Was hat dieser junge Mann getan, das nicht zur Veröffentlichung freigegeben ist?«

»Peter hier hat eine Überwachungsaktion durchführen lassen«, begann Carlucci.

»Wer wurde überwacht?« fragte O'Hara.

»Darauf komme ich gleich. Jedenfalls hatten sie ein Mikrofon an einem Fenster befestigt, und es löste sich. Das Fenster befand sich im dreizehnten Stock, das vergaß ich zu erwähnen. Und was macht Payne? Er geht ins Nebenzimmer, klettert auf den Fenstersims und befestigt das Mikro. Na, ist das Mumm, Mickey?«

»Das hatte ich noch nicht gehört«, sagte Coughlin und blickte Peter Wohl an.

»Ich auch nicht«, bekannte Peter.

»Er wußte, was getan werden mußte, und er tat es«, sagte der Bürgermeister anerkennend. »Das zeichnet einen guten Cop aus.«

»Oder einen verdammten Idioten«, sagte O'Hara. »War es so wichtig?«

»Was, zum Teufel, könnte so wichtig sein? Er hätte dabei draufgehen können«, sagte Coughlin.

»Es stellte sich heraus, daß es so wichtig war«, entgegnete Carlucci. »Wenn er das Mikrofon nicht wieder befestigt hätte, dann hätten wir nicht aufnehmen können, was wir jetzt auf Band haben. Tony Harris sagte mir das, als er mir heute morgen die Bänder gab.«

»Was ist darauf?« fragte Coughlin.

»Genug, um die Anklage für begründet zu erklären und einen Anklagebeschluß zu erreichen, sagte mir Tony Callis.«

Der Ehrenwerte Thomas J. ›Tony‹ Callis war der Distrikt Attorney der Philadelphia County.

»Gegen wen?« fragte O'Hara.

»Noch nicht, Mickey, aber Sie werden es als erster erfahren, vertrauen Sie mir. Die Haftbefehle werden ausgestellt. Peter, ich denke, Sie sollten Payne mitnehmen, wenn Sie und Weisbach sie vorlegen; er hat ein Recht darauf.«

Wenn ich und Weisbach sie vorlegen? dachte Wohl. *Was hat das zu bedeuten?*

»Wem sollen sie die Haftbefehle vorlegen?« fragte O'Hara.

»Ich sagte Ihnen, Mickey, daß Sie es als erster erfahren, aber nicht jetzt. Im Augenblick können Sie das hier haben.«

Der Bürgermeister zog ein gefaltetes Blatt Papier aus der Innentasche seines Jacketts und überreichte es O'Hara. »Ich hörte, die ersten davon werden am Morgen ausgegeben. Sie wissen nicht, woher Sie dieses Exemplar haben«, sagte er.

O'Hara entfaltete das Blatt. Es war eine Presseverlautbarung.

POLICE DEPARTMENT

CITY OF PHILADELPHIA

PRESSEVERLAUTBARUNG

Police Commissioner Taddeus Czernick kündigte heute eine bedeutende Umorganisation der innerbehördlichen Kontrollinstanzen der Polizei an, die mit der Pensionierung von Chief Inspector Harry Allgood, dem gegenwärtigen Leiter der Internal Affairs Division in Kraft tritt. Chief Allgood wird morgen in den Ruhestand treten.

»Das Vertrauen der Öffentlichkeit in die absolute Integrität ihrer Polizei ist unsere wichtigste Waffe im Krieg gegen das Verbrechen«, erklärte Commissioner Czernick.

»Eine neue Abteilung, die Ethical Affairs Unit (EAU) ist gebildet worden. Sie wird geleitet von Staff Inspector Michael Weisbach, der mir direkt jeden Verstoß gegen die hohen ethischen Maßstäbe berichten wird, die von der Öffentlichkeit, von mir und Bürgermeister Carlucci an das Verhalten von unseren Polizeibeamten gestellt werden«, fuhr Commissioner Czernick fort.

»Ich habe Inspector Peter Wohl, den Leiter der Special Operations Division, angewiesen, Staff Inspector Weisbach zur Erfüllung seiner neuen Aufgabe mit allem zu unterstützen, was der Special Operations Division, welche die Highway Patrol, die Anti-Crime Teams und die Special Operations Investigation Section einschließt, zur Verfügung steht.

Die Abteilung Interne Angelegenheiten wird sich weiterhin mit Beschwerden aus der Öffentlichkeit hinsichtlich ungehöriger Aktionen von Polizeibeamten beschäftigen«, schloß Commissioner Czernick.

»Was ist das, Jerry?« fragte Chief Wohl.

»Zeigen Sie's ihm, Mickey«, sagte der Bürgermeister. O'Hara gab Chief Wohl die Presseverlautbarung.

»Kann ich das jetzt benutzen, oder muß ich darauf sitzenbleiben, bis jeder es hat?« fragte O'Hara.

»Was können Sie benutzen?« Der Bürgermeister tat erstaunt. »Ich habe Ihnen nichts gegeben.«

»Okay«, sagte O'Hara. »Ich wäre gern dabei, Peter, wenn Sie und Weisbach die Festnahmen durchführen.«

»Ich bin überzeugt, daß Peter das arrangieren kann, Mickey«, sagte der Bürgermeister. »Nicht wahr, Peter?«

»Jawohl, Sir«, sagte Wohl, nahm die Presseverlautbarung von seinem Vater entgegen und las sie.

»Es würde mich überhaupt nicht überraschen, wenn Sie am Morgen Staff Inspector Weisbach in Peters Büro antreffen würden«, sagte der Bürgermeister.

»Ich muß telefonieren«, erwiderte O'Hara.

»Matt«, sagte Carlucci zu Chief Lowenstein, »Haben Sie Probleme mit Commissioner Czernicks Umbildungsplan?«

»›*Commissioner Czernicks* Umbildungsplan?‹« wiederholte Lowenstein spöttisch. »Nein, nein, Jerry. Ich weiß, woher der Commissioner seine Ideen bekommt, und ich würde nicht im Traum seine kleinen Einfälle in Frage stellen.«

Chief Wohl lachte.

»Aber ich möchte wissen, was los ist«, fügte Lowenstein hinzu.

»Nun, offenbar sagte sich der Commissioner, daß durch Allgoods Pensionierung die Abteilung Interne Angelegenheiten umorganisiert werden muß.«

»Warum?« setzte Lowenstein nach.

»Um es klipp und klar zu sagen, Matt, weil sie nicht tat, was sie tun soll.«

»Haben Sie etwas Konkretes?«

»Ja, ich habe etwas Konkretes«, sagte Carlucci unwirsch.

»Diese Überwachung, die von Peter durchgeführt wurde und erfolgreich war, weil Payne im dreizehnten Stock auf den Fenstersims kletterte und das Mikro wieder befestigte, war ergiebig. Auf den Bändern ist eine Unterhaltung zwischen Lieutenant Seymour Meyer vom Sittendezernat – Ihr Freund, Matt – und Paulo Cassandro. Sie wissen, wer Paulo Cassandro ist, nicht wahr?«

»Ruhig bleiben, Jerry«, sagte Chief Wohl.

»Ich weiß, wer Paulo Cassandro ist«, sagte Lowenstein leise.

»Sie sprachen darüber, Matt, daß Meyer und sein Kumpel, Captain Vito Cazerra – Sie kennen Cazerra, nicht wahr, Matt, den Leiter des 6. Distrikts?«

Lowenstein schwieg.

»Ich habe Sie gefragt, ob Sie Captain Cazerra kennen«, blaffte der Bürgermeister.

»Ja, ich kenne ihn«, sagte Lowenstein.

»Wie ich schon sagte, wir haben jetzt ein Band, auf dem Meyer Cassandro sagt, daß er und Cazerra der Ansicht sind, daß sie nicht genug Geld vom Mob bekommen, weil sie eine polnische Hure aus Hazleton namens Harriet Osadchy einen Callgirlring in unseren besten Hotels betreiben lassen. Sie kennen Harriet Osadchy, Matt?«

»Nein, ich kenne sie nicht«, sagte Lowenstein.

»Wir haben auch jede Menge auf Band von Ihrem Freund Meyer mit einem halben Dutzend von Harriet Osadchys Huren im Bett.«

»Mein Gott!«

»Nun, ich und Sie und Commissioner Czernick, wir alle wissen, wie schwierig es ist, jemanden zu überführen, der Geld nimmt. Aber der Commissioner war sehr enttäuscht, als er erfuhr, daß die Abteilung Interne Angelegenheiten Meyer nicht genau im Auge behielt, obwohl sie einen anonymen Anruf erhielt, daß der Hurensohn Osadchys Nutten in jedem Hotel in der Innenstadt vögelt.«

»Sie erhält alle möglichen anonymen …«

»Verdammt, Matt«, brauste Carlucci auf, »kommen Sie mir nicht mit Ausreden.«

»... Anrufe«, fuhr Lowenstein unerschrocken fort. »Viele Anrufe von verärgerten Leuten, die ihre Wut abreagieren wollen.«

»Nun, diese verärgerte Person – Peter meint, ein Cop im Ruhestand, der als Sicherheitsmann in einem Hotel arbeitet – war so sauer, nachdem er die Abteilung Interne Angelegenheiten anrief und nichts geschah, daß er mir einen Brief schrieb.«

»Und Sie setzten Ihr eigenes privates Detektivbüro auf die Sache an«, sagte Lowenstein bitter.

»Mein eigenes Detektivbüro?« entgegnete Carlucci eisig. »Ich weiß nicht, wovon Sie reden, Lowenstein. Aber wenn Sie ein Problem mit Commissioner Czernick haben, wenn er die Special Operations bittet, sich etwas anzusehen, das ich ihm gab und von dem weder Ihre Kripo noch die Abteilung Interne Angelegenheiten etwas gehört hat, warum bitten Sie den Commissioner dann nicht um einen Termin und diskutieren es mit ihm?«

Spannung lag in der Luft, als es aussah, als würde Chief Lowenstein, der dem Bürgermeister in die Augen starrte, etwas erwidern.

»Jerry, wie wird die Beziehung zwischen EAU und der Special Operations Division – ich meine die Beziehung zwischen Peter und Weisbach – nach dieser Umorganisation sein?« fragte Chief August Wohl.

Hat er die Frage gestellt, um das Thema zu wechseln und die Situation zu entschärfen? dachte Peter Wohl. *Oder betrachtet er die Umorganisation als Bedrohung meiner Karriere?*

Die Frage lenkte Bürgermeister Carlucci ab. Er blickte verwirrt zu Chief Wohl.

»Warte mal einen Moment, Augie«, sagte Carlucci und starrte Lowenstein wieder an.

»Lowenstein und ich sprachen über den Commissioner«, fuhr er fort. »Der Commissioner und ich sprachen heute morgen über die Nachtberichte. Wenn er die Zeit finden kann, bringt er sie bei meinem Büro vorbei, um mich auf dem laufenden zu halten.«

Es war allgemein bekannt, daß der Bürgermeister bei seinem Eintreffen im Büro erwarten konnte, den Polizeichef in seinem Vorzimmer wartend vorzufinden. Der Tag des Commissioners begann erst, wenn der Bürgermeister mit ihm fertig war.

»Und der Commissioner hatte eine Idee. Haben Sie heute morgen die Nachtberichte gesehen, Chief Lowenstein?«

Lowenstein nickte.

»Verzeihung, ich habe nichts gehört, Chief.«

»Jawohl, Sir. Ich habe die Nachtberichte gesehen«, sagte Lowenstein.

»Ist Ihnen der Doppelmord in der Inferno Lounge in der Market Street aufgefallen?«

»Ich war am Tatort.«

»Ach, ja, das stimmt. Dann ist Ihnen bekannt, daß Detective Payne als erster Cop am Tatort war?«

»Das habe ich gesehen.«

»Nun, der Commissioner sah es ebenfalls, und er fragte mich, was ich davon halte, Peter zu bitten, Payne zur Mordkommission zu schicken, natürlich nur wenn er ihn entbehren kann, damit er Detective Milham bei der Ermittlung hilft. Milham hat den Fall, ist das richtig? Ihr Detective, der den Pimmel nicht in der Hose behalten kann?«

»Detective Milham hat den Fall«, sagte Lowenstein mit gepreßter Stimme.

»Aha. Nun, der Commissioner sagte, wenn Peter Detective Payne dort rüberschickt, kann er vielleicht lernen, wie eine Ermittlung der Mordkommission durchgeführt wird. Und Payne ist ein heller Junge, der vielleicht auch noch andere Dinge lernt. Wie andere Ermittlungen bei der Mordkommission durchgeführt werden, zum Beispiel. Dinge, die für Peter und Weisbach bei ihren neuen Aufgaben von Interesse sein würden.«

»Ist dir klar, daß du den Jungen in eine höllische Klemme bringst, Jerry, wenn du ihn auf diese Weise zur Mordkommission schickst?« fragte Chief Wohl. »Es wird allerhand Groll gegen ihn geben.«

»Augie, ich bin überzeugt, daß der Commissioner daran gedacht hat«, erwiderte der Bürgermeister. »Außerdem habe ich Czernick gesagt, daß er als Commissioner die Polizei führen kann, wie es ihm beliebt, und daß er tun kann, was er will. Wenn der Commissioner sich entscheidet, Inspector Wohl zu bitten, Detective Payne zur Mordkommission zu schicken, wird das irgendein Problem für Sie sein, Chief Lowenstein?«

Lowenstein hatte jetzt seinen Zorn und seine Stimme unter Kontrolle.

»Ich habe kein Problem, Sir, mit irgendeiner Entscheidung von Commissioner Czernick«, sagte er ruhig.

»Gut«, sagte der Bürgermeister. »Wie nennt man das? ›Freudiger, bereitwilliger Gehorsam?‹« Er wandte sich an Chief Wohl. »Du hast gefragt, Augie, welche Beziehung Peter zu der Ethical Affairs Unit haben wird?«

»Die Presseverlautbarung war nicht sehr klar in diesem Punkt.«

»Ich dachte, es war perfekt klar. Peter und Weisbach haben schon zusammengearbeitet, und ich kann mir nicht vorstellen, daß sie irgendwelche Probleme haben werden.«

Oh, Scheiße! dachte Peter. *Das bedeutet, daß ich in der schlimmstmöglichen Position bin. Ich habe die Verantwortung, aber keine Befugnis.*

»Ich dachte, ich hätte dir vor Jahren beigebracht, Jerry«, sagte Chief Wohl, als hätte er die Gedanken seines Sohnes erraten, »daß man einem leitenden Beamten nichts Schlimmeres antun kann, als ihm Verantwortung ohne die notwendigen Befugnisse zu geben.«

Die Miene des Bürgermeisters verriet, daß es ihm mißfiel, erinnert zu werden, daß ihm jemals von irgend jemandem etwas beigebracht worden war.

»Vielleicht hast du recht, Augie«, sagte Carlucci. »Vielleicht war das nicht ganz klar formuliert. Die Ethical Affairs Unit ist der Special Operations Division unterstellt. Weisbach berichtet mir direkt, aber er arbeitet für Peter. Sie verstehen das, Peter?«

»Jawohl, Sir.«

Carlucci blickte sich um.

»Ah, da ist Angie«, sagte er. »Ich gehe besser zu ihr. Sie mag es nicht, wenn ich zu lange wegbleibe.«

Er ging davon.

»Scheiße«, sagte Chief Lowenstein, als der Bürgermeister außer Hörweite war.

»Das trifft genau, was ich denke, Chief«, sagte Peter Wohl.

»Payne zur Mordkommission zu schicken, ist ihm gerade erst eingefallen«, sagte Lowenstein.

»Damit wollte er Sie erinnern, wer die Polizei leitet«, sagte Chief Wohl. »Er dachte, Sie haben das vielleicht vergessen.«

»Ich weiß, wer bei der Polizei das Sagen hat«, erwiderte Lowenstein.

»Sie hätten nicht mit ihm streiten sollen«, sagte Chief Wohl. »Nicht über Seymour Meyer und dann nicht über Wally Milham. Er weiß, daß Meyer ein dreckiger Cop ist, und er hält Milham für einen. Und er irrt sich nie, besonders wenn ihm der Kamm schwillt. Sie wissen das, Matt.«

»Mein Gott«, sagte Lowenstein.

»Nur deshalb schickt er Payne zur Mordkommission«, fügte Chief Wohl hinzu. »Es fiel ihm auf die schnelle nichts anderes ein, das Sie wütender machen und daran erinnern würde, wer bei der Polizei das Sagen hat.«

»Ich bedaure, Sir«, sagte der stämmige Mann mit dem Smoking lächelnd, als er zwei junge, festlich gekleidete Paare über den Flur des ersten Stocks im Peebles-Herrenhaus kommen sah. »Dieser Teil des Hauses ist für den Abend geschlossen.«

»Alles in Ordnung«, sagte Matt Payne, »ich bin Polizeibeamter und überprüfe die Waffensammlung.«

Mit dieser Antwort hatte der stämmige Mann nicht gerechnet, das war ihm anzusehen.

»Können Sie sich bitte irgendwie ausweisen?« fragte er.

»Gewiß.« Matt zeigte ihm seine Dienstmarke. »Sie sind von Wachenhut?«

Daffy (Mrs. Chadwick T.) Nesbitt IV. kicherte.

»Pinkerton«, sagte der stämmige Mann und gab den Weg frei.

»Danke«, sagte Matt, steckte das Etui mit der Dienstmarke weg und ergriff die Hand von Miss Penelope Detweiler. Er führte sie und die Nesbitts fast bis zum Ende des langen Flurs und öffnete dann eine Tür zur Rechten.

»Mit den Waffen hier drinnen könnte man einen Krieg führen«, sagte Matt, als er das Licht einschaltete und Penny mit einer Geste zum Eintreten aufforderte.

»Mensch, sieh dir das an!« rief Chad.

»Das war widerlich«, sagte Penny.

»Was war widerlich, Liebe meines Lebens?« fragte Matt. Seine Stimme klang gereizt.

»Daß du dich als Cop aufspielst«, sagte Penny. »Wir sollten nicht hiersein.«

»Sieh mal«, entgegnete Matt, »Chad wollte die Waffen sehen. Wenn wir zu Martha gegangen wären – wenn wir sie überhaupt bei all den Leuten unten gefunden hätten – und sie gefragt hätten, ob wir uns die Waffen ansehen dürfen, dann hätte sie ›na klar‹ gesagt. Dann wären wir hier raufgegangen, der Pinkertonknabe hätte uns nicht ohne schriftliche Erlaubnis durchgelassen und dann hätte ich ihm meine Dienstmarke gezeigt. Okay?«

»Du meinst, diese verdammte Dienstmarke macht dich zu etwas Besonderem«, sagte Penny.

»Penny, manchmal gehst du mir auf den Geist«, erwiderte Matt.

»He!« sagte Daffy. »Hört auf, ihr beiden!«

»Die Schränke sind abgeschlossen«, stellte Chad enttäuscht fest.

»Die Kronjuwelen von England werden auch eingeschlossen«, sagte Matt. »Ich habe mir sagen lassen, sie sollen wertvoll sein.«

»Sind diese Waffen wertvoll?« fragte Penny.

»Einige der antiken sind wirklich Geld wert«, antwortete Matt. »Das sind Museumsstücke.«

»Aber was hat ihr Vater mit all den Dingern gemacht?« fragte Penny.

»Sie betrachtet«, sagte Matt. »Einfach den Anblick genossen.«

»Was ist denn das?« fragte Chad und wies in eine Glasvitrine, die innen mit Samt ausgeschlagen war. »Sieht aus wie ein Scharfschützengewehr mit Zielfernrohr.«

Matt ging hin und sah sich die Waffe an.

»Die kenne ich«, sagte er. »Der Große Weiße Jäger hat sie mir persönlich gezeigt. »Es ist ein Springfield-Gewehr Kaliber .30 – wohlgemerkt kein .30-06 – Modell von 1900. Als Roosevelt, der erste Roosevelt, von Kuba zurückkam und zum Präsidenten gewählt wurde …«

»Was um alles in der Welt labert ihr da?« fragte Penny.

»Schalte deine Quasselautomatik aus, ja? Ich rede mit Chad.«

»Leck mich!«

»Bevor ich so rüde unterbrochen wurde, Chad, wollte ich sagen: Als Roosevelt das Feldzeugkorps Lizenzgebühren an Mauser zahlen ließ, um die spanischen 7mm, die in Kuba benutzt wurden, herzustellen, machte die Springfield-Waffenfabrik einen Probelauf. Ich glaube, zwanzig Gewehre, sagte er. Eines davon erhielt Roosevelt, der zu dieser Zeit Präsident war. Das ist diese Waffe. Gott allein weiß, wieviel sie wert ist. Marthas Vater erzählte mir, er brauchte drei Jahre, um Roosevelts Tochter zu überreden, sie ihm zu verkaufen, als er herausgefunden hatte, daß sie in ihrem Besitz war.«

»Sind wir jetzt fertig?« fragte Penny.

»Penny!« tadelte Daffy.

»*Wir* sind nicht fertig, Liebe meines Lebens«, sagte Matt, überhaupt nicht unfreundlich. »*Du* bist vielleicht fertig, aber *ich* habe mit Chad soeben erst mit dem Besichtigungsrundgang angefangen.«

»Ich will nach unten gehen, hier oben langweile ich mich.«

»Und ich langweile mich unten.«

»Du hast dich anscheinend nicht gelangweilt, als du dem Bürgermeister in den Arsch gekrochen bist.«

»Viel Spaß unten, Penelope«, sagte Matt. »Paß auf, daß dir der Türgriff nicht auf den Arsch knallt, wenn du rausgehst.«

Penny zeigte ihm den Mittelfinger und verließ den Waffenraum.

»Du hast recht, Matthew, mein Junge«, sagte Chadwick Thomas Nesbitt IV. »Gelegentlich, und dies ist offenkundig so ein Zeitpunkt, kann einem unsere geliebte Penny gewaltig auf den Geist gehen.«

»Ich nehme an, sie hat ihre Tage«, sagte Matt.

Chad lachte.

»Ihr beide seid abscheulich!« sagte Daffy. »Ich gehe mit Penny.«

»Denk daran, was Matt bezüglich des Türgriffs gesagt hat, Liebling«, sagte Chad.

»Du Mistkerl«, erwiderte Mrs. Nesbitt und marschierte hinaus.

»Ich bin versucht«, sagte Matt, »die alte Weisheit zu wiederholen, daß eine Kopfprämie auf die holde Dämlichkeit ausgesetzt wäre, wenn sie nicht …«

»Sag's nicht!« unterbrach Chad lachend. »Ich bin zu müde, um die Ehre der zukünftigen Mutter meiner Kinder in wildem Kampfe zu verteidigen.«

Zehn Minuten später, als Matt erfolgreich das Schloß von einer der Waffenvitrinen geknackt hatte und Chad einen tadellos erhaltenen Colt Modell 1911 mit niedriger Seriennummer zeigte, kam Inspector Peter Wohl in den Waffenraum, gefolgt von Mrs. C. T. Nesbitt und Miss Penelope Detweiler.

»O Gott, Sie hat die Cops gerufen!« sagte Matt, und nur Mr. Nesbitt verstand das Geistreiche an der Bemerkung.

»Ich habe Penny gefragt, ob sie weiß, wo Sie sind«, sagte Wohl. »Haben Sie einen Augenblick Zeit?«

»Jawohl, Sir. Klar. Sie kennen Chad, nicht wahr?«

»Hallo, Nesbitt. Wie geht es Ihnen?«

»Inspector.«

»Können Sie eine Minute auf Matt verzichten?«

»Selbstverständlich. Ich werde draußen auf ihn warten.«

Wohl wartete, bis sie fort waren, und schloß die Tür hinter ihnen.

»Haben Sie so was schon mal gesehen?« fragte Matt und hielt Wohl das Modell 1911 hin.

»Ich habe soeben gehört, daß Sie auf den Sims vom Bellevue geklettert sind, Sie verdammter Narr!« sagte Wohl.

Nach kaum wahrnehmbarem Zögern fragte Matt: »Wer hat Ihnen das erzählt? Harris?«

»Der Bürgermeister. Harris hat es Carlucci erzählt, und der hat es mir gesagt.«

»Der Bürgermeister?«

»Der Bürgermeister denkt, das macht Sie zu einem tapferen Cop«, sagte Wohl. »Ich wollte klarmachen, daß es Sie für mich zu einem verdammten Blödmann macht.«

Matt sagte eine Weile nichts. Dann: »Inspector ...«

»Gerade wenn ich denke, Sie werden endlich erwachsen, tun Sie so was. Menschenskind, Matt!«

»Sind Sie bereit, zuzuhören, wenn ich Ihnen sage, daß der Sims fast einen halben Meter breit war?«

»Ich erwarte Sie morgen früh um Viertel vor sieben in meinem Büro«, sagte Wohl.

»Jawohl, Sir.«

»Sie und Staff Inspector Mike Weisbach werden Leutenant Seymour Meyer mit Haftbefehl festnehmen.«

»Tatsächlich? So plötzlich? Was ist passiert? Wer ist Weisbach?«

»Eine Belohnung für Blödheit«, sagte Wohl. »Ich habe vom Bürgermeister die Anweisung erhalten, Sie bei der Festnahme mitzunehmen. Er meint, Ihre verdammt dumme Stuntnummer auf dem Sims berechtigt Sie dazu, weil um zwei Uhr morgens Paulo Cassandro und Meyer eine ärgerliche Diskussion hatten, in deren Verlauf Namen und Geldsummen und Meyers Vorliebe für oralen Sex erwähnt wurden, alles aufgenommen über das Mikrofon, das Sie wieder am Fenster befestigt haben.«

»Tatsächlich? Wir haben sie?«

»Wenn es nach mir gegangen wäre, würden Sie morgen früh wieder für die Abteilung Autodiebstahl arbeiten.«

»Ah, Inspector ...«

»Wenn Sie von dem Sims gefallen wären, Supercop, oder wenn Sie dort oben gesehen worden wären, hätten wir alle Zeit, alles Geld und alle Mühe, um Meyer zu schnappen, in den Kamin schreiben können. Das Gespräch oder ein ähnlich belastendes wäre in ein, zwei Tagen wiederholt worden. Klopfen Sie sich also nicht auf die Schulter. Sie haben gehandelt wie ein verdammter Idiot, nicht wie ein Detective mit genügend Grips, um seinen Arsch mit beiden Händen zu finden.«

Er starrte Matt in die Augen, bis Matt dem Blick nicht mehr standhalten konnte und gekränkt mit den Schultern zuckte.

»Viertel vor sieben, Detective Payne«, sagte Wohl. »Gute Nacht.«

Er verließ den Waffenraum.

Matt legte die Waffe in die Vitrine und versuchte, das Schloß wieder anzubringen, als Chad, Penny und Daffy in den Waffenraum zurückkehrten.

»Dir ist verziehen, Penelope«, sagte Matt. »Weil ich ein

gütiges Herz habe. Es ist nicht nötig, daß du in Tränen ausbrichst und mir die Füße küßt.«

»Was war dieses Gerede über den Sims vom Bellevue?« fragte Penny.

»Bezeichnet er dich oft als verdammten Blödmann und Idiot?« wollte Chad wissen.

»Kein Kommentar«, sagte Matt und versuchte lachend, jedoch nicht ganz erfolgreich, einen Scherz daraus zu machen.

»Was hatte das alles zu bedeuten?« fragte Penny.

»Er will mich um Viertel vor sieben in seinem Büro sehen, das ist alles.«

»Das klang aber anders, mein Junge.« Chad lachte.

»Morgen spielen wir Golf!« sagte Penny. »Morgen hast du deinen freien Tag. Wir spielen Golf mit Tom und Ginny.«

»Morgen werde ich um Viertel vor sieben in Wohls Büro sein. Wir werden uns bei Tom und Ginny entschuldigen. Sind sie hier?«

»Wir müssen um neun auf dem Golfplatz sein«, wiederholte Penny gepreßt.

»Chad, was hältst du von einer frühen Partie Golf?« fragte Matt.

»Matt, ich meine es ernst!« sagte Penny. »Entweder kommst du mit ...«

»Oder, Penny? Ich habe keinen Einfluß darauf und kann nichts daran ändern. Es tut mir leid, aber ich bin Cop.«

»*Es tut dir leid?* Dein geschätzter Inspector Wohl ist nicht der einzige, der dich für einen gottverdammten Idioten hält!« sagte Penny.

»Möchtest du, daß der gottverdammte Idiot dich nach Hause bringt, Penny? Ich habe mehr von euch allen hingenommen, als ich an einem Abend vertragen kann.«

»Ich fahre allein nach Hause, vielen Dank«, sagte Penny schnippisch.

»Mensch, hört doch auf, ihr beiden«, sagte Daffy.

»Mir reicht's!« sagte Penny und lief aus dem Waffenraum.

»Du solltest zu ihr gehen, Matt«, meinte Daffy.

»Warum? Um mir noch mehr von dem Scheiß anzuhören, den sie heute abend von sich gegeben hat?«

»Sie ist wirklich wütend auf dich, Matt.«

»Ehrlich gesagt, meine Liebe«, erwiderte Matt, »das kümmert mich einen Dreck.«

10

Chief Inspector Dennis V. Coughlin blickte von Chief Inspector im Ruhestand August Wohl zu Inspector Peter Wohl, zuckte mit den Schultern und sagte: »Okay, ich werde ihn anrufen.«

Er neigte sich auf Peter Wohls weißer Ledercouch vor, um zum Telefon zu greifen. Dann hielt er inne.

»Ich habe seine Privatnummer nicht.«

»Ich habe sie«, sagte Peter Wohl. »In meinem Schlafzimmer.«

Er erhob sich aus einem der beiden weißen Ledersessel und ging in sein Schlafzimmer.

»Mir gefällt das nicht, Augie«, sagte Denny Coughlin.

»Es geschah unter seiner Führung«, sagte Chief Wohl. »Er kassierte das große Geld, um dafür zu sorgen, daß so etwas nicht passiert.«

»Das große Geld!« schnaubte Coughlin. »Ich frage mich, was mit ihm geschehen wird.«

»Morgen um eins wird er zum Nachtkommando versetzt. Es sei denn, der Bürgermeister bekommt einen seiner italienischen Wutanfälle. In diesem Fall weiß ich nicht, was passiert.«

Peter Wohl kehrte mit einem Telefonverzeichnis ins Wohnzimmer zurück und gab es Coughlin.

»Wo ende ich, weil ich das tun muß?« fragte Coughlin.

»Peter ist nicht ranghoch genug, und der Bürgermeister mag dich«, sagte Chief Wohl.

»Mein Gott.« Coughlin fuhr mit dem Finger an der Liste der privaten und dienstlichen Telefonnummern der oberen Hierarchie der Polizei von Philadelphia entlang, fand die Nummer von Inspector Gregory F. Sawyer junior und wählte sie.

Inspector Sawyer war der Leiter der Central Police Division, die geographisch die Innenstadt Philadelphias südlich der City Hall umfaßt. Sie hat die Aufsicht über den 6. und 9. Polizeidistrikt. Beide Distrikte werden von einem Captain geleitet. Der 6. Distrikt umfaßt das Gebiet zwischen der Poplar Street im Norden und der South Street im Süden und der Broad Street vom Osten bis zum Delaware River im Westen. Der 9. Distrikt umfaßt das Gebiet westlich der Broad Street zwischen South und Poplar bis zum Schuylkill River. Seine Leitung wird im allgemeinen als ein Sprungbrett zu einem höheren Rang betrachtet; sowohl Chief Wohl als auch Chief Coughlin hatten diesen Distrikt in der Vergangenheit geleitet.

»Barbara, hier ist Denny Coughlin«, sagte Chief Coughlin am Telefon. »Ich störe Sie ungern daheim, aber ich muß mit Greg sprechen.«

Chief Wohl neigte sich im weißen Ledersessel vor, nahm

eine Flasche irischen Bushmills-Whisky und schenkte großzügig in das Glas vor Denny Coughlin ein.

»Greg? Denny. Es tut mir leid, daß ich Sie damit zu Hause behelligen muß, aber ich wollte nicht das Risiko eingehen, Sie am Morgen nicht zu erreichen. Wir brauchen Sie, den Leiter des 6. Distrikts, Sy Meyer, einen Beamten in Zivil namens Palmerston und einen Uniformierten vom 6. Distrikt namens Crater um acht Uhr morgen früh in Peter Wohls Büro.«

»Was ist los, Denny?« fragte Inspector Sawyer laut genug, daß Chief Wohl und sein Sohn es hören konnten.

»Es gab einen Zwischenfall«, begann Coughlin, und er fühlte sich sichtlich unbehaglich, weil er lügen mußte, »der jemand betrifft, der Jerry Carluccis Geheimnummer hat. Er will bis morgen mittag einen Bericht von mir. Ich halte Wohls Büro für den besten Ort, um alle so ruhig wie möglich zusammenzubringen.«

»Ein Zwischenfall? Was für ein Zwischenfall?«

»Ich weiß es nicht. Ich hörte auch erst davon, als ich den Bürgermeister heute abend sah. Ich nehme an, wir werden alles morgen früh herausfinden.« Er legte eine Pause ein. »Greg, ich brauche Ihnen das vermutlich nicht zu sagen, aber fangen Sie heute nacht nicht mit einer eigenen Ermittlung an, okay?«

»Menschenskind, ich habe überhaupt nichts darüber gehört.«

»Ich habe es auch erst vorhin erfahren, machen Sie sich nichts daraus. Acht Uhr, Greg.«

»Ich werde dort sein«, sagte Inspector Sawyer.

»Gute Nacht, Greg.«

»Gute Nacht, Denny.«

Coughlin legte den Hörer auf und nahm sein Glas mit dem irischen Whisky.

»Warum plagt mich mein Gewissen?« fragte er.

»Das sollte es nicht«, sagte Chief Wohl. »Nicht du solltest Gewissensbisse haben.«

Officer Charles F. Crater, der mit seiner Frau Joanne und ihren beiden Kindern (Angela, drei, und Charles junior, achtzehn Monate) in einem Reihenhaus in der Crafton Street 6200 im Viertel Mayfair wohnte, schlief um Viertel nach sieben, als Corporal George T. Peterson vom 6. Distrikt bei ihm zu Hause anrief und ihn zu sprechen wünschte.

Mrs. Crater sagte Corporal Peterson, daß ihr Mann die Schicht von 16 Uhr bis Mitternacht gehabt hatte und erst um zwei Uhr am Morgen nach Hause gekommen war.

»Ich weiß, aber ich muß ihn sprechen«, erwiderte Corporal Peterson. »Es ist wichtig, Mrs. Crater.«

Zwei Minuten später nahm Officer Crater, verschlafen und in der Unterwäsche, in der er geschlafen hatte, den Hörer und meldete sich.

»Was ist los?« fragte er.

»Charley, wissen Sie, wo das Hauptquartier der Special Operations ist?«

»Frankford und Castor?«

»Richtig. Seien Sie um acht Uhr dort. Melden Sie sich beim Sergeant.«

»Ach du dickes Ei«, sagte Crater nach einem Blick auf seine Armbanduhr. »Es ist Viertel nach sieben. Was ist denn los?«

»Moment mal«, sagte Corporal Peterson. »Charley, der Sergeant sagt, er schickt einen Wagen. Warten Sie startbereit, wenn er dort eintrifft.«

»Worum geht es denn?«

»Moment, Charley«, sagte Corporal Peterson.

Dann war Sergeant Mario Delacroe in der Leitung.

»Crater, Sie haben das nicht von mir«, sagte er. »Ich weiß nur, daß wir einen Anruf von der Central Division erhalten haben, wonach Sie um acht Uhr heute morgen in der Special Operations Division sein sollen. *Gehört* habe ich, daß die Special Operations irgendeinen Einsatz in Ihrem Streifengebiet hat und deshalb mit Ihnen reden will.«

»Was für einen Einsatz?«

»Charley, die Central Divison weiht mich nicht ein. Man sagte mir nur, was man will. In einer Viertelstunde wird ein Wagen bei Ihrem Haus ein. Warten Sie darauf. Wenn Sie einen kleinen Rat hören wollen, ziehen Sie eine saubere Uniform an, und rasieren Sie sich.«

»In Ordnung«, sagte Charley Crater.

Er legte den Hörer auf.

»Was hat das alles zu bedeuten?« fragte Joanne Crater besorgt.

»Ah, diese gottverdammten Asse von der Special Operations Division machen irgendeine Aktion in meinem Revier und wollen vorher mit mir sprechen«, sagte Charley.

»Worüber sprechen?«

»Wer weiß?« sagte Charley. »Die bilden sich doch ein, ihre Scheiße stinkt nicht.«

»Ich wünschte, du würdest nicht so ordinär reden, Charley.«

»Entschuldige«, sagte er. »Liebling, ich muß mich schnell rasieren und anziehen. Habe ich eine frische Uniform?«

»Ja, ich habe gestern eine aus der Reinigung geholt.«

Als Officer Crater in sein Schlafzimmer ging, hatte er einen sehr unangenehmen Gedanken: *Vielleicht geht es um … Nein, wenn es etwas damit zu tun hätte, dann hätte man mir nach der Schicht gesagt, daß ich mich bei der Abteilung Interne Angelegenheiten melden soll.*

Aber was, zum Teufel, will mich die Special Operations fragen?

Vor neun Monaten hatte ein Bauunternehmer aus McKeesport, Pennsylvania, den Eastern Pennsylvania Executive Escort Service angerufen und gesagt, daß ihm die Agentur von einem Kunden empfohlen worden war, der sie in Anspruch genommen hatte. Nachdem Mrs. Osadchy sich zuerst vergewissert hatte, daß der Bauunternehmer den Kunden tatsächlich kannte und das Preisgefüge verstand, schickte sie eine ihrer Mitarbeiterinnen zum Zimmer 517 des

Benjamin Franklin Hotels. Die gutaussehende Dame arbeitete normalerweise bei der Philadelphia Savings Fund Society, einer Sparkasse in der Innenstadt. Ihr Mann hatte sie und ihre zwei Kinder verlassen, und deshalb arbeitete sie sporadisch für den Escort Service, um sich etwas nebenbei zu verdienen.

Als sie im Zimmer des Bauunternehmers eintraf, sah sie, daß er sehr betrunken war, und als sein Verhalten unerträglich grob wurde, versuchte sie, ihn zu verlassen. Daraufhin schlug ihr der Bauunternehmer ins Gesicht. Sie schrie und machte die Bewohner der angrenzenden Zimmer aufmerksam, die daraufhin den Sicherheitsdienst des Hotels anriefen.

Der Sicherheitsmann, der Dienst hatte, ein Ex-Polizist, wurde alarmiert, als er auf dem Bürgersteig stand und mit Officer Charles F. Crater vom 6. Distrikt plauderte.

Officer Crater, auf Fußstreife, ignorierte den Einwand des Sicherheitsmannes, daß er mit der Situation allein fertig werden könne, und begleitete ihn zum Zimmer des Bauunternehmers, wo er den Mann antraf, der entgeistert über den Schaden war, den er am Gesicht der Lady des Eastern Pennsylvania Executive Escort Service angerichtet hatte. Die Lady fand er im Badezimmer, wo sie versuchte, Blut von Mund und Nase zu wischen und die Blutung zu stoppen, damit sie das Hotel ohne großes Aufsehen verlassen konnte.

Die Lady sah nicht aus, wie Officer Crater sich Nutten vorstellte. Sie weinte. Sie erzählte Officer Crater, daß sie Marianne Connelly hieß, daß ihr Mann sie und ihre zwei Kinder verlassen hatte und sie dies tun müsse, um etwas zum Essen für sie kaufen zu können.

Er glaubte ihr. Sie sagte ihm, wenn jemand von der Philadelphia Savings Fund Society davon erfuhr, würde sie gefeuert werden, und dann wüßte sie nicht, was sie tun würde. Er glaubte ihr.

Der Bauunternehmer sagte, er wisse nicht, was über ihn gekommen sei. Er jammerte, daß er verheiratet war und Kinder hatte, und wenn dies jemals in McKeesport bekannt werden würde, dann würde er seine Familie und vielleicht auch sein Unternehmen verlieren.

Der Sicherheitsmann war der Ansicht, daß nichts Gutes dabei herauskommen würde, wenn der Bauunternehmer festgenommen wurde, denn es gab keine Zeugen bei dem Angriff, und die Lady vom Escort Service würde sich nicht erniedrigen und den Job riskieren, indem sie vor Gericht gegen ihn aussagte.

Der Sicherheitsmann vom Hotel schlug vor, die schlimme Sache gleich und an Ort und Stelle zu regeln. Der Bauunternehmer würde der Lady vom Escort Service Geld geben, genug für eine Arztrechnung oder Medikamente und die Reinigung ihrer Kleidung und auch als Schmerzensgeld für das, was ihr der Hurensohn angetan hatte.

Der Hurensohn zog eine Brieftasche voller Fünfziger und Hunderter hervor, um seine Bereitschaft anzuzeigen, daß er mit der Lösung des Problems einverstanden war.

»Geben Sie ihr alles«, befahl Officer Crater.

»Um Himmels willen, ich muß ein paar Scheine behalten!«

»Gib ihr alles, du verdammter Hurensohn!« befahl Officer Crater wütend, und dann sah er zu, während der Bauunternehmer der Lady vom Escort Service alles Geld aus seiner Brieftasche gab. Danach wandte sich Officer Crater an den Sicherheitsmann des Hotels. »Sie sorgen dafür, daß sie hier heraus und heimkommt, okay?«

»Okay.«

Officer Crater machte kehrt und verließ das Zimmer.

Die Lady vom Eastern Pennsylvania Executive Escort Service fuhr nach Hause und berichtete Mrs. Osadchy am Telefon, was passiert war.

»Wieviel hat er dir gegeben, Marianne?«

»Sechshundert.«

»Behalte das Geld, und ich verspreche dir, daß so etwas nie wieder passieren wird.«

Mrs. Osadchy erzählte dann Mr. Cassandro von dem Zwischenfall. Cassandro dachte eine Weile nach und sagte dann: »Ich finde, weil der Cop so nett war, sollten wir das würdigen. Gib der Nutte ein paar Hunderter und sag ihr, sie soll sie dem Cop geben.«

»Ich habe Marianne bereits gesagt, daß sie das Geld von dem Freier behalten kann.«

»Dann gib ihr das Geld für den Cop aus deiner Tasche, Harriet. Betrachte es als Investition. Vertrau mir. Tu es.«

Zwei Tage später, als Officer Crater auf Fußstreife unterwegs war, näherte sich ihm die Lady, die bei der Philadelphia Savings Fund Society angestellt war und beim Eastern Pennsylvania Executive Escort Service schwarzarbeitete.

»Ich wollte Ihnen für vorgestern danken«, sagte sie. »Ich weiß es wirklich zu schätzen.«

»Aaaaah«, sagte Officer Crater etwas verlegen.

»Nein, ich meine es ernst«, sagte sie. »Es war prima, was Sie für mich getan haben.«

»Vergessen Sie's«, sagte Officer Crater.

Die Lady überreichte ihm etwas, das wie eine Glückwunschkarte aussah.

»Was ist das?« fragte Officer Crater.

»Eine Danke-Karte. Ich habe Sie bei Hallmark gekauft.y«

»Das brauchten Sie nicht«, sagte Officer Crater. »Ich habe nur versucht, das Beste aus einer schlechten Situation zu machen.«

»Sie sind süß«, sagte die Lady. »Wie war noch mal Ihr Name?«

»Crater.«

»Ich meinte Ihren Vornamen.«

»Charley«, sagte Officer Crater.

»Ich heiße Marianne«, sagte sie. »Nochmals vielen Dank, Charley.« Sie küßte Officer Crater auf die Wange und stöckelte davon.

Officer Crater steckte die Danksagungskarte in die Tasche

und setzte seine Runde fort. Als er heimkehrte, sah er sich die Karte an. Innen in der gefalteten Karte lagen vier Fünfzigdollarscheine.

»Allmächtiger!« stieß Officer Crater hervor. Er ging ins Badezimmer, zerriß die Danksagungskarte in kleine Stücke und spülte die Schnipsel in der Toilette weg. Er wußte, daß seine Frau diese Sache nie verstehen würde. Die zweihundert Dollar faltete er klein und steckte sie in das kleine Fach in seiner Brieftasche, in dem er vor seine Heirat ein Kondom für alle Fälle aufbewahrt hatte.

Er sagte sich, daß er Marianne beim nächsten Wiedersehen das Geld wiedergeben würde. Es war Blödsinn, eine große Sache aus dem Geld zu machen. Wenn er seinem Sergeant davon Meldung machte, würde er ihm erzählen müssen, was er zuvor getan hatte.

Eine Woche später sah er die Lady wieder. Er hatte nach vielen Überstunden in Dave's Bar an der Ecke 3rd Street und Fairmount Avenue gezecht, zusammen mit Officer William C. Palmerston, mit dem er im 6. Distrikt zusammengearbeitet hatte, bevor Palmerston zum Sittendezernat versetzt worden war.

Er erzählte ihm vertraulich über die Danksagungskarte mit den zweihundert Dollar darin und über seine Absicht, das Geld der Nutte beim nächsten Wiedersehen zurückzugeben.

»Sei nicht blöde, Mann«, sagte Palmerston. »Behalte es.«

»Das sagst du doch nur so, wie?«

»Sie hat dich doch nicht bestochen. Du hast nur getan, was du in dieser Situation für richtig gehalten hast, richtig? Ich meine, du hast sie nicht bei etwas Krummem erwischt? Du hast nicht gesagt, ›für zweihundert Eier laß ich dich laufen‹, oder?«

»Nein, natürlich nicht.«

»Du hast ihr einen Gefallen getan, und sie weiß das zu würdigen. Behalte das Geld.«

»Du würdest es behalten?«

Officer Palmerston hielt Officer Crater die Handfläche hin.

»Probier es aus.«

»Also gut, der Teufel soll dich holen, Bill, ich werde es behalten«, sagte Officer Crater und nahm zwei der Fünfziger aus dem Pariserfach seiner Brieftasche und legte die Scheine auf Officer Palmerston Handfläche. Officer Palmerston schob die Banknoten in seine Hemdtasche und bestellte noch eine Runde.

»Ich zahle«, sagte Officer Palmerston und legte einen der Fünfziger auf die Theke.

Als Officer Crater die Lady von Eastern Pennsylvania Executive Escort Service ein paar Tage später wiedersah, konnte er ihr natürlich die zweihundert Dollar nicht zurückgeben, weil er die Hälfte davon Officer Palmerston gegeben hatte.

Sie kam kurz nach dem Beginn seiner Streife zu ihm, als er an der Ecke 9th Street und Chestnut Street stand.

»Hallo, Charley«, sagte sie. »Wie geht's?«

»Hallo«, wiederholte er und dachte, daß Marianne wirklich nicht wie eine Nutte aussah.

»Haben Sie jemals eine Pause?« fragte sie. »Für eine Tasse Kaffee oder sonstwas?«

»Klar.«

»Ich wollte gerade eine Tasse Kaffee trinken«, sagte die Lady. »Ich gebe einen aus.«

Er zögerte, und sie sah es.

»Charley, ich biete nur eine Tasse Kaffee an«, sagte sie.

Warum nicht? dachte er. *Was ist falsch daran, wenn ich eine Tasse Kaffee mit ihr trinke?*

Sie gingen in einen Imbiß, tranken Kaffee und aßen Doughnuts dazu. Er konnte sich später nicht mehr erinnern, worüber sie gesprochen hatten, bis Marianne plötzlich auf die Armbanduhr blickte und erklärte, daß sie gehen mußte. Und sie hielt ihm die Hand hin, damit er sie schüttelte, und er ergriff die Hand, und es war etwas darin.

»Die Frau, für die ich arbeite, dankt ebenfalls«, sagte Marianne und verschwand, bevor er etwas sagen oder sich auch nur ansehen konnte, was sie ihm in die Hand gedrückt hatte.

Als er es schließlich sah, war es ein ganz klein gefalteter, fast neuer Hundertdollarschein.

»Das kann doch nicht wahr sein!« sagte er laut und schob den Schein in die Hosentasche.

Als er in dieser Nacht Feierabend hatte, ging er zu Dave's Bar, bevor er heimkehrte, in der Hoffnung, dort Bill Palmerston anzutreffen.

Palmerston war bereits in Dave's Bar, als Officer Crater dort eintraf, und als er Palmerston einen Whisky ausgab, bezahlte er mit dem Hundertdollarschein.

Palmerston blickte auf die Banknote und sah dann Crater an.

»So einen großen Schein kurz vor dem Ultimo. Woher hast du den?«

»Aus der gleichen Quelle wie die Fünfziger«, sagte Crater.

»Du Glückspilz.«

Palmerston schaute zu, als der Kellner das Wechselgeld auszahlte, und als er fort war, blickte er Crater an und sagte. »Erzähl mir nicht, daß du wieder Gewissensbisse hast.«

»Ein wenig«, bekannte Officer Crater.

Officer Palmerston nahm behutsam zwei Zwanziger und einen Zehner von dem Wechselgeld.

»Fühlst du dich jetzt besser?«

»Mensch, Bill, mir gefällt das nicht.«

»Sei nicht blöde«, sagte Palmerston. »Du hast doch nichts Falsches getan.« Dann kam ihm ein Gedanke. »Hat jemand gesehen, daß sie dir das Geld gegeben hat?«

Crater schüttelte den Kopf.

»Dann brauchst du dir keine Sorgen zu machen«, sagte Palmerston. »Keiner hat einen Schaden. Aber ich sage dir, was ich tun werde. Ich werde mich mal umhören.«

»Weshalb?«

»Ich frage mich, warum die Lady so nett zu dir ist. Bestimmt nicht wegen der Größe deines Pimmels. Wenn ich etwas herausfinde, werde ich's dir sagen.«

Zwei Wochen später, als Officer Crater auf Fußstreife war, hielt ein neutraler Wagen am Bordstein neben ihm.

»Steig hinten ein, Charley«, sagte Officer Palmerston, der auf dem Beifahrersitz saß.

Charley setzte sich auf den Rücksitz.

»Dies ist Lieutenant Meyer«, sagte Palmerston und wies auf den Fahrer.

»Hallo, Crater.«

»Guten Abend, Sir.«

»Ich arbeite für den Lieutenant, Charley«, sagte Palmerston.

»So?«

»Bill sagte mir, daß Sie in Ordnung sind«, sagte Lieutenant Meyer. »Nicht der Hellste, aber ein Typ, dem man vertrauen kann.«

Palmerston lachte.

»Er erzählte mir auch von Ihrer Freundin, der Sie geholfen haben und die sich dankbar zeigt.«

Einen Augenblick lang befürchtete Charley, daß Palmerston ihn verpfiffen hatte, weil er von Marianne Geld angenommen hatte. Aber das Gefühl flaute rasch ab.

Der Lieutenant sprach nicht, als würde er ihn festnehmen oder so.

»Das meinte ich, als ich sagte, daß Sie nicht der Hellste sind, Charley«, sagte Lieutenant Meyer.

»Sir?«

»Sie wissen wirklich nicht viel über das Gewerbe Ihrer Freundin, oder?«

»So ist es, Sir.«

»Nun, dann will ich Ihnen erzählen, was ich herausgefunden habe, nachdem Bill zu mir kam. Was Bill und ich herausgefunden haben. Ihre Freundin arbeitet für eine Frau namens Harriet Osadchy. Sie ist hier dreimal wegen Prostitution verhaftet worden, und sie hat Strafen in Hazleton bekommen – Sie wissen, wo Hazleton ist, Charley?«

»Irgendwo westlich in der Kohlenregion.«

»Richtig. Jedenfalls hat diese Osadchy eine Latte von Strafen in Hazleton, die so lang ist, wie Sie groß sind, überwiegend wegen Prostitution, einige Rauschgiftdelikte, Trunkenheitsdelikte, Ordnungswidrigkeiten. Aber sie ist gewieft. Das muß man ihr zubilligen, nicht wahr, Bill?«

»Jawohl, Sir«, sagte Officer Palmerston.

»Wir hatten nicht einmal Hinweise auf diesen Eastern Pennsylvania Executive Escort Service, bis Sie Bill darauf aufmerksam machten.«

»Auf was?«

»Eastern Pennsylvania Executive Escort Service. So nennt sie ihre Firma.«

»Oh.«

»Aber jetzt haben wir sie im Auge. Fünfundzwanzig oder mehr Nutten arbeiten für sie. Es ist eine hochklassige Sexagentur. Der Mindestpreis ist hundert Dollar. Für eine Stunde.«

»Nicht zu glauben!«

»Bill hat mit Ihrer Freundin Marianne gesprochen. Sie sagte, es wird sechzig zu vierzig geteilt. Marianne erhält sechzig, die Chefin vierzig Prozent. Für ihre vierzig Prozent macht Harriet die Termine für die Mädchen ab und kümmert sich um alles, was erledigt werden muß.«

»Ich verstehe nicht ganz.«

»Ihre Mädchen wissen, daß kein Irrer oder Cop im Hotelzimmer ist, wenn sie an der Tür klopfen, und sie können sicher sein, daß sie ihr Geld erhalten. Sie haben sogar eine dieser Kreditkartenmaschinen bei sich für den Fall – und Sie wären überrascht, wie oft das passiert –, daß der Freier das Mädchen als Sekretärin oder Mietwagenkosten oder so etwas bezahlen kann.«

»Ich wußte nicht, daß sie Kreditkarten benutzen können«, bekannte Officer Crater.

»Es gibt vieles, was Sie nicht wissen«, sagte Lieutenant Meyer. »Haben Sie eine Vorstellung, wieviel Geld da im Spiel ist?«

»Nicht genau. Sie sagten hundert pro Stunde.«

»Richtig. Manchmal bleiben sie länger als eine Stunde. Manchmal will der Freier mehr als einen einfachen Fick. Das kostet natürlich mehr. Aber ein Mädchen bearbeitet pro Nacht mindestens drei Freier. Sagen wir mal, Harriet beschäftigt zwanzig Mädchen. Das sind dreihundert Dollar mal zwanzig Nutten.«

»Sechstausend Dollar«, sagte Officer Crater erstaunt.

»Richtig. Mal sieben Nächte pro Woche. Das sind zweiundvierzigtausend. Harriets Anteil beträgt fast siebzehntausend pro Woche. Es ist eine Geldmaschine. Nun muß sie davon ihre Kosten bezahlen. Drei, vier Telefone. Die Miete für ein kleines Apartment, in dem die Telefone sind. Sie hat ein paar Anwälte verpflichtet und ein paar Ärzte, die sicherstellen, daß die Mädchen sauber sind, und sie kümmert sich um die Leute in den Hotels, die ihr Schwierigkeiten machen könnten. Und dann hat sie sich mit dem Mob arrangiert. Das kostet für gewöhnlich zehn Prozent.«

»Mit dem Mob? Warum?«

»Damit sie in Ruhe gelassen wird. Vor Jahren betrieb die Mafia Puffs. Die Chinesen haben noch ein paar. Wir schließen die Puffs, und sie eröffnen sie wieder, aber der Mob hat festgestellt, daß Puffs mehr Probleme machen, als sie wert sind, und so haben sie dieses Geschäft so gut wie aufgegeben. Warum auch nicht, wenn sie, wie ich sagte, zehn Prozent von Harriets siebzehntausend pro Woche kassieren und dafür nur auf der Straße verbreiten müssen, daß Harriet eine Freundin von ihnen ist? Eine freiberufliche Nutte muß fast damit rechnen, beraubt zu werden, doch selbst der blödeste Räuber legt sich nicht mit jemandem an, der mit dem organisierten Verbrechen befreundet ist.«

Officer Crater stieß einen Grunzlaut aus.

»Okay. Reden wir darüber, welche Rolle wir spielen«,

sagte Lieutenant Meyer. »Als erstes müssen Sie verstehen, daß es Prostitution schon sehr lange gibt – man nennt sie nicht umsonst das älteste Gewerbe der Welt – und es absolut keine Möglichkeit gibt, sie zu stoppen. Wir können sie nur unter Kontrolle halten. Die Bürger wollen nicht, daß sie von Nutten auf der Straße oder in einer Bar belästigt werden. Die Bürger wollen keine Geschlechtskrankheiten. Sie wollen nicht, daß junge Mädchen – oder junge Knaben, was das anbetrifft – in Prostitution verwickelt sind. Aus naheliegenden Gründen. Und ich denke, wir machen unsere Sache gut, indem wir den Bürgern geben, was sie wollen.«

»Die Bürger wollen auch jemanden wie Harriet Osadchy, und ich denke, die meisten Leute verstehen das nicht, oder wenn sie es verstehen, wollen sie es nicht zugeben. Die Freier zahlen, sie bekommen, was sie wollen, sie holen sich keine Krankheit, sie werden nicht ausgeraubt oder beklaut, niemand erleidet einen Schaden, und und keiner findet heraus, daß sie das bekommen, was sie sich eigentlich zu Hause holen sollten.«

»Ja«, sagte Officer Crater, »ich verstehe, was Sie meinen.«

»Und die Harriet Osadchys dieser Welt machen der Polizei keine Probleme. Sie üben ihre Funktion aus, erledigen ihren Job sauber, und wir haben die Zeit, um das zu tun, wofür wir bezahlt werden: die Leute zu schützen. Wir schließen die Puffs, wir sorgen dafür, daß die Nutten nicht auf den Straßen und in den Bars arbeiten, und wir verhindern, daß die Kunden sich Geschlechtskrankheiten holen oder beklaut, ausgeraubt oder erpreßt werden.«

»Ich verstehe, was Sie meinen.«

»Und jetzt kommen wir zurück auf Sie und Ihre Freundin Marianne. Sie haben das Richtige getan bei ihr und dem Typ, der sie schlug. Ich meine, was hätte es gebracht, wenn Sie ihn festgenommen hätten? Ihre Freundin Marianne hätte nicht gegen ihn ausgesagt, und er hat es wiedergutgemacht, indem er ihr viel Geld gezahlt hat, richtig?«

»Ich glaube, sie hätte ihren Job verloren, wenn die PSFS davon erfahren hätte«, sagte Officer Crater.

»Gewiß hätte sie den Job verloren«, pflichtete Lieutenant Meyer bei. »Und ihr Freier hätte Ärger mit seiner Frau bekommen, viele Leute wären zu Schaden gekommen. Aber Sie haben das Problem elegant gelöst. Ich hätte es genauso gemacht.«

»Ich hielt es für die richtige Lösung«, sagte Officer Crater.

»Okay. Und was geschah als nächstes? Marianne erzählte Harriet, was los war, und Harriet wußte, daß es wirklich ihrem Geschäft geschadet hätte, wenn Sie sich peinlich genau an die Vorschriften gehalten hätten. So war sie dankbar, und sie beauftrage Marianne, Ihnen ein paar Hunderter sofort zuzustecken und danach immer einhundert Dollar pro Woche. zweihundert Dollar als Dank dafür, daß Sie Marianne nicht eingebuchtet haben, und ein kleines Einhundertdollargeschenk pro Woche, um Sie daran zu erinnern, daß Sie ein bißchen zusätzliches Geld verdienen können, wenn Sie ein guter Junge sind und das Richtige tun. Daran ist doch nichts falsch, oder?«

»Nicht, wie Sie es geschildert haben«, sagte Officer Crater. »Aber es beunruhigt ...«

»Falsch, du blöder Scheißer!« schnarrte Lieutenant Meyer.

»Wie bitte?«

»Ich habe Ihnen erklärt, Crater, daß Harriet persönlich *mindestens* siebzehntausend Dollar, übrigens steuerfrei, jede Woche in die Tasche steckt, und Sie holen für sie die Kastanien aus dem Feuer, retten ihren Arsch, retten ihr das große Geld, und sie gibt Ihnen lausige zweihundert Dollar dafür? Und sie denkt sich, sie kann sie für einhundert Dollar pro Woche kaufen? Das ist verdammt *unverschämt*. Crater, ist Ihnen das nicht klar?«

Officer Crater schwieg.

»Sie zahlt mit Freuden irgendeinem Anwalt vielleicht eintausend pro Woche und irgendeinem Arzt weitere eintausend, und sie gibt dem Mob vermutlich *zehn* Prozent ihrer

Einnahmen ab. Sie hingegen speist sie mit insgesamt vielleicht fünfhundert Dollar ab, und Sie sind nicht beleidigt?«

»Darüber habe ich noch gar nicht nachgedacht«, bekannte Officer Crater.

»Richtig. Sie waren zu blöde, um darüber nachzudenken«, sagte Meyer.

»Ich weiß nicht, was Sie mir sagen wollen, Lieutenant.«

»Sie sagen nichts, das will ich Ihnen sagen. Wir alle sind besser dran, wenn Sie nie wieder das Maul aufreißen. Ich sage Ihnen, was passieren wird, Crater. Wenn Ihre Freundin Marianne Sie das nächste Mal sieht, wird Sie Ihnen einen Umschlag geben. Diesmal werden eintausend Dollar darin sein. Sie werden zweihundert Dollar für Ihre Bemühungen nehmen und den Rest Bill geben. Und jede Woche das gleiche Spiel. Habe ich mich verständlich gemacht?«

»Was muß ich tun?«

»Ich habe es bereits gesagt. Die Schnauze halten. Das ist alles. Und denken Sie daran, wenn Sie so blöde sind, wie ich inzwischen annehme, und vielleicht zu der Abteilung Interne Angelegenheiten gehen oder sonst etwas unternehmen, wird Ihr Wort gegen meines und Bills stehen. Wir würden nicht nur leugnen, daß dieses Gespräch jemals stattgefunden hat, sondern die Abteilung Interne Angelegenheiten würde Ihnen den Arsch aufreißen, weil Sie es nicht gemeldet haben, als Ihnen Ihre Freundin Marianne zum ersten Mal Geld gegeben hat.«

Lieutenant Meyer wandte sich von Officer Crater ab und ließ den Motor an.

»Sag diesem Sowieso, daß er jetzt besser aussteigt, Bill. Es sei denn, er will bei uns mitmachen.«

Staff Inspector Mike Weisbach bog von der Frankford Avenue auf die Castor Avenue und fuhr auf den Parkplatz der Special Operations Division. Er sah ein Schild RESERVED FOR INSPECTORS an der Wand des ehemaligen Schulgebäudes, das um die Jahrhundertwende erbaut worden war, und lenkte den neutralen Plymouth auf den Stellplatz.

Für gewöhnlich freue ich mich auf das, was der Tag bringen wird, wenn ich zur Arbeit fahre, dachte er, als er ausstieg, *aber heute ist das anders. Heute wird mir vermutlich kein bißchen gefallen, was der Tag bringen wird, und das liegt nicht daran, daß ich nicht daran gewöhnt bin, vor sieben Uhr zur Arbeit zu fahren.*

Er betrat das Gebäude durch die nächste Tür, über der ›BOYS‹ in den Granit gemeißelt war, und gelangte in einen ehemaligen und jetzigen Umkleideraum. Der Unterschied bestand darin, daß die ›Boys‹ jetzt alle uniformierte Polizeibeamte waren, hauptsächlich Highway Patrolmen, und daß der Raum reichlich mit Fotos von jungen Frauen aus *Playboy, Hustler* und anderen literarischen Magazinen geschmückt war.

»Wie finde ich Inspector Wohls Büro?« fragte Mike einen stämmigen Highway Patrolman, der im Unterhemd auf einer Holzbank saß und einen Flecken von seinem Uniformhemd schrubbte.

»Ich bezweifle, daß Sie hier Zugang haben, Sir«, sagte der Highway Patrolman, und er sprach ›Sir‹ aus wie gegenüber einem Zivilisten, den er soeben gestoppt hatte, weil er mit vierzig Stundenkilometern über der erlaubten Höchstgeschwindigkeit entgegen der Fahrtrichtung in eine Einbahnstraße gefahren war. »Besucher müssen durch die Vordertür.«

Der Highway Patrolman musterte Mike Weisbach eingehend.

»Kenne ich Sie?« fragte er dann.

»Ich glaube nicht, daß ich das Vergnügen hatte. Mein Name ist Mike Weisbach.«

Der Highway Patrolman stand auf.

»Entschuldigung, Inspector«, sagte er. »Ich hatte Sie nicht erkannt. Die Treppe ist dort drüben. Das Büro ist im ersten Stock. War mal das Büro des Schuldirektors.«

»Danke«, sagte Mike, und dann lächelte er und fügte

hinzu. »Ihr Gesicht kommt mir auch bekannt vor. Wie war nochmal Ihr Name?«

»Lomax, Sir. Charley Lomax.«

»Na klar.« Mike reichte ihm die Hand. »Schön, Sie wiederzusehen, Charley. Es ist lange her.«

»Ja, Sir, das ist es«, sagte Lomax.

Im Vorzimmer des Leiters der Special Operations Division stellte sich Mike bei dem jungen Beamten in Zivil als Staff Inspector Weisbach vor.

»Ich weiß, daß er Sie erwartet, Inspector«, sagte der junge Beamte. »Ich schaue nach, ob er frei ist.« Er stand auf, ging zu der Tür mit dem Schild INSPECTOR WOHL, klopfte an und trat ein.

Mikes Gedächtnis, das ihn bei Officer Lomax im Stich gelassen hatte, war jetzt bei Wohls Verwaltungsassistenten auf Zack.

Er heißt O'Mara, Paul Thomas. Sein Vater ist Captain Aloysious O'Mara, der Leiter des 17. Distrikts. Sein Bruder ist Sergeant John F. O'Mara von der Verwaltung. Sein Großvater war Polizist und lebt im Ruhestand. Seine Versetzung zur Special Operations Division wurde arrangiert, weil das als eine wünschenswerte Verwendung für einen jungen Beamten mit den richtigen Beziehungen zur Vetternwirtschaft betrachtet wird.

Deshalb bin ich nicht hier. Lowenstein hat diese Versetzung nicht arrangiert, um meine Karrierechancen zu steigern. Ich bin hier, um zu helfen, daß Jerry Carlucci wiedergewählt wird.

Peter Wohl, ohne Jackett, mit aufgekrempelten Hemdsärmeln und gelockerter Krawatte, tauchte auf der Türschwelle seines Büros auf.

»Kommen Sie herein, Mike«, sagte er. »Möchten Sie eine Tasse Kaffee?«

»Bitte«, sagte Mike.

»Drei Kaffee bitte, Paul«, sagte Wohl zu O'Mara und hielt die Tür für Weisbach auf.

»Guten Morgen, Mike«, rief Mickey O'Hara, als Weisbach das Büro betrat.

Der Reporter saß auf einer Couch. Auf dem Couchtisch vor ihm stand ein Tonbandgerät, und daneben lag ein dickes Kuvert.

»Was machen Sie denn hier, Mick?« fragte Weisbach.

»Peter hat mir gesagt, daß die Kräfte der Tugend über die Kräfte des Bösen triumphieren werden«, antwortete O'Hara. »Ich bekomme eine Exklusivstory über einen schmutzigen Distrikt-Captain und einen schmutzigen Lieutenant auf dem Weg in die Zelle. Das gefällt mir beruflich und persönlich. Ich finde, das ist kein schlechter Tagesanfang.«

»Mick«, fragte Wohl, »wie finden Sie es, Mike Sabara zu begleiten, wenn er Paulo Cassandro festnimmt?«

»Anstatt hierzubleiben, meinen Sie?« Und dann sprach O'Hara weiter, ohne Wohl Zeit zu einer Antwort zu lassen. »Erstens, Peter, taugt die Festnahme von Gangstern der zweiten oder dritten Ebene nichts für die Titelseite. Aber die Festnahme eines Captains der Polizei, eines Distriktleiters, ist schon interessanter. Und zweitens – aber sag ihm das bitte nicht – ist Mike Sabara nicht gerade das, was man als fotogen bezeichnet.«

»Es ist Ihre Entscheidung, Mickey.«

»Ich weiß, was Sie versuchen, Peter«, sagte Mickey. »Sie wollen ein Foto von der Festnahme eines dreckigen Captains aus den Zeitungen fernhalten. Aber das klappt nicht. Das muß erscheinen, Peter.«

»Und Sie sind mit Carluccis Segen hier, richtig?«

»Ja, das bin ich, Peter. Tut mir leid.«

»Okay. Reden wir über das, was sich abspielen wird. Chief Coughlin wird jetzt gleich eintreffen. Inspector Sawyer und die anderen sind spätestens bis acht hier. Sawyer kommt hier rein. Coughlin spielt ihm das Band von Meyer und Cassandro vor …«

Wohl wies auf das Tonbandgerät. »Coughlin wird ihm das Band vorspielen?« unterbrach Mickey überrascht.

»Das war die Idee meines Vaters. Er und Coughlin planten das gestern nacht für mich. Das Band ist verdammt belastend. Man sagte mir, das sollte Sawyer davon abhalten, seine Männer loyal zu verteidigen. Und, Mickey, Carluccis Segen oder nicht, Sie werden nicht hiersein, wenn das passiert.«

»Okay. Bekomme ich das Band zu hören?«

»Können Sie damit leben, wenn ich Ihnen mein Wort gebe, daß es belastend ist?«

»Kann ich es inoffiziell hören?«

»Okay. Warum nicht?«

»Vorher?«

»Nachher.«

O'Hara zuckte mit den Schultern. »Einverstanden.«

»Dann gehen wir nach oben in die Investigation Section, wo Cazerra, Meyer und die beiden Officers warten werden. Inspector Sawyer wird Captain Cazerra festnehmen. Ich werde Lieutenant Meyer verhaften. Ihre Dienstmarken, Ausweise und Waffen werden ihnen abgenommen werden. Staff Inspector Weisbach, unterstützt von den Detectives Payne und Martinez, wird die beiden Officers festnehmen und ihnen die Dienstwaffen und Dienstmarken abnehmen.«

»Werde ich dabeisein?« fragte O'Hara.

»Wenn Inspector Sawyer hier reinkommt, gehen Sie«, sagte Wohl. »Sie warten draußen. Wenn wir herauskommen, sind wir auf dem Weg nach oben. Dann können Sie dabeisein.«

»Danke.«

»Die Bruderschaft der Polizei wird sofort nach den Festnahmen informiert«, fuhr Wohl fort. »Es wird vermutlich eine halbe Stunde dauern, bis die Anwälte hier sind. Wenn das vorüber ist, werde ich Captain Cazerra mit meinem Wagen, der von Sergeant Washington gefahren wird, zum Präsidium bringen. Captain Cazerra wird nicht in eine Zelle gesperrt. Chief Coughlin hat arrangiert, daß er sofort fotografiert wird, ihm Fingerabdrücke abgenommen werden und er zur Anklage vernommen wird. Er wird fast mit

Sicherheit nach seinem Schuldanerkenntnis auf Kaution auf freien Fuß gesetzt.«

»Gute, glatte Operation«, sagte O'Hara.

»Das gleiche geschieht mit den anderen. Weisbach wird Lieutenant Meyer mit seinem Wagen zum Rundhaus bringen, mit Officer Lewis als Fahrer. Die Detectives Payne und Martinez werden die beiden Officers mit einem Wagen der Special Operations zum Rundhaus bringen.«

»Es wäre schön, wenn ich ein Foto von Cazerra und Meyer in Handschellen machen könnte«, sagte O'Hara.

Wohl ignorierte ihn.

»Es wäre gute Öffentlichkeitsarbeit, sie in Handschellen zu zeigen«, setzte O'Hara nach.

Wohl schaute ihn an und schüttelte den Kopf.

»Mick«, sagte er. »Mir ist klar, daß es gewisse Aspekte der Public Relations bei dieser Sache gibt, sonst säße nicht der Prinz der Presse mit Eierflecken auf der Krawatte und offenem Hosenstall in meinem Büro.«

Mickey O'Hara blickte alarmiert auf seine Hose. Der Reißverschluß war zugezogen.

»Sie können mich am Arsch lecken, Peter.« Er lachte. »Frage: Meinen Sie nicht, der Bürgermeister wäre glücklicher, wenn der neue Chef der Ethical Affairs Unit Captain Cazerra festnimmt?«

»Warum würde das den Bürgermeister glücklicher machen?«

»Vielleicht unterstützt von Detective Payne?« fuhr Mickey O'Hara fort, ohne direkt auf die Frage zu antworten. »Der schöne Matthew macht sich immer gut auf einem Foto. Dieses Foto würde auf der Titelseite erscheinen, da bin ich mir fast sicher. Das will Carluccci doch, oder? Warum hat er sonst arrangiert, daß ich hiersein kann?«

»Ich habe gestern nacht vorgeschlagen, daß Mike alle Festnahmen durchführt.«

»Vielen Dank, Peter«, sagte Mike Weisbach sarkastisch.

»Coughlin hat den Vorschlag abgeschmettert«, fuhr Wohl

fort. »Es gibt hier anscheinend ein heiliges Protokoll, und Coughlin will sich daran halten.«

»Ich wollte nur helfen«, sagte Mickey. »Aus rein egoistischen Gründen. Ich möchte ja beim nächsten mal wieder eingeladen werden. Ich nehme an, der Bürgermeister wäre glücklich mit einem Foto von dem Schwarzen Buddha, der hinter Cazerra steht, bevor sie ins Rundhaus gehen. Das würde eine günstige Reaktion bei der schwarzen Wählerschaft auslösen, nicht wahr?«

»Selbst wenn es jeden Polizisten in Philadelphia demütigt«, sagte Wohl bitter. »Mike, Sie haben es gehört. Sehen Sie etwas Falsches am Ablauf?«

Weisbach schüttelte den Kopf.

»Okay«, sagte Wohl. »Dann machen wir es so.«

»Okay.«

»Und danach, Mike, werden wir ein langes Gespräch über die Ethical Affairs Unit haben.«

»In Ordnung.«

Die Tür des Büros wurde geöffnet, und Chief Inspector Coughlin trat ein.

»Guten Morgen«, grüßte er.

»Guten Morgen, Chief«, sagten Wohl und Weisbach wie aus einem Munde.

»Hallo, Mickey.« Coughlin reichte ihm herzlich die Hand. »Wie geht's?«

»Kann nicht klagen«, sagte O'Hara.

»Peter hat Sie ins Bild gesetzt, wie es laufen wird?«

»Ja.«

»Mick, auf der Fahrt hierher kam mir in den Sinn, daß Sie vielleicht lieber Captain Sabara begleiten, wenn er Cassandro festnimmt.«

»Netter Versuch, Denny«, sagte O'Hara. »Aber wie ich schon Peter sagte, das Foto eines drittklassigen Gangsters in Handschellen ist kein Knüller. Aber die Verhaftung eines Distrikt-Captains ist einer.«

Officer O'Mara steckte den Kopf zur Tür herein.

»Inspector Sawyer ist eingetroffen, Sir.«

Wohl blickte zu Coughlin, der nickte.

»Bitten Sie ihn herein«, sagte Wohl.

Inspector Gregory Sawyer, ein korpulenter, grauhaariger Mann Anfang Fünfzig, betrat das Büro.

Er war sichtlich überrascht, als er Mickey O'Hara sah.

»Wir sehen uns dann später«, sagte Mickey. »Guten Tag, Greg.«

Mickey O'Hara verließ das Büro.

»Greg«, sagte Coughlin. »Ich war in der letzten Nacht nicht ganz ehrlich zu Ihnen.«

»Ich verstehe nicht, Chief.«

»Ist das Ding bereit?« fragte Coughlin und wies auf das Tonbandgerät.

»Jawohl, Sir«, sagte Wohl.

»Nehmen Sie Platz, Greg«, sagte Coughlin.

»Jawohl, Sir.«

»Auf Anweisung des Commissioners hat Inspector Wohl eine Ermittlung in gewissen Anschuldigungen gegen Captain Cazerra, Lieutenant Meyer und andere von Ihrem Distrikt durchführen lassen. Ein Gerichtsbeschluß berechtigte zur elektronischen Überwachung eines Zimmers im Bellevue-Stratford Hotel. Was Sie jetzt hören werden, ist eine der Tonbandaufnahmen, die gemacht wurden.« Coughlin wandte sich an Wohl. »Bitte anschalten«, sagte er, und dann ging er zum Fenster und blickte auf den Rasen vor dem Gebäude hinaus.

11

Um 7 Uhr 40 saß Miss Penelope Detweiler auf ihrem Himmelbett im Detweiler-Herrenhaus, als Mrs. Violet Rogers, die schon bei den Detweilers als Hausmädchen beschäftigt worden war, als Penny noch Windeln getragen hatte, das Schlafzimmer betrat. Mrs. Rogers trug ein Tablett mit Kaffee, Toast und Orangensaft.

Miss Detweiler hatte ein dünnes hellblaues Nachthemd ohne Ärmel an. Ihre Augen waren offen, und ihre Miene spiegelte Überraschung wider.

Miss Detweilers linker Arm war zwischen Ellenbogen und Schulter mit einem Gummiband abgebunden. Eine Einwegspritze aus Plastik hing aus ihrem linken Unterarm.

»Oh, Penny!« stöhnte Mrs. Rogers. »Oh, Penny!«

Sie stellte das Tablett auf die Kommode aus Kirschholz, richtete sich auf und verschränkte die Arme vor dem ziemlich großen Busen. Ihr rundes, schwarzes Gesicht zeigte eine Mischung aus Mitleid, Sorge und Ärger.

Und dann sah sie Miss Detweilers Augen.

»O Gott!« stöhnte Mrs. Rogers und eilte zum Bett.

Sie schwenkte eine Hand vor Miss Detweilers Augen. Keine Reaktion. Sie legte eine Hand auf Miss Detweilers Stirn und zog sie zurück, als hätte sie sich verbrannt.

Dann packte sie Miss Detweiler an den Schultern und rüttelte sie.

»Penny! Pennyschatz!«

Immer noch keine Reaktion.

Als Mrs. Rogers Miss Detweilers Schultern losließ und sie gegen die Kissen am Kopfende des Himmelbettes lehnte, begann Miss Detweiler langsam nach rechts zu sinken.

Mrs. Rogers versuchte es zu verhindern, konnte es jedoch nicht. Sie schaute entsetzt zu, als Miss Detweiler auf der Seite liegenblieb.

Ihr Kopf sank zurück, und sie schien den Baldachin ihres Bettes anzustarren.

Mrs. Rogers machte kehrt und ging zur Tür. Auf dem Flur wurden ihre Schritte schneller, und dann rannte sie, vorbei an dem Ölporträt, das Miss Detweiler in ihrem pinkfarbenen Kleid beim Debütantinnenball zeigte, über die breite Treppe hinab in die Halle des Herrenhauses, auf den Flur zu einem anderen Flügel und zur Tür des Apartments von Miss Detweilers Eltern.

Sie riß die Tür auf, ohne anzuklopfen, lief durch das Wohnzimmer und zur geschlossenen doppelflügeligen Tür des Schlafzimmers. Sie klopfte an den linken Türflügel und trat ein, ohne auf eine Aufforderung zu warten. H. Richard Detweiler, ein großer, sehr schlanker Mann Ende Vierzig, schlief in dem großen Bett auf der Seite, den Rücken seiner Frau Grace zugewandt, die zusammengerollt dalag, mit einem Bein außerhalb der Laken und der Bettdecke, das Gesicht von ihrem Mann abgewandt.

Mr. Detweiler, der einen leichten Schlaft hatte, öffnete die Augen, als sich Mrs. Rogers dem Bett näherte.

»Mr. D.«, sagte Violet. »Sie müssen kommen.«

»Was ist los, Violet?« fragte Mr. Detweiler mit einer Mischung von Besorgnis und Ärger.

»Es ist Miss Penny.«

H. Richard Detweiler setzte sich abrupt auf. Er trug nur eine Pyjamahose.

»Mein Gott, was ist denn nun schon wieder?«

»Sie müssen kommen«, wiederholte Mrs. Rogers.

Er schwang die Füße vom Bett, zog einen Morgenmantel an und schlüpfte in Pantoffel.

Mrs. Detweiler, die sechsundvierzig war, jedoch viel jünger wirkte, erwachte, hob den Kopf, sah sich um und setzte sich auf. Ihre Brüste waren nackt. Sie hatte nur ein Höschen an.

»Was ist, Violet?« fragte sie, während sie das Laken über ihren Busen zog.

»Miss Penny.«

»Was ist mit Miss Penny?«

H. Richard Detweiler war bereits auf dem Weg zur Tür, gefolgt von Violet.

»Dick?« fragte Mrs. Detweiler, und dann, ärgerlich: »Dick!«

Er antwortete nicht.

Grace Detweiler stand auf und nahm einen Frotteebademantel vom Boden. Er war zu groß für sie, es war der ihres Mannes, aber sie trug ihn oftmals zwischen dem Duschen und Zubettgehen. Sie zog ihn an, gürtete ihn und folgte ihrem Mann und Violet aus dem Schlafzimmer.

Schließlich betrat H. Richard Detweiler das Schlafzimmer seiner Tochter.

Er sah sie auf dem Bett liegen und murmelte etwas Unverständliches, und dann ging er zum Himmelbett.

»Penny?«

»Ich glaube, sie ist tot, Mr. D.«, sagte Violet leise.

Er blickte sie fast wütend an, neigte sich über das Bett und richtete ächzend seine Tochter auf. Ihr Kopf sank zur Seite.

Detweiler setzte sich auf das Bett und atmete schwer.

»Ruf Jensen an«, sagte er. »Sag ihm, wir haben einen ärztlichen Notfall. Er soll den Cadillac vor die Vordertür bringen.«

Violet ging zum Nachttisch und drückte auf den Knopf, woraufhin das Telefon in der Wohnung des Chauffeurs klingelte, die sich über der Garage der fünf Wagen befand.

H. Richard Detweiler erhob sich, dann ging er in die Hocke und hob ächzend seine Tochter auf die Arme.

»Ruf das Chestnut Hill Hospital an und sag, daß wir unterwegs sind, und dann ruf Dr. Dotson an und sag ihm, er soll sich dort mit uns treffen«, sagte Detweiler, als er seine Tochter zur Schlafzimmertür trug.

Mrs. Beatrice Jensen meldete sich nach dem zweiten Klingeln am Telefon und sagte Mrs. Rogers, daß ihr Mann soeben in den Cadillac gestiegen war, um ihn zur Inspektion bei Merion-Cadillac zu bringen.

»Mr. D.« sagte Mrs. Rogers, »Jensen bringt den Cadillac zur Inspektion.«

»Hol bitte den Rolls, Violet«, sagte Detweiler so ruhig, wie er es schaffte.

»O mein Gott!« stieß Mrs. Grace Detweiler hervor, als sie ins Schlafzimmer kam und ihren Mann mit Penny auf den Armen sah. »Was ist passiert?«

»Verdammt, Grace, dreh mir nicht durch«, sagte Detweiler. Er wandte sich an Violet.

»Nicht den Rolls, den Kombi«, sagte er.

In dem gottverdammten Rolls-Royce Corniche ist kaum genug Platz für zwei Personen und eine große Katze, aber Grace mußte ein gottverdammtes Kabrio haben.

»Was ist mit ihr los?« fragte Grace Detweiler.

»Gott allein weiß, was sie diesmal genommen hat«, sagte Detweiler mehr zu sich selbst als zu seiner Frau.

»Beatrice«, sagte Violet, »hol den Schlüssel für den Kombi. Ich treffe dich vor der Tür.«

»O mein Gott!« sagte Grace Detweiler und preßte die geballte Rechte auf ihren Mund. »Sie ist bewußtlos!«

»Den Kombi hat Baxley«, sagte Mrs. Jensen. »Er ist zum Einkaufen unterwegs.«

Baxley war der Butler der Detweilers. Er brüstete sich damit, daß kein Bissen von Lebensmitteln ins Haus kam, den er nicht persönlich ausgewählt hatte. H. Richard Detweiler argwöhnte, daß Baxley eine geheime Absprache mit dem Gemüsehändler und Metzger und so weiter hatte und Prozente kassierte, aber er ging stillschweigend darüber hinweg. Seit seine Frau den Engländer eingestellt hatte, war das Essen viel besser, als er erwartet hatte.

»Baxley ist mit dem Kombi einkaufen gefahren«, meldete Violet.

Verdammte Scheiße! Beide sind gleichzeitig weg! Und kein Wagen von fünfen ist groß genug, daß ich mit Penny auf den Armen darin sitzen kann. Und kein Fahrer ist da, wenn ein Wagen da wäre.

»Ruf die Polizei an«, sagte H. Richard Detweiler zu Violet. »Sag ihnen, wir haben einen ärztlichen Notfall, und sie sollen sofort einen Krankenwagen schicken.«

Er ging mit seiner Tochter auf den Armen aus dem Schlafzimmer und über den Flur, vorbei an dem Ölporträt, das seine Tochter in ihrem pinkfarbenen Debütantinnenkleid zeigte, und dann die breite Treppe hinab zur Eingangshalle.

»Polizeifunk«, sprach Mrs. Harriet Polk, eine walkürenhafte schwarze Lady in das Mikrofon ihres Kopfhörers.

»Wir brauchen einen Krankenwagen«, sagte Violet.

Harriet Polk arbeitete seit neunzehn Jahren in der Funkzentrale im Polizeipräsidium. Ihre lange Erfahrung sagte ihr, daß es nach dem Klang der Stimme der Anruferin ein echter Anruf war, keiner von irgendeiner Irren, die einen makabren Sinn für Humor hatte.

»Ma'am, um welches Problem geht es?«

»Sie ist bewußtlos, atmet nicht.«

»Wo sind Sie, Ma'am?«

»West Chestnut Hill Avenue 928«, sagte Violet. »Das Detweiler-Haus.«

Harriet drückte auf eine Taste auf ihrem Steuerpult, wodurch sie mit der Feuerwehr verbunden wurde. Rettungswagen der Feuerwehr sind mit Sauerstoff- und Wiederbelebungsgeräten ausgerüstet und bemannt von Feuerwehrleuten mit spezieller Ausbildung für die ärztliche Behandlung in Notfällen.

»Bewußtlose weibliche Person in West Chestnut Hill Avenue neun-zwo-acht«, sagte Mrs. Polk.

Dann sprach sie zu ihrer Anruferin.

»Ein Rettungswagen ist unterwegs. Ma'am.«

»Danke«, erwiderte Violet höflich.

In neunzehn Jahren im Job hatte sich in Harriet Polks Erinnerung auch ein Stadtplan von Philadelphia eingeprägt, zusammen mit den Grenzen der Polizeidistrikte. Sie wußte ohne lange Überlegung, daß die West Chestnut Hill Avenue 928 zum 14. Distrikt gehörte. Auf ihrem Kontrollpult sah sie, daß Streifenwagen 23 vom 14. Distrikt im Dienst war.

Harriet drückte auf eine andere Taste.

Police Officer John D. Wells, wie Harriet Polk neunzehn Jahre im Job, saß in seinem drei Jahre alten Chevrolet, dessen Tacho anzeigte, daß er bereits über hundertundfünfzigtausend Meilen zurückgelegt hatte, und der jetzt vor einem Feinkostgeschäft stand.

Officer Wells hatte soeben nicht die moralische Kraft gehabt, der Versuchung zu widerstehen, sich vollzustopfen, bevor seine Schicht zu Ende war und er heimfuhr. Er hielt ein mit Wachspapier umhülltes Sandwich mit Taylor-Schinken und Ei in der Hand und hatte einen großen Bissen davon im Mund.

Er schnappte sich das Mikrofon, kaute hastig und meldete sich mit einigen Schwierigkeiten. »Vierzehn dreiundzwanzig. Okay.«

Er ließ den Motor an.

Officer Wells hatte die meiste Zeit seiner Dienstjahre in Nord-Philadelphia verbracht und war erst vor einem halben Jahr nach ›The Hill‹ versetzt worden. Er fand, daß es eine ›Pensionierung vor der Pensionierung‹ war. Im reichen Chestnut Hill war weitaus weniger Aktivität als in Nord-Philly.

Mit anderen Worten, er kannte seinen Distrikt nicht sehr gut, aber gut genug, um sich sofort in Erinnerung zu rufen, daß die West Chestnut Hill Avenue von großen Villen auf riesigen Grundstücken gesäumt war und nur wenige der Villen Hausnummern hatten.

Wo, zum Teufel, ist 928? dachte er.

Officer Wells schaltete weder Rotlicht noch Sirene an. Zu dieser Morgenstunde war nicht viel Verkehr in dieser Gegend, und er hielt es für überflüssig. Aber er gab gehörig Gas.

H. Richard Detweiler, der jetzt unter dem Gewicht seiner Tochter wankte, erreichte die massive Eichentür der Eingangshalle. Er blieb stehen, blickte ärgerlich über die Schulter und sah seine Frau.

»Grace, mach die verdammte Tür auf!«

Sie tat es, und er ging hinaus.

Penny schien immer schwerer zu werden. Er sah sich um, ging zu der Terrasse und zu einer schmiedeeisernen Bank und setzte sich darauf.

Violet tauchte auf.

»Mr. D.«, sagte sie, »die Polizei, der Rettungswagen, kommt.«

»Danke.«

Er blickte hinab auf das Gesicht seiner Tochter. Penny schaute ihn an, aber sie sah ihn nicht.

O Gott!

»Violet, ruf bitte Mr. Payne an und sag ihm, was passiert ist und daß ich ihn vermutlich brauche.«

Violet nickte und kehrte ins Haus zurück.

Brewster Cortland Payne II., Esquire, Anfang Fünfzig, groß und gut gebaut – er war Football-Halbstürmer in Princeton gewesen, in dem denkwürdigen Jahr, in dem Princeton sechzehn von siebzehn Spielen verloren hatte –, frühstückte mit seiner Frau Patricia im Innenhof seines weitläufigen Hauses an der Providence Road in Wallingford, als Mrs. Elizabeth Newman, die Haushälterin der Paynes, mit einem Telefon mit langer Schnur auftauchte.

»Es ist Violet von den Detweilers«, sagte sie.

Mrs. Payne, attraktiv, blond, vierundvierzig, die einen Faltenrock und einen Pullover trug, stellte ihre Kaffeetasse ab, doch dann nahm ihr Mann das Telefon entgegen.

»Für dich?« fragte sie, ohne wirklich eine Antwort zu erwarten.

»Guten Morgen, Violet«, sagte Brewster C. Payne. »Wie geht es Ihnen?«

»Mr. Detweiler bat mich, anzurufen«, sagte Violet. »Er sagte, er wird Sie vermutlich brauchen.«

»Was für ein Problem gibt es?«

Payne, ein Gründungspartner von Mawson, Payne, Stockton, McAdoo & Lester, unbestritten die angesehenste Anwaltskanzlei in Philadelphia, war sowohl Mr. H. Richard Detweilers persönlicher Anwalt als auch sein bester Freund. Sie waren Klassenkameraden auf der Episkopalschule und Kommilitonen in Princeton gewesen.

Violet erzählte ihm, was das Problem war, und beendete ihren Bericht unter Schluchzen. »Ich glaube, Penny ist tot,

Mr. Payne. Mr. Detweiler sitzt draußen und hält sie auf dem Schoß. Er wartet auf den Rettungswagen, aber ich glaube, sie ist tot.«

»Violet, wenn der Rettungswagen kommt, erkundigen Sie sich, wohin man Penny bringt. Rufen Sie hier an und sagen Sie es Elizabeth. Ich breche sofort auf. Wenn ich in Philadelphia bin, werde ich hier anrufen, und Elizabeth kann mir sagen, wohin ich fahren muß. Sagen Sie Mr. Detweiler, daß ich mich auf den Weg mache.«

Payne drückte die Gabel nieder, wartete auf das Freizeichen und wählte eine Nummer.

»Was ist?« fragte Patricia Payne.

»Violet fand Penny sitzend im Bett mit einer Spritze im Arm«, erklärte Payne mit ruhiger Stimme. »Sie warten auf einen Rettungswagen. Violet meint, es ist zu spät.«

»O Gott!«

Eine weibliche Stimme meldete sich am Telefon. »Dr. Payne ist zur Zeit nicht zu sprechen. Wenn Sie Ihren Namen und die Telefonnummer hinterlassen, wird sie so bald wie möglich zurückrufen. Bitte warten Sie auf den Piepton. Danke.«

Payne wartete auf den Piepton und sagte dann: »Amy, wenn du da bist, melde dich bitte.«

»Dad?«

»Penny wurde vor zehn Minuten mit einer Spitze im Arm gefunden. Violet meint, sie ist tot.«

»Verdammt!«

»Du solltest dorthin fahren und dich um Grace kümmern«, sagte Brewster Payne.

»Gottverdammt!« stieß Dr. Amelia Payne hervor.

»Sag ihr, daß ich komme«, rief Patricia.

»Deine Mutter sagt, sie kommt nach Chestnut Hill«, sagte Payne.

»In Ordnung«, erwiderte Amy, und dann war die Leitung tot.

Payne wartete auf das Freizeichen und wählte wieder.

»Sie haben sich höchstwahrscheinlich verwählt«, ertönte Matts Stimme mit metallischem Klang. »Wenn Sie mir etwas verkaufen wollen, wird das in zehn Sekunden gelöscht sein. Andernfalls können Sie eine Nachricht hinterlassen, wenn es piept.«

Piep.

»Matt, nimm den Hörer ab.«

Es meldete sich niemand.

Er ist vermutlich bei der Arbeit, dachte Payne und legte auf.

»Elizabeth, ruf bitte Mrs. Craig an – versuch es zuerst bei ihr zu Hause – und sag ihr, daß etwas dazwischen gekommen ist und ich nicht weiß, wann ich im Büro sein kann. Und sag ihr, sie soll Colonel Mawson bitten, sie wissen zu lassen, wo er heute morgen sein wird.«

Mrs. Newman nickte.

»Der arme Matt«, sagte Mrs. Newman.

»Guter Gott!« Brewster Payne erhob sich. Seine altmodische, abgenutzte Aktentasche stand auf der niedrigen Backsteinmauer, die den Innenhof umgab. Er nahm die Aktentasche, sprang über die niedrige Mauer und ging zur Garage. Seine Frau wollte ihm folgen, doch dann verharrte sie und rief ihm nach: »Ich muß meine Handtasche holen. Und ich werde versuchen, Matt bei der Arbeit zu erreichen.«

Sie wartete, bis er zustimmend nickte, und dann ging sie ins Haus.

Officer John D. Wells in Streifenwagen 14-23 fuhr langsamer, als er Block 900 der West Chestnut Hill Avenue erreichte, ein wenig ärgerlich, weil sich seine Befürchtung bestätigte.

Da sind keine Hausnummern. Verdammt! Nur hohe Zäune mit Spitzen drauf, die wie Speere aussehen, und Tore, die alle geschlossen sind. Man kann die Villen nicht mal von der Straße aus sehen.

Als er an einem Tor vorbeifuhr, begann es sich langsam und majestätisch zu öffnen. Officer Wells stoppte, setzte zurück und fuhr durch das Tor über eine gewundene Zufahrtsstraße, die von alten Eichen gesäumt war.

Wenn das nicht die Adresse ist, kann ich fragen, dachte Officer Wells.

Es war die Adresse. Ein Mann saß vor einer riesigen Villa auf einer schmiedeeisernen Bank und hielt ein Mädchen im Nachthemd auf den Armen.

Wells stoppte und stieg schnell aus.

»Gott sei Dank!« sagte der Mann und fügte hastig und ärgerlich hinzu: »Wo, zum Teufel, ist die Ambulanz? Wir haben eine Ambulanz gerufen!«

»Ein Rettungswagen ist unterwegs, Sir«, sagte Wells.

Sein Blick fiel auf das Mädchen. Ihre Augen waren geöffnet. Wells hatte genug offene starre, gebrochene Augen gesehen, um zu wissen, daß dieses Mädchen tot war. Aber er neigte sich vor und berührte die Halsschlagader, um sich zu vergewissern.

»Können Sie mir sagen, was geschehen ist, Sir?« fragte er.

»Wir fanden sie so. Violett fand sie so.«

In der Ferne war jetzt schwach Sirenengeheul zu hören.

»Es war eine Spritze in ihrem Arm«, sagte eine große Schwarze leise und erntete einen schmerzlichen Blick des Mannes, der die Leiche hielt. Er sah sie an, als habe sie ihn verraten.

Wells blickte hin. Da war keine Spritze, aber ein purpurfarbener Einstich im Arm des Mädchens.

»Wo haben Sie sie gefunden?« fragte Wells die Schwarze.

»Sie saß in ihrem Bett«, sagte Violet.

Das Heulen der Sirene war lauter geworden. Plötzlich verstummte es. Einen Augenblick später tauchte der Rettungswagen auf der Zufahrtsstraße auf.

Zwei Feuerwehrleute stiegen schnell aus, zogen eine Trage aus dem Heck des Vans, trugen eine Sauerstoffflasche und eine Arzttasche und liefen zu dem Mann, der das reglose Mädchen auf den Armen hielt.

Der größere der beiden, ein sehr dünner Mann, tat das

gleiche wie Officer Wells. Er warf einen Blick auf Miss Penelope Detweilers gebrochene Augen und sagte sich, daß sie tot war. Dann legte er einen Finger auf ihre Halsschlagader und vergewisserte sich.

Er bemerkte Wells' Blick und schüttelte kaum wahrnehmbar den Kopf.

»Sir«, sagte er sehr freundlich zu H. Richard Detweiler. »Ich denke, wir sollten sie auf die Trage legen.«

»Es war eine Spritze in ihrem Arm, wie die Lady sagte«, erklärte Officer Wells.

Jetzt schaute H. Richard Detweiler ihn böse an.

Der sehr dünne Feuerwehrmann nickte. Wells' Worte überraschten ihn nicht. Die Rettungstrupps der Feuerwehr von Philadelphia sehen viele Todesfälle, die durch eine Überdosis Rauschgift verursacht wurden.

Officer Wells ging zu seinem Streifenwagen und nahm das Mikrofon.

»Vierzehn dreiundzwanzig«, sagte er.

»Vierzehn dreiundzwanzig«, ertönte sofort Harriet Polks Stimme.

»Geben Sie mir einen leitenden Beamten bei dieser Position. Dies ist ein Fünf-zwei-neun-zwei.«

Fünf-zwei-neun-zwei war ein Kode, der auf die Zeit zurückging, bevor es Funk und Telefon gab, als die Polizeikommunikation per Telegraf stattfand. Er bedeutete ›Tote Person.‹

»Vierzehn B«, rief Harriet.

14 B war der Funkname von einem der beiden Sergeants des 14. Distrikts.

»Vierzehn B«, sprach Sergeant John Aloysius Monahan in sein Mikro. »Ich habe es gehört. Bin unterwegs.«

Officer Wells nahm ein Klemmbrett vom Wagenboden auf der Beifahrerseite und kehrte zu Mr. Detweiler zurück. Die Feuerwehrleute hatten inzwischen Miss Detweiler auf die Trage gelegt, die in diesem Fall als Bahre diente.

Der große, dünne Feuerwehrmann nahm eine verschlissene und fleckige graue Decke, hielt sie hoch, damit sie sich selbst entfaltete, und lege sie dann sehr behutsam über die Leiche von Miss Detweiler.

»Was machen Sie da?« fragte H. Richard Detweiler ärgerlich.

»Sir«, sagte der dünne Feuerwehrmann. »Es tut mir leid. Sie ist tot.«

»Das ist sie nicht!«

»Es tut mir wirklich leid, Sir.«

»O mein Gott!« stieß H. Richard Detweiler klagend hervor.

Mrs. Grace Detweiler, die soeben aus dem Haus gekommen war, begann zu schreien.

Violet eilte zu ihr und nahm sie in die Arme, während Tränen über ihre Wangen rannen.

»Was geschieht jetzt?« fragte H. Richard Detweiler.

»Ich befürchte, wir müssen ein paar Fragen stellen«, sagte Officer Wells. »Sie sind Mr. Detweiler? Der Vater des Mädchens?«

»Ich meine, was geschieht mit … meiner Tochter? Ich muß die Leichenhalle anrufen …«

»Mr. Detweiler«, sagte Wells, »es wird jemand vom Büro des Leichenbeschauers herkommen, offiziell ihren Tod feststellen und den Leichnam zum Leichenschauhaus bringen lassen. Unter den gegebenen Umständen muß die Kripo eine Ermittlung durchführen. Es wird eine Untersuchung der Toten stattfinden müssen.«

»Eine Autopsie, meinen Sie? Das kommt nicht in Frage.«

»Mr. Detweiler, es geht nicht anders«, sagte Wells. »Das Gesetz schreibt das vor.«

»Das werden wir sehen!« sagte Detweiler heftig. »Das ist meine Tochter!«

»Ja, Sir. Und, Sir, ein Sergeant ist auf dem Weg hierher. Und ein Detective wird kommen. Es müssen einige Fragen gestellt werden. Und wir müssen uns ansehen, wo Sie sie gefunden haben.«

»Den Teufel werden Sie tun!« brauste Detweiler auf. »Haben Sie einen Haussuchungsbefehl?«

»Nein, Sir«, sagte Wells. Ein Haussuchungsbefehl war in diesem Fall nicht nötig. Aber er wollte sich nicht mit diesem aufgeregten und gramgebeugten Mann streiten. Der Sergeant war unterwegs. Sollte sich der Sergeant darum kümmern.

Officer Wells kramte in seiner Erinnerung. John Aloysius Monahan war für den Fall zuständig. Netter Kerl. Guter Cop. Der Typ, der mit jemandem wie dem Vater der Toten fertig werden konnte.

Sergeant John Aloysius Monahan stieg aus seinem Wagen. Officer Wells ging ihm entgegen. Monahan sah einen großen Mann mit einem Morgenmantel auf einer schmiedeeisernen Bank sitzen und auf eine Trage starren, auf der sich unter einer Decke der Umriß eines menschlichen Körpers abzeichnete.

»Anscheinend eine Überdosis«, sagte Wells leise. »Das Dienstmädchen fand sie, die Tochter, in ihrem Bett mit der Nadel einer Spritze im Arm.«

»In ihrem Bett? Wie ist sie hierhergekommen?«

»Ihr Vater hat sie getragen«, sagte Wells. »Er saß dort und hielt sie auf den Armen, als ich hier eintraf. Er ist sehr aufgeregt. Ich sprach über die Autopsie, und er sagte ›kommt nicht in Frage‹.«

»Wissen Sie, wer der Mann ist?« fragte Monahan.

Wells schüttelte den Kopf und wies dann zu dem Herrenhaus. »Muß ein großes Tier sein.«

»Ihm gehört Nesfoods«, sagte Monahan.

»Das ist ein Ding!«

Monahan ging zu H. Richard Detweiler.

»Mr. Detweiler«, sagte er.

Es dauerte lange, bis Detweiler zu ihm aufblickte.

»Ich bin Sergeant Monahan vom 14. Distrikt, Mr. Detweiler. Dies hier tut mir sehr leid.«

Detweilers Schultern zuckten.

»Ich bin hier, um zu helfen, so gut ich kann, Mr. Detweiler.«

»Das ist jetzt ein bißchen zu spät, nicht wahr?«

»So sieht es aus, Mr. Detweiler«, stimmte Monahan zu. »Es tut mir wirklich leid.« Er schwieg kurz. »Mr. Detweiler«, sagte er dann, »ich muß mir das Zimmer ansehen, in dem sie gefunden wurde. Vielleicht finden wir etwas, das uns weiterhilft. Könnten Sie mich dorthin führen?«

»Warum nicht?« sagte H. Richard Detweiler. »Hier bin ich ohnehin nicht von Nutzen.«

»Das ist sehr nett von Ihnen, Mr. Detweiler«, sagte Sergeant Monahan. »Ich weiß das sehr zu schätzen.«

Er wartete, bis Detweiler aufstand und zum Haus ging, und dann winkte er Wells, ihm zu folgen.

»Wie lautet der Name Ihrer Tochter, Mr. Detweiler?« fragte Monahan freundlich. »Wir brauchen ihn für den Bericht.«

»Penelope«, sagte Mr. Detweiler. »Penelope Alice.«

Als sie die Halle durchquerten und zur Treppe gingen, notierte Officer Wells die Information auf Polizeiformular 75-48.

Sie gingen die Treppe hinauf und wandten sich nach links.

»Und wer außer Ihnen und Ihrer Gattin war im Haus, Sir?« fragte Sergeant Monahan.

»Natürlich Violet«, antwortete Detweiler. »Ich weiß nicht, ob der Koch noch hier ist oder ...«

»Wells, notieren Sie?« fiel ihm Monahan ins Wort.

»Jawohl, Sergeant«, sagte Officer Wells.

»Verzeihen Sie, daß ich Sie unterbrochen habe«, sagte Sergeant Monahan.

Officer Wells ließ ihnen einen kleinen Vorsprung, und dann verrückte er zwei der sechs Louis-XIV-Stühle, die ordentlich an der Wand des Flurs standen. Er schob einen der Stühle über die Einwegspritze, die sowohl er als auch Sergeant Monahan entdeckt hatten, und den zweiten

Stuhl über das Gummiband, um die Beweisstücke zu schützen.

Dann ging er schnell hinter Sergeant Monahan und Mr. Detweiler her.

Sergeant John Aloysius Monahan war beeindruckt von der Größe von Miss Penelope Alice Detweilers Apartment. Es war so groß wie das ganze Obergeschoß seines Reihenhauses am Roosevelt Boulevard. Das Badezimmer war so groß wie sein Schlafzimmer. Es überraschte ihn ein bißchen, daß die Wasserhähne aus rostfreiem Stahl waren. Es hätte ihn nicht überrascht, wenn sie aus Gold gewesen wären.

Und es überraschte ihn überhaupt nicht, auf einem von Miss Detweilers Nachttischen eine geöffnete leere Pergamentüte, einen Löffel, eine Kerze und einen kleinen Baumwolltupfer zu sehen.

Er rührte nichts an.

»Gibt es ein Telefon, das ich benutzen kann, Mr. Detweiler?« fragte er. Detweiler wies auf das Telefon auf dem anderen Nachttisch.

»Die Jungs von der Kripo haben es lieber, wenn wir nichts berühren, bevor sie sich alles angesehen haben«, sagte Monahan.

»Unten ist ein Telefon«, sagte Detweiler. »Sergeant, darf ich jetzt meinen Leichenbestatter anrufen? Ich möchte … sie dort weghaben. Ihrer Mutter zuliebe.«

»Das fragen Sie besser den Leichenbeschauer, Mr. Detweiler«, sagte Monahan. »Darf ich Sie bitten, mir das Telefon zu zeigen?«

»Schon gut«, sagte Detweiler. »Ich dachte an Pennys Mutter.«

»Ja, natürlich«, sagte Monahan. »Es ist eine schreckliche Sache, Mr. Detweiler.«

Er wartete, bis Detweiler das Zimmer verließ, und folgte ihm dann über den Flur und die Treppe hinunter. Officer

Wells schloß sich ihnen an. Detweiler führte ihn in ein Wohnzimmer und wies auf ein Telefon auf einem Tisch neben einem roten Ledersessel.

»Officer Wells hat einige Formulare, die ausgefüllt werden müssen«, sagte Monahan. »Ich bitte Sie ungern darum, aber könnten Sie ihm zwei oder drei Minuten Zeit widmen?«

»Bringen wir es hinter uns«, sagte Detweiler.

»Officer Wells, begleiten Sie Mr. Detweiler?« sagte Monahan. Er wartete, bis sie das Wohnzimmer verlassen hatten, schloß die Tür, ging zum Telefon und wählte eine Nummer, die er auswendig kannte.

»Kripo Nordwest, Detective McFadden.«

Detective Charles McFadden, ein sehr großer, freundlicher junger Mann, saß an einem Schreibtisch beim Eingang zu den Büros der Kripo Nordwest im ersten Stock des Polizei-Distriktgebäudes an der North Broad und Champlost Street.

»Hier spricht Sergeant Monahan, 14. Distrikt. Ist Captain O'Connor da?«

»Ja, der ist hier irgendwo«, sagte Detective McFadden. Dann hob er die Stimme: »Captain, Sergeant Monahan auf drei-vier für Sie.«

»Was kann ich für Sie tun, Jack?« fragte Captain Thomas O'Connor.

»Sir, ich bin bei einem Fünf-zwei-neun-zwei in Chestnut Hill. Bei Detweiler. Es ist Detweilers Tochter.«

»Was ist mit ihr passiert?«

»Sieht nach einer Überdosis Drogen aus.«

»Ich werde Chief Lowenstein anrufen«, dachte Captain O'Connor laut.

Lowenstein würde das so schnell wie möglich erfahren wollen. Die Familie Detweiler zählte zu den einflußreichsten der Stadt. Der Bürgermeister würde das wissen wollen, und Lowenstein konnte ihn informieren.

Captain O'Connor dachte an andere politische Verzweigungen. Der Freund des Detweiler-Mädchens war Detective Matthew Payne. Und Matt Paynes Förderer war Chief

Inspektor Dennis V. Coughlin. Es war ungewiß, ob Coughlin oder Lowenstein den inoffiziellen Titel des wichtigsten Chief Inspectors hatte. O'Connor war sich darüber im klaren, daß er Coughlin über den Tod des Detweiler-Mädchens informieren mußte. Und dann fiel ihm ein, daß es einen dritten Polizeibeamten gab, der ein persönliches Interesse an der Sache hatte und informiert werden mußte.

»Sie haben es gerade erst gemeldet?« fragte O'Connor.

»Ich hielt es für besser, es Ihnen direkt zu melden.«

»Ja. Richtig. Gut gedacht. Betrachten Sie es als gemeldet. Ich schicke sofort jemand raus. Ein paar Jungs erfuhren soeben, daß ihr Erscheinen vor Gericht nicht nötig ist. Ich weiß nicht, wer laut Dienstplan dran ist, aber ich werde dafür sorgen, daß die richtigen Leute diesen Fall bearbeiten. Und ich werde selbst dorthin kommen.«

»Die Leiche liegt auf einer Trage der Feuerwehr«, sagte Monahan. »Der Vater trug die Tote aus ihrem Zimmer nach unten, um auf den Rettungswagen zu warten. Ich habe den Leichenbeschauer noch nicht angerufen.«

»Rufen Sie ihn an«, sagte O'Connor. »Halten Sie sich genau an die Vorschriften. Und geben Sie mir eine Telefonnummer, wo ich Sie erreichen kann.«

Monahan las die Nummer vom Telefonapparat ab, und O'Connor wiederholte sie, während er sie aufschrieb.

»Richtig«, sagte Monahan.

»Danke für den Anruf, Jack«, sagte O'Connor und legte den Hörer auf. Er blickte Detective McFadden an.

»Wer ist als nächster mit einem Fall dran?«

»Ich. Ich halte nur die Stellung für Taylor.«

»Wann kommen Hemmings und Shapiro zurück?«

Detective McFadden blickte auf seine Armbanduhr.

»Sie müßten jeden Augenblick eintreffen. Sie haben sich vor zwanzig Minuten zurückgemeldet.«

»Lassen Sie Taylor den Fall übernehmen, wenn er hier ist. Sie sollten darauf verzichten.«

McFadden blickte ihn fragend an.

»Das ist ein Fünf-zwei-neun-zwei, Charley. Anscheinend ist die Freundin Ihres Freundes Payne an einer Überdosis Stoff gestorben.«

»O Gott!«

»In ihrem Elternhaus. Mehr weiß ich noch nicht. Aber ich meine, Sie sollten auf den Fall verzichten.«

»Captain, ich werde etwas Freizeit brauchen.«

»Ja, klar. Sobald Hemmings eintrifft. Nehmen Sie sich soviel Zeit, wie Sie brauchen.«

»Danke.«

»Ich habe Fotos von ihr gesehen«, sagte Captain O'Connor. »Welch eine verdammte Vergeudung!«

»Büro von Chief Coughlin, Sergeant Holloran.«

»Captain O'Connor, Kripo Nordwest. Ist der Chief zu sprechen?«

»Er ist hier, aber die Tür ist geschlossen. Inspector Wohl ist bei ihm, Captain.«

»Es ist wichtig.«

»Bleiben Sie dran, Captain.«

»Coughlin.«

»Chief, hier ist Tom O'Connor.«

»Ich hoffe, Sie haben etwas Wichtiges, Tom.«

»Sergeant Monahan vom 14. Distrikt meldete soeben einen Fünf-zwei-neun-zwei vom Detweiler-Anwesen. Das Mädchen. Die Tochter. Drogenüberdosis.«

»Jesus, Maria und Josef!« Chief Coughlin reagierte sogar mit noch mehr Emotion, als O'Connor erwartet hatte. Dann hörte er ihn gedämpft sagen, als ob er die Sprechmuschel nicht ganz zugehalten hätte: »Penny Detweiler hat eine Überdosis genommen. In ihrem Elternhaus. Sie ist tot.«

»Das darf doch nicht wahr sein!« hörte O'Connor Inspector Wohl sagen.

»Chief, ich habe versucht, Chief Lowenstein telefonisch zu erreichen. Sie wissen nicht zufällig, wo er ist?«

»Ich habe keine Ahnung, Tom. Es ist zehn nach acht. Er sollte jetzt in seinem Büro sein.«

»Ich werde es noch einmal versuchen«, sagte O'Connor.

»Danke für den Anruf, Tom.«

»Gern geschehen, Sir.«

Um Viertel vor acht wartete Police Commissioner Taddeus Czernick, ein großer, schwergewichtiger Siebenundfünfzigjähriger mit silbergrauem Haar im Empfangszimmer des Büros von Bürgermeister Carlucci, als eines der Telefone auf dem Schreibtisch der Telefonistin klingelte.

»Bürgermeister Carluccis Büro«, meldete sich die Telefonistin, eine Dreißigjährige, vollschlanke Frau italienischer Abstammung, und legte dann den Hörer ohne ein weiteres Wort auf. Czernick glaubte zu wissen, was der Anruf zu bedeuten hatte. Er erhielt die Bestätigung, als die Telefonistin aufstand, zur Tür vom Büro der Sekretärin des Bürgermeister ging und ankündigte: »Er betritt das Gebäude.«

Die Sekretärin des Bürgermeisters, im gleichen Alter wie die Telefonistin und offenkundig ebenfalls italienischer Abstammung, hatte mit dem Sergeant vom Dienst in der Polizeistation in der City Hall abgemacht, daß er anrief, wenn der Cadillac des Bürgermeisters in den Innenhof des Gebäudes fuhr.

Czernick stand auf und überprüfte den Sitz seiner Krawatte. Er trug einen grauen zweireihigen Anzug mit weißem Hemd und dunkelblauer Krawatte und auf Hochglanz polierte schwarze Halbschuhe. Sein Aussehen war beeindruckend.

Drei Minuten später öffnete Lieutenant Jack Fellows die Tür zum Empfangsraum. Der Bürgermeister marschierte zielstrebig herein.

»Guten Morgen, Mr. Mayor«, sagten der Polizeichef und die Telefonistin wie aus einem Munde.

»Morgen«, sagte der Bürgermeister zu der Telefonistin,

und dann wandte er sich dem Polizeichef zu, nicht gerade erfreut, ihn zu sehen. »Ist es wichtig?«

»Jawohl, Sir, ich denke, es ist wichtig«, erwiderte Czernick.

»Nun, dann kommen Sie herein. Bringen wir es hinter uns.« Der Bürgermeister marschierte ins Vorzimmer, dessen Tür Lieutenant Fellows aufhielt.

»Guten Morgen«, sagte der Bürgermeister zu seiner Sekretärin, als er an ihrem Schreibtisch vorbei zur Tür seines Büros schritt. Lieutenant Fellows mußte sich beeilen, um vor ihm dort zu sein und die Tür für ihn zu öffnen.

Commissioner Czernick folgte dem Bürgermeister ins Büro und blieb drei Schritte vor dem riesigen, mit kunstvollen Schnitzereien verzierten antiken Schreibtisch stehen. Die Sekretärin tauchte mit einer Tasse Kaffee auf. Die Tasse trug das Emblem der ›Söhne Italiens‹, ein Verein italienischer Einwanderer.

Der Bürgermeister setzte sich in seinen dunkelgrünen, hochlehnigen Ledersessel, neigte sich vor, um auf die Dokumente zu blicken, die auf der grünen Schreibtischunterlage auf dem Schreibtisch auf seine Aufmerksamkeit warteten, hob ein paar Schriftstücke an, um zu sehen, was darunter lag, und blickte dann zu Czernick auf.

»Was ist so wichtig?«

Commissioner Czernick legte ein einzelnes Blatt Papier auf den Schreibtisch, und zwar so, daß der Bürgermeister es lesen konnte, ohne es umzudrehen.

»Sergeant McElroy brachte mir das zu meinem Haus, als ich beim Frühstück saß«, sagte Commissioner Czernick mit einer Spur von Empörung in der Stimme.

Der Bürgermeister las.

CITY OF PHILADELPHIA

AKTENNOTIZ

An: POLICE COMMISSIONER

Von: COMMANDING OFFICER;
DETECITVE BUREAU

Betr.: AUSGLEICH VON ÜBERSTUNDEN/
ENTLASSUNGSGESUCH

1. Der Unterzeichner hat sich mit heutigem Datum für 14 Tage Urlaub genommen (Ausgleich von Überstunden).

2. Der Unterzeichner ersucht um seine Entlassung mit sofortiger Wirkung.

3. Da der Unterzeichner nicht erwartet, vor dem Status des Ruhestands in den Dienst zurückzukehren, gibt er hiermit den Polizeiausweis und die Dienstmarke ab.

M.L. Lowenstein
Matthew. L. Lowenstein
Chief Inspector

82-S–IAE (Rev 3/59) DIE ANTWORT AUF DIESE AKTENNOTIZ KANN HIERAUF HANDSCHRIFTLICH GEGEBEN WERDEN.

»Verdammt!« sagte der Bürgermeister.

Czernick trat einen Schritt vor und legte die Dienstmarke eines Chief Inspectors und ein Lederetui mit einem Ausweis mit Foto auf den Schreibtisch.

»Sie hielten es nicht für nötig, mich wissen zu lassen, daß

Chief Lowenstein in Ihre Ermittlung verwickelt war«, sagte Czernick.

»Verdammt!« wiederholte der Bürgermeister, diesmal mit Verachtung in der Stimme. Dann rief er lauter: »Jack!«

Lieutenant Fellows öffnete die Tür zum Büro des Bürgermeisters.

»Ja, Sir?«

»Holen Sie Chief Lowenstein ans Telefon«, sagte Carlucci. »Er ist vermutlich zu Hause.«

»Jawohl, Sir.« Fellows wollte sich zurückziehen.

»Telefonieren Sie von hier aus«, sagte der Bürgermeister.

Fellows ging zum Schreibtisch und nahm den Hörer von einem der drei Telefone ab.

»Das macht die Situation schlimmer, nehme ich an, nicht wahr?« fragte Commissioner Czernick.

»Tad, halten Sie den Mund, ja?«

»Mrs. Lowenstein«, sagte Fellows am Telefon. »Hier spricht Lieutenant Jack Fellows. Ich rufe im Auftrag des Bürgermeisters an. Er möchte mit Chief Lowenstein sprechen.«

Es folgte eine Antwort, und dann hielt Fellows die Hand auf die Sprechmuschel.

»Sie sagt, er ist nicht erreichbar«, meldete er.

»Sagen Sie ihr danke«, wies der Bürgermeister ihn an.

»Danke, Ma'am«, sagte Lieutenant Fellows, legte den Hörer auf, blickte den Bürgermeister an und wartete auf weitere Anweisungen.

»Sehen Sie sich das an, Jack«, sagte der Bürgermeister und schob Fellows die Aktennotiz hin.

»Mein Gott«, sagte Fellows, als er gelesen hatte.

»Ich hatte keine Ahnung, daß diese Schweinerei so hoch nach oben geht«, sagte Commissioner Czernick.

»Ich habe gesagt, Sie sollen die Klappe halten!« fuhr der Bürgermeister ihn an. Dann sah er Fellows an. »Jack, rufen Sie unten an und lassen Sie nachsehen, ob ein neutraler Wagen frei ist. Wenn ja, will ich ihn haben. Sie fahren. Wenn kein neutraler Wagen frei ist, rufen Sie die Special Operations. Sie sollen uns mit einem an der Kreuzung Broad und Roosevelt Boulevard treffen.«

»Jawohl, Sir.« Fellows nahm wieder den Telefonhörer ab.

Der Bürgermeister hörte mit ausdrucksloser Miene zu, während Fellows telefonierte.

»Inspector Taylors Wagen ist unten, Sir«, berichtete Fellows.

»Holen Sie ihn. Ich bin in einer Minute unten.«

»Jawohl, Sir.«

Der Bürgermeister blickte Fellows nach, als er aus dem Büro eilte. Dann wandte er sich an Commissioner Czernick.

»Wie viele Leute wissen von dieser Aktennotiz?«

»Nur Sie und ich, Sir. Und jetzt Fellows.«

»Behalten Sie ...«, begann der Bürgermeister.

»Und Harry McElroy«, unterbrach ihn Czernick. »Das Kuvert war nicht mal zugeklebt.«

»Behalten Sie die Sache für sich, Tad. Haben Sie mich verstanden?«

»Selbstverständlich, Sir.«

Der Bürgermeister erhob sich und verließ sein Büro.

»Sarah«, sagte der Bürgermeister von Philadelphia freundlich zu der grauhaarigen Frau, die die Tür des Reihenhauses in der Tyson Street, einer Seitenstraße des Roosevelt Boulevard, einen Spalt geöffnet hatte. »Ich weiß, daß er zu Hause ist.«

Sie schaute ihn nur an.

Sie ist den Tränen nahe, dachte der Bürgermeister. *Mein Gott, sie hat geweint. Verdammte Scheiße!*

»Was soll ich machen, Sarah, soll ich die Tür einschlagen?« fragte der Bürgermeister freundlich.

Die Tür wurde geschlossen. Eine Kette rasselte, und dann öffnete Sarah Lowenstein.

»In der Küche«, sagte sie leise.

»Danke.« Der Bürgermeister betrat das Haus, ging durch die Diele und schob die Pendeltür zur Küche auf.

Chief Matthew L. Lowenstein saß im Unterhemd am Küchentisch mit einer Tasse Kaffee. Er blickte auf, als er die Tür gehen hörte, und als er den Bürgermeister sah, blickte er schnell fort.

Der Bürgermeister legte Lowensteins Dienstmarke und den Dienstausweis auf den Küchentisch.

»Was soll der Scheiß, Matt?«

»Ich überlege«, sagte Lowenstein. »Wenn Sie eingetreten sind, ist das nur unbefugtes Betreten. Wenn Sie die Tür aufgebrochen haben, ist das gewaltsames Eindringen.«

»Sarah hat mich hereingelassen.«

»Das hatte ich ihr untersagt. Was wollen Sie, Mr. Mayor?«

»Ich will wissen, was das alles zu bedeuten hat.«

Lowenstein blickte den Bürgermeister an.

»Okay«, sagte er. »Das hat zu bedeuten, daß Sie keinen Kripochef brauchen, dem Sie nicht vertrauen.«

»Wer hat gesagt, daß ich Ihnen nicht vertraue? Um Himmels willen, wir kennen uns seit mindestens fünfundzwanzig Jahren. Natürlich vertraue ich Ihnen.«

»Deshalb betreiben Sie eine eigene Kripo, wie? Und Sie haben mir nichts davon gesagt, weil Sie mir vertrauen? Blödsinn, Jerry. Sie mißtrauen mir. Meinem Charakter oder meiner beruflichen Kompetenz.«

»Das ist Blödsinn!«

»Und ich brauche Ihren Blödsinn auch nicht mehr hinzunehmen. Ich bin nicht Taddeus Czernick. Ich bin lange genug im Dienst. Mit anderen Worten, ich brauche ihn nicht mehr.«

»Worüber sind Sie sauer? Was ist auf dieser verdammten Party passiert? Matt, um Himmels willen, ich war aufgeregt.«

»Sie waren ein ziemlich guter Cop, Jerry. Nicht so gut, wie Sie meinen, aber gut. Doch das heißt nicht, daß keiner sonst bei der Polizei so gescheit oder so ehrbar ist wie Sie. Ich bin als Cop ebenso gut, vielleicht sogar besser – ich wurde nie fast gefeuert –, als Sie es jemals waren. Lassen Sie es mich anders sagen. Ihr Blödsinn kotzt mich an, ich brauche ihn nicht hinzunehmen und nehme ihn nicht hin. Ich bin raus.«

»Na, na, Matt!«

»Ich bin raus!« wiederholte Lowenstein gepreßt. »Suchen Sie sich jemand anders, den Sie herumschubsen können. Machen Sie Peter Wohl zum Kripochef. Das haben Sie ja anscheinend bereits getan.«

»Ah, das ist es. Sie sind verärgert, weil ich Wohl die Ethical Affairs gab?«

»Diese ganze Idee mit dieser Ethical Affairs Unit stinkt. Internal Affairs, ein Teil des Detective Bureau, soll dreckige Cops finden. Und im großen und ganzen macht die Abteilung das ziemlich gut.«

»Diesmal nicht, Matt.«

»Ich habe daran gearbeitet. Ich war nahe dran.«

»Es gab politische Erwägungen«, sagte der Bürgermeister.

»Ja, politische Erwägungen«, murmelte Lowenstein bitter.

»Ja, politische Erwägungen«, wiederholte Carlucci. »Und rümpfen Sie nicht die Nase darüber. Sie sollten hoffen, daß ich wiedergewählt werde, denn sonst könnten Sie einen Bürgermeister und einen Polizeichef bekommen, mit denen Sie *wirklich* Probleme kriegen.«

»Wir haben jetzt keinen Polizeichef. Wir haben einen Papageien.«

»Das stimmt«, sagte der Bürgermeister. »Aber Czernick gibt ein gutes Bild ab und macht Ihnen keine Schwierigkeiten. Geben Sie das zu.«

»Ein eigener Gedanke und ein kalter Schluck Wasser würden den Polacken umbringen«, sagte Lowenstein.

»Aber er macht Ihnen keine Probleme, oder, Matt?«

»*Sie* machen mir die verdammten Probleme. *Machten*, Vergangenheit. Ich bin raus.«

»Sie können jetzt nicht den Dienst quittieren.«

»Und ob ich das kann.«

»Die Polizei hat Probleme. Große Probleme. Sie braucht Sie. Ich brauche Sie.«

»Sie meinen, Sie haben Probleme, wiedergewählt zu werden.«

»Wenn ich nicht wiedergewählt werde, dann wird die Polizei noch größere Probleme haben.«

»Ist Ihnen jemals in den Sinn gekommen, daß die Polizei vielleicht kein Probleme hätte, wenn Sie sich nicht in ihre Arbeit einmischen und die zuständigen Leute arbeiten lassen, wie sie es für richtig halten?«

»Sie wissen, daß ich die Polizei liebe, Matt«, sagt der Bürgermeister. »Alles, was ich tue, geschieht zum Besten der Polizei.«

»Wie ich schon sagte, machen Sie Peter Wohl zum Kripochef. Er hat bereits in allen Fällen außer Autodiebstahl ermittelt. Mensch, Sie haben sogar den jungen Payne zum Spionieren in die Mordkommission geschickt.«

»Ich habe Payne rübergeschickt, um Sie sauer zu machen. Ich war bereits wütend über diese verdammten Dreckskerle Cazerra und Meyer, und dann streiten Sie sich mit mir über Ihren Detective, der erwischt wurde, als er die Schwester seiner Frau fickte, und dessen derzeitige Freundin vermutlich in die Ermordung ihres Mannes verwickelt ist.«

»Das ist Quatsch, und das wissen Sie.«

»Ich wünschte, ich wüßte es.«

Lowenstein schaute den Bürgermeister an und nickte vor sich hin.

»Das sagte Augie Wohl. Und Sarah sagte es auch. Daß Sie das nur getan haben, um mich zu verärgern.«

»Und es hat geklappt, nicht wahr?« sagte der Bürgermeister erfreut und zufrieden. »Besser, als ich gehofft habe.«

»Sie Hurensohn«, sagte Lowenstein.

»Augie und Sarah haben nur zum Teil recht. Sie zu verärgern, war nicht das einzige, was ich wollte.«

»Was sonst?«

»Ich gab Ethical Affairs Peter Wohl aus politischen Überlegungen, und wenn es Ihnen auch nicht paßt, muß ich mich darum kümmern. Peter ist der Mister Saubermann für die

Öffentlichkeit, der Mann, der Richter Findermann in den Knast brachte. Ich brauchte etwas für die Medien außer ›Internal Affairs führt eine Ermittlung bezüglich dieser Anschuldigungen durch‹. Menschenskind, können Sie das nicht verstehen? Die Zeitungen, besonders der *Ledger*, empören sich immer über ›Vertuschung bei der Polizei‹. Wie hätte es gewirkt, wenn ich gesagt hätte, Internal Affairs ermittelt jetzt etwas, das diese Abteilung von selbst hätte herausfinden sollen?«

Chief Lowenstein mußte widerstrebend einräumen, daß Carlucci in diesem Punkt recht hatte. Er zuckte mit den Schultern. »Und was hat das damit zu tun, daß Sie Payne zum Spionieren in die Mordkommission schickten?«

»Das gleiche Prinzip. Sein Foto war in allen Zeitungen. Payne ist der Typ Cop, den die Öffentlichkeit wünscht. Einer wie im Fernsehen oder im Kino. Ein gutaussehender junger Cop, der die bösen Jungs umlegt und kein Geld klaut.«

Die Andeutung eines Lächelns spielte um Lowensteins Lippen.

»So sagte ich mir, wenn ich Payne einige Zeit zur Mordkommission schickte, kann er (a) keinem dort schaden, und wenn sich (b) herausstellt, daß Ihr Mann, der nicht den Pimmel in der Hose halten kann, und/oder die Witwe etwas mit Kellogs Ermordung zu tun hat – und seien Sie nicht sauer, Matt, es würde mich nicht überraschen, wenn es so ist –, dann haben die Zeitungen ein weiteres Beispiel dafür, wie Mr. Saubermanns Asse die Polizei säubern.«

»Ich sprach mit Wally Milham, Jerry. Ich habe genug Mörder gesehen und bin mit genug Cops zusammengewesen, um einen Mörder und/oder Cop zu erkennen, wenn ich einen sehe. Er hat es nicht getan.«

»Vielleicht nicht, aber wenn die Frau etwas damit zu tun hat und er sie fickte, was allgemein bekannt ist, ist es das gleiche. Haben Sie mit ihr geredet?«

»Nein«, sagte Lowenstein.

»Vielleicht sollten Sie das tun«, meinte der Bürgermeister.

»Sie hören mir nicht zu. Ich bin raus. Ich ziehe ans Meer und spaziere am Strand auf und ab.«

»Wir sind noch gar nicht dazu gekommen, darüber zu reden.«

»Es gibt nichts zu reden.«

»Sie haben sich noch nicht mein Angebot angehört.«

»Ich will Ihr gottverdammtes Angebot nicht hören.«

»Woher können Sie das wissen, bevor Sie es gehört haben?«

»Verdammt noch mal, können Sie kein Nein als Antwort akzeptieren?«

»Nein. Nicht von Ihnen. Nicht, wenn die Polizei Sie braucht.«

Die Küchentür wurde geöffnet.

»Ich dachte mir, ihr braucht noch mehr Kaffee«, sagte Sarah Lowenstein ein wenig nervös.

»Hast du noch von diesem Zeug, das wir gekauft haben, um die Ratten loszuwerden?« fragte Chief Lowenstein. »Gib zwei gehäufte Eßlöffel, oder besser drei, in Jerrys Kaffee.«

»Ihr beide kennt euch so lange«, sagte Sarah. »Es ist nicht richtig, daß ihr euch bekämpft.«

»Sagen Sie es ihm, Sarah«, bat der Bürgermeister. »Ich bin der Inbegriff der Vernunft und Versöhnlichkeit.«

»Vier Eßlöffel, Schatz«, sagte Chief Lowenstein.

12

Brewster Cortland Payne II. hatte bei einer Tankstelle in der City Line Avenue gestoppt und zu Hause angerufen. Mrs. Newman sagte ihm, daß Violet, das Dienstmädchen der Detweilers, nicht angerufen und nicht mitgeteilt hatte, in welches Krankenhaus Penny gebracht worden war.

Wenn Penny nicht in ein Krankenhaus gebracht worden war, dann bestand nach Brewster Paynes Ansicht die Möglichkeit, daß die Lage nicht so schlimm war, wie ursprünglich berichtet worden war. Vielleicht war Penny bewußtlos – das passierte manchmal, wenn Drogen im Spiel waren – und nicht ›tot‹, wie Violet gesagt hatte. Vielleicht war Penny zu sich gekommen.

In diesem Fall hätte es Dick Detweiler widerstrebt, sie in ein Krankenhaus zu bringen; sie konnte zu Hause von Dr. Dotson, dem Hausarzt, oder von Dr. Amy Payne behandelt werden, und der Zwischenfall konnte geheimgehalten werden.

Brewster Payne setzte sich wieder hinter das Steuer des Buick-Kombi und fuhr zur West Chestnut Hill Avenue. Als er durch das offene Tor des Anwesens fuhr, wurde ihm klar, daß seine Hoffnung, es wäre nicht so schlimm, wie Violet berichtet hatte, Wunschdenken war. Ein Rettungswagen und zwei Polizeiwagen parkten vor dem Haus, und ein dritter, neutraler Wagen, aber nach seiner Funkantenne zu schließen ebenfalls ein Polizeifahrzeug, stoppte hinter ihm, als er aus dem Kombi ausstieg.

Der Fahrer stieg aus. Payne sah, daß es ein Captain der Polizei war.

»Verzeihen Sie, Sir«, rief der Captain, als Payne die Treppe zur Terrasse hinaufgehen wollte.

Payne blieb stehen und wandte sich um.

»Ich bin Captain O'Connor. Kripo Nordwest. Darf ich fragen, wer Sie sind, Sir?«

»Meine Name ist Payne. Ich bin Mr. Detweilers Anwalt.«

»Wir haben hier eine ziemlich unangenehme Situation, Mr. Payne«, sagte O'Connor und reichte Payne die Hand.

»Wie schlimm ist es?«

»Ich befürchte, so schlimm, wie es nur sein kann«, sagte O'Connor und nickte zur Terrasse hin.

Payne blickte hin und sah zum ersten Mal die Trage mit dem Umriß eines Körpers unter der Decke.

»O Gott!«

»Mr. Payne, Chief Inspektor Coughlin ist auf dem Weg hierher. Kennen Sie ...«

»Ich kenne den Chief«, fiel Payne ihm ins Wort.

»Ich weiß noch keine Einzelheiten«, sagte O'Connor, »Aber ich möchte vorschlagen, daß Sie ...«

»Ich gehe zu meinem Mandanten, Captain«, sagte Payne,

ruhig, aber entschieden. »Es sei denn, es gibt einen Grund …?«

»Ich nehme an, er ist im Haus, Sir«, sagte O'Connor.

»Danke«, erwiderte Payne, machte kehrt und ging auf die Terrasse. Die Tür zum Haus war geschlossen, aber nicht abgeschlossen. Payne öffnete sie und ging hindurch in die Halle. Er sah ein Telefon an der Wand in einem Alkoven neben der Tür, verharrte und nahm den Hörer ab.

Er wählte eine Nummer, die er auswendig kannte.

»Nesfoods International. Guten Morgen.«

»Geben Sie mir bitte den Sicherheitschef«, sagte Payne.

»Mr. Schraeders Büro.«

»Mein Name ist Brewster C. Payne. Ich rufe im Auftrag von Mr. Richard Detweiler an. Mr. Schraeder, bitte.«

»Guten Morgen, Mr. Payne. Was kann ich für Sie tun?«

»Mr. Schraeder, schicken Sie bitte so bald wie möglich einige Sicherheitsleute zu Mr. Detweilers Haus? Sechs oder acht. Ich denke, ihre Dienste werden in den nächsten vier oder fünf Tagen rund um die Uhr gebraucht werden, und ich schlage vor, daß Sie dementsprechend planen.«

»Ich werde jemand in einer halben Stunde dort haben, Mr. Payne«, sagte Schraeder. »Darf ich fragen, welches Problem es gibt? Oder soll ich persönlich dorthin kommen?«

»Ich denke, es wäre hilfreich, wenn Sie herkommen, Mr. Schraeder«, sagte Payne.

»Bin schon unterwegs, Sir«, erwiderte Schraeder.

Payne hängte den Hörer ein und wandte sich von dem Alkoven ab.

Captains O'Connor stand davor.

»Dr. Amelia Payne ist auf dem Weg hierher«, sagte Payne. »Ebenfalls meine Frau. Sie werden bei den Detweiler sein wollen.«

»Ich verstehe, Sir. Das ist kein Problem.«

»Danke, Captain«, sagte Payne.

»Mr. Detweiler ist dort im Wohnzimmer«, sagte O'Connor und wies hin. »Ich glaube, Mrs. Detweiler ist oben.«

»Danke«, sagte Payne, ging zum unteren Wohnzimmer und schob die Tür auf.

H. Richard Detweiler saß in einem roten Ledersessel, hatte die Hände auf dem Schoß gefaltet und starrte auf den Boden. Er hob den Blick bei Paynes Eintreten.

»Brew«, sagte er und lächelte.

»Dick.«

»Alles lief prima, Brew. Vorgestern abend gingen Penny und Matt zum Abendessen mit Chad und Daffy aus, um Chads Beförderung zu feiern. Und gestern abend waren sie bei Martha Peebles' Feier. Und vor drei oder vier Tagen kam Matt zu uns, und die beiden machten Käse-Hot-dogs für uns. Weißt du, man schlitzt das Hot-dog auf, füllt es mit Käse und umwickelt es mit Schinken. Sie grillten es für uns auf dem Holzkohlengrill. Und dann gingen sie ins Kino. Penny war so glücklich, Brew. Und jetzt das.«

»Es tut mir sehr leid, Dick.«

»O verdammt, Brew.« H. Richard Detweiler begann zu schluchzen. »Als ich in ihr Zimmer ging, waren ihre Augen offen, aber ich wußte es.«

Er begann zu weinen.

Brewster Cortland Payne ging zu ihm und legte einen Arm um ihn.

»Ruhig, Junge«, sagte er mit belegter Stimme, während auch ihm Tränen über die Wangen rannen. »Ruhig.«

Der Buick-Kombi, mit dem Amelia Payne, Doktor der Medizin, durch das Tor des Detweiler-Anwesens fuhr, war identisch mit dem ihres Vaters, mit dem er soeben eingetroffen war.

Dasselbe Modell, dieselbe Farbe und sogar die Aufkleber vom Rose Tree Hunt und Merion Cricket Club auf dem Heckfenster waren identisch. Allerdings war Dr. Amelia Paynes Buick zwei Jahre älter, hatte eine Menge Beulen und Schrammen in der Karosserie, einen schlimm eingedellten rechten Kotflügel, und der Wagen mußte dringend durch eine Waschanlage.

Der Wagen hatte Dr. Paynes Vater gehört. Er hatte ihn seiner Tochter für einen sehr günstigen Preis überlassen, denn er hatte gesagt, man hätte ihm viel zu wenig geboten, wenn er den Wagen für den neuen in Zahlung gegeben hätte. Das war nicht die ganze Wahrheit. Brewster Payne war insgeheim geschmeichelt gewesen, wieviel man ihm für einen zweijährigen Wagen mit weniger als fünfzehntausend Meilen auf dem Tacho und in Topzustand geboten hatte. Der wahre Grund war, daß gutes Fahren eines Autos nicht zu den vielen Fähigkeiten und Talenten seiner Tochter zählte.

»Sie braucht etwas Solides wie den Buick, einen Wagen, der einen Crash übersteht«, vertraute er seiner Frau an. »Wenn ich könnte, würde ich ihr einen Panzer oder einen gepanzerten Wagen besorgen. Wenn Amy hinter dem Steuer sitzt, erinnert sie mich an diesen Comic-Typen mit der schwarzen Wolke einer zwangsläufigen Katastrophe über dem Kopf.«

Nicht, daß sie leichtsinnig oder eine Raserin war, aber das Aussehen des Wagens war ihr einfach gleichgültig. Ihr Vater war zu der Ansicht gelangt, daß Amy – wie schon immer – in Gedanken mit weitaus wichtigeren Dingen beschäftigt war als mit einer eingebeulten Stoßstange ihres Wagens oder eines anderen.

Im dritten Schuljahr, als Amy wegen ihres Verhaltens in der Klasse zu einem Psychiater geschickt worden war (wenn sie nicht allerlei Unfug anstellte, neigte sie dazu, ein Nickerchen zu machen), erkannte der Psychiater schnell den Grund. Sie war laut dreier verschiedener Tests, die er mit ihr durchführte, ein Genie. Sie langweilte sich im dritten Schuljahr.

Mit zehn Jahren wurde sie zur High School zugelassen, die für geistig Begabte bei der University of Pennsylvania betrieben wurde, und mit dreizehn wegen ihrer außergewöhnlichen Fähigkeiten in Mathematik an der University of Pennsylvania zugelassen.

»Theoretische Mathematik, natürlich«, scherzte ihr Vater bei Freunden. »Doppel-Doktor Payne ist absolut unfähig, ihr Girokonto auszugleichen.«

Das war ein Hinweis auf ihre beiden Doktortitel. Den ersten, Doktor der Philosophie, hatte sie mit zwanzig erhalten, den zweiten, Doktor der Medizin, mit dreiundzwanzig, nachdem sie eine nach der Ansicht ihres Vaters gefährliche Affäre mit einem gutaussehenden Jesuitenpriester gehabt hatte, der doppelt so alt gewesen war. Sie ging aus dieser (soweit ihr Vater wußte, platonischen) Beziehung mit dem Bedürfnis hervor, Gott zu dienen, indem sie der Menschheit diente. Ursprünglich wollte sie Chirurgin werden und sich auf traumatische Verletzungen spezialisieren, doch während ihres Medizinalpraktikums im University of Pennsylvania Hospital entschied sie sich, Psychiaterin zu werden. Sie lernte an der Menninger Klinik, kehrte dann nach Philadelphia zurück, wo sie eine eigene Praxis eröffnete und an der medizinischen Fakultät der University of Pennsylvania lehrte.

Sie war jetzt neunundzwanzig und immer noch ledig, obwohl ein stetiger Strom junger Männer durch ihr Leben gezogen war. Ihr Vater nahm an, sie schreckte sie mit ihrer Intelligenz ab. Einen anderen Grund, weshalb sie noch Single war, konnte er sich nicht vorstellen. Sie war attraktiv und charmant, wie ihr Vater fand, und sie hatte einen Sinn für Humor, der seinem ähnelte.

Amelia Payne, Dr. phil. und Dr. med., stoppte den Buick vor dem Detweiler-Herrenhaus, verweigerte wirksam die Benutzung des Zufahrtswegs jedem, der ihn befahren wollte, und stieg aus. Sie trug einen Faltenrock aus Tweed und einen Pullover, und sie wirkte damit wie eine junge Matrone.

Die Feuerwehrleute bei der mit der Decke verhüllten Leiche waren deshalb überrascht, als sie sich neben die Trage kniete und die Decke zurückzuschlagen begann.

»He, Lady!«

»Ich bin Dr. Payne«, sagte Amy und untersuchte die Leiche sehr schnell. Dann zog sie die Decke darüber und stand auf.

»Gehen wir ins Haus«, sagte sie. »Außer Sicht.«

»Wir warten auf den Leichenbeschauer.«

»Und während wir warten, bringen wir die Leiche ins Haus«, sagte Dr. Payne. »Das war kein Vorschlag, sondern eine Anweisung.«

Die Feuerwehrleute hoben die Trage an und folgten Dr. Payne ins Haus.

Amelia durchquerte die Halle, öffnete die Tür zum Wohnzimmer und sah ihren Vater und H. Richard Detweiler, die leise miteinander sprachen.

»Alles in Ordnung mit dir, Onkel Dick?« fragte sie.

»Prima, Schatz«, erwiderte Detweiler.

»Grace ist oben, Amy«, sagte ihr Vater.

»Ich sehe nach ihr.« Amy schloß die Tür. Sie wandte sich an die Feuerwehrleute. »Dort drüben ins Eßzimmer.«

Sie durchquerte die Halle, öffnete die Tür des Eßzimmers und wartete, bis die Feuerwehrleute die Leiche hineingetragen hatten. Dann gab sie andere Anweisung:

»Einer von Ihnen bleibt hier, der andere wartet draußen auf den Leichenbeschauer. Wenn er eintrifft, informieren Sie mich. Ich werde oben bei Mrs. Detweiler, der Mutter, sein.«

»Ja, Ma'am«, sagte der größere der beiden Feuerwehrleute, der ungefähr doppelt so schwer wie Amy war, gefügig.

Amy ging schnell die Treppe hinauf.

Ein schwarzer Ford Falcon mit dem Wappen der Stadt Philadelphia auf den Türen fuhr durch das Tor des Detweiler-Anwesens zum Herrenhaus.

Bernard C. Potter, ein Schwarzer in mittleren Jahren mit fast kahlem Kopf, stieg aus dem Wagen. Er trug ein Sakko ohne Krawatte und hatte eine 35-mm-Kamera und eine kleine, schwarze Tasche bei sich. Bernie Potter war ein Ermittler für das Büro des Leichenbeschauers der Stadt Philadelphia.

Dieser Job wird ein bißchen ungewöhnlich, dachte Potter, als er die Polizeifahrzeuge und den Rettungswagen der Feuerwehr sah, der normalerweise längst vom Tatort hätte fort sein müssen.

Und dann kam Captain O'Connor, der Chef der Kripo Nordwest, wie Potter wußte, aus der Haustür. Das war ein weiterer Hinweis darauf, daß etwas Besonderes los war. Kripochefs fuhren normalerweise nicht zu Fünf-zwei-neunzwei-Jobs, die zur Routine zählten.

»Hallo, Bernie«, sagte O'Connor.

»Was haben wir?« fragte Bernie, während sie sich die Hände schüttelten.

»Sieht nach Selbstmord aus, Bernie. Weibliche Weiße, Anfang Zwanzig, der Vater zufällig der Besitzer von Nesfoods.«

»Schönes Haus«, sagte Bernie. »Die Bewohner leben bestimmt nicht von der Wohlfahrt. Wo ist die Leiche?«

»Im Eßzimmer.«

»Warum seid ihr Jungs noch hier?« fragte Bernie den Feuerwehrmann auf der Terrasse. Es war nur Neugier, kein Tadel.

Der Feuerwehrmann fühlte sich sichtlich unbehaglich.

»Wie ich schon sagte«, antwortete Captain O'Connor für ihn, »der Vater ist der Besitzer von Nesfoods International.« Und dann wandte er den Kopf zur Zufahrtsstraße, auf der ein neuer Ford nahte. »Und da kommt, glaube ich, Chief Coughlin.«

»Vor dem Gesetzt sind alle gleich, richtig?« fragte Bernie.

»Es ist ein Doc, eine Ärztin, im Haus«, sagte der Feuerwehrmann. »Sie sagte, sie will informiert werden, wenn Sie eintreffen.«

»Was will sie?« fragte Bernie.

Chief Coughlin stieg aus seinem Wagen und schlenderte heran.

»Guten Morgen, Chief«, sagte Tom O'Connor.

Coughlin begrüßte ihn und dann Bernie Potter mit Handschlag.

»Lange nicht gesehen, Bernie«, sagte er. »Haben Sie schon offiziell den Tod erklärt?«

»Ich habe die Leiche noch nicht gesehen.«

»Je schneller wir die Sache hinter uns bringen, desto besser. Haben Sie einen Leichenwagen bestellt, Tom?«

»Noch nicht. Ich möchte meinen Leuten nicht in die Quere kommen.«

»Überprüfen Sie das. Wenn er keinen Leichenwagen bestellt hat, lassen Sie einen kommen.«

»Jawohl, Sir.«

»Wo ist die Leiche?«

»Im Eßzimmer«, sagte der Feuerwehrmann.

»Ich hörte, sie war hier auf der Terrasse.«

»Die Ärztin wies uns an, sie ins Haus zu bringen«, sagte der Feuerwehrmann.

»Sehen wir uns das an«, sagte Coughlin. »Ich weiß, wo das Eßzimmer ist. Tom, sorgen Sie für den Leichenwagen.«

»Jawohl, Sir.«

Coughlin ging voran zum Eßzimmer.

»Wie kam die Leiche auf die Trage?« fragte Bernie.

»Ich hörte, der Vater trug sie aus dem Haus«, sagte der Feuerwehrmann. »Als wir eintrafen, saß er draußen und hielt sie auf den Armen. Wir übernahmen sie von ihm.«

Chief Coughlins Miene spiegelte kurz Schmerz und Mitleid wider.

»Wo wurde sie gefunden?« fragte Bernie.

Dr. Amelia Payne betrat das Eßzimmer.

»In ihrem Schlafzimmer«, beantwortete sie die Frage. »Im Bett sitzend mit einer Spritze im linken Arm.«

»Dr. Payne, dies ist Mr. Potter, ein Ermittler vom Büro des Leichenbeschauers.«

»Guten Morgen«, sagte Amy. »Der Tod trat offenbar auf der Stelle ein oder fast so«, fuhr sie fort. »Es ist schaumige Flüssigkeit in der Nase, was bei Heroinvergiftungen oft beobachtet wird. Die Verstorbene war rauschgiftsüchtig. Nach meiner Meinung …«

»Doktor«, unterbrach Bernie mit sichtlichem Unbehagen, »ich möchte nicht unfreundlich sein, aber Sie haben hier nichts zu sagen. Dies ist ein Fall des Leichenbeschauers.«

»Ich bin approbierte Ärztin, Mr. Potter«, erwiderte Amy. »Die Verstorbene war meine Patientin, und sie starb unter nicht unerwarteten Umständen in ihrer Wohnung. Ich bin befugt, jede Untersuchung bei der Leiche durchzuführen, wenn ich es für nötig halte.«

»Amy, Schatz«, sagte Chief Coughlin sanft.

»Ja?« Sie wandte sich ihm zu.

»Ich weiß, woher du kommst, Amy. Aber laß dir sagen, wie es ist. Du hast vielleicht recht. Vermutlich sogar. Aber wenn du dagegen ankämpfst, daß der Leichenbeschauer Pennys Leichnam übernimmt, denk daran, was passieren wird: Es wird Zeit dauern, vielleicht sogar ein paar Tage, bevor dein Vater eine gerichtliche Verfügung erwirken kann. Bis er einen Richter findet, der verfügt, daß die Leiche an dich freigegeben wird, wird der Leichenbeschauer sie behalten. Laß es uns so schnell und schmerzlos hinter uns bringen wie möglich. Ich habe bereits mit dem Leichenbeschauer gesprochen. Er wird die Autopsie selbst durchführen, sobald die Leiche dort ist. Sie kann in zwei, drei Stunden in der Leichenhalle sein.«

Amy erwiderte nichts.

»Grace Detweiler braucht dich«, fuhr Coughlin fort. »Und Matt. Das ist das wichtige.«

Amy blickte Bernie an.

»Eine Autopsie ist nicht nötig«, sagte sie. »Jeder hier weiß, daß sich das Mädchen selbst umgebracht hat.«

»Das Gesetz schreibt es vor, Doktor«, sagte Bernie mitfühlend.

Amy wandte sich an Dennis Coughlin.

»Was ist mit Matt? Weiß er es?«

»Peter Wohl wartet auf ihn in der North Broad Street. Er wird es ihm sagen. Es sei denn, du ...«

»Nein«, sagte Amy. »Ich finde, Peter ist der beste dafür. Sie haben eine brüderliche Beziehung. Und Peter hat offenbar mehr Erfahrung in diesen Dingen als mein Vater. Meinst du, Matt kommt her?«

»Das nehme ich an.«

Sie wandte sich an Bernie Potter.

»Okay, Mr. Potter. Sie ist um 9.25 Uhr für tot erklärt.« Sie sah wieder Chief Coughlin an. »Danke, Onkel Denny.«

Dann verließ Amy das Eßzimmer.

Chief Coughlin wandte sich an den Feuerwehrmann. »Der Leichenwagen ist unterwegs. Warten Sie, bis er hier ist.«

Der Feuerwehrmann nickte.

»Ich werde mir das Schlafzimmer ansehen müssen, Chief«, sagte Bernie Potter.

Coughlin nickte. »Ich zeige es Ihnen. Sind Sie hier fertig?«

»Ich habe die Leiche noch nicht gesehen«, sagte Potter.

Er ging neben der Trage in die Hocke und zog die Decke zur Seite. Dann sah er sich genau die Augen an und schloß sie. Er untersuchte die Nasenlöcher.

»Ja«, murmelte er vor sich hin. Dann wandte er sich an den Feuerwehrmann. »Helfen Sie mir, sie umzudrehen.«

Der Feuerwehrmann half ihm, die Leiche auf den Bauch zu drehen. Bernie Potter zog Penelope Alice Detweilers Nachthemd bis zu ihrem Hals hoch.

Es war eine Verfärbung zu sehen. Die untere Rückenpartie, das Gesäß und die Rückseite ihrer Beine waren dunkelrot. Die Schwerkraft zieht bei einer Leiche das Blut zur niedrigsten Stelle des Körpers.

»Okay«, sagte er. »Keine Anzeichen auf Trauma auf dem Rücken. Drehen wir sie jetzt auf den Rücken.«

Als die Leiche auf dem Rücken lag, war wiederum die

Verfärbung zu sehen. Der Unterleib und die Leistengegend waren dunkelrot.

»Hier ebenfalls keine Anzeichen auf Trauma«, sagte Bernie Potter. Er hob den linken Arm an.

»Sieht aus, als wäre darin eine Nadel gewesen«, sagte er. »Er ist verfärbt.«

»Das Mädchen sagte, es war eine Spritze in ihrem Arm«, sagte Captain O'Connor. »Und der Sergeant vom Distrikt sah eine Spritze und ein Gummiband auf dem oberen Flur. Er stellte Stühle darüber.«

Bernie Potter nickte. Er legte Penelopes Arm zurück neben den Körper, zog das Nachthemd hinunter, breitete die Decke über dem Leichnam aus und richtete sich auf.

»Okay«, sagte er. »Sehen wir uns das Schlafzimmer an. Und die Spritze.«

Chief Coughlin ging voran die Treppe hinauf.

»Da ist es«, sagte Tom O'Connor, als sie zu den Stühlen im oberen Flur gelangten. Er hob behutsam die Stühle an, die Officer Wells über die Einwegspritze und das Gummiband gestellt hatte, und lehnte sich an die Wand.

Bernie Potter öffnete seine Tasche und entnahm ihr zwei Plastiktüten. Mit einer Pinzette nahm er die Spritze und das Gummiband und verstaute beides in den Plastiktüten.

Coughlin führte ihn dann zu Penelopes Schlafzimmer. Potter machte erst ein paar Fotos vom Bett und den Nachttischen, nahm dann eine größere Plastiktüte und verstaute darin mit Hilfe der Pinzette den Löffel, die Kerze, den Baumwolltupfer und das Pergamentütchen mit der weißen, kristallartigen Substanz.

»Okay«, sagte er. »Ich habe alles, was ich brauche. Lassen Sie mich telefonieren, und dann mache ich mich auf den Weg.«

»Ich zeige Ihnen das Telefon, Bernie«, sagte Chief Coughlin. »Unten bei der Tür ist eins.«

Als sie die Treppe hinabgingen, wurde die Tür zum Eßzimmer geöffnet, und zwei uniformierte Polizisten trugen

Penelopes Leiche auf einer Bahre heraus. Die Leiche war mit der Decke verhüllt, doch ihr Arm baumelte von der Bahre hinab.

»Der Arm!« sagte Chief Coughlin.

Einer der Feuerwehrleute, der die Tür aufhielt, ging schnell hin und legte den Arm auf die Bahre.

Die Polizisten trugen die Leiche hinaus und die kleine Treppe von der Terrasse hinab und schoben die Bahre durch die bereits offene Hecktür eines Polizeitransporters.

Chief Coughlin wies auf das Telefon und ging auf die Terrasse hinaus.

»Übergeben Sie die Leiche keinem anderen«, rief er. »Sie ist für Dr. Greene bestimmt. Er wartet darauf.«

»Jawohl, Sir«, sagte einer der Polizeibeamten.

Coughlin kehrte in die Halle zurück.

Bernie Potter hängte gerade den Telefonhörer ein.

»Danke, Bernie«, sagte Coughlin und reichte ihm die Hand.

»O Mann, was für ein Tagesanfang«, sagte Bernie.

»Ja«, stimmte Coughlin zu.

Wer Inspector Peter Wohl sah, der am Kotflügel seines Wagens lehnte, der mit den rechten Rädern auf dem Bürgersteig stand, die Arme verschränkt und mit ärgerlicher Miene, hätte ihn für einen Börsenmakler oder Anwalt halten können, der zu spät zu einem morgendlichen Termin kommen würde, weil er eine Panne hatte und sich der Keystone Automobile Club verdammt viel Zeit ließ, um ihm zu Hilfe zu eilen.

Die ärgerliche Miene war nicht darauf zurückzuführen, daß er Matt Payne – den er mochte wie einen kleineren Bruder, den er nie gehabt hatte – sagen mußte, daß die Liebe seines Lebens tot war, sondern eher auf die soeben gewonnene Erkenntnis, daß er wirklich ein kaltblütiger Hurensohn war.

Es war ihm klargeworden, daß er Matt gegenüber so mitfühlend sein würde, wie er konnte, und sogar Trauer über den Verlust zeigen würde. Aber in Wahrheit war er soeben ehrlich genug gewesen, um sich einzugestehen, daß seiner Meinung nach Matt viel besser dran war, wenn Penelope Detweiler tot war.

Er hatte die Erfahrung gemacht – und als Cop hatte er auf diesem Gebiet viel Erfahrung gesammelt –, daß ein Junkie ein Junkie ist und ein Junkie bleibt. Und das schien im Fall Penelope Detweiler absolut zuzutreffen. Sie hatte die beste ärztliche und psychiatrische Behandlung gehabt, die man für Geld buchstäblich kaufen konnte, doch sie war nicht von der Nadel losgekommen, aus welchen Gründen auch immer.

Es hätte keine anständige Zukunft für sie beide gegeben. Wenn sie nicht an diesem Morgen an einer Überdosis gestorben wäre, dann in der nächsten Woche, im nächsten Monat, im nächsten Jahr oder in zwei, drei Jahren. Es hätte andere Zwischenfälle gegeben, schmutzige und unverständliche für Leute, die nicht aus erster Hand das Schreckliche der Drogensucht kennen, und jedesmal wäre in Matt ein wenig mehr abgestorben.

Es war besser für Matt, daß dies jetzt geschehen war, anstatt später, wenn sie verheiratet gewesen wären und Kinder gehabt hätten.

Er hatte Mitleid mit Penelope Detweiler, aber das änderte nichts daran, daß er froh war, weil sie gestorben war, bevor sie Matt noch mehr Schmerz und Leid zufügen konnte.

Aber jeder, der sich über den Tod einer dreiundzwanzigjährigen Frau freut, ist ein kaltherziger Hurensohn, dachte Peter Wohl.

Er blickte auf, als sich ein Wagen näherte, der fast identisch mit seinem war, der Fahrer die Lichthupe betätigte und hinter seinem Wagen halb auf dem Bürgersteig stoppte. Der Fahrer war Detective Jesus Martinez. Detektiv Payne öffnete lächelnd die Beifahrertür und stieg aus. Martinez, mit ärgerlicher Miene, beeilte sich, ihm zu folgen.

Warum hassen sich die beiden?

Die Antwort ist offenbar, daß sich Gegensätze nicht anziehen.

Was sage ich Matt?

Wenn alles sonst scheitert, versuch es mit der ungeschminkten Wahrheit.

»Haben Sie schon wieder eine Panne?« fragte Matt Payne.

Böse Geister – oder die Auswirkungen eines durchzechten Wochenendes auf die Produktion bei Ford am Montagmorgen – hatten Inspector Wohls Auto zu schaffen gemacht. Die Lichtmaschine streikte, der Kühler verlor Wasser, die Keilriemen rissen, was für gewöhnlich dazu führte, daß er mitten in der Nacht im Niemandsland liegenblieb. Die meisten seiner Untergebenen amüsierten sich darüber köstlich.

Er fuhr jetzt den dritten nagelneuen Wagen in einem halben Jahr.

»Gehen wir in den Wagen«, sagte Wohl. »Jesus, geben Sie uns bitte eine Minute, ja?«

Matt blickte neugierig drein, befolgte jedoch wortlos die Anweisung. Er schloß die Wagentür hinter sich und blickte Wohl an.

Wohl sah ihm in die Augen.

»Matt, Penny ist an einer Überdosis gestorben.«

Matts Miene schien zu versteinern. Dann hoben sich seine Augenbrauen wie fragend, als suche er eine Bestätigung, daß er sich verhört hatte.

Wohl zuckte mit den Schultern, und hob die Hände in einer Geste der Hilflosigkeit.

»Matt ...«

»Oh, Scheiße!« sagte Matt.

»Das Mädchen fand sie im Bett mit einer Nadel im Arm. Der Tod trat offenbar auf der Stelle ein.«

»Oh, Scheiße!«

»Tom O'Connor – er leitet die Kripo Nordwest – rief Denny Coughlin an, als es gemeldet worden war. Ich war zufällig in Dennys Büro, als er den Anruf erhielt. Er fuhr hin, um zu sehen, ob er helfen kann. Inzwischen ist die Leiche beim Leichenbeschauer.«

»Der Tod trat auf der Stelle ein?«

Wohl nickte. »Das sagte man mir.«

»Oh, Scheiße, Peter!«

»Es tut mir leid, Matt«, sagte Wohl und legte einen Arm um Matts Schulter.

»Es tut mir wirklich leid.«

»Wir hatten gestern abend einen verdammten Streit.«

»Es ist nicht Ihre Schuld, Matt. Denken Sie so was nicht.«

»Das gleiche verdammte Thema. Unsere Zukunft. Daß ich Cop bin.«

»Wenn es nicht das gewesen wäre, dann etwas anderes. Sie finden immer eine Ausrede.«

»Süchtige, meinen Sie?«

Wohl nickte.

»Ist Amy benachrichtigt worden?« fragte Matt. »Mrs. Detweiler wird zusammenbrechen.«

Seine Reaktion ist anders, als ich erwartet habe, dachte Wohl. *Aber was habe ich erwartet*?

»Ich weiß es nicht«, sagte Wohl, und dann kam ihm ein Gedanke. Er griff unter das Armaturenbrett und nahm das Mikrofon aus der Halterung.

»Isaac drei, William eins.«

»Isaac drei«, ertönte die Stimme von Sergeant Francis Holloran, Chief Inspector Coughlins Fahrer.

»Tom, sprechen Sie mit dem Chief und stellen Sie fest, ob Dr. Payne benachrichtigt worden ist.«

»Sie ist hier, Inspector.«

»Danke«, sagte Wohl und schob das Mikrofon in die Halterung. Er sah Matt an.

»Ich nehme an, ich sollte hinfahren«, sagte Matt.

»Nehmen Sie den Wagen und soviel Zeit, wie Sie brauchen«, sagte Wohl. »Ich nehme Martinez mit. Oder noch besser. Geben Sie mir die Schlüssel von Ihrem Privatwagen, und ich lasse ihn von Martinez oder sonst jemandem zu Ihnen bringen und gegen den Dienstwagen tauschen.«

»Ich fahre zum Schulgebäude und hole meinen Wagen

ab«, sagte Matt. »Ich bin ein Feigling, Peter. Ich will überhaupt nicht dorthin fahren. Mit einem bißchen Glück kann ich mich vielleicht auf dem Weg dorthin von einem Bus überfahren lassen.«

»Matt, dies ist nicht Ihre Schuld.«

Matt schüttelte den Kopf.

»Ich fahre mit dem Dienstwagen dorthin«, sagte er. »Bringe es hinter mich. In einer Stunde oder so bringe ich den Wagen zum Schulhaus.«

»Lassen Sie sich soviel Zeit, wie Sie brauchen, Matt«, sagte Wohl. »Kann ich sonst noch etwas für Sie tun?«

»Nein. Aber danke.«

»Wir sehen uns, wenn Sie zum Schulhaus kommen.«

Matt nickte.

»Es tut mir wirklich leid, Matt.«

»Ja. Danke.«

Sie stiegen aus dem Wagen und gingen zu Martinez.

»Sind die Schlüssel im Zündschloß?« fragte Matt.

»Ja, warum?«

Ohne eine Antwort zu geben, ging Matt zu dem neutralen Polizeiwagen, setzte sich hinters Steuer und ließ den Motor an.

Martinez blickte Wohl an.

Matt fuhr mit quietschenden Reifen und schlingernd vom Bürgersteig und fädelte sich in den Verkehr ein.

»Ich hätte Sie mit ihm schicken sollen«, dachte Wohl laut.

»Sir?«

»Penelope Detweiler starb vor ungefähr einer Stunde an einer Überdosis.«

»*Madre de Dios*!« sagte Martinez und bekreuzigte sich.

»Ja«, sagte Wohl bitter und ging zu seinem Wagen.

Martinez folgte ihm, blieb jedoch beim Wagen stehen, ohne einzusteigen.

»Steigen Sie ein, verdammt!« blaffte Wohl und bereute es sofort. »Entschuldigung, Jesus. Ich wollte Sie nicht anschnauzen.«

Martinez zuckte mit den Schultern, um anzuzeigen, daß er Verständnis hatte.

»Dieser arme Hurensohn«, sagte er.

»Ja«, pflichtete Wohl ihm bei.

»Es tut mir leid, daß ich Sie warten ließ«, sagte Inspector Peter Wohl zu Staff Inspector Michael Weisbach, als er dessen Büro betrat. »Es kam etwas dazwischen.«

»Die Sache mit dem Detweiler-Mädchen?« fragte Weisbach, und als Wohl nickte, fügte er hinzu: »Sabara erzählte es mir. Schrecklich. Für sie – sie war erst dreiundzwanzig und hatte ihr ganzes Leben noch vor sich – und für Payne. Er war in Hochstimmung, als Sie ihn rufen ließen.«

»In Hochstimmung? Weshalb? Weil er einem krummen Cop Handschellen anlegte? Das gefiel ihm?«

»Nein. Ich denke, er hatte Mitleid mit Captain Cazerra. Ich nehme an, er fühlte sich bestätigt. Er erzählte mir, daß Sie und Jason Washington *und* Denny Coughlin ihn zur Schnecke gemacht haben, weil er auf diesen Sims hinausging.«

»Ich wollte ihn noch eine Weile spüren lassen, wie verdammt blöde das war – bis diese Sache mit der Überdosis passierte.«

»Ich nehme an, er ist ziemlich gebrochen?«

»Ich weiß es nicht. Er zeigte keine Gefühle, was bedeuten kann, daß er sich eisern unter Kontrolle hält oder unter Schock steht.«

»Wo ist er?«

»Draußen bei den Detweilers. Er kommt dann her. Ich werde dafür sorgen, daß er nicht allein ist.«

»Ein Junge war hier, McFadden von der Kripo Nordwest, und wollte nach ihm sehen.«

»Gut. Den hatte ich im Sinn. Sie sind befreundet. Meinen Sie, er weiß, was passiert ist?«

»Davon bin ich überzeugt. Als O'Mara ihm sagte daß

Payne nicht hier ist, murmelte er, daß er vermutlich in Chestnut Hill ist und daß er dorthin fahren würde.«

Wohl nahm den Telefonhörer ab, zog eine Telefonliste auf seinem Schreibtisch zu Rate und wählte.

»Captain O'Connor bitte. Inspector Wohl am Apparat«, sagte er. Und dann: »Peter Wohl, Tom. Ich bitte um einen Gefallen.«

Weisbach hörte schwach O'Connor sagen: »Nur zu.«

»Wenn Sie es einrichten können, Ihrem Detective McFadden ein wenig Freizeit zu geben, wüßte ich das zu schätzen. Er und mein Detective Payne sind Freunde, und in den nächsten paar Tagen wird Payne alle Freunde brauchen, die er hat, Sie wissen bestimmt, warum.«

Weisbach hörte O'Connor sagen: »Ich habe ihm bereits gesagt, daß er sich soviel Zeit frei nehmen kann, wie er braucht, Inspector.«

»Ich schulde Ihnen einen Gefallen, Tom.«

»Ich schulde Ihnen viel mehr als einen, Inspector. Freut mich, daß ich helfen kann. Mein Gott, welch ein schrecklicher Verlust!«

»Nicht wahr?« sagte Wohl. »Danke, Tom.« Er legte den Hörer auf. Dann kam ihm ein Gedanke, und er drückte auf den Knopf auf dem Telefon, der ihn mit Officer O'Mara, seinem Verwaltungsassistenten, verband.

»Ja, Sir?«

»Zweierlei, Paul. Inspector Weisbach und ich brauchen Kaffee, und während der durch die Maschine läuft, rufen Sie bitte Special Agent Jack Matthews beim FBI an. Sagen Sie ihm, daß ich Sie gebeten habe, ihm zu erzählen, was heute morgen in Chestnut Hill passiert ist, und daß ich höflich anrege, daß Detective Payne vielleicht dankbar für etwas Gesellschaft wäre. Letzteres gilt auch für Sie. Warum schauen Sie nicht bei Paynes Apartment vorbei, wenn Sie nach Hause fahren?«

Weisbach hörte O'Mara sagen: »Jawohl, Sir.«

Wohl legte den Hörer auf und sah Weisbach an.

»Hektischer Morgen. Fühle mich wie am Nachmittag, dabei ist es erst halb elf.«

»Hektischer, als Sie vermutlich wissen«, sagte Weisbach. »Haben Sie gehört, daß Lowenstein sein Entlassungsgesuch eingereicht hat?«

»Nein! Sind Sie sicher?«

Die Tür wurde geöffnet, und Paul O'Mara brachte auf einem Tablett zwei Tassen Kaffee, eine Dose Kondensmilch und eine Schale mit einem Dutzend Zuckertüten, deren Reklameaufdruck verriet, daß sie Souvenirs von McDonald's und Roy Rogers und anderen Schnellimbiß-Ketten waren.

»Das ging schnell«, sagte Wohl. »Danke, Paul.« Er wartete, bis O'Mara das Büro verlassen hatte, und sagte dann: »Erzählen Sie mir das von Lowenstein.«

»Gleich als erstes heute morgen lieferte Harry McElroy Lowensteins Dienstmarke, den Ausweis und eine Aktennotiz ab, in der Lowenstein dem Commissioner erklärt, daß er seinen Abschied nehmen will. Das weiß ich von McElroy, es ist also ganz sicher.«

»Gott weiß, daß ich bedauere, das zu hören. Aber es überrascht mich nicht, daß Lowenstein …«

Weisbach stoppte ihn mit einer Handbewegung.

»Bevor ich hierherkam«, sagte Weisbach, »streckte Lowenstein mir die Hand hin. Ich traf ihn im Athletic Club in der Broad Street. Er erwähnte nicht das geringste von aufhören, und er verhielt sich auch nicht wie jemand, der seinen Abschied nehmen will.«

»Interessant«, bemerkte Wohl. »Was wollte er?«

»Es war eine Art aufmunterndes Gespräch. Er sagte mir, diese Ethical Affairs Unit sei eine gute Sache für mich, könne meiner Karriere förderlich sein, und wenn ich etwas von der Kripo brauche, solle ich nur fragen.«

»Lowenstein und der Bürgermeister gerieten sich bei David Pekachs Feier in die Haare. Es gab böses Blut. Haben Sie davon gehört?«

»Der Bürgermeister hatte gerade Charley Whaleys Artikel

im *Ledger* gelesen. Die Story ›Weitere ungelöste Morde, keine Festnahmen, kein Kommentar‹. Kennen Sie den Artikel?«

»Ja. Aus irgendeinem Grund mißfiel er dem Bürgermeister«, sagte Wohl trocken. »Der Bürgermeister sagte dann, es würde ihn nicht überraschen, wenn Wally Milham in den Mordfall Kellog verwickelt wäre, hauptsächlich weil er Milhams Moral in Frage stellt. Sie haben die Gerüchte gehört?«

»Milham und Kellogs Frau? Ja, klar.«

»Der Bürgermeister fragte Lowenstein, warum er nicht mit Milham über sein Liebesleben gesprochen hat. Lowenstein erwiderte, daß ihn das nichts angeht. Dann erwärmte er sich für das Thema und verteidigte Milham. Und dann wurde Lowenstein wirklich sauer und machte unhöfliche Bemerkungen über – Zitat Anfang – des Bürgermeisters eigenes Detektivbüro – Zitat Ende.«

»Autsch!«

»Woraufhin der Bürgermeister ihm sagte, daß ihm mißfällt, wie die Dinge gehandhabt werden, er sollte mit dem Commissioner darüber reden. Und dann – er war wirklich in mieser Stimmung – machte er Lowenstein klar, wer wirklich das Sagen bei der Polizei hat, indem er ihm erklärte, der ›Commissioner‹ werde Matt Payne, der null Ahnung von der Mordkommission hat, zur Mordkommission schicken, um ihr (a) zu helfen, den Doppelmord in diesem Lokal in der Market Street ...«

»Inferno?«

»Richtig. Um den Doppelmord im Inferno aufzuklären und (b) um etwas über die Ermittlungen der Mordkommission zu lernen, was natürlich heißt, festzustellen, wie die Mordkommission den Fall Kellog handhabt.«

»Mein Gott!«

»Ich dachte, Lowenstein bekommt einen Herzanfall. Oder knockt den Bürgermeister aus. So schlimm war es. Es überrascht mich nicht, jetzt zu hören, daß er sein Entlassungsgesuch einreichte.«

»Das weiß ich von McElroy. Aber Lowenstein verhielt sich bei mir nicht wie jemand, der das Handtuch wirft.«

»Okay. Wie wäre es mit einem Szenario? Czernick läuft mit Lowensteins Entlassungsgesuch zum Bürgermeister. Der Bürgermeister will nicht so weit mit Lowenstein gehen. Himmel, sie sind keine Busenfreunde, aber sie kennen sich seit vielen Jahren. So machen sie einen Handel. Lowenstein bleibt im Job, wenn gewisse Bedingungen erfüllt werden. Sie sind offenbar erfüllt worden. Und da sie fast mit Sicherheit Sie und mich betreffen, werden wir vielleicht irgendwann im nächsten Monat etwas darüber erfahren.«

Weisbach dachte über Wohls Worte nach und akzeptierte dann mit einem Nicken dieses Szenario.

»Was tue ich also in diesem Monat? Peter, Sie können nicht glücklich darüber sein, daß ich – die Ethical Affairs Unit – Ihnen plötzlich untergejubelt werde.«

»Ich habe keinerlei Probleme damit«, sagte Wohl. »Erstens sind die Abteilung und/oder Sie mir nicht untergejubelt worden. Ich brauche Sie nur zu unterstützen, und damit habe ich kein Problem. Ich halte die EAU für eine gute Idee, finde, daß Sie genau der richtige Mann dafür sind, und ich denke, daß die Arbeit bereits auf Sie zugeschnitten ist.«

»Halten Sie die EAU wirklich für eine gute Idee?« fragte Weisbach überrascht.

Wohl nickte.

»Was meinen Sie damit, Peter, die Arbeit sei bereits auf mich zugeschnitten?«

»Die Witwe Kellog suchte Jason Washington in seiner Wohnung auf und behauptete, daß jeder in der fünften Abteilung des Rauschgiftdezernats – Sie kennen die fünfte Abteilung?«

»Nicht gut. Ich habe gehört, daß sie sehr erfolgreich ist.« Er lachte und fügte hinzu: »Eine Art unrasierte Highway Patrol, in dreckiger Kleidung, mit Bärten und T-Shirts mit der Aufschrift ›Legalisiert Marihuana‹ und versteckten unerlaubten Waffen, Männer, die Furcht in der Drogenszene verbreiten, indem sie mitternächtliche Razzien durchführen.«

»Jeder bei der fünften Abteilung hat laut Witwe Kellog Dreck am Stecken, und sie deutete an, daß diese Leute ihren Mann umgebracht haben.«

»Mein Gott!«

»Jason Washington glaubt ihr, jedenfalls, daß die fünfte Abteilung Dreck am Stecken hat. Bevor all diese Scheiße passierte, wollte ich Sie darüber informieren.«

»Das war nett von Ihnen.«

»Nüchtern betrachtet, sind unsere Prioritäten die des Bürgermeisters. Er will bestimmt nicht von neuem von schmutzigen Cops beim Rauschgiftdezernat überrascht werden, wie es mit Cazerra und Konsorten der Fall war. Die Abteilung Interne Angelegenheiten versagte bei diesem Fall, und ich bezweifle, daß wir bei dieser Sache im Zweifelsfall zu ihren Gunsten entscheiden können. Ja, ich finde, daß diese Arbeit genau auf Sie zugeschnitten ist.«

»Welche Hilfe kann ich haben?«

»Alles, was Sie wünschen. Washington und Harris haben sich beim Cazerra-Job die Hände dreckig gemacht und würden gewiß liebend gern in einem schönen sauberen Mordfall ermitteln, besonders im Fall eines ermordeten Cops. Und wenn es eine Verbindung zum Rauschgiftdezernat gibt ... o Gott!«

»Was?«

»Ich habe die Anweisung des Bürgermeisters vergessen, Payne zur Mordkommission zu schicken«, sagte Wohl. Er nahm den Telefonhörer ab, drückte auf einen Knopf und sagte einen Moment später: »Paul, holen Sie mir bitte Chief Lowenstein ans Telefon?«

Er legte den Hörer auf.

»Trinken Sie Ihren Kaffee, Mike«, sagte er. »Als erstes müssen Sie sich mit der Tatsache abfinden, daß Ihre unschuldigen glücklichen Tage als Staff Inspector vorbei sind. Sie haben sich soeben in die Welt der Politik begeben, und das wird Ihnen vermutlich überhaupt nicht gefallen.«

»Dieser Gedanke ist mir bereits durch den Kopf gegangen«, sagte Weisbach. Er trank einen Schluck Kaffee.

Das Telefon klingelte. Wohl nahm den Hörer ab.

»Guten Morgen, Chief«, sagte Wohl. »Ich rufe wegen der Anweisung an, Detective Payne zur Mordkommission zu schicken. Ist das noch aktuell?«

Er hielt den Hörer vom Ohr fort, damit Weisbach Chief Inspector Lowensteins Antwort hören konnte.

»Denny Coughlin sagte mir soeben, was mit dem Detweiler-Mädchen passiert ist«, sagte Lowenstein. »Ich nehme an, Sie geben Matt einige Zeit frei, oder?«

»Jawohl, Sir.«

»Nun, wenn er zurückkommt, schicken Sie ihn rüber, wann immer Sie ihn entbehren können. Ich habe mit Captain Quaire gesprochen, Sie warten auf ihn.«

»Jawohl, Sir.«

»Und richten Sie ihm bitte mein Beileid aus. Das ist wirklich ein Jammer.«

»Ich werde es ihm sagen, Sir. Danke.«

»Es war schön, mit Ihnen zu reden, Peter«, sagte Chief Lowenstein und legte auf.

»Er klang nicht wie jemand, der seinen Abschied nimmt, oder?« sagte Weisbach.

»So klang es wirklich nicht.«

Eines der Telefone auf Wohls Schreibtisch klingelte.

»Das passiert, wenn ich vergesse, Paul zu sagen, daß ich nicht gestört werden will«, sagte Wohl und nahm den Hörer ab. »Inspector Wohl.«

»Ah, Peter. Wie geht es heute morgen dem Schönsten von Philadelphias Gesetzeshütern?«

»Wie kommt es, Armando, daß ich immer, wenn ich Ihre Stimme höre, an König Heinrich den Sechsten denke?«

»Peter, Sie zitieren, wie Sie genau wissen, dieses berüchtigte ›tötet alle Anwälte‹ aus dem Zusammenhang gerissen.«

»Nun, er hatte jedenfalls die richtige Idee. Was kann ich für Sie tun, Armando?«

»Eigentlich sagte man mir, daß ich Inspector Weisbach in Ihrem Büro erreichen kann.«

»Möchte wissen, wer Ihnen das geflüstert hat«, sagte Wohl, reichte Weisbach den Telefonhörer und kündigte an: »Armando C. Giacomo, Esquire, für Sie, Inspector.«

Giacomo, ein schmächtiger adretter Mann, der das verbliebene Haar mit Pomade an die Seiten seines gebräunten Schädels geklebt trug, war einer der besten Anwälte für Strafsachen in Philadelphia.

Wohl stand vom Schreibtisch auf, ging zum Fenster und blickte hinaus. Er konnte deshalb nur Weisbachs Seite des kurzen Gespräch hören.

»Ich rufe in fünf Minuten zurück«, schloß Weisbach und legte auf.

Wohl kehrte zu seinem Schreibtisch zurück.

»Sagen Sie es nicht. Giacomo ist gebeten worden, Mr. Paulo Cassandro juristisch zu vertreten.«

»Ich wette, daß es so ist«, sagte Weisbach. »Aber er sagte es nicht. Er sagte, es wäre ihm ein großes Vergnügen, wenn ich heute mit ihm im Rittenhouse Club zu Mittag essen würde, wobei wir zu unserem beiderseitigen Nutzen über etwas sprechen würden.«

»An Ihrer Stelle würde ich hingehen«, sagte Wohl. »Das Essen im Rittenhouse Club ist vorzüglich.«

»Warum kommen Sie nicht mit?«

»Ich bin nicht in der Stimmung, um groß essen zu gehen, nicht mal im Rittenhouse Club.«

»Er sucht etwas, was heißt, daß er verzweifelt ist. Ich hätte Sie gern dabei.«

»Ja«, sagte Wohl nachdenklich. »Wenn er einen Handel sucht, wäre er zum District Attorney gegangen. Es könnte interessant sein.«

Wohl drückte auf den Knopf am Telefon, und Paul O'Mara meldete sich.

»Paul, rufen Sie Armando C. Giacomo an. Sagen Sie ihm, daß Inspector Weisbach seine freundliche Einladung zum Mittagessen im Rittenhouse Club annimmt und mich mitbringt.«

13

Peter Wohl schob die schwere Tür vom Rittenhouse Club auf und forderte Mike Weisbach mit einer Geste auf, vor ihm einzutreten. Sie gingen eine breite, kurze Marmortreppe hinauf zur Halle, wo sie vom Portier des Klubs, einem würdevollen Schwarzen Anfang Sechzig, abgefangen wurden.

»Darf ich Ihnen helfen, Gentlemen?«

»Mr. Weisbach und ich sind Gäste von Mr. Giacomo«, sagte Peter Wohl.

»Es ist schön, Sie mal wieder zu sehen, Mr. Wohl«, sagte der Portier und blickte hinter seinem Mahagoniempfang auf die ›Wer-ist-hier?‹-Liste, wie Peter Wohl sie bezeichnete. »Ich glaube, Mr. Ciacomo ist im Klub. Würden Sie bitte Platz nehmen?«

Er wies auf eine Reihe von Sesseln an der Wand und ging in den Klub.

Auf der ›Wer-ist-hier?‹-Liste hinter dem Empfangspult standen in alphabetischer Reihenfolge die Namen der über dreihundert Mitglieder des Rittenhouse Clubs. Neben jedem Namen gab es ein Messingplättchen, das in einer Schiene hin und her geschoben werden konnte. Wenn das Plättchen dicht beim Namen des Mitglieds war, zeigte das an, daß er im Haus war, und wenn es weiter fort war, daß er nicht anwesend war.

Peter sah, daß Weisbach die Tafel interessiert betrachtete. Die Liste der Namen verkörperte die gesellschaftliche und geschäftliche Machtstruktur von Philadelphia. Die Oberschicht der Stadt der brüderlichen Liebe war entweder Mitglied im Rittenhouse oder im Union League Club oder in beiden.

Peter Wohl sah, daß Carlucci, J., ein Mitglied von Amts wegen, nicht im Klub war. Giacomo, A., war anwesend. Ebenfalls Mawson, J. von der Anwaltskanzlei Mawson, Payne, Stockton, McAdoo & Lester, der mit Giacomo, A., konkurrierte, der beste (was bedeutete, der teuerste) Anwalt für Strafsachen in der Stadt zu sein. Payne, B., Mawsons Partner, war nicht anwesend.

Und ebensowenig Payne, M., wie Wohl mit Interesse registrierte.

Ich wußte gar nicht, daß Matt hier Mitglied ist. Das ist neu. Vermutlich hat Detweiler, H., Payne, B., vorgeschlagen, ein Wort mit dem Komitee zu sprechen, das die Mitgliedschaft vergibt.

Da ihre Nachkommenschaft bald heiraten würde, war es an der Zeit, daß Payne, M., Mitglied wurde. Der junge Nesbitt, C. IV., ist kurz vor der Eheschließung mit der Tochter von Browne, S., Mitglied geworden.

Wohl hatte gehört, daß die Aufnahmegebühr so etwas

wie der alte Spruch über den Preis einer Yacht war: Wenn man fragen muß, was sie kostet, kann man sie sich nicht leisten.

Der Portier kehrte zurück.

»Mr. Giacomo ist in der Bar, Mr. Wohl. Sie kennen den Weg?«

»Ja, danke«, sagte Wohl. Er führte Weisbach in die Bar des Klubs, ein ruhiger Raum mit dickem Teppichboden und holzgetäfelten Wänden, der mit ungefähr 20 kleinen Tischen mit jeweils zwei ziemlich kleinen Ledersesseln ausgestattet war. Die Tische standen so weit auseinander, daß eine leise Unterhaltung an den Nebentischen nicht mitgehört werden konnte.

Armando C. Giacomo erhob sich lächelnd aus einem der Sessel, als er Wohl und Weisbach sah, und winkte sie zu sich.

Wohl fand, daß Giacomo ein interessanter Mann war. Seine Familie war seit der Zeit der Revolution in Philadelphia. Er war Absolvent der University of Pennsylvania und der juristischen Fakultät von Yale. Giacomo hatte als Marineflieger im Koreakrieg Corsairs geflogen. Er hätte eine Anwaltskanzlei wie Brewster Cortland Payne haben können, die Banken, Versicherungsgesellschaften und familiäre Verbindungen als Mandanten hatte.

Er hatte sich jedoch entschieden, Anwalt für Strafsachen zu werden und wurde (etwas unfair, wie Wohl fand) als Anwalt des Mobs betrachtet, was nahelegte, daß er in kriminelle Aktivitäten verwickelt war. Soweit Wohl wußte, waren Giacomos ethische Maßstäbe tadellos. Er vertrat diejenigen Kriminellen juristisch, die sich seine Dienste leisten konnten, wenn sie vor Gericht kamen, und oftmals verteidigte er sie erfolgreich.

Wohl war zu der Überzeugung gelangt, daß Giacomo das organisierte Verbrechen genauso verachtete wie er und daß er es juristisch vertrat, weil es die finanziellen Mittel hatte, um ihn zu bezahlen, und weil er wirklich glaubte, daß ein

Angeklagter ein Recht auf gute juristische Vertretung hat, nicht so sehr für sich persönlich, doch als eine Verstärkung der Verfassung.

Giacomo war bei den meisten Polizeibeamten hoch angesehen, hauptsächlich weil er Polizisten *pro bono publico* juristisch vertrat, die der Brutalität oder andere Gesetzesverstöße beschuldigt wurden. Mit anderen Worten, Captain Vito Cazerra wurde nicht von ihm vertreten, weil Cazerra sich ihn nicht leisten konnte. Aber wer würde normale Polizeibeamte vertreten, die beschuldigt wurden, exzessiv Gewalt ausgeübt oder gegen andere Bürgerrechte verstoßen zu haben, und das ohne Honorar?

»Peter«, sagte Giacomo, »es freut mich, daß Sie uns Gesellschaft leisten können.«

»Ich wollte nicht, daß Mike barfuß hier rausgeht, Armando, aber danke für Ihre Gastfreundschaft.«

»Ich rede nur andere Leute aus ihren Schuhe heraus, Peter, nicht meine Freunde.«

»Und der Scheck ist in der Post, wie?« sagte Weisbach und lachte, während sie sich die Hände schüttelten.

Ein Kellner kam an den Tisch.

»Ich trinke einen guten kalifornischen Cabernet Sauvignon«, sagte Giacomo, »aber lassen sie sich nicht davon beeinflussen.«

»Ein kleiner Wein wäre schön«, sagte Wohl.

»Mir auch, danke«, fügte Weisbach hinzu.

»Die Kunde von dem tragischen Ereignis heute morgen hat diese heiligen Hallen erreicht«, sagte Giacomo. »Welch ein Jammer.«

»Ja, das ist es«, stimmte Wohl zu..

»Wenn ich keine Gelegenheit habe, bevor Sie ihn sehen, Peter, würden Sie dem jungen Payne mein Beileid ausdrücken?«

»Natürlich.«

»Er muß schlimm mitgenommen sein.«

»Da ist er«, sagte Wohl.

»Und ihre Eltern ...« Giacomo schüttelte betrübt den Kopf.

Ein Kellner mit grauem Jackett servierte den Wein.

»Ich denke, wir brauchen noch eine Flasche davon zum Mittagessen«, sagte Giacomo zum Kellner. Er wartete, bis der Mann fort war, und sagte dann: »Ich hoffe, Sie sind einverstanden. Worauf sollen wir trinken?«

Wohl zuckte mit den Schultern.

»Wie wäre es auf gute Freundschaft?« schlug Giacomo vor.

»In Ordnung«, sagte Peter Wohl und hob sein Glas. »Auf gute Freundschaft.«

»Besser noch, auf Mikes neuen Job.«

»Besser noch, auf Mikes neuen Job«, plapperte Wohl nach. er nippte an dem Wein. »Sehr gut.«

»Ich würde Ihnen eine Kiste schicken, wenn ich nicht wüßte, daß Sie das als Bestechungsversuch betrachten würden«, sagte Giacomo.

»Geschenke zwischen Freunden sind keine Bestechung«, sagte Wohl. »Schicken Sie mir eine Kiste Wein, und ich gebe Mike die Hälfte ab. Den können Sie ebenfalls nicht bestechen.«

»Ich werde jedem von Ihnen eine Kiste schicken«, sagte Giacomo und fügte hinzu: »Wollen Sie jetzt oder beim Essen hören, was ich sagen möchte?«

»Jetzt, bitte, Armando«, sagte Wohl. »Ich möchte mir wirklich nicht mein Mittagessen in diesen heiligen Hallen verderben lassen.«

»Das dachte ich mir. Hier gibt es einen sehr guten Grillteller, wußten Sie das?«

»Ja, und köstliches Lammfleisch.«

»Ich vertrete einen Gentleman namens Paulo Cassandro.«

»Warum überrascht mich das nicht?« sagte Weisbach.

»Weil Sie beide gewieft und scharfsichtig sind, Michael. Darf ich weitersprechen?«

»Selbstverständlich.«

»Mr. Cassandro wurde heute morgen festgenommen. Ich habe Mr. Cassandro versichert, wenn ich die Umstände seiner Festnahme ... und verfassungsgemäß verbotenes Abhören steht an der Spitze einer langen Liste von Verstößen ...«

»Na, na, Armando«, sagte Weisbach und lachte.

»... wenn ich die Umstände seiner Festnahme den entsprechenden gerichtlichen Stellen zur Kenntnis bringe«, fuhr Giacomo fort, »wird es höchstwahrscheinlich keinen Prozeß gegen ihn geben. Und ich habe ihm des weiteren versichert, wenn der höchst unwahrscheinliche Fall eintritt und er angeklagt wird, habe ich wenig Zweifel, daß keine gerecht denkende Jury ihn verurteilen wird.«

»Er wandert hinter Gitter, Armando«, sagte Wohl. »Sie wissen das, und ich weiß es.«

»Sie neigen dazu, mich zu unterschätzen, Peter. Ich verüble Ihnen das nicht; die meisten Leute unterschätzen mich.«

»Ich habe Sie nie unterschätzt, Armando«, sagte Wohl, »aber das Geräusch im Hintergrund ist das Zuschlagen einer Gefängnistür. Und der Chor, den Sie hören, singt ›Bye, bye, Paulo‹.«

»Darf ich bitte fortfahren?«

»Gewiß.«

»Doch diese leidige Sache, diese Karikatur der Justiz, kommt zu einem sehr ungünstigen Zeitpunkt für Mr. Cassandro. Das zwingt ihn, einen gewissen Teil seiner Zeit zu opfern, Zeit, die er dringend für seine geschäftlichen Transaktionen braucht.«

»Frei übersetzt, Peter«, sagte Weisbach. »Armando sagte uns, daß Paulo nicht in den Knast will.«

»Ich fragte mich schon, worauf er hinauswill«, sagte Wohl.

»Er will diese leidige Sache so schnell wie möglich hinter sich bringen«, sagte Giacomo.

»Sagen Sie ihm, daß er vermutlich zehn bis fünfzehn Jahre bekommt, je nach Richter«, sagte Weisbach. »Wenn er Hanging Harriet bekommt, wahrscheinlich fünfzehn bis zwanzig.«

Der Ehrenwerte Harriet M. McCandless, ein schwarzer Jurist, der leidenschaftlich glaubte, daß eine zivilisierte Gesellschaft auf einem Staatsdienst basiert, dessen Ehrbarkeit außer Frage steht, war berühmt für seine harten Strafen.

»Sie haben mir nicht zugehört, Michael«, sagte Giacomo. »Ich bin ganz zuversichtlich, daß Richter McCandless oder jeder andere Richter diesen Fall abschmettert, wenn er hört, wie empörend die Polizei gegen die Rechte von Mr. Cassandro verstoßen hat.«

»Gott, Sie sind wunderbar«, sagte Peter.

»Wie ich schon sagte, im Hinblick darauf, daß er diese leidige Sache so schnell wie möglich hinter sich bringen will, wäre mein Mandant …«

»Armando«, fiel ihm Weisbach ins Wort, »selbst wenn wir wollten, könnten wir darüber nicht verhandeln. Wenn Sie einen Handel wollen, versuchen Sie es beim District Attorney. Aber ich wette, er wird Ihnen sagen, daß es bei Cassandro keinen Deal geben wird. Wir haben ihn kalt erwischt, und er wandert in den Knast.«

»Ich werde natürlich über die Sache mit Mr. Callis sprechen. Aber ehrlich gesagt, es wäre viel leichter für mich, wenn ich ihm bei diesem Gespräch sagen könnte, daß ich mit Ihnen und Peter gesprochen habe und Sie meine Ansicht teilen, daß es der Justiz dienen würde, was ich vorschlage.«

Wohl lachte. »Armando, ich mag Sie nicht nur, sondern Sie werden mir auch eine Kiste Wein schicken und mir ein teures Essen spendieren. Das berechtigt Sie zu folgendem: Wenn Sie mir sagen, was Sie wollen und wie Paulo Cassandro dafür zu zahlen wünscht, werde ich Ihnen meine ehrliche Meinung sagen, wie laut Mr. Callis lachen wird, bevor er Sie aus seinem Büro schmeißt.«

»Mr. Cassandro, als sozial gesinnter Bürger, ist bereit,

gegen Captain Cazerra, Lieutenant Meyer und die beiden Officers auszusagen. Als Gegenleistung bittet er nur um Straffreiheit.«

»Sehr laut«, sagte Weisbach. »Mr. Callis wird sehr laut lachen, wenn Sie ihm das sagen.«

»Er wird vielleicht sogar einen Lachkrampf kriegen«, fügte Wohl hinzu.

»*Und* er wird gegen die Lady aussagen«, fuhr Giacomo fort. »Wie, zum Teufel, heißt die Madam noch mal?«

Kaum zu glauben, dachte Wohl. *Er ist durcheinander. Haben wir es tatsächlich geschafft, Armando C. Giacomos berühmtes Selbstvertrauen zu erschüttern?*

»Ihr Name ist Osadchy, Armando«, sagte Wohl. »Wenn Sie Mühe haben, sich an ihren Vornamen zu erinnern, sollten Sie an Hanging Harriet denken. Das ist der gleiche Vorname.«

»Sehr lustig, Peter.«

»Nachdem das Sittendezernat in puncto Mrs. Osadchy dumm aus der Wäsche geschaut hat, wird es ihr jetzt viel Aufmerksamkeit widmen«, sagte Weisbach. »Sie werden etwas finden, davon bin ich überzeugt, das sie dem District Attorney in die Hand geben können.«

»Reden wir darüber«, sagte Giacomo. »Über das Dumm-aus-der-Wäsche-Schauen.«

»Okay«, sagte Peter Wohl. »Wer hat dumm aus der Wäsche geschaut?«

»Die Polizei.«

»Weil wir ein paar schmutzige Cops hatten?« sagte Weisbach. »Möglich, daß wir deshalb ein wenig dumm aussahen, aber das ist ja heute morgen beendet worden.«

»Vielleicht nicht im Sinn der Öffentlichkeit. Lassen Sie es mich anders ausdrücken. Der Makel, den Sie sich heute morgen abgewischt haben, wird wieder auftauchen, wenn Sie Captain Cazerra vor Gericht stellen. Der Prozeß wird mindestens zwei Wochen dauern, und jeden Tag werden die Medien davon berichten. Die Leute werden vergessen, daß er von guten Cops festgenommen wurde; sie werden sich erinnern, daß die Polizei einen dreckigen Captain hatte. Und wenn der Prozeß vorüber ist, haben wir den Prozeß gegen Lieutenant Meyer.«

»Diesen Punkt gebe ich Ihnen widerstrebend«, sagte Peter Wohl.

»Andererseits, um des freundlichen Gesprächs willen, wenn Captain Cazerra sich schuldig bekennt und sich der Gnade des Gerichts ausliefert, weil ihm klar ist, daß Mr. Cassandros sozial gesinnte Aussage zu seiner Verurteilung führt …«

Oder wenn der Mob einen Handel mit ihm macht, dachte Peter. *›Geh in den Knast, und wir werden uns um deine Familie kümmern.‹ Was keine so unwahrscheinliche Idee ist. Ich frage mich, warum es so wichtig ist, daß sie Paulo aus dem Knast heraushalten. Ist er in der Hierarchie des Mobs aufgestiegen? Ich werde das ohnehin an die Überwachung und die Abteilung Organisiertes Verbrechen weitergeben.*

»… würde es nur einen Verhandlungstag geben«, fuhr Giacomo fort, »einen kurzen Artikel auf den hinteren Seiten, daß ein unredlicher Cop seine Schuld gestanden hat und verurteilt wurde. Es gibt Leute, die klug in Öffentlichkeitsarbeit sind, und ich würde unseren geliebten Bürgermeister dazu zählen, der die Alternative gewiß einem langen und schmutzigen öffentlichen Prozeß vorziehen würde.«

Da stimme ich ihm wiederum zu, dachte Wohl, *was bedeutet, daß mir die Sache über den Kopf wächst. Ich muß mich jetzt freischwimmen, bevor ich absaufe.*

»Bevor wir essen, Armando, schlage ich vor, daß Mr. Cassandro mit mehr als der möglichen Lösung eines PR-Problems aufwartet, wenn er will, daß seine Vorschläge überhaupt in Erwägung gezogen werden.«

»Ich verstehe, Peter«, sagte Armando glatt. »Zum Beispiel?«

»Sie haben von der Ermordung von Officer Jerry Kellogs gehört?« fragte Wohl.

Giacomo nickte. »Tragisch. Kaltblütig im eigenen Haus erschossen, wie der *Ledger* schrieb.«

»Der *Ledger* deutete auch an, daß ein Detective der Mordkommission darin verwickelt ist«, sagte Wohl. »Ich wette, daß es einen Zusammenhang mit dem Rauschgiftdezernat gibt. Ich wäre dankbar für jede Information, die uns auf diesem Weg weiterführt.«

»Und dann ist da der Doppelmord in der Inferno Lounge«, sagte Weisbach. »Einige Leute denken, daß es wie ein Auftrags-Hit aussieht. Ich denke, die Polizei wäre dankbar für Informationen, die ihr in diesem Fall helfen würden.«

Nach seiner Miene zu schließen, denkt er, daß es einen Zusammenhang mit dem Mob gibt, dachte Wohl.

Die Bestätigung kam sofort.

»Diese Leute, und Sie beide wissen das so gut wie ich, haben einen Ehrenkodex ...«

»Nennen Sie es Kodex, wenn Sie wollen, aber ›Ehren ...‹ ist unpassend«, unterbrach Wohl.

»Wie immer Sie es bezeichnen wollen, aber einen ihrer eigenen Leute zu verpfeifen verstößt dagegen«, sagte Giacomo.

»Sie treiben es auch nicht mit den Frauen ihrer Kumpane, nicht wahr?« sagte Weisbach. »Und es würde mich nicht überraschen, wenn sie von ihrem Profit aus Prostitution und Drogenhandel einen Prozentsatz an gemeinnützige Institutionen und die Kirche spenden. Trotz allem, was sie vielleicht gehört haben, sind sie in Wirklichkeit keine Verbrecher, sondern liebe, nette Leute, meinen Sie das, Armando?«

Giacomo fühlte sich sichtlich unbehaglich.

»Eine Entscheidung auf höchster Ebene würde getroffen werden müssen«, sagte Peter Wohl. »Wer wandert in den Knast? Wer ist wertvoller? Paulo Cassandro oder ein Killer? Wer wanderte direkt in den Knast, wer wird geschützt?«

Was, zum Teufel, ist mit mir los? dachte Wohl. *Verhandele ich mit dem Mob? Versuche ich einen Kuhhandel, damit der Mob etwas tut, das die Polizei selbst tun sollte? Cassandro hat einige schmutzige Cops bestochen. Wir haben sie erwischt. Sie sollten alle hinter Gitter wandern, nicht nur die Cops. Paulo Cassandro sollte nicht davonkommen, weil es Jerry Carluccis Chancen auf eine Wiederwahl steigert.*

Wohl stand auf.

»Was haben Sie?« fragt Giacomo.

»Ich bin mir nicht sicher, ob ich zu Mittag essen will«, sagte Wohl. »Aber ich bin mir sicher, daß ich von diesem Gespräch genug habe.«

Weisbach erhob sich ebenfalls. Giacomo schaute zu beiden auf. Dann stand auch er auf.

»Ich danke Ihnen für Ihre Nachsicht«, sagte er. »Es würde mir sehr weh tun, wenn dieses Gespräch unsere Freundschaft beeinträchtigt.«

Sonderbar, aber ich glaube ihm, dachte Wohl. *Was vermutlich bestätigt, daß mir die Dinge über den Kopf wachsen.*

»Bitte, lassen Sie das nicht ein Mittagessen mit Freunden verderben. Leisten Sie mir bitte Gesellschaft«, sagte Giacomo.

Wohl antwortete erst nach einer Weile.

»Ich wollte schon sagen, nur wenn ich bezahlen kann. Aber hier kann ich nicht bezahlen, wie?«

»Stimmt. Es ist eine unentschuldbare Beleidigung für ein Klubmitglied, wenn ein Gast für es bezahlt. Wenn das wichtig für Sie ist, Peter, möchten Sie dann woanders hingehen?«

Wohl schaute im einen Moment lang in die Augen.

»Nein«, sagte er schließlich. »Ich denke, wir verstehen uns, Armando. Wir können hier essen.«

Der South Rittenhouse Square – auf der Südseite des Rittenhouse Square in der Innenstadt von Philadelphia – ist nicht größer, als er zur Zeit der Amerikanischen Revolution angelegt wurde. Es gibt ein halbes Dutzend Parkverbotsschilder, die die Bürger warnen, daß sie abgeschleppt werden, wenn sie zu irgendeinem Zeitpunkt dort parken. Wer es dennoch tut, muß fast die halbe Stadt durchqueren, um zum Parkplatz an der Delaware Avenue und der Spring Garden Street zu gelangen, wo die sichergestellten Fahrzeuge nur gegen ein saftiges Bußgeld für falsches Parken und eine drastische Gebühr von der Stadt der brüderlichen Liebe für die Dienste des städtischen Abschleppwagens herausgerückt werden.

Als Amelia Payne, Dr. med., an dem Gebäude vorbeikam, in dem die Delaware-Valley-Krebsforschungsgesellschaft untergebracht war, parkten dennoch sieben Autos davor, alle mit den rechten Rädern auf dem Bürgersteig. Amelia sah einen neuen Oldsmobile, einen verbeulten Volkswagen, einen zehn Jahre alten glänzenden Jaguar XK120, ein neues Mercedes-Kabrio, einen neuen Buick und zwei weitere neue Limousinen, einen Ford und einen Chevrolet.

Da ist nicht mal mehr Platz für mich, dachte Dr. Payne ein wenig empört. Wie die meisten ihrer Kollegen der heilenden Künste legte sie das Vorrecht der Ärzte, Parkverbotsschilder zu ignorieren, wenn sie dringende Besuche machten, ziemlich locker aus.

Und sie hatte jetzt das offizielle Schild ARZT IM DIENST auf das Armaturenbrett des Buick-Kombi legen wollen, weil die Einfahrt zu der Tiefgarage des Gebäudes der Krebsforschungsgesellschaft, zu der sie Zugang hatte, sehr schmal war und sie Schwierigkeiten hatte, den Wagen unbeschadet hindurch zu rangieren.

Sie fuhr weiter an dem Gebäude der Krebsforschungsgesellschaft vorbei und bemerkte mit Ärger den Fußstreifen-Cop an der Ecke. Er hatte die Arme vor der Brust verschränkt, beobachtete lässig sein Revier und übersah die zahlreichen Verstöße gegen das Parkverbot.

Eine Krähe hackt der anderen kein Auge aus, dachte Amelia. *Zum Teufel mit den Cops!*

Sie hatte vier der Wagen erkannt – den Oldsmobile, den VW, den Jaguar und den Mercedes. Sie gehörten in dieser Reihenfolge Chief Inspector Dennis V. Coughlin, Detective Charles McFadden, Inspector Peter Wohl und Captain

David Pekach. Amelia hatte daraus wie der Cop offenbar auch den natürlichen und korrekten Schluß gezogen, daß die übrigen Wagen ebenfalls Dienst- oder Privatwagen von Polizisten waren (oder im Fall von Pekach das Mercedes-Kabrio seiner Verlobten, Miss Martha Peebles, gehörte, was auf das gleiche hinauslief), die Parkverbote nur auf die Bürger anwandten.

Sie fuhr zur South 19th Street, bog nach rechts ab und dann die nächste Straße wieder rechts, bis sie schließlich die Einfahrt der Tiefgarage erreichte, und es überraschte sie überhaupt nicht, daß sie den Wagen nicht unbeschadet hineinlenken konnte. Diesmal verschrammte sie den rechten Kotflügel an einer Wand.

Das senkte weiterhin ihre Moral. Zusätzlich zu dem morgendlichen Horror bei den Detweilers hatte es weiteren gegeben. Sie kam soeben von der Uniklinik, wo eine Patientin von ihr, eine attraktive junge Frau, bei der sie ursprünglich eine Depression nach einer Geburt diagnostiziert hatte, Symptome auf eine ernsthafte Geisteskrankheit zeigte, die Amy einfach nicht ergründen konnte; auch Kollegen, die sie zu Rate gezogen hatte, standen vor einem Rätsel.

Es überraschte Amelia auch nicht, daß beide reservierten Parkplätze, von denen sie einen benutzen wollte, bereits besetzt waren. Auf einem stand ein silbermetallic glänzender Porsche 911, auf dem anderen ein Buick-Kombi, der mit ihrem identisch war, abgesehen davon, daß er zwei Jahr jünger und nicht verschrammt und verbeult war.

Der Buick gehörte ihrem Vater, von dem sie wieder ein paar clevere witzige Bemerkungen über die Beulen in ihrem Buick erwarten konnte, und der Besitzer des Porsche war ihr Bruder. Das Gebäude der Delaware-Valley-Krebsforschungsgesellschaft gehörte ihrem Vater, und ihr Bruder bewohnte ein kleines Apartment, das die Mansarde des 1850 erbauten Baus gewesen war, bevor er von innen heraus hinter der Originalfassade zu Büroräumen umgewandelt worden war.

Amy Payne parkte den Buick – sauber auf einer Markierungslinie zwischen zwei Parkplätzen – und stieg aus. Sie drückte ein paarmal auf den Knopf des Aufzugs, doch der ließ sich nicht blicken. Erst nach einer Weile des Überlegens fiel Amelia ein, daß es spät war. Sie schaute auf ihre Armbanduhr und stellte fest, daß es weit nach Mitternacht war. Zu dieser Stunde war der Aufzug außer Betrieb. Sie mußte Matt in seinem Apartment anrufen, woraufhin er den Aufzug per Knopfdruck aktivieren konnte.

Es dauerte verdammt lange, bis sich jemand am Telefon meldete, und dann war es nicht Matt, sondern eine schneidige, metallisch und unbekannt klingende Stimme.

»Ja?«

»Hier ist Dr. Payne. Würden Sie bitte auf den Aufzugknopf drücken?«

Im Hintergrund hörte sie männliches Gelächter.

»Nur einen Moment, Darling«, sagte die Stimme. »Ich werde Matt fragen, wie das Ding funktioniert.«

Jetzt erkannte sie die Stimme als die von Chief Inspector Dennis Coughlin. Normalerweise machte es ihr nichts aus, wenn er sie ›Darling‹ nannte, aber jetzt ärgerte sie sich.

Die Leitung war auf einmal tot, und Amy stand eine volle Minute lang da und wartete auf ein Summen oder was immer, das den Aufzug aktivieren würden. Das gab ihr Zeit, darüber nachzudenken, daß dort oben eine richtige irische Totenwache stattfand, eine Versammlung der Männer des Clans, um einen der ihren zu trösten, der einen Verlust erlitten hatte.

Sie griff wieder zum Telefonhörer, doch dann besann sie sich anders und drückte auf den Aufzugknopf. Diesmal wurde sie mit dem Geräusch der herabfahrenden Liftkabine belohnt.

Sie fuhr hinauf. Eine geschlossene Tür führte zu der schmalen kurzen Treppe zu Matts Apartment. Sie drückte auf den Knopf, und sofort ertönte ein Summton, und sie konnte die Tür aufschieben.

Amy hörte wieder männliches Gelächter und ärgerte sich

darüber, obwohl ihr eine innere Stimme sagte, daß es vermutlich eine therapeutische Wirkung hatte.

Sie ging die Treppe hinauf.

Das kleine Apartment war rappelvoll. Im Wohnzimmer sah Dr. Payne Martha Peebles, die auf einer kleinen Couch mit Mary-Margaret McCarthy – Detective Charley McFaddens Freundin – und mit einem großen jungen Mann saß, den sie als Matts Freund Jack Matthews vom FBI erkannte. Der Couchtisch war mit Jacketts bedeckt. Es war sehr warm im Apartment, und die meisten Männer hatten die Jacketts ausgezogen, die Krawatte gelockert und die Hemdsärmel hochgekrempelt.

So sah Dr. Payne, daß die meisten bewaffnet waren. Da gab es Schulter- und Hüftholster, und in den meisten steckten stupsnasige Revolver Kaliber .38.

Ein Stammesabzeichen, dachte Amy, *wie dieser kleine Beutel oder was immer es ist, den die Schotten über ihren Kilts tragen.*

In Matts Sesseln saßen Captain David Pekach und Lieutenant Jack Malone und führten anscheinend eine ernste Unterhaltung. Sie beachteten sie nicht.

Martha Peebles lächelte und erhob sich, als sie Amy sah. Sie zwängte sich an Mary-Margaret McCarthy und dem FBI-Agenten vorbei, um zu ihr zu gehen. Mary-Margaret und der FBI-Agent lächelten sie an.

»Wie geht es Grace?« fragte Martha Peebles leise.

»Ich bin am Abend bei ihr vorbeigefahren und habe ihr Schlaftabletten gegeben«, sagte Amy.

»Schrecklich, das mit ihrer Tochter!«

Amy nickte.

Ein großer Arm legte sich um Amys Schulter. Sie schaute auf und sah Chief Inspector Dennis V. Coughlin.

»Ich habe mit dem Leichenbeschauer gesprochen«, sagte er leise. »Er gab die Leiche am Mittag frei. Kirk & Nice holten sie um halb eins ab.«

»Ich weiß, Onkel Denny«, sagte Amy. »Danke.«

Sie hielt Ausschau nach Matt. Er war in der Küche, lehnte

am Kühlschrank und hielt eine Dose Bier in der Hand. Er wirkte nicht betrunken, was gut oder schlecht sein konnte. Von einer Waffe war nichts zu sehen, aber Amy wußte, daß er seinen .38er in einem Wadenholster trug.

»Es war das richtige Vorgehen, Darling«, sagte Coughlin. »Danke für dein Vertrauen in mich.«

»Ich vertraue dir immer, Onkel Denny«, sagte sie aufrichtig und mit einem Lächeln.

Er drückte kurz ihre Schultern.

»Onkel Denny, ich halte es für eine gute Idee, all diese Leute loszuwerden.«

»Ich dachte das gleiche, Darling.«

»Es wird vielleicht ein Problem sein, ihn zu überreden, es zu nehmen, aber ich werde versuchen, ihm etwas zu geben, das ihm hilft, ruhig zu schlafen.«

»Ich werde mich darum kümmern«, sagte Coughlin. Dann hob er die Stimme. »David? Haben Sie eine Minute Zeit für mich?«

Amy ging in die Küche. Am Küchentisch, der mit Whiskyflaschen, leeren Dosen und den Überresten von Essen aus einem Chinarestaurant bedeckt war, saßen Inspector Peter Wohl, dessen Vater, Chief Inspector im Ruhestand August Wohl, Captain Mike Sabara, Detective Charley McFadden und ihr Vater.

»Ich stimme McFadden zu«, hörte Amy Chief August Wohl sagen. »Wenn er mit einem Kantholz oder sonstwas totgeschlagen worden wäre, würde ich sagen, er überraschte einen Einbrecher, aber zwei Kugeln in den Hinterkopf? Das macht es zu einem Auftragsmord.«

Detective McFadden strahlte, weil der Chief seine Meinung teilte.

Amy ging zu ihrem Bruder und widerstand der Versuchung, ihn zu küssen. Matt wirkte einsam und betrübt.

»Wie geht es, Sherlock?«

Er nickte ihr zu und hob seine Bierdose. »Okay. Willst du ein Bier?«

»Ja«, sagte sie nach kurzem Zögern. »Ich möchte eins. Danke.«

»Das Bier ist seit einer Stunde ausgegangen«, sagte Peter Wohl. »Wir können anrufen und uns welches schicken lassen. Oder möchten Sie etwas Stärkeres?«

»Hallo, Peter«, sagte Amy. »Wie geht's?«

»Lange nicht gesehen«, erwiderte er.

»Da sind Scotch, Bourbon und Gin, Schatz«, sagte Brewster C. Payne. »Und irischer Whisky.«

»Ja, natürlich, irischer«, sagte Amy. »Einen irischen, bitte. Einen kleinen mit Eis. Und dann sollten wir die Totenwache beenden.«

Ihr Vater nickte und stand auf, um ihr einzuschenken.

»Warst du in Chestnut Hill?« fragte er.

»Nicht mehr, seit ich dich dort sah. Ich habe Grace ein Schlafmittel gegeben und vor ein paar Stunden angerufen, und Violet sagte mir, Grace ist zu Bett gegangen. Ich wurde in der Klinik aufgehalten.«

»Ich fuhr weg, als Dick schlafen ging«, sagte ihr Vater.

Mit anderen Worte, als er voll war und einschlief, dachte Amy. *Er war schon hackevoll, als ich ging.*

»Ich fahre gleich als erstes am Morgen hin«, sagte Amy. Dann wandte sie sich an ihren Bruder. »Ich habe dich gefragt, wie es dir geht.«

Matt zuckte mit den Schultern.

»Welch eine gottverdammte Vergeudung«, sagte er.

»Ich möchte eine Minute mit dir allein sprechen, wenn alle weg sind«, sagte Amy.

»Ich nehme keine deiner verdammten Pillen, Amy.«

»Ich will dir helfen«, sagt sie.

»Ja, ich weiß.«

»Dein Bier muß warm sein. Trink einen Whisky.«

»Ist das von Frau Ärztin verschrieben? Schnaps statt Glückspillen?«

»Es könne dir zu ruhigem Schlaf verhelfen.«

Ihre Blicke trafen sich.

»Dad, kannst du bitte zwei irische on the rocks einschenken, statt einem?« rief er.

Ihr Vater blickte über die Schulter zu Amy. Sie nickte kaum wahrnehmbar, und er nahm ein zweites Glas.

»Charley«, rief Mary-Margaret McCarthy, »wir gehen.«

Es klang nach einem Befehl. Sie war staatlich geprüfte Krankenschwester, die wieder studierte und daran dachte, Ärztin zu werden, wie sie Amy anvertraut hatte.

McFadden stand sofort auf.

Matt braucht eine wie sie, dachte Amy. *Eine willensstarke junge Frau, die so klug wie er ist. Er brauchte keine Penny.*

Gott, wie schrecklich, so etwas auch nur zu denken?

»Wir gehen auch«, kündigte Martha Peebles an. Sie hatte bereits ihren David – sie nannte ihn für gewöhnlich ›Schatz‹, was ihm vor anderen sehr peinlich war – im Schlepptau.

Einer nach dem anderen schüttelte Matt die Hand und verließ die Küche.

»Abgesehen von den Umständen war es schön, Sie zu sehen, Amy«, sagte Peter Wohl und reichte ihr die Hand.

»Danke«, erwiderte sie.

Er war fast an der Treppe, als Amy hinter ihm her eilte.

»Peter, warten Sie einen Moment«, rief sie, und er blieb stehen. »Ich möchte mit Ihnen sprechen.«

»Na klar. Wann? Hat es Zeit bis morgen?«

»Es wird bei Matt nur eine Minute dauern«, sagte Amy.

»Okay«, sagte er, widerstrebend, wie sie fand. Dann ging er die Treppe hinab.

Ihr Vater legte eine Hand auf ihre Schulter.

»Du bist Ärztin. Sollte ich irgend etwas für Matt tun?«

»Nur das, was du schon tust«, sagte sie.

»Sollte ich am Morgen nach Chestnut Hill fahren, oder ist es besser ...«

»Er ist dein Freund, Dad«, sagte Amy. »Du mußt das entscheiden.«

»Ja, natürlich.«

Schließlich, nach einer letzten Umarmung von Denny Coughlin, war Amy allein mit Matt.

Er sah sie an und wartete auf das, was sie zu sagen hatte.

»Dies ist nicht deine Schuld, Matt. Sie war von Drogen abhängig …«

»Sie war ein Junkie.«

»… und konnte damit nicht fertig werden.«

»Und ich war keine großartige Hilfe, nicht wahr?«

»Es ist nicht deine Schuld, Matt.«

»Das sagt mir jeder.«

»Ein solches Trauma ist erschöpfend. Du solltest eine Nacht gut durchschlafen.«

»Und am Morgen wird alles besser sein, richtig?«

»Ich habe etwas für dich …«

»Nein, danke.«

»Ein mildes Beruhigungsmittel.«

»Falls du es nicht bemerkt hast, ich klettere nicht an den Wänden hoch oder schreie hysterisch oder …«

»Es ist innerlich, Matt, es ist ein Schmerz. Es wird heraus müssen. Je stabiler dann deine Verfassung ist, desto besser. Deshalb brauchst du Schlaf.«

»Du bist ganz die Tochter deines Vaters. Du weißt nie, wann du ein Nein als Antwort akzeptieren mußt.«

»Okay. Aber Leute, selbst harte Typen wie du, haben schon ihre Meinung geändert. Ich werde die Pille hierlassen.«

»Nimm zwei und ruf mich am Morgen an, meinst du?« fragte Matt, und jetzt lächelte er.

»Wenn du zwei nimmst, wirst du am Morgen nicht telefonieren können. Eine, Matt, mit Wasser, vorzugsweise nicht auf leeren Magen.«

»Mein Magen ist voll vom Chinesen.«

»Ich werde bis halb acht oder so zu Hause sein«, sagte Amy. »Wenn du mit jemandem reden möchtest.«

»Amy, glaube es mir oder nicht, ich bin gerührt wegen deiner Besorgnis«, sagte Matt. »Aber alles, was ich brauche, ist dieser Whisky hier, und dann gehe ich ins Bett.«

Und dann überraschte er sie, indem er sie in die Arme schloß.

»Wer hält deine Hand, wenn du es brauchst, Doc?« fragte er weich. »Bist du jemals hier heraufgekommen, ohne die Probleme anderer Leute im Kopf zu haben?«

»Ja«, sagte sie, erstaunt über ihre emotionelle Reaktion. »Nur zwischen dir, mir und der Küchenlampe: Ich kann auch abschalten, die Probleme für einige Zeit vergessen. Aber nicht bei dir, Matt. Du bist mein kleiner Bruder.«

»Natürlich nur chronologisch gesprochen.«

Sie drückte ihn an sich, und dann löste sie sich aus seinen Armen.

»Geh ins Bett«, sagte sie. »Ich besuche dich morgen.«

Sie verließ das Apartment, ging die kurze Treppe hinunter und blickte noch einmal zur Wohnungstür zurück.

»Versuch, auf dem freien Fahrstreifen zwischen den parkenden Wagen zu bleiben, Amy«, rief Matt ihr nach und winkte.

»Klugscheißer«, rief sie zurück und schloß die Tür zur Treppe hinter sich. Sie hatte gerade genug Zeit, überrascht festzustellen, daß der Treppenabsatz leer war, und dann hörte sie das Summen des Aufzugs.

Das muß Peter sein, dachte sie. *Wenn er sagt, daß er auf mich wartet, hält er sich daran.*

Und dann blieb ihr gerade noch Zeit, zu erkennen, wie tief ihre Enttäuschung gewesen war, als er nicht auf dem Treppenabsatz gewartet hatte, bevor die Aufzugtür aufging. Es war nicht Peter, sondern Jason Washington.

Verdammt, wo ist Peter? Hat er sich gesagt: ›Die kann mich mal, ich fahre heim‹?

»Guten Abend, Doktor«, sagte Washington mit sonorer Stimme. »Oder genauer gesagt, guten Morgen.«

»Mr. Washington.«

»Schließe ich richtig aus Ihrer mißbilligenden Miene, daß es jetzt keine gute Zeit ist, um Matt zu besuchen?«

»Nein.« Amy lachte nervös – Jason Washington war ein sehr eindrucksvoller Mann. »Eigentlich finde ich, daß ihm der Besuch guttun wird. Er sagte, er geht ins Bett, aber ich glaube ihm nicht.«

»Ich konnte nicht früher kommen«, sagt Jason Washington. »Inspector Wohl – er ist unten beim Sicherheitsmann in der Halle – sagte, daß Sie vielleicht nichts gegen einen Besuch einwenden.«

Peter hat gewartet! Warum freut mich das so riesig?

»Ich denke, es ist sehr freundlich von Ihnen, Matt zu dieser Stunde noch zu besuchen, und ich glaube, er wird sich sehr freuen, Sie zu sehen.«

»Danke«, sagte Washington und winkte sie in den Aufzug.

Peter lächelte nicht, als er sie sah.

»Danke für das Warten«, sagte Amy. »Ich möchte wirklich mit Ihnen sprechen.«

»Das sagten Sie.«

»Können wir irgendwo einen Kaffee trinken? Oder etwas anderes?«

Sie sahen sich einem Moment lang in die Augen.

»Die meisten Lokale, in die ich Sie bringen würde, sind geschlossen.«

»Haben Sie Zeit, bei meinem Apartment vorbeizufahren?«

»Irgendwie bezweifle ich, daß dies eine Einladung zum Frühstück ist.«

»Natürlich ist das keine«, erwiderte sie heftig. »Ich möchte mit Ihnen über Matt reden. Nichts sonst.«

»Wir versuchten den anderen Weg, und es klappte nicht?«

»Anscheinend nicht, oder?«

»Ich werde mich mit Ihnen in der Halle Ihres Apartmenthauses treffen«, sagte Peter. »Ich hasse es, hinter Leuten herzufahren.«

»Danke«, sagte Amy und stieg wieder in den Aufzug, um

zur Tiefgarage zu fahren. Als sie sich umwandte, war Peter bereits zur Tür hinaus.

»Wie halten Sie sich aufrecht, Matthew?« fragte Jason Washington, als er das Apartment betrat.

»Meistens, indem ich mich an die Wand stütze«, antwortete Matt.

»Sagte der Mann, der seinen Schmerz mit Humor tarnte. Ich bin Ihr Freund, Matthew. Beantworten Sie meine Frage.«

»Sie kennen den Witz: ›Wie geht es Ihrer Frau?‹ Und die Antwort: ›Im Vergleich zu was?‹ Ich weiß nicht, wie ich mich fühlen soll.«

»Versuchen Sie eine Antwort mit einem Wort.«

»Leer«, sagte Matt nach einer Weile

Washington stieß einen Grunzlaut aus.

»Ich finde, das ist eine normale Reaktion«, sagte er. »Ich wäre früher hiergewesen, Matthew, aber ich war im Auftrag des Königs unterwegs und beschützte unsere schöne Stadt vor Quacksalbern, Schurken und Gesindel.«

Matt lachte. »Danke für Ihren Besuch.«

»Das mit Penny tut mir leid, Matt«, sagte Washington.

»Danke.«

»Ich und My fair Lady hatten ursprünglich vor, herzukommen und unsere Stimmen dem Chor derjenigen hinzuzufügen, die Ihnen sagen, daß Sie in keiner Weise verantwortlich sind für das, was passiert ist.«

»Danke.«

»Ich meine das ernst. Ich sage das nicht so daher.«

»Ich weiß«, sagte Matt.

»Meine bessere Hälfte – die ziemlich sauer sein kann, wenn sie in den frühen Morgenstunden geweckt wird – wird mächtig verärgert sein, wenn ich schließlich auftauche und ihr sage, daß ich hier allein war.«

Matt lachte.

»Wären Sie angesichts meines Opfers – Sie haben die

Lady im Zustand der Verärgerung erlebt und sollten Mitgefühl haben – so herzensgut, mir anzubieten, was immer Sie da trinken?«

»Entschuldigung«, sagte Matt. »Dies ist irischer Whisky. Einverstanden?«

»Gälischer Chauvinisten-Scotch geht in Ordnung. Danke«, sagte Washington.

»Sie waren im Dienst?« fragte Matt, während er zur Küche ging.

»In der Tat.«

»Ich dachte, Sie hätten sich frei genommen, um zum Strand oder sonstwohin zu fahren.«

»Es hat einige interessante Entwicklungen gegeben«, sagte Washington. »Welche Meinung haben Sie sich über Staff Inspector Weisbach gebildet?«

»Ich mag ihn. Er ist gescheit und sympathisch.«

»Das ist gut, denn er ist unser neuer Boß.«

»Tatsächlich?«

»Würde es Sie interessieren, was er von Ihnen hält?«

»Ja.«

»Er sagte, Sie müssen an der kurzen Leine gehalten werden.«

»Das hat er gesagt?«

»Das hat er gesagt.«

»Sie sagten *unser* neuer Boß. Haben wir etwas mit dieser Ethical Affairs Unit zu tun?«

»Ich denke, wir *sind* die Ethical Affairs Unit.«

»Das klingt wie Internal Affairs mit einem anderen Namen.«

Matt ging ins Wohnzimmer zurück und überreichte Washington das Glas mit irischem Whisky.

»Nicht genau. Wohl und Weisbach haben sich für eine breite Auslegung ihres Auftrags entschieden.«

»Wohl war hier.«

»Ich sah ihn in der Halle.«

»Er hat mir nichts gesagt.«

»Unter diesen Umständen ...«

»Er erwähnte ein halbes Dutzend Mal, daß ich ... das, was mit Penny geschah ... hinter mir lassen soll und daß das Leben weitergeht.«

»Und so sollte es sein. Nun etwas anderes. Armando C. Giacomo hatte Wohl und Weisbach als seine Gäste beim Mittagessen im Rittenhouse Club.«

»Er vertritt Cassandro?«

»Hm. Und Mr. Cassandro will wirklich nicht in den Knast. Mr. Giacomo schlug einen Deal vor: Cassandro sagt gegen Cazerra, Meyer und Co. aus und erhält als Gegenleistung Straffreiheit.«

»Sie werden den Handel nicht machen, oder? Sie brauchen seine Aussage nicht. Wir haben den Bastard kalt erwischt.«

»Peter und Weisbach finden es interessant, warum der Handel vorgeschlagen wurde. Giacomo kann, wenn er seinen Mandanten nicht völlig herauspaukt, seinen Prozeß ewig und drei Tage lang hinauszögern und ihn dann mit einem Antrag nach dem anderen ein paar Jahre vor dem Haftantritt bewahren. Mit anderen Worten, was ist da los?«

»Was?«

»Weisbach und Wohl versuchten einen Schuß ins Blaue. Sie sagten Giacomo, daß wir in puncto Cassandro nur daran interessiert sind, etwas zu erfahren, das uns im Mordfall Officer Kellog und bei dem Doppelmord im Inferno weiterhilft. Laut Weisbach verhielt sich Giacomo, als könnte etwas in dieser Hinsicht klappen.«

»Der Mob würde uns einen oder beide Täter im Austausch für Cassandro geben?«

Washington nickte. »Da dies ein grober Verstoß gegen den sizilianischen Ehrenkodex sein würde, stellt sich wieder die Frage, warum ist es so wichtig, daß Cassandro nicht vor Gericht kommt? Und Weisbach und ich haben versucht, eine Antwort darauf zu finden.«

»Und?«

»Bis jetzt noch nichts.«

»Hat sich etwas bei dem Fall Inferno ergeben?«

»Nein. Aber ich habe den Verdacht, daß es da einen Zusammenhang gibt. Ziemlich offenkundig war es ein Mordauftrag, kein Überfall. Wenn es ein bestellter Doppelmord war, dann war er teuer. Wenn sie uns diesen Täter geben, bedeutet das, daß es wirklich wichtig ist, Cassandro vor dem Knast zu bewahren, und wir sind wieder bei der Frage: warum?

»Hm.«

»Sie werden jedenfalls nahe an diesem Fall dran sein. Sie gehen immer noch zur Mordkommission. Wann immer Sie sich fit genug fühlen, um wieder zum Dienst zu kommen.«

»Wenn ich nicht getrunken hätte, würde ich heute früh zum Dienst gehen. Aber ich befürchte, dann habe ich einen Kater.«

»Ein anderes Thema«, sagte Washington. »Ich muß etwas sagen, das vielleicht grausam klingt. Aber ich denke, ich sollte es sagen. Meine erste Reaktion, als ich hörte, was passiert war, war Erleichterung.«

Matt schwieg lange.

»Das Gefühl hatte ich ebenfalls«, sagte er dann. »Und deshalb fühle ich mich wie ein verdammter Hurensohn.«

»Ich habe viel Ermordete gesehen. Und mehr als genug tote Drogensüchtige. Ich bin der Meinung, daß ein Rauschgifthändler ein weitaus abscheulicheres Verbrechen begeht als – zum Beispiel – derjenige, der Officer Kellog erschoß. Oder Mrs. Alicia Atchison und Mr. Anthony J. Marcuzzi im Inferno. Für sie war es sofort vorüber. Es war brutal, aber nicht so brutal, wie einer jungen Frau das Leben über einen langen Zeitraum und schmerzvolle Phasen zu nehmen.«

Matt sagte nichts.

»Der springende Punkt dieser kleinen philosophischen Betrachtung, Matt, ist folgender: Penny wurde schon ermordet, als sie zum ersten Mal eine Nadel in ihren Arm schob. Als sich zwischen Ihnen beiden … eine romantische Beziehung entwickelte, war Penny bereits tot. Ihr Mörder war der Mann, der ihr die ersten harten Drogen gab.«

»Ich habe sie geliebt.«

»Ja, ich weiß.«

»Wir hatten einen Streit, als ich sie zum letztenmal sah. Darüber, daß ich Cop bin.«

»Wenn Sie zugestimmt hätten, morgen der Vizepräsident von Nesfoods International zu werden, um die Tochter vom Boß glücklich zu machen, dann hätte sie einen anderen Vorwand gefunden, um sich mit einem Schuß in Euphorie zu versetzen. Sie hatte keine Kontrolle mehr über ihre Rauschgiftsucht. Es hatte nichts mit Ihnen zu tun. Das müssen Sie glauben, aus dem einfach Grund, weil es stimmt.«

»Ich werde es nie wissen, nicht wahr?«

Washington schaute ihm in die Augen und stellte dann sein Glas ab.

»Machen wir einen Kneipenbummel.«

»Was?« Der Vorschlag überraschte Matt.

»Wie lange sind Sie hier oben in der Mansarde?«

Matt dachte nach.

»Ich kam ungefähr um vierzehn Uhr her.«

»Zwölf Stunden in einem verqualmten Raum. Das reicht. Holen Sie Ihr Jackett.«

»Wohin gehen wir?«

»Zur Mall Tavern. An der Ecke 10th und Cherry. Als ich noch ein ehrbarer Detective der Mordkommission war, ging ich nach dem Dienst auf ein Besäufnis dorthin. Hören wir uns den Klatsch an. Vielleicht erfahren wir etwas Interessantes.«

14

Er sieht nicht wie ein Cop aus, dachte Amy, als sie Peter in der Halle des Apartmentgebäudes mit dem Nachtportier reden sah. *Mr. Ramerez hat den maßgeschneiderten Anzug und den Jaguar gesehen und sich gesagt, daß Dr. Payne ein Verhältnis mit einem Anwalt oder Börsenmakler hat.*

»Guten abend, Dr. Payne«, sagte Peter.

»Danke für Ihren Besuch zu dieser Uhrzeit«, erwiderte Amy. »Sollen wir hinaufgehen?« Sie lächelte Mr. Ramerez an. »Guten Abend, Mr. Ramerez.«

Es ist offenbar wichtig für mich, daß Mr. Ramerez versteht, daß ich kein Verhältnis mit ihm habe, Cop oder Börsenmakler.

Sie fuhren schweigend und etwas verlegen mit dem Aufzug zu Amys Apartment hoch. Amy schloß die Tür auf und trat ein. Er folgte ihr.

»Kaffee? Oder etwas Alkoholisches?« fragte sie.

»Nein, danke. Sie sagten, Sie wollen mit mir über Matt reden.«

»Ich halte es für wichtig, daß er nicht allein gelassen wird.«

»Lewis der Kleine – das ist ein Polizeibeamter ...«

»Ich weiß, wer das ist«, unterbrach Amy.

Peter nicke. »Er wird um Viertel nach sieben in Matts Apartment sein. Wenn Sie meinen, er sollte bis dahin nicht allein sein, kann ich dorthin zurückfahren.«

»Ich denke, er wird den Rest der Nacht allein zurechtkommen«, sagte Amy. »Können Sie ihn dann beschäftigt halten? Besonders in den nächsten paar Tagen?«

Wohl nickte.

»Er gibt sich die Schuld an Pennys Tod«, sagte Amy.

»Ja, ich weiß.«

»Vielleicht haben Sie es nicht erkannt, aber er ist wirklich ziemlich sensibel.«

»Ich weiß.«

»Wissen Sie, was er heute nacht getan hat?« fragte sie und fuhr fort, ohne auf eine Antwort zu warten. »Er hat mich in die Arme genommen und gefragt, wer *meine* Hand hält, wenn ich es brauche.«

»Es hat zumindest einen Bewerber dafür gegeben, von dem ich weiß. Wie ich mich erinnere, waren Sie nicht interessiert.«

»Verdammt, Peter, Sie machen es mir nicht leicht.«

»Ich weiß nicht, ob Sie es erkannt haben, aber ich bin auch ziemlich sensibel«, wiederholte er spöttisch, was sie über Matt gesagt hatte.

»Sie Bastard!« sagte sie, aber sie lachte. »Ehrlich, Peter, ich wollte Sie nicht kränken.«

Er zuckte mit den Schultern.

»Ich habe gelogen«, sagte Amy.

»Nicht telefonisch zurückzurufen, sich nicht am Telefon zu melden, ›schon andere Pläne‹ zu haben, wenn ich Sie schließlich am Telefon erwische, ist eigentlich kein Lügen.«

»Ich meine heute nacht«, sagte Amy. »Gewiß habe ich Sie angelogen und vermutlich mich selbst. Ich wußte, daß ihr, der alte und ehrwürdige Orden von Cops, euch schützend um Matt versammeln und mehr für ihn tun würdet, als ich tun konnte.«

Wohl wartete darauf, daß sie weitersprach.

»Ich wollte jemanden haben, der meine Hand hält. Penny Detweiler war meine Patientin. Ich habe bei ihr versagt.«

Er sah sie lange an.

»Jemanden? Irgend jemanden? Oder mich?«

»Ich wußte, daß Sie dort sind«, sagte Amy.

Peter breitete die Arme aus. Sie machte ein paar zögernde Schritte auf ihn zu und blieb schließlich mit dem Kopf an seine Brust geschmiegt stehen.

»Amy, Sie haben alles für dieses Mädchen getan, was Sie tun konnten«, sagte Peter und streichelte sanft über ihren Rücken. »Einigen Leuten kann man nicht helfen. Oder sie wollen keine Hilfe.«

»O Gott, Peter! Ich fühlte mich so schrecklich deswegen!«

Er spürte, daß sie sich unter seiner Berührung versteifte und dann mit unterdrücktem Schluchzen zitterte.

»Ich werde Ihnen sagen, was ich tun werde, Doc«, sagte er weich. »Ich werde Ihre freundliche Einladung zum Frühstück annehmen. Unter einer Bedingung.«

Sie wich ein wenig von ihm fort und schaute zu ihm auf.

»Ich habe Sie nicht eingeladen.«

»Unter der Bedingung, daß ich das Frühstück mache. Die kulinarischen Künste zählen nicht zu Ihren vielen anderen Talenten.«

»Meinen Sie, das würde helfen?«

»Ich meine, es kann nicht schaden.«

»Ich weiß nicht mal, ob etwas im Kühlschrank ist.«

»Dann werde ich eine Dose Spaghetti aufmachen.«

Amy versuchte zu lächeln, schaffte es nicht und schmiegte ihren Kopf an seine Brust. Sie spürte, daß er sie fester umarmte.

»Würdest du mir hier die Kleidung vom Leib fetzen, oder sollen wir warten, bis wir im Schlafzimmer sind?«

Es war halb acht, als Matt Payne vom Bimmeln der Türklingel erwachte.

Er tastete auf dem Nachttisch nach seiner Armbanduhr, fand sie, las die Zeit ab, murmelte einen Fluch und stand aus dem Bett auf.

Wieder klingelte es, fünf oder sechs Sekunden lang.

»Ich komme, verdammt«, sagte Matt, obwohl wenig Aussicht bestand, daß jemand ihn hören konnte.

Es folgten zehn Sekunden Stille, in denen er nach seiner Unterhose suchte –, es war seine Angewohnheit, im Adamskostüm zu schlafen – und dann folgten wieder fünf oder sechs Sekunden Klingeln.

Matt war auf halben Weg durch die Küche, als es wieder klingelte.

Er fand den Knopf, der den Türöffner betätigte, drückte darauf, und dann ging er weiter durch die Küche und das Wohnzimmer zum oberen Treppenabsatz. Als er hinabblickte, tauchte die massige Gestalt von Officer Foster H. Lewis junior in einem gutgeschnittenen dunkelblauen Anzug auf der schmalen Treppe auf und füllte sie fast aus.

»Kleiner, was, zur Hölle, willst du?« fragte Matt alles andere als freundlich.

»Eigentlich wollte ich zu Hause in meinem Bett sein«, erwiderte Lewis der Kleine. »Aber man sagte mir, ich soll dich nicht aus den Augen lassen.«

»Wer hat das gesagt?«

»Wohl«, sagte der Kleine, als er die letzte Stufe hinaufstieg. »Mein Gott, bis du immer so schwer wachzubekommen? Ich klingele schon seit zehn Minuten. Ich hätte fast die Tür aufgebrochen.«

»Ich bin erst um drei ins Bett gegangen«, sagte Matt.

Der Kleine blickte ihn mit sichtlichem Unbehagen an.

»Matt, ich bezweifle, daß Schnaps die Lösung ist.«

»Ich war mit Washington in der Mall Tavern.«

»Warum?«

»Angeblich wollten wir uns Klatsch aus der Mordkommission anhören. Als wir heimkehrten, wurde mir klar, daß er mich in Wirklichkeit den Jungs von der Mordkommission vorstellen wollte. Er spielte Rabbi für mich.«

»Mein Vater sagte, daß sie wirklich sauer sind, weil der Bürgermeister dich dorthin geschickt hat.«

»Ich denke, ihre Reaktion ist dank Jason Washington von mörderischer Wut, das Wortspiel ist beabsichtigt, zu bitterem Groll über Washingtons Akt der Nächstenliebe gemildert worden. Sie verstanden anscheinend, daß ich nichts dafür kann.«

»Ich wäre gestern hergekommen«, sagte der Kleine. »Persönlich, nicht weil Wohl mich schickt. Aber Washington sagte, es würden genug Leute hier sein, und ich sollte dich heute besuchen.« Der Kleine legte eine Pause ein. »Mein Beileid, Matt.«

»Danke.«

»Jedenfalls hast du mich auf der Pelle«, sagte der Kleine. »Und nebenbei bemerkt habe ich noch nicht gefrühstückt.«

»Sieh nach, was im Kühlschrank ist, während ich dusche«, sagte Matt.

Zehn Minuten später kam Matt in die Küche und nahm den Duft von gebratenem Speck und gefiltertem Kaffee wahr und sah, daß Lewis der Kleine den Küchentisch gedeckt hatte. Der Kleine hatte sein Jackett ausgezogen und sich eine Schürze umgebunden. Es war eine Schürze in voller Größe, aber auf den gewaltigen Massen des Kleinen wirkte sie viel kleiner, fast wie das Servierschürzchen einer Kellnerin. Es war ein lustiger Anblick, und Matt lächelte.

»Ich wette, du kannst auch sehr gut bügeln«, sagte er.

»Leck mich am Arsch, du bekommst kein Frühstück«, sagte der Kleine liebenswürdig.

»Wenn wir damit fertig sind, kannst du im Wohnzimmer staubsaugen.«

»Leck mich noch einmal«, sagte der Kleine. »Erzähl mir von dem Doppelmord im Inferno.«

Beim Frühstück erzählte Matt.

»Dieser Atchison ist sehr gut«, schloß er. »Gerissen und hart. Und sein Anwalt ist ebenfalls gut. Gerade als Milham ihn festnageln wollte, sagte der Anwalt ...«

»Wer ist das?«

»Ein Typ namens Sidney Margolis.«

Der Kleine schnaubte. »Ich weiß, wer das ist. Ein mieser Rechtsverdreher. Mein Vater sagte mir, daß er schon so oft der Anwaltskammer gemeldet wurde, daß sie einen eigenen Aktenschrank für ihn haben.«

»Er ist gewieft. Er sah, daß Milham Atchison in die Enge trieb, und sagte: ›Befragung beendet. Mein Mandant hat starke Schmerzen.‹«

»Hatte er die?«

»Nachdem Margolis ihm das gesagt hatte, ja. Und das war's dann.«

»Ich wünschte, ich hätte die Befragung hören können.«

»Milham ist sehr gut.«

»Hast du das vom Mann seiner Freundin gehört?«

»Ja.«

»Meinst du, er hat etwas damit zu tun?«

»Nein«, sagte Matt ohne Zögern.

»Das sagt mein Vater auch. Er meint, es hat etwas mit dem Rauschgiftdezernat zu tun. Ganz oben auf der langen Liste der Dinge, die er mir verboten hat, als ich Cop wurde, stand die Annahme einer Verwendung beim Rauschgiftdezernat. Er sagte, diese Leute treiben sich so viel im Schweinestall herum und es ist so viel Geld im Spiel, daß es ihn nicht überrascht, wie viele Dreck am Stecken haben, daß es ihn aber erstaunt, wie viele anständig sind.«

»Charley und der kleine Puertoricaner waren verdeckte Ermittler beim Rauschgiftdezernat, und Captain Pekach war auch dort. Sie sind anständige Cops.«

»Die Ausnahmen bestätigen die Regel«, sagte der Kleine. »Was machen wir heute?«

»Ich weiß nicht, was du machst, aber ich fahre in einer halben Stunde nach Chestnut Hill. O Gott, wie ich das hasse! Die Beerdigung ist heute nachmittag.«

»Du meinst, *wir* fahren nach Chestnut Hill. Ich habe die Stimme meines Herrn gehört, und sie sagte, ich soll dich nicht aus den Augen lassen.«

»Nur Familienangehörige und enge Freunde«, sagte Matt. »Ich nehme an, meine Familie, die Detweilers und die Nesbitts werden an der Beerdigung teilnehmen. Das sind alle.«

»Und was sage ich Wohl, wenn der Pöbel nicht willkommen ist?«

»Ich werde ihn anrufen.«

»Matt, es macht mir nichts aus, unwillkommen zu sein. Mit einer Sonnenbräune wie meiner gewöhnt man sich daran. Wenn ich irgendwie helfen kann ...«

»Du würdest eine miese Situation noch verschlimmern, Kleiner, aber danke«, sagte Matt. Er stand vom Tisch auf, wollte zum Telefon gehen und verharrte dann. Er legte kurz eine Hand auf die Schulter des Kleinen. »Ich weiß dein Angebot zu schätzen, Freund«, sagte Matt.

Matt ging zum Telefon und wählte Wohls private Telefonnummer. Als sich keiner meldete, rief er im Hauptquartier der Special Operations Division an, um festzustellen, ob Wohl früh zum Dienst gekommen war, wie er es oft getan hatte. Wenn sich bei Wohls privatem Anschluß keiner bis nach dem fünften Klingeln meldete, wurde die Leitung automatisch auf den Anschluß des Einsatzleiters geschaltete.

»Special Operations, Lieutenant Suffern.«

»Matt Payne, Sir. Haben Sie die Position vom Inspector?«

»Ja, ich habe eine Telefonnummer. Nur einen Moment, Matt«, sagte Lieutenant Suffern, und dann änderte sich sein Tonfall. »Matt, ich hörte mit Bedauern ...«

»Danke.«

»Kann ich sonst noch etwas für Sie tun?«

»Mir fällt nichts ein, aber danke. Ich weiß den Gedanken zu würdigen.«

»Da ist die Nummer«, sagte Suffern. »Angegeben heute morgen um halb zwei bis auf weiteres.« Dann las er Matt die Telefonnummer vor, unter der Inspector Wohl zu erreichen war.

Matts Gesicht spiegelte eine Mischung aus Belustigung und Ärger wider. Die Nummer, die der Lieutenant ihm genannt hatte, war ihm bekannt. Es war die einzige Nummer in ganz Philadelphia, die er zu dieser Zeit nicht anrufen konnte, ohne Inspector Wohl zu verärgern. Es war die Telefonnummer des Apartments seiner Schwester Amelia Payne, Dr. med, Dr. phil.

»Danke, Sir.«

»Wenn Sie sich wieder besser fühlen, Matt, werden wir ein paar heben.«

»Danke«, sagte Matt. »Das würde mich freuen.«

Matt legte den Hörer auf und wandte sich dem Kleinen zu. Er lächelte über seinen witzigen Einfall.

»Wohl ist jetzt nicht zu erreichen«, sagte er. »Er ist beim Doktor.«

»Und was machen wir jetzt?«

»Wenn alles schiefgeht, soll man die Wahrheit sagen«, sagte Matt. »Du fährst zum Schulhaus, und wenn Wohl auftaucht, sagst du ›Payne möchte keine Gesellschaft‹.«

»Ich weiß nicht, Matt«, meinte der Kleine zweifelnd. »Das war kein Vorschlag von Wohl, sondern eine klare Anweisung. Ich soll bei dir Babysitter spielen.«

»Oh, Scheiße«, sagte Matt und wählte Amys Telefonnummer.

»Dr. Payne ist zur Zeit nicht erreichbar«, meldete sich der Anrufbeantworter. »Wenn Sie Ihren Namen und die Telefonnummer hinterlassen, wird sie so bald wie möglich zurückrufen. Bitte warten Sie auf den Piepton. Danke.«

»Amy, ich weiß, daß du da bist. Ich muß mit Inspector Wohl sprechen.«

Einen Augenblick später meldete sich Wohl.

»Was ist los, Matt?«

»Lewis der Kleine ist hier. Ihn mir zu den Detweilers mitzuschicken, ist keine so gute Idee. Die Beerdigung findet im Kreis der Familie und engsten Freunde statt.«

»Das hat mir Ihre Schwester erzählt«, sagte Wohl. »Er ist dort? Holen Sie ihn an den Apparat.«

Matt hielt Lewis den Telefonhörer hin, und der Kleine stemmte seine Massen hoch und nahm ihn entgegen.

»Ja, Sir?«

Matt konnte nur hören, was der Kleine bei dem Gespräch sagte, und er war neugierig, als der Kleine tief und kollernd lachte und sagte: »Das würde ich auch gern sehen. Das wäre ein Anblick.«

Als er auflegte, fragte Matt: »Was wäre ein Anblick?«

»Das Gesicht des Bürgermeister, wenn ihm jemand sagt, daß er unerwünscht ist und sich trollen soll.«

»Bei dieser Beerdigung wird er sich vielleicht trollen müssen«, sagte Matt. »Mein Vater sagte, daß niemand eingeladen wird, basta.«

»Wohl sagte auch, ich soll dich dorthin fahren, wenn du möchtest, und mich dann zur Verfügung halten. Das wollte ich ohnehin tun.«

»Du kannst mich zur Parkway fahren, sobald ich fertig angezogen bin. Ich werde meine Schwester dorthin fahren, in ihrem Wagen.«

»Ja, klar. Aber merk dir, was ich gesagt habe. Wenn du mich brauchst, weißt du, wo ich zu erreichen bin.«

Inspector Peter Wohl untersuchte den Schnitt an seiner Wange, der durch Amy Paynes stumpfen Rasierapparat verursacht worden war – und aus dem erstaunlich viel Blut lief –, als Amy in der Badezimmertür auftauchte.

Amy war in ihrer Unterwäsche, die weiß war und hauptsächlich aus Spitze bestand. Er fand den Anblick sehr reizvoll und fragte sich, ob das ihre alltägliche Unterwäsche war oder ob sie die weiße Spitzenwäsche eigens für ihn angezogen hatte.

Dieser angenehme Gedanken wurde sofort durch ihren Tonfall und ihre Miene zerstört.

»Telefon für dich«, sagte sie. »Schon wieder. Weiß jeder in Philadelphia, daß du hier bist?«

»Tut mir leid«, sagte er, riß schnell ein Blatt Toilettenpapier ab, drückte es auf die Schnittwunde und ging in Amys Schlafzimmer. Er setzte sich auf die Bettkante und nahm den Telefonhörer.

»Inspector Wohl.«

»Verzeihen Sie, daß ich Sie behellige, Sir«, sagte Jason Washington mit seiner tiefen, wohlklingenden Stimme.

Washington ist die Diskretion in Person, dachte Wohl. *Wenn er die Nummer vom Schichtleiter hat – und bei seinem guten Gedächtnis weiß er vermutlich, wessen Nummer es ist –, hätte er gewartet, bis ich zur Arbeit komme. Es sei denn, es geht um etwas Wichtiges.*

»Kein Problem. Ich sitze nur hier herum und verblute. Guten Morgen, Jason. Was ist los?«

»Ich erhielt soeben einen interessanten Anruf. Von einem Informanten, der in der Vergangenheit zuverlässig war, wenn er mir einen Tip gegeben hat – was nicht oft der Fall war. Er sagte, die Morde im Inferno waren vom Mob bestellt.«

»Interessant. Nannte er einen Namen?«

»Frankie Foley.«

»Nie gehört.«

Amy setzte sich neben Peter Wohl und hielt die Hand auf

seine Wange. Es war eine Geste der Zuneigung, aber nur eine angedeutete. Sie hatte einen Tupfer mit etwas Antiseptischem getränkt. Sie zog den Verband von Toilettenpapier von der Wange und betupfte professionell den Schnitt.

»Ich habe den Namen auch noch nie gehört. Ebensowenig die Abteilung Organisiertes Verbrechen und die Überwachung.«

»Noch interessanter.«

»Was soll ich damit machen?«

Wohl überlegte kurz.

»Geben Sie den Namen der Mordkommission. Und versuchen Sie eine Verbindung zu Cassandro herauszufinden.«

»Jawohl, Sir.«

Wohl hatte einen unangenehmen Gedanken. Es war gut möglich, daß er Washington an die neuen Zuständigkeiten erinnern mußte. Washington war daran gewöhnt, ihm direkt zu berichten. Es mißfiel ihm vielleicht, sich zuerst an Weisbach zu wenden.

»Was hat Weisbach gesagt, als Sie ihm das berichtet haben?«

»Er sagte, wir sollten es besser an die Mordkommission weitergeben, aber ich soll Sie vorher fragen.«

Gott sei Dank. Ein Personalkonflikt ist vermieden.

»Schreiben Sie sich das auf, Jason: Das wahre Anzeichen auf die Intelligenz eines anderen ist das Maß, bis zu dem er mit Ihnen einer Meinung ist.«

Washington lachte.

»Ich werde Sie auf dem laufenden halten«, sagte er und legte auf.

»Wer war das?« fragte Amy.

»Jason Washington.«

»Das dachte ich mir. Woher weiß er, daß du hier bist? Hast du eine Anzeige im *Bulletin* aufgegeben? Wer sonst noch weiß, wo du die Nacht verbracht hast?«

»Es gibt eine kurze Liste von Leuten, die wissen müssen, wo ich jederzeit zu erreichen bin. Der Schichtleiter weiß, wo ich zu finden bin. Um deine Frage zu beantworten, da nur Matt und Jason anriefen, haben nur zwei Leute Grund zu dem Verdacht, daß ich die Nacht hier verbracht habe.«

»O Gott!«

»Es gibt eine Lösung des Problems«, sagte Peter. »Ich könnte dich zu einer ehrbaren Frau machen.«

»Du scherzt natürlich«, sagte sie nach einer Weile.

»Ich bin mir nicht sicher, ob ich scherze oder nicht«, sagte Peter. »Du solltest das besser nicht als festen Antrag betrachten.«

Amy erhob sich. »Jetzt tut es mir leid, daß ich dein Gesicht behandelt habe«, sagte sie und ging ins Badezimmer.

»Schöner Hintern«, rief er ihr nach.

Sie zeigte ihm den Mittelfinger, ohne sich umzudrehen, und schloß die Badezimmertür hinter sich.

Allmächtiger, wie kam ich auf diesen Scheiß: ›Ich mache dich zu einer ehrbaren Frau‹? dachte Wohl.

Er stand auf und machte sich auf die Suche nach seiner Kleidung.

Lieutenant Foster H. Lewis senior vom 9. Distrikt, ein sehr großer, muskulöser Mann, saß in einem Schaukelstuhl auf der Veranda seines Hauses und las im *Philadelphia Bulletin,* als Officer Foster H. Lewis junior von der Special Operations Division die Verandatür aufschob und die Veranda betrat.

Der Kleine wußte, daß sein Vater Nachtschicht gehabt hatte, und er war überrascht, ihn zu sehen. Wenn sein Vater von der Nachtschicht heimkehrte, duschte er für gewöhnlich und legte sich acht Stunden schlafen. Doch da war er, in einem offenbar frischen weißen Hemd, tadellos rasiert und aussehend, als würde er gleich zum Dienst fahren.

»Ich dachte, du hattest die Nachtschicht«, sagte der Kleine.

»Guten Morgen, Sohn. Wie geht es dir? Mir geht es prima, danke für die Frage«, erwiderte Lieutenant Lewis trocken.

»Entschuldige.«

»Ich sollte für Lieutenant Prater einspringen, der krank war«, erklärte Lieutenant Lewis. »Als ich ins Büro kam, war er wundersam genesen. Und *ich* dachte, *du* arbeitest am Tage.«

»Ich arbeite«, sagte der Kleine und wies zu dem Wagen, der auf dem Zufahrtsweg parkte.

»Wie kannst du arbeiten und hiersein?«

»Meine Befehle, Lieutenant, Sir, lauten, beim Funkgerät zu bleiben, falls ich gebraucht werde.«

»Du brauchst nicht sarkastisch zu sein, Foster, es war eine vernünftige Frage.«

»Inspector Wohl wies mich an, Matt Payne Gesellschaft zu leisten«, sagte der Kleine. »Ich wurde nicht gebraucht.«

»Welch eine Tragödie!« sagte Lieutenant Lewis.

»Ich sagte mir, besuch mal Mom.«

»Weil ich nicht hier bin, meinst du?«

»Pop, jedesmal, wenn wir uns sehen, fällst du über mich her.«

»Das wußte ich gar nicht.«

»Gerade wieder«, sagte der Kleine. »Die Anspielung, daß ich mich verpisse, wenn ich hier bin.«

»Das habe ich nicht gesagt.«

»Aber das hast du gemeint.«

»Du fährst einen Polizeiwagen, wahrscheinlich im Dienst, und besuchst deine Familie.«

»Ich tue, was man mir befohlen hat, Pop. Ich bin ein ziemlicher guter Cop! Inspector Wohl erwartet von mir, daß ich verfügbar bin, wenn er mich braucht. Ich bezweifle, daß er von mir erwartet, daß ich im Wagen sitze und darauf warte, daß ich über Funk gerufen werde.«

»Du glaubst das?«

»Was?«

»Daß du ein ziemlich guter Cop bist.«

»Ich bin als Cop nicht so gut wie du, aber ja, ich bin ein ziemlich guter Cop.«

»Du wirst bestimmt beleidigt sein, wenn ich das sage, aber du weißt nicht, was es wirklich heißt, Cop zu sein.«

»Du meinst, ich habe nie in einem Distrikt gearbeitet?«

»Genau.«

»Na, na, Pop. Wenn Inspector Wohl der Meinung wäre, ich würde etwas lernen, indem ich in einem Streifenwagen herumfahre oder zu Fuß Streife gehen, dann würde er mich das tun lassen.«

»Diese Dinge sind unter deiner Würde, richtig?«

»Wir hören lieber damit auf, bevor einer von uns etwas sagt, das er bereuen wird«, sagte der Kleine.

Lieutenant Lewis schaute seinen Sohn einen Moment an, bevor er etwas erwiderte.

»Ich sage nicht, daß deine Arbeit unwichtig ist oder daß du sie schlecht machst.«

»Es ist eine wichtige Arbeit. Wir haben einen schmutzigen Captain und Lieutenant festgenommen, und ich habe dabei geholfen. Wohl und Washington hätten mich nicht an diesen Job herangelassen, wenn sie daran gezweifelt hätten, daß ich ihn richtig mache.«

»Ich bin nur besorgt, Foster, weil du keine Erfahrung als Cop auf der Straße sammelst. Du hast ja nicht mal Freunde, die normale, einfache Cops sind.«

»Da ist was dran.«

»Würdest du mir einen Gefallen tun, wen ich dich um einen bitte?«

»Wenn es war Vernünftiges ist.«

Das kam sarkastischer und respektloser heraus, als von dem Kleinen beabsichtigt, und der Blick seines Vaters war eisig.

Doch dann entschied sich Lieutenant Lewis, darüber hinwegzusehen.

»Habe ich das richtig verstanden, daß du dich frei in der Stadt bewegen kannst, solange du dich zur Verfügung hältst?«

»Das ist richtig.«

»Geh rein, begrüße deine Mutter und sag ihr, daß du heute zum Abendessen kommst und daß wir einen Ausflug machen. Dienstlich.«

»Ein Ausflug? Dienstlich?«

»Wir fahren zum 39. Distrikt. Ich habe dort einen Freund, einen normalen, einfachen Cop, und ich möchte, daß du ihn kennenlernst. Du könntest sogar etwas von ihm lernen.«

Police Officer Woodrow Wilson Bailey senior, Dienstmarke Nummer 2554, vom 39. Distrikt, vierunzwanzig Jahre im Dienst, davon zweiundzwanzig im 39. District, wollte nur eines vom Philadelphia Police Department. Er wollte es bis zur Pensionierung schaffen, mitteilen, wohin man ihm den Pensionsscheck schicken sollte, und nach Hartsville, South Carolina, zurückkehren.

Er hoffte sehnlich, daß er danach nie wieder eine Uniform anziehen und eine Waffe anfassen und Philadelphia und Pennsylvania niemals wiedersehen mußte, solange der liebe Gott ihn leben ließ.

Er wollte nach Hartsville zurückkehren, obwohl er sich an das Leben dort gar nicht mehr erinnern konnte. Sein Vater hatte ihn als dreijähriges Kind von Hartsville nach Philadelphia gebracht. Er hatte sich gesagt, daß die Dinge im Norden trotz Wirtschaftskrise und allem nicht schlimmer sein konnten als das Leben als kleiner Farmer in South Carolina, der sich abrackern mußte, um Frau und Kind zu ernähren.

Die erste Erinnerung, die Officer Bailey an ein Heim hatte, war eine Mansardenwohnung in einem Reihenhaus im Norden Philadelphias. Darin standen ein Tisch und zwei Betten, eines für Mama und Papa, eines für ihn, und als Charles David zur Welt kam, für ihn und Charles David. Es gab eine elektrische Herdplatte und einen Eimer für Wasser. Das Badezimmer war einen Stock tiefer und wurde mit den drei Familien geteilt, welche die fünf Zimmer auf dieser Etage bewohnten.

Das Zimmer war ihnen durch die Wohltätigkeit der Third Abyssinian Baptist Church besorgt worden, der Officer Bailey und seine Familie immer noch angehörten.

Er hatte vage Erinnerungen daran, daß sein Vater am Morgen die Wohnung verließ, um Arbeit zu suchen, und viel klarere Erinnerungen daran, wie sein Vater die Wohnung verließ (und später das Zweizimmerapartment im ersten Stock eines anderen Reihenhauses) und mit seinem Schuhputzkasten in die Innenstadt ging, um an der Market Street Station der Pennsylvania Railroad die Schuhe der reichen Leute zu putzen, die mit dem Zug von Orten mit so lustigem Namen wie Bala Cynwyd und Glen Riddle kamen.

Und er hatte auch Erinnerungen an Hartsville aus diesen Zeiten. An Besuche bei Opa Bailey und Oma Smythe in Hartsville. Mamma Dear und Papa glaubten mit den anderen Mitgliedern der Third Abyssinian Church, was in der Bibel stand, und wenn man sich daran hielt, verbrachte man die Ewigkeit mit dem lieben Gott, und wenn man dagegen verstieß, mußte man in den Feuern der Hölle schmoren. In der Heiligen Schrift hieß es, daß man Vater und Mutter ehren mußte, und das bedeutete, daß man Vater und Mutter wenigstens zu Weihnachten besuchen und ihnen kleine Geschenke mitbringen mußte, wenn man es sich leisten konnte, selbst wenn man kein Geld für Coca-Cola oder einen Kinobesuch hatte, weil man für die Busfahrkarten sparen mußte.

Bailey hatte Hartsville sogar zu dieser Zeit gemocht, obwohl er jetzt erkannt hatte, daß Oma Smythes ›Farm‹ nicht mehr als eine verfallene Hütte ohne sanitäre Anlagen war, die auf drei Morgen Land stand, die ihr der alte Mr. Smythe vererbt hatte – vielleicht weil es das Pulver nicht wert gewesen war, um sie in die Luft zu sprengen –, dessen Vater Oma Smythes Vater auf einer Sklavenversteigerung in Beaufort gekauft hatte.

Es gab Hühner und ein paar Hunde und fast immer ein paar Schweine auf Oma Smythes Farm, und das Leben dort war anscheinend viel schöner als in einem Reihenhaus in Nord-Philadelphia.

Er fragte mehrmals, warum sie in Philadelphia leben mußten, und Daddy sagte ihm, er erwarte nicht, daß er das verstehe, aber Philadelphia sei eine Stadt, in der man sich verbessern, eine gute Ausbildung bekommen und etwas aus sich machen könne.

Bailey erinnerte sich, daß er von Mama mit Charles David an der Third Abyssinian Baptist Church abgesetzt wurde. Die Mutter trug eine gestärkte weiße Dienstmädchenuniform, und während er und Charles David in Obhut waren, konnte sie arbeiten, etwas Geld verdienen und ihren und Vaters Traum wahrmachen, ein Haus zu kaufen, das ihnen gehörte und für das sie keine Miete bezahlen mußten.

Er erinnerte sich daran, daß Daddy ihn mit einem Lederriemen verprügelte, als er in der fünften Klasse der Dunbar-Grundschule war und die Lehrerin seine Eltern in dem Haus aufsuchte, in dem sie zu dieser Zeit zur Miete wohnten. Die Lehrerin informierte die Eltern, daß er nicht nur die Schule geschwänzt, sondern auch in der Klasse freche Antworten gegeben hatte und sich mit den falschen Kindern herumtrieb.

Charles David, der jetzt Schweißer bei der Marinewerft war, erzählte immer noch die Geschichte, daß er nur die High-School geschafft hatte, weil er dabeigewesen war, als Daddy seinen Bruder mit dem Lederriemen vertrimmt hatte, weil er die Schule geschwänzt und der Lehrerin freche Antworten gegeben hatte. Er sagte, er war klug genug, um aus dieser Erfahrung zu lernen.

Nach der Dunbar-Grundschule ging Woodrow auf die William Penn High School. Inzwischen putzte Daddy nicht mehr Schuhe im Bahnhof Market Street, sondern in einem Friseurgeschäft in der South 9th Street und schließlich auf der Herrentoilette im Rittenhouse Club am Rittenhouse Square. Er war fest angestellt und wurde dafür bezahlt, daß er von Mittag bis vielleicht 21 Uhr jedem, der auf dem

Stuhl Platz nahm, kostenlos die Schuhe putzte. Wer Mitglied im Rittenhouse Club war, bekam gratis die Schuhe geputzt.

Die Mitglieder brauchten also dem Schuhputzer nichts zu bezahlen, doch wie Daddy erzählte, gab ihm trotzdem jeder vierte einen Quarter oder fünfzig Cent, und zu Weihnachten wünschten ihm drei oder vier der Mitglieder, deren Schuhe er das ganze Jahr lang geputzt hatte, ›Fröhliche Weihnachten‹ und steckten ihm einen gefalteten Geldschein zu. Für gewöhnlich waren es zehn oder zwanzig Dollar, aber manchmal auch mehr. Den ersten Einhundertdollarschein, den Woodrow in seinem Leben sah, hatte einer der Gentlemen aus dem Rittenhouse Club seinem Vater zu Weihnachten geschenkt.

Diese hundert Dollar und fast alles sonst, was die Eltern zusammenkratzen konnten (was, mit anderen Worten, übrig war, nachdem sie den Zehnten der Kirche gegeben und Geld für die Fahrt nach Hartsville zu Weihnachten oder vielleicht für eine zusätzliche Fahrt zu einer Beerdigung oder Hochzeit oder so etwas zurückgelegt hatten) kam zu dem gesparten Geld für die Anzahlung des Hauses, das dann später abgezahlt wurde.

Das Haus war ein weiterer Grund, weshalb Woodrow Philadelphia haßte. Daddy und Mamma Dear hatten sich krummgelegt und geschuftet, um das Ding zu bezahlen, und als sie es gerade abgezahlt hatten, wurde die Gegend zu einer verdammten Hölle.

Woodrow fluchte nicht gern, aber *verdammte Hölle* war die passende Bezeichnung, und er wußte, daß der liebe Gott es nicht für blasphemisch halten würde.

Abschaum zog in die Gegend. Schwarzer Abschaum und weißer. Säufer und Ehebrecher und Gotteslästerer, Leute, die weder stolz auf das Viertel noch auf sich selbst waren.

Es war schlimm, als Woodrow die William Penn High School hinter sich hatte und Arbeit suchte, es war schlimmer, als er sich mit zweiundzwanzig bei der Polizei bewarb, und seither war es immer schlimmer geworden. Er verbrachte die ersten beiden Jahre im 22. Distrikt, lernte den Job des Cop und wurde dann versetzt – man hatte ihn vorher gefragt, ob er bereit war, selbst dem Teufel Gerechtigkeit widerfahren zu lassen – zum 39. Distrikt, dessen Bewohner ungefähr zu dreißig Prozent Schwarze waren (man nannte sie zu dieser Zeit ›Negro‹, aber jeder wußte, daß es das gleiche wie ›Nigger‹ bedeutete), und es zogen immer mehr Schwarze dorthin.

»Sie wohnen dort, Woodrow«, sagte Lieutenant Grogarty, ein rotgesichtiger Ire. »Was halten Sie davon, dort bei Ihren Leuten zu arbeiten?«

Ehrlich gesagt, Woodrow hielt es zu dieser Zeit für eine ziemlich gute Idee. Er dachte damals – und nur zwei Jahre nach der Polizeiakademie wußte er es nicht besser –, daß ein Polizeibeamter für das Gute kämpfen konnte, daß ein guter christlicher Mann Leuten helfen konnte.

Woodrow dachte, eines der Probleme bestand darin, daß die meisten Cops Weiße waren und die Schwarzen sich natürlich darüber ärgerten. Er sagte sich, daß es vielleicht anders wäre, wenn ein schwarzer Cop die Dinge regelte.

Das war ein Irrtum. Seine schwarze Hautfarbe änderte die Dinge kein bißchen. Die Leute, mit denen er es zu tun hatte, juckte es nicht, ob er schwarz oder gelb oder grün war. Er war der Cop. Er war die Dienstmarke. Er war der Typ, der sie in den Knast brachte. Sie haßten ihn. Schlimmer noch, er konnte keinem helfen. Es sei denn, man konnte es als Hilfe bezeichnen, wenn er irgendeinen Dreckskerl festnahm, nachdem er eine alte Frau hinterrücks niedergeschlagen, ihr die Rente geraubt und sie für Weiber, Whisky oder Schlimmeres draufgemacht hatte.

Er war verbittert, als er schließlich die Wahrheit erkannte, und er spielte sogar mit dem Gedanken, die Polizei zu verlassen und sich einen anderen Job zu suchen. Er wußte nicht, welchen anderen Job er bekommen konnte – nach der High-School hatte er nur als ungelernter Arbeiter Gelegenheitsjobs gehabt –, aber er sagte sich, daß es irgend etwas für ihn geben mußte.

Woodrow sprach lange darüber mit Reverend Dr. Joshua Steele von der Third Abyssinian Baptist Church, und dieser feine alte Gentlemen sagte ihm, daß in der Bibel stand, wenn er betete, würde ihm Gott der Herr den Weg eines christlichen Mannes aufzeigen. Er sagte nicht, daß dieser Pfad leicht sein würde.

»Du fragst Gott, Woodrow, ob Er andere Pläne mit dir hat, und wenn ja, welche. Wenn Er will, daß du etwas anderes tust, Woodrow, wird Er dich das wissen lassen. Du wirst es *wissen*, Junge. In deinem Herzen wirst du es wissen.«

Nach vielen Gebeten sagte sich Woodrow, wenn Gott wollte, daß er etwas anderes tat, hätte er es ihn wissen lassen. Und da er kein Zeichen oder sonstwas erhielt, war es logisch, daraus zu schließen, daß Gott der Allmächtige perfekt zufrieden mit Woodrow Baileys derzeitiger Tätigkeit war.

Was gar nicht so sonderbar war, wie er fand. Er konnte zwar nicht viel an den Dingen ändern, vermochte nicht vielen Leuten zu helfen, aber dann und wann konnte er etwas für jemanden tun.

Und vielleicht half das Festnehmen von Dreckskerlen, die alte Leute niederschlugen und beraubten, wirklich. Wenn sie im Knast waren, konnten sie wenigstens keine Leute zusammenschlagen und berauben.

Drei Monate später lernte Woodrow Joellen kennen, die gleich nach der High-School aus Georgia gekommen war. Er erzählte es ihr nie – sie hätte ihn vielleicht ausgelacht –, aber er wertete das Kennenlernen als ein Zeichen Gottes, daß er das Richtige getan hatte. Joellen war wie ein Geschenk Gottes. Und ebenfalls Woodrow Wilson Bailey junior, der zwanzig Monate später auf die Welt kam.

Der Herr gibt, und der Herr nimmt. Woodrow wußte nicht, wie er den Verlust seiner Eltern binnen vier Monaten hätte ertragen können, als der Herr sie zu sich in den Himmel holte, wenn da nicht Joellen gewesen wäre, bei der bereits zu sehen gewesen war, was der Herr ihnen schenken würde: Woodrow Wilson junior.

Das bedeutete zwei weitere Fahrten nach Hartsville. Mamma Dear hatte Daddy im Krankenhaus gesagt, daß sie all die Zeit ohne sein Wissen für eine Sterbeversicherung bezahlt hatte, über zwanzig Jahre lang fünfundsechzig Cent pro Woche, und daß er das Geld dafür ausgeben sollte, sie heim nach Hartsville zu schicken und neben ihrer Mutter, Oma Smythe, zu beerdigen. Sie wollte nicht in Philadelphia, Pennsylvania, neben Fremden begraben werden.

Vier Monate nach der Beisetzung von Mamma Dear beerdigte Woodrow seinen Vater neben ihr. Das war der Zeitpunkt, an dem sich Woodrow endgültig entschloß, nach Hartsville heimzukehren, und als er Joellen seine Entscheidung mitteilte, sagte sie: »Prima, mir gefällt es hier im Norden ohnehin nicht.«

In Hartsville konnte er keinen Job bekommen, für den es das Gehalt eines Cops gab, und sie wußten nicht einmal, wieviel Rente es in Hartsville geben würde. So mußte er bei den Cops bleiben, seine Dienstzeit hinter sich bringen und dann in Hartsville in Pension gehen.

Das war vor langer Zeit gewesen, und zu diesem Zeitpunkt hatte er gedacht, er könnte das Haus verkaufen, für das seine Eltern so viele Opfer gebracht hatten, und von dem Erlös eine kleine Farm in Hartsville kaufen. Sollte jemand als Pächter die Farmarbeit erledigen, er wollte die Farm nicht selbst betreiben.

Es kam anders. Bei dem Abschaum, der in das Viertel zog, war das Haus heute praktisch zu keinem Preis zu verkaufen. Aber er und Joellen hatte etwas Geld sparen können, und mit seiner Pension von der Polizei würden sie zurechtkommen, wenn sie nach Hartsville zogen.

Manchmal in den vergangenen paar Jahren hatte man ihm andere Jobs im 39. Distrikt angeboten. Einmal hatte ihn der Captain gefragt, ob er dem Corporal als sogenannter ›Trainee‹ in der Verwaltung helfen wollte, aber er hatte dankend abgelehnt. Er wollte weiter seine Streife machen, anstatt den ganzen Tag am Schreibtisch zu sitzen. Und *zweimal* hatte man ihn gefragt, ob er eine Arbeit als ›Kontakt-Cop‹ annehmen wollte.

»Wir wollen, daß die Leute die Polizei als ihren Freund betrachten, Woodrow«, sagte ein Lieutenant, ein *schwarzer* Lieutenant. »Und mit Ihrer Position in der Gemeinde, mit Ihrer ehrenamtlichen karitativen Tätigkeit in der Third Abyssinian Baptist Church zum Beispiel, sind Sie genau der richtige Mann, der uns helfen kann.«

Seine Antwort lautete: »Danke, Sir, nett von Ihnen, an mich zu denken, aber ich bin an so etwas nicht interessiert und bezweifle, daß ich gut darin sein würde.«

Woodrow sagte sich, daß er gut in dem war, was er tat und was er tun würde, bis er pensioniert wurde und nach Hartsville, South Carolina, heimkehren konnte. Er arbeitete als Streifencop. Er schützte alte Leute davor, daß sie von irgendeinem Punker niedergeschlagen und beraubt wurden. Er schaute sich neue Gesichter an Straßenecken an und sprach mit den Leuten, sagte ihnen, daß er es nicht leiden konnte, wenn auf seiner Straße komische Zigaretten oder Schlimmeres verkauft wurde, und daß er ein gutes Gedächtnis für Gesichter hatte.

Die Typen an der Straßenecke konnten ihn Onkel Tom oder sonstwas nennen, und es machte ihm nichts aus, denn er wußte, daß er mit Gott im reinen war, und nur das zählte. In der Bibel stand auch etwas über falsches Zeugnis über deinen Nachbarn abgeben. Und er wußte, was die Dreckskerle, die ihm Spitznamen gaben, zu den neuen Dreckskerlen sagten: ›Komm dem bösartigen alten Nigger nicht in die Quere, der schnappt dich, wenn du allein bist, und schlägt dich mit seinem Schlagstock oder seiner Waffe zusammen.‹

Ihm gefiel der Fußstreifendienst. Man konnte viel mehr sehen von dem, was los war, wenn man nur die Straße hinabschlenderte, als man aus einem Streifenwagen heraus mitbekommen konnte. Viele Cops haßten es, aus ihren Wagen zu steigen, aber bei Woodrow war genau das Gegenteil der Fall. Er ging gern zu Fuß, grüßte die Leute, ließ sich sehen und sah Dinge, die er nicht sah, wenn er in einem Streifenwagen fuhr wie zur Zeit.

Officer Bailey war nicht überrascht, als er über Funk zum Sergeant bestellt wurde, aber als er mit dem Streifenwagen dort eintraf, überraschte es ihn, Lieutenant Foster H. Lewis senior zu sehen, der bei dem Wagen stand und mit dem Sergeant sprach.

Er und Lewis kannten sich lange. Bailey fand, daß Lewis ein guter Mann war. Gottesfürchtig, ehrbar, fleißig. Aber Bailey war ein bißchen besorgt, als er ihn sah. Lewis arbeitete im 9. Distrikt.

Was treibt er hier?

Soll er mich vielleicht überreden, einen dieser neuen Jobs als ›Kontakt-Cop‹ zu übernehmen, von denen der Captain gesprochen hat?

Als der Sergeant Bailey kommen sah, schüttelte er Lieutenant Lewis die Hand, stieg in seinen Wagen und fuhr davon. Lieutenant Lewis stand mitten auf der Straße und wartete auf Bailey.

»Wie geht's, Woodrow?« sagte Lieutenant Lewis und reicht ihm die Hand.

»Ziemlich gut, Lieutenant. Und Ihnen?«

»Wir fuhren herum ...«, sagte Lieutenant Lewis, unterbrach sich und wies auf den neuen Wagen, der am Straßenrand parkte.

Woodrow sah, daß es ein neutraler Polizeiwagen war, die Art, die Inspectors und dergleichen bekamen. Ein Schwarzer saß hinter dem Steuer.

»... und hatten etwas Zeit, und ich dachte mir, wir können vielleicht eine Tasse Kaffee oder sonstwas zusammen trinken.«

»Ich kann immer Zeit finden, um eine Tasse Kaffee mit Ihnen zu trinken«, sagte Woodrow. »Gleich dort drüben ist ein Lokal, das so gut wie jedes andere ist. Es ist wenigstens sauber.«

»Der Sergeant sagt, es geht in Ordnung, wenn Sie sich eine halbe Stunde frei nehmen.«

»Ich parke«, sagte Woodrow.

Als er seinen Streifenwagen geparkt hatte und zurückkehrte, erkannte er den Mann, der hinter dem Steuer des neutralen Polizeiwagens saß.

»Das ist Ihr Sohn, nicht wahr, Foster? Als ich ihn das letztemal sah, war er nicht annähernd so groß.«

»Guten Tag, Sir«, sagte der Kleine höflich.

»Ich erkannte ihn nach seinem Foto in der Zeitung. Als diese dreckigen Cops festgenommen wurden.«

Sie gingen in das kleine Restaurant. Eine dicke Frau brachte Kaffee für alle drei an den Tisch.

»Miss Kathy, dies sind Lieutenant Lewis und sein Sohn«, sagte Woodrow. »Wir kennen uns lange.«

»Ziemlich lange«, pflichtete Lieutenant Lewis bei. »Als ich von der Polizeiakademie kam, nahm Officer Bailey mich sozusagen unter seine Fittiche.«

»Tatsächlich?« sagt die Frau und watschelte davon.

»Mein Sohn wurde nach der Akademie gleich zur Special Operations Division geschickt. Sie steckten ihn in Zivil und gaben ihm einen Wagen«, sagte Lieutenant Lewis. »Die Dinge haben sich geändert, nicht wahr, Woodrow?«

»Gefällt Ihnen Ihr Job, junger Mann?« fragte Woodrow.

»Jawohl, Sir.«

»Ich dachte schon am zweiten Tag, daß ich mich anders entscheiden würde, wenn ich noch einmal wählen dürfte«, sagte Bailey.

Lieutenant Lewis lachte.

»Das ist nicht Ihr Ernst, Woodrow«, sagte er.

»Doch, das ist mein Ernst. Verstehen Sie das nicht falsch, junger Mann, aber ich bin froh, daß ich nicht erst anfange.

Ich bezweifle, daß ich noch mal zwanzig Jahre Streife gehen oder fahren könnte.«

»Ich habe Foster erzählt, daß Fußstreifen das sind, was die Polizei braucht«, sagte Lieutenant Lewis.

»Nun, dann hat das Land aber Probleme«, sagte Bailey. »Denn wir verlieren, Foster, und das wissen Sie. Die Dinge werden mit jedem Tag ein wenig schlechter, und es kann anscheinend keiner etwas dagegen tun.«

»Ich habe versucht, Foster klarzumachen, daß es keinen Ersatz für die Erfahrung gibt, die ein Cop wie Sie sammelt«, sagte Lieutenant Lewis.

»Nun, vielleicht haben Sie recht, aber meine Erfahrung macht mich nur müde. Es gab mal eine Zeit, in der ich dachte, ich könnte ein Viertel säubern. Jetzt weiß ich es besser. Ich erreiche nur, daß die Verschlechterung verlangsamt wird. Und selbst das gelingt nur an guten Tagen.«

Lieutenant Lewis lachte höflich.

»Ich dachte mir folgendes, Woodrow«, sagte er. »Da Foster keinerlei Erfahrung auf den Straßen hat, wäre es prima von Ihnen, wenn Sie ihn mal mitnehmen. Wissen Sie, um ihm die Tricks des Handwerks zu zeigen.«

»Guter Gott!« Officer Bailey lachte. »Warum würde er das wollen?«

Lieutenant Lewis blickte seinen Sohn an. Er sah, daß es Officer Foster H. Lewis junior große Mühe kostete, nicht zu zeigen, was er dachte.

»Mein Vater hat recht, Mr. Bailey«, sagte der Kleine. »Ich könnte vermutlich eine Menge von Ihnen lernen.«

Diese Antwort überraschte und erfreute Lieutenant Lewis, doch die Freude war kurzlebig.

»Das einzige, was Sie lernen können, wenn Sie mit mir herumfahren, ist die Tatsache, daß der Satan seinen Willen durchsetzt, und wenn Sie nur den halben Verstand haben, mit dem Sie geboren wurden, wissen Sie das bereits.«

Officer Lewis schaute auf seine Armbanduhr.

»Gibt es hier ein Telefon, Mr. Bailey? Ich muß mich melden.«

»Draußen ist ein Münzfernsprecher«, sagte Bailey. »Aber höchstwahrscheinlich hat jemand aus Spaß den Hörer abgerissen. Gehen Sie zu Miss Kathy und sagen Sie ihr, ich habe gesagt, sie soll Sie von ihrem Apparat telefonieren lassen.«

»Danke«, sagte der Kleine.

Als er außer Hörweite war, nickte Officer Bailey anerkennend.

»Netter Junge, Foster«, sagte er. »Sie sollten stolz auf ihn sein.«

»Das bin ich«, erwiderte Lieutenant Lewis.

Männer in hellblauen Uniformen, die denen der Staatspolizei nachempfunden waren und auf deren Schulterabzeichen ›Nesfoods International Security‹ prangte, standen am Tor des Detweiler-Anwesens. Matt bemerkte, daß die Sicherheitsleute bewaffnet waren. Sie trugen Smith-&-Wesson-Revolver Kaliber .357, und ihre Sam-Browne-Koppel waren mit glänzenden Patronen gespickt.

»Jeder, der versucht, sich den Weg hinein freizuschießen, wird jede Menge Arbeit haben«, sagte Matt leise, während er stoppte und die Fensterscheibe von Amys Kombi hinabließ.

»Du hast wirklich einen komischen Sinn für Humor«, sagte Amy und neigte sich aus dem Fenster, um mit einem der Sicherheitsleute zu sprechen.

»Ich bin Dr. Payne«, sagte Amy, »und das ist mein Bruder.«

Einer der Männer zog eine Liste auf einem Klemmbrett zu Rate.

»Ja, Ma'am, Sie stehen auf der Liste«, sagte der Sicherheitsmann, und der linke Flügel des schmiedeeisernen Tors begann nach innen zu schwingen.

Matt ließ die Fensterscheibe hochsurren.

»Und du stehst auch wieder auf Peters Liste«, bemerkte Matt.

»Matt, ich kann verstehen, daß du unter schrecklichem Streß stehst«, sagte Amy nachsichtig, entweder die verständnisvolle Psychiaterin oder die mitfühlende ältere Schwester oder beides, »aber versuch bitte, dein Mundwerk zu zügeln. Die Dinge dort drinnen werden schon schwierig genug sein.«

»Ich frage mich, wie lange es dauert, bis sich Mutter Detweiler sagt, wenn ich doch nur vernünftig geworden wäre, sprich den Dienst als Cop quittiert und meine rechtmäßige Position in der Gesellschaft eingenommen hätte, wäre Penny nicht auf die Idee gekommen, die Nadel in ihren Arm zu stechen, und diese ganze Sache wär nicht passiert.«

»Damit ist zu rechnen«, sagte Amy. »Das wichtige ist, daß du diese Denkweise nicht akzeptierst.«

»Mit anderen Worten, sie hat sich bereits in dieser Richtung geäußert?«

»Was hast du denn erwartet?« sagte Amy. »Sie und Onkel Dick müssen einen Sündenbock finden.«

»Gib mir eine ehrliche Antwort, Doc. Ich fühle mich nicht verantwortlich. Wozu macht mich das?«

»Ist das deine gefühlsmäßige Reaktion, im Gegensatz zu einer logischen Schlußfolgerung?«

»Wie wäre es mit beidem?«

»Ehrliche Antwort: Du stehst vermutlich immer noch unter seelischem Schock. Hast du geweint?«

»Dazu hatte ich keine Zeit«, sagte Matt. »Ich kam erst gegen drei ins Bett.«

»Sind noch mehr Leute bei dir aufgetaucht?« fragte Amy ärgerlich.

»Nein, ich ging mit Jason Washington in die Bar, wo die Detectives von der Mordkommission herumhängen. Er versuchte, mich ihnen schmackhaft zu machen.«

»Was heißt das?«

»Wenn ich wieder zum Dienst gehe, arbeitete ich einige Zeit in der Mordkommission.«

»Was hat das alles zu bedeuten?«

»Es ist eine lange Geschichte. Angeblich arbeitete ich an dem Inferno-Job.«

»Was ist der ›Inferno-Job‹?«

»Jason Washington und ich spazierten zufällig in einen Doppelmord in der Market Street, in einem Lokal namens Inferno Lounge.«

»Der Barbesitzer? Dessen Frau umgebracht wurde? Ich hörte so etwas im Radio.«

»Seiner Frau und seinem Geschäftspartner wurde das Gehirn aus dem Schädel geblasen. Der Ehemann erlitt nur eine .32er Fleischwunde am Bein.«

»Ist das etwas von Bedeutung?« fragte Amy.

»Sagen wir, die Version des nicht so sehr Geschädigten wird als nicht ganz wahr betrachtet«, sagte Matt.

»Aber warum gehst du zur Mordkommission?« fragte Amy.

Sie erhielt keine Antwort.

»Allmächtiger, was ist denn das?« rief Matt. »Das sieht wie das Verkaufsgelände eines Autohändlers aus.«

Amy blickte durch die Windschutzscheibe. Die breite Kopfsteinpflasterstraße vor dem Herrenhaus der Detweilers stand voller Wagen, und auf der gesamten Zufahrt dorthin parkten Autos, hauptsächlich Cadillacs und Lincolns. Es gab auch fünf oder sechs Nobelkarossen darunter, einschließlich zweier Rolls-Royce.

»Dad sagte, die Familie und enge Freunde«, sagte Amy. »Es ist offenbar außer Kontrolle geraten.«

»Enge Freunde oder krankhaft Neugierige?« fragte Matt. »Mit einem Schuß gesellschaftlicher Aufsteiger, damit die Mischung stimmt?«

»Matt, hab diese ätzenden Gedanken, wenn du dich dadurch besser fühlst, aber sei bitte um Onkel Dicks und Tante Graces – und um Mutters und Vaters – willen so anständig, sie für dich zu behalten.«

»Tut mir leid«, sagte Matt, und es klang zerknirscht.

»Was sollten sie denn sagen, wenn jemand anrief oder einfach auftauchte? Bedauere, Sie sind nicht willkommen?«

»Oh, Scheiße, da ist Chad«, sagte Matt, »und die hochschwangere Daffy mit Freundin.«

»Warum überrascht dich das, und warum ›oh, Scheiße‹?«

»Ich hätte sie jetzt lieber nicht gesehen.«

Mr. Chadwick Thomas Nesbitt IV. blickte auf die Zufahrtsstraße, als der Kombi nahte, erkannte die Passagiere und zupfte am Arm seiner Frau. Mrs. Nesbitt zupfte daraufhin am Arm von Miss Amanda Chase Spencer, einer atemberaubend schönen Blondine, die ein schwarzes Seidenkleid und ein Hütchen mit Schleier trug, das fast mit dem von Mrs. Nesbitt identisch war. Alle drei verharrten und warteten auf der unteren Stufe der kurzen Treppe zur Terrasse.

»Wie erträgst du es, Freund?« fragte Chad und drückte Matts Arm.

»Oh, Matt«, sagte Daffy. »Armer Matt!«

Sie umarmte ihn, und ihr gewölbter Bauch drückte gegen ihn.

»Hallo, Matt«, sagte Amanda. »Mein Beileid.«

»Danke«, sagte Matt und ergriff an Daffy vorbei die behandschuhte Hand, die Amanda ihm hinhielt.

»Ich kann es noch nicht glauben«, sagte Daffy, als sie sich schließlich von Matt löste.

»Ich bin Amelia Payne«, sagte Amy zu Amanda.

»Guten Tag.«

»Ich dachte, es sollten nur Familienangehörige und engste Freunde kommen«, sagte Matt und wies auf all die Wagen.

»Matt, ich kann nicht glauben, daß du das gesagt hast!« rief Daffy entsetzt.

Matt schaute sie verständnislos an.

»Amanda ist für Martha Peebles' Verlobungsfeier bei uns geblieben«, sagte Chad kühl.

»O Gott, ich sprach nicht über dich, Amanda«, sagte Matt, dem endlich klar wurde, wie seine Worte ausgelegt worden waren.

»Das weiß ich«, sagte Amanda.

»Ich habe dich dort draußen nicht gesehen.«

»Ich wollte nicht, daß du mich siehst«, erwiderte Amanda.

»Penny und Amanda waren eng befreundet«, sagte Daffy.

»Nein, das waren wir nicht«, widersprach Amanda. »Wir kannten uns von Bennington. Das war alles.«

Gut für mich, dachte Matt. Und dann: *Laß den Quatsch.*

Chad Nesbitt musterte sie sonderbar.

»Sollen wir hereingehen?« sagte er und sah seine Frau an, die sich daraufhin bei ihm einhakte.

Baxley, der Butler der Detweilesr, öffnete ihnen die Tür. Er war Anfang Fünfzig und trug einen Cut mit gestreifter Weste.

»Mr. Detweiler erwartet Sie, Dr. Payne«, sagte er.

Das heißt, daß Mutter D drauf und dran ist, durchzudrehen, dachte Matt. *Oder daß sie bereits durchdreht.*

»Ich gehe hinauf«, sagte Amy. »Danke, Baxley.«

»Kaffee ist in der Bibliothek aufgetischt«, sagte Baxley. »Miss Penny ist im Wohnzimmer.«

»Danke, Baxley«, sagte Chad Nesbitt. Er legte die Hand auf Matts Arm.

»Kümmer dich um ihn, Chad«, sagte Amy. »Ich gehe zu Tante Grace.«

»Das werde ich«, sagte Chad. »Zuerst Kaffee, Matt?«

»Ja.«

Als sie durch die Halle gingen, warf Matt einen Blick durch die offene Tür ins Wohnzimmer. Er sah den Fuß eines Mahagonisargs, der von Blumen umgeben war.

Verdammt, ich habe nicht an Blumen gedacht!

Mutter hat bestimmt welche in meinem Namen geschickt, weil sie weiß, daß ich das vergesse.

Köpfe wurden gewandt, als sie zur Bibliothek gingen. Es waren vielleicht fünfundzwanzig Leute im Wohnzimmer, von denen Matt die meisten vom Sehen kannte. Ein langer Tisch war mit silbernen Kaffeeservices und Tabletts mit Konditorwaren gedeckt. Ein Mann mit grauem Jackett und zwei

Dienstmädchen standen hinter dem Tisch. Auf einem kleinen Tisch hinter ihnen waren Whisky- und Cognacflaschen zu sehen.

Chad zog Matt zu dem Tisch.

»Ich brauche etwas flüssigen Mut, bevor ich mich dort hinein wage«, sagte Chad und bestellte bei dem Kellner Cognac. »Pur, Matt? Oder möchtest du ihn mit etwas verlängern?«

Ich will überhaupt keinen, so merkwürdig das auch ist. Ich brauche keinen flüssigen Mut, um dort reinzugehen und mir Pennys Leiche anzusehen. Erstens ist es nicht Penny. Nur eine Leiche. Und ich bin an den Anblick von Leichen gewohnt. Erst vor kurzem sah ich zwei, deren Gehirn durch den Raum geblasen worden war. Wenn mich das nicht umhaute, dann werde ich dies hier leicht ertragen. Ich bin keineswegs einem seelischen Zusammenbruch nahe, wie anscheinend jeder meint.

»Es ist ein bißchen früh für mich, Chad«, sagte Matt. »Vielleicht später.«

»Wie du willst.« Chad nahm die Cognacflasche vom Mann hinter dem Tisch entgegen, schenkte großzügig in einen Cognacschwenker ein und kippte den Cognac hinunter.

»Ich wünschte, ich könnte einen Cognac haben«, sagte Daffy.

»Baby, das kannst du nicht«, sagte Chad mitfühlend.

»Wenn es ein Mädchen ist, möchte ich es Penelope nennen«, sagte Daffy.

Matt sah dem zukünftigen Vater an, daß ihm das nicht gefiel, aber Chad war klug genug, hier nicht mit seiner Frau zu streiten.

»Trinkst du nichts?« fragte Amanda neben Matt.

»Vielleicht später«, erwiderte er.

»Bringen wir es hinter uns«, sagte Chad.

»Das ist schrecklich …«, wandte Daffy ein.

»Oder willst du erst allein hingehen, Matt?« fragte Chad fürsorglich.

Mir ist alles recht, wenn ich nur von diesen dreien wegkommen kann. Ich gehe allein rein, bleibe so lange, wie es sich für tiefe innere Andacht und Trauer geziemt, und verschwinde dann.

»Danke«, sagte Matt leise.

Danke, sagte der Heuchler und bemüht sich um die leidende Miene und den kummervollen Tonfall, den sein Publikum erwartet.

Er lächelte Chad, Daffy und Amanda schwach zu, ging aus der Bibliothek, durch die Halle und ins Wohnzimmer. Eine Reihe von Leuten, vielleicht ein halbes Dutzend, wartete, um einen letzten Blick auf die sterblichen Überreste von Miss Penelope Detweiler zu werfen. Matt stellte sich hinten an und rückte langsam bis zum Sarg vor. Er hielt Ausschau und entdeckte hinter dem Sarg ein Blumengesteck mit einer Karte ›Matthew Mark Payne‹, und dann nahm er die sonderbare Mischung von teurem Parfum der Frauen vor ihm und den Duft der Blumen wahr. Er verglich die Gerüche mit denen, die er in der Inferno Lounge wahrgenommen hatte, als er zum letzten Mal auf Tote geschaut hatte. Da hatte er den Übelkeit erregenden süßlichen Geruch der Blutlachen unter den Leichen gerochen, gemischt mit dem Gestank von Fäkalien und Urin, der den Opfern im Tode entwichen war.

Und dann war er an der Reihe, auf Penny in dem Sarg hinabzuschauen.

Sie sieht aus, als schliefe sie, dachte er, *und das ist genau die Wirkung, die der Leichenbestatter mit seiner kosmetischen Technik erreichen wollte.*

Und dann, als breche ein Damm in ihm und ohne Vorwarnung zog sich seine Brust schmerzlich zusammen, und ein klagendes Stöhnen »Oh, Scheiße!« kam heraus mit einer Stimme, die er als seine erkannte, und seine Brust hob und senkte sich unter Schluchzen.

Als nächstes wurde ihm bewußt, daß ihn jemand vom Sarg wegzog, wo er Pennys kalte, starre Wangen streichelte, und dann erkannte er, daß dieser Jemand Chad war, der sanft sagte: »Komm, alter Junge, komm mit uns.« Und dann wurde ihm bewußt, daß Daffy ihren gewölbten Leib an ihn drückte, als sie ihn aus dem Wohnzimmer führten, vorbei an den nächsten in der Reihe, und daß Tränen über ihre Wangen rannen und sich einen Weg durch ihr dickes Make-up bahnten.

»Inspector Wohl«, meldete sich Peter am Telefon.

»Die Beerdigung ist vorüber«, sagte Amy.

»Ich hatte gehofft, daß du anrufst. Wie verlief es?«

»Matt weiß mit Worten umzugehen. Als wir dort eintrafen, sagte er, ›es sind engste Freunde und krankhafte Neugierige hier, mit einem Schuß gesellschaftlicher Aufsteiger, damit die Mischung stimmt‹. So oder ähnlich hat er sich ausgedrückt.«

»Wie hat er sich gehalten?«

»Er brach zusammen, als er sie im Sarg sah. Ein wirklicher Zusammenbruch. Chad Nesbitt und seine hochschwangere Frau mußten ihn praktisch aus dem Zimmer tragen.«

Wohl schwieg einen Augenblick lang.

»Du hast gestern nacht erwähnt, daß du mit so etwas rechnest«, sagte er dann.

»Das war eine ärztliche Meinung; beruflich bin ich erleichtert. Es ist der erste Schritt, es zu akzeptieren, mit dem Kummer fertig zu werden. Persönlich ist es anders. Er ist mein kleiner Bruder. Es war schrecklich. Er tat mir so verdammt leid.«

»Wie geht es ihm jetzt? Wo ist er jetzt?«

»Oh, jetzt mimt er wieder den Coolen. Er und Chad trinken. Hier ist ein Reue-Essen im Gange.«

»Möchtest du, daß ich jemanden hinschicke und ihn abholen lasse? Ich habe Lewis den Kleinen beauftragt, auf ihn aufzupassen, aber ...«

»Ich weiß«, sagte Amy. »Ich hoffte zu hören, daß du anbietest, herzukommen und uns beide abzuholen.«

»Es war schlimm für dich?«

»Als wir vom Friedhof zurückkehrten – ich dachte, Grace Detweiler braucht mich vielleicht, und so fuhr ich mit ihnen –, sah sie mich an, als wäre ihr soeben klargeworden, daß Penny noch am Leben wäre, wenn ich meinen Job richtig gemacht hätte.«

»Das kann Einbildung sein.«

»Nein, das glaube ich nicht. Sie sah mich genauso an, als ich einen Tranquilizer für sie aus meiner Handtasche nahm. Sie sagte sich – und vermutlich hatte viel damit zu tun, daß sie sah, wie Matt zusammenbrach –, daß er noch ein verantwortungsloser Junge ist, dem man keine Schuld geben kann. Sie braucht einen Sündenbock. Ich bin eine prima Kandidatin für den wahren Bösewicht, weil ich Penny wirklich überhaupt nicht half.«

Es folgte langes Schweigen.

Dann sagte Peter Wohl: »Ich bin unterwegs, Amy.« Es klickte, und die Leitung war tot.

»Gut zu wissen, daß du Ärztin bist«, sagte Inspector Peter Wohl zu Dr. Amelia Payne, als sie aus dem Aufzug in die Halle des Gebäudes der Delaware-Valley-Krebsforschungsgesellschaft am Rittenhouse Square traten.

»Wie meinst du das?«

»Man sagt bei uns Laien, daß man keinen Schnaps mit Pillen mischen soll.«

»Das ist eine gute Faustregel«, sagte Amy. »Ich habe Matt etwas gegeben, das wir Ärzte als Beruhigungsmittel verschreiben, wenn der Patient wie ein Schwamm Cognac aufgesogen hat. Nach meiner beruflichen Meinung wird dieser Patient für die nächsten zwölf bis achtzehn Stunden ausgeschaltet sein wie eine Lampe, und zwar ohne Nebenwirkungen. Weitere Fragen, Laie?«

Wohl lächelte sie an.

»Wie wäre es mit einem gemeinsamen Abendessen?«

»Das ist unmöglich.«

»Ich nehme an, dann kommt auch kein gemeinsames Frühstück in Frage.«

»Das habe ich nicht gesagt«, wandte Amy ein. »Ich sprach nur vom Abendessen. Ich muß meine Visiten machen, und es gibt eine sehr kranke junge Frau, für die ich mir einige Zeit nehmen möchte. Aber ich habe nicht gesagt, daß ein Frühstück oder, was das anbetrifft, ein Nachtmahl mit Wein bei Kerzenschein unmöglich ist.«

»Bei mir oder dir, Frau Doktor?«

Amy antwortete nicht sofort.

»Ich habe meinen Wagen bei den Detweilers gelassen.«

»Gib mir die Schlüssel. Ich werde ihn von jemandem holen und zu dir bringen lassen. Wohin? Zum Krankenhaus? Zu deiner Adresse?«

»Wäre es nicht leichter, wenn du ihn zu dir bringen läßt? Nach der Arbeit im Krankenhaus nehme ich mir ein Taxi. Vermutlich nach dreiundzwanzig Uhr.«

»Abgemacht«, sagte er und nahm die Wagenschlüssel entgegen.

»Du mußt jetzt zum Krankenhaus?« fragte er.

Amy nickte.

»Soll ich dich hinfahren?«

»Wohin mußt du denn?«

»Was auch immer dein Ziel ist, es liegt auf meinem Weg.«

»Ich nehme ein Taxi.«

»Bist du sicher?«

Sie nickte.

Ihre Blicke trafen sich. Etwas zögernd neigte Wohl das Gesicht näher zu ihrem.

»Dräng mich nicht, Peter«, sagte Amy. Sie neigte sich zu ihm und küßte ihn auf die Lippen.

Dann ging sie schnell fort, hinaus auf den Rittenhouse Square. Er wollte ihr folgen, entschied sich jedoch anders.

Er ging zum Empfang und fragte die Empfangsdame, ob er das Telefon benutzen durfte.

»Selbstverständlich«, sagte sie mit einem Lächeln, das verriet, daß sie ihn attraktiv fand.

Er erwiderte das Lächeln und wählte eine Nummer aus dem Gedächtnis.

»Inspector Wohl«, sagte er, während er beobachtete, wie Amy in ein Taxi stieg. »Gibt es etwas für mich?«

»Chief Lowenstein hat den ganzen Nachmittag versucht, Sie zu erreichen, Sir«, sagte der Schichtleiter.

»Sonst noch etwas?«

»Nein, Sir.«

»Ich werde Chief Lowenstein anrufen.«

»Jawohl, Sir.«

Wohl unterbrach die Verbindung und wählte Chief Lowensteins Privatnummer.

»Lowenstein.«

»Peter Wohl, Chief.«

»Wo sind Sie, Peter?«

»Am Rittenhouse Square.«

»Mit Matt Payne?«

»Ich habe ihn soeben verlassen.«

»Wie geht es ihm?«

»Seine Schwester gab ihm eine Pille. Sie sagte, er wird bis morgen knockout sein.«

»Er tut mir wirklich leid«, sagte Lowenstein, und dann fügte er sofort hinzu: »Ich muß mit Ihnen sprechen, Peter.«

»Ich stehe Ihnen jederzeit zur Verfügung, Chief.«

»Wie wäre es, wenn ich Ihnen einen in der Bar des Warwick ausgebe?«

»Sehr gut, Sir.«

»Zehn Minuten, Peter«, sagte Lowenstein. »Danke.«

15

Chief Inspector Matthew Lowenstein saß mit einer langen schwarzen Zigarre im Mund auf einem Hocker an der Bar im Warwick Hotel, als Inspector Peter Wohl dort eintraf.

»Verzeihen Sie, daß ich Sie warten ließ, Chief«, sagte Wohl.

»Was trinken Sie, Peter?« fragte Lowenstein und ignorierte die Entschuldigung.

»Ich hätte gern einen dreifachen Scotch, aber ich nehme besser ein Bier.«

»Schlechter Tag für Sie?« Lowenstein lachte leise und machte den Barkeeper auf sich aufmerksam. »Geben Sie diesem netten jungen Mann einen von diesem.« Er wies auf sein Glas. »Einen einfachen.«

»Danke«, sagte Peter.

»Ich habe heute morgen mein Entlassungsgesuch eingereicht«, sagte Lowenstein. »Haben Sie davon gehört?«

Wohl nickte.

»Carlucci kam zu mir nach Hause und überredete mich zu einem Handel, damit ich bleibe.«

Wohls Miene war ausdruckslos.

»Der Handel ist folgender«, erklärte Lowenstein. »Ich habe sein Wort, daß Sie mich über alle interessanten Dinge informieren, die sich bei seiner persönlichen Detektivabteilung, jetzt Ethical Affairs Unit genannt, abspielen, und ich den Begriff ›interessant‹ definiere. Haben Sie irgendein Problem damit, Peter?«

»Ich hatte ein Problem, Sie aus der Ermittlung im Fall Cazerra herauszuhalten. Das war nicht meine Idee, Chief.«

»Das sagte mir Carlucci. Ich habe gefragt, haben Sie irgendein Problem mit der neuen Regelung?«

»Überhaupt keins.«

»Erzählen Sie mir, welche interessanten Dinge Sie heute gehört haben, Peter.«

»Wie wäre es mit gestern, Chief?«

»Ja, fangen Sie mit gestern an.«

»Ich hatte ein Essen mit Armando C. Giacomo im Rittenhouse Club. Weisbach und ich. Mr. Paulo Cassandro möchte nicht in den Knast. Als sozial gesinnter Bürger ist er bereit, gegen Cazerra auszusagen, wenn ihm eine Anklage erspart bleibt.«

Lowenstein schnaubte.

»Giacomo pinkelt in den Wind. Er weiß, daß er nichts zum Handeln hat. Wenn er etwas hätte, ginge er damit zum District Attorney. Warum wendet er sich an Sie?«

»Ich hielt das für interessant. Weisbach sagte beiläufig, er könne sich nur vorstellen, daß wir an dem Täter oder den Tätern im Fall Inferno interessiert sind. Und/oder an Kellogs Killer.«

»Und wie reagiert der geschniegelte Itaker darauf?«

»Er sagte nicht nein.«

»Sie meinen, beide Fälle waren Auftragsmorde vom Mob, Peter?«

»Das dachte ich erst, als Giacomo nicht nein sagte.«

»Interessant.«

»Das fand ich auch. Und dann rief mich heute morgen Jason Washington an. Einer seiner Informanten sagte ihm, daß der Doppelmord im Inferno ein Auftrag vom Mob war, und er nannte ihm einen Namen. Frank – Frankie – Foley.«

Chief Lowenstein kramte in der Erinnerung.

»Nie gehört«, sagte er dann.

»Washington hat den Namen ebenfalls noch nie gehört. Weder Harris noch ich, noch die Überwachung und die Abteilung Organisiertes Verbrechen können damit etwas anfangen.«

»Wer ist der Informant?«

»Washington sagte, daß dieser Typ ihm in der Vergangenheit zwar nur wenige Tips gab, aber zuverlässig war. Ich denke, er hätte etwas gesagt, wenn es eine Verbindung zum Mob gibt.«

»Hm.«

»Holen wir weiter als gestern aus«, sagte Wohl. »Nach Kellogs Ermordung kam seine Witwe in Washingtons Apartment. Haben Sie davon gehört?«

»Erzählen Sie mir davon«, sagte Lowenstein.

Das bedeutet, daß du entweder davon gehört hast oder nicht, aber wenn, dann willst du trotzdem meine Version erfahren.

»Sie sagte Washington, (a) daß ihr Mann Dreck am Stecken hatte, (b) die ganze fünfte Abteilung des Rauschgiftdezernats ebenfalls dreckig ist und (c) daß diese Abteilung ihren Mann ermordet hat.«

»Wie dachte Washington darüber?«

»Er sagte, er glaubt, daß sie überzeugt ist, die Wahrheit zu sagen.«

»Und was machen Sie jetzt mit alldem?«

»Ich habe Washington beauftragt, den Namen Frankie

Foley der Mordkommission zu geben. Jetzt hat sie ihn vermutlich.«

»Und die Anschuldigungen gegen die fünfte Abteilung?«

»Bevor die Ethical Affairs Unit erfunden wurde, wollte ich ein Wort unter vier Augen mit einem Staff Inspector sprechen, den ich ziemlich gut kenne, und ihn bitten, mich herauszuhalten.«

Lowenstein lachte. »Der Staff Inspector heißt Weisbach?«

»Ja.«

»Und jetzt?«

»Ich denke jetzt zum erstenmal scharf darüber nach. Ich finde, die Zuständigkeiten sind verschwommen. Schmutzige Cops bei der fünften Abteilung des Rauschgiftdezernats sind anscheinend Sache der Ethical Affairs Unit. Jemand bei der fünften Abteilung des Rauschgiftdezernats, der Officer Kellog umgebracht hat, wäre ein Fall für die Mordkommission.«

»Sie meinen, meine Leute sollen übernehmen?«

»Ja.«

»Was für eine Rolle spielt Washington bei der Ethical Affairs?«

»Ich bin angewiesen worden, Weisbach jede Unterstützung zu geben, die er braucht. Bis jetzt heißt das für mich, daß er die Investigation Section der Special Operations bekommt, also Jason Washington.«

»Warum belassen Sie es nicht dabei? Lassen Sie Washington doch unabhängig von der Mordkommission arbeiten. Wenn er in Korruption ermittelt und auf etwas stößt, das einen Zusammenhang mit Kellogs Ermordung hat, kann er es an die Mordkommission weitergeben.«

»Das paßt mir ausgezeichnet.«

»Und ich werde mit Henry Quaire sprechen und vorschlagen, daß er von Wally Milham die Spur zu diesem – wie war der Name? – Frankie Foley verfolgen läßt. Unterstützt von Detective Payne.«

»Darf ich fragen, warum?«

»Ich denke, da könnte etwas dran sein. Mein Gefühl sagt mir das.«

»Tatsächlich? Warum?«

»Ich sagte es soeben: ein Gefühl. Merken Sie sich das Peter: Wenn man keinen Anhaltspunkt hat, soll man sich auf sein Gefühl verlassen. Alte Polizistenweisheit.«

»Danke, Chief«, sagte Wohl lächelnd.

»Und ich möchte, daß Milham etwas erreicht, um Carlucci zu beweisen, daß ein Detective ein sehr aktives Sexleben haben und trotzdem ein guter Kriminalbeamter sein kann.«

»Das habe ich schon gewußt«, bemerkte Wohl.

»Darauf wette ich.« Lowenstein lachte. »Ich denke, wenn wir schließlich die wahre Geschichte von Mr. Atchisons Tragödie erfahren, wird sich herausstellen, daß Geld im Spiel war. Vielleicht eine Lebensversicherung seiner Frau. Probleme mit seinem Geschäftspartner. In diesem Fall hätte er nicht das Geld gehabt, um einen Profikiller anzuheuern. Und der Mob erledigt so was nur für eine angemessene Entschädigung. Ich bezweifle, daß der Mob überhaupt daran interessiert ist, einen Mordauftrag für jemanden wie Atchison zu erteilen.«

Wohl nickte zustimmend.

»Und das Verfolgen dieser Spur wird lehrreich für Payne sein«, fuhr Lowenstein fort. »Er wird lernen, daß die meisten Mordfälle gelöst werden, indem man Schuhsohlen verschleißt, nicht durch brillantes Kombinieren. Oder in diesem Fall durch einen anonymen Tip, der viel Fußarbeit erfordert, damit man Material hat, das vor Gericht nicht zerpflückt werden kann.«

»Wer hat Ihrer Ansicht nach Officer Kellog ermordet?« fragte Wohl.

»Wenn ich wetten müßte, würde ich auf Jason Washingtons Gefühl setzen. Er denkt, daß die Witwe die Wahrheit sagt. Ich hoffe natürlich, daß die fünfte Abteilung des Rauschgiftdezernats nicht darin verwickelt ist, aber es würde mich nicht überraschen, wenn es eine Verbindung zum Rauschgiftdezernat gibt.«

»Mich auch nicht«, sagte Wohl etwas traurig.

Er blickte auf seinen Cognacschwenker, der leer war. Er drehte den Schwenker.

»Noch einen Peter?« fragte Lowenstein.

»Ich sollte keinen mehr trinken, aber ich nehme noch einen«, erwiderte Wohl und hob den Cognacschwenker an, um den Barkeeper auf sich aufmerksam zu machen.

Im nachhinein betrachtet wurde Matt Payne mit einigem Ärger klar, daß er in dieser Nacht überhaupt nicht zur Mordkommission gegangen wäre, wenn er nicht schon drei Viertel des Wegs dorthin zurückgelegt hätte.

Zu diesem Zeitpunkt hatte er nicht klar gedacht. Er war sich nur sicher gewesen, daß er keine von Amys Pillen nehmen wollte. So zu tun, als ob er sie schluckte, war leichter, als mit ihr darüber zu streiten.

Er wollte ursprünglich ein paar Whiskys trinken, um schläfrig zu werden, und dann ins Bett fallen.

Aber beim dritten Famous Grouse kam ihm in den Sinn, daß es vielleicht eine gute Idee war, in die Bar des Polizeiklubs zu gehen. Beim fünften Famous Grouse hielt er das für eine blendende Idee. So fuhr er mit dem Aufzug in die Tiefgarage und stieg in den Porsche.

Als er an die Kreuzung Broad und Market Street kam, hielt er die Idee, zum Polizeiklub zu fahren, für weniger blendend. Jeder dort hatte von Pennys Tod gehört und würde ihm sein Beileid ausdrücken, und das wollte er nicht.

Er fuhr um die City Hall und die South Broad Street hinunter, in Richtung von Charley McFaddens Haus. Charley hatte die Tagesschicht. Er würde ihn aus dem Bett werfen, und sie würden zusammen irgendwo etwas trinken.

Fünf Blocks weiter wurde ihm klar, daß das ebenfalls eine schlechte Idee war, eine Zumutung. Charley würde aus Mitleid aus dem Bett aufstehen und ein netter Kerl sein. Aber es war unfair, Charley das anzutun.

Bei Peter Wohl vorbeizuschauen, war ebenfalls eine miese Idee. Zum einen wohnte Peter weit weg in Chestnut Hill, zum anderen – viel wichtiger – hatte er vielleicht Gesellschaft namens Amy, und dann würde er nicht nur unwillkommen sein, sondern die beiden würden richtig vermuten, daß er Amys Pillen nicht geschluckt hatte.

Und dann dachte er an Wally Milham. Milham arbeitete von Mitternacht bis um acht. Und Milhams Privatleben war fast so im Eimer wie seins. Der Bürgermeister hatte bei Martha Peebles' Party auf dem hohen Roß gesessen und sich moralisch entrüstet, weil Milham sich mit der Schwester seiner Frau eingelassen hatte, und was die Sache noch schlimmer machte, der Bürgermeister benutzte das als Basis für den Verdacht, daß Milham irgendwie in Kellogs Ermordung verwickelt war.

Matt sagte sich, daß Milham nicht nur auf und wach sein, sondern sich auch über etwas Gesellschaft freuen würde.

Matt wendete unerlaubt auf der South Broad Street und fuhr zum Präsidium.

In der Mordkommission waren ein halbes Dutzend Kriminalbeamte. Einer davon blickte auf und zeigte Überraschung, als er Matt sah. Und dann wies er zu Wally Milham, der an einem Schreibtisch vor einer Schreibmaschine saß.

Matt ging zu Milham. Es dauerte eine Weile, bis Milham ihn bemerkte.

»Ich habe Sie erwartet, aber nicht so bald«, sagte Wally Milham.

»Wie bitte?«

Milham schob eine Aktennotiz über den Schreibtisch. Matt nahm sie und las.

CITY OF PHILADELPHIA

AKTENNOTIZ

AN: SERGEANT ZACHARY HOBBS
VON: LEITER DER MORDKOMMISSION
BETR.: INFORMANTEN-TIP

1. Wir haben den Tip eines Informanten im Fall Inferno hinsichtlich einer Person namens Frank oder Frankie Foley. Der Informant, dessen Hinweise in der Vergangenheit zuverlässig waren, bezeichnet diese Person als ›Killer mit Verbindung zum Mob‹.

2. Weder das Strafregister noch Überwachung oder Organisiertes Verbrechen haben Erkenntnisse über ihn.

3. Detective Milham ist angewiesen, in dieser Spur zu ermitteln, seine Ermittlung fortzusetzen und Ihnen täglich zu berichten, solange sich weiteres in puncto Information entwickelt oder er überzeugt ist, daß nichts daran ist.

Detective Payne von der Special Operations Division wird auf unbestimmte Zeit in der Mordkommission arbeiten. Wenn er sich zum Dienst meldet, weisen Sie ihn an, Detective Milham zu unterstützen.

Henry C. Quaire
Henry C. Quaire
Captain

zur Kenntnis: Chief Inspector Lowenstein

82-S-1AE (Rev. 3/59) Antwort auf diese Aktennotiz kann hierauf in Handschrift erfolgen.

»Ich habe Sie erst in ein paar Tagen erwartet«, sagte Milham. »Ich hörte ... ich dachte, die Beerdigung war heute.«

»Das war sie«, sagte Matt.

Milham musterte Matt einen Augenblick lang, dann stand er plötzlich auf. Er nahm sein Jackett von der Rückenlehne des Stuhls, auf dem er gesessen hatte, und zog es an.

»Kommen Sie mit, Payne«, sagte er.

»Wohin gehen wir?«

»Wir gehen aus«, sagte Milham und wies zur Tür.

»Sie sind hierhergefahren?« fragte Milham, als sie das Präsidium durch die Hintertür verließen.

»Ja.«

»Wo haben Sie geparkt?« fragte Milham.

Matt wies auf den Porsche.

»Schöner Schlitten«, sagte Milham. »Lassen Sie ihn hier stehen, wir werden ihn später abholen.«

»Wie Sie wollen«, erwiderte Matt.

Sie stiegen in Milhams neutralen, drei Jahre alten Ford, fuhren vom Parkplatz, bogen südwärts auf die 8th Street ein, überquerten die Market Street, fuhren nach rechts auf die Walnut Street zur South Broad und bogen dann links ab.

»Wieviel haben Sie getrunken?« fragte Milham.

»Ein paar.«

»Mehr als ein paar, nach der Fahne zu schließen«, sagte Milham. »Das war alles andere als klug, Payne.«

»Ich konnte nicht schlafen.«

»Ich meine, es war blöde, besoffen zur Mordkommission zu kommen«, sagte Milham. »Zum Glück für Sie sind Hobbs und Natali in einem Fall unterwegs – Messerstecherei, zwei Schwarze kämpften um ein Flittchen –, und Logan, der diensthabende Sergeant, roch die Fahne nicht oder wollte sie nicht riechen. Es hätte auch anders ausgehen können. Und dann hätte Lowenstein als erstes am Morgen erfahren, daß

Sie blau ihren Dienst angetreten haben. Ich habe das Gefühl, er würde das liebend gern dem Bürgermeister sagen.«

»Oh, Scheiße!« sagte Matt.

»Sie hatten Glück, also vergessen Sie's. Aber tun Sie es nicht wieder.«

»Entschuldigung«, sagte Matt.

»Wir fahren zu einer Bar namens Meagan's«, wechselte Milham das Thema, »wo wir entweder Kaffee oder Cola trinken werden.«

Milham gab Matt ein Klemmbrett und schaltete die Leselampe an. Matt sah auf dem Klemmbrett einen Stapel liniertes Papier und die Ablichtung einer Seite aus dem Telefonbuch. Als er genauer hinsah, entdeckte er zwei Ablichtungen und eine mit Bleistift geschriebene Liste von Namen, die nach Bars klangen.

»Es gibt 97 Foleys im Telefonbuch«, sagte Milham. »Wir werden vielleicht jeden einzelnen überprüfen müssen. Nur weil kein Frank oder Francis verzeichnet ist, heißt das nicht, daß es unter der Adresse keinen Frank oder Francis gibt. Am Morgen überprüfe ich die Führerscheine in Harrisburg und stelle fest, ob sie einen Frank oder Francis haben, der zu einer dieser Adressen paßt. Im Augenblick arbeiten wir aufgrund einer Ahnung.«

»Welche Ahnung?«

»Eine Ahnung einer Ahnung. Es gibt elf Foleys im Telefonbuch in einem Gebiet von sechs Blocks in South Philly. In diesem Gebiet befinden sich zwölf Bars. Ein paar davon werden vielleicht noch geöffnet haben. Ich weiß, daß eine – Meagan's – noch spät geöffnet hat. Wir werden fragen: ›Ist das die Bar, in der unser Freund Frankie Foley verkehrt?‹«

»Was ist mit diesem Tip? Woher kommt er? Taugt er etwas?«

»Es wird vermutlich vergebliche Mühe sein, aber das kann man nie vorher wissen. Woher der Tip kam, weiß ich nicht. Nicht aus der Mordkommission. Wer weiß. Lowenstein meint, der Tip ist es wert, überprüft zu werden, und nur das zählt.«

Meagan's Bar in der Jackson Street entpuppte sich als eine gewöhnliche Eckkneipe. Ein halbes Dutzend Gäste, darunter zwei Frauen in mittleren Jahren, saßen an der Theke, und jeder hatte ein Bier vor sich stehen. Es gab eine Musikbox, aber keiner fütterte sie mit Münzen. Ein Fernseher mit flackerndem Bild zeigte einen Mann und eine Wasserstoffblondine mit Schürze, die Küchengeräte vorführten, die garantierten, daß die Arbeit in der Küche eine wahre Freude war.

Der Kellner, ein schwergewichtiger Mittfünfziger, stemmte sich mit sichtlichem Widerstreben von seinem Stuhl bei der Registrierkasse auf und ging zu ihnen, legte beide Hände auf die Theke und blickte sie fragend an.

»Ortleib's«, bestellte Milham.

»Ich nehme lieber einen Kaffee«, sagte Matt.

»Kein Kaffee da«, sagte der Kellner.

»Noch ein Bier, und dann fahre ich Sie heim«, sagte Milham.

»Was soll's, warum nicht?«

Als der Kellner das Bier servierte, legte Milham einen Fünfdollarschein auf die Theke.

»Wo sind wir hier?« fragte er den Kellner.

»Wie meinen Sie das, wo Sie sind? Dieses Lokal heißt Meagan's.«

»Ich meine, wo. Ist das hier die Jackson Street?«

»Ecke Jackson und Mole Street.«

»Wohnt Frank Foley nicht hier in der Gegend?«

»Frank wer?«

»Frankie Foley. Mein Cousin. Ich dachte, der wohnt gleich hier in der South Mole Street.«

»Kleiner, fetter Typ? Arbeitet bei Strawbridge's?«

»Nein. Normale Größe. Nicht dünn, aber bestimmt nicht fett. Und ich dachte, er arbeitet bei Wanamaker's.«

»Ah, richtig. Ja. Der kommt gelegentlich her.«

»War er heute abend hier?«

»Ich habe ihn 'ne Zeitlang nicht gesehen.«

»Na, da kann man nichts machen. Sagen Sie ihm bitte,

wenn er kommt, daß sein Cousin Marty aus Conshohocken hier war und ihn grüßen läßt?«

»Ja, wenn ich ihn sehe, mache ich das.«

»Das wäre nett.«

»Sie sind aber weit weg von Conshohocken.«

»War bei einer Beerdigung. Jack O'Neill. Er ruhe in Frieden.«

»Kannte ich nicht.«

»Ein Pensionär von der Budd Company.«

»Kannte ich nicht«, wiederholte der Kellner, gab das Wechselgeld heraus und walzte zu seinem Stuhl zurück.

Milham schaute Matt an und hob sein Bierglas.

»Auf den guten alten Jack«, sagte er.

»Er ruhe in Frieden«, fügte Matt hinzu.

»Ich glaube, er hat mich an der Nase herumgeführt«, sagte Milham, als sie in seinem Wagen saßen. »Er war clever mit der Frage ›Kleiner, fetter Typ?‹ Und ich hatte Glück, als ich von Wanamaker's sprach. Ich wette, wenn wir Mr. Foley schließlich finden, wird er tatsächlich für Wanamaker's arbeiten, und jetzt wissen wir, daß er hier in der Gegend wohnt. Es ist vielleicht nicht *unser* Frankie, aber man kann nie wissen. Manchmal hat man Glück.«

»Wenn er Sie an der Nase herumgeführt hat und clever war«, sagte Matt, »dann wird er diesem Typen sagen, daß er von einem Cop gesucht wird.«

»Gut. Wenn es unser Frankie ist, wird ihn das nervös machen. Es sei denn, er hat einen Cousin aus Conshohocken. Geben Sie mir das Klemmbrett.«

Milham schaltete die Leselampe ein und malte einen Kreis um den Namen »Foley, Mary« South 18th Street 2320.

»Vielleicht wohnt er bei seiner Mutter«, sagte Milham und gab Matt das Klemmbrett zurück. Dann schaltete er die Leselampe aus und ließ den Motor an.

Sie fuhren zur South 18th Street und langsam an Hausnummer 2320 vorbei. Es war ein typisches Reihenhaus in der Mitte des Blocks. Es brannte kein Licht. Dann besuchten sie drei weitere Bars. In zweien gab es Kaffee. Keiner der Kellner hatte jemals etwas von Frank oder Frankie Foley gehört.

»Ich weiß nicht, was ich mit Ihnen machen soll«, sagte Milham. »Einerseits stinken Sie immer noch wie eine Brauerei. Andererseits habe ich ebenfalls eine Fahne. Möchten Sie das Risiko eingehen und mit mir zum Rundhaus zurückfahren, um zu erfahren, was sich bei den anderen getan hat?«

»Was immer Sie für das beste halten«, ein wenig gekränkt.

»Was soll's, wir müssen ohnehin Ihren Wagen holen«, sagte Milham. »Versuchen Sie nur, keinen anzuhauchen.«

»Sergeant, das ist Detective Payne«, sagte Milham. »Payne, dies ist Sergeant Zachary Hobbs.«

Hobbs reichte Matt die Hand und musterte ihn.

»Wir haben Sie erst in ein paar Tagen erwartet«, sagte er.

»Sie waren nicht da, als er eintraf«, erwiderte Milham für Matt. »Ihre Aktennotiz lag in meinem Körbchen, und so nahm ich Payne mit.«

»Haben Sie diesen Foley gefunden?«

»Ich denke, wir wissen, wo er wohnt und daß er bei Wanamaker's arbeitet.«

»Der Kellner vom Inferno sagte, daß ein Mann namens Foley in der Mordnacht dort war«, sagte Hobbs. »Das liegt auch in Ihrem Körbchen.«

Milham nickte.

»Payne, Captain Quaire weiß von Ihrem … äh … privaten Problem«, sagte Hobbs. »Ich will damit sagen, Sie brauchen erst zum Dienst zu kommen, wenn Sie sich danach fühlen.«

»Ich denke, ich arbeite lieber als nicht«, sagte Matt. »Aber danke.«

»Wenn Sie etwas brauchen, lassen Sie es mich wissen. Hat Wally Ihnen die Aktennotiz gezeigt?«

»Ja.«

»Okay. Sie arbeiten mit Wally.«

Matt nickte.

»Sie sollten zu Lieutenant Natali gehen«, sagte Hobbs. »Ihn wissen lassen, daß Sie hier sind.« Er wies durch den Raum. Matt sah Lieutenant Natali in einem kleinen Büro sitzen.

O Gott, ich hoffe, er hat Schnupfen oder was und riecht meine Fahne nicht.

Matt hatte Lieutenant Natali schon kennengelernt. Er erinnerte sich an Umstände …

Er begleitete Miss Amanda Spencer zu einem Essen am Abend vor einer Hochzeit, das zu Ehren von Miss Daphne Soames Brown und Mr. Chadwick Thomas Nesbitt IV. im Union League Club gegeben wurde.

Kein Wunder, daß Amanda sagte, sie habe sich vor mir auf Martha Peebles' Party versteckt. Sie wollte nicht gesehen werden. Ich bedeute für sie Ärger, Gefahr. An Ihrer Stelle hätte ich mich auch nicht sehen lassen.

Er fuhr mit dem Porsche auf die oberste Parkebene des Parkhauses, und da lag eine Leiche in einer Blutlache, die eines zweitklassigen Gangsters namens Tony das Z, der mit einer Schrotladung erschossen worden war, fast mit Sicherheit von einem Killer im Auftrag von einem oder mehreren Unbekannten und aus unbekannten Gründen.

In der Nähe lag Miss Penelope Detweiler, eine lebenslange Bekannte, ebenfalls in einer Blutlache. Matts ursprüngliche Annahme, daß Penny wie er und Amanda auf dem Weg zu Daffys und Chads Party und eine unschuldige Zuschauerin gewesen war, wurde bald durch die Fakten korrigiert. Sie war in der Parkgarage gewesen, um Tony das Z zu treffen, mit dem sie eine Liebesaffäre hatte.

Und fast mit Sicherheit, wie ich jetzt weiß, um Stoff von ihm zu holen. Tony das Z, dieses verdammte Schwein, hatte Penny süchtig gemacht.

Verdeckte Ermittler vom Rauschgiftdezernat hatten Tony das Z beschattet, und als Matt zur Mordkommission gefahren war, um seine Aussage zu machen, hatten ihn ein Sergeant vom Rauschgiftdezernat, ein Arschloch namens Dolan, und ein anderes Arschloch vom Rauschgiftdezernat bereits erwartet. Sie brachten ihn in den Vernehmungsraum, fesselten ihn mit Handschellen auf den Vernehmungsstuhl und beschuldigten ihn, entweder in die Ermordung von Tony das Z oder in Drogengeschäfte verwickelt zu sein oder in beides. Und dann brachten sie ihn zum Rauschgiftdezernat, wenn nicht als Gefangenen, so aber nahe daran, um das Verhör fortzusetzen und den Porsche zu suchen.

Lieutenant Natali war in jener Nacht der Schichtleiter. Es mißfiel ihm, was er sah, und er rief Peter Wohl an. Wohl kam wie die Kavallerie zu Matts Rettung zum Rauschgiftdezernat und paukte ihn heraus.

Natali hatte mit seinem Anruf bei Wohl zwar nicht gegen Vorschriften, aber gegen das ungeschriebene Gesetz bei der Polizei verstoßen, daß man sich aus der Arbeit seiner Kollegen heraushält. Er hatte bewiesen, daß er ein prima Kerl war.

Matt ging zu dem Büro und blieb auf der Türschwelle stehen, bis Natali aufblickte und ihn hereinwinkte. Der Lieutenant stand auf und reichte Matt die Hand.

»Ich habe nicht erwartet, Sie jetzt schon zu sehen, Payne«, sagte er. »Ich hörte, was passiert ist. Mein Beileid.«

»Danke«, sagte Matt.

Es war Natalis Miene anzusehen, daß auch er sich an die Umstände ihrer ersten Begegnung erinnerte.

»Ich sagte mir, daß ich lieber arbeite als herumhocke.«

Das stimmt nicht. Ich bin hier, weil ich mich besoffen habe und nicht ins Bett gehen wollte. Ich bin ein verdammter Heuchler und Lügner.

»Ja«, sagte Natali. »Das verstehe ich.« Er legte eine Pause ein, bevor er weitersprach. »Payne, einige hier werden es übelnehmen, daß Sie hier sind.«

»Das dachte ich mir.«

»Aber alle wissen – Captain Quaire hat es verbreitet –, daß

Sie nichts dafür können. Ich denke, so wird das kein Problem sein. Wenn es eins gibt, kommen Sie zu mir.«

»Danke.«

»Sie werden mit Wally Milham zusammenarbeiten. Da ist eine Aktennotiz ...«

»Ich habe sie gesehen.«

»Okay. Mit Milham werden Sie vermutlich keine Probleme haben. Und er ist ein guter Detective. Sie können viel von ihm lernen. Die Mordkommission arbeitet anders. Ich weiß nicht, wieviel Erfahrung Sie bei der Kripo Ost gesammelt haben ...«

»Nicht viel«, sagte Matt. »Die meiste davon bei wiedergefundenen gestohlenen Fahrzeugen.«

Natali lächelte verständnisvoll.

»Ich habe auch an solchen Fällen gearbeitet, als ich Detective wurde«, sagte Natali. »Hier haben wir nicht so viele Jobs. Und wenn ein Fall kommt, beschäftigt sich jeder damit. Natürlich hat ein Detective den Fall. Im Fall Inferno hat Milham die Leitung. Aber jeder arbeitet daran mit.«

»Ich verstehe. Oder ich glaube es.«

»Sie werden es schnell kapieren«, sagte Natali. »Wenn Sie irgendwelche Probleme haben, kommen Sie zu mir.«

»Danke, Sir.«

Als Matt zu Wally Milhams Schreibtisch ging, arbeitete sich Milham durch einen dicken Stapel von Formularen hindurch. Er las eines der Formulare und legte es dann mit der beschriebenen Seite nach unten neben den ungelesenen Stapel.

»Sie sollten sich das anschauen«, sagte Milham und wies auf den Stapel der gelesenen Formulare.

Matt zog sich einen Stuhl heran, setzte sich und nahm den Stapel der Formulare, die mit der beschrifteten Seite nach unten auf dem Schreibtisch lagen.

Matt drehte den Stapel um. Es waren alles Kopien des Formulars 75-49, des Ermittlungsberichts der Police Department Detective Division. Er las den ersten Ermittlungsbericht:

INVESTIGATION REPORT PHILADELPHIA POLICE DEPARTMENT

Yr | C.C.# | DIST | COMPL.# | INITIAL(49) | | DIST/UNIT |
REPORT DATE SUPPLEMENTAL | PREPARING
CLASSIFICATION | CODE | CONTINUATION

PREVIOUS CLASSIFICATION CODE | DATE AND TIME | PLACE OF OCCURRENCE

COMPLAINANT | AGE | RACE | ADDRESS | PHONE | TYPE OF PREMISES

DATE AND TIME REPORTED | REPORTED BY | ADDRESS

FOUNDED ❒ YES ❒ NO ARREST ❒ CLEARED ❒ EXCEPTIONALLY CLEARED

STOLEN | ❒ CURRENCY, BONDS, ETC. ❒ FURS ❒. AUTOS | RECOVERED VALUE
PROPERTY | ❒ JEWELRY, PRECIOUS METALS ❒ CLOTHING ❒ MISC |
INSURED ❒ YES ❒ NO

DETAILS

<u>AUTOPSIE:</u> Alicia Atchison

1. <u>Für tot erklärt:</u> Samstag, 20. Mai 1975, um 5.39 Uhr in der Market Street 1908, dem Tatort, von Dr. Howard D. Mitchell, Büro des Leichenbeschauers.

2. <u>Transport der Leiche:</u> Vom Tatort zum Leichenschauhaus mit Leichenwagen # 61538, Fahrer Lewis Martin.

3. <u>Leichenöffnung:</u> Samstag, 20. Mai 1975, um 9.30 Uhr im Leichenschauhaus durch Dr. Howard D. Mitchell.

4. <u>Befund:</u> Schußwunden (4) im Kopf. Schädel- und Gehirnverletzungen. Todesart: Tötung.

INVESTIGATOR (Type and Sign Name) | SERGEANT | LIEUTENANT

Alonzo Kramer | *Zachary Hobbs* |
Alonzo Kramer #967 | Zachary Hobbs # 396

75-49 (Rev 3/63) DETECTIVE DIVISION

INVESTIGATION REPORT PHILADELPHIA POLICE DEPARTMENT

Yr | C.C.# | DIST | COMPL.# | INITIAL(49) | | DIST/UNIT |
REPORT DATE SUPPLEMENTAL | PREPARING
CLASSIFICATION | CODE | CONTINUATION

PREVIOUS CLASSIFICATION CODE | DATE AND TIME | PLACE OF OCCURRENCE

COMPLAINANT | AGE | RACE | ADDRESS | PHONE | TYPE OF PREMISES

DATE AND TIME REPORTED | REPORTED BY | ADDRESS

FOUNDED ❒ YES ❒ NO ARREST ❒ CLEARED ❒ EXCEPTIONALLY CLEARED

STOLEN | ❒ CURRENCY, BONDS, ETC. ❒ FURS ❒ AUTOS | RECOVERED VALUE
PROPERTY | ❒ JEWELRY, PRECIOUS METALS ❒ CLOTHING ❒ MISC |
INSURED ❒ YES ❒ NO

DETAILS

<u>AUTOPSIE:</u> Anthony J. Marcuzzi.

1. <u>Für tot erklärt:</u> Samstag, 20. Mai 1975, um 5.39 Uhr in Market Street 1908, dem Tatort, von Dr. Howard D. Mitchell, Büro des Leichenbeschauers.

2. <u>Transport der Leiche:</u> Vom Tatort zum Leichenschauhaus in Leichenwagen # 61538, Fahrer Lewis Martin.

3. <u>Leichenöffnung:</u> Samstag, 20. Mai 1975, um 9.30 Uhr im Leichenschauhaus durch Dr. Howard D. Mitchell.

4. <u>Befund:</u> Schußwunden (3) im Kopf. Schädel- und Gehirnverletzungen. Todesart: Tötung.

INVESTIGATOR (Type and Sign Name) | SERGEANT | LIEUTENANT

Alonzo Kramer | *Zachary Hobbs* |
Alonzo Kramer #967 | Zachary Hobbs # 396

75-49 (Rev 3/63) DETECTIVE DIVISION

Das Telefon auf dem Schreibtisch klingelte. Ohne den Blick von den Formularen zu nehmen, nahm Milham den Hörer ab.

»Mordkommission, Milham«, sagte er.

Matt blickte mit natürlicher Neugier auf.

»Hallo, Schatz«, sagte Milham in verändertem Tonfall.

Die Witwe Kellog, dachte Matt, *folglich geht mich das nichts an.*

Er las das zweite Formular 75-49.

»Mein Gott!« sagte Milham, leise, jedoch so betroffen, daß Matts noble Absicht, sich um seine eigenen Angelegenheiten zu kümmern, von Neugier besiegt wurde.

»Baby«, sagte Milham. »Du bleibst dort. Bleib drinnen. Ich bin gleich dort!«

Was hat das alles zu bedeuten? dachte Matt.

Milham legte den Hörer auf und blickte Matt an.

»Es hat sich etwas entwickelt«, sagte er. »Ich muß weg.«

Matt nickte.

»Wissen Sie was, Payne?« sagte Milham, der sich seine Worte offenbar überlegt hatte. »Nehmen Sie diesen Stapel mit, und fahren Sie heim. Fühlen Sie sich fit zum Fahren?«

»Ja.«

»Ich rufe Sie morgen gegen zehn Uhr an. Sie lesen das und notieren, wenn Ihnen etwas auffällt.«

»In Ordnung.«

»Gut. Dort drüben finden Sie Kuverts«, sagte Milham und wies hin. »Ich muß wirklich weg.«

»Kann ich etwas für Sie tun?«

»Ja, wenn jemand fragt, wohin ich gefahren bin, wissen Sie nur, daß ich Ihnen gesagt habe, Sie können heimfahren.«

»Okay.«

»Ich rufe gegen zehn Uhr an«, sagte Milham und holte seine Dienstwaffe aus einem Aktenschrank.

16

Matt verließ das Polizeipräsidium und fand seinen Wagen. Die Innenbeleuchtung war an. Weil die Tür einen Spalt offenstand, wie er sah.

Mein Gott, war ich so blau, als ich herkam, daß ich den Wagen nicht abgeschlossen und nicht mal die Tür geschlossen habe? Kein Wunder, daß Milham besorgt fragte, ob ich fit zum Fahren bin.

Oder hat ein Autoknacker die Tür geöffnet? Habe ich etwas im Porsche gelassen, das sich zu klauen lohnt?

Matt zog die Tür ganz auf und steckte seinen Kopf in den Wagen.

Es gab kein Anzeichen auf eine Beschädigung. Das Handschuhfach sah nicht aus, als wäre es mit Gewalt geöffnet worden.

Daraus folgere ich, daß kein Autoknacker am Werk war. Und ich bin gezwungen, weiter zu folgern, daß ich blau war, als ich herfuhr. Scheiße!

Ein weißes Tuch lag auf dem Boden unter dem Lenkrad.

Pennys Kleenex. Mit ihrem Lippenstift darauf.

Matt hob das Papiertaschentuch auf und starrte es an.

Was mache ich damit? Soll ich es wegwerfen? Das will ich nicht. Es als heiliges Andenken bewahren? Das will ich ebenfalls nicht.

Er kramte in seiner Tasche und fand ein Streichholzbriefchen.

Matt rieb ein Streichholz an und steckte das Papiertaschentuch an. Er hielt es so lange in der Hand, bis er sich die Finger verbrannte, und dann ließ er es zu Boden fallen. Er schaute zu, wie es völlig verbrannte und die Flamme erlosch.

Dann stieg er in den Porsche und fuhr vom Parkplatz des Präsidiums.

Sein Magen schmerzte, und er sagte sich, daß es am Hunger lag, weil er nichts gegessen hatte. Er fuhr zur Race Street, wo ein Imbiß nachts geöffnet hatte. Er bestellte zwei Hamburger, erhöhte die Bestellung auf drei, einen Becher Kaffee, eine große Portion Pommes frites und zwei Flaschen Milch, alles zum Mitnehmen.

Dann stieg er in den Porsche und fuhr nach Hause.

Das rote Lämpchen seines Anrufbeantworters blinkte. Er war versucht, es zu ignorieren, doch dann hörte er sich an, was auf Band gesprochen war.

Wie vorherzusehen, hatte seine Mutter angerufen und gefragt, ob mit ihm alles in Ordnung war. Und sein Vater hatte die gleiche Frage gestellt. Und es gab sieben Knackgeräusche, die verrieten, daß jemand angerufen, sich dann aber entschieden hatte, keine Nachricht auf Band zu sprechen.

Matt öffnete die Tüte vom Imbiß und wickelte einen Hamburger aus.

Das Telefon klingelte.

Er überlegte hin und her, ob er sich melden sollte, und schließlich lief er hin und nahm den Hörer kurz vor dem fünften Klingeln ab, wonach sich der Anrufbeantworter einschalten würde.

»Hallo?«

Keine Antwort, doch jemand war in der Leitung.

»Wenn du mir irgendeine Sauerei sagen willst, dann fang schon an«, sagte Matt. Es klickte, und die Leitung war tot.

»Leck mich am Arsch«, sagte Matt, legte den Hörer auf und widmete sich wieder seinem Hamburger.

Das Telefon klingelte von neuem.

»Verdammt noch mal!«

Matt schnappte sich den Telefonhörer und erinnerte sich im letzten Augenblick daran, daß diesmal vielleicht seine Mutter anrief und man nichts Obszönes zu seiner Mutter sagte. »Hallo?«

Wieder keine Antwort.

»Oh, verdammt!«

»Hast du geschlafen?« fragte eine weibliche Stimme.

Allmächtiger! Amanda?

»Amanda?«

»Ich habe mir Sorgen um dich gemacht«, sagte Amanda.

»Mit mir ist alles in Ordnung.«

»Ich wußte, daß es eine schlechte Idee ist, dich anzurufen. Ich sagte mir selbst, daß alles in Ordnung ist.«

»Ich freue mich über deinen Anruf«, sagte Matt. »Was war eine schlechte Idee? Oh, es ist Viertel nach drei. Warst du das auf dem Anrufbeantworter? Hast du angerufen und nicht auf Band gesprochen?«

Sie antwortete nicht, was ihm verriet, daß es tatsächlich Amanda gewesen war, die angerufen und keine Nachricht hinterlassen hatte.

»Wie lange hast du versucht, mich zu erreichen?«

»Ich kam gegen dreiundzwanzig Uhr hier an«, sagte sie sehr leise.

»Wo ist ›hier‹? Zu Hause?«

»Nein.«

»Wo bist du?«

»Im Warwick Hotel.«

»Im Warwick? Ich dachte, du bleibst bei Chad?«

»Da war ich. Sie setzten mich um neunzehn Uhr in den Zug.«

»Ich verstehe nicht.«

»Ich hätte mich auf dem Weg nach Newark ohrfeigen können, weil ich Angst hatte, was Chad und Daffy denken könnten, wenn ich sage, daß ich mir Sorgen um dich mache und dich besuchen will. So stieg ich in Newark aus und fuhr zurück. Zu diesem Zeitpunkt hielt ich es für eine vernünftige Idee.«

»Das war verdammt nett von dir«, sagte Matt.

»Ich habe noch nichts gegessen«, sagte sie. »Deinetwegen. Wo warst du?«

»Beim Job. Arbeiten.«

»Das hätte ich mir denken können«, sagte Amanda. »Ich dachte, du bist ausgegangen und betrinkst dich.«

»Damit habe ich angefangen«, bekannte er. »Und dann hielt ich es für besser, zur Arbeit zu fahren.«

Es folgte langes Schweigen, und dann sagte sie: »Du kennst dich in deiner Stadt aus. Kann ich hier zu dieser frühen Morgenstunde irgendwo etwas zu essen bekommen?«

»Wie wäre es mit einem lauwarmen Hamburger und Pommes?«

Wieder langes Schweigen.

»Du meinst, bei dir?«

»Auf dem Heimweg fuhr ich bei einem Imbiß vorbei und kaufte was ein«, sagte er.

»Ich bin so hungrig, daß ich versucht bin, das Angebot anzunehmen«, sagte Amanda. »Aber ich kenne dich, du würdest auf falsche Gedanken kommen.«

»Bestimmt nicht. Mensch, Amanda!«

»Ich will nur eine Freundin sein, Matt, okay? Ich dachte, du kannst eine brauchen.«

»Absolut. Ich verstehe. Nichts sonst kam mir jemals in den Sinn.«

»Okay. Wenn du das verstehst ...«

»Ich verstehe es völlig. Willst du, daß ich dir den Hamburger ins Warwick bringe?«

»Nein«, sagte sie nach kurzem Zögern. »Ich weiß, wo du wohnst. Gib mir eine Viertelstunde. Ich muß mich wieder anziehen. Der letzte Anruf sollte der letzte sein.«

»Ich hole dich ab.«

»Ich bin in zehn Minuten da«, sagte Amanda und legte auf.

»Nicht zu glauben!« dachte Matt laut. »Das war wirklich sehr nett von ihr.«

Er ging zum Tisch, holte Messer, Gabeln, Teller, Salz und Pfeffer aus Schränken und deckte den Tisch. Dann nahm er eine Thermosflasche aus dem Schrank unter der Spüle und schüttelte den Kaffee hinein.

So kann ich ihr wenigstens warmen Kaffee anbieten!

Dann ging er ins Wohnzimmer und setzte sich in seinen Sessel. *Während ich warte, kann ich mir dieses Zeug ansehen.*

INVESTIGATION REPORT PHILADELPHIA POLICE DEPARTMENT

Yr | C.C.# | DIST | COMPL.# | INITIAL(49) | | DIST/UNIT |
REPORT DATE SUPPLEMENTAL | PREPARING
CLASSIFICATION | CODE | CONTINUATION

PREVIOUS CLASSIFICATION CODE | DATE AND TIME | PLACE OF OCCURRENCE

COMPLAINANT | AGE | RACE | ADDRESS | PHONE | TYPE OF PREMISES

DATE AND TIME REPORTED | REPORTED BY | ADDRESS

FOUNDED ❐ YES ❐ NO ARREST ❐ CLEARED ❐ EXCEPTIONALLY CLEARED

STOLEN | ❐ CURRENCY, BONDS, ETC. ❐ FURS ❐ AUTOS | RECOVERED VALUE
PROPERTY | ❐ JEWELRY, PRECIOUS METALS ❐ CLOTHING ❐ MISC |
INSURED ❐ YES ❐ NO

DETAILS

A. <u>ENTSTEHUNG:</u>

Am Samstag, dem 20. Mai 1975, um 4.20 Uhr informierte Sergeant Jason Washington, Special Operations Division, Sergeant Edward McCarty # 380 über Polizeifunk, daß zwei Personen – Alicia Atchison, 25, weiß, wohnhaft Wilson Avenue 320, Media, Penna., und Anthony J. Marcuzzi, 52, weiß, wohnhaft Palter Avenue 6105 – erschossen wurden, daß Gerald N. Atchison eine Schußwunde am Bein erlitt und daß diese Schießerei im Inferno Lounge Bar & Restaurant, Market Street 1908, stattfand.

B. <u>AUFTRAGSERTEILUNG.</u>

1. <u>Mordkommission:</u> Um 4.30 Uhr wurde Detective Wallace H. Milham # 626 von Sergeant Zachary Hobbs # 396 mit den Ermittlungen beauftragt, und er fuhr sofort zum Tatort.

2. <u>Division</u>: Detective Edgar Hayes # 680, beauftragt von Sergeant Thomas Spiers # 336 der Central Detective Division.

3. <u>Kripo-Labor:</u> Techniker William Walters und Doyle Cohan, beauftragt von Sergeant Zachary Hobbs von der Mordkommission.

4. <u>Andere Abteilungen:</u>

<u>Raubdezernat:</u> Detectives Salvatore Domenico # 734 und Ellis Davison # 927 wurden am 20. Mai 1975 um 9.00 Uhr mit den Ermittlungen beauftragt.

INVESTIGATOR (Type and Sign Name) | SERGEANT | LIEUTENANT

Alonzo Kramer | *Zachary Hobbs* |
Alonzo Kramer #967 | Zachary Hobbs # 396

75–49 (Rev 3/63) DETECTIVE DIVISION

INVESTIGATION REPORT — PHILADELPHIA POLICE DEPARTMENT

Yr | C.C.# | DIST | COMPL.# | INITIAL(49) | | DIST/UNIT
REPORT DATE SUPPLEMENTAL | PREPARING
CLASSIFICATION | CODE | CONTINUATION

PREVIOUS CLASSIFICATION CODE | DATE AND TIME | PLACE OF OCCURRENCE

COMPLAINANT | AGE | RACE | ADDRESS | PHONE | TYPE OF PREMISES

DATE AND TIME REPORTED | REPORTED BY | ADDRESS

FOUNDED ❑ YES ❑ NO ARREST ❑ CLEARED ❑ EXCEPTIONALLY CLEARED

STOLEN | ❑ CURRENCY, BONDS, ETC. ❑ FURS ❑ AUTOS | RECOVERED VALUE
PROPERTY | ❑ JEWELRY, PRECIOUS METALS ❑ CLOTHING ❑ MISC |
INSURED ❑ YES ❑ NO

DETAILS

C. <u>TATORT</u>

<u>Fahndungsdienst:</u> Detectives Arthur Mason # 908 und Robert McGrory wurden am 20. Mai 1975 um 10.00 Uhr beauftragt.

<u>1. Ankunft:</u> Sergeant Zachary Hobbs # 396 und Detective Wallace H. Milham # 626 trafen am Samstag, 20. Mai 1975, um 5.05 Uhr am Tatort ein.

<u>2. Anwesend:</u> Chief Inspector Matthew Lowenstein, Kripo.
Staff Inspector Michaell Weisbach
Captain Henry C. Quaire # 42, Mordkommission
'' Thomas Curran # 31, Kripo Mitte
'' Alexander Smith # 17, 9. Distrikt
Lieutenant Louis Natali # 233, Mordkommission
Sergeant Zachary Hobs # 396, Mordkommission
'' James Thom # 498, Kripo Mitte
'' Jason Washington # 342, Special Op.
'' Edward McCarthy # 380, Mordkommission
Detective James Whatley # 607, Kripo Mitte
'' Adolphus Fowler # 792, Kripo Mitte
'' Wallace H. Milham # 626, Mordkommission
'' David Rocco # 615, Kripo Mitte
'' John Hanson # 615, Raubdezernat
'' Wolfred Malone # 772, Intelligence Unit
'' Edgar Hayes # 680, Kripo Mitte

INVESTIGATOR (Type and Sign Name) | SERGEANT | LIEUTENANT

Alonzo Kramer | *Zachary Hobbs* |
Alonzo Kramer #967 | Zachary Hobbs # 396

75-49 (Rev 3/63) DETECTIVE DIVISION

INVESTIGATION REPORT PHILADELPHIA POLICE DEPARTMENT

Yr | C.C.# | DIST | COMPL.# | INITIAL(49) | | DIST/UNIT |
REPORT DATE SUPPLEMENTAL | PREPARING
CLASSIFICATION | CODE | CONTINUATION

PREVIOUS CLASSIFICATION CODE | DATE AND TIME | PLACE OF OCCURRENCE

COMPLAINANT | AGE | RACE | ADDRESS | PHONE | TYPE OF PREMISES

DATE AND TIME REPORTED | REPORTED BY | ADDRESS

FOUNDED ❐ YES ❐ NO ARREST ❐ CLEARED ❐ EXCEPTIONALLY CLEARED

STOLEN | ❐ CURRENCY, BONDS, ETC. ❐ FURS ❐ AUTOS | RECOVERED VALUE
PROPERTY | ❐ JEWELRY, PRECIOUS METALS ❐ CLOTHING ❐ MISC |
INSURED ❐ YES ❐ NO

DETAILS

C. <u>TATORT (Fortsetzung)</u>

Detective James Wood # 816, Mordkommission
'' Matthew Payne # 701, Special Operations
Officer Charles Shagren # 3243, 9. Distrikt
'' Frederick Marchese # 4188, 9. Distrikt
'' Thomas Daniels # 4553, 9. Distrikt
'' David Fowler # 3665, 9. Distrikt
'' Edward Schirmer # 2559, 9. Distrikt
'' Lewis Roberts # 3775, 9. Distrikt
'' Frederick E. Rogers # 4998, 9. Distrikt
Officer Robert Peters # 3784, 9. Distrikt
'' Joseph Hart # 2539, 9. Distrikt
'' John McDonough # 4178, 9. Distrikt
'' Paul Kummerling # 4228, 9. Distrikt
Techniker: Corsey Coy, Kripo-Labor
'' Wilfred Doyle, Kripo-Labor
'' David Dennison, Kripo-Labor
'' Harry Withjack, Kripo-Labor
Dr. Howard D. Mitchell, Büro des Leichenbeschauers
Fotograf Jose Aquila, Büro des Leichenbeschauers

3. <u>Beschreibung der äußeren Örtlichkeiten:</u>

Market Street 1908 ist ein einstöckiges Backsteingebäude, in dem sich das Lokal Inferno Lounge Bar & Restaurant befindet. Es steht an der Südseite der Market Street zwischen mehrstöckigen Gebäuden.

INVESTIGATOR (Type and Sign Name) | SERGEANT | LIEUTENANT

Alonzo Kramer | *Zachary Hobbs* |
Alonzo Kramer #967 | Zachary Hobbs # 396

75-49 (Rev 3/63) DETECTIVE DIVISION

INVESTIGATION REPORT PHILADELPHIA POLICE DEPARTMENT

Yr | C.C.# | DIST | COMPL.# | INITIAL(49) | | DIST/UNIT |
REPORT DATE SUPPLEMENTAL | PREPARING
CLASSIFICATION | CODE | CONTINUATION

PREVIOUS CLASSIFICATION CODE | DATE AND TIME | PLACE OF OCCURRENCE

COMPLAINANT | AGE | RACE | ADDRESS | PHONE | TYPE OF PREMISES

DATE AND TIME REPORTED | REPORTED BY | ADDRESS

FOUNDED ❒ YES ❒ NO ARREST ❒ CLEARED ❒ EXCEPTIONALLY CLEARED

STOLEN | ❒ CURRENCY, BONDS, ETC. ❒ FURS ❒ AUTOS | RECOVERED VALUE
PROPERTY | ❒ JEWELRY, PRECIOUS METALS ❒ CLOTHING ❒ MISC |
INSURED ❒ YES ❒ NO

DETAILS

Auf der Westseite von 1908 befindet sich ein ehemaliges Bürogebäude, das jetzt leersteht. Auf der Ostseite befindet sich ein vierstöckiges Geschäftsgebäude mit verschiedenen Geschäften. Das Lokal Inferno Lounge Bar & Restaurant reicht von der Market Street bis zur Ludlow Street. Südlich der Market Street befindet sich die Ranstead Street. 1908 kann entweder von der Market Street oder einer Seitengasse der Ludlow Street betreten werden. Die Market ist eine nach Osten führende Einbahnstraße. Das Parken ist zu bestimmten Stunden verboten, und wenn es erlaubt ist, dann auf der Nordseite.

Die Ludlow Street kann von der 18th oder 19th Street aus betreten werden. Ein Parkplatz verläuft von der Market zur Ludlow Street westlich des leerstehenden Bürogebäudes.

Der Hintereingang des Inferno liegt an einer Gasse, die von der Ludlow Street abzweigt. Am Westende des Gebäudes führt eine Betontreppe aus sechs Stufen zu einem Gang. Es gibt zwei große Fenster in der Wand, die mit Gitterstäben und Metallrahmen geschützt sind. Dies sind die Fenster der Küche. Oberhalb der zweiten Treppenstufe befindet sich ein mit Brettern vernageltes Fenster. Am Fuß der Treppe stehen zwei Mülleimer und ein Karton mit Müll, unter anderem zerbrochene Whiskyflaschen. Auf gleicher Höhe mit dem Bürgersteig befindet sich eine solide Eisentür, die zum Gang in das Kellergeschoß führt und sich in der Mitte öffnen läßt. Über dieser Eisentür ist eine Tür aus dickem Drahtgeflecht. Diese Tür schützt die innere Holztür, die ins Kellergeschoß führt. Das Wetter war klar und warm.

INVESTIGATOR (Type and Sign Name) | SERGEANT | LIEUTENANT

Alonzo Kramer | *Zachary Hobbs* |
Alonzo Kramer #967 | Zachary Hobbs # 396

75–49 (Rev 3/63) DETECTIVE DIVISION

INVESTIGATION REPORT | PHILADELPHIA POLICE DEPARTMENT

Yr | C.C.# | DIST | COMPL.# | INITIAL(49) | | DIST/UNIT PREPARING |
REPORT DATE | SUPPLEMENTAL |
CLASSIFICATION | CODE | CONTINUATION

PREVIOUS CLASSIFICATION | CODE | DATE AND TIME | PLACE OF OCCURRENCE

COMPLAINANT | AGE | RACE | ADDRESS | PHONE | TYPE OF PREMISES

DATE AND TIME REPORTED | REPORTED BY | ADDRESS

FOUNDED ❐ YES ❐ NO ARREST ❐ CLEARED ❐ EXCEPTIONALLY CLEARED

STOLEN | ❐ CURRENCY, BONDS, ETC. ❐ FURS ❐ AUTOS | RECOVERED VALUE
PROPERTY | ❐ JEWELRY, PRECIOUS METALS ❐ CLOTHING ❐ MISC |
INSURED ❐ YES ❐ NO

DETAILS

4. Beschreibung der inneren Örtlichkeiten

Der Eingang zur Market Street 1908 führt durch eine große Glastür, die sich nach außen nach Norden und Westen öffnet. Drinnen, ungefähr ein Meter südlich, befindet sich ein großes Gitterwerk, an dem man sich nach rechts wenden muß. Dies ist der Bereich der Bar, und die Bar steht zur Rechten. Die Bar ist ungefähr 7 Meter lang von Norden nach Süden und etwa 2,50 Meter breit von Osten nach Westen. Das Gebäude ist an dieser Stelle 4,30 Meter breit von Ost nach West und 8,50 Meter lang von Nord nach Süd.

Vor der Bar stehen Barhocker, und an der Westwand, beginnend von dem Gitterwerk, befinden sich ein Zigarettenautomat, eine Musikbox und zwei Nischen mit Tischen mit jeweils zwei Sitzen.

Nördlich des Barbereichs gibt es ein Restaurant. An dieser Stelle ist der Raum nur 3,70 Meter breit von Ost nach West und 14,50 Meter lang von Nord nach Süd. An der Westwand des Restaurantbereichs gibt es sechs Nischen mit Tischen für jeweils vier Personen. Nördlich der letzten Nische steht ein Klavier.

Entlang der Ostwand befindet sich ein Sitzbereich. Eine Bank ist so verwinkelt, daß vier Tische davor aufgestellt sind, die voneinander abgeschirmt sind. An jedem Tisch stehen zwei Stühle.

Westlich dieser Bank steht ein Serviertisch. Es folgen ein großer Blumenkübel mit künstlichen Blumen, dann eine Treppe mit

INVESTIGATOR (Type and Sign Name) | SERGEANT | LIEUTENANT

Alonzo Kramer | *Zachary Hobbs* |
Alonzo Kramer #967 | Zachary Hobbs # 396

75-49 (Rev 3/63) DETECTIVE DIVISION

INVESTIGATION REPORT PHILADELPHIA POLICE DEPARTMENT

Yr | C.C.# | DIST | COMPL.# | INITIAL(49) | | DIST/UNIT |
REPORT DATE SUPPLEMENTAL | PREPARING
CLASSIFICATION | CODE | CONTINUATION

PREVIOUS CLASSIFICATION CODE | DATE AND TIME | PLACE OF OCCURRENCE

COMPLAINANT | AGE | RACE | ADDRESS | PHONE | TYPE OF PREMISES

DATE AND TIME REPORTED | REPORTED BY | ADDRESS

FOUNDED ❒ YES ❒ NO ARREST ❒ CLEARED ❒ EXCEPTIONALLY CLEARED

STOLEN | ❒CURRENCY, BONDS, ETC. ❒ FURS ❒ AUTOS | RECOVERED VALUE
PROPERTY | ❒ JEWELRY, PRECIOUS METALS ❒CLOTHING ❒ MISC |
INSURED ❒YES ❒NO

DETAILS

11sechs Stufen, die zu einem anderen Speiseraum führt. Diese Treppe ist 1,20 Meter breit. Ein eisernes Geländer verläuft am Westrand der Treppe. Auf dem oberen Treppenabsatz führt das eiserne Geländer weiter bis zur westlichen Wand. Vor dem Eisengeländer ist ein Gitterwerk, das bis zur Decke reicht. Das Gitterwerk ersetzt eine Wand und hat eine Öffnung, die den Zutritt in den hinteren Speiseraum erlaubt.

Im hinteren Speiseraum, beginnend von der Treppe, befinden sich an der Ostwand von Süden nach Norden ein Heizkörper, ein Garderobenständer und eine große Klimaanlage, die in die Wand eingebaut ist. Es folgen zwei Tische mit jeweils vier Plätzen. Nördlich der Tische gibt es eine Trennwand, die etwa 1,20 Meter aus der Ostwand ragt und dann in einem 90°-Winkel weitere 1,20 Meter nordwärts führt. Dies ist der Eingang zu den Toiletten. Das Gebäude erstreckt sich an dieser Stelle ungefähr 1,20 Meter weiter nach Osten. In dieser Verlängerung befinden sich die Damentoilette im Süden und die Herrentoilette im Norden.

Nördlich des Gitterwerks, das den hinteren Speiseraum von dem unteren Speiseraum trennt, gibt es zwei offene Kästen mit Gläsern, Geschirr, Tischdecken etc. In der Ecke steht ein Tisch mit einer Kaffeemaschine. An der Westwand stehen von Süden nach Norden fünf Tische mit Stühlen, jeder Tisch für vier Personen. Es folgt ein Tisch für zwei Personen. Der erste Tisch nördlich des Gitterwerks enthält zwei Plastikbehälter mit schmutzigem Geschirr, Gläsern etc.

INVESTIGATOR (Type and Sign Name) | SERGEANT | LIEUTENANT

Alonzo Kramer | *Zachary Hobbs* |
Alonzo Kramer #967 | Zachary Hobbs # 396

75-49 (Rev 3/63) DETECTIVE DIVISION

INVESTIGATION REPORT — PHILADELPHIA POLICE DEPARTMENT

Yr | C.C.# | DIST | COMPL.# | INITIAL(49) | | DIST/UNIT |
REPORT DATE SUPPLEMENTAL | PREPARING
CLASSIFICATION | CODE | CONTINUATION

PREVIOUS CLASSIFICATION | CODE | DATE AND TIME | PLACE OF OCCURRENCE

COMPLAINANT | AGE | RACE | ADDRESS | PHONE | TYPE OF PREMISES

DATE AND TIME REPORTED | REPORTED BY | ADDRESS

FOUNDED ❑ YES ❑ NO ARREST ❑ CLEARED ❑ EXCEPTIONALLY CLEARED

STOLEN PROPERTY | ❑ CURRENCY, BONDS, ETC. ❑ FURS ❑ AUTOS | RECOVERED VALUE
| ❑ JEWELRY, PRECIOUS METALS ❑ CLOTHING ❑ MISC |
INSURED ❑ YES ❑ NO

DETAILS

Alle anderen Tische sind mit weißen Tischtüchern bedeckt, und der Boden ist mit neuem grünem Teppichboden ausgelegt. Ungefähr 1,85 Meter nördlich des letzten Tischs gibt es einen Eingang zu einem Flur, der ungefähr einen Meter breit ist. Der Gang führt zum Hinterausgang des Gebäudes. Die Gesamtlänge dieses Gangs beträgt ungefähr 12,20 Meter und die Breite 1,22 Meter. Durch eine Türöffnung gibt es Zugang zur Küche, die ungefähr 7,60 Meter von der Hintertür entfernt ist.

Der Hinterausgang ist durch zwei Türen gesichert. Die innere Tür ist aus Holz und läßt sich von rechts nach links und nach innen öffnen. Sie hat oben und unten einen Riegel, ist jedoch nicht verriegelt. Die äußere Tür besteht aus einem dicken Drahtgitter und hat einen Eisenrahmen. Die Tür läßt sich von rechts nach links nach außen öffnen und hat zwei Vorhängeschlösser, die offen waren. Die Vorhängeschlösser waren in der Haspe oben und unten im Türrahmen.

Vom hinteren Servicebereich des hinteren Speiseraums führt eine große Doppeltür in die Küche. Eine Wand von ungefähr 4,60 Meter Länge führt westwärts, und davor stehen vier Regale. Am Ende dieser Wand und ungefähr ein Meter westwärts befindet sich ein Zugang zum Flur, der zum Hinterausgang führt. Die Wand führt westwärts zur Ludlow Street. Die Treppe zum Kellergeschoß befindet sich zwischen der Wand des Flurs und der Küchenwand mit den Regalen.

INVESTIGATOR (Type and Sign Name) | SERGEANT | LIEUTENANT

Alonzo Kramer | *Zachary Hobbs* |
Alonzo Kramer #967 | Zachary Hobbs # 396

75–49 (Rev 3/63) DETECTIVE DIVISION

INVESTIGATION REPORT PHILADELPHIA POLICE DEPARTMENT

Yr | C.C.# | DIST | COMPL.# | INITIAL(49) | | DIST/UNIT |
REPORT DATE SUPPLEMENTAL | PREPARING
CLASSIFICATION | CODE | CONTINUATION

PREVIOUS CLASSIFICATION CODE | DATE AND TIME | PLACE OF OCCURRENCE

COMPLAINANT | AGE | RACE | ADDRESS | PHONE | TYPE OF PREMISES

DATE AND TIME REPORTED | REPORTED BY | ADDRESS

FOUNDED ❐ YES ❐ NO ARREST ❐ CLEARED ❐ EXCEPTIONALLY CLEARED

STOLEN | ❐ CURRENCY, BONDS, ETC. ❐ FURS ❐ AUTOS | RECOVERED VALUE
PROPERTY | ❐ JEWELRY, PRECIOUS METALS ❐ CLOTHING ❐ MISC |
INSURED ❐ YES ❐ NO

DETAILS

An der Ostseite der Küche ist ein Spülbereich, abgetrennt von einer dünnen Wand, und dann beginnt der Lebensmittel- und Zubereitungsbereich. Die Herde befinden sich an der Nordwand hinten im Gebäude.

Eine Treppe mit 14 Stufen führt von der Küche zum Kellergeschoß. Sie verläuft von Nord nach Süd, und eine Tür, die sich von links nach rechts öffnen läßt, führt zu dieser Treppe.

In der Nordwand des Kellergeschosses nahe der östlichen Ecke ist eine Holztür, die zu einem Schacht unter dem Bürgersteig der Gasse führt, die von der Ludlow Street abzweigt. Dieser Schacht ist ungefähr 1,20 Meter tief und ebenso breit und lang. Der Schacht ist bedeckt mit zwei Eisentüren, die auf gleicher Höhe mit dem Bürgersteig sind.

Diese Eisentüren lassen sich vom Schacht aus in der Mitte öffnen. Sie sind mit einem Riegel gesichert, der sich an der Unterseite der westlichen Eisentür befindet. Dieser eiserne Riegel war nicht vorgeschoben.

Die hintere Kellertür wird ebenfalls mit einer Tür aus dickem Drahtgitter gesichert, die den oberen Teil der hölzernen Innentür schützt. Diese Metalltür wird mit einem Vorhängeschloß gesichert, das abgeschlossen war.

Die Holztür öffnet sich ins Kellergeschoß von links nach rechts. Diese Tür ist mit einem Schnappschloß versehen. Es wurde festgestellt, daß dieses Schloß leicht aufgeschnappt und nicht sicher geschlossen werden kann.

INVESTIGATOR (Type and Sign Name) | SERGEANT | LIEUTENANT

Alonzo Kramer | *Zachary Hobbs* |
Alonzo Kramer #967 | Zachary Hobbs # 396

75–49 (Rev 3/63) DETECTIVE DIVISION

INVESTIGATION REPORT **PHILADELPHIA POLICE DEPARTMENT**

Yr | C.C.# | DIST | COMPL.# | INITIAL(49) | | DIST/UNIT |
REPORT DATE SUPPLEMENTAL | PREPARING
CLASSIFICATION | CODE | CONTINUATION

PREVIOUS CLASSIFICATION CODE | DATE AND TIME | PLACE OF OCCURRENCE

COMPLAINANT | AGE | RACE | ADDRESS | PHONE | TYPE OF PREMISES

DATE AND TIME REPORTED | REPORTED BY | ADDRESS

FOUNDED ❐ YES ❐ NO ARREST ❐ CLEARED ❐ EXCEPTIONALLY CLEARED

STOLEN | ❐ CURRENCY, BONDS, ETC. ❐ FURS ❐ AUTOS | RECOVERED VALUE
PROPERTY | ❐ JEWELRY, PRECIOUS METALS ❐ CLOTHING ❐ MISC |
INSURED ❐ YES ❐ NO

DETAILS

Es wurde festgestellt, daß ein Kantholz von ungefähr einem Meter Länge an der Nordwand westlich der Holztür lehnte. Dieses Kantholz wird benutzt, um es unter den Knauf der Holztür zu schieben, um zu verhindern, daß die Tür von außen geöffnet werden kann.

Von der Nordwand gibt es südwärts eine Reihe von Kisten und Gerümpel. Die letzte Stufe der Treppe, die in den Keller führt, ist ungefähr 8 Meter südlich der Nordwand. Von der Nordwand des Kellergeschosses bis zur Nordwand des Büros beträgt die Distanz 10,30 Meter.

An der Außenseite der Nordwand des Büros sind Regale zur Lagerung. Südlich der Treppe, an der Westwand, steht ein Kühlschrank. Es folgen ein offener Lagerbereich, eine Eismaschine und ein Lagerraum, der von den Angestellten zum Umziehen benutzt wird.

Das Büro im Kellergeschoß befindet sich an der Ostwand, hat außen Pfosten und ist innen mit Blech verkleidet. Die Nordwand des Büros ist 2,15 m breit von Osten nach Westen, und die Südwand ist 3,10 m breit von Ost nach West. Das Büro ist 5,50 m lang von Nord nach Süd, und die Westwand ist abgesetzt, so daß sie am Südende breiter ist.

Das Büro kann durch eine Tür betreten werden, die sich 1,38 m südlich der Nordwand befindet. Die Tür öffnet sich ins Büro von rechts nach links. Im Büro an der Westwand befinden sich zwei Regale hinter der offenen Tür. Südlich des Eingangs, wo die West

INVESTIGATOR (Type and Sign Name) | SERGEANT | LIEUTENANT

Alonzo Kramer | *Zachary Hobbs* |
Alonzo Kramer #967 | Zachary Hobbs # 396

75-49 (Rev 3/63) DETECTIVE DIVISION

INVESTIGATION REPORT — PHILADELPHIA POLICE DEPARTMENT

Yr | C.C.# | DIST | COMPL.# | INITIAL(49) | | DIST/UNIT |
REPORT DATE SUPPLEMENTAL | PREPARING
CLASSIFICATION | CODE | CONTINUATION

PREVIOUS CLASSIFICATION CODE | DATE AND TIME | PLACE OF OCCURRENCE

COMPLAINANT | AGE | RACE | ADDRESS | PHONE | TYPE OF PREMISES

DATE AND TIME REPORTED | REPORTED BY | ADDRESS

FOUNDED ❒ YES ❒ NO ARREST ❒ CLEARED ❒ EXCEPTIONALLY CLEARED

STOLEN | ❒CURRENCY, BONDS, ETC. ❒ FURS ❒. AUTOS | RECOVERED VALUE
PROPERTY | ❒ JEWELRY, PRECIOUS METALS ❒CLOTHING ❒ MISC |
INSURED ❒YES ❒NO

DETAILS

wand verlängert ist, gibt es Regale für Spirituosen, die in zwei Abteilungen geteilt sind und ein Sortiment von Spirituosen und Weinflaschen enthalten. Als nächstes kommen vier Aktenschränke, eine Kiste, dann in der südwestlichen Ecke ein Stuhl mit einem Karton darauf. Unter dem ersten Regal beim Eingang befindet sich ein Safe, der offenstand.

An der Nordwand ist eine Garderobe, und in der Nordostecke ist ein rundes Brett auf einem Milchkarton, das als Tisch genutzt wird. An der Ostwand stehen südwärts ein Sofa und ein Sessel und dann ein Schreibtisch. An der Wand hinter dem Sessel war ein großer Fleck, anscheinend Blut. An der Ostwand in der südöstlichen Ecke befand sich ein Münzfernsprecher. Die Südwand hat oben einen Belüftungsschacht, der als Fenster dient. Zwischen der Südwand und dem Schreibtisch stand ein Schreibtischsessel.

Der Safe, dessen Tür von links nach rechts geöffnet wird, stand offen. Im Safe befanden sich mehrere Rollen Münzgeld, allerlei Papiere und eine leere Schachtel für einen Colt Cobra Revolver. Vor dem Safe, auf dem Boden, stand eine Kassette, die Geld und Papiere enthielt. Am Fuß dieser Metallkassette waren Flecken, anscheinend Blut.

Neben der Metallkassette stand ein leerer Karton mit geöffnetem Deckel. Vor der Metallkassette und dem Karton, ungefähr 45 cm östlich davon, war ein Gebiet von verspritztem Blut.

INVESTIGATOR (Type and Sign Name) | SERGEANT | LIEUTENANT

Alonzo Kramer | *Zachary Hobbs* |
Alonzo Kramer #967 | Zachary Hobbs # 396

75–49 (Rev 3/63) DETECTIVE DIVISION

INVESTIGATION REPORT | **PHILADELPHIA POLICE DEPARTMENT**

Yr | C.C.# | DIST | COMPL.# | INITIAL(49) | | DIST/UNIT |
REPORT DATE SUPPLEMENTAL | PREPARING
CLASSIFICATION | CODE | CONTINUATION

PREVIOUS CLASSIFICATION CODE | DATE AND TIME | PLACE OF OCCURRENCE

COMPLAINANT | AGE | RACE | ADDRESS | PHONE | TYPE OF PREMISES

DATE AND TIME REPORTED | REPORTED BY | ADDRESS

FOUNDED ❐ YES ❐ NO ARREST ❐ CLEARED ❐ EXCEPTIONALLY CLEARED

STOLEN PROPERTY | ❐ CURRENCY, BONDS, ETC. ❐ FURS ❐ AUTOS | RECOVERED VALUE
❐ JEWELRY, PRECIOUS METALS ❐ CLOTHING ❐ MISC
INSURED ❐ YES ❐ NO

DETAILS

5. Leiche:

Alicia Atchison – Das aufgefundene Opfer lag ausgestreckt im Sessel an der Ostwand zwischen Schreibtisch und Sofa. Die Frau befand sich ausgestreckt mit Körper und Beinen nach Westen, und ihr Kopf war ostwärts und nach oben gerichtet. Ihr Gesicht war völlig mit Blut bedeckt. Beide Arme hingen herab. Sie trug einen weißen Sweater, der aufgeknöpft war, ein dunkelblaues Kleid, Nylonstrümpfe, keinen Schuh am rechten Fuß. Ein weißer Schuh war an ihrem linken Fuß, und unter dem linken Fuß befand sich ein weißer Schuh, der offenbar von diesem Opfer stammt. Ihre Kleidung, Arme, Beine und Schuhe waren mit Blut gesprenkelt. Direkt unter ihr auf dem Boden war eine extrem große Blutlache.

Anthony J. Marcuzzi – Das aufgefundene Opfer lag auf dem Boden auf der linken Seite. Die Beine wiesen nach Nordwesten und sein Kopf nach Südosten mit Blick nach Westen. Sein Rücken lehnte an dem Sofa, und sein Kopf befand sich direkt unter der Leiche von Alicia Atchison. Er lag in einer extrem großen Blutlache. Es war Blut an der rechten Seite des Gesichts im Bereich der Schläfe und des rechten Ohrs, Blut aus Nase und Mund, das an der linken Seite des Gesichts herabrann.

Sein linker Arm war unter dem Körper nach Nordwesten ausgestreckt, und sein rechter Arm war auf die Brust gepreßt. Er trug einen braunen Anzug, weißes Hemd, braune Krawatte und Socken und Schuhe.

INVESTIGATOR (Type and Sign Name) | SERGEANT | LIEUTENANT

Alonzo Kramer | *Zachary Hobbs* |
Alonzo Kramer #967 | Zachary Hobbs # 396

75–49 (Rev 3/63) DETECTIVE DIVISION

INVESTIGATION REPORT PHILADELPHIA POLICE DEPARTMENT

Yr | C.C.# | DIST | COMPL.# | INITIAL(49) | | DIST/UNIT |
REPORT DATE SUPPLEMENTAL | PREPARING
CLASSIFICATION | CODE | CONTINUATION

PREVIOUS CLASSIFICATION CODE | DATE AND TIME | PLACE OF OCCURRENCE

COMPLAINANT | AGE | RACE | ADDRESS | PHONE | TYPE OF PREMISES

DATE AND TIME REPORTED | REPORTED BY | ADDRESS

FOUNDED ❒ YES ❒ NO ARREST ❒ CLEARED ❒ EXCEPTIONALLY CLEARED

STOLEN | ❒CURRENCY, BONDS, ETC. ❒ FURS ❒ AUTOS | RECOVERED VALUE
PROPERTY | ❒ JEWELRY, PRECIOUS METALS ❒CLOTHING ❒ MISC |
INSURED ❒YES ❒NO

DETAILS

6. Kripo-Labor

(a) Anweisung: Am Samstag, dem 20. Mai 1975, wurden die Techniker Corsey Coy und Wilfred Doyle am Tatort von Sergeant Zachary Hobbs angewiesen, insgesamt 47 Fotos zu machen, außerdem eine Skizze des Tatorts anzufertigen, nach verborgenen Fingerabdrücken zu suchen und Beweisstücke am Tatort zu sichern.

(b) Verborgene Fingerabdrücke: Techniker Corsey Coy nahm überlappende und Teile von Fingerabdrücken vom Safe und von einer Flasche Seagrams VO, die auf dem Schreibtisch stand, beides im Büro.

Verborgene Fingerabdrücke wurden vom Stiel eines Glases genommen, das im Büro auf dem Schreibtisch stand, und von einem ebensolchen Glas, das auf der Bar gefunden wurde. Diese Fingerabdrücke wurden von Corsey Coy und David Dennison mit positiven Resultaten überprüft, beide erwiesen sich als Fingerabdrücke von Anthony J. Marcuzzi.

(c) Anweisung: Am Samstag, dem 20. Mai 1975, wurden die Techniker Harry Withjack und David Dennison angewiesen, am Tatort zu assistieren und eine Skizze anzufertigen und nach Beweismaterial zu suchen.

INVESTIGATOR (Type and Sign Name) | SERGEANT | LIEUTENANT

Alonzo Kramer | *Zachary Hobbs* |
Alonzo Kramer #967 | Zachary Hobbs # 396

75–49 (Rev 3/63) DETECTIVE DIVISION

Als Detective Wally Milham die Tür zum Red Robin Diner an der Ecke Frankford und Levick aufstieß, war das Restaurant fast leer, und fast fünfzehn Sekunden lang, die ihm viel länger vorkamen, konnte er Helene Kellog nicht finden. Doch dann sah er sie, in einer Nische auf halbem Weg zur Theke. Sie saß an einem Tisch und starrte in eine Kaffeetasse.

Sie trug ein Kopftuch und einen Regenmantel.

Milham ging schnell zu der Nische und setzte sich auf die Sitzbank gegenüber von Helene.

»Hallo«, sagte er.

Sie blickte auf und lächelte schwach, sagte jedoch nichts, und als er ihre Hand berührte, zog Helene sie zurück.

»Erzähl mir genau, was passiert ist«, sagte er.

»Meine Mutter kam in mein Zimmer. Ich hatte das Klingeln des Telefons nicht gehört, es ist unten in der Halle. Und sie sagte mir, daß mich jemand am Telefon verlangt.«

»Wann war das?«

»Kurz bevor ich dich anrief.«

»Du warst im Bett?«

»Natürlich war ich im Bett. Es war … Gott, ich weiß es nicht. *Spät.* Natürlich war ich im Bett. Jeder war im Bett. Meine Mutter mußte aufstehen, um den Anruf entgegenzunehmen …«

»Reg dich nicht auf, Liebling«, sagte Milham sanft.

»Ich habe Angst, Wally.«

»Sag mir genau, was passiert ist.«

»Er sagte, er sagte: ›Halte deine …‹ Wally, er sagte: ›Halte deine verdammte Schnauze, du Nutte, oder es geht dir genauso wie deinem verdammten Mann.‹«

»Hurensohn«, sagte Milham. »Hast du die Stimme erkannt?«

Helene schüttelte den Kopf.

»Schatz, weißt du etwas – was dein Mann getan hat, etwas Schmutziges, von dem du mir nichts erzählt hast?«

»Nein. Aber, Wally, sie müssen wissen, daß ich zu Sergeant Washington gegangen bin.«

»Das hast du getan?«

»O Gott, das habe ich dir gar nicht gesagt.«

»Was hast du mir nicht gesagt?«

»Daß ich Sergeant Washington aufgesucht habe.«

»Nein, davon hast du nichts erzählt«, sagte Milham. »Was genau hast du Washington gesagt?«

»Daß die fünfte Abteilung vom Rauschgiftdezernat Dreck am Stecken hat, daß Jerry ein schmutziger Cop war und vermutlich von den anderen ermordet wurde.«

»Mein Gott!«

»Ich habe dir das verschwiegen, weil ich dich nicht hineinziehen wollte«, sagte Helene.

»Schatz, ich bin hineingezogen«, erwiderte Wally und fügte hinzu: »Du hast vermutlich recht. Jemand weiß, daß du mit Jason Washington geredet hast. Hast du ihn angerufen?«

»Nein, ich bin zu ihm gegangen.«

»Nun, jemand von der fünften Abteilung war bei der Special Operations und erkannte dich, oder jemand von der Special Operations erzählte es einem von der fünften Abteilung ...«

»Ich war bei ihm zu Hause«, sagte Helene. »Ich bin nicht zur Special Operations gegangen. Was bedeutet, daß er es der fünften Abteilung erzählt hat, wenn sie es weiß.«

Milham dachte darüber nach.

»Nein. Nicht Washington. Der ist in Ordnung. Er hat es keinem weitererzählt, es sei denn vielleicht der Abteilung für interne Angelegenheiten.«

»Was ändert das? Sie wissen es.«

»Was könntest du erzählen? Was befürchten sie?«

Helene zuckte hilflos mit den Schultern. »Ich weiß es nicht. Ich weiß nicht, was sie getan haben, ich weiß nur, daß es etwas Kriminelles war.«

»Dein Mann hat dir nie gesagt, woher das Geld kam?«

Helene schüttelte den Kopf.

»Wally, ich möchte nicht, daß sie meiner Mutter und meinem Vater etwas antun.«

»Das werden sie nicht. Das dümmste, was sie tun können, wäre der Versuch, dir etwas anzutun. Oder deinen Eltern. Die gesamte Polizei würde über sie herfallen.«

Helene schnaubte. »Sie wollen nicht ins Gefängnis; man kann nicht wissen, was sie tun werden.«

»Sie wollen dich nur einschüchtern, das ist alles. Ich wünschte, du hättest mir früher von der Sache erzählt. Ich hätte es Washington sagen können, und niemand hätte es jemals erfahren.«

»Ich sagte es schon, ich wollte dich nicht hineinziehen.«

»Und ich sagte dir, ich bin in alles verwickelt, was du tust«, erwiderte Milham. Er legte wieder eine Hand auf ihre, und diesmal ließ sie ihn gewähren.

Als er aufblickte, sah er, daß Tränen über ihre Wangen rannen.

»Schatz, nicht weinen. Ich kann es nicht ertragen, dich weinen zu sehen.«

»Wally, was soll ich tun?«

»Die Frage heißt, was werden *wir* tun. Verstehst du?«

»Okay. *Wir.*« Helene versuchte zu lächeln.

»Okay. Du gehst nicht zurück zu deiner Mutter. Das ist das eine.«

»Was wird sie sagen? Was soll ich ihr sagen?«

»Was hast du gesagt, als du das Elternhaus verlassen hast?«

»Ich sagte ihr, ich müßte irgendwohin und würde anrufen. Das gefiel ihr überhaupt nicht.«

»Okay. Du rufst sie an und sagst, du mußt für ein paar Tage fort und rufst wieder an.«

»Das wird ihr nicht gefallen.«

»Mensch, Schatz! Sie haben dort angerufen, weil sie wußten, daß du dort bist.«

Sie nickte und akzeptierte das widerstrebend.

»Wohin gehen wir?«

»Zu mir«, schlug er ohne viel Überzeugung vor.

»Das kann ich nicht, und das weißt du«, sagte Helene.

»Okay. Wir werden später darüber reden. Heute nacht fahren wir in ein Motel.«

»Nicht wir, Wally. Ich bin nicht in der Stimmung für so etwas.«

»Okay. Ich bringe dich in ein Motel. Du gehst schlafen. Ruhst dich aus. Ich werde mir etwas einfallen lassen.«

»Was?«

»Ich weiß es nicht. Irgend etwas«, sagte Wally. »Eines nach dem anderen.«

Sie sah ihn an und drückte seine Hand.

»Helene«, sagte Wally, »alles wird in Ordnung kommen. Du bist nicht allein.« Er drückte ihre Hand. »Ich liebe dich.«

Sie erwiderte seinen Händedruck. Er stand auf.

»Komm, laß uns von hier fortgehen.«

»Meinst du, sie sind mir vielleicht gefolgt?«

»Natürlich nicht«, sagte er.

Aber als sie zu seinem Wagen gingen, schaute er die Straße hinauf und hinab und vergewisserte sich, daß es nichts Verdächtiges gab, und als sie zum Sheraton Motel am Roosevelt Boulevard und der Grant Avenue fuhren, fuhr er dreimal um den Block, um absolut sicher zu sein, daß ihnen keiner folgte.

Es gefiel ihm nicht, sie allein zu lassen, aber er verstand, warum sie ihn nicht bei sich haben wollte, und er wußte, daß er sie nicht bedrängen konnte; sie würde annehmen, daß er nur darauf aus war, mit ihr zu schlafen.

Wally erhielt den Schlüssel vom Angestellten an der Rezeption, und das Grinsen des Mannes machte klar, was er dachte: daß sie eine schnelle Nummer machen wollten.

Er blieb vor der Tür des Motelzimmers stehen.

»Lies die Nummer vom Telefon ab, und ich werde dich am Morgen anrufen«, sagte Wally.

»Okay«, sagte sie. »Warte dort.«

Sie kehrte mit einem Streichholzbriefchen zurück, auf das sie die Telefonnummer geschrieben hatte.

»Ich rufe am Morgen an«, sagte er.

»Ja.«

Sie neigte sich zu ihm und küßte ihn auf die Wange.

»Danke, Wally.«

»Aaah. Ich rufe am Morgen an. Schließ die Tür ab und leg dich schlafen.«

»Ja.«

»Gute Nacht, Helene. Ich rufe am Morgen an.«

»Ja.«

Er war fast beim Wagen, als sie ihn rief.

»Wally?«

»Ja?«

Er kehrte zu ihr zurück.

»Wally, ich liebe dich auch«, sagte Helene.

»Ich weiß«, erwiderte er. »Aber danke dafür, daß du es gesagt hast.«

»Ich will nicht, daß du gehst«, sagte Helene.

Sie ergriff seine Hand und zog ihn ins Motelzimmer.

Matts Türklingel ertönte.

Er drückte auf den Knopf, um die Tür zu öffnen, und ging auf den oberen Treppenabsatz, um auf Amanda zu warten.

Auf der Treppe tauchte ein hünenhafter Sicherheitsmann von Rent- a-cop auf, den Matt nicht kannte.

»Verzeihen Sie die Störung, Mr. Payne, aber da ist eine junge Lady, die sagt, Sie erwarten sie.«

»So ist es«, sagte Matt und eilte die Treppe hinunter.

»Vielen Dank«, sagte er zu dem Ex-Cop, der für den Sicherheitsdienst arbeitete.

»Hallo«, sagte Amanda leise, ging schnell an ihm vorbei und die Treppe hinauf. Sie trug ein Kostüm mit einer weißen Bluse. Matt nahm den Duft von Seife wahr.

Er schloß die Tür vor der Nase des Sicherheitsmannes und folgte Amanda, wobei er den Blick gesenkt hielt, damit sie keinen Grund hatte, zu argwöhnen, er schaue ihr unter den Rock, während sie die Treppe hinaufstieg.

Sie wartete auf dem oberen Treppenabsatz auf ihn.

»Du weißt, was er dachte, nicht wahr?« fragte Amanda.

»Nein. Was dachte er?«

»Er dachte, ich bin ein Callgirl.«

»Sei nicht albern.«

»Ich bin nicht albern. Er machte eine entsprechende Andeutung im Aufzug. Und warum auch nicht? Wer sonst würde zu dieser Uhrzeit einen Junggesellen in seinem Apartment besuchen?«

»Eine Freundin«, sagte Matt.

»Gott, es tut mir leid, daß ich jemals davon angefangen habe!«

»Mir nicht.«

»Ich meinte es ernst, Matt, als ich sagte, ich komme als Freundin her.«

»Absolut. Ich weiß das.«

Ihre Blicke trafen sich, und dann schaute sie schnell weg.

»Weißt du, wie man einen Hamburger aufwärmt?« fragte Matt. »Ich habe den Kaffee in eine Thermoskanne geschüttet, um ihn warmzuhalten. Aber die Hamburger sind kalt.«

»Man legt den Hamburger in eine Bratpfanne«, sate Amanda. »Du hast doch eine?« Matt nickte. »Und – du sprachst von Pommes?« Matt nickte wieder. »Die tust du in den Backofen.«

»Selbigen habe ich auch«, sagte Matt.

»Gut. Zeig ihn mir.«

»Ich freue mich über deinen Besuch«, sagte Matt. »Danke.«

»Sofern du verstehst, warum ich zur dir gekommen bin«, entgegnete sie. »Okay?«

»Absolut. Das habe ich dir gesagt.«

Sie ging in die Küche. Er schaltete den Backofen ein und überreichte ihr eine Bratpfanne.

Als sie sich vorneigte, um die Pommes frites in den Backofen zu schieben, peilte er in ihre Bluse und sagte sich, daß er wirklich ein Hurensohn war.

Als sie sich aufrichtete, sah er am Ausdruck ihrer Augen, daß ihr sein Peilen in die Bluse nicht entgangen war.

Er wich zwei Schritte von ihr fort und lächelte verlegen.

»Wenn jemand erfährt, daß ich hergekommen bin«, sagte Amanda, »würde keiner Verständnis dafür haben.«

»Keiner wird es jemals erfahren«, sagte Matt. Er hielt drei Finger wie ein Pfadfinder zum Gruß hoch. »Pfadfinderehrenwort.«

»O Gott«, stöhnte Amanda.

»Blöder Scherz«, sagte er. »Entschuldige.«

»Und sie hätten natürlich recht«, sagte Amanda. »O verdammt! ›Wer A sagt, muß auch – *o Gott!* – B sagen.‹«

»Wie bitte?«

»Weißt du, was meine Reaktion war, als ich hörte, daß Penny tot ist?«

»Nein.«

»Ich dachte: Gott sei Dank. Sie wird Matt aussaugen und sein Leben ruinieren.« Sie musterte seine Miene und stöhnte auf. »O Gott, das hätte ich dir nicht sagen sollen!«

»Bist du nicht hergekommen, um mir das zu sagen? Amanda, das ist wirklich – anständig – von dir. Und mutig. Jeder andere hätte sich gesagt, das geht mir auf die Eier.«

»Auf die Eier?« wiederholte sie mit sanftem Spott.

»Es würde mich verärgern«, sagte er. »Aber du bist nicht die einzige Person, die so gedacht hat. Penny ... Penny genoß offenbar nicht die allgemeine Billigung meiner Freunde. Ein halbes Dutzend Leute sagte mir in Andeutungen genau das, was du soeben ausgesprochen hast.«

»Deshalb bin ich nicht hergekommen«, sagte Amanda. »Ich wollte bei dir sein.«

»Du bist eine gute Freundin«, sagte Matt.

Sie blickte fort und sah ihm dann wieder in die Augen.

»Das vielleicht auch«, sagte Amanda leise.

»Mensch, Amanda.«

»Ist das so eine Überraschung für dich? Soll ich mich noch lächerlicher machen?«

Er legte eine Hand auf ihre Wange.

Amanda drehte den Kopf zur Seite.

»Hab um Gottes willen kein Mitleid mit mir«, sagte sie.

»Ich frage mich, was geschehen würde, wenn ich dich in die Arme nehme.«

Sie drehte langsam den Kopf zu ihm.

»Warum versuchst du es nicht und findest es heraus?« fragte sie dann.

17

Matt Payne rollte sich über das Bett, nahm den Hörer vom Telefon auf dem Nachttisch und schnarrte »Hallo?«

»Guten Morgen«, sagte Amanda Spencer und lachte. »Ich dachte, du würdest in besserer Stimmung sein, als du klingst.«

Matt, immer noch schlaftrunken, starrte verwirrt aufs Bett, auf dem eigentlich Amanda neben ihm liegen sollte. Aber er war offensichtlich allein im Bett.

»Wo bist du?«

»13th Street Station«, sagte Amanda.

»Warum?«

»Hier muß man hin, wenn man in einen Zug steigen will.«

»Allmächtiger!«

»Ich habe einen Job, Matt.«

»Ruf an und sag, du wärst von einem Truck plattgewalzt worden.«

»So ähnlich war es auch, nicht wahr? Wie fühlst du dich heute morgen?«

»Im Augenblick einsam.«

Sie lachte wieder.

»Ruf mich nicht an, Matt. Ich werde dich anrufen.«

»Habe ich etwas falsch gemacht?«

»Wir haben jetzt das, was man als das kalte, grausame Licht des Tages bezeichnet«, sagte Amanda. »Ich brauche etwas Zeit zum Denken.«

»Reue am Morgen danach?«

»Ich sagte, ich brauche Zeit zum Denken. Aber ich bereue nichts.«

»Ich auch nicht«, sagte Matt.

Er war jetzt hellwach. Er nahm seine Armbanduhr vom Nachttisch. Es war zehn nach acht.

»Du hättest etwas sagen können«, sagte er ein wenig gereizt.

»Ich sage es jetzt«, erwiderte Amanda. »Ich habe einen Job. Ich muß zur Arbeit, und ich brauche Zeit zum Denken.«

»Verdammt!«

»Wenn du dich dadurch besser fühlst, sage ich dir, daß ich wirklich nicht fort wollte. Aber es war das vernünftigste.«

»Scheiß auf das vernünftigste.«

»Hast du irgendwelche Gewissensbisse am Morgen danach?«

»Ich stehe noch unter Schock, aber ich habe keine Gewissensbisse.«

»Wir beide verloren in der Nacht ein bißchen die Kontrolle über uns und ließen uns gehen.«

»Ist daran etwas auszusetzen?«

»Das ist es, worüber ich nachdenken will«, sagte Amanda. »Ich werde dich anrufen, Matt. Ruf nicht bei mir an.«

Es klickte, und die Leitung war tot.
»Verdammt!«

»Drücken Sie auf den verdammten Knopf, Matt«, sprach Inspector Peter Wohl in die Gegensprechanlage neben Detective Paynes Türklingel. »Der Sicherheitsmann sagte mir, daß Sie oben sind.«

Einen Augenblick später summte es, und Wohl schob die Tür auf und stieg die schmale Treppe zu Matts Wohnung hinauf.

»Ich wußte nicht, wer es ist«, sagte Matt vom oberen Treppenabsatz. Er trug eine Khakihose, ein graues Sweatshirt mit dem Aufdruck ›University of Pennsylvania‹, und er kam offensichtlich frisch vom Duschen.

Er sieht noch sehr schläfrig aus, dachte Peter Wohl. *Vermutlich spürt er noch die Wirkung der Pille, die Amy ihm gegeben hat.*

»Was haben Sie vor?«

»Ich wollte gerade ausgehen und frühstücken.«

»Nicht nötig«, sagte Wohl und überreichte ihm eine große Tragetüte. »Keiner kann behaupten, ich kümmere mich nicht um meine Mitarbeiter.«

Matt schnüffelte.

»Riecht prima. Was ist es?«

»Western Omelette, Bagels, Orangensaft und Kaffee.«

»Danke, Peter«, sagte Matt.

»Ich dachte, Sie liegen noch im Bett«, sagte Wohl.

»Wie?«

»Amy sagte, die Pille, die sie Ihnen gab ...« Wohl verstummte. Er war Matt in die Küche gefolgt und hatte den Stapel Formulare 75-49 gesehen. »Was ist denn das?«

»75-49er über den Fall Inferno«, sagte Matt. »Milham hat mich angewiesen, sie zu lesen.«

»Wann haben Sie Milham gesehen?«

»In der Nacht. Das heißt am frühen Morgen. Ich fuhr rüber und ...«

»Sie haben Amys Pille nicht genommen?« sagte Wohl, und es war mehr Feststellung als Frage.

»Stimmt«, bekannte Matt. »Ich hatte hier etwas getrunken, und dann hielt ich es für eine gute Idee, zum Polizeiklub zu fahren, um in der Bar noch einen zu heben, aber ich entschied mich anders und fuhr zur Mordkommission.«

»Warum?« fragte Wohl ärgerlich.

»Zu diesem Zeitpunkt hielt ich es für eine gute Idee«, sagte Matt.

Wohl zog eine Aktennotiz aus der Innentasche seines Jacketts und gab sie Matt.

»Ich kam unter anderem her, um Ihnen das zu zeigen. Ich nehme an, Sie haben es bereits gesehen.«

Matt blickte auf die Aktennotiz.

»Ja. Milham hatte eine Kopie.«

»Lowenstein hat mir eine geschickt«, sagte Wohl, nahm die Aktennotiz zurück und zerknüllte sie. Er sah sich um, erinnerte sich, daß der Mülleimer unter dem Spülstein stand, ging hin und warf die zerknüllte Aktennotiz hinein.

»Aus irgendeinem Grund bin ich nicht böse auf Sie«, sagte Wohl. »Ich denke, ich sollte es sein.«

»Ich wollte die verdammte Pille nicht«, erwiderte Matt.

»Das verstehe ich. Aber Sie hätten nicht zur Mordkommission fahren sollen, bevor ich Sie hinschicke.«

»Entschuldigung«, sagte Matt.

»Ah, ich hätte es vermutlich auch getan.« Wohl wies auf die Einkaufstüte. »Packen Sie die Omeletts aus.«

»Lieutenant Natali war sehr nett zu mir«, sagte Matt.

»Natali ist ein netter Kerl«, sagte Wohl. »Wo sind die Tassen? Ich hasse es, Kaffee aus Pappbechern zu trinken.«

»Im Schrank.«

»Ist wirklich alles in Ordnung mit Ihnen? Amy meint, Sie stehen noch unter einem sogenannten ›Trauer-Schock‹ oder so.«

»Amy ist ein nettes Mädchen«, sagte Matt mit leichtem Spott. »Aber ich bin in einer Verfassung, die man als ›was bist du doch für ein Hurensohn, Matt Payne‹ bezeichnen könnte.«

»Ich sagte es schon, was Penny sich selbst antat, war nicht Ihre Schuld.«

»Jemand besuchte mich in der vergangenen Nacht«, sagte Matt. »Um mich in meinem sogenannten Trauer-Schock zu trösten.«

»Ich entnehme Ihrem Tonfall, daß dieser Jemand weiblich ist. Und?«

»Sie tröstete mich«, sagte Matt.

Wohl schaute ihn an, wie um sich zu vergewissern, daß er richtig ausgelegt hatte, was Matt gesagt hatte.

»Wer?«

»Das möchte ich Ihnen nicht sagen.«

»Der nette Typ Mädchen oder der andere?«

»Ein sehr nettes Mädchen.«

»Gut für Sie«, sagte Wohl. »Aber ich würde es Amy nicht erzählen.«

»Ich habe versucht, in Schuldgefühlen zu schwelgen, aber es gelingt mir anscheinend nicht.«

»Was ist für das Mädchen drin?«

»Ich finde sie nur nett und mag sie. Vielleicht ein bißchen mehr.«

»Die von New York. Amanda oder so?«

»Allmächtiger!«

»Ich habe bemerkt, wie diese Amanda Sie bei Martha Peebles' Party angehimmelt hat.«

»Dort habe ich sie gar nicht gesehen.«

»Ich wiederhole: gut für Sie, Matt. Keine Gewissensbisse.«

Die Türklingel schlug an.

Matt blickte überrascht auf.

»Ich wette, das ist Detective McFadden«, sagte Wohl. »Er ist hier, um Sie in ihrem Trauer-Schock zu trösten, und er hat den strikten Befehl, Sie vom Saufen abzuhalten.«

»Sie kümmern sich wirklich um mich, nicht wahr?« fragte Matt.

»Jemand muß das, oder Sie klettern wie ein Orang-Utan auf einem Sims herum.«

»Danke, Peter«, sagte Matt, drückte auf den Türöffner und ging zur Treppe.

Der Besucher war nicht Detective McFadden, sondern Detective Milham.

»Sie sind hoffentlich auf?« fragte Milham. »Ich weiß, ich sagte zehn …«

»Ich frühstücke. Kommen Sie rauf.«

»Ich habe jemanden bei mir. Geht das in Ordnung?«

»Klar.«

Milham trat einen Schritt zur Seite, und eine Frau tauchte am Fuß der Treppe auf und stieg hinauf. Matt hatte die Frau noch nie gesehen, aber er ahnte, daß es die Witwe Kellog war.

»Ich weiß, daß wir stören«, sagte die Frau, als sie bei Matt war.

»Überhaupt nicht.«

»Ich bin Helene Kellog«, sagte sie.

»Matt Payne«, stellte sich Matt vor. »Guten Morgen. Kommen Sie bitte herein.«

Er führte sie in die Küche.

»Mrs. Kellog, dies ist Inspector Wohl.«

»O Gott«, sagte Helene.

»Guten Morgen, Mrs. Kellog«, sagte Wohl höflich und erhob sich.

Milham tauchte in der Küche auf.

Nicht zu sagen, wer von beiden unglücklicher über Wohls Anwesenheit ist, dachte Matt.

»Hallo, Wally«, grüßte Wohl. »Wie geht's?«

»Wally, wir sollten gehen«, sagte Helene.

»Ich hoffe, nicht meinetwegen«, bemerkte Wohl.

»Inspector …«, begann Milham und verstummte. Wohl sah ihn neugierig an. »Inspector, Mrs. Kellog erhielt in der vergangenen Nacht eine Morddrohung.«

»Hol dich der Teufel, Wally«, sagte Helene.

»Tatsächlich?« fragte Wohl. »Bitte nehmen Sie Platz, Mrs. Kellog. Ich hole Ihnen eine Tasse Kaffee.«

»Ich möchte nicht unhöflich sein, aber …«

»Helene, Schatz, wir können nicht so tun, als wäre es nicht geschehen.«

»Nehmen Sie bitte Platz«, wiederholte Wohl.

Sie setzte sich widerstrebend.

»Mrs. Kellog, Sie sind hier bei Freunden«, sagte Wohl.

Wieder klingelte jemand an der Tür.

»Das muß McFadden sein«, sagte Wohl. »Lassen Sie ihn herein, Matt?«

Es war McFadden, beladen mit einer großen Tüte aus braunem Packpapier.

»Ich bin bei McDonald's vorbeigefahren und habe Egg McMuffins gekauft«, sagte er und überreichte Matt die Tüte. »Ich dachte, du hast vielleicht noch nicht gefrühstückt.«

»Ich möchte wirklich gehen«, sagte Helene und erhob sich am Tisch.

»Wer ist das?« McFadden schaute Matt fragend an.

»Mrs. Kellog, dies ist Detective McFadden«, sagte Wohl. »Charley, das ist Mrs. Helene Kellog.«

»Bitte, Wally«, sagte Helene.

»Ich kann das nicht auf sich beruhen lassen, Mrs. Kellog«, sagte Wohl. »Wenn Sie eine Morddrohung erhalten haben, muß ich mehr darüber wissen. Wenn Sie es mir nicht sagen wollen, dann wird Wally es erzählen müssen.«

»Ich wußte, daß wir nicht hätten herkommen sollen«, sagte Helene, aber sie nahm resigniert wieder Platz.

»Wenigstens haben wir genug zu essen«, sagte Wohl. »Haben Sie schon gefrühstückt, Mrs. Kellog?«

»Nein«, antwortete sie leise.

»Nehmen Sie ein Egg McMuffin und eine Tasse Kaffee«, sagte Wohl. »Wally wird mir erzählen, was passiert ist, und dann können Sie seinen Bericht ergänzen.«

Milham wirkte wie hin und her gerissen zwischen Bedauern, daß er es Wohl sagen mußte, und Erleichterung.

»Helene rief mich in der Nacht im Rundhaus an«, sagte er. »Sie berichtete mir von einem Anruf.«

»Wo war sie?«

»Bei meiner Mutter«, antwortete Helene an Wallys Stelle. »Ich meine, ich wurde im Haus meiner Mutter angerufen. Ich rief Wally dann vom Red Robin Diner aus an.«

»Und was genau sagte der Anrufer?«

»Er sagte, wenn ich nicht den Mund halte, würde mir dasselbe passieren wie Jerry«, sagte Helene.

»Mit genau diesen Worten?«

»Er benutzte schmutzige Ausdrücke.«

»Die Stimme haben Sie nicht erkannt?«

Sie schüttelte den Kopf.

»Ich kann verstehen, warum Sie aufgeregt sind«, sagte Wohl.

»Aufgeregt? Ich habe Todesangst. Nicht nur um mich. Ich habe Angst um meine Eltern.«

»Nun, ich hatte auf der Zunge, daß Sie jetzt sicher sind. Wir sind Freunde, Mrs. Kellog. Meinen Sie, daß der Anrufer jemand von der fünften Abteilung des Rauschgiftdezernats war?«

»Natürlich. Wer sonst sollte es sein? Ich möchte nur wissen ...«

Wohl wartete einen Augenblick lang, und als sie nicht weitersprach, fragte er freundlich. »Was möchten Sie wissen?«

»Nichts, vergessen Sie's.«

»Sie möchte wissen, wie die verdammte fünfte Abteilung erfahren hat, daß sie mit Jason Washington gesprochen hat«, sagte Wally Milham. »Und das möchte ich ebenfalls wissen.«

»Ich auch«, sagte Wohl. »Wir werden es herausfinden. Und bis dahin, bis wir auf den Grund der Dinge kommen, werden Sie nicht allein sein, Mrs. Kellog. Sie wohnen zur Zeit bei Ihrer Mutter?«

»So war es. Jetzt wohne ich nicht mehr dort. Ich will nicht, daß meine Eltern in diese Sache hineingezogen werden.«

»Und wo werden Sie wohnen?«

»Helene hat in einem Motel übernachtet«, sagte Wally Milham.

»Das kann teuer werden«, dachte Wohl laut. »Können Sie nicht sonstwo unterkommen?«

Helene und Wally warfen sich einen hilflosen Blick zu.

»Sie kann hier bleiben«, hörte Matt sich sagen. Die anderen waren mehr verwirrt als überrascht. »Meine Mutter liegt mir schon seit Tagen in den Ohren, daß ich ein paar Tage zu Besuch komme.«

»Das kann ich nicht annehmen«, sagte Helene.

»Ich weiß, es ist nicht viel«, sagte Matt. »Aber wenn jemand Sie sucht, dann wird er das nicht hier tun. Und unten ist rund um die Uhr ein Sicherheitsbeamter von der Agentur. Die Wohnung stünde nur leer.«

»Mensch, Payne«, sagte Milham, »das ist sehr nett von Ihnen, aber ...«

»Warum nicht?« fragte Matt. »Was spricht dagegen?«

»Ich sagte schon, Sie sind hier unter Freunden, Mrs. Kellog«, warf Wohl ein. »Ich halte das für eine gute Idee.«

»Ich weiß nicht«, sagte Helene und begann zu schniefen.

»Du solltest das Angebot annehmen«, meinte Milham.

»Okay, abgemacht«, sagte Matt.

»Ich danke Ihnen sehr«, sagte Helene förmlich. »Nur für ein paar Tage.«

»Wally, Sie holen mit ihr die Sachen, die sie braucht, und kehren hierher zurück«, ordnete Wohl an.

»Jawohl«, sagte Milham und fügte hastig, als könnte Helene es sich anders überlegen, hinzu: »Komm, Schatz. Fahren wir.«

»Ich bin nicht hier, wenn Sie zurückkehren«, sagte Matt. »Ich werde den Schlüssel dem Sicherheitsmann geben.«

Helene schaute ihn an.

»Wally hat recht«, sagte sie. »Er sagt, Sie sind ein sehr netter Kerl.«

Als die Tür hinter ihnen zugefallen war, sagte Wohl: »Das war wirklich nett von Ihnen, Matt.«

»Sie können es sich nicht leisten, tagelang im Motel zu wohnen«, sagte Matt.

»Und Ihre Mutter wird angenehm überrascht sein, Sie daheim zu haben?« fragte Wohl spöttelnd. Er erhob sich, ging zum Telefon und wählte.

»Inspector Wohl für den Chief«, sagte er einen Augenblick später. Und dann: »Chief, ich habe versprochen, Sie zu informieren, wenn etwas Interessantes passiert. Die Witwe Kellog erhielt eine Morddrohung – ›halt den Mund, oder es geht dir wie deinem Mann‹ oder Worte in dieser Art, garniert mit Obszönitäten.«

Die empört klingende Stimme von Chief Inspector Lowenstein war in der ganzen Küche zu hören. »Das ist die Höhe! Wo ist sie?«

»Sie ist mit Detective Milham zusammen. Er holt mit ihr ein paar Sachen. Matt Payne hat ihr sein Apartment zum Wohnen angeboten.«

»Die Sache macht mich wirklich wütend«, sagte Lowenstein und fügte überflüssigerweise hinzu: »Die Morddrohung, meine ich. Das war nett von Payne. Was werden Sie unternehmen?«

»Ich werde sie beschützen lassen. Diskret.«

»Von Ihren Leuten?«

»Von meinen Leuten, aber weil sie rund um die Uhr beschützt werden muß, möchte ich mir einen von Ihren Leuten leihen, solange es dauert.«

»Wen?«

»McFadden. Es war hier, in Paynes Apartment, als das zur Sprache kam.«

»Kripo Nordwest? Dieser McFadden? Der den Kerl zur Streckte brachte, der an Dutch Moffitts Ermordung beteiligt war?«

»Dieser FcFadden.«

»Okay. Sie können ihn haben. Ich werde die Kripo Nordwest anrufen.«

»Danke. Und dann werde ich diese Sache Weisbach und

Washington übergeben. Ich möchte wissen, wer dem Rauschgiftdezernat erzählt hat, daß die Witwe Kellog mit Jason Washington gesprochen hat.«

»Wir können nicht mit Sicherheit sagen, daß sie das wissen«, wandte Lowenstein ein.

»Nein. Aber ich halte es für höchst wahrscheinlich.«

Lowenstein stieß einen Grunzlaut aus. Dann sagte er: »Peter, wenn Sie noch etwas brauchen, lassen Sie es mich wissen. Halten Sie mich auf dem laufenden. Und danke für den Anruf.«

»Jawohl, Sir. Danke.«

Wohl hängte den Hörer des Wandtelefons ein und lehnte sich gegen die Wand.

»Ich finde, es ist an der Zeit, daß wir ein wenig Psychologie betreiben«, sagte er. »Diese Frau hat schreckliche Angst. Ich denke, sie weiß mehr über schmutzige Dinge bei der fünften Abteilung, als sie jedem gesagt hat, einschließlich Milham, der im Augenblick der einzige Cop ist, dem sie wirklich vertraut. Sie vertraut Matt ein wenig, weil Milham ihn mag und weil er sein Apartment angeboten hat. Und sie hält Jason Washington für anständig, denn sonst wäre sie nicht zu ihm gegangen. So werden wir gemeinsam ein wenig Vertrauen aufbauen.«

Er nahm den Telefonhörer ab und wählte eine Nummer.

»Jason, ist Weisbach da?« fragte er, und als er eine verneinende Antwort erhielt, fügte er hinzu: »Versuchen Sie ihn zu erreichen, und bitten Sie ihn, sich mit mir sofort in Paynes Apartment zu treffen. Ich möchte Sie ebenfalls hier haben. Auch sofort.«

Sie konnten nicht hören, was Washington antwortete.

»Die Witwe Kellog erhielt in der vergangenen Nacht eine Morddrohung, sie soll den Mund halten, oder es geht ihr wie ihrem Mann. Matt bot ihr sein Apartment als Unterkunft an. Milham holt mit ihr soeben ein paar Kleidungsstücke ab. Wenn sie zurückkehren, will ich ihr das Gefühl geben, daß sie von Cops umgeben ist, denen sie vertrauen kann.«

Und wieder erwiderte Washington etwas, das die anderen nicht hören konnten.

»Na klar werden wir Babysitter spielen. Ich nehme diese Drohung sehr ernst. Wenn Sie herkommen, stellen Sie in ihrer Anwesenheit einen Dienstplan für ihre Beschützer auf, für alle außer Lewis dem Kleinen. Ich habe mir McFadden von Lowenstein ausgeliehen. Wenn Sie Martinez und den Kleinen finden, hätte ich sie gern ebenfalls hier. Wenn sie sieht, daß sie von Cops umgeben ist, möchte ich sie mit Ihnen und Weisbach allein lassen. Vielleicht gelingt es Ihnen, sie zum Reden zu bringen.«

Washington antwortete wiederum etwas für die anderen Unhörbares, und Wohl sagte: »Ja.«

Dann: »Jason, verbinden Sie mich mit Captain Pekach, ja?«

»David? Sind Sie in Uniform?«

Jetzt konnten Matt und Charley McFadden Pekachs Antwort hören. »Ja, bin ich.«

»Gut. Ich möchte, daß Sie in einem Wagen der Highway Patrol auf dem Bürgersteig vor Matt Paynes Apartment parken. In zwanzig Minuten. Sie kommen rauf. Und ich halte es für eine gute Idee, wenn ein zweiter Wagen der Highway Patrol dort parkt. Die Männer sollen aussteigen und auffallend auf dem Bürgersteig stehen. Ich erkläre Ihnen alles, wenn Sie hier sind.«

Er hängte den Hörer ein und wandte sich Matt und McFadden zu.

»In Mrs. Kellogs Anwesenheit werde ich den Leiter der Highway Patrol anweisen, mindestens jede halbe Stunde einen Wagen am Haus ihrer Eltern vorbeifahren zu lassen und jeden Wagen und alle Personen überprüfen zu lassen, die auch nur halbwegs verdächtig wirken.«

»Sie nehmen diese Drohung wirklich ernst, nicht wahr?« fragte Matt.

»Jemand hat ihren Mann erschossen«, erwiderte Wohl. »Wenn sie einmal morden …«

»Wenn jemand ihr Elternhaus beobachtet, werden sie das Vorbeifahren der Highway Patrol bemerken.«

»Gut, machen wir sie nervös«, sagte Wohl. Er kam auf einen anderen Gedanken. »Wenn ich mich frage, was Mrs. Kellog Washington erzählte, dann sollte mich ebenso interessieren, was sie Milham erzählt hat. Ich halte es für besser, Sie bleiben bei ihm, Matt, anstatt bei ihr Babysitter zu spielen.«

»Okay.«

»Ich denke, sie fühlt sich auch besser, wenn sie weiß, daß er nicht allein herumläuft. Frage: Sollte Milham hiersein oder nicht, wenn sie mit Washington redet?«

»Sie hört anscheinend auf ihn«, sagte McFadden.

»Ja«, stimmte Matt zu.

»Okay. Also halten Sie sich bereit, Matt, um loszuziehen, wenn ich es Ihnen sage. Nehmen Sie McFadden mit. Fahren Sie zur Mordkommission und lassen Sie ihn die 75-49er über Kellog lesen. Ich werde Quaire anrufen und das mit ihm arrangieren. Wenn sich etwas ergibt, das nach einer Verbindung mit dieser Sache aussieht, rufen Sie mich an.«

»In Ordnung.«

Als Matt nach dem Ankleiden mit einem kleinen Handkoffer, in den er seine Toilettensachen und ein Paar Ersatzschuhe gepackt hatte, in die Küche zurückkehrte, saß Charley McFadden am Tisch und las die Formulare mit den Ermittlungsberichten über den Fall Inferno. Wohl saß im Wohnzimmer und schrieb etwas in sein Notizbuch.

»Interessant«, sagte Charley. »Ich habe noch nie Formular 75-49 gesehen.«

»Das liegt daran, daß Gott dich nicht liebt«, sagte Matt.

McFadden sah ihn neugierig an.

»Wie geht es dir?« fragte er.

»Prima«, sagte Matt fröhlich, und sofort erinnerte er sich ärgerlich daran, daß er eigentlich tieftraurig sein sollte.

»Ja?« fragte Charley mißtrauisch. »Hast du etwas genommen? Wohl ...«, er korrigierte sich schnell, weil ihm einfiel, daß *Inspector* Wohl es im Wohnzimmer hören konnte,

»… Inspector Wohl sagte, deine Schwester hat dir eine Pille gegeben.«

Matt wollte das Thema Pille nicht vertiefen und Charley nicht belügen. So vermied er eine direkte Antwort.

»Alles okay, Charley«, sagte er und neigte sich über McFaddens Schulter, weil er hoffte, etwas in den Ermittlungsberichten zu finden, womit er das Thema wechseln konnte.

Er fand etwas auf der Seite, die Charley gerade mit der Schrift nach unten ablegen wollte.

»Bingo!«

McFadden blickte zu ihm auf.

»Was meinst du damit?«

»Sieh hier«, sagte Matt und wies auf den Fuß des Textes. »Wir hatten einen Tip, daß der Täter jemand namens Frankie war. Milham und ich begannen bei Null und suchten ihn heute am frühen Morgen. Ich denke, wir haben ihn in der South 18th Street 2320 gefunden. Und hier ist ein Frankie, der im Inferno war. Da steht seine Beschreibung.«

»Ich kenne diese Gegend«, sagte McFadden. Er wurde vom Klingeln an der Tür unterbrochen.

»Hier ist Captain Pekach«, ertönte eine metallisch klingende Stimme.

»Drück auf den Knopf, Charley«, sagte Matt. »Ich stapele die Formulare.«

Er las die Seite, die Charley gelesen hatte:

INVESTIGATION REPORT PHILADELPHIA POLICE DEPARTMENT

Yr | C.C.# | DIST | COMPL.# | INITIAL(49) | | DIST/UNIT |
REPORT DATE SUPPLEMENTAL | PREPARING
CLASSIFICATION | CODE | CONTINUATION

PREVIOUS CLASSIFICATION CODE | DATE AND TIME | PLACE OF OCCURRENCE

COMPLAINANT | AGE | RACE | ADDRESS | PHONE | TYPE OF PREMISES

DATE AND TIME REPORTED | REPORTED BY | ADDRESS

FOUNDED ❒ YES ❒ NO ARREST ❒ CLEARED ❒ EXCEPTIONALLY CLEARED

STOLEN | ❒ CURRENCY, BONDS, ETC. ❒ FURS ❒ AUTOS | RECOVERED VALUE
PROPERTY | ❒ JEWELRY, PRECIOUS METALS ❒ CLOTHING ❒ MISC |
INSURED ❒ YES ❒ NO

DETAILS

D. BEFRAGUNGEN (Fortsetzung)
Informative Zeugen (Fortsetzung)

12. Pontalle, Henriette, 37-W, N. 15th Street 220, befragt von Detective Rocco Andretti # 743 am 20. Mai 1975 um 10.05 Uhr im Hauptquartier der Mordkommission.

Aussage – daß sie Kellnerin im Inferno Lounge Bar & Restaurant ist und am 19. Mai 1997 von 12.00 Uhr bis 22.00 Uhr gearbeitet hat. Sie sagte, das Geschäft lief den ganzen Tag schleppend. Sie sah während der Arbeit nichts Ungewöhnliches. zum letzten Mal sah sie Mrs. Atchison gegen 21.00 Uhr, als sie mit ihrem Mann und Marcuzzi zu Abend aß. Mrs. Atchison verließ das Inferno mit Marcuzzi wegen irgend etwas Geschäftlichem. Atchison war im Inferno, als sie Feierabend machte. Soweit sie weiß, gab es keinen Ärger zwischen Atchison und seiner Frau oder zwischen Atchison und Marcuzzi.

13. Melrose, Thomas, 20, weiß, N. Portman Street 2733, befragt von Detective Rocco Andretti # 743 am 20. Mai 1975 um 10.45 Uhr im Hauptquartier der Mordkommission.

Aussagen – daß er Barkeeper im Inferno Lounge Bar & Restaurant ist und am Abend des 19. Mai 1975 arbeitete. Er trat den Dienst um 15.00 Uhr an und beendete ihn kurz nach 23.00 Uhr. Er sagte, das Geschäft lief schleppend. Er sah an diesem Abend nichts Ungewöhnliches. Gegen 23.00 Uhr bat ihn

INVESTIGATOR (Type and Sign Name) | SERGEANT | LIEUTENANT

Alonzo Kramer | *Zachary Hobbs* |
Alonzo Kramer #967 | Zachary Hobbs # 396

75–49 (Rev 3/63) DETECTIVE DIVISION

INVESTIGATION REPORT PHILADELPHIA POLICE DEPARTMENT

Yr | C.C.# | DIST | COMPL.# | INITIAL(49) | | DIST/UNIT |
REPORT DATE SUPPLEMENTAL PREPARING
CLASSIFICATION | CODE | CONTINUATION

PREVIOUS CLASSIFICATION CODE | DATE AND TIME | PLACE OF OCCURRENCE

COMPLAINANT | AGE | RACE | ADDRESS | PHONE | TYPE OF PREMISES

DATE AND TIME REPORTED | REPORTED BY | ADDRESS

FOUNDED ❒ YES ❒ NO ARREST ❒ CLEARED ❒ EXCEPTIONALLY CLEARED

STOLEN | ❒ CURRENCY, BONDS, ETC. ❒ FURS ❒ AUTOS | RECOVERED VALUE
PROPERTY | ❒ JEWELRY, PRECIOUS METALS ❒ CLOTHING ❒ MISC |
INSURED ❒ YES ❒ NO

DETAILS

D. <u>BEFRAGUNGEN</u> (Fortsetzung)
Informative Zeugen (Fortsetzung)

Atchison, noch ein paar Minuten länger zu bleiben, weil er etwas Geschäftliches mit einem Gast namens ›Frankie‹ im Büro erledigen müsse.

›Frankie‹ ist ein Weißer, ungefähr 25 Jahre alt, der manchmal ins Inferno kommt. Melrose sagte aus, daß er die Art des Geschäftlichen nicht kennt, daß Atchison aber manchmal Kredit gab. Atchison und »Frankie« kehrten ein paar Minuten nach 23.00 Uhr aus dem Büro zur Bar zurück. »Frankie« verließ das Inferno. Atchison übernahm die Bar. Weder Mrs. Atchison noch Marcuzzi waren in der Bar, als Melrose ging. Er sagte aus, soweit er wisse, gab es keinen Streit zwischen Atchison und seiner Frau und Atchison und Marcuzzi.

INVESTIGATOR (Type and Sign Name) | SERGEANT | LIEUTENANT

Alonzo Kramer | *Zachary Hobbs* |
Alonzo Kramer #967 | Zachary Hobbs # 396

75-49 (Rev 3/63) DETECTIVE DIVISION

»Nun, was machen wir jetzt? Fahren wir zu dir zurück?« fragte Detective McFadden Detective Payne, als sie aus der Kripo im Präsidium kamen und auf den Aufzug warteten.

Es hatte nichts in den Ermittlungsberichten im Fall Kellog gestanden, was interessant für Inspector Wohl war, und nicht viel Neues über den Fall Inferno, was Matt in Milhams Aktenkorb gefunden hatte.

»Besser nicht«, sagte Matt. »Wohl wird sich über Funk melden, wenn sich im Apartment etwas getan hat.«

»Wohin sollen wir mit diesem nagelneuen Wagen fahren? Habt ihr alle so tolle Schlitten?«

»Gott liebt uns.«

»Hör mit diesem Scheiß auf, ja, Matt? Das ist Gotteslästerung.«

»Verzeihung«, sagte Matt und meinte es ernst. Er hatte nicht daran gedacht, daß Charley nicht ganz, aber fast so fromm römisch-katholisch war wie Mutter Moffitt, seine Großmutter, und Anstoß an etwas nahm, das er nicht annähernd blasphemisch fand.

»Was willst du bezüglich des Namens unternehmen, den du im 75-49 gelesen hast?« fragte McFadden.

»Frankie?«

»Ja.«

»Auf Milham warten, nehme ich an.«

»Das ist meine Gegend, Matt. Und ich kenne einen Jungen, der uns vielleicht einen guten Tip geben kann. Oder willst du diesen Frankie nicht aufschrecken?«

Matt erinnerte sich daran, daß Milham hoffte, der Barkeeper würde Frankie erzählen, daß ein Cop, der sich als Cousin aus Conshohocken ausgegeben hatte, nach ihm gesucht hatte, und daß es Frankie nervös machen würde.

»Nein. Ich habe das Gefühl, Milham würde Frankie gern etwas nervös machen.«

»Okay. Fahren wir los.«

»Wen besuchen wir?«

»Sonny Boyle. Ecke 16th und Porter.«

Timothy Francis ›Sonny‹ Boyle, siebenundzwanzig, ein Meter neunzig groß und fast zwei Zentner schwer, hatte in der letzten Zeit nicht mehr gewußt, was er über Charles Thomas McFadden denken sollte.

Sonny war früh zu dem Schluß gelangt, daß es auf der Welt zwei Arten von Leuten gab; diejenigen, die für ihren Lebensunterhalt hart arbeiten mußten, weil sie nicht schlau genug waren, und eine kleine Gruppe anderer, die nicht hart zu arbeiten brauchten, weil sie ihren Grips benutzten.

Er war vielleicht im zweiten Jahr auf der Bishop Neuman High School, als er sich sagte, daß er zu der kleinen Gruppe der Cleveren zählte, die gut lebten, indem sie ihren Grips benutzten, das System erkannten und es für sie arbeiten ließen.

Er kannte Charley seit der zweiten Klasse der St.-Monicas-Grundschule und mochte ihn wirklich. Das änderte jedoch nichts daran, daß er Charley für einen nicht allzu hellen irischen katholischen Jungen aus South Philly hielt, der sein Leben lang tun würde, was ihm andere Leute sagten, und das für Peanuts.

Es hatte ihn nicht überrascht, daß Charley zu den Cops gegangen war. Leute wie Charley gingen entweder zum Militär oder zu den Cops oder zur Feuerwehr, oder vielleicht in Charleys Fall, weil sein Vater in der Kanalisation gearbeitet hatte, zur U. G. I., der Gasgesellschaft.

Als Sonny hörte, daß Charley Cop geworden war, sagte er sich, er würde sein Leben lang in einem Streifenwagen herumfahren oder mit dem Hintern im Schnee und umgeben von Abgasen auf einer Straßenkreuzung den Verkehr regeln. Mit ein bißchen Glück und den richtigen Beziehungen würde er es bis zur Pensionierung vielleicht bis zum Sergeant schaffen. Und unterdessen würde er tun, was andere Leute ihm sagten, und zwar für Peanuts.

Sonny sagte sich, daß Charley nicht clever genug war, um herauszufinden, wie ein Cop sein Gehalt aufbesserte, und wenn er versuchte, clever zu sein, würde er nicht gewieft genug sein und erwischt werden.

Er war wirklich überrascht, als er erfuhr, daß Charley Kriminalbeamter geworden war. Nach vielem Nachdenken gelangte er zu der Überzeugung, daß Charley einfach nur Glück gehabt hatte.

Das ging Timothy Francis Boyle durch den Kopf, als er Charles Thomas McFadden in Lou's Crab House an der 11th und Moyaminsing Street auftauchen sah. Was ihn überraschte, war Charleys Kleidung. Er sah gut aus. Nicht so elegant wie der junge Typ, der bei ihm war – der war bestimmt kein Cop; man konnte sich keine Designerklamotten vom Gehalt eines Cops leisten –, aber gut. Schönes Sakko, weißes Hemd, schicke Freizeithose und sogar Krawatte.

Und es überraschte ihn auch, daß McFadden auf die Nische zusteuerte, in der er darauf wartete, daß seine Boten ihm das Geld für die illegalen Wetten brachten.

Hat er mich zufällig gesehen? Oder hat er mich gesucht?

»Na, da haben wir aber Glück«, sagte Charley McFadden, als er sich in die Nische neben Sonny setzte, »Timothy Francis Boyle höchstpersönlich!«

»Hallo, Charley«, sagte Sonny und reichte ihm lächelnd die Hand. »Schöne Klamotten hast du.«

»Danke«, sagte Charley. »Sonny, begrüß meinen Freund Matt Payne.«

»Freut mich, Sie kennenzulernen«, sagte Sonny. Er gab dem Eleganten die Hand und stellte überrascht fest, daß er dessen Hand nicht so quetschen konnte, wie er es wollte. Dieser Payne war stärker, als er aussah.

»Wie geht es Ihnen, Mr. Boyle?« sagte Matt.

Oberschicht, dachte Sonny. *Wenn er so gewählt redet und sich so kleidet, kommt er von Merion oder Bala Cynwyd oder so. Was macht er dann mit McFadden?*

»Lange nicht gesehen«, sagte Sonny. »Was führt dich in diese Gegend?«

Charley steckte zwei Finger in den Mund und machte die Kellnerin mit einem Pfiff auf sich aufmerksam. »Zweimal Kaffee, Darling«, rief er. »Setz sie auf Sonnys Rechnung.«

»He, du kannst mich mal«, sagte Sonny.

»Auf die guten alten Zeiten, Sonny, okay? Außerdem habe ich Matt erzählt, daß du ein erfolgreicher Geschäftsmann bist.«

»Tatsächlich?«

»Ich habe ihm erzählt, daß du einer der erfolgreichsten Teilzeit-Buchmacher und der beste Nummernverkäufer des Viertels bist.«

»Mensch, Charley, das ist nicht lustig.«

»Sei nicht so bescheiden«, sagte McFadden. »Er war schon immer ein bißchen schüchtern und verschämt, Matt.«

»Tatsächlich?« sagte Matt.

»Ja, aber was kann man bei einem Namen wie Francis erwarten? Das ist ein Mädchenname.«

»Wenn es ein Mädchenname ist, dann schreibt man ihn mit *e*«, sagte Sonny. »Verdammt, das weißt du.« Er wandte sich an Matt. »Charley und ich kennen uns schon lange. Er versucht mich immer auf den Arm zu nehmen.«

Verdammt, wer ist dieser Typ? Was soll das Ganze?

Einer von Sonnys Boten – Pat O'Hallihan, ein aufgeweckter rothaariger Achtzehnjährigerjähriger, der hart arbeitete und ehrlich war und für den Sonny eine strahlende Zukunft voraussah – kam in Lou's Crab House. Er trug eine kleine Segeltuchtasche mit den morgendlichen Einnahmen. Als er sah, daß Sonny nicht allein in der Nische saß, blieb er abrupt stehen. Sonny gab ihm – wie er hoffte – ein diskretes Zeichen, kaltblütig zu bleiben.

Es war nicht diskret genug.

»Dreh dich mal um, Matthew«, sagte McFadden. »Siehst du den Jungen mit den roten Haaren? Ich wette, das ist einer von Sonnys Kassierern.«

Matt wandte den Kopf. »Tatsächlich?«

»Charley, du bist nicht lustig«, sagte Sonny.

»Wer will denn lustig sein?« sagte McFadden. »Ich kläre nur Detective Payne über den Abschaum dieses Viertels auf.«

›Detective‹ Payne? Soll das heißen, daß dieses snobistische Arschloch mit dem 350-Dollar-Jackett und der 50-Dollar-Krawatte ein Cop ist?

Mit Sonny ging das Mundwerk durch. »Sie sind ein Cop?«

Das snobistische Arschloch griff in die Innentasche seines 350-Dollar-Tweed-Jacketts und holte ein Etui hervor. Er öffnete es und zeigte es Sonny, was Sonny Gelegenheit bot, die Dienstmarke eines Detectives des Philadelphia Police Department nebst Foto zu sehen.

»Sie sehen nicht wie ein Cop aus«, sagte Sonny.

»Tatsächlich?« fragte Matt.

»Detective Payne ist bei der Special Operations«, sagte Charley. »Weißt du, was die Special Operations Division ist?«

»Klar.«

Verdammt, was ist Special Operations? Ah, ja. Diese neue Abteilung von Superbullen. Die steht noch über der Highway Patrol.

»Weißt du, was Detective Payne sagte, als ich ihm erzählte, was du so treibst, Sonny?«

»Ich weiß nicht, wovon du redest.«

»Detective Payne sagte: ›Die Tätigkeit als illegaler Buchmacher und Nummernverkäufer verstößt gegen das Gesetz. Wir sollten deinen Scheißfreund finden und in den Knast stecken.‹ Das hast du doch gesagt Matt, oder?«

»Hmmmmm«, sagte Matt nachdenklich. »Ja, das ist im wesentlichen das, was ich gesagt habe.«

»Sie haben gescherzt, nicht wahr?«

»Nein«, sagte Matt, »das war mir ernst.«

»Ich gehe«, sagte Sonny. »Sie Klugscheißer können mich nicht ohne Grund durchsuchen, und selbst wenn Sie es täten, würden Sie nichts bei mir finden.«

»Du gehst nirgendwohin, Sonny«, sagte McFadden, und sein Tonfall war nicht mehr freundlich. »Es sei denn, ich sage dir, daß du gehen kannst.«

»Ich wette, Charley«, sagte Matt, »wenn ich diesem jungen Rothaarigen meine Dienstmarke zeige und ihn bitte, freundlicherweise die Tasche zu öffnen …« Er unterbrach sich, sprang auf und ging schnell zu dem Rothaarigen.

»Ich möchte, daß Sie die Tasche auf den Tisch legen«, sagte er und zeigte seine Dienstmarke. »Gut sichtbar. Und ich möchte, daß Sie in dieser Nische sitzenbleiben und die Hände flach auf den Tisch legen, bis ich Ihnen etwas anderes sage. Haben Sie mich verstanden?«

Der Rothaarige blickte zur letzten Nische in der Reihe, zu der Matt wies.

»Bin ich verhaftet?« fragte er sehr nervös.

»Noch nicht. Und vielleicht kann das vermieden werden. Es hängt von Mr. Boyle ab.«

Matt wartete, bis der Rothaarige seine Anweisung befolgt hatte, kehrte zu der anderen Nische zurück und setzte sich.

»Verzeihen Sie, Detective McFadden«, sagte er höflich. »Fahren Sie bitte fort.«

»Sie haben ihn verhaftet, na und?« sagte Sonny.

»Ich hoffe, das wird nicht nötig sein«, erwiderte Matt. »Aber in diesem unglücklichen Fall wären Sie die Einnahmen des Morgens los. Das würde die Special Operations berechtigen, Mr. Boyle, jedes nötige Personal aufzubieten, um die unschuldigen Bürger in diesem Viertel vor Zockern und Absahnern zu retten. Und ich denke, es besteht die gute Möglichkeit, wenn wir seine Mutter und den Gemeindepriester mit diesem jungen Mann im Untersuchungsgefängnis reden lassen, daß er bereit ist, um seine Seele vor der ewigen Verdammnis und der ersten Eintragung ins Strafregister zu retten, uns zu erzählen, wer ihm seinen derzeitigen Job gegeben hat und wo und mit wem er sein Gewerbe ausübt.«

»Da wir gerade davon sprechen«, sagte Charley McFadden, »in dem Moment, in dem bekannt wird, daß die Cops deine Einnahmen haben, wirst du jede Menge Gewinner haben, Sonny. Sie sind nicht sehr schlau, aber schlau genug, um zu wissen, daß sie mit einer Behauptung, gewonnen zu haben, gute Chancen haben. Entweder hast du einen Wettschein, mit dem du ihnen das Gegenteil beweist, oder du mußt sie auszahlen. Das kann sehr teuer werden, Sonny.«

»Interessanter Gedanke, Detective McFadden«, sagte Matt.

»Danke, Detective Payne.«

Sonny, jetzt sichtlich nervös, blickte zwischen Matt und Charley hin und her.

»Okay, McFadden«, sagte Sonny schließlich. »Was willst du?«

»Da wir Sie jetzt in der richtigen Stimmung haben, Mr. Boyle«, sagte Matt, »möchte Detective McFadden Ihr vermutlich großes Wissen über Philadelphias kriminelle Gemeinde anzapfen.«

»Hä?«

»Erzähl uns was über Frankie Foley, Sonny«, sagte Charley.

Oh, Scheiße! An den habe ich überhaupt nicht gedacht. Was hat Foley jetzt schon wieder angestellt? Mein Gott, hat er den Rauschgiftcop umgelegt?

»Nie gehört«, sagte Sonny.

»Denk genau nach«, sagte Charley.

Sonny zuckte hilflos mit den Schultern.

»Ich habe den Namen nie gehört, Charley«, beteuerte Sonny. »Ich schwöre es bei Gott!«

»Sie haben sich offenbar geirrt, Detective McFadden«, sagte Matt. »Mr. Boyle wird nicht kooperativ sein. Mr. Boyle, Sie sind festgenommen wegen des Verstoßes gegen Gesetze der Stadt Philadelphia und des Staats Pennsylvania bezüglich des illegalen Wettens und der Beteiligung an organisierten Spielbetrieben. Sie haben das Recht auf einen Anwalt …«

»Mensch, Charley!« sagte Sonny. »Das kann doch nicht wahr sein!«

»Erinnerst du dich jetzt an Frankie Foley, Sonny?« fragte Charley.

»… und wenn Sie sich keinen Anwalt leisten können«, fuhr Matt fort, »wird Ihnen einer gestellt.« Er legte eine

Pause ein. »Ich habe keine Handschellen dabei, Detective McFadden. Darf ich mir Ihre borgen?«

»Charley, können wir miteinander reden?« fragte Sonny. »Unter vier Augen?«

»Ich habe andere Dinge auf meinem Terminplan, Mr. Boyle«, sagte Matt. »Ich kann keine Zeit mit Ihnen vergeuden.«

»Detective Payne. Sonny und ich kennen uns lange«, sagte Charley. »Seien Sie nett. Geben Sie mir eine Minute allein mit ihm.«

Matt dachte scheinbar darüber nach. Er blickte ungeduldig auf seine Armbanduhr.

»Nun gut«, sagte er dann. »Ich werde mir seinen Komplizen zur Brust nehmen.«

Er stand auf und ging zu der Nische, in der Pat O'Hallihan saß, gehorsam die Hände auf dem Tisch.

»Ich mag deinen Freund nicht, Charley«, sagte Sonny.

»Ich bezweifle, daß er dich mag, Sonny. Zu schlimm für dich. Er ist manchmal ein bösartiger Hurensohn. Weißt du nicht, wer das ist?«

Sonny schüttelte den Kopf.

»Das ist der Mann, der die Sexbestie von Northwest Philly erledigte. Der ihm das Gehirn aus dem Schädel blies.«

»Kein Scheiß, der ist das?«

»Der ist das.«

»Charley, du bringst mich um«, sagte Sonny. »Ich verscheißer dich nicht.«

»Wie bringe ich dich um?«

»Frankie ist ein Hitman vom Mob.«

»Ein Killer der Mafia?«

»Ja, und wenn er herausfindet, daß ich mit dir geredet habe, bin ich so gut wie tot.«

»Ein *irischer* Hitman vom Mob? Na hör mal, Sonny.«

»Ich sage es dir. Er erledigt Morde, die sie nicht selbst begehen wollen.«

Sonny blickte zu Pat O'Hallihan hinüber. Matt hatte den

Reißverschluß der Tasche aufgezogen und durchsuchte den Inhalt.

»Woher weißt du das?« fragte Charley.

»Ich weiß es, ich weiß es. Vertraue mir.«

»Ich habe gefragt, woher du das weißt.«

»Er … o Gott, du bringst mich um.«

»Denk darüber nach, Sonny«, sagte Charly. »Wenn bekannt wird, daß dich hier zwei Cops über Frankie Foley befragten und dann mitnahmen, wird Frankie ohnehin denken, daß du geplaudert hast.«

Sonny Boyle hatte ein flaues Gefühl im Magen.

»Er kam ein paarmal zu mir und sagte mir, daß er Alibis braucht. Für gewöhnlich gleich nachdem *jemand* einen der Itaker umgelegt hatte.«

»Vor kurzem?«

»Ich habe ihn seit einem Monat nicht mehr gesehen, das schwöre ich bei Gott.«

»Wo treibt er sich für gewöhnlich herum?«

»Meagan's Bar.«

»Er steckt jetzt tief in der Scheiße, Sonny.«

»Du meinst, er hat den Rauschgiftcop umgelegt?«

»Sag du es mir, Sonny.«

»Ich habe nichts gehört, Charley, ich schwöre es bei Gott.«

»Payne will dich einlochen, Sonny. Du mußt dir schon etwas Besseres einfallen lassen.«

»Mann, ich weiß nicht mehr, als ich dir gesagt habe. Und schon das kann mein Tod sein. Diese Itaker machen kurzen Prozeß.«

»Du mußt dir etwas Besseres einfallen lassen«, wiederholte Charley.

»Ich kann herumfragen«, sagte Sonny. »Manchmal höre ich was.«

»Darauf wette ich.«

»Wenn ich etwas höre, rufe ich dich an, das schwöre ich bei Gott.«

»Ich glaube dir, Sonny«, sagte Charley. »Aber ich weiß

nicht, ob Payne dir glaubt. Er will diesen Kerl. Er wird alles tun, um ihn zu schnappen.«

»Wenn du mich einlochst, wirst du nicht mehr erfahren als das, was ich gesagt habe«, argumentierte Sonny. »Laß mich herumfragen, Charley. Das ist doch vernünftiger.«

Charley dachte einen Augenblick lang nach.

»Ich werde es versuchen, Sonny«, sagte er dann. »Aber ich weiß nicht, wie Payne ...«

»Rede mit ihm, Charley. Es wird sich für dich lohnen, wirklich.«

Charley zuckte mit den Schultern, erhob sich und ging zu der Nische, in der Matt jetzt dicke Bündel Eindollarscheine zählte.

Matt stand auf und ging mit Charley in eine Ecke des Lokals. Charley begann auf ihn einzureden. Sonny fand, daß Payne nicht besonders glücklich über das war, was er von Charley hörte.

Aber schließlich, nach einem Blick voller Verachtung auf Sonny Boyle, zuckte Matt Payne mit den Schultern und verließ das Lokal. Charley kehrte zu Sonny Boyle zurück.

»Es war nicht leicht, ihn zu überreden«, sagte Charley. »Jetzt bin ich in der Schußlinie. Laß mich nur ja nicht hängen, Sonny. Wenn dieser bösartige Hurensohn über mich herfällt, dann zahle ich's dir heim. Hast du das verstanden?«

»Klar, Charley. Sobald ich etwas höre ...«

»Und ich rate dir, etwas zu hören, und zwar sehr bald«, unterbrach Charley. Er legte eine Visitenkarte auf den Tisch, nahm einen Kugelschreiber und schrieb eine Telefonnummer auf die Karte. »Hier steht meine Privatnummer drauf. Die Nummer, die ich aufgeschrieben habe, ist die von der Special Operations Division. Ruf mich dort an, nicht bei der Kripo Nordwest.«

»Du bist jetzt bei der Special Operations?«

»Ich erwarte, bald etwas von dir zu hören, Sonny«, sagte Charley und verließ das Lokal.

Sonny starrte durch das Fenster und beobachtete, wie McFadden in einen neuen Ford stieg und davonfuhr.

Er ging zu Pat O'Hallihan.

»Verdammt, was hatte das alles zu bedeuten?« fragte Pat.

»Keine Sorge, Junge«, sagte Sonny. »Charley McFadden und ich sind alte Freunde. Wir waren in derselben Klasse auf der Bishop Neumann High School.«

»Und der Bulle, der bei mir war?«

»Da hattest du ziemlich berühmte Gesellschaft. Das war Payne. Erinnerst du dich an den Bullen, der die Sexbestie von Northwest Philly erschoß?«

»Das war dieser Bulle?«

»Das war dieser Bulle.«

»Aber was wollte er denn jetzt hier?«

»Nichts. Keine Sorge. Alles ist unter Kontrolle. Und jetzt bestell mir eine Tasse Kaffee. Ich muß telefonieren.«

»Okay.«

Sonny Boyle ging zum Münzfernsprecher bei der Tür der Herrentoilette und rief bei Frankie Foley zu Hause an. Frankies Mutter sagte ihm, daß er auf der Arbeit war, und gab ihm die Telefonnummer von Wanamaker's, wo Frankie arbeitete.

Es dauerte lange, bis Frankie am Apparat war – sein Boß mochte es offenbar nicht, wenn jemand während der Arbeit Privatgespräche führte –, doch schließlich meldete er sich, und Sonny erzählte ihm, daß zwei Bullen von der Special Operations Division Fragen über ihn gestellt hatten, daß einer der beiden ein richtiger Superbulle war, der Cop, der die Sexbestie von Northwest Philly erschossen hatte, und daß er anscheinend dachte, Frankie habe etwas mit der Ermordung des Rauschgiftcops zu tun.

Er versicherte Frankie, daß er den Bullen natürlich nicht das geringste gesagt hatte.

18

Der Funk meldete sich, als Matt Payne und Charley McFadden nach Norden über die South Broad Street fuhren.

»William vierzehn.«

»Das bin ich«, sagte Matt.

Charley entdeckte das Mikrofon in der Halterung unter dem Armaturenbrett und nahm es.

»Vierzehn«, sagte er.

»Ihre Position, bitte.«

»South Broad, in der Nähe der City Hall.«

»Treffen Sie den Inspector am Schulgebäude.«

»Bin unterwegs«, sagte Charley und schob das Mikrofon

in die Halterung. »Nun wissen wir wenigstens, wohin die Fahrt weitergeht«, sagte er mit einem Blick zu Matt.

»Ich hoffe, wir haben das Richtige getan«, sagte Matt. »Dein alter Kumpel wird bestimmt zum Telefon gelaufen sein, bevor wir um die Ecke waren, und Foley informiert haben, daß wir nach ihm gefragt haben.«

»He«, erwiderte Charley, und sein Tonfall machte klar, daß er das für eine naive Bemerkung hielt. »Was soll's? Bösewichter vermuten hinter jedem Baum einen Cop.«

Eine Viertelstunde später blickte er selbstzufrieden zu Matt, als die gleiche Frage und Antwort von Inspector Wohl und Sergeant Washington gestellt und beantwortet wurde.

»Wird das ein Problem?« fragte Wohl. »Foley wird jetzt wissen, daß wir an ihm interessiert sind.«

Jason Washington antwortete mit sonorer Stimme: »Nach meiner Erfahrung sehen Übeltäter die bedrohlichen Kräfte der Entlarvung und Bestrafung hinter jedem Busch lauern. Oftmals veranlaßt sie das, Fehler zu begehen.«

Wohl lachte.

»Ich sehe da ein Problem der Zuständigkeit«, fuhr Washington fort. »Einerseits sind wir an Mr. Foley wegen seiner möglichen Verwicklung in den Inferno-Fall interessiert, und somit käme er in Wally Milhams Korb. Andererseits deutete Mr. Boyle an, daß Mr. Foley etwas mit Officer Kellogs Ermordung zu tun hat, und dann wäre er für Joe D'Amata interessant. Oder vielleicht für mich, wenn ich die Anschuldigung der Korruption beim Rauschgiftdezernat verfolge.«

Wohl lächelte wieder.

»Wenn ich mich Ihrer Theorie von den ›bedrohlichen Kräften der Entlarvung und Bestrafung‹ anschließe, Jason, dann hat es für mich den Anschein, daß Sie der Bedrohlichste von allen sind.«

»Ich werde das als Kompliment auslegen«, sagte Washington.

»Sie und Matt waren von Anfang an beim Fall Inferno

dabei. Warum besuchen Sie beide Mr. Atchison nicht als ersten? McFadden kann Joe D'Amata besuchen und ihm sagen, was Mr. Boyle erzählt hat, und ich schlage vor, daß Sie dabei sind, wenn er mit Mr. Foley spricht.«

Washington nickte. »Und dann kann McFadden Milham in Matts Apartment besuchen ...«

»Wo er hoffentlich ein bißchen Erfolg hat, die Witwe Kellog zu überzeugen, daß sie mich *nicht* für bedrohlich halten sollte«, unterbrach Washington, »und mir sagt, was sie über die fünfte Abteilung weiß.«

»... und ihm sagen, was McFaddens Freund uns über Mr. Foley erzählt hat«, fuhr Wohl fort. »So kommt Charley in Matts Apartment, wo er mit Martinez und Lewis den Babysitterplan für Mrs. Kellog ausarbeiten kann.«

»Ein meisterhafter Beweis von organisatorischem Genie«, sagte Washington.

»Und unterdessen informiere ich Inspector Weisbach über all dies. Noch irgendwelche Fragen?«

McFadden hob die Hand.

»Wie komme ich von hier zu Matts Wohnung, Inspector?«

»Nehmen Sie den Wagen, den Matt fährt.«

»Wenn ich mit ihm fahre und mich mit Jason treffe ... wo besuchen wir dann Atchison?«

»In der Höhle des Löwen«, sagte Washington. »Bei ihm zu Hause.«

»Ich kann meinen Wagen zu Hause abholen, wenn ich mit Charley fahre«, sagte Matt.

»Treffen Sie sich mit mir auf dem Revier in Media«, sagte Washington. »Wo ich die dortigen Jungs streichele.«

»Ich kann dort anrufen, wenn Sie möchten, Jason«, bot Wohl an.

»Danke, nein. Lieutenant Swann und ich sind alte Freunde«, sagte Washington. Er stand auf und blickte Matt und Charley an. »Es widerstrebt mir, es zu sagen, weil Sie bereits gewaltig selbstgefällig sind, aber Sie beide haben Ihre Sache wirklich gut gemacht.«

McFadden wurde tatsächlich rot.

»Ich schließe mich den Bemerkungen von Sergeant Washington an«, sagte Wohl. »Besonders dem Teil über Ihre bereits gewaltige Selbstgefälligkeit.«

Detective Matthew Payne war schon einmal auf dem Polizeirevier in Media gewesen, und die Umstände kamen ihm in den Sinn, als er den Porsche auf den Besucherparkplatz vor dem Backsteingebäude in dem Vorort von Philadelphia lenkte.

Es war während seines letzten Jahrs auf der Episkopalschule. Er war in der Gesellschaft von Mr. Chadwick Thomas Nesbitt IV. und zwei jungen Damen auf dem Weg zum Rose Tree Hunt Club. Eine der jungen Damen war Daffy Browne, wie Matt sich erinnerte, aber er konnte sich nicht mehr an den Namen oder das Gesicht der anderen entsinnen, die mit ihm auf dem Rücksitz des Rolls-Royce Silver Shadow von Mr. Chadwick Thomas Nesbitt III., Chads Vater, gesessen hatte.

Er erinnerte sich nur, daß er es endlich geschafft hatte, den Verschluß ihres Büstenhalters zu öffnen, als das Heulen einer Sirene und zuckende Lichter die Anwesenheit der Polizei von Media angekündigt hatten.

Chad wurde zur Kasse gebeten, weil er dreißig Stundenmeilen über der erlaubten Höchstgeschwindigkeit gefahren war; weil er unter Alkoholeinfluß und ohne Führerschein gefahren war; weil er ein Kraftfahrzeug ohne die notwendigen Zulassungspapiere gefahren hatte.

Chad hatte keinen Führerschein dabei, weil sein Vater ihm den abgenommen hatte, nachdem er zwei Hausarbeiten für Prüfungen nicht abgeliefert hatte und sein Vater das für nicht akzeptables Verhalten gehalten hatte. Er hatte keine Zulassungspapiere, weil es ihm strikt verboten war, sich hinter das Steuer des Rolls zu setzen. Und er fuhr den Rolls, weil seine Eltern das Wochenende auf den Bahamas verbrachten und er sich sagte, sie würden es niemals erfahren.

Jeder im Rolls wurde angeklagt, weil der Besitz alkoholischer Getränke – die im Wagen entdeckt wurden – für Minderjährige verboten war. Der Rolls wurde auf einem Parkplatz am Baltimore Pike abgestellt, und alle vier Missetäter (die jungen Damen schluchzten beschämt und gedemütigt), wurden zum Media-Polizeirevier gebracht und in eine Arrestzelle gesperrt.

Es war nötig, um fünf vor zwei am Morgen mit Brewster Cortland Payne II. zu telefonieren. Mr. Payne traf eine halbe Stunde später auf dem Revier ein, stellte die Kaution für die beiden jungen Damen, nahm sie mit nach Hause und ließ Matt und Payne in der Zelle, aus der sie ihm überrascht durch die Gitterstäbe nachschauten.

Brewster Cortland Payne II. informierte Matt zwei Tage später, daß er sich gesagt hatte, eine Nacht im Kittchen würde eine größere Wirkung bei Matt (und Chad) haben als alles, was er zu diesem Zeitpunkt hätte sagen können.

Matt stieg aus dem Porsche und ging in das Polizeirevier.

»Kann ich Ihnen helfen?« fragte der Sergeant vom Dienst.

»Ich bin Detective Payne«, sagte Matt. »Ich soll mich mit Sergeant Washington in Lieutenant Swanns Büro treffen.«

»Den Gang runter, dritte Tür rechts.«

Sergeant Washington und Lieutenant Swann, ein großer, dünner Mann Ende Vierzig, tranken im Büro Kaffee.

»Wie geht es Ihnen, Payne?« sagte Lieutenant Swann, nachdem Washington sie miteinander bekannt gemacht hatte. »Ich glaube, ich kenne Ihren Vater. Providence Road in Wallingford?«

»Jawohl, Sir«, sagte Matt.

»Ich habe ihn vor Jahren kennengelernt«, sagte Lieutenant Swann.

Lacht er mich hinter dem Pokerface aus?

»Lieutenant Swann hat mir gesagt, daß Mr. Atchison ein vorbildlicher Bürger ist«, sagte Washington. »Unter anderem Offizier der Nationalgarde.«

»Als wir hörten, was geschah, dachten wir, es sei so gewesen, wie es in den Zeitungen stand«, sagte Swann. »Das ist sehr interessant.«

»Sonderbare Dinge passieren«, sagte Washington. »Es kann sogar so gewesen sein, wie es in den Zeitungen stand.«

»Aber Sie bezweifeln das, nicht wahr, Jason?«

»Ich bin nicht ganz von seiner Unschuld überzeugt«, antwortete Washington.

»Möchten Sie, daß ich mit Ihnen rüberfahre?«

»Ich möchte das lieber ohne großes Aufheben erledigen, wenn Sie einverstanden sind«, sagte Washington. »Nur vorbeischauen und ihn über Mr. Foley befragen.«

»Wie Sie es wünschen, Jason. Ich schulde Ihnen ein paar Gefallen.«

»Im Gegenteil, Johnny«, widersprach Washington. »Ich schreibe das auf die lange Liste der Gefälligkeiten, die Sie mir erwiesen haben und für die ich mich hoffentlich einmal revanchieren kann.«

Lieutenant Swann stand auf und reichte ihm die Hand.

»Gern geschehen, Jason.« Er gab auch Matt die Hand. »Es war schön, Sie – wieder – zu sehen, Payne.«

Verdammt, er erinnert sich.

»Es war viel angenehmer, ganz allein und freiwillig aufs Revier zu gehen«, sagte Matt.

»Nun, was soll's«, sagte Lieutenant Swann und lachte. »Wir alle können mal vom rechten Weg abkommen. Aber Sie sind jetzt anscheinend auf dem Pfad der Tugend.«

»Ich weiß ja nicht, worum es geht, Johnny«, sagte Washington, »aber der Schein kann trügen.«

Wilson Avenue 320 in Media war ein zweistöckiges Backsteinhaus im Kolonialstil mit einem gutgepflegten Rasen davor in einer Allee. Ein schmiedeeiserner Jockey auf dem Rasen hielt ein Schild mit der Aufschrift ›320 Wilson, Atchison‹. Ein Trauerflor hing an der Tür. Abziehbilder auf den kleinen Fenstern der weißen Tür zeigten an, daß die Bewohner des Hauses für das Rote Kreuz, die Unicef und die Pfadfinder gespendet hatten. Als Washington auf die Türklingel drückte, ertönte ein Glockenspiel ›Trautes Heim, Glück allein‹.

Ein junges schwarzes Dienstmädchen öffnete die Tür.

»Mr. Atchison, bitte«, sagte Jason. »Mein Name ist Washington.«

»Mr. Atchison ist nicht da«, sagte das Mädchen. Die offenkundige Lüge machte sie sichtlich nervös.

»Bitte, sagen Sie Mr. Atchison, daß Sergeant Washington vom Philadelphia Police Department dankbar für ein paar Minuten seiner Zeit wäre.«

Sie schloß die Tür vor seiner Nase. Nach einer scheinbaren Ewigkeit wurde die Tür wieder geöffnet. Gerald North Atchison, mit Freizeithose, weißem Hemd ohne Krawatte, stützte sich auf einen Stock.

»Guten Tag, Mr. Atchison«, sagte Washington freundlich. »Erinnern Sie sich an mich?«

»Ja, sicher.«

»Wie geht es mit dem Bein?« fragte Washington.

Als Antwort hob Atchison den Stock und schwenkte ihn.

»Sie erinnern sich an Detective Payne?«

»Ja, sicher. Guten Tag, Payne.«

»Mr. Atchison.«

»Wir stören Sie wirklich ungern zu Hause, Mr. Atchison«, sagte Washington. »Aber wir haben ein paar Fragen.«

»Ich hatte gehofft, Sie sind hier, um mir zu sagen, Sie haben die Bastarde, die ...«

»Wir kommen näher heran, Mr. Atchison. Es ist eine Prozedur der Einengung des Täterkreises. Wir denken, Sie können uns vielleicht helfen, wenn Sie ein paar Minuten für uns opfern.«

»Himmel, ich weiß nicht. Mein Anwalt sagte, ich soll keine Fragen beantworten, wenn er nicht dabei ist.«

»Sidney Margolis wahrt Ihre Interessen, wie es sein sollte. Aber wir versuchen, dies so inoffiziell zu halten wie möglich.

Damit Sie sich nicht in Mr. Margolis' Büro oder unseres zu bemühen brauchen.«

»Ja, ich weiß, aber …«

»Lassen Sie mich einen Vorschlag machen, Mr. Atchison, um uns beiden Zeit und Unannehmlichkeiten zu ersparen. Ich gebe Ihnen mein Wort, daß Sie bei jeder Frage, deren Beantwortung Ihnen unangenehm ist oder die Sie lieber nicht ohne Mr. Margolis' Rat beantworten wollen, einfach ablehnen können, und ich verzichte auf diese oder eine ähnliche Frage.«

»Nun, Sergeant, Sie bringen mich da in eine Klemme. Sie wissen, daß ich kooperativ sein will, aber Margolis sagte …«

»Die Entscheidung liegt natürlich bei Ihnen. Und ich werde Verständnis haben, ganz gleich, wie sie ausfällt.«

Atchison zögerte einen Moment und zog die Tür dann weiter auf.

»Was soll's«, sagte er. »Ich will so hilfreich sein, wie ich kann. Ich will, daß die Bastarde, die das meiner Frau und Tony Marcuzzi angetan haben, gefaßt und gegrillt werden.«

»Vielen Dank«, sagte Washington. »Es gibt nur ein paar Dinge, über die wir Ihre Meinung hören möchten.«

»Ich helfe gern«, sagte Atchison. »Soll ich von dem Mädchen Kaffee bringen lassen? Oder etwas Stärkeres?«

»Ich weiß nicht, wie das mit Matt hier ist, aber der Kriminalbeamte in mir sagt mir, daß ein Gastronom höchstwahrscheinlich trinkbaren Kaffee daheim hat.«

»Ich habe ganz besonderen aus Brasilien«, sagte Atchison. »Ganze Bohnen. Dunkel geröstet. Sie werden erst gemahlen, bevor sie aufgebrüht werden.«

»Ich nehme Ihre freundliche Einladung an«, sagte Washington.

»Ich auch«, fügte Matt hinzu.

»Ich zeige Ihnen das«, sagte Atchison.

Sie folgten ihm in die Küche und sahen bei seinem Ritual des Kaffeekochens zu.

Matt fand, daß Jason Washington echt interessiert wirkte.

Schließlich gingen sie ins Wohnzimmer.

»Nehmen Sie Platz«, sagte Atchison. »Sagen Sie mir, wie ich helfen kann.«

Washington nippte an seinem Kaffee.

»*Sehr* gut.«

»Freut mich, daß er Ihnen schmeckt«, sagte Atchison.

»Mr. Atchison«, begann Washington. »Als Faustregel haben wir in solchen Fällen festgestellt, daß für gewöhnlich Räuber den Ort eines Überfalls sorgfältig beobachten, bevor sie zur Tat schreiten. Und wir gehen davon aus, daß die Täter professionelle Kriminelle sind.«

»Sie wußten genau, was sie taten«, stimmte Atchison zu.

»Deshalb kann man folgern, daß sie sich höchstwahrscheinlich einige Zeit, Tage oder Wochen vor der Tat, entschieden, Ihr Lokal auszurauben. Daß sie sich (a) entschieden, Ihr Lokal zu überfallen, weil es ihnen die Zeit und das Risiko wert war. Und daß sie (b) den Raub sorgfältig planten.«

»Ich verstehe, was Sie meinen«, sagte Atchison.

»Würden Sie sagen, es ist allgemein bekannt, daß Sie manchmal größere Summen Bargeld im Lokal haben?«

»Ich denke, das ist bei den meisten Bars und Restaurants der Fall«, sagte Atchison. »Sie müssen Bargeld haben. Ein guter Gast will einen Scheck für ein paar hundert Dollar, sogar für einen Tausender eingelöst haben, und man steht dumm da, wenn man ihm nicht gefällig sein kann.«

»Ich dachte mir schon so etwas in dieser Art«, sagte Washington. »Das hilft uns.«

»Und ich bewahre das Bargeld nie in der Registrierkasse auf, sondern immer unten im Safe. Sie kennen diese Gegend, Sergeant, ich brauche Ihnen nicht zu sagen, was da los ist. Manchmal, wenn am Abend viel Betrieb ist, nehme ich sogar größere Summen Bargeld aus der Kasse und bringe sie hinunter in den Safe.«

»Mit anderen Worten, Sie treffen die Vorsichtsmaßregeln, die ein kluger Geschäftsmann unter diesen Umständen nutzen sollte.«

»Ja, das kann man sagen.«

»Wir haben im Laufe der Jahre festgestellt – und ich hoffe, die Frage beleidigt Sie nicht –, daß in einigen Fällen Angestellte in Raubüberfälle dieser Art verwickelt sind.«

»Ich nehme an, so etwas gibt es.«

»Würden Sie mir Ihre Meinung über Thomas Melrose sagen?« fragte Washington. »Er war, glaube ich, der Barkeeper vom Dienst in dieser Nacht.«

»Tommy machte Feierabend, bevor diese Männer kamen«, erwiderte Atchison und zögerte einen Moment, bevor er fortfuhr. »Ich kann einfach nicht glauben, daß Tommy Melrose in so etwas verwickelt ist.«

»Aber er wußte, daß Sie häufig große Summen Bargeld in Ihrem Büro haben.«

»Ja, ich nehme an, das wußte er«, sagte Atchison widerstrebend.

»Wie lange arbeitet Mr. Melrose für Sie?« fragte Washington.

Atchison überlegte. »Ungefähr neun Monate.«

»Er kam mit guter Empfehlung?«

»Oh, absolut. Man muß sehr vorsichtig sein, wenn man Barkeeper einstellt. Eine offene Registrierkasse ist eine Versuchung.«

»Haben Sie noch seine Referenzen? Ich nehme an, Sie haben sie überprüft.«

»Oh, ich habe sie überprüft, natürlich. Und ich glaube, sie sind irgendwo in einem Aktenschrank.«

»Wenn Sie sich ein wenig besser fühlen, Mr. Atchison, können Sie uns die Referenzen heraussuchen?«

»Gewiß.«

»Mr. Melrose sagte aus, das Geschäft lief an diesem Abend schleppend.«

»Ja, es war wenig los.«

»Er sagte, bevor er Feierabend machte, war nur ein Gast im Lokal, und als dieser letzte Gast ging, übernahmen Sie die Bar für ihn.«

»Das ist richtig. Ich habe ihn abgelöst. Man muß ein Lokal wie meines offenhalten. Auch wenn es mal keine Gäste gibt. Es könnten welche kommen, wenn man gerade geschlossen hat, und wenn sie beim nächsten Mal spät was trinken wollen, dann erinnern sie sich, daß sie vor verschlossener Tür gestanden haben, und gehen woanders hin.«

»Das verstehe ich. Nun, erinnern Sie sich an den Gast, der ging, bevor Sie Mr. Melrose ablösten? Ich meine, war irgend etwas Besonderes an ihm? Sie erinnern sich nicht zufällig an seinen Namen?«

Atchison kramte scheinbar in der Erinnerung. Dann schüttelte er den Kopf. »Tut mir leid.«

Washington stand auf. »Nun, ich verlasse ungern gute Gesellschaft und besonders ungern solch köstlichen Kaffee, aber das waren alle Fragen. Danke für Ihre Zeit, Mr. Atchison.«

»Trinken Sie noch einen Kaffee, bevor Sie gehen«, sagte Atchison. »Einen für den Weg.«

»Danke, nein«, sagte Washington. »Mir fällt gerade ein, ich glaube, Mr. Melrose sagte, der Gast hieß Frankie. Klingelt es da bei Ihnen, Mr. Atchison?«

Atchison schüttelte den Kopf. »Nein. Tut mir leid.«

»Vermutlich ist es auch unwichtig«, sagte Washington. »Es hätte mich überrascht, wenn Sie sich an ihn erinnert hätten, Mr. Atchison. Noch einmal vielen Dank dafür, daß Sie uns Ihre Zeit geopfert haben.«

»Gern geschehen, Sergeant«, sagte Atchison.

»Cooler Typ«, sagte Jason Washington weder mißbilligend noch bewundernd, sondern einfach als berufliche Einschätzung.

»Sie haben ihm zwei Chancen gegeben, sich an Frankie Foley zu erinnern«, sagte Matt.

»Es wird interessant sein, festzustellen, ob Mr. Foley sich an Mr. Atchison erinnert«, sagte Washington, und dann wechselte er das Thema. »Ließ Ihr Vater Sie wirklich über Nacht in der Arrestzelle?«

»Swann hat es Ihnen erzählt, nicht wahr?«

»Die Klugheit Ihres Vaters hat Lieutenant Swann tief beeindruckt«, sagte Washington. »Und Sie waren seither nicht mehr hinter Gittern, oder?«

»Nein«, sagte Matt. Dann dachte er laut: »Es sei denn, man zählt die Zeit, in der mich diese Arschlöcher vom Rauschgiftdezernat in der Nacht festhielten, in der Tony das Z erschossen wurde.«

»Ich bin überzeugt, Sie haben die Möglichkeit in Betracht gezogen, daß die Beamten des Rauschgiftdezernats nur ihre Pflicht taten.«

»Sie hatten großen Spaß dabei.«

»Nun, das Blatt hat sich gewendet, nicht wahr? Die Jungs vom Rauschgiftdezernat dachten, sie hätten einen schmutzigen Cop geschnappt. Und jetzt versuchen Sie zu beweisen, daß die Jungs vom Rauschgiftdezernat schmutzig sind.«

»Werde ich daran arbeiten?«

»Sie und jeder sonst. Etwas über die fünfte Abteilung des Rauschgiftdezernats herauszufinden, das zu einer Anklage reicht, ist viel schwieriger, als Atchison vor eine Anklagejury zu bringen.«

»Wieso?«

»Wir haben bei dem Inferno-Fall den Tatort eines Verbrechens und Beweismaterial. Wir haben zwei Verdächtige. Und ich denke, ein Motiv können wir ohne große Mühe finden. Wir werden viele Schuhsohlen ablaufen müssen, aber es ist keine Frage, *ob* wir Atchison überführen, sondern *wann*. Was die fünfte Abteilung des Rauschgiftdezernats anbetrifft, so wissen wir nicht, was sie getan hat, nur daß sie es getan hat, und wir wissen nicht, was ›es‹ ist, sondern nur, daß die Witwe Kellog ›es‹ als schmutzig definiert.«

»Können Sie nichts Genaueres aus ihr herausbekommen?«

»Leider nicht«, erwiderte Washington. »Aber ich bin überzeugt, daß sie glaubt, die Wahrheit zu sagen. Das wird untermauert durch ihren Besitz einer hypothekenfreien Eigentumswohnung in Strandnähe und eines teuren Boots. Ihr gemeinsames, ehrlich erworbenes Einkommen reicht nicht aus, um solchen Luxus zu bezahlen. Und dann haben wir die telefonische Morddrohung.«

»Wie kann die fünfte Abteilung erfahren haben, daß Mrs. Kellog mit Ihnen gesprochen hat?«

»Das kann sie unmöglich erfahren haben. Ich glaube, die Erklärung ist ganz einfach. Jemand in der Abteilung weiß, daß sie von der Mordkommission befragt wird, und man will verhindern, daß sie freiwillig Informationen gibt.«

»Und Sie meinen, deshalb wurde Kellog umgebracht?«

»Es sieht für mich nach zwei Möglichkeiten aus, von denen eine von keinem richtig in Erwägung gezogen wurde. Nämlich daß er in Zusammenhang mit seinem ehrlichen Job als Rauschgiftcop ermordet wurde. Er wußte etwas – wo sind die Kassetten seines Recorders? – und mußte zum Schweigen gebracht werden. Und natürlich ist es auch möglich, daß er von jemandem von der fünften Abteilung aus dem gleichen Grund ermordet wurde. Seine Frau hatte ihn verlassen. Er wollte sie vielleicht unbedingt wiederhaben ...«

»Milham und Mrs. Kellog haben anscheinend ein ziemlich enges Verhältnis. Ich bezweifle, daß sie zu ihrem Mann zurückgekehrt wäre.«

»Das habe ich bemerkt«, sagte Washington. »Aber keiner von uns weiß, was Kellog dachte, vielleicht vernunftwidrig. Wenn man seine Frau an einen anderen Mann verliert, ist das traumatisch. Wenn sie ihn wegen etwas Schmutzigem verließ – oder, genauer gesagt, wegen dem, was das Schmutzige bei ihm und folglich bei ihrer Ehe anrichtete –, dann ist es durchaus möglich, daß er mit dem Schmutzigen *aufhören* wollte, um sie zurückzubekommen. Was auch immer auf diesen Kassetten war, die wir nicht finden können, hat er vielleicht als seine Versicherung betrachtet.«

»Ich kann nicht ganz folgen«, bekannte Matt. Er hatte Mühe, Washingtons Gedanken nachzuvollziehen; daß

Washington die verschwundenen Kassetten in seine Überlegungen einbezogen hatte, verwirrte ihn.

»Ich steige aus, für mich ist Schluß«, erklärte Washington. »Ich verpfeife keinen, aber damit keiner auf dumme Gedanken kommt, habe ich die Kassetten über was auch immer, und sie werden bei der Abteilung Interne Angelegenheiten landen, wenn mir etwas zustößt.«

»Das klingt wie aus einem Krimi im Fernsehen«, sagte Matt. »Ein sehr kompliziert gestricktes Drehbuch.«

»Ja«, stimmte Washington nachdenklich zu. »So klingt es. Und das stört mich.« Er schwieg einen Moment lang und wechselte dann das Thema. »Aus einer Reihe von Gründen – unter anderem will ich nicht, daß Wally Milham denkt, ich will ihn verdrängen –, begleite ich Sie nicht, wenn Sie mit Mr. Foley plaudern.«

»Okay«, sagte Matt. »Erzählen Sie mir die anderen Gründe?«

»Ich werde Sie zurück zum Media River bringen«, sagte Washington und ignorierte die Frage. »Wir werden mit Wally Milham telefonieren und abmachen, wo ihr euch trefft. Dann können Sie in Ihren Wagen steigen und sich mit Wally Milham treffen. Schildern Sie ihm die wesentlichen Einzelheiten und die Atmosphäre unseres Gesprächs mit Mr. Atchison.«

»Okay.«

Officer Paul Thomas O'Mara, Inspector Wohls Verwaltungsassistent, klopfte an Wohls Tür und schob sie auf, ohne auf eine Antwort zu warten.

»Mr. Giacomo für Inspector Weisbach auf Leitung vier«, meldete er.

Staff Inspector Michael Weisbach saß zusammengesunken auf Wohls Couch, hatte die Beine ausgestreckt und hielt eine Tasse Kaffee in der Hand.

Wohl, hinter seinem Schreibtisch, nahm den Hörer eines der Telefone ab und drückte auf einen Knopf.

»Peter Wohl, Armando«, sagte er. »Wie geht's? Wie komisch, daß Sie ausgerechnet jetzt anrufen. Mike und ich haben gerade über Sie geredet. Hier ist er.«

Weisbach lächelte, als er von Wohl den Hörer entgegennahm. Sie hatten nicht über Giacomo geredet. Sie hatten über den Zeitaufwand gesprochen, der nötig war, um die persönlichen finanziellen Verhältnisse der Mitglieder der fünften Abteilung vom Rauschgiftdezernat zu ermitteln, und über das Problem diskutiert, daß ihr Interesse zwangsläufig bald bekannt werden würde.

»Hallo, Armando«, sagte Weisbach. »Was kann ich für Sie tun?«

Er hielt den Hörer vom Ohr ab, damit Wohl das Gespräch mithören konnte.

»Ich wollte Sie wissen lassen, daß ich unsere Unterhaltung beim Essen nicht vergessen habe, Mike, und daß ich bereits begonnen habe, einige Informationen zu sammeln – nichts, was ich Ihnen zu diesem Zeitpunkt schon geben möchte –, aber ich höre inzwischen einige interessante Dinge. Ich brauche etwas Zeit, das werden Sie gewiß verstehen, um sicherzustellen, daß die Informationen, die ich Ihnen gebe, zuverlässig sind.«

»Mir wird es immer warm ums Herz, Armando, wenn Bürger wie Sie über ihren Schatten springen, um die Polizei zu unterstützen.«

Wohl lachte leise.

»Ich betrachte es als meine Bürgerpflicht«, sagte Giacomo.

»Armando, vielleicht kann ich Ihnen etwas Zeit ersparen und Sie davon abhalten, sozusagen eine Katze zu suchen, die wir fast im Sack haben. Auf unsere fleißige, unverdrossene Art sind wir auf einen Namen gestoßen. Ich will damit sagen, Armando, daß es mich ärgern würde, wenn Sie uns einen Namen nennen, den wir bereits haben, und immer noch meinen, wir stünden in Ihrer Schuld.«

»Wie lautet der Name?«

»Frankie Foley«, sagte Weisbach.

»Unter uns, das war keiner der Namen, die ich gehört habe. Frankie Foley?«

»Frankie Foley.«

»Wie interessant.«

»War nett, mit Ihnen zu reden, Armando«, sagte Weisbach. »Ich weiß den Anruf zu schätzen.«

Er legte den Hörer auf.

»Warum haben Sie ihm den Namen Foley genannt?« fragte Wohl. »Das ist eine Frage, keine Kritik.«

»Inzwischen weiß Foley vermutlich, daß wir ihn auf dem Kieker haben. Wenn Cassandro es ihm gesagt hat oder der Mob es auf irgendeine andere Weise herausgefunden hat, wird italienisches Blut stärker als irisches Wasser sein und sie entscheiden sich vielleicht, ihn uns zu übergeben, um Cassandro aus dem Knast zu halten.«

»Michael, Sie sind verschlagen. Ich meine das als Kompliment.«

»Wenn wir Foley vom Tisch haben, rückt Giacomo vielleicht mit einem anderen Namen heraus.«

Frankie Foley wartete ungeduldig mit der Stechkarte in der Hand vor der Stechuhr. Er haßte Wanamaker's, wo er den ganzen Tag Kisten öffnen und Möbel verrücken oder transportieren mußte, und das für verdammte Peanuts.

Er tröstete sich mit dem Gedanken, daß es bald vorbei sein würde. Dann konnte er Stan Wisznecki, dem Vorarbeiter, endlich sagen, daß er sich den Job in den Arsch schieben konnte. Er würde im Inferno arbeiten, sich von dem Geld, das Atchison ihm schuldete, anständige Klamotten kaufen und auf den nächsten Auftrag warten. Und beim nächsten Hit würde er sich nicht mit lausigen fünftausend zufriedengeben. Er würde zehntausend verlangen, vielleicht sogar mehr, je nachdem, wen er um die Ecke bringen mußte.

Frankie war ein wenig enttäuscht, weil Zeitungen und Fernsehen seinem Werk im Inferno sowenig Aufmerksamkeit gewidmet hatte. Das Fernsehen hatte fast nichts darüber gebracht, und in den Zeitungen waren nur ein paar kleine Artikel erschienen.

Am Tag nach dem Job im Inferno hatte er Michael J. O'Haras Story aus dem *Bulletin* ausgeschnitten, um sie als Souvenir aufzubewahren, weil es sein erster Job als Profikiller gewesen war.

Aber dann war ihm klargeworden, daß das vielleicht nicht sehr klug war. Wenn die Cops irgendwie auf seinen Namen kamen und einen Haussuchungsbefehl oder so etwas präsentierten, konnten sie den ausgeschnittenen Artikel finden, und es wäre peinlich, zu erklären, warum er ihn aufbewahrte.

Nicht belastend. Was konnten sie ihm schon beweisen, weil er einen Zeitungsartikel ausgeschnitten hatte? Er konnte den Cops erzählen, daß er ihn nur ausgeschnitten hatte, weil er im Inferno verkehrte. Scheiße, wenn sie ihn unter Druck setzten, konnte er behaupten, er hätte ihn ausgeschnitten, weil er Alicia Atchison gefickt hatte.

Aber es war klüger, den Artikel nicht aufzuheben, und so hatte er ihn zerknüllt und in die Toilette geworfen, und dann war ihm eingefallen, daß die Titelseite jetzt ein Loch hatte, wo der Artikel gewesen war. So hatte er die ganze Titelseite abgerissen, sie mit der Schere klein geschnitten und alle Schnipsel in der Toilette weggespült. Er verzichtete wirklich ungern auf den Artikel, aber er wußte, daß es klug war, sich davon zu trennen.

Es würde sich ohnehin unter den Leuten, die zählten, herumsprechen, wer der Hitman war. Nur das war wichtig.

Er wußte, daß er das Richtige getan hatte, alls er den Zeitungsausschnitt beseitigt hatte, als Tim McCarthy, der die Meagan's Bar für seinen Schwiegervater betrieb, bei ihm anrief und ihm sagte, daß Bullen in der Bar nach ihm gefragt und irgendeinen Blödsinn erzählt hatten, daß einer von ihnen ein Cousin aus Conshohocken sei.

Das bedeutete, wie Frankie profihaft folgerte, daß sein

Name irgendwie ins Spiel gekommen war. Das war zu erwarten gewesen. Er trank bisweilen im Inferno, und er war an dem fraglichen Abend dort gewesen. Die Bullen hatten vermutlich eine Liste mit zweihundert Namen von Leuten, die im Inferno verkehrten. Vermutlich hatten sie seinen Namen vom Barkeeper erfahren. Er war nur einer von vielen Namen, die von den Cops überprüft wurden. Und wenn der Barkeeper ihnen den Namen genannt hatte, dann hatte er ihnen sicher ebenfalls gesagt, daß er das Inferno lange vor dem Doppelmord verlassen hatte.

Die Bullen konnten ihn nicht mit dem Hit in Verbindung bringen, es sei denn natürlich mit Atchison, und der mußte die Schnauze halten. Er würde sich selbst reinreißen, wenn er plauderte.

Frankie Foley war auch nicht besonders aufgeregt, als Sonny Boyle anrief und ihm mitteilte, daß zwei Cops nach ihm gefragt hatten. Er fühlte sich ein wenig geschmeichelt, als er hörte, wer die Bullen waren. Einer war der Cop, der den Typen zur Strecke gebracht hatte, der an der Ermordung eines Captains der Highway Patrol beteiligt gewesen war. Und der andere war der Cop, der den Perversen in Northwest Philly erschossen hatte, der Frauen die Titten abgeschnitten hatte. Frankie sagte sich als Neuprofi, daß die normalen Bullen Mühe hatten, ihn zu finden. Er stand nicht im Strafregister, und das Telefon war unter dem Namen seiner Mutter angemeldet. Wenn ihn die normalen Bullen nicht finden konnten, machten sich die Asse auf die Suche nach ihm.

Nun, die Asse konnten ihn ebenfalls am Arsch lecken. Sie würden ihn schließlich finden – es würde interessant sein, wie lange sie brauchten – und ihm Fragen stellen. *Ja, ich war an diesem Abend im Inferno. Ich gehe da immer hin. Ich habe mit Mr. Atchison gesprochen, ob ich nicht als Kellner bei ihm arbeiten kann. Wo ich um Mitternacht war? Zu Hause im Bett. Fragen Sie meine Mutter. Nein, ich habe keine Ahnung, wer die beiden erschossen haben könnte. Tut mir leid.*

Der Blödmann vor ihm in der Schlange fand endlich

heraus, wie er die Stechkarte in die Stechuhr schieben mußte, und Frankie war an der Reihe. Dann verließ er das Gebäude.

Er hatte noch keine zehn Schritte auf dem Bürgersteig zurückgelegt, als er von zwei Männern flankiert wurde. Der Typ zu seiner Rechten hatte einen Schnurrbart, einen von der dünnen Sorte, den er vermutlich jeden Tag stutzen mußte. Der andere Typ war viel jünger. Er sah nicht wie ein Cop aus, mehr wie ein Collegejunge.

»Frank Foley?« fragte der Typ mit dem dünnen Schnurrbart.

»Wer will das wissen?«

»Wir sind Polizeibeamte«, sagte der Schnurrbärtige.

»Ehrlich? Was wollen Sie von mir?«

»Sie sind Frank Foley?«

»Ja, der bin ich. Haben Sie einen Ausweis oder was?«

Der Schnurrbärtige zeigte eine Dienstmarke.

»Ich bin Detective Milham«, sagte er. »Und das ist Detective Payne.«

Frankie sah sich noch einmal den Jungen an.

»Sind Sie der Cop, der diesen Perversen erschoß, der die Frauen verstümmelte?«

»Das ist er«, sagte Milham an Matts Stelle.

»Das ist ein Hammer«, sagte Frankie und hielt ihm die Hand hin. »Ich dachte, Sie sind älter. Lassen Sie mich Ihre Hand schütteln. Es ist ein echtes Vergnügen, Sie kennenzulernen.«

Der Junge fühlte sich sichtlich unbehaglich.

Bescheidenheit, dachte Frankie.

Frankie freute sich wirklich, Detective Payne kennenzulernen.

Das ist ein richtiger verdammter Bulle, dachte Frankie. *Einer, der auch schon jemanden erschossen hat. Ein Profi. Genau betrachtet, sind wir beide Profis. Wir arbeiten nur auf verschiedenen Seiten, das ist alles.*

»Detective Payne«, sagte Milham, »war auch in die Schießerei mit der Islamischen Befreiungsarmee verwickelt. Erinnern Sie sich daran?«

Payne schaute Milham mit einer Mischung aus Überraschung und Ärger an.

»Die Idioten, die Goldblatts überfielen?« fragte Frankie. »Das war er auch?«

»Das war er auch«, bestätigte Milham.

»Mr. Foley, wir ermitteln in dem Mordfall Inferno Lounge«, sagte Matt.

»Das war 'ne Sauerei, was?« erwiderte Frankie. »He, Mann, Sie denken doch nicht, daß ich etwas damit zu tun habe, oder?«

»Wir möchten nur ein paar Fragen stellen«, sagte Matt.

»Zum Beispiel?«

»Mr. Foley«, sagte Milham, »wären Sie bereit, zum Polizeipräsidium mitzukommen, um eine Aussage zu machen?«

»Eine Aussage? Worüber?«

»Wir haben erfahren, daß Sie in jener Nacht in der Inferno Bar waren.«

»Ja, das war ich. Ich schaue da von Zeit zu Zeit mal rein. Ich nehme an, ich war vielleicht eine Stunde vorher dort. Ich meine, bevor das passierte.«

»Nun, vielleicht können Sie uns helfen. Wären Sie bereit, mitzukommen?«

»Wie lange würde das dauern?«

»Nicht lange. Wir möchten nur protokollieren, was Sie vielleicht gesehen haben, als Sie dort waren. Es könnte uns möglicherweise helfen, die Täter zu finden.«

Das klügste ist, wenn ich so tue, als ob ich helfen will. Und welche Wahl habe ich schon?

»Ja, ich kann mitkommen«, sagte Frankie.

»Wir haben einen Wagen dort drüben, Mr. Foley«, sagte Matt. »Und wenn wir fertig sind, werden wir dafür sorgen, daß Sie hingebracht werden, wohin Sie wollen.«

Frankie setzte sich auf den Rücksitz des Wagens und sah, daß die Geschichte, man könne vom Rücksitz eines Bullenwagens nur aussteigen, wenn sie es zuließen, überhaupt nicht stimmte. Die Behauptung, daß sie hinten keine Türgriffe hatten, war Blödsinn. Das war ein ganz normaler Wagen, und die Türgriffe funktionierten.

Er wurde ein bißchen nervös, als die beiden Detectives ein wenig miteinander plauderten, bevor sie einstiegen. Sie standen mit dem Rücken zu ihm und sprachen leise miteinander, und er konnte nicht verstehen, was Detective Milham zu Detective Payne sagte:

»Dieses Arschloch hält Sie für einen scharfen Hund, Matt. Manchmal löst ihnen das die Zunge. Im Rundhaus befragen *Sie* den Scheißkerl. Wickeln Sie ihn ein.«

»Sie meinen, er hat es getan?«

»Dieser Bastard ist verrückt. Mal hören, was er zu sagen hat.«

AUSSAGE VON: John Francis »Frankie« Foley

DATUM UND ZEITPUNKT: 22. Mai 1975, 17.40 Uhr
ORT: Mordkommission, Polizeipräsidium, Raum A.

BETRIFFT: Raub/Mord im Inferno Lounge Bar & Restaurant

IN ANWESENHEIT VON: Detective Wallace J. Milham, # 626

BEFRAGT VON: Detective Matthew M. Payne, # 701

PROTOKOLLIERT VON: Mrs. Jo-Ellen Garcia-Romez, Schreibkraft

ICH BIN Detective Payne. Dies ist Mrs. Gracia-Romez, die alles, was Sie sagen, auf der Schreibmaschine mitschreiben wird.

Wir befragen Sie hinsichtlich des Doppelmordes im Inferno Lounge Bar & Restaurant.

Wir haben die Pflicht, Ihnen zu erklären, daß Sie die folgenden Rechte haben:

A. Sie haben das Recht, die Aussage zu verweigern und überhaupt nichts zu sagen.

B. Alles, was Sie sagen, kann und wird vor Gericht gegen Sie verwendet werden.

C. Sie haben das Recht, mit einem Anwalt Ihrer Wahl zu reden, bevor wir Ihnen irgendwelche Fragen stellen, und Sie haben das Recht, daß der Anwalt hier anwesend ist, während wir die Fragen stellen.

D. Wenn Sie sich keinen Anwalt erlauben können und einen wünschen, werden wir Ihnen kostenlos einen Anwalt stellen, bevor wir irgendwelche Fragen stellen.

75-331D (Rev. 7/70) Seite 1

E. Wenn Sie zu einer Aussage bereit sind, haben Sie das Recht, jederzeit damit aufzuhören, falls Sie das wünschen.

1. **Frage. Haben Sie verstanden, daß Sie das Recht haben, die Aussage zu verweigern und überhaupt nichts zu sagen?**

Antwort: Ja, ich habe verstanden.

2. **Frage: Haben Sie verstanden, daß alles, was Sie sagen, gegen Sie verwendet werden kann und wird?**

Antwort: Ist mir etwas entgangen? Bin ich verhaftet oder was?

3. **Frage: Möchten Sie die Aussage verweigern?**

Antwort: Nein.

4. **Frage: Verstehen Sie, daß Sie das Recht haben, mit einem Anwalt zu reden, bevor wir irgendwelche Fragen stellen?**

Antwort: Aber Sie sagten, daß Sie nur mit mir sprechen wollen.

5. **Frage: Haben Sie verstanden, daß wir Ihnen kostenlos einen Anwalt stellen, wenn Sie sich keinen erlauben können, jedoch einen wünschen, bevor wir Ihnen irgendwelche Fragen stellen?**

Antwort: Ja, das habe ich verstanden.

6. **Frage: Möchten Sie jetzt mit einem Anwalt sprechen oder einen Anwalt bei sich haben, während wir Ihnen Fragen stellen?**

Antwort: Ich habe nichts zu verbergen.

7. **Frage: Sind Sie bereit, aus eigenem freien Willen Fragen zu beantworten, ohne Zwang oder Angst und ohne daß Ihnen gedroht wurde oder Versprechungen gemacht wurden?**

Antwort: Ja, ja, fangen Sie schon an.

75.331-D (Rev. 7/70) Seite 2

(Detective Milham): Frankie, um Ihnen die Dinge klarzumachen: das nennt man die Fragen nach dem Miranda-Gesetz. Jeder, der hier sitzt, wird das gefragt.

Antwort: Um Himmels willen, bin ich verhaftet oder nicht?

(Detective Milham): Sie sind nicht verhaftet.

Antwort: Sie haben mich für einen Moment durcheinandergebracht.

8. Frage: Für die Akten, Mr. Foley, nennen Sie Ihren Namen, den Wohnort und die Beschäftigung.
   Antwort: Frank Foley, Philadelphia. Im Augenblick arbeite ich für Wanamaker's.

9. Frage: Mr. Foley, waren Sie in der Inferno Lounge an dem Abend, an dem dort ein Doppelmord geschah?
   Antwort: Ja, das war ich. Kurz vor Mitternacht.

10. Frage: Was haben Sie dort getan?
    Antwort: Ich bin auf einen Drink dort gewesen. Ich trinke hin und wieder dort was.

11. Frage: Ist das alles? Nur auf einen Drink?
    Antwort: Ich habe mit Atchison, dem Besitzer, gesprochen, ob ich vielleicht dort als Kellner arbeiten kann.

12. Frage: Hat das Lokal einen Kellner?
    Antwort: Sie wissen, was ich meine. Ich habe mich angeboten, die Dinge im Auge zu behalten. Dies ist eine ziemlich rauhe Gegend, verstehen Sie?

13. Frage: Oh, Sie meinen, Sie haben sich als Rausschmeißer angeboten?
    Antwort: Die Leute mögen dieses Wort nicht. Aber ja, eine Art Rausschmeißer.

14. Frage: Haben Sie Erfahrung in solchen Dingen?
    Antwort: Eigentlich nicht. Aber ich war beim Marine-Corps. Ich kann auf mich aufpassen. Die Dinge im Griff behalten, wissen Sie.

75.331-D (Rev. 7/70) Seite 3

15. Frage: Als Sie in der Mordnacht im Inferno waren, haben Sie mit Mr. Atchison darüber gesprochen, daß Sie für ihn arbeiten möchten?
Antwort: Ich nehme an, wir haben darüber gesprochen. Als ich reinkam, gingen wir in sein Büro, um etwas zu trinken. Ich weiß nicht mehr genau, worüber wir gesprochen haben, aber vielleicht darüber. Wir haben schon immer darüber gesprochen.

16. Frage: Sie gingen in sein Büro? Sie haben nicht an der Bar getrunken?
Antwort: Atchison mag Leuten keine Getränke an der Bar ausgeben, wissen Sie. So gingen wir die Treppe runter in sein Büro.

17. Frage: War Mrs. Atchison im Inferno, als Sie dort waren?
Antwort: Nein. Er sagte, sie und Marcuzzi gingen irgendwohin.

18. Frage: Sie kannten Mrs. Atchison?
Antwort: Ja, so kann man es bezeichnen. Gutaussehende Frau. Riskierte gern ein Auge, wenn Sie verstehen, was ich meine.

19. Frage: Sie kannten Sie also ziemlich gut?
Antwort: Nicht so gut, wie ich sie gern gekannt hätte.

20. Frage: Sagen Sie uns genau, was Sie taten, als Sie ins Inferno gingen?
Antwort: Nun, ich ging hinein, trank was an der Bar, und dann kam Atchison rüber und lud mich ein, in sein Büro zu gehen. Dort tranken wir einen, und dann verließ ich das Lokal.

21. Frage: Was würden Sie sagen, wie lange Sie im Inferno waren?
Antwort: Eine halbe Stunde, höchstens. 10 Minuten vielleicht in der Bar und dann 15 oder 20 Minuten unten in seinem Büro.

75.331-D (Rev. 7/70) Seite 4

22. Frage: Wir haben gehört, daß Mr. Atchison viel Geld in dem Büro aufzubewahren pflegte. Daß er Gästen Kredit gab. Wußten Sie das?
Antwort: Ja, klar. Das tat er. Das war einer der Gründe, weshalb wir darüber sprachen, daß ich für ihn arbeite. Die Leute zahlen manchmal nicht zurück, wenn sie es sollen.

23. Frage: Und Sie wollten ihm helfen, seine Schulden einzutreiben?
Antwort: Nicht nur das. Einfach ein Auge auf alles haben. Für Ruhe und Frieden sorgen, wissen Sie.

24. Frage: Haben Sie irgend etwas Ungewöhnliches bemerkt, als Sie im Inferno waren?
Antwort: Nein. Wenn Sie meinen, ob ich jemand gesehen habe, der aussah, als könnte er das Lokal überfallen, muß ich verneinen. Wenn ich jemand Verdächtiges gesehen hätte, wäre ich dageblieben.

25. Frage: Sie sagten, Mrs. Atchison riskierte gern ein Auge. Denken Sie, daß das, was geschah, etwas damit zu tun hat? Amüsierte sie sich mit anderen Männern, meinen Sie das?
Antwort: Nun, das hat sie vielleicht getan. Wie ich schon sagte, sie mochte anscheinend Männer. Aber ich weiß nichts mit Sicherheit.

26. Frage: Als Sie das Inferno verließen, wohin gingen Sie da?
Antwort: Nach Hause. Es war spät.

27. Frage: Haben Sie eine Ahnung, wer das Inferno überfallen und diese beiden Leute ermordet haben könnte?
Antwort: Es gibt viele Leute in Philadelphia, die so was tun würden. Aber ob ich einen Namen weiß? Nein.

28. Frage: Das ist alles, was ich an Fragen habe. Es sei denn, Detective Milham hat noch Fragen.
(Detective Milham): Nein. Ich denke, das ist alles. Danke, Mr. Foley.

75.331-D (Rev. 7/70) Seite 5

29. (Mr. Foley): Darf ich eine Frage stellen?

(Detective Payne): Gewiß.

(Mr. Foley): Als Sie diesen Perversen erschossen, der Frauen verstümmelte, was haben Sie da benutzt?

(Detective Payne): Meinen .38er.

(Mr. Foley): Und bei dem Blödmann, der mit den anderen das Ding bei Goldblatt drehte? Denselben .38er?

(Detective Payne): Ja.

(Mr. Foley): Da haben Sie mehr Mumm als ich. Wenn mein Leben auf dem Spiel stünde, dann würde ich mindestens einen .45er tragen. Haben Sie jemals gesehen, was ein .45er bewirkt?

(Detective Payne): Ja, das habe ich. Aber wir können nur Waffen tragen, die bei der Polizei erlaubt sind.

(Mr. Foley): Das ist Blödsinn.

(Detective Payne): Unter uns, ich stimme Ihnen zu.

(Mr. Foley): Irgendwann, wenn wir uns mal treffen, lade ich Sie vielleicht auf ein Bier oder was ein, und wir können uns über Waffen unterhalten. Ich war im Marine-Corps. Da lernt man was über Waffen.

(Detective Payne): Das würde ich gern tun.

(Detective Milham): Ich denke, das ist alles, Mr. Foley. Danke für Ihre Zeit und Kooperation.

(Mr. Foley): Das ist alles? Ich bin fertig?

(Detective Milham): Das ist alles. Vielen Dank.

75.331-D (Rev. 7/70) Seite 6

19

»Frankie hat sich in Matt verliebt«, sagte Wally Milham. »Er will ihm einen ausgeben und mit ihm über Waffen plaudern.«

»Allmächtiger!« sagte Matt.

Jason Washington hob ein wenig gebieterisch die Hand und machte eine kreisförmige Bewegung mit dem ausgestreckten Zeigefinger, um der Kellnerin zu signalisieren, daß er noch einen Expresso haben wollte.

Sie waren im Café Elana, einem neuen (und ziemlich protzigen, wie Matt fand) Kaffeehaus in Society Hill.

»Das gibt es manchmal«, sagte Washington und widmete seine Aufmerksamkeit wieder dem Gespräch am Tisch. »Ich denke, es hat mehr mit seinem Amt und der damit verbundenen Macht zu tun als mit seiner charmanten Persönlichkeit. Sie werden es vielleicht interessant finden, Matthew, dieses Phänomen mit Ihrer Schwester zu diskutieren.«

»In diesem Fall liegt es daran, daß Matt Leute erschießt, beziehungsweise erschossen hat«, sagte Milham. »Frankie fand das faszinierend.«

»Mit anderen Worten, Frankie fand eine verwandte Seele?« fragte Washington. »Darüber sollten wir nachdenken.«

»Mit diesem Typen stimmt was nicht«, sagte Matt.

»Mit den meisten Leuten, die Morde begehen, stimmt was nicht, wie Sie es formulierten«, sagte Washington. »Oder hatten Sie etwas Spezielles im Sinn?«

»Er ist anscheinend von der Realität losgelöst«, sagte Matt. »Er war nur besorgt darüber, daß er aufgelesen und zur Befragung bei der Mordkommission mitgenommen wurde, als ich mit ihm das Miranda-Gesetz durchging. Da war er beunruhigt, daß er verhaftet worden ist. Aber selbst das schien ihm nicht sehr viel auszumachen. Und als Wally ihm sagte, daß er nicht festgenommen ist ...«

»Matthew, Ihnen ist hoffentlich klar, daß in dem Moment, in dem ihm gesagt wurde, daß er nicht festgenommen ist, die Informationen über seine Miranda-Rechte rein akademisch waren.«

»Ich dachte, es würde ihn entnerven, wenn ich die Routine durchziehe«, sagte Matt. »Und ich kam einfach nicht soweit, daß ich ihn über seine Verwicklung in den Raub oder die Morde befragen konnte. Ich fragte ihn nur, ob er im Inferno war, was er dort getan hat und ob er etwas Ungewöhnliches gesehen hat.«

»In diesem Fall ist kein Schaden angerichtet«, sagte Washington, »aber Sie waren nahe am Rand der Klippe.«

»Matt fragte mich, bevor er ihm das Miranda vorlas«, sagte Wally Milham zu Matts Verteidigung. »Ich hielt es für sinnvoll. Matt hat recht, mit dem Kerl stimmt etwas nicht.

Ich war einverstanden damit, daß er ihn aufrüttelt, und sagte ihm, er soll nicht über den Doppelmord selbst reden. Weder von den Morden im Inferno noch von der Ermordung Kellogs.«

»Dann, Wallace, habt ihr beide am Rand der Klippe gestanden und riskiert, einem Verteidiger, der seit sechs Wochen Anwalt ist, zu einem Argument zu verhelfen, das den Verstand der Geschworenen umnebelt.«

Washington ließ die Kritik einen Moment lang einwirken und sprach dann weiter: »Nachdem ich das gesagt habe, möchte ich hinzufügen, daß es keine schlechte Idee war. Professor Washington wollte als Tutor von Detective Payne nur darauf hinweisen, daß es enorme Risiken gibt, wenn man um das Miranda-Gesetz herumtanzt. Ich habe die Erfahrung gemacht, je gräßlicher das Verbrechen ist, desto größer ist die Sorge der Richter und Anwälte um die Rechte des Beschuldigten.«

»Ich habe Matt nicht von der Leine gelassen, Jason«, sagte Milham, und sein Ärger über die Lektion war sichtbar und wuchs, während er weitersprach. »Und er war kein unkontrolliertes Geschütz. Ich war darauf vorbereitet, ihm ins Wort zu fallen, wenn er etwas gesagt hätte, was er nicht hätte sagen sollen. Aber ich brauchte nicht einzugreifen.«

»Es war nicht böse gemeint, Wallace«, sagte Washington. »Trotzdem waren meine Bemerkungen richtig. Es würde mich wahnsinnig ärgern, wenn Mr. Foley und Mr. Atchison ungestraft davonkämen, weil es einen Verfahrensfehler gegeben hat.«

»Okay«, sagte Milham.

»Ich habe das Gefühl, daß keiner von Ihnen beiden Foley in Zusammenhang mit der Ermordung Kellogs bringt. Stimmt das ...?«

»Er hat etwas mit dem Fall Inferno zu tun«, sagte Milham. »Atchison sagt, er kennt Frankie Foley nicht, und Frankie erzählt uns, er will dort als Rausschmeißer arbeiten.«

»Es sei denn natürlich, er ist tatsächlich ein Killer, der im

Auftrag arbeitet«, sagte Washington. »Während ich auf euch beide gewartet habe, dachte ich über die Anomalie nach, daß ein netter irischer Junge vom Mob beschäftigt wird. Das ist natürlich ungewöhnlich, aber nicht unmöglich. Ich habe die 75-94er Formulare über den Fall Kellog gelesen. Es wurde nichts von großem Wert im Haus entwendet. Das einzige, was Mrs. Kellog als vermißt meldete, waren ihr Ehe- und Verlobungsring. Sie ließ sie dort, als sie Officer Kellog verließ. Einige andere kleine Dinge fehlen: ein Hochzeitsfoto mit silbernem Rahmen; ein tragbarer Fernseher; und ein silbernes Kaffeeservice. Der Erlös auf der Straße würde kaum mehr als dreihundert Dollar sein. Und es fehlen natürlich die Kassetten aus dem Recorder, der mit dem Telefon verbunden war. Aber all das ist nicht genug für einen Einbrecher, um dafür zu morden. Die professionelle Art und Weise, wie Officer Kellog erschossen wurde, läßt eher auf eine Hinrichtung schließen als auf sonst etwas. Vielleicht hatte es sein Mörder auf die Kassetten abgesehen.«

»Jemand vom Rauschgiftdezernat?« sagte Milham zweifelnd. »Jason, ich kann mir nicht vorstellen ...«

»Ich auch nicht. Es sei denn, diese Kassetten waren so belastend, daß verzweifelte Maßnahmen ergriffen werden mußten. Oder ...«

»Oder was?«

»Was auf den Kassetten war, belastete den Mob. Es wurde die Entscheidung gefällt, Officer Kellog zu eliminieren und die Kassetten sicherzustellen. Und um zu vermeiden, daß eine Verbindung zwischen dem Mob und dem Rauschgiftdezernat hergestellt werden kann, wurde ein Killer von außerhalb angeheuert. Vielleicht Matts Bewunderer. Ich meine, wir sollten nicht ausschließen, daß Mr. Foley etwas mit Officer Kellogs Ermordung zu tun haben könnte.«

»Wenn dieser Typ ein Hitman ist, und ich kann mir das nicht vorstellen – er ist nicht smart genug –, warum, zum Teufel, arbeitet er dann bei Wanamaker's?« fragte Milham.

»Interessante Frage«, sagte Washington. »Es gibt allerlei

mögliche Erklärungen. Nehmen wir zum Beispiel an, Mr. Foley wird vom Mob als Kredithai unter dem Personal des Kaufhauses Wanamaker's beschäftigt. Er sichert die Rückzahlung eines Kredits mit so brutalen Methoden, daß der Mob auf diesen zuverlässigen Mann mit Ambitionen aufmerksam wird und sich sagt, daß er vielleicht für wichtigere Dinge eingesetzt werden kann.«

»Warum nicht?« sagte Milham.

»Ich lasse mal meiner Phantasie freien Lauf«, fuhr Washington fort, »um ein glaubwürdiges Szenario zu finden, warum Mr. Atchison uns in puncto Foley angelogen hat. Er ist kein Dummkopf, und er muß gewußt haben, daß uns der Barkeeper von Foleys Besuch in der Bar an jenem Abend erzählt. Nehmen wir mal an, Mr. Atchison weiß oder vermutet, daß Foley eine Verbindung zum Mob hat. Nehmen wir weiter an, Mr. Atchison hat irgendwelche Probleme mit dem Mob gehabt. Oder Mr. Marcuzzi hatte irgendwelche Schwierigkeiten mit dem Mob. Mr. Marcuzzi wurde umgebracht, und Mrs. Atchison war sozusagen eine unschuldige Zuschauerin. Mr. Atchison wurde verschont, mit einer Warnung, offen oder versteckt, den Mund zu halten. Weil er weiß oder vermutet, daß Mr. Foley eine Verbindung zum Mob hat, widerstrebt es ihm, mit dem Finger auf ihn zu zeigen. Mir fiel auf, daß ihm Marcuzzis Tod gleichgültig war. Es ist möglich, daß er wußte, was mit Marcuzzi los war, und sich sagte, daß er nur bekommen hat, was er verdiente.«

»Sie meinen, Frankie hat nichts mit dem Fall Inferno zu tun?« fragte Matt.

»Das habe ich nicht gesagt«, erwiderte Washington. »Ich sage, wir haben noch kein Motiv dafür, daß Atchison etwas mit dem Tod seiner Frau und seines Partners zu tun hat. Keine hohe kürzlich abgeschlossene Lebensversicherung et cetera, et cetera.«

»Und wenn wir Atchison damit konfrontieren, daß er in puncto Foley gelogen hat, gesteht er bestimmt nicht, daß er sich als Kredithai betätigt und Foley das Geld für ihn eintreiben läßt«, überlegte Matt laut.

»Genau«, sagte Washington. »Und wir haben wenig Beweismaterial, abgesehen von den Kugeln aus den Leichen von Mrs. Atchison und Mr. Marcuzzi. Das ist nutzlos, solange wir nicht die entsprechenden Waffen haben *und* nicht beweisen können, daß sie Foley oder sonst jemand gehören oder von ihm oder sonst jemandem benutzt wurden. Vielleicht gibt es zwei Raubmörder.«

»Nun, wir könnten Matt auf einen Drink mit Frankie schicken und über Waffen plaudern lassen«, sagte Milham scherzhaft.

»Frankie ist vielleicht nicht der Hellste, aber er ist gerissen«, sagte Matt. »Ich bezweifle, daß ich von ihm etwas erfahren könnte.«

»Ich auch, aber lassen Sie uns das durchdenken«, sagte Washington.

»Menschenskind!« stieß Matt hervor. »Kann ich meiner Phantasie freien Lauf lassen?« Er sah Sergeant Washington fragend an.

»Nur zu.«

»Foley redet gerne. Prahlt. Ich habe das Gefühl, es ist ihm peinlich, daß er bei Wanamaker's arbeitet.«

»Und?«

»Vielleicht prahlt er bei jemand anderem.«

»Ich kann Ihnen nicht folgen, Matthew«, sagte Washington. Sein Tonfall verriet Ungeduld.

»Ein Typ kommt zu ihm in einer Bar. Erzählt ihm, er hat gehört, daß Frankie Beziehungen hat. Sagt ihm vielleicht, daß er eine Waffe kaufen will.«

»Das ist zu weit hergeholt, Payne«, sagte Milham. »Sie glauben doch nicht, er verkauft die Waffen, die er im Inferno benutzt hat, oder? Die liegen vermutlich auf dem Grund des Flusses.«

Matts und Washingtons Blicke trafen sich.

»Che-sus«, sagte Matt. »Mit all seinen Goldketten.«

Es dauerte fast eine Minute, bis Jason Washington sprach. »Ich denke, an Matts Idee ist etwas dran.«

»Che-sus?« fragte Milham.

»Detective Jesus Martinez«, erklärte Washington. »Lassen Sie mich das mit Lieutenant Natali und vielleicht auch Captain Quaire abstimmen. Es würde helfen, wenn ich sagen könnte, der betreffende Detective hat keine Einwände.«

»Das müßte klappen«, sagte Milham.

»Ich möchte Sie darauf hinweisen, daß Mr. Foley im Rundhaus zwar völlig gelassen wirkte, sich jedoch Sorgen macht, wenn er Zeit zum Nachdenken gehabt hat. Es ist möglich, daß er Kontakt zu Mr. Atchison aufnimmt oder der mit ihm, was Atchison vielleicht weniger selbstbewußt macht, als er war, als wir ihn verlassen haben. Jedenfalls weiß ich nicht, was jemand von uns heute noch tun könnte. Ich schlage vor, wir machen Feierabend.«

»Ich werde versuchen, etwas aus Helene herauszuholen«, sagte Milham. »Und ich frage bei der Mordkommission nach, ob sich irgend etwas Neues ergeben hat.«

An jedem Abend außer dem Sonntagabend zwischen 20 Uhr 00 und 20 Uhr 25 stoppte ein Wagen, meistens ein neuer Buick, nahe der Mitte des 1200er Blocks der Ritner Street in South Philadelphia. Ein Mann mit einer kleinen Tasche mit Reißverschluß stieg auf der Beifahrerseite aus, ging zur Tür des Hauses, in dem Mr. und Mrs. Timothy Francis ›Sonny‹ Boyle wohnten, und klingelte.

Die Tür wurde geöffnet, der Mann trat ein, und die Tür wurde geschlossen. Nach einer Minute wurde die Tür für gewöhnlich wieder geöffnet, und der Mann, immer noch mit der kleinen Tasche mit Reißverschluß, tauchte auf und stieg in den Wagen, der daraufhin davonfuhr.

Es waren in Wirklichkeit zwei Taschen. Die Tasche, die der Mann ins Haus trug, war meistens leer, und die Tasche die er aus dem Haus trug, enthielt die Aufzeichnungen von Mr.

Boyles geschäftlichen Transaktionen des Tages und das Bargeld, das damit erzielt worden war, abzüglich Mr. Boyles Provision.

Mr. Boyle war im Nummern-Geschäft tätig. Seine Klientel ›kaufte eine Nummer‹, das heißt, sie wählte eine Nummer zwischen 000 und 999. Der Standardkaufpreis war ein Dollar. Wenn die gewählte Nummer ›kam‹, das heißt, wenn sie mit den drei Zahlen hinter dem ersten Komma der Aktivität der New Yorker Börse an diesem Tag übereinstimmte, erhielt der glückliche Nummernbesitzer fünfhundert Dollar. Wenn zum Beispiel an einem Tag der Kurs bei Börsenschluß 340,676,000 war, gewann derjenige, der die Nummer 676 gekauft hatte, und erhielt für die Quittung fünfhundert Dollar.

Mr. Boyles Geschäft funktionierte ganz leicht. Die meisten der Verkäufe wurden durch kleine Einzelhandelsgeschäfte, Süßwarengeschäfte, Lebensmittelgeschäfte, Zeitungsstände und dergleichen abgewickelt. Einzelne Kunden kauften eine Nummer und erhielten einen Beleg. Der Ladenbesitzer übergab seine durchgepauste Kopie der gewählten Nummer und seine Kopien der Einnahmebelege (minus zehn Prozent Provision für seine Bemühungen) einem von Mr. Boyles Boten. Der Bote brachte die Kopien zu Mr. Boyle, wofür er fünf Prozent der Gesamteinnahmen erhielt. Mr. Boyle bereitete anhand der Kopien eine Liste der gekauften Nummern vor und gab die Kopien und das Bargeld (minus zehn Prozent für seine Bemühungen) in die kleine Tasche mit Reißverschluß für die Sammlung des Gentleman ab, der ihn jeden Abend zu Hause anrief.

Der Verkauf der Nummern wurde um 14 Uhr 30 gestoppt. Die New Yorker Börse schließt um 15 Uhr 00. Um 15 Uhr 15 wurden die Transaktionen des Tages in Rundfunk und Fernsehen mitgeteilt, und Mr. Boyle erfuhr, welche Nummer gewonnen hatte, wenn überhaupt eine. Oder, was weitaus häufiger war, daß keine Nummer getroffen worden war. Nur einmal hatte Mr. Boyle erlebt (und er war Bote gewesen, bevor er selbst ›Nummernmann‹ geworden war), daß fünf Personen eine Nummer gekauft hatten, die gepaßt hatte. Er hielt es für weitaus wahrscheinlicher, daß er vom Blitz getroffen wurde, bevor es einmal passierte, daß sechs Personen dieselbe Gewinnummer wählten. Wenn eine Nummer gewann, hatte Mr. Boyle fast immer ausreichend Geld aus den Einnahmen des Tages, um den Gewinn auszubezahlen. Wenn die Gewinne über die Einnahmen hinausgingen, was ein äußerst seltener Zufall war, telefonierte er, und es war dann genügend Bargeld in der kleinen Tasche mit Reißverschluß, die ihm gebracht wurde, um die Gewinner auszuzahlen, was gewissenhaft am nächsten Geschäftstag erledigt wurde.

Um 19 Uhr 15 saß Mr. Boyle in Hemdsärmeln an seinem Küchentisch und beendete die Verwaltungsarbeit des Tagesgeschäfts, als es an der Haustür klingelte.

Er war ein bißchen neugierig, ließ sich jedoch nicht in seiner Konzentration stören. Seine Arbeit war wichtig, und er war stolz auf seine Genauigkeit, seine absolute Ehrlichkeit gegenüber den Kunden und seinen Arbeitgebern und seine Pünktlichkeit. Er war nur zweimal nicht fertig gewesen, als der Mann mit der kleinen Tasche an seiner Tür aufgetaucht war. Seine Frau, Helen, hatte überdies strikte Anweisung, dafür zu sorgen, daß er bei der Arbeit nicht gestört wurde, es sei denn, das Haus stand in Flammen.

Der Küchentisch war bedeckt mit Kopien der ausgewählten Zahlen des Tages, die weiterbefördert wurden, und mit Stapeln von Geld, sorgsam gefaltete Scheine, die mit Gummiband zusammengehalten wurden. Die Bündel gefalteter Banknoten – die Tageseinnahmen – bestanden überwiegend aus Dollarscheinen, aber es gab auch viele Fünf-, Zehn- und Zwanzigdollarscheine, die zu eigenen Stapeln gebündelt waren. Da waren auch drei Stapel Zehndollarnoten, nagelneue Scheine, die mit der Banderole der Philadelphia Savings Fund Society versehen waren und die Aufschrift ›$ 500‹ hatten.

Die nagelneuen Zehndollarscheine würden benutzt werden, um die gestrigen Gewinner auszubezahlen, deren Nummern gepaßt hatten. Dies, so glaubte Mr. Boyle, hatte eine gewisse Werbewirkung.

Er hätte die Gewinner natürlich von den Einnahmen des Tages auszahlen können. Es gab viele Leute, die sich sagten, Geld ist Geld, und die es nicht juckte, woher es kam, solange sie es ausgeben konnten. Aber Sonny war der Ansicht, daß Gewinner glücklich waren, wenn sie nagelneue Scheine erhielten, anstatt alte und abgegriffene, bei denen man nicht wußte, woher sie stammten. Die Gewinner fühlten sich besser, und wenn sie sich besser fühlten, kauften sie nicht nur Nummern, sondern zeigten auch stolz das Bündel neuer Geldscheine herum, wodurch sie ihre Freunde und Nachbarn ermunterten, einen Dollar oder ein paar mehr auf Nummern zu setzen.

Die Schwingtür vom Eßzimmer wurde geöffnet.

»Schatz«, sagte Helen, um seine Aufmerksamkeit zu gewinnen.

Sonny schaute ärgerlich zu ihr auf. Sie kannte die Regeln.

»Was ist?« fragte er alles andere als höflich.

»Mr. D'Angelo ist hier«, sagte Helen.

Marco D'Angelo war Mr. Boyles direkter Vorgesetzter. Normalerweise fuhr er den Buick, der rituell des Abends zwischen 20 Uhr 00 und 20 Uhr 15 auftauchte. Mr. D'Angelo schaute dann die Straße auf und ab, während sein Assistent in Mr. Boyles Haus ging.

Wie Sonny die Hierarchie verstand, arbeitete Mr. D'Angelo direkt für Mr. Pietro Cassandro. Mr. Pietro Cassandro war der jüngere Bruder von Mr. Paulo Cassandro, der ein gemachter Mann war, wie Sonny gehört hatte, und der direkt Mr. Vincenzo Savarese unterstand, der sozusagen der Aufsichtsratsvorsitzende war.

Sonny *wußte* das nicht. Aber man munkelte es. Und er hielt es für unhöflich, genaue Fragen zu stellen.

Sonny blickte auf seine Armbanduhr. Marco D'Angelo war erst in einer dreiviertel Stunde fällig.

»Er ist hier? Jetzt schon? Wie spät ist es?«

Mr. D'Angelo tauchte in der Küche auf.

»Hallo, Sonny«, sagte er. »Tut mir leid, daß ich hier so hereinplatze.«

»Macht nichts«, erwiderte Sonny. »Kann ich Ihnen etwas anbieten?«

»Danke, nein«, sagte Mr. D'Angelo. »Sonny, Mr. Cassandro möchte mit dir sprechen. Geht das in Ordnung?«

»Ich erledige das Tagesgeschäft«, sagte Sonny und wies auf den Tisch.

»Es wird nicht lange dauern«, sagte Mr. D'Angelo. »Laß das einfach liegen. Wenn du etwas später dran bist, ist das nicht der Weltuntergang. Du kannst den Rest erledigen, wenn du zurückkehrst.«

»Wie Sie meinen, Marco«, sagte Sonny. »Ich hole nur mein Jackett.«

Mr. Boyle fühlte sich nicht behaglich. Er hatte Mr. Pietro Cassandro bei mehreren Anlässen gesehen, aber er *kannte* ihn nicht. Er kramte verzweifelt in der Erinnerung, ob er irgend etwas getan hatte, was vielleicht mißverstanden worden war. Es fiel ihm nichts ein. Wenn es etwas gab, dann war es eine Panne, ein ehrlicher Fehler.

Das Problem war, Pietro Cassandro davon zu überzeugen, ihm zu versichern, daß er nichts bewußt getan hatte, was in irgendeiner Weise den im Laufe der Jahre aufgebauten guten Ruf, zuverläßlich und ehrlich zu sein, gefährden konnte.

Sonny kannte den Mann nicht, der bei Marco D'Angelos schwarzem Buick stand. Er war ein großer Mann mit Stiernacken. Der Mann starrte ihn finster an.

»Steigst du hinten ein, Sonny?« sagte Mr. D'Angelo. »Für mich ist es da zu eng.«

»Kein Problem«, sagte Sonny.

Er setzte sich auf den Rücksitz. Mr. D'Angelo schlug die Tür zu und setzte sich auf den Beifahrersitz.

Sie fuhren zum La Portabella Restaurant in der South Front Street. Sonny hatte gehört, daß es eine von Mr. Paulo

Cassandros Geschäftsbeteiligungen war. Der Parkplatz wirkte voll, doch ein Mann, der wie ein Bruder von Marco D'Angelos Fahrer aussah, tauchte auf und winkte sie auf einen freien Platz in der Nähe der Küche.

Sie betraten das Gebäude durch die Küche. Marco D'Angelo führte Sonny an den Herden und Arbeitstischen vorbei, und der Mann mit dem Stiernacken folgte ihnen.

Marco D'Angelo klopfte an eine Tür.

»Marco, Mr. Cassandro.«

»Ja«, ertönte eine Stimme hinter der Tür.

D'Angelo schob die Tür auf und forderte Sonny mit einer Geste auf, vor ihm einzutreten.

Es war ein Büro. Der Schreibtisch war gedeckt wie ein Tisch im Restaurant. Ein großer italienischer Gentleman saß dahinter mit einer Serviette vor der Brust. Er stand auf, als Sonny eintrat.

Der große italienische Gentleman war Mr. Paulo Cassandro, Pietros Bruder. Sonny hatte sein Bild in der Zeitung gesehen, als er wegen irgend etwas verhaftet worden war. Der *Inquirer* hatte ihn als ›angeblichen Mafioso‹ bezeichnet.

»Sonny Boyle, richtig?« fragte Mr. Cassandro, lächelte und gab ihm die Hand.

»Das bin ich«, sagte Sonny etwas beklommen.

»Freut mich, dich kennenzulernen. Marco hat mir Gutes über dich erzählt.«

»Tatsächlich?«

»Ich weiß deinen Besuch zu schätzen.«

»Ist doch selbstverständlich, Sir.«

»Gib ihm ein Glas«, sagte Paulo Cassandro. »Hast du Hunger, Sonny? Habe ich dich von deinem Abendessen abgehalten?«

»Nein. Ein Glas Wein wäre prima. Danke.«

»Bist du sicher, daß du nichts essen möchtest?«

»Ja, danke.«

»Nun, vielleicht ißt du etwas, nachdem wir uns unterhalten haben. Ich denke, ich schulde dir etwas, weil ich dich zu

Hause wegholen ließ. Nach unserem Gespräch ißt du etwas. Das ist das mindeste, was ich für dich tun kann.«

»Vielen Dank.«

»Marco sagte mir, du hast ziemlich gute Beziehungen in deinem Viertel. Kennst viele Leute. Stimmt das?«

»Ich lebe in dem Haus, in dem meine Mutter geboren wurde, Mr. Cassandro.«

»Sagt dir der Name Frankie Foley etwas, Sonny?«

Verdammt! An so etwas habe ich nicht gedacht!

»Ich weiß, wer das ist«, sagte Sonny.

»Meine Frage macht dich anscheinend nervös«, sagte Paulo Cassandro. »Sie ist dir unangenehm, nicht wahr?«

»Nein, nein. Warum sollte sie das sein?«

»Das will ich von dir hören. Du wirkst nervös.«

Sonny zuckte mit den Schultern.

»Erzähl mir von diesem Knaben«, sagte Paulo Cassandro.

»Ich weiß nicht viel über ihn«, sagte Sonny.

»Erzähl mir, was du weißt.«

»Nun, er ist aus dem Viertel. Ich sehe ihn gelegentlich.«

»Ich habe das Gefühl, daß du nicht über ihn reden möchtest.«

»Mr. Cassandro, kann ich etwas sagen?«

»Darauf warte ich, Sonny.«

»Ich dachte irgendwie, Sie wissen alles über ihn.«

»Ich weiß nichts über ihn. Deshalb frage ich. Wie kommst du darauf, daß ich alles über ihn weiß?«

»Ich dachte irgendwie, daß Sie ihn kennen, daß er ein ... Geschäftspartner ist, meine ich.«

»Wie kommst du auf diese Idee?«

»Das erzählen die Leute«, sagte Sonny. »Ich kam durch ihn auf diese Idee. Aber vielleicht habe ich ihn mißverstanden. Ja, so muß es sein. Wenn Sie ihn nicht kennen, habe ich mir was Falsches gedacht.«

»Sonny, ich habe diesen Knaben nie gesehen«, sagte Paulo Cassandro. »Ich würde ihn nicht kennen, wenn er jetzt hier hereinspazieren würde.«

»Es – es tut mir leid, daß ich eine falsche Vorstellung hatte.«

»Warum sollte es dir leid tun? Wir alle machen Fehler. Erzähl mir, für welche Art von Geschäftspartner von mir du ihn gehalten hast.«

»Nichts Genaues. Ich dachte nur, er arbeitet für Sie.«

»Du weißt nicht, wo er arbeitet?«

»Er arbeitet bei Wanamaker's.«

»Als was?«

»Das weiß ich nicht. In dem Kaufhaus, denke ich.«

»Nur zwischen dir und mir, dachtest du wirklich, ich würde jemand für mich arbeiten lassen, der im Wanamaker's-Kaufhaus arbeitet?«

»Es war nicht respektlos gemeint, Mr. Cassandro.«

»Das weiß ich, Sonny. Wie ich schon sagte, Marco hat Gutes über dich gesagt. Sieh mal, ich weiß, daß du dich geirrt hast, und ich verstehe das. Aber als du noch einer falschen Ansicht warst, was hat da deiner Meinung nach dieser Knabe für mich getan?«

Sonny antwortete nicht sofort.

»He, wir sind hier unter Freunden. Was in diesen vier Wänden gesagt wird, bleibt darin. Okay?«

»Ich fühle mich wie ein verdammter Blödmann, weil ich nicht erkannte, daß es blödes Gelaber war, was ich hörte«, sagte Sonny. »Ich hätte es besser wissen sollen.«

»*Was* besser wissen sollen, Sonny?« fragte Paulo Cassandro, und jetzt war eine Spur von Ungeduld in seiner Stimme.

»Er deutete an, daß er als Hitman für Sie arbeitet«, sagte Sonny widerstrebend.

»Du hast recht, Sonny«, sagte Paulo Cassandro. »Du hättest es besser wissen sollen. Du hättest wissen sollen, daß es blödes Gelaber ist. Weißt du warum?«

Wie durch ein Wunder kam Sonny Boyle eine Eingebung. Er wußte plötzlich, welche Antwort er geben sollte.

»Weil Sie ein ehrbarer Geschäftsmann sind«, sagte er.

»Richtig. All dieser Scheiß in den Filmen über einen Mob

und Hitman ist nichts als Blödsinn. Und das hättest du wissen sollen, Sonny. Ich bin ein wenig enttäuscht von dir.«

»Es ist mir peinlich. Ich habe das einfach nicht richtig durchdacht.«

»Richtig. Du hast nicht gedacht. Das kann einen in Schwierigkeiten bringen, Sonny.«

»Ich weiß.«

»Ha, was soll's. Du bist unter Freunden. Marco sagt Gutes über dich. Vergessen wir die ganze Sache.«

»Danke.«

»Du weißt, was ich meine, wenn ich sage, vergessen wir die ganze Sache?«

»Ich bin mir nicht ganz sicher.«

»Weißt du, was du heute abend getan hast, Sonny?«

»Nein.«

»Du wolltest nett zu deiner Frau sein. Du wolltest sie überraschen. Du kennst einen Jungen, der hier nebenan in der Küche arbeitet. Du bist durch die Hintertür gekommen und hast ihn gebeten, zwei Abendessen zum Mitnehmen zu machen. Das hat er getan.«

»In Ordnung, Mr. Cassandro.«

»Daß die beiden Abendessen auf Kosten des Hauses gehen, bleibt unter uns, okay?«

»Natürlich.«

»Und du hast keinen außer deinem Freund gesehen, okay?«

»Absolut, Mr. Cassandro.«

»Marco«, sagte Paulo Cassandro. »Bestell zwei Abendessen zum Mitnehmen. Antipasti, Kalbfleisch, etwas Pasta, Fisch, Spumoni, zwei Flaschen Wein. Und dann bring Sonny heim.«

»Jawohl, Mr. Cassandro.«

Paulo Cassandro reichte Sonny die Hand.

»Ich würde sagen, es war nett, dich zu sehen, Sonny, aber wir haben uns ja nicht gesehen, nicht wahr? Arbeite weiter so gut. Es wird geschätzt.«

»Danke, Mr. Cassandro.«

»Siehst du jemanden hier, der so heißt, Marco?«

»Nein«, sagte Marco D'Angelo.

»Verzeihung«, sagte Sonny.

»Ah, geh nur. Laß dir das Abendessen schmecken«, sagte Paulo Cassandro.

Als Matt die Media Inn an der Kreuzung Baltimore Pike und Providence Route erreichte, fuhr er aus einem Impuls heraus geradeaus weiter nach Media, anstatt nach links auf die Providence Road abzubiegen und zu dem Haus in Wallingford zu fahren, in dem er aufgewachsen war.

Abgesehen von der Lampe über der Haustür brannte kein Licht in dem Backsteinhaus in der Wilson Avenue 320; Mr. Gerald North Atchison, Gastronom und fast mit Sicherheit Verschwörer bei einem Doppelmord, war offenbar am Abend ausgegangen.

Während sich Matt langsam dem Haus näherte und vorbeifuhr, hatte er Zeit, sich klarzumachen, daß dies nicht das klügste war, was er in letzter Zeit getan hatte.

Und wenn er zu Hause gewesen wäre? Was dann? Was habe ich finden wollen?

Er beschleunigte den Porsche.

Ich fahre nach Hause und hoffe, ich kann genug – was sagte Wohl, wie Amy es bezeichnet hat? ›Trauerschock‹ – trauergeschockt aussehen, um meine Mutter zu überzeugen, daß ich nicht der Hurensohn bin, als der ich mich erwiesen habe.

O Gott! Was ist, wenn Amanda bei mir anruft, und Milhams Freundin meldet sich? Amanda wird sich sagen, daß ich mich von einer anderen in meinem Trauerschock trösten lasse! Und zu Recht sauer sein. Schlimmer als sauer, gekränkt. Ich muß sie anrufen.

Und das ist nicht so schlecht. Sie hat gesagt, ich soll nicht anrufen. Aber so habe ich einen Vorwand. Mensch, bin ich froh, daß ich auf diesen Gedanken gekommen bin!

Plötzlich ging Licht hinten im Haus Wilson Avenue 320 an

und nahm an Stärke zu, Matt blickte über die Schulter – es war schwierig in dem engen Innenraum des Porsche – und sah, daß das linke Tor der Doppelgarage aufging.

Er fuhr schnell an den Straßenrand, stoppte und schaltete die Scheinwerfer aus. Einen Augenblick später bog ein Cadillac Coupé de Ville rückwärts aus dem Zufahrtsweg auf die Straße, zeigte Matt das Heck und fuhr in die andere Richtung davon.

Matt wendete mit immer noch ausgeschalteten Scheinwerfern und fluchte, als der Vorderreifen über die Bordsteinkante hüpfte, die er nicht sehen konnte. Dann gab er Gas und verfolgte den Cadillac.

Warum tue ich das?

Weil ich mich für Sherlock Holmes halte? Oder weil ich nicht heimfahren und mich von Mutter in meinem Trauerschock trösten lassen will?

Oder vielleicht, nur vielleicht, weil ich Cop und hinter diesem Bastard her bin?

Der Verkehr auf dem Baltimore Pike durch Clifton Heights und Lansdowne nach Philadelphia war stark, und es gab eine Reihe von Ampeln. An zwei roten mußte er halten, während der Cadillac noch bei Grün durchfuhr. Deshalb war es nicht leicht, auf Sichtweite an dem Cadillac dranzubleiben.

Atchison fuhr zu Yock's Diner an der 57th und Chestnut, gerade innerhalb der Stadtgrenze. Matt fuhr am Parkplatz vorbei. Er sah Atchison aus seinem Wagen steigen und auf das Schnellrestaurant zugehen. Matt umrundete den Block und fuhr auf den Parkplatz.

Atchison kannte ihn natürlich, folglich konnte er nicht in das Lokal gehen. Er ging zu Yock's Diner und wollte versuchen, einen Blick durch die Fenster zu werfen. Als er an einem Wagen vorbeiging, blickte er mehr zufällig ins Innere. Da war ein Funkgerät unter dem Armaturenbrett, und dann sah er auch die Antenne. Ein neutraler Polizeiwagen.

Die Insassen werden mich hier herumschleichen sehen, aus dem

Wagen springen, in Trillerpfeifen blasen, mit Taschenlampen leuchten und mich des Autodiebstahls bezichtigen.

Es war ein zwei Meter breiter Streifen zwischen dem geparkten neutralen Polizeiwagen und Yock's Diner, der mit allerlei immergrünen Büschen bepflanzt war, die dicht waren und Dornen hatten. Matt zerkratzte sich die Beine, und ein großer Dorn riß sein Jackett auf.

Er fand eine Stelle, an der er die Füße aufsetzen konnte, und zog sich an der Eisenverkleidung an der Wand hoch, um durch die Scheibe zu spähen.

An diesem Tisch wird eine jungfräuliche Lady sitzen oder zwei, und wenn sie das Gesicht am Fenster sehen, werden sie schreien und die Leute in dem neutralen Polizeiwagen veranlassen, herbeizueilen, um die Gesellschaft zu schützen..

Der Tisch war unbesetzt. Matt dreht den Kopf und schaut nach rechts und links.

Mr. Gerald North Atchison saß allein an einem Tisch und studierte die Speisekarte.

Warum auch nicht? Was habe ich erwartet? Leute müssen essen. Und hungrige Leute fahren zu einem Schnellrestaurant.

Er ließ sich an der Wand hinuntergleiten und wollte sich zurück durch den Dornendschungel kämpfen.

Du bist ein verdammter Blödmann, Matthew Payne. Der Preis deiner Idiotie, den Superdetektiv zu spielen, ist ein eingerissenes Jackett. Sei dankbar dafür, daß dich die Jungs in dem neutralen Polizeiwagen nicht gesehen haben.

Aber, verdammt, warum ist er den ganzen Weg hierhin gefahren? Er hätte viel näher bei seinem Haus essen können – im Media Inn zum Beispiel.

Matt verharrte einen Augenblick lang reglos, dann machte er kehrt und kletterte wieder an der Wand hoch.

Mr. Gerald North Atchison reichte lächelnd die Speisekarte einer Kellnerin, die das Haar zu einem Dutt aufgetürmt trug.

Was treibst du hier, du Hundesohn?

Matt schaute sich wieder in dem Lokal um.

Frankie Foley saß an der Theke des Schnellrestaurants. Die Reste seiner Mahlzeit standen vor ihm, und er trank Kaffee und hielt die Tasse mit beiden Händen.

»Wollen Sie da runterklettern, Sir, und uns erzählen, was Sie da treiben?« ertönte eine Stimme hinter Matt.

Er schaute schnell über die Schulter. Zu schnell. Sein rechter Fuß rutschte von der Wandverkleidung ab, und er konnte sich nicht mehr halten und plumpste rücklings in einen der größeren immergrünen Dornbüsche.

»Scheiße!« sagte Matt.

»Jesus!« stieß einer der Cops hervor, und sein Tonfall verriet, daß ihn das absonderliche Verhalten von Bürgern immer noch erstaunte.

»Ich bin ein Drei-sechs-neun«, sagte Matt.

Beide Cops betraten den dornigen Dschungel gerade weit genug, daß sie Matts Arme und Schultern packen und ihn aus dem dornigen Busch ziehen konnten.

»Ich bin Detective Payne, Special Operations«, sagte Matt. »Lassen Sie mich hier raus, und ich zeige Ihnen meinen Ausweis.«

Die beiden beobachteten ihn mißtrauisch, als er in sein Jackett griff und das Lederetui hervorzog.

Der größere der beiden Cops nahm das Etui entgegen, sah sich den Inhalt sorgfältig an und gab es zurück.

»Was treiben Sie hier?« fragte er.

»Ich brauche Ihre Hilfe«, sagte Matt.

»So sieht es aus«, sagte der andere Cop.

»Da drinnen ist ein Mann namens Gerald North Atchison«, sagte Matt. »Haben Sie von dem Doppelmord im Inferno gehört?«

»Ja, davon habe ich gehört«, sagte der Größere.

»Seine Frau und sein Partner wurden ermordet«, sagte Matt. »Und da drinnen ist ein anderer Mann, Frankie Foley, den wir darin verwickelt sehen.«

»Sie sagten, Sie sind von der Special Operations«, meinte der größere Cop. »Ist das kein Fall für die Mordkommission?«

»Ich arbeite an dem Fall«, sagte Matt. »Ich folgte Atchison von seinem Haus bis hierher. Ich denke, er trifft sich hier mit Foley. So paßt vieles zusammen.«

»Welche Art Hilfe brauchen Sie?« fragte der größere der beiden Cops.

»Ich kann dort nicht reingehen. Sie kennen beide mein Gesicht.«

»Was suchen Sie?«

»Ich weiß es nicht«, bekannte Matt, und es war ihm klar, wie blöde das klang. »Ich will feststellen, ob sie miteinander reden. Irgendwas in dieser Art. Es ist bestimmt kein Zufall, daß sie beide hier sind.«

»Wenn Sie genug Grips hätten, um Pisse aus einem Stiefel zu gießen«, sagte der größere der beiden Cops, »dann würden sie sich hier auf dem Parkplatz treffen, wo niemand sie sehen kann.«

Das war eine Bemerkung, der Matt nichts entgegensetzen konnte.

»Harry«, sagte der kleinere der beiden Cops, »ich könnte noch eine Tasse Kaffee trinken.«

»Das wüßte ich zu schätzen«, sagte Matt.

»Wenn sie Hilfe brauchen, warum rufen Sie keine über den Funk?« fragte Harry.

»Ich fahre meinen Privatwagen.«

»Wo sind diese Typen?«

»Atchison …« Matt gab eine knappe Beschreibung, »… sitzt am zweiten Tisch von der Küche aus. Foley …«, er beschrieb ihn ebenfalls, »… sitzt an der Theke auf dem dritt- oder viertletzten Hocker am hinteren Ende.«

»Wir sehen uns das an«, sagte der größere Cop. »Ich bin Harry Cronin, Payne. Kripo Süd. Dies ist Bob Chesley.«

Chesley hob grüßend die Hand; Cronin schüttelte Matts Hand.

»Sie haben sich das Jackett eingerissen, falls Sie das noch nicht bemerkt haben«, sagte er, und dann forderte er Chesley mit einem Wink auf, voranzugehen.

Eine Minute später folgte Cronin seinem Kollegen in das Schnellrestaurant. Matt ging vom Yock's Diner fort und postierte sich hinter der zweiten Reihe der Wagen auf dem Parkplatz.

Nach fünf Minuten sah er Foley aus Yock's Diner kommen. Matt duckte sich hinter einen Wagen und beobachtete Foley durch die Fensterscheiben. Foley ging zu einem verschrammten und poppig neugespritzten zweitürigen Oldsmobile. Er stieg ein, schloß die Tür, und die Innenbeleuchtung ging an.

»Dieser Typ«, sagte Detective Cronin, als er bei Matt war, »ging mit einem Päckchen aufs Klo. Mit einem schweren Päckchen. Er kam zwei Minuten später ohne Päckchen heraus. Dann ging der fette Typ aufs Klo, und als er herauskam, hatte er das Päckchen.«

»Ich möchte wissen, was in diesem Päckchen ist«, sagte Matt.

»Es war schwer und mit einer Kordel verschnürt«, sagte Cronin. »Es könnte eine Waffe darin sein. Waffen, Mehrzahl.«

»Scheiße!« murmelte Matt.

»Waffen helfen nicht?«

»In den vergangenen Tagen habe ich mir ein paar Predigten anhören müssen, daß man einem Verteidiger keine Munition liefern soll«, sagte Matt. »Ich befürchte, ein Verteidiger biegt das als ungesetzliche Aktion unsererseits hin, wenn wir Atchison das Päckchen abnehmen, und wir verlieren die Waffen als Beweisstücke.«

»Wenn Waffen darin sind, nur vielleicht«, sagte Cronin.

Matt fluchte.

»Ich könnte den dicken Typen anrempeln, und vielleicht fällt das Päckchen zu Boden und platzt auf ...«, sagte Cronin.

»Und vielleicht auch nicht.«

»Vielleicht auch nicht, Payne.«

»Ich sollte besser sehr vorsichtig sein«, sagte Matt.

»Wie Sie wollen. Können wir sonst noch etwas für Sie tun?«

»Ich werde ihm folgen. Könnten Sie hinter mir her fahren?«

»Ich weiß nicht. Ich muß nachfragen.«

»Vergessen Sie's«, sagte Mat. »Ich habe das allein angefangen, und ich führe es auch allein zu Ende. Er könnte ohnehin mißtrauisch werden, wenn ihm zwei Wagen folgen.«

»Wissen Sie, ob er nicht bereits mißtrauisch geworden ist, als Sie ihm gefolgt sind?«

»Nein, das weiß ich nicht.«

Sie warteten schweigend.

»Wenn man einen Waffenlauf oder etwas aus einem aufgerissenen Päckchen sieht, wäre das ein ausreichender Grund, nach dem Waffenschein zu fragen, nicht wahr?« fragte Matt schließlich.

»Absolut. Eine verpackte Waffe ist eine versteckte Waffe.«

»Er hat einen Waffenschein, aber Sie könnten an die Seriennummer herankommen.«

»Ich werde den Kerl anrempeln«, sagte Cronin.

Zehn Minuten später kam Gerald North Atchison aus dem Yock's Diner. Detective Cronin trat zwischen zwei parkenden Wagen hervor und prallte geschickt gegen ihn, hart genug, daß Atchison taumelte. Aber er ließ das Päckchen nicht fallen, und er drückte es fest an sich, während sich Cronin überschwenglich für seine Unachtsamkeit entschuldigte und Atchisons Kleidung zu glätten versuchte.

Detective Cronin, immer noch Entschuldigungen murmelnd, ging in das Schnellrestaurant. Atchison starrte ihm nach, machte dann kehrt und eilte zu seinem Wagen. Matt schlenderte zu seinem Porsche, stieg ein und folgte Atchison dann vom Parkplatz.

Atchison fuhr zurück in Richtung Media. Er bog nach links auf die Providence Road, gerade als die Ampel von Gelb auf Rot umschaltete. Der Verkehr war so stark, daß Matt die rote Ampel nicht ignorieren konnte. Er wartete ungeduldig, bis es endlich Grün wurde, und dann gab er Gas und folgte Atchisons Cadillac.

Er war nirgendwo zu sehen. Matt sah nicht einmal rote Rücklichter in der Ferne.

Matt fuhr noch schneller. Als er am Haus von Mr. und Mrs. Brewster Payne II. vorbeibrauste, fuhr er fünfzig Stundenkilometer über der erlaubten Höchstgeschwindigkeit. In der Küche brannte Licht, und Matt sah vor seinem geistigen Auge seine Eltern am Küchentisch sitzen.

Jenseits der Brücke über die Eisenbahngleise in der Nähe der Wallingford Station entdeckte er die unverkennbare Heckbeleuchtung eines Cadillac. Er holte auf.

Atchison fuhr durch Chester, zum Fluß und dann durch eine heruntergekommene Gegend ehemaliger Werften und stillgelegter Ölraffinerien. Er kurvte langsam um große Schlaglöcher und Abfall herum, der auf der Fahrbahn lag.

Matt schaltete die Scheinwerfer aus, was verhinderte, daß Atchison seinen Verfolger bemerkte, was aber zugleich eine klare Sicht auf die Straße verhinderte. Er rumpelte mehrmals durch Schlaglöcher und befürchtete, einen Platten zu bekommen und die Stoßdämpfer zu ruinieren.

Und dann fuhr er über etwas Metallenes, das sich unter dem Porsche verfing. Es kreischte entsetzlich, und Funken sprühten.

Matt machte eine Vollbremsung. Er überlegte, ob er das tat, weil er befürchtete, daß Atchison das Kreischen hörte oder die Funken sah, oder weil er an den Schaden dachte, der bei dem Porsche angerichtet worden war.

Er sprang aus dem Wagen und blickte frustriert hinter Atchisons Cadillac her. Und dann leuchteten die Bremslichter auf, und der Cadillac stoppte.

Verdammt, er hat mich gesehen!

Was jetzt?

Plötzlich ging die Innenbeleuchtung des Cadillac an, als Atchison die Tür öffnete. Er stieg aus, sah sich um – Matt hatte das Gefühl, Atchison starre fasziniert auf den Porsche – und schlug dann die Wagentür zu.

Es dauerte eine Weile, bis sich Matts Augen an die jetzt tiefe Dunkelheit gewöhnt hatten, aber dann sah er Atchison als Umriß, der vom Cadillac fortging.

Er folgte ihm zu Fuß. Als er näher heran war, sah er, daß sie am Fluß waren und Atchison auf einem Pier stand, der in den Fluß ragte.

Atchison machte eine Bewegung wie ein Basketballspieler. Ein Schatten von etwas flog im Bogen himmelwärts, fiel, und kurz darauf hörte Matt schwach ein Platschen.

Atchison ging schnell zu seinem Cadillac zurück. Er stieg ein, ließ den Motor an und wendete. Als das Licht der Scheinwerfer in Matts Richtung strich, ließ sich Matt auf den Boden neben der Straße fallen. Seine Hände berührten etwas Feuchtes und Klebriges. Er schnüffelte an einer Hand. Sie stank nach dem, was er befürchtet hatte.

Atchisons Cadillac rollte an ihm vorbei. Er stoppte bei dem Porsche. Atchison stieg aus und blickte sich sichernd um. Einen Augenblick lang sah es aus, als wollte Atchison versuchen, die Tür des Porsche zu öffnen. Doch dann stolperte er über etwas.

Er eilte zurück in seinen Cadillac und fuhr schnell davon.

Matt rappelte sich auf, rieb die Hände an seinem Jackett ab, um sie zu säubern – das Jackett war ohnehin ruiniert – und ging zu seinem Wagen.

Er sah, worüber Atchison gestolpert war. Über eine verbeulte Stoßstange.

Dieses Ding hat das Kreischen und Funkensprühen verursacht. Mit ein wenig Glück wird Atchison denken, daß der Porsche deshalb hier ist und nicht, daß jemand ihm folgte und über die verdammte Stoßstange fuhr.

Die Rücklichter des Cadillacs waren nicht mehr zu sehen.

Macht nichts, er fährt vermutlich ohnehin nach Hause.

Matt öffnete die Tür des Porsche, zog die Schlüssel aus dem Zündschloß, öffnete die Haube und nahm den Wagenheber. Er brauchte eine Viertelstunde, bis er die Stoßstange ganz unter dem Fahrgestell entfernt hatte.

20

Inspector Peter Wohl war aufgebracht, als er die Tür seines Apartments öffnete und Detective Payne davorstehen sah.

»Was, zum Teufel, wollen Sie? Sind Sie blau oder was?«

»Atchison hat etwas in den Fluß geworfen, und ich wette, es sind Waffen«, sagte Matt.

»Wovon reden Sie?«

»In Chester«, erklärte Matt. »Ich bin ihm gefolgt.«

»Was? Wie kamen Sie auf die Idee, daß Sie dazu befugt waren?«

»Er traf sich mit Frankie Foley. Foley gab ihm ein Päckchen, und Atchison warf es in Chester in den Fluß.«

»Ich will alles darüber hören, Detective Payne, aber nicht

hier und nicht, wenn Sie offensichtlich besoffen sind. Ich sehe Sie um acht Uhr in meinem Büro.«

Er knallte Matt die Tür vor der Nase zu. Matt wartete einen Moment und wandte sich dann zur Treppe. Er war auf halbem Weg nach unten, als Lichtschein ihm verriet, daß die Apartmenttür wieder geöffnet worden war. Er blickte über die Schulter hinauf.

Amelie Payne, Dr. phil., Dr. med., stand in einem Frotteebademantel auf dem Treppenabsatz.

»Matt, was ist passiert?«

Du magst seine Geliebte sein, aber zuallererst bist du meine große Schwester, die sich um ihren kleinen Bruder kümmert.

»Bist du betrunken?« fragte Amy, mehr mitfühlend als moralisch empört.

»Noch nicht.«

»Komm rein«, sagte Amy. »Was heißt ›noch nicht‹?«

»Das heißt, daß ich es für eine glänzende Idee halte, mich zu besaufen, und ich werde sie begeistert aufgreifen, wenn ich erst gebadet habe.«

»Was ist das für ein Zeug auf Ihrem Jackett?« fragte Wohl, neugierig, nicht mitfühlend.

»Ich bezweifle, daß ich das herausfinden will.«

»Komm rein«, sagte Amy im Befehlston.

Jetzt ist sie in ihrer Heilerin-der-Menschheit-Rolle.

Matt stieg die Treppe hinauf.

»Es ist auf deiner ganzen Kleidung!« stellte Amy fest.

»Ich habe es bemerkt.«

Sie strich professionell über seine Stirn.

»Eine Reizung der Haut. Irgend etwas Ätzendes. Du mußt lange und heiß baden.«

»Wenn er hier rein will, muß er erst die Stinkeklamotten ausziehen«, sagte Wohl, der sich resigniert in das Unvermeidliche fügte.

Eine Viertelstunde später, bekleidet mit dem Bademantel, den Amy getragen hatte, als sie auf dem Treppenabsatz aufgetaucht war, betrat Detective Payne Inspector Wohls Wohnzimmer. Inspector Wohl und Dr. Payne waren jetzt vollständig bekleidet.

»Man, das heißt frau verlangt, daß ich mich entschuldige, weil ich Sie für besoffen erklärt habe«, sagte Wohl. »Möchten Sie ein Bier?«

»Liebend gern«, sagte Matt.

Wohl ging in die Küche, kehrte mit einer Flasche Ortleibs zurück und überreichte sie Matt.

»Ich habe des weiteren die Anweisung, Sie freundlich zu befragen und daran zu denken, daß Sie zweifellos noch unter Trauerschock stehen«, sagte Wohl. »Fangen wir also ganz freundlich von vorn an, ja?«

»Ich mag deinen Sarkasmus nicht, Peter«, sagte Amy. »Sieh dir sein Gesicht und seine Hände an. Voller Kratzer! Hast du irgendeine antiseptische Lotion?«

»Rizinus?« fragte Wohl. »Wo haben Sie sich gesuhlt, Detective Payne?«

»Aber doch keinen Rizinus, Peter!«

»Auf einem Pier, oder bei einem Pier, in der Nähe der stillgelegten Raffinerien in Chester«, sagte Matt.

»Wohin Sie, wie Sie sagten, Atchison folgten?«

»Das kann warten, bis ich sein Gesicht und die Hände behandelt habe«, sagte Amy. Ich sollte ihn vielleicht zur Notaufnahme bringen.«

»Es ist alles in Ordnung mit mir«, sagte Matt.

»Du mußt irgend etwas in der Hausapotheke haben, Peter!« sagte Amy.

»Sieh darin nach«, sagte Wohl. »Detective Payne, Sie sagen also, Sie sind Atchison gefolgt. Und ich fragte Sie, warum, zum Teufel, Sie auf die blöde Idee kamen …«

»Hör auf, Peter!« befahl Amy. »Was ist los mit dir?«

Sie blickte ihn finster an und marschierte ins Schlafzimmer. Eine halbe Minute später kehrte sie zurück und zeigte triumphierend eine Tube mit irgendeiner Salbe.

»Das ist das Richtige«, sagte sie. »Warum hast du mir nicht gesagt, daß du die Salbe im Haus hast?«

»Ich weiß ja nicht mal, was es ist«, erwiderte Wohl.

Amy trug die Salbe auf Matts Gesicht und dann auf die Kratzer an den Händen auf.

»Gib mir das Zeug, ich hab' einen bösen Kratzer am Bein«, sagte Matt.

Wohl schaute hin.

»Ich kann es kaum erwarten, zu erfahren, wo Sie noch waren außer auf einem Pier in Chester«, sagte er.

»Die Kratzer habe ich mir in den Büschen vor dem Yock's Diner an der 57th und Chestnut geholt. Dort sah ich Atchison und Foley.«

»Sie haben einen eifrigen kleinen Sherlock Holmes junior gespielt?«

»Peter, um Himmels willen, denk an das, was ich dir gesagt habe.«

Wohl starrte Matt finster an.

»Okay. Fangen wir wieder beim ersten Loch an, wie der Golfer sagt. Erzählen Sie von Anfang an.«

Zehn Minuten später wählte Wohl eine Telefonnummer, die er auswendig kannte.

»Tony, ich störe nur ungern zu dieser Uhrzeit, aber es ist wichtig. Fahren Sie zur Kripo Süd. Ich werde dort anrufen und Sie ankündigen. Ich will eine Aussage von zwei Detectives. Einer heißt Cronin, der andere Chesley. Als erstes sagen Sie ihnen, daß sie über das, was heute abend geschah, schweigen. Wenn sie bei den Kollegen darüber sprechen, wird es am Morgen öffentlich bekannt sein. Dann möchte ich, daß Sie die beiden, einzeln, befragen, was im Yock's Diner los war. Payne war dort, er folgte Atchison dorthin. Frankie Foley war dort. Frankie traf mit einem Päckchen ein. Atchison fuhr mit dem Päckchen nach Chester und warf dort das Päckchen in den Fluß. Payne nimmt an, das Päckchen enthielt Waffen. Ich will von den Detectives Fakten hören, keine Vermutungen, etwas, das sie vor Gericht bezeugen können, ohne von Atchisons Anwalt auseinandergenommen zu werden.«

Detective Tony Harris stellte eine Frage, während der

Inspector Wohl Detective Payne anschaute. Matt Paynes Gesicht zeigte zusätzlich zu der glänzenden Schicht Salbe einen Ausdruck selbstgefälliger Zufriedenheit. Inspector Wohl zeigte ihm den Mittelfinger, milderte die Geste jedoch mit einem Lächeln.

Detective Payne ließ sich davon nicht einschüchtern.

»Wenn Sie recht haben, dann haben Sie recht«, sagte er.

Inspector Wohl wandte seine Aufmerksamkeit wieder dem Telefonat zu.

»Ich kenne ein paar Leute bei der Polizei von Chester«, sagte er. »Ich werde sie anrufen, und dann kommen Payne und ich dorthin. Payne sagt, er kann den Pier wiederfinden. Er markierte die Stelle mit einer alten Stoßstange. Ich werde die Cops von Chester bitten, den Platz zu bewachen, bis wir beim ersten Tageslicht unsere Taucher einsetzen können. Ich hoffe, Tony, daß Sherlock Holmes junior wieder Glück hatte. Ich halte es für möglich. Rufen Sie mich an, wenn Sie fertig sind. Die Uhrzeit ist mir gleichgültig.«

Er legte den Hörer auf.

»Was wir haben, Superdetektiv«, sagte er zu Matt, »ist eine Menge *wenn*. *Wenn* das Päckchen Waffen enthält. *Wenn* diese Waffen ballistisch übereinstimmen mit den Waffen, die im Inferno benutzt wurden. *Wenn* wir die Waffen mit Atchison oder Foley in Verbindung bringen können.«

»Wenn all das nicht klappt, können wir den beiden zusetzen«, argumentierte Matt. »Was trieben sie zusammen im Yock's Diner? Was enthielt das Päckchen, das Foley Atchison übergab?«

Wohl fiel kein Gegenargument ein.

»Und *wenn* wir Ihren Pier finden, setzte ich Sie bei Ihrem Elternhaus in Wallingford ab«, sagte er.

»Er kann nicht zu dieser Uhrzeit und mit diesem Aussehen nach Wallingford fahren«, wandte Amy ein. »Mutter und Vater haben in den vergangenen Tagen genug durchgemacht. Er sollte nicht so dort auftauchen.«

»Und Sie können nicht in Ihr Apartment, weil Milhams

Freundin dort ist, nicht wahr? Bleibt also mein Apartment, nicht wahr?« sagte Wohl.

»Ich könnte in ein Hotel gehen.«

»Nein, er ...«, begann Amy. Wohl hob seine Hand, um Schweigen zu gebieten. Zu Matts Überraschung verstummte Amy.

»Wenn diese Sache klappt, Matt, dann werde ich Ihnen vielleicht ein großes Sortiment von Sünden vergeben, aber das hier werde ich Ihnen nie verzeihen.«

Er wies zum Schlafzimmer. Amy verstand, was er meinte, und errötete.

Detective Payne lächelte.

»Keuschheit, Tugend und Barmherzigkeit sollen einen jeden Tag des Lebens begleiten«, sagte er.

»Oh, du kleiner Hurensohn!« sagte Amelie Payne, Dr. phil., Dr. med.

Die Hafenpolizei befindet sich auf einem Teil eines städtischen Piers am Delaware River, südlich der Benjamin Franklin Bridge. Als Detective Payne um zehn vor sieben in seinem Porsche dort eintraf, der alarmierend zitterte, wenn er schneller als fünfzig fuhr, sah er aus, als wäre er am Strand eingeschlafen und hätte sich einen Sonnenbrand geholt und als wäre seine Kleidung eingelaufen (er trug Sachen, die er sich von Peter Wohl geliehen hatte, weil keine Zeit geblieben war, seine eigenen zu holen, und Wohl war etwas kleiner und fünfundzwanzig Pfund leichter).

Der Parkplatz war voller Privat- und Polizeiwagen. Da standen zwei Mobile Kripo-Labors und ein ähnlich großer Van mit dem Emblem der Hafenpolizei; zwei Streifenwagen; zwei neutrale Polizeiwagen (einen erkannte Matt als den von Wally Milham); ein grünes Oldsmobile Coupé (wie er wußte, der Privatwagen von Chief Inspector Dennis V. Coughlin); ein Polizeiwagen mit dem Abzeichen des Chester Police Department; und eine Vielzahl von Privatwagen.

Daß Denny Coughlin seinen eigenen Wagen fuhr, anstatt sich mit dem Dienstwagen von Sergeant Francis Holloran chauffieren zu lassen, machte Matt klar, daß er in seiner Rolle als liebender Onkel hier war, nicht als ranghohes Mitglied der Hierarchie der Polizei von Philadelphia.

Chief Coughlin und Detective Milham standen auf dem Pier. Coughlin winkte ihn zu sich.

»Was, zum Teufel, hast du mit deinem Gesicht angestellt, Matty?« fragte er, und seine Schroffheit konnte nicht seine Besorgnis verhüllen.

»Es ist nicht so schlimm, wie es aussieht«, sagte Matt.

»Amy meinte, es wird in ein paar Tagen weg sein«, sagte Coughlin, und sein Tonfall machte klar, daß er ernsthafte Zweifel an der Richtigkeit der Diagnose hatte.

»Sie sind für uns bereit«, sagte Milham und wies zur Seite des Piers. Matt blickte hinab. Da lag ein zwölf Meter langes Boot, ausgerüstet mit Scheinwerfern und Suchscheinwerfern, einer Ansammlung von Funkantennen, einer Radarantenne und den Blinklichtern, die wie die Lichtorgel eines Standardstreifenwagens aussahen.

Das Hinterdeck war voller Tauchausrüstung und Leute, einschließlich eines schick uniformierten Sergeants des Chester Police Department. Sein adrettes Äußeres bildete einen starken Kontrast zu dem der Beamten der Hafenpolizei, die sich zu ihrem normalen Dienst gemeldet hatten und Arbeitskleidung trugen.

Da war ein Lieutenant (vermutlich der Chef der Hafenpolizei), der am Ruder stand, und ein Sergeant saß an den Instrumenten.

Matt folgte Milham hinab über eine Treppe und sprang dann hinter ihm an Bord des Boots.

»Chief«, rief der Lieutenant zu Coughlin hinauf. »Möchten sie mitkommen, Sir?«

Es war eine Pro-forma-Frage, gestellt, weil Lieutenants im allgemeinen wissen, daß es klug ist, unter allen Umständen sehr höflich gegenüber Chief Inspectors zu sein. Die erwartete Antwort würde normalerweise sein: »Nein, danke. Aber nett, daß Sie gefragt haben.«

Chief Coughlin blickte auf seine Armbanduhr, überlegte kurz und sagte: »Was soll's, es liegt nichts auf meinem Schreibtisch, das nicht ein paar Stunden warten kann.«

Er ging schnell an Bord.

»Ich versuche, Ihnen nicht im Weg zu stehen, Lieutenant«, rief er, und dann ging er zu dem Sergeant der Polizei von Chester. »Ich bin Chief Coughlin.« Er reichte ihm die Hand. »Wir wissen Ihre Gefälligkeit zu schätzen und besonders, daß Sie hergekommen sind.«

»Wir helfen gern«, sagte der Sergeant. »Ich dachte, es ist vielleicht leichter für Sie, die Stelle zu finden.«

»Wir danken Ihnen«, sagte Coughlin.

Die Dieselmaschinen röhrten, und das Boot legte vom Pier ab und fuhr flußabwärts. Zur Linken konnte Matt den Komplex von Nesfoods International auf der Camden-Seite sehen, und zu seiner Rechten, auf dem Society Hill, glaubte er das Apartment von Mr. und Mrs. Chadwick T. Nesbitt IV. zu erkennen.

Was mag Vizepräsident Nesbitt zu dieser frühen Morgenstunde treiben? Überlegt er eine clevere Möglichkeit, wie er zusätzliche zehn Billionen Dosen Hühnersuppe verkaufen kann?

Matt sah, daß Denny Coughlin sich einen Weg zwischen den anderen Polizeibeamten und Technikern bahnte. Es beeindruckte Matt, überraschte ihn jedoch nicht sonderlich, daß Coughlin die meisten ihrer Namen kannte. Etwas unfreundlich, mit dem Wissen, daß Coughlin beleidigt wäre, wenn er es erfahren würde, dachte Matt, daß Coughlin die Menge der Cops genauso wirkungsvoll bearbeitete wie Jerry Carlucci seine Menge der Wähler.

Dann brachte ihn der Sergeant vom Chester Police Department in Verlegenheit.

»Sie sind Detective Payne, richtig?«

»Richtig«, sagte Matt und schüttelte dem Sergeant die Hand. »Schön, Sie kennenzulernen.«

»Ich möchte nicht abwerten, was Sie getan haben«, sagte der Sergeant. »Aber wissen Sie, was ich soeben dachte?«

Matt lächelte und schüttelte den Kopf.

»Ich dachte, es muß schön sein, für ein Police Department zu arbeiten, wo es genug Geld gibt, um jemanden wie diesen Atchison zu überwachen. Wir haben einfach nicht das Moos, um eine 24-Stunden-Überwachung zu bezahlen, nicht mal bei einem Mordfall. Wie viele Beamte haben an der Überwachung teilgenommen?«

»Ich weiß es wirklich nicht.«

Das ist weit von der Wahrheit entfernt. Ich weiß genau, wie viele. Null. Und die Überwachung von Atchison wird die Polizei von Chicago null Dollars kosten, weil sie nicht angeordnet wurde und, wie Peter mir mit einigem Nachdruck gesagt hat, ein weiterer Beweis meiner Blödheit ist: daß ich ein undisziplinierter Hitzkopf bin, der sich zu Eigenmächtigkeiten hinreißen läßt, ohne vorher zu denken.

Die Kosten für die Reparatur des Porsche, und ich mag gar nicht daran denken, wie hoch sie sein werden, plus die Kosten für neue Sachen, Jackett, Hemd, Hose, Krawatte und Schuhe, werden von Detective Matt Payne persönlich getragen. Ich wage nicht mal, Überstunden geltend zu machen.

Es dauerte nicht so lange bis zu den Piers in Chester, wie Matt erwartet hatte.

Und es war leicht, den richtigen Pier zu finden. Ein Wagen der Polizei von Chester stand darauf und war schon von weitem zu sehen.

Eine halbe Stunde nach dem Ablegen des Boots der Hafenpolizei am Pier tauchte ein Polizeibeamter mit Taucherhelm aus dem Wasser auf und hielt ein Päckchen hoch. Es war ein weißer Plastikmüllbeutel, umhüllt mit Klebeband.

»Ist es das, Matty?« fragte Denny Coughlin.

»Es sieht so aus wie das, mit dem Atchison das Yock's Diner verließ.«

»Guter Job, Matty.«

Es sei denn natürlich, es enthält etwas wie die Aufzeichnungen der Kredithai-Operation, die Atchison betrieb, und keine Waffen.

Ein Polizeifotograf knipste den Taucher im Wasser, fotografierte das Päckchen an Deck und wie ein Techniker behutsam das Klebeband entfernte. In dem Plastikmüllbeutel befand sich eine Papiertüte, die mit einer Kordel verschnürt war. In der Papiertüte, eingehüllt in den Putzlappen eines Mechanikers, waren drei Waffen. Ein großer Revolver, den ein Ballistiker für einen anderen Techniker zum Mitschreiben als einen .44-40er sechsschüssigen Revolver spanischer Herstellung identifizierte, ein sechsschüssiger Colt Revolver Kaliber .38 Special und eine halbautomatische Pistole Savage .32 ACP.

Officer Woodrow Wilson Bailey senior erwachte vom Duft nach frisch aufgesprühtem Kaffee und gebratenem Schinken. Das gefiel ihm. Er beklagte sich nicht und hatte kein Selbstmitleid, weil er die meisten Tage nicht dazu kam, mit Joellen und Woodrow junior zu frühstücken. Die Polizeiarbeit war ein Vierundzwanzig-Stunden-Job, und jeder Cop war mal mit der Schicht von 16 Uhr bis Mitternacht und von Mitternacht bis acht Uhr dran. Und wenn er ehrlich war, mußte er zugeben, daß ihm die Schicht bis zum Morgen gefiel. Es gefiel ihm, halb drei oder vier durch die verlassenen Straßen zu fahren, wenn sich all das lichtscheue Gesindel entschlossen hatte, ins Bett zu gehen. Aber es war nett, wenn er die Tagesschicht hatte und am Küchentisch sitzen und mit Joellen und Woodrow junior frühstücken konnte. Jeden Morgen so zu frühstücken, wenn er in Pension und in Hartsville sein würde, war eines der Dinge, auf die sich Woodrow schon jetzt freute.

Er stieg aus dem Bett, duschte schnell und rasierte sich. Dann zog er seinen Frotteebademantel an und ging in die Küche hinunter. Er haßte es, wenn er Kaffee oder Orangensaft oder sonst etwas auf ein sauberes Uniformhemd schlabberte und es wechseln mußte, und deshalb frühstückte er im Bademantel. Wenn man den Bademantel bekleckerte, brauchte man ihn nur in die Waschmaschine zu werfen. Joellen wußte, daß er stolz auf sein Aussehen in Uniform war, und sie hatte immer eine saubere und gebügelte für ihn da. Das war viel Arbeit, und Woodrow wußte es und bemühte sich sehr, seine Uniform nicht zu verschmutzen, damit Joellens Arbeit nicht vergeudet war.

»Ich wollte gerade hochgehen und dich fragen, ob du mit uns frühstückst«, sagte Joellen, als er die Küche betrat.

»Ich konnte den Kaffeeduft riechen«, sagte Woodrow. »Er würde einen Toten wecken.«

Joellen lächelte und küßte ihn.

»Guten Morgen, Sohn.«

»Guten Morgen, Sir«, sagte Woodrow junior. Er trug ein weißes Hemd und Krawatte und eine blaue Jacke. Er war auf der Cardinal Dougherty High School, und dort gab es eine Bekleidungsvorschrift. Noch wichtiger, dort wurde christliche Moral gelehrt, auch wenn die Schüler keine protestantischen Christen waren. Es wäre schön gewesen, wenn die Third Abyssinian eine von der Kirche betriebene Schule hätte, auf die Woodrow junior gehen könnte, aber das war nicht der Fall.

Und er konnte Woodrow junior gewiß nicht auf eine staatliche Schule schicken. Manchmal dachte Woodrow, daß es auf den Fluren in den staatlichen Schulen kein bißchen besser war als an den Straßenecken des Viertels. Man konnte dort alles Verbotene kaufen, und es war kein Ort, an den man sein Kind schickte, es sei denn, es interessierte einen nicht, was mit ihm geschah, was er sah und was er mit den Punkern erlebte.

Woodrow hielt es für einen wirklich christlichen Akt der Katholiken, protestantische Baptistenjungen wie Woodrow in ihre Schulen zu lassen. Und es gab dort viele. Dafür mußte man natürlich Schulgeld zahlen, aber in Woodrows Fall war es reduziert, weil Joellen jeden Tag kostenlos in der Cafeteria aushalf.

Woodrow setzte sich an den Küchentisch. Woodrow junior neigte den Kopf, und Joellen, die hinter ihrem Mann stand, schloß die Augen und neigte ebenfalls den Kopf.

»Herr, segne uns und diese Gaben, die wir von deiner Güte nun empfangen, durch Christus, unseren Herrn, Amen«, sagte Woodrow.

Joellen und Woodrow junior sagten ›Amen‹, und Joellen trug das Frühstück auf, Spiegeleier, Schinken, roter Traubensaft und die Biskuits, deren Rezept Joellen von Mamma Dear erhalten hatte, bevor diese vom lieben Gott in den Himmel gerufen worden war.

Nach dem Frühstück ging Woodrow hinauf, zog seine Uniform an und wollte seine Dienstwaffe aus der Kommode nehmen. Er blickte hinab auf seine Schuhe und fluchte fast. Es war ein Kratzer auf dem linken Schuh, und auf dem rechten war ein Schmutzfleck. Woodrow fragte sich, wann das passiert war. Er schob die Schublade der Kommode zu, in der er seine Waffe aufbewahrte, und ging hinunter in die Küche.

Joellen schaute zu, während er Gummihandschuhe anzog und sehr sorgfältig seine Schuhe polierte.

»Woodrow junior hätte das erledigt, wenn du es ihm gesagt hättest«, sagte Joellen.

»Ich habe sie verschmutzt, und ich mache sie sauber«, erwiderte Woodrow.

Dann holte er oben seine Waffe aus der Kommode, ging wieder nach unten und küßte Joellen zum Abschied. Er nahm seine Uniform und seinen Schlagstock von der Garderobe in der Diele und verließ das Haus.

Es war sieben Blocks bis zum Hauptquartier des Distrikts, an der 22nd Street und Hunting Park Avenue.

Woodrow ging flott, schaute sich dabei an, was es zu sehen gab, und sagte sich, daß er nach dem Anwesenheitsappell durch die Gassen patrouillieren würde, wenn er Streifendienst hatte. Er war seit siebzig Stunden nicht mehr auf Streife gewesen, und in dieser Zeit konnte auf den Straßen wer weiß was geschehen sein.

Es war ein Morgen wie jeder andere. Absolut nichts deutete darauf hin, daß er vor dem Tagesende im Büro des Inspectors der Kripo Nordwest stehen und fotografiert werden würde, während ihm der Bürgermeister von Philadelphia die Hand schüttelte.

Matt entschied sich *das erste zuerst* und fuhr vom Pier der Hafenpolizei zur Imported Motor Cars, Ltd. Inc. Dort bestätigten der Chefmechaniker, ein schwuler junger Mann mit Blazer und Fliege, und drei Mechaniker mit blütenweißen Kitteln, in denen sie mehr wie Gynäkologen wirkten, die auf eine Patientin warteten, seine schlimmsten Befürchtungen bezüglich des Porsche.

»Was haben Sie nur mit dem Wagen gemacht?« fragte der Chefmechaniker in einer Mischung aus Entsetzen und Freude, als er den Reparaturpreis schätzte.

Nun, ich habe nur einen Mordverdächtigen bei den ehemaligen Raffinerien in Chester gejagt und mußte die Scheinwerfer ausschalten, damit er nicht bemerkte, daß er verfolgt wurde.

»Ich bin über eine Stoßstange gefahren«, sagte Matt.

»Das kann ich mir denken!«

»Sie hätten den Wagen stehenlassen sollen, wo es passierte«, sagte einer der Mechaniker, und sein Tonfall verriet, daß Matt den Pokal für den Idioten des Jahres verdiente. »Einen Abschleppwagen rufen sollen. Wer weiß, welchen Schaden an der Aufhängung Sie durch das Fahren verursacht haben.«

Imported Motor Cars, Ltd. Inc. hatte offenbar solches Mitleid mit ihm oder sagte sich, daß sie es auf die Rechnung schlagen konnte, daß sie ihm einen Leihwagen gab. Einen neuen 911-Vorführwagen. Matt argwöhnte, daß er in den nächsten Tagen einen Anruf von Imported Motor Cars. Ltd. Inc. erhalten und gefragt werden würde, ob er angesichts der Reparaturrechnung an einem sehr günstigen Angebot für den Wagen interessiert war, den er als Leihwagen erhalten hatte.

Dann fuhr er zu seinem Apartment. Dort war niemand.

Helene Kellog war offenbar mit Wally Milham ausgegangen. Wally hatte gesagt, daß es bis 15 Uhr oder länger dauern würde, bevor das Labor die Untersuchung der Waffen aus dem Fluß abgeschlossen hatte. Oder vielleicht hatte er sich genügend beruhigt, um zur Arbeit zu gehen.

Es waren Anzeichen auf Helenes Anwesenheit im Apartment – Haarspray, Lidschatten und ein Deodorant in seinem Badezimmer –, als Matt Wohls Kleidung auszog und duschte.

Das erinnerte ihn, daß er nicht mit Amanda telefoniert hatte, damit sie nicht beruhigt war, wenn sie anrief und sich eine Frau meldet. Das heiße Wasser verschlimmerte die Wirkung dessen, was das Zeug, durch das er sich beim Pier gewälzt hatte, bei seinen Händen und dem Gesicht angerichtet hatte. Als er den Dampf vom Spiegel wischte, um sich zu rasieren, sah er rot wie ein Hummer aus. Wie ein Hummer mit einer weißen Stelle auf der rechten Wange, was den Rest seines Gesichts noch roter wirken ließ.

Und das Rasieren tat weh, sogar mit einem Elektrorasierer.

Er hatte sich gerade fertig angezogen, als das Telefon klingelte.

Das ist offenbar Inspector Wohl, der sich entschuldigt, weil er barsch zu mir war, und der die Dankbarkeit und Bewunderung der gesamten Polizei für meine brillante Detektivarbeit ausdrücken will, dachte Matt.

Allmächtiger, vielleicht ist es Amanda!

»Hallo.«

»Sie sind schwer zu erreichen, Matt«, ertönte die vertraute Stimme von Mrs. Irene Craig, der Sekretärin seines Vaters. »Bleiben Sie dran.« Er hörte schwach, wie sie hinzufügte, vermutlich über die Gegensprechanlage zu seinem Vater: »Triumph! Geduld zahlt sich aus!«

»Matt? Guten Morgen.«

»Guten Morgen, Dad.«

»Ich habe mir Sorgen gemacht, und nicht nur, weil wir gestern abend auf deinen Besuch warteten und anscheinend keiner wußte, wo du bist.«

»Tut mir leid, ich habe gearbeitet.«

»Arbeitest du jetzt?«

»Nein. Ich war gerade unter der Dusche.«

»Hast du ein paar Minuten Zeit, um zu mir zu kommen?«

»Jawohl, Sir, habe ich.«

»Prima, dann bis gleich«, sagte sein Vater und legte auf.

Er hat so schnell aufgelegt, damit ich keine Zeit habe, mir eine Ausrede einfallen zu lassen, weshalb ich nicht zu seinem Büro kommen kann, vermutete Matt richtig. *Was mag er wollen?*

»Was ist denn mit deinem Gesicht passiert?« fragte Brewster Cortland Payne II. zwanzig Minuten später in seinem Büro.

»Du wirst wohl nicht glauben, daß ich auf der Sonnenbank eingeschlafen bin?«

»Das glaube ich nicht«, sagte Irene Craig. »Da muß schon mehr passiert sein. Möchten Sie Kaffee, Matt?«

»Sehr gern, danke. Schwarz, bitte.«

Sein Vater forderte ihn mit einer Geste auf, in einem der beiden grünen Ledersessel vor seinem Schreibtisch Platz zu nehmen.

»Zwei Kaffee, Irene, und dann keine Telefonate durchstellen«, sagte Payne.

Er wartete, bis Mrs. Craig den Kaffee serviert hatte, das Büro verließ und die Tür hinter sich schloß.

»Was ist mit deinem Gesicht passiert?«

»Ich fiel in etwas, das wie Scheiße stank, laut Amy jedoch irgend etwas Ätzendes war.«

»Amy hat sich das angesehen?«

Matt nickte.

»Wie ist es passiert?«

»Ich habe gearbeitet.«

»Das sagte ich deiner Mutter, daß du vielleicht arbeiten mußt. Erstens als du nicht zum Abendessen kamst, wie versprochen, zweitens, als du nicht verspätet kamst, und drittens, als Amanda Spencer um Mitternacht anrief.«

»Amanda rief bei euch an?«

»Sie machte sich Sorgen um dich«, sagte Matts Vater. »Offenbar hat sie ein paarmal bei deiner Wohnung angerufen. Einmal meldete sich eine Frau, und als sie noch einmal versuchte, war ein Mann dran, und beide wußten nicht, wo du bist, oder wollten es nicht sagen.«

»O Gott!«

»Deine Mutter sagte, es muß Amanda sehr schwer gefallen sein, bei uns anzurufen.«

»Verdammt!«

»Ich wußte nicht, daß zwischen dir und Amanda etwas ist«, sagte Matts Vater vorsichtig.

Ihre Blicke trafen sich.

»Das ist eine sehr neue Entwicklung«, sagte Matt schließlich. »Ich nehme an, es macht mich nicht weniger zu einem Hurensohn, aber … es war nichts zwischen uns, bevor sich Penny umbrachte.«

»Das habe ich auch nicht gedacht«, sagte sein Vater. »Du warst nie falsch. Deine Mutter sagte mir, sie sah, wie Amanda dich – Zitat Anfang – ›mit einem gewissen Blick‹ – Zitat Ende – auf Martha Peelbes' Party anschaute.«

»Oh, Mann, das höre ich schon zum zweiten Mal. Ich hoffe, die Detweilers haben es nicht gesehen.«

»Das hoffe ich auch«, sagte Matts Vater. Er erhob sich hinter dem Schreibtisch und überreichte Matt einen Zettel.

»Deine Mutter sagte Amanda, daß du anrufst, sobald wir dich gefunden haben. Die erste Nummer ist die von ihrer Arbeitsstelle, die zweite die von ihrer Wohnung. Ich denke du solltest Amanda anrufen; sie ist ziemlich aufgeregt.«

»Was denkt Mutter über mich?«

»Ich glaube, sie freut sich für dich, Matt«, sagte Brewster Cortland Payne II. und ging zur Tür. »Ich freue mich.«

Er verließ sein Büro und schloß die Tür hinter sich.

Matt nahm den Telefonhörer ab und wählte Amandas Telefonnummer.

21

Es gibt eine Reihe von Verordnungen der Stadt bezüglich der Müllbeseitigung und ähnlich viele Verordnungen, die offene Feuer in der Stadt verbieten. Viele juristische Überlegungen und umweltschützerische Thesen wurden entwickelt und über die Möglichkeiten gegrübelt, wie den Verordnungen zur Geltung verholfen werden kann.

In der Theorie werden die Bürger angehalten, ihren Müll in Tonnen von vorgeschriebener Größe und Art zu werfen. Die Mülltonnen werden nach einem veröffentlichten Plan an bestimmten Stellen aufgestellt, damit die Müllabfuhr sie leeren kann.

Die Verordnungen schreiben detailliert vor, was ›normaler‹ Müll ist und was als ›Sondermüll‹ gilt wie zum Beispiel giftiges oder explosives Material, das nicht in normalen Containern entsorgt werden darf.

Das Verbrennen von Müll in der Stadt ist verboten, mit ganz wenigen Ausnahmen wie zum Beispiel das Verbrennen von Laub im Herbst unter besonderen Vorsichtsmaßnahmen und Bedingungen.

Der Verstoß gegen die Verordnung wird als Übertretung geahndet, die kleinste der drei Klassen der Verstöße gegen den Frieden und die Würde der Stadt und des Countys Philadelphia und des Staates Pennsylvania. Die anderen, ernsteren Klassen sind Vergehen (zum Beispiel einfacher Diebstahl von Besitz im Wert unter zweitausend Dollar) und Verbrechen (zum Beispiel Mord, Vergewaltigung und bewaffneter Raub).

In den Verordnungen wird detailliert aufgeführt, was Missetäter als Strafe zu erwarten haben, wenn sie die Straßen mit Müll verunreinigen, zum Beispiel kleine Bußgelder bis ziemlich große Geldstrafen, und zunehmende Haftstrafen für zweite, dritte und folgende Verstöße.

Seiten von Kleingedrucktem schildern die unzähligen Strafen, die gegen Missetäter verhängt werden können, die schuldig befunden werden, Müll verbrannt zu haben. Die Strafen werden je nach Größe und Typ des Feuers verhängt, je nach Material, das verbrannt wurde, und nach den Umständen und wie oft der Beschuldigte schon den Frieden und die Würde der Stadt, des Countys und des Staates gestört hatte.

Im allgemeinen waren die Bewohner von Officer Woodrows Revier nicht vertraut mit den Bemühungen ihrer Regierung, sorgfältig die Rechte des einzelnen Bürgers gegenüber dem Frieden und der Würde der Gemeinde abzuwägen, was die Müllentsorgung und das Verbrennen von Müll anbetraf. Oder sie kannten die Verordnungen in dieser Hinsicht und sagten sich, daß sie bei einem Verstoß kaum gerichtlich zur Rechenschaft gezogen werden würden.

Wenn sie eine Mülltonne oder einen Karton oder irgendeinen anderen Behälter hatten, der als Ersatz dienen konnte, und wenn sie sich erinnerten, wann die Müllabfuhr kam, stellten sie oftmals – keineswegs immer oder routinemäßig – ihren Müll an den Bordstein, damit er abgeholt wurde.

Officer Woodrow Wilson Bailey hatte die Erfahrung gemacht, daß eine wesentliche und zunehmende Zahl von Abschaum – weiß, braun und schwarz –, der in das Viertel gezogen war, es für den bequemsten Weg hielt, seinen Müll zu entsorgen, indem er ihn auf Hinterhöfe und Gassen trug (oder aus dem Fenster dorthin warf), wenn die Mülltonnen in seinen Häusern überfüllt waren und der Gestank unerträglich wurde.

Dagegen konnte er wenig tun. Das Rechtssystem von Philadelphia konnte mit so vielen Übertretungen nicht mehr fertig werden, und eine Anzeige wegen eines Verstoßes gegen die Müllentsorgungsverordnungen war eine Verschwendung seiner Zeit und des Geldes des Steuerzahlers. Er würde vor Gericht erscheinen, der Beschuldigte nicht, und den Richtern widerstrebte es, einen richterlichen Haftbefehl für jemand zu erlassen, der beschuldigt wurde, eine Gasse in Philadelphia mit Müll verunreinigt zu haben. Die Polizei hatte wichtigere Dinge zu erledigen.

Officer Bailey sagte sich, wenn der Abschaum in seinem eigenen Dreck leben wollte, dann sollte er das tun.

Zu einem gewissen Zeitpunkt wurden die Hinterhöfe jedoch überfüllt mit Abfall. Die Müllberge wurden von Ratten heimgesucht. Unter diesen Umständen war für den Abschaum die Lösung des Problems, den Müll zu verbrennen. So verjagten sie die Ratten und wurden ihre Müllberge los.

An diesem Punkt zog Officer Woodrow Wilson Bailey eine Trennungslinie. Dies war ein Verstoß gegen das Gesetz, der eine klare und akute Gefahr für unschuldige Leute darstellte.

Nicht alle Leute in Woodrows Revier waren Gesindel. Es gab viele Leute, die Woodrow an seine Mamma Dear und an

Daddy erinnerten, hart arbeitende, christliche Menschen, die ihr Leben lang geschuftet hatten, um sich ein eigenes Heim zu kaufen, und die als Rentner, wenn sie es endlich geschafft hatten, feststellen mußten, daß das Viertel verkommen war und sie ihr Haus für einen Apfel und ein Ei verkaufen oder in einer Gegend mit Abschaum leben mußten.

Es war nach Woodrows Meinung eine Sünde, wenn Gesindel Feuer machte, das auf die Häuser nebenan übergreifen und die armen alten Leute gefährden und sie um ihr Heim bringen konnte.

Woodrow dachte nicht daran, das Gesetz in eigene Hände zu nehmen. Er betrachtete es als etwas, das getan werden mußte, und er war überzeugt, daß er einen Dienst für die Leute leistete, die er beschützen sollte, wie er mit seinem Diensteid geschworen hatte.

Er wurde mit Leuten, die Müll verbrannten, auf seine eigene Weise fertig, ohne das überlastete Rechtssystem einzubeziehen. Und im Laufe der letzten Jahre hatte sich in seinem Revier herumgesprochen, daß das Verbrennen von Müll asoziales Verhalten war und zu schneller Bestrafung führte.

Officer Woodrow Bailey stoppte, steckte den Kopf aus dem Fenster, schnüffelte und setzte zurück.

Rauch stieg über dem Zaun auf, der den Hinterhof eines Reihenhauses von der Gasse trennte.

Er war nicht überrascht, als er in der Erinnerung kramte und ihm der Name des Hausbewohners einfiel. Weißer Abschaum und ein Junkie. Weißer Abschaum, hier in Philadelphia geboren. Sein Name war James Howard Leslie, fiel Woodrow ein. Weiße männliche Person, sechsundzwanzig, fünfundsiebzig Kilo schwer, ein Meter fünfundsiebzig groß. Seit seinem zwölften Lebensjahr immer wieder in Arrest oder im Knast. Er lebte mit einer puertoricanischen Frau zusammen. Nicht verheiratet. Drei Kinder; keines davon sah aus, als hätte es jemals eine anständige Mahlzeit erhalten.

Jetzt hatte er ein Bild von ihm vor seinem geistigen Auge. Junkie-Typ. Langes, dreckiges Haar. Sah aus, als hätte er seit zwei Wochen nicht mehr gebadet, was wahrscheinlich der Fall war. Hatte einen kleinen struppigen Oberlippenbart. Nannte sich ›Speed‹.

Officer Bailey stieg aus und nahm seinen Schlagstock mit. Es war eine Pforte im Zaun, verschlossen mit einer Kette und einem rostigen Vorhängeschloß. Woodrow schob seinen Schlagstock in die Kette und drehte. Kette und Vorhängeschloß hielten stand. Das verfaulte Holz gab unter dem Druck nach und zerbröselte.

Woodrow öffnete die Pforte und betrat den Hinterhof. Sein Ärger wuchs. Das Feuer loderte aus einem Haufen Müll nahe beim Zaun. Es konnte jeden Augenblick den Zaun in Brand setzen. Er sah eine Ratte von dem Müllhaufen weghuschen.

Flammen züngelten aus dem Abfallhaufen. Ein alter Autoreifen lag auf dem Müll. Wenn der Reifen Feuer fing, konnte man es nur schwer löschen. Reifen brannten heiß und entwickeln dichten Rauch.

Das erste zuerst: das Feuer löschen.

Da war ein Schmierfettkanister mit dem Texaco-Zeichen darauf. Woodrow nahm den Kanister. Er war leer, roch aber nach Benzin.

»Abschaum!« murmelte Woodrow ärgerlich und angewidert.

Speed hatte Benzin benutzt, um das Feuer in Gang zu setzen. Das war gefährlich.

Woodrow ging schnell zu einem Wasserhahn. Er wußte, wo er ihn hinter dem Müll fand. All diese Häuser waren gleich, wie aus einem Plätzchenschneider geschnitten.

Er spülte den Texacokanister zweimal aus und füllte ihn dann mit Wasser.

Er brauchte sechs Kanister Wasser, um das Feuer zu löschen, und er trug eine siebente Füllung zu dem Müllhaufen, um sicherzugehen. Als er nach einer Spur von Rauch Ausschau hielt, fiel sein Blick auf seine Schuhe. Die Schuhe, die er vor zwei Stunden so sorgfältig gewienert hatte, waren jetzt mit Dreck bedeckt.

Er ging zur Hintertür des Hauses und klopfte an. Keine Antwort. Woodrow klopfte noch einmal, und wieder tat sich nichts. Woodrow schlug ein paarmal mit dem Schlagstock gegen die Tür.

»Welches Arschloch ist da?« fragte jemand empört.

»Speed, beweg deinen dreckigen Arsch hier raus!«

James Howard Leslie tauchte hinter der schmutzigen Scheibe der Küchentür auf und öffnete sie dann.

Er wirkte nicht besonders glücklich, als er Officer Bailey sah, aber auch kein bißchen besorgt. Er trug dreckige Jeans, ein Perlenhalsband und sonst nichts.

»Was ist los?« fragte Mr. Leslie.

Office Bailey verlor die Beherrschung. Er packte Mr. Leslie am Handgelenk und drehte es auf seinen Rücken. Dann führte er Mr. Leslie zu dem schwelenden Müllhaufen und drehte Mr. Leslies Körper so, daß seine Nase vielleicht zehn Zentimeter von dem Müll entfernt war.

»Das ist los, Speed«, sagte Officer Bailey.

»Mann, du tust mir weh! Was soll der Scheiß?«

»Versuchst du, die Gegend niederzubrennen, Speed? Was ist los mit dir? Hast du das bißchen Verstand verloren, mit dem du geboren wurdest?«

»Warum machst du so ein Theater, Mann? Ich hab' ein bißchen Müll verbrannt. Na und?«

Bei ähnlichen Situationen pflegte Officer Bailey normalerweise, dem Abschaum ein wenig Schmerzen zuzufügen, entweder mit einem Schlag ins Gesicht oder indem er ihm den Schlagstock in den Unterleib stieß, um seine Aufmerksamkeit zu gewinnen. Um weiterhin ihre Aufmerksamkeit zu fördern, legte er solchen Typen dann Handschellen an und durchsuchte sie nach Waffen oder Drogen. Sehr oft fand er letzteres, wenn auch nur ein paar Krümel Marihuana in ihren Taschen.

Dann erklärte er ihnen in allen Einzelheiten, welche Verstöße sie begangen hatten, mit besonderer Betonung auf die Strafen, die das Gesetz dafür vorsah. Wenn er illegale Substanzen bei ihnen gefunden hatte, erklärte er alles noch ausführlicher.

Unterdessen wurde der Missetäter zerknirscht. Er wollte nicht die Unannehmlichkeiten auf sich nehmen, die mit einer Festnahme einhergingen: Arrest im 39. Distrikt, dann Transport quer durch die Stadt zum zentralen Untersuchungsgefängnis. Und schließlich ein paar Stunden im zentralen Untersuchungsgefängnis und die Vernehmung zur Anklage vor einem Richter.

Die Missetäter wußten, daß der Richter sie nach einem Schuldanerkenntnis vermutlich freilassen würde und sie irgendwann dann antanzen mußten, wenn sie tatsächlich vor Gericht kamen. Die ganze Prozedur war lästig und ärgerlich.

Officer Bailey informierte dann den Abschaum, welchen Weg es gab, all diese Unannehmlichkeiten zu vermeiden. Sie durften ihren Hinterhof so säubern, daß sie davon essen konnten. Allen Müll entsorgen, daß man wieder den Boden sehen konnte, auf dem einst Gras gewachsen war. Alles in Plastiksäcke verstauen und an die Straße stellen, damit die Müllabfuhr den Müll abholen konnte.

Und Officer Bailey ermahnte die Missetäter, es weiterhin so zu halten, denn er würde es überprüfen und bei einer Zuwiderhandlung böse werden und sie sich zur Brust nehmen.

Meistens stimmten die Übeltäter dieser Alternative zur Lösung des Problems zu.

Mr. Leslie hatte in der Tat Geschichten über diesen verdammten schwarzen Cop gehört, der sich über das Verbrennen von Müll aufregte und einen den ganzen Hof säubern ließ oder einen in den Knast brachte.

Er überlegte, ob es besser wäre, sich von dem Cop einsperren zu lassen oder den Hof zu säubern. Er würde eine verdammte Ewigkeit brauchen, um all diesen Scheiß vom Hof zu entfernen.

Mr. Leslie erhielt keine Gelegenheit, sich zu entscheiden.

Officer Bailey wirbelte ihn herum und führte ihn mit einer Hand am Arm und der anderen auf der Schulter zum Streifenwagen. Er öffnete die Tür und schob Mr. Leslie auf den Rücksitz.

Dann ging er in den Hof und zu dem Müllhaufen zurück. Er nahm einen Kugelschreiber, ging neben dem Müllhaufen in die Hocke und begann darin zu stochern. Als erstes entdeckte er ein Hochzeitsbild.

Er sah es sich genau an.

»Guter Gott!« stieß er hervor.

Officer Bailey stocherte noch mehr in dem Müll. Er suchte den Rahmen, der logischerweise zu einem Foto gehörte, das einen der glücklichsten Augenblicke im Leben eines Menschen festgehalten hatte. Er konnte keinen finden.

Er stellte die Suche ein, blieb in der Hocke und überlegte eine halbe Minute lang.

Dann richtete er sich auf und ging zu Leslies Haus. Er schlug mit dem Schlagstock gegen die Tür, bis die puertoricanische Frau auftauchte.

Sie starrte ihn ärgerlich an.

»Teléfono?« fragte Officer Bailey.

Die braune Frau starrte ihn weiterhin stumm an.

Er blickte über ihre Schulter, sah ein Telefon auf dem Kühlschrank und wiederholte: *»Teléfono.«*

Ihre Miene veränderte sich nicht, doch sie zuckte mit den Schultern, was Officer Bailey als Erlaubnis zum Betreten des Hauses deutete.

Und jetzt funktioniert das Telefon nicht. Auch diese Rechnung werden sie nicht bezahlt haben.

Doch er hörte das Amtszeichen und wählte.

»Mordkommission. Detective Kramer.«

»Detective, hier spricht Officer Woodrow W. Bailey vom 39. Distrikt.«

»Was kann ich für Sie tun, Bailey?«

»Ich möchte mit jemandem sprechen, der an dem Mordfall Officer Kellog arbeitet.«

»Was haben Sie, Bailey?«

»Sie arbeiten an dem Fall, Detective?«

»Der zuständige Detective ist nicht hier. Aber ich arbeite auch an dem Fall.«

»Was ich habe, ist vielleicht nichts, aber ich dachte, es ist eine Meldung wert.«

»Was haben Sie, Bailey?«

»Ein Typ namens James Howard Leslie – ein Junkie, der einige Zeit wegen Einbruchdiebstahls saß – verbrannte Müll auf seinem Hinterhof.«

»Und?« fragte Detective Kramer etwas ungeduldig.

»Ich löschte das Feuer und sah mir an, was er verbrennen wollte. Ich weiß nicht ...«

»Was, Bailey?«

»Da ist ein Foto von Officer Kellog und seiner Frau an ihrem Hochzeitstag in seinem Müll.«

Es folgte einen Augenblick lang Stille, und dann fragte Detective Kramer sehr vorsichtig: »Woher wissen Sie, daß Officer Kellog auf dem Foto ist?«

»Da ist ein Plakat an der Wand hinter ihnen. ›Viel Glück, Officer Kellog, vom 17. Revier.‹ Und ich erinnerte mich an sein Bild in den Zeitungen.«

»Wo ist das Foto jetzt?«

»Ich habe es hier.«

»Wo ist der Typ – Leslie, sagten Sie?«

»In meinem Wagen. Ich habe ihn wegen verbotener Müllverbrennung festgenommen.«

»Wo sind Sie?«

»Hinter dem Haus. In der Gasse. Der 1900er Block der Sedgwick Street.«

»Ich bin in zehn Minuten dort. Lassen Sie ihn nicht aus den Augen, lassen Sie niemanden an den Fundort des Fotos und berühren Sie nichts, was Sie nicht anfassen müssen.«

Bailey unterbrach die Verbindung, rief im 39. Distrikt an und bat, daß sich ein Vorgesetzter mit ihm am Tatort traf.

»Was ist denn los, Bailey?« fragte der Corporal.

»Ein Müllverbrenner«, sagte Bailey und legte auf.

Er nickte Leslies puertoricanischer Frau zu, verließ das Haus, überquerte den Hof und stieg in seinen Wagen.

»He, Officer, was ist los?« fragte Leslie und neigte sich auf dem Sitz zu dem verdammten Cop hin.

»Du bist festgenommen, Speed«, erwiderte Officer Bailey. »Weil du ein Feuer auf deinem Hof gemacht hast.«

»He, Mann, hast du sie nicht mehr alle? Weil ich ein bißchen Müll verbrannt habe?«

»An deiner Stelle würde ich ruhig sitzenbleiben und die Schnauze halten«, entgegnete Officer Bailey.

Wenn ein Besucher des Büros des Bürgermeisters nicht wirklich bedeutend war (und als ›wirklich bedeutend‹) galt ein US-Senator, der Gouverneur von Philadelphia oder der Kardinal Erzbischof der Diozöse Philadelphia), begleitete Mrs. Annette Cossino, die Sekretärin des Bürgermeisters, den Besucher zur Tür des Büros, öffnete sie und sagte: »Der Bürgermeister wird Sie jetzt empfangen.«

Der Besucher sah dann den Bürgermeister in tiefer Konzentration über irgendein Dokument von größter Wichtigkeit geneigt, das auf seinem beeindruckenden Schreibtisch lag. Nach zwei, drei Sekunden blickte der Bürgermeister zur Tür, setzte eine überraschte und zugleich entschuldigende Miene auf und erhob sich.

»Bitte, entschuldigen Sie«, sagte er. »Manchmal ist man so in die Arbeit vertieft ...«

Besucher waren meistens beeindruckt von der Tatsache, daß der Bürgermeister sich von etwas Wichtigem losriß, um sie zu empfangen.

An diesem Nachmittag, als der Bürgermeister erfuhr, daß Chief Lowenstein und Inspector Peter Wohl um einen Termin bei ihm gebeten hatten, wich er von der Routine ab.

Man konnte dem Bürgermeister nicht vorwerfen, paranoid zu sein, doch der angedrohte Rücktritt von Chief Lowenstein hatte Carlucci veranlaßt, sich einzugestehen, daß er wirklich wenig Freunde hatte, Leute, denen er vertrauen konnte, und daß Matt Lowenstein ganz oben auf dieser kurzen Liste stand.

»Wenn er eintrifft, Annette«, wies der Bürgermeister seine Sekretärin an, »informieren Sie mich, und ich komme heraus und begrüße ihn.«

Solch eine Geste, sagte sich der Bürgermeister, führte Chief Lowenstein vor Augen, wie hoch er ihn achtete und schätzte. Und Peter Wohl würde gewiß berichten, wie herzlich Lowenstein im Büro des Bürgermeisters begrüßt worden war, das früher das Büro seines Vaters gewesen war. Der Bürgermeister war bereit, zuzugeben – wenigstens vor sich selbst –, daß sein Aufstieg durch alle Ränge zum Polizeichef von Philadelphia – was letztendlich zum Bürgermeisteramt geführt hatte – nicht möglich gewesen wäre, wenn Chief Inspector Augustus Wohl ihn nicht in einem halben Dutzend schlimmer Situationen geschützt und gedeckt hätte.

Und als er darüber nachdachte, wurde ihn klar, daß Inspector Peter Wohl nicht länger ein netter junger Cop war, sondern zu einer Macht geworden war. Und daß er ihn sicher der kurzen Liste der Leute, denen er vertrauen konnte, hinzufügen durfte.

Er freute sich über seine Entscheidung, Lowenstein und Wohl auf besondere Weise zu begrüßen.

Und so war er etwas ärgerlich, als er die Tür seines Büros öffnete, ein herzliches Lächeln auf dem Gesicht und die Hand zur Begrüßung ausgestreckt, und feststellte, daß Chief Lowenstein an Annettes Schreibtisch stand und telefonierte.

Schließlich legte Chief Lowenstein den Hörer auf und wandte sich zu ihm um.

»Verzeihung«, sagte Lowenstein.

»Wer zum Teufel, war das?« fragte Bürgermeister Carlucci ein wenig schärfer, als beabsichtigt.

»Henry Quaire«, sagte Lowenstein. »Es gibt vielleicht einen Durchbruch im Mordfall Kellog.«

»Was?« Der Bürgermeister blickte ihn überrascht an.

Sofort stellt er sein freundliches Getue ein, dachte Peter Wohl. *Bei dieser Nachricht ist er schlagartig bei der Sache. Ein Cop durch und durch, und wenn ein Cop etwas mehr haßt als die Ermordung eines Cops, dann ist es die Ermordung eines Cops ohne den oder die Täter in Sicht.*

»Ein Uniformierter vom 39. Distrikt stieß auf Streife auf einen Junkie mit einer Latte von Straftaten, einschließlich Einbruchdiebstahls. Der Junkie verbrannte Müll auf seinem Hinterhof. Bei dem Müll befand sich Officer Kellogs Hochzeitsfoto. Der Cop rief die Mordkommission an.«

»In einem Ermittlungsbericht wurde etwas von einem fehlenden Hochzeitsfoto erwähnt«, sagte Carlucci. »Mit einem silbernen Rahmen.«

»Richtig«, sagte Lowenstein.

»Woher sonst würde er ein Foto von Kellog bekommen?« fragte Carlucci nachdenklich und rhetorisch. »Haben Sie den Rahmen?«

»Ja. Deshalb rief mich Quaire an. Wir besorgten uns einen Haussuchungsbefehl. Sie fanden nicht nur einen silbernen Rahmen, sondern auch ein Dutzend – genauer gesagt 13 Kassetten. Sie waren im Feuer, aber vielleicht kann die Forensik etwas damit anfangen. Wenn Mrs. Kellog den Rahmen identifizieren kann oder etwas auf den Kassetten ist ...«

»Wo ist der Kerl?«

»Im Augenblick auf dem Weg zur Mordkommission«, sagte Lowenstein.

»Wer wird ihn verhören?«

Lowenstein zuckte mit den Schultern. »D'Amata ist der zuständige Detective.«

»Peter, hat Jason Washington irgendwelche Aufgaben, von denen Sie ihn nicht ein paar Stunden entbinden könnten?« fragte der Bürgermeister unschuldig.

Zum ersten Mal nimmt Carlucci meine Anwesenheit zur Kenntnis, notierte Peter Wohl im Geiste.

»Sie wollen den Fall D'Amata wegnehmen?« fragte Lowenstein.

»Ich hätte gern eine Festnahme in diesem Fall«, sagte Carlucci. »Wenn Sie es für eine gute Idee halten, Matt, Washington mit diesem Junkie reden zu lassen, dann bin ich Ihrer Meinung.«

»Scheiße«, sagte Lowenstein. »Treiben Sie Washington auf, Peter«, wies er Wohl an. »Ich werde Quaire anrufen.«

»Jawohl, Sir«, sagte Peter Wohl.

»Nur wenn Sie es für eine gute Idee halten, Matt«, beteuerte der Bürgermeister. »Es war nur ein Vorschlag.«

»Ja, schon gut. »Lowenstein ging zum Schreibtisch von Mrs. Annette Cossino zurück und nahm den Hörer von einem der Telefone ab.

»D'Amata wird das verstehen, Peter«, sagte der Bürgermeister.

»Jawohl, Sir«, sagte Peter. »Das wird er bestimmt.«

»Annette«, rief der Bürgermeister. »Rufen Sie beim 39. Distrikt an. Ich möchte, daß sich der Leiter und sein Cop bereithalten, um herzukommen, wenn ich sie brauche.«

»Jawohl, Sir«, sagte Mrs. Cossino.

»Henry«, sprach Lowenstein am Telefon. »Wenn der Junkie vom 39. Distrikt gebracht wird, lassen Sie ihn in einem Vernehmungsraum an den Stuhl ketten und dort schmoren, bis Sergeant Washington auftaucht. Wohl sucht ihn soeben. Ich denke, Washington sollte das Verhör führen, und der Bürgermeister stimmt zu.«

Er legte auf und wandte sich Carlucci zu.

»Sind Sie sauer auf mich, Matt?« fragte Carlucci, und es klang ehrlich besorgt.

»Wann bin ich nicht sauer auf Sie?« erwiderte Lowenstein.

»Halten Sie es nicht für eine gute Idee?«

»Das ist ja das Dumme. Ich halte es für eine sehr gute Idee.«

»Sergeant Washington ist auf dem Weg zum Rundhaus, Sir«, berichtete Wohl, was er erfahren hatte.

»Großartig!« sagte Carlucci begeistert. Dann lächelte er breit. »Dann ziehen wir das ganz durch.«

»Was?« fragte Lowenstein verwirrt.

»Nun, Chief Lowenstein«, sagte Carlucci, schnappte sich Lowensteins Hand und schüttelte sie. »Und Inspector Wohl!

Wie nett von Ihnen beiden, mich zu besuchen. Es ist immer ein Vergnügen, die beiden wertvollsten Mitglieder der Polizei in meinem Büro zu sehen. Kommen Sie bitte herein und trinken Sie eine Tasse Kaffee und erzählen Sie mir, wie ich vielleicht helfen kann!«

Lowenstein schüttelte resigniert den Kopf.

»Menschenskind.«

»Kann ich etwas für Sie tun, Chief?« fragte Carlucci.

»Hören Sie mit dem Blödsinn auf, Jerry«, sagte Lowenstein und lachte.

»Okay«, sagte Carlucci liebenswürdig. »Was liegt an?«

»Gestern abend beobachteten zwei Beamte der Kripo Süd, wie John Francis Foley einem Gerald North Atchison ein Päckchen übergab. Kurz danach sah Detective Payne von der Special Operations, wie Mr. Atchison ein Päckchen von einem Pier in Chester in den Fluß warf ...«

»Wie kommt die Kripo Süd in diesen Fall herein?« fragte Carlucci, und Wohl erkannte, daß sich der Bürgermeister wieder als Cop fühlte.

»Payne überwachte Atchison. Er stieß auf die Beamten der Kripo Süd und bat sie um Unterstützung.«

»Okay«, sagte Carlucci nachdenklich. »Weiter.«

»Das Päckchen wurde heute früh von einem Polizeitaucher geborgen. Das Labor hat soeben mitgeteilt, daß die ballistischen Untersuchungen positiv sind. Die Ergebnisse stimmen mit den Mordwaffen überein.«

»Fingerabdrücke?«

Lowenstein schüttelte den Kopf. »Die Waffen waren gesäubert. Ich dachte, ich zeige es Ihnen, bevor ich jemanden damit zu Tom Callis' Büro schicke.«

»Lassen Sie mich sehen«, sagte Carlucci und streckte die Hand aus.

Lowenstein überreichte dem Bürgermeister ein Kuvert. Carlucci forderte ihn mit einer Geste auf, ihm zu folgen, ging voran in sein Büro, setzte sich hinter den Schreibtisch und öffnete den Umschlag.

FORENSICS LABORATORY REPORT — PHILADELPHIA POLICE DEPARTMENT

REPORT DATE | SUPPLEMENTAL |
CLASSIFICATION |
DATE AND TIME REPORTED | PREPARED BY Tech. Harry Withjack |

DETAILS:

Das Forensische Büro führte folgende Untersuchungen von übergebenen Beweisstücken mit folgenden Ergebnissen durch:

(1) Projektile:
(A) Drei (3) Kugeln, entfernt aus dem Kopf von Anthony J. Marcuzzi (In Umschlag, markiert mit Fall # 2397)
(B) Vier (4) Kugeln, entfernt aus dem Kopf von Alicia Atchison (In Umschlag markiert mit Fall # 2398)
(C) Eine (1) Kugel, entfernt aus dem Bein von Gerald N. Atchison (In Umschlag markiert mit Fall # 2399)
(D) Drei (3) Kugeln Kaliber .38 Special abgefeuert von Colt Revolver Seriennummer # 286955 im Polizeilabor.
(E) Drei (3) Kugeln Kaliber .44-40. abgefeuert von sechsschüssigem Single-action-Revolver (ohne Herstellername), vermutlich spanischer Herstellung, Seriennummer # 9133 im Polizeilabor.
(F) Drei (3) Kugeln .32 ACP, abgefeuert aus einer Savage halbautomatischen Pistole Seriennummer # 44078 im Polizeilabor.

Die Kugeln, oben in (A) und (B) beschrieben, wurden am 20. Mai 1975 von Dr. Howard D. Mitchell, Leichenbeschauer, im Verlauf von Autopsien entfernt, die bei den Verstorbenen durchgeführt wurden, und Detective Wallace J. Milham übergeben. Weitergeleitet an ballistisches Labor von Detective Milham gegen Empfangsbestätigung # 201308 am 20. Mai 1975.

Die unter (C) beschriebene Kugel wurde am 20. Mai 1975 von K. Lewis Hailey, Dr. med., im Hahnemann Hospital aus dem Bein von Gerald N. Atchison entfernt und an Detective Wallace J. Milham übergeben. Weitergeleitet ans ballistische Labor von Detective Milham gegen Empfangsbestätigung # 201322 am 20. Mai 1975.

Die oben unter (D), (E) und (F) beschriebenen Kugeln wurden vom Unterzeichner unter Testbedingungen in Anwesenheit des Zeugen Lieutenant Thomas P. McNamara abgefeuert.

(2) Analyse:

(A) Ballistischer Laborbericht # 640742: (Aus dem Kopf von Anthony H Marcuzzi).
1. Ein Kugelexemplar, gekennzeichnet mit 64074X1 am Fuß zu Identifikationszwecken, ohne Bleimantel, Kaliber .44, mit einer eingekerbten Führungsrille, Gewicht 198,5 Gran, abgefeuert aus einer

APPROVED: (Type and Sign Name) | SERGEANT | LIEUTENANT

Thomas P. McNamara
Thomas P. McNamara, Officer In Charge

75-91 (Rev 3/70)

FORENSICS LABORATORY REPORT — **PHILADELPHIA POLICE DEPARTMENT**

REPORT DATE | **SUPPLEMENTAL** |

CLASSIFICATION |

DATE AND TIME REPORTED | **PREPARED BY** Tech. Harry Withjack |

DETAILS:

rauchlosen Pulverpatrone, beträchtlich verformt, mit daran haftendem großen Knochenstück und Fleischgewebe. Allgemeine Merkmale der Züge: unbestimmbar.

2. Ein (1) Kugelexemplar, gekennzeichnet mit 64074X2 am Fuß für Identifikationszwecke, ohne Bleimantel, Kaliber .44, mit eingekerbter Führungsrille, Gewicht 205,8 Gran, abgefeuert von einer rauchlosen Pulverpatrone, beträchtlich verformt. Allgemeine Merkmale der Züge: fünf Felder und fünf Rillen mit Rechtsdrehung.

(B) Ballistischer Laborbericht # 640743 (Aus dem Kopf von Alice Atchison):

1. Ein (1)Kugelexemplar und zwei Kugelfragmente, Kugel gekennzeichnet 640743X1 auf platter Oberfläche und Fragmente markiert X1 für Identifizierungszwecke, ohne Bleimantel, Kaliber .38 Special, mit eingekerbter Führungsrille. Gesamtgewicht 142,87 Gran, abgefeuert aus rauchloser Patrone, beträchtlich abgeflacht und verformt. Allgemeine Merkmale der Züge: fünf Felder und fünf Rillen mit Rechtsdrehung.

2. Ein (1) Kugelexemplar, gekennzeichnet mit 640743X2 am Fuß für Identifizierungszwecke, ohne Bleimantel, Kaliber .38 Special, mit eingekerbter Führungsrille. Gewicht 137,37 Gran, abgefeuert aus rauchloser Pulverpatrone, beträchtlich beschädigt und verformt. Allgemeine Merkmale der Züge: fünf Felder und fünf Rillen mit Rechtsdrehung.

3. ein (1) Kugelexemplar, gekennzeichnet mit 640743X3 am Fuß für Identifizierungszwecke, ohne Bleimantel, Kaliber .44, mit eingekerbter Führungsrille, Gewicht 205,5 Gran, abgefeuert aus rauchloser Pulverpatrone, beträchtlich beschädigt und verformt, mit großem Knochenstück und Fleischgegewebe behaftet. Allgemeine Merkmale der Züge: Unbestimmbar.

(C) Ballistischer Laborbericht #640744: (Aus dem Bein von Gerald N. Atchison):

Ein (1) Kugelexemplar, gekennzeichnet mit 640744X1 am Fuß für Identifizierungszwecke, ohne Bleimantel, Kaliber .32, mit eingekerb-

APPROVED: (Type and Sign Name) | **SERGEANT** | **LIEUTENANT**

Thomas P. McNamara

Thomas P. McNamara, Officer In Charge

75-91 (Rev 3/70)

FORENSICS LABORATORY REPORT PHILADELPHIA POLICE DEPARTMENT

REPORT DATE | SUPPLEMENTAL |

CLASSIFICATION |

DATE AND TIME REPORTED | PREPARED BY Tech. Harry Withjack |

DETAILS:

ter Führungsrille, Gewicht 80,25 Gran, abgefeuert aus rauchloser Pulverpatrone, leicht verformt. Allgemeine Merkmale der Züge: sechs Felder und sechs Rillen mit Linksdrehung.

(3) Feststellungen:
(A) Mikroskopische Vergleichsuntersuchung von Kugeln Kaliber .44, entfernt aus den Köpfen von Anthony J. Marcuzzi und Alicia Atchison, zeigen, daß alle Kugeln aus demselben Revolver abgefeuert wurden.

(3) Feststellungen:

(A) Mikroskopische Vergleichsuntersuchungen der Kugeln, die aus dem Revolver Kaliber .44-40, Seriennummer #9133 im Polizeilabor mit den Kugeln, die aus Anthony J. Marcuzzis und Alicia Atchisons Kopf entfernt wurden, zeigen identische Merkmale, was darauf hindeutet, daß mit dem Revolver .44-40 # 9133 alle getesteten Kugeln abgefeuert wurden.

(B) Mikroskopische Vergleichsuntersuchungen der Kugeln Kaliber .38 Special, die aus dem Kopf von Alicia Atchison entfernt wurden, zeigen identische Merkmale, was darauf hindeutet, daß alle Kugeln aus demselben Revolver abgefeuert wurden. Mikroskopische Vergleichsuntersuchungen von Kugeln, die aus dem Colt Revolver Kaliber .38 Special, Seriennummer # 2869955, im Polizeilabor abgefeuert wurden, mit den Kugeln, die aus Alicia Atchisons Kopf entfernt wurden, zeigen identische Merkmale und deuten darauf hin, daß alle getesteten Kugeln aus dem Colt Revolver Kaliber .38 Special, Seriennummer # 286955 abgefeuert wurden.

(C) Mikroskopische Vergleichsuntersuchungen der .32 ACP Kugel, die aus dem Bein Gerald N. Atchison entfernt wurde, mit Kugeln, die aus der Savage halbautomatischer Pistole .32 ACP, Seriennummer # 44078 im Polizeilabor abgefeuert wurden, zeigen identische Merkmale, was darauf hindeutet, daß aus der Savage Pistole Kaliber .32 ACP # 44078 alle getesteten Kugeln abgefeuert wurden.

APPROVED: (Type and Sign Name) | SERGEANT | LIEUTENANT

Thomas P. McNamara

Thomas P. McNamara, Officer In Charge

75-91 (Rev 3/70)

Carlucci schob die Seiten des Berichts sorgfältig in das Kuvert und schaute Lowenstein an.

»Das wird vielleicht reichen«, sagte Carlucci. »Jedenfalls für eine Festnahme.«

»Das dachte ich mir«, sagte Lowenstein. »Ich werde es gleich zu Callis schicken.«

»Ach was, Matt«, wandte Carlucci ein. »Ich meine, Sie sind doch hier in der Gegend, nicht wahr? Warum bringen Sie, Sie beide, es nicht persönlich zu Tom und stellen fest, ob er irgendwelche Probleme damit hat? Grüßen Sie ihn von mir, wenn Sie ihn besuchen.«

James Howard Leslie saß fast eine Stunde lang auf dem Vernehmungsstuhl im Vernehmungsraum der Mordkommission, mit Handschellen an den Sitz gefesselt, als die Tür geöffnet wurde, und ein sehr großer, gewichtig wirkender Schwarzer eintrat.

Niemand hatte mit ihm während dieser Zeit gesprochen, und niemand hatte auch nur die Tür geöffnet, um einen Blick auf ihn zu werfen. Er argwöhnte, daß er durch einen Spiegel in der Wand beobachtet wurde, aber er konnte sich dessen nicht sicher sein.

»James Howard Leslie?« fragte der Schwarze.

Leslie gab keine Antwort.

»Guten Tag«, sagte Jason Washington. »Wenn Sie möchten, kann ich Ihnen die Handschellen abnehmen.«

»Mir ist es scheißegal, ob ich sie anhabe oder nicht.«

Washington schloß die Handschellen auf und trat zurück. Leslie rieb sich das Handgelenk.

»Ich weiß nicht mal, was los ist«, sagte Leslie.

»Sie sind schon einige Zeit hier drin, nehme ich an«, sagte Washington. »Soll ich Ihnen irgend etwas holen? Möchten Sie eine Cola, eine Tasse Kaffee, ein Sandwich?«

»Ich möchte wissen, was los ist. Ich habe nur etwas Müll verbrennen wollen.«

»Ich verstehe. Deshalb bin ich hier, um Ihnen zu erklären, was los ist. Möchten Sie eine Cola oder eine Zigarette, während wir uns unterhalten?«

»Ich könnte eine Cola trinken.«

Washington öffnete die Tür. »Sergeant, würden Sie bitte eine Coca-Cola für Mr. Leslie holen?«

Leslie hörte jemand antworten.

»Zur Hölle mit dem Scheißkerl. Der verdammte Copkiller soll Wasser saufen!«

»Ich sagte, Sie sollen ihm eine Cola holen.«

»Auf wessen Seite stehen Sie eigentlich?« fragte der andere.

»Das war kein Vorschlag, sondern ein Befehl«, erwiderte Washington scharf.

Zwei Minuten später betrat ein sehr schlanker, adrett gekleideter Mann mit bleistiftdünnem Schnurrbart den Vernehmungsraum mit einer Coca-Cola, drückte sie so schwungvoll in Leslies Hand, daß etwas vom Inhalt aus dem Flaschenhals schwappte und Leslies Hemd und Hose bespritzte.

Der schlanke, adrett gekleidete Mann verließ den Vernehmungsraum. Kurz bevor er die Tür zuknallte, hörte Leslie ihn sagen: »Ich scheiß auf die Special Operations!«

Washington gab Leslie ein Taschentuch, damit er sein Hemd und die Hose säubern konnte.

»Er und Officer Kellog waren befreundet«, sagte Washington erklärend.

»Was?«

»Macht nichts.« Washington lehnte sich an die Wand bei der Tür und wartete, bis Leslie die Cola von seiner Kleidung abgewischt hatte und das Taschentuch zurückgeben wollte.

»Behalten Sie es«, sagte Washington. »Sie brauchen es vielleicht noch mal.«

»Danke«, sagte Leslie.

»Wie ich hörte, spielte sich folgendes ab«, sagte Washington im Plauderton. »Officer Bailey vom 39. Distrikt löschte ein Feuer auf Ihrem Hinterhof. Dabei fand er ein Foto, das Officer Kellog an seinem Hochzeitstag zeigt.«

»Ich weiß nicht, wovon Sie reden. Officer wer?«

»Der Fund des Fotos war nach Ansicht des Ehrenwerten Francis X. McGrory, Richter des Superior Court, ausreichend, um einen Haussuchungsbefehl auszustellen.«

»Ich habe schon gesagt, ich weiß nicht, wovon Sie reden.«

»Ihre Wohnung wurde von zwei Beamten der Mordkommission durchsucht. Es wurde ein silberner Rahmen gefunden. Er wurde positiv als der Besitz von Mrs. Helene Kellog identifiziert. Mrs. Kellog hatte zuvor die gerahmte Fotografie als aus ihrem Haus gestohlen gemeldet.«

»Na und?«

»Mrs. Kellogs Mann, Police Officer Jerome H. Kellog, wurde tot in seinem Haus aufgefunden. Erschossen. Da bekannt ist, daß sein Hochzeitsfoto mit dem silbernen Rahmen zur Tatzeit in seinem Haus war und nach der Tat fehlte, wird angenommen, daß die gerahmte Fotografie während des Raubüberfalls gestohlen wurde.«

»Na und?«

»Während der von Richter McGrory genehmigten Durchsuchung fanden Beamte der Mordkommission unter anderen Dingen, die Sie zu verbrennen versuchten, Dinge, die im Besitz von Officer Kellog waren. Genauer gesagt, 13 Kassetten. Und anderes.«

»Ich sagte Ihnen schon, ich weiß nicht, wovon Sie reden.«

»Mr. Leslie, Sie sind gegenwärtig festgenommen, weil Sie ungesetzlich Müll verbrannt haben«, sagt Washington. »Und ich glaube, wegen Umweltverschmutzung.«

»Was, verdammt, mache ich dann hier?«

»Kurz gesagt, ich denke, Sie können damit rechnen, daß ein Beamter der Mordkommission herkommt und Sie wegen der Ermordung von Officer Kellog festnimmt. Ich kam her, um zu versuchen, Ihnen Ihre Lage zu erklären.«

»Was, zur Hölle, heißt das?«

»Wenn Sie wegen der Ermordung Officer Kellogs festgenommen werden, werden Sie nach dem Miranda-Gesetz belehrt werden. Ich hörte, Sie haben Vorstrafen, und ich weiß, was das bedeutet. Man wird Ihnen Ihre Rechte vorlesen und Ihnen einen Anwalt stellen.«

»Wer, zum Teufel, sind Sie?«

»Ich bin Polizeibeamter, ein Ermittler der Special Operations Division. Wir werden manchmal gebeten, in Fällen wie diesem zu versuchen, ob wir eine solche Situation so glatt wie möglich über die Bühne bringen. Um allen Betroffenen Zeit und Geld zu sparen.«

»Ich weiß nicht, wovon Sie reden.«

»Ich versuche, es Ihnen zu erklären. Nach meiner Einschätzung, nach dem, was der Leiter der Mordkommission mir zeigte und sagte, hat die Mordkommission ziemlich starke Indizienbeweise gegen Sie. Ich meine damit, daß keiner gesehen hat, daß Sie Officer Kellog erschossen haben. Es gab keine Zeugen. Das bedeutet, wenn Ihr Fall vor Gericht kommt, wird der District Attorney – ich denke, das sollte ich Ihnen ebenfalls erklären …«

»Was erklären?«

»Der District Attorney, Mr. Thomas Callis, geht selten selbst ins Gericht. Stellvertretende District Attorneys vertreten eigentlich die Anklage. Außer wenn ein Polizeibeamter getötet wurde. Bei solchen Fällen vertritt Mr. Callis die Anklage selbst. Er war als junger Mann Polizeibeamter. So denke ich, Sie können damit rechnen, daß Sie von ihm persönlich angeklagt werden. Verstehen Sie das?«

»Ich nehme es an.«

»Prima. Nun, Mr. Callis wird bei Ihrem Prozeß versuchen, die Geschworenen zu überzeugen, daß niemand sah, wie Sie Officer Kellog erschossen …«

»Ich habe keinen erschossen! Ich weiß nicht, was dieser Scheiß soll!«

»In diesem Fall werden Sie durch Ihren Anwalt vertreten, und ich nehme an, Sie wissen, daß Sie einen Pflichtverteidiger gestellt bekommen, wenn Sie sich finanziell keinen Anwalt leisten können. Und ich muß zugeben, daß einige dieser jungen Männer und Frauen ziemlich fähig sind. Sie sind jung und engagiert, frisch von der Rechtsakademie, und sie geben sich wirklich Mühe.«

»Ich habe kein Geld«, sagte Leslie.

»Ja, das wissen wir«, sagte Washington. »Wie ich schon andeutete, wenn Sie sagen, Sie sind unschuldig, dann wird Ihr Verteidiger auf nicht schuldig plädieren. Dann muß Mr. Callis die Jury überzeugen, daß zwar niemand sah, wie Sie Officer Kellog erschossen, daß aber die Indizien beweisen, daß Sie und nur Sie die Tat begangen haben können. Mr. Callis wird versuchen, die Jury zu überzeugen, daß Sie nur in den Besitz des silbernen Rahmens und der Kassetten, die in ihrem Haus gefunden wurden, und des Fotos von Officer Kellog gelangt sein können, das Sie verbrennen wollten ...«

»Ich weiß nichts von einem verdammten Foto!«

»Man wird Ihnen Gelegenheit geben, zu erklären, wie die Kassetten mit seiner Stimme und Aufnahmen von Telefonaten in Ihren Besitz gelangt sind.«

»Ich weiß auch nichts von verdammten Kassetten!«

»Ihr Pflichtverteidiger wird versuchen, das zu beweisen«, sagte Washington. »Mr. Callis wird Gelegenheit haben, die Jury zu überzeugen, daß Sie das gerahmte Foto und die Kassetten und anderen Dinge aus Officer Kellogs Haus entwendet haben, und zwar bei diesem Raubmord, als Officer Kellog heimkehrte und Sie ihn erschossen.«

»Ich habe das nicht getan.«

»Und dann wird Ihr Pflichtverteidiger die Jury überzeugen müssen, daß Sie es nicht getan haben. Wenn Sie jemanden finden, jemanden, dem die Jury glaubt und der unter Eid vor Gericht aussagt, daß Sie während der Tatzeit mit ihm zusammen waren, würde das vielleicht helfen. Es würde Ihnen auch helfen, wenn Sie erklären können, wie das Foto von Officer Kellog, der silberne Rahmen, die Kassetten und anderen Dinge in Ihren Besitz gelangt sind.«

»Leute schmeißen immer Scheißzeug über den Zaun«, sagte Leslie.

»Das erklärt vielleicht das Foto«, sagte Washington verständig, »aber nicht den Rahmen, der in Ihrem Haus gefunden wurde.«

Leslie fühlte sich sichtlich unbehaglich.

»Ihr Verteidiger könnte auch als Zeugen Leute aufbieten, die Sie kennen und über Ihren Charakter aussagen, damit die Jury hört, daß Sie nicht der Typ sind, der so etwas tut«, sagte Washington. »Aber wenn er das tut, kann Mr. Callis Beweise des Gegenteils aufbieten. Ich hörte, daß Sie mehrfach wegen Einbruchs festgenommen wurden.«

»Na und? Das heißt nicht, daß ich den Cop umgelegt habe.«

»Es gibt eine Alternative«, sagte Washington.

»Was?«

Die Tür wurde geöffnet, und ein anderer Kriminalbeamter, ein riesiger Weißer mit Cowboystiefeln, trat ein.

»Entschuldigung, Mr. Washington, District Attorney Callis ist am Telefon für Sie.«

»Das habe ich befürchtet«, sagte Washington. »Ich weiß nicht, wie lange es dauern wird, Mr. Leslie, aber ich versuche, so schnell wie möglich zurückzukommen.«

Er verließ den Vernehmungsraum.

»Wer hat Ihnen die Handschellen abgenommen?« fragte der gewaltige Kriminalbeamte rhetorisch, ging schnell zu Leslie, packte seinen rechten Arm, ließ die Handschelle um sein Handgelenk zuschnappen, murmelte: »Verdammtes As von der Special Operations!«, stampfte aus dem Vernehmungsraum, knallte die Tür hinter sich zu und ließ Mr. Leslie allein.

Draußen ging er zu Sergeant Washington, der an einem Schreibtisch saß und aus einem Becher Kaffee trank.

»Das ist mein Kaffee, Jason.«

»Ich sage nicht, es tut mir leid, weil es mir nicht leid tut.«

Der riesige Kripobeamte lachte.

»Das dachte ich mir. Meinen Sie, es klappt?«

»Ich meine, wir haben ihm klargemacht, (a) Sie können ihn nicht leiden; (b) das Erschießen eines Polizisten ist kein gesellschaftlich akzeptierbares Verhalten; und (c) er kann nicht mit seiner Lage fertig werden, wenn der nette Nigger nicht mit einer Lösung des Problems aufwartet.«

»Soll ich noch mal reingehen und ihn rein zufällig ein bißchen herumschubsen?«

»Ich denke, das würde das Gegenteil bewirken. So furchterregend wie Sie sind, Arthur, sollte man seiner Phantasie freien Lauf lassen.«

»Wie Sie wollen. Wechseln wir das Thema. Da macht eine Story die Runde, daß Ihr junger Payne auf einen Sims im dreizehnten Stock des Bellevue-Stratford kletterte, um ein Mikro zu befestigen.«

»Leider nur zu wahr. Ich habe ihm Vorwürfe gemacht.«

»Was ist mit ihm los, Jason?«

»Er ist jung. Abgesehen davon ist er ein verdammt guter Cop.«

»Ich meinte, wenn er all das Moos hat, das jeder ihm zurechnet, warum ist er dann Cop?«

»Er hat all das Moos, das ihm jeder zurechnet«, sagte Washington. »Ja, er ist aus reichem Haus. Aber ist Ihnen jemals in den Sinn gekommen, Arthur, daß einige Leute sozusagen zum Cop geboren sind?«

»Sie, zum Beispiel?«

»Möglich. Sie und ich. Ich kann mir nicht vorstellen, etwas anderes zu tun.«

»Scheiße, ich auch nicht. Was würde ich tun? Gebrauchtwagen verkaufen?«

»Einiges an unserem Job ist die Herausforderung, denke ich. Das erklärt Leute wie Sie und mich. Und vielleicht Payne. Aber was ist mit Leuten wie Officer Bailey? Ich sprach mit ihm, bevor ich herkam. Leslie ist hier, weil Bailey nach Jahren im Job immer noch persönlichen Stolz hat und Befriedigung darin findet, Leute vor Typen wie Leslie zu beschützen. Er weiß, daß er persönlich nicht den 39. Distrikt säubern kann, aber er sagte: ›Auf meiner Streife verbrennt man keinen Müll!‹«

Arthur stieß einen Grunzlaut aus.

»Wie lange wollen Sie der Phantasie des Scheißkerls freien Lauf lassen?«

»Ich denke, eine Viertelstunde sollte ausreichen.« Washington blickte auf seine Armbanduhr. »Noch fünfeinhalb Minuten, genauer gesagt.«

»Dieser große Typ hat mich wieder gefesselt«, sagte Leslie mit einiger Empörung und hob seine angekettete Hand, um es zu zeigen. Washington traf keine Anstalten, die Handschelle aufzuschließen.

»Ich bin gekommen, um Ihnen zu sagen, daß ich gehen muß. Ich muß zu Mr. Callis. Die Entscheidung liegt bei Ihnen, Leslie, und Sie müssen sie jetzt gleich treffen.«

»Welche Entscheidung?«

»Ob Sie auf Ihrer Unschuld beharren oder …«

»Oder was?«

»Oder ob Sie sich kooperativ zeigen.«

»Zum Beispiel?«

»Wie schlimm ist Ihre Drogensucht, Mr. Leslie?«

»Ich bin nicht süchtig, wenn Sie das meinen.«

»Ich kann Ihnen unmöglich helfen, Mr. Leslie, wenn Sie mir nicht die Wahrheit sagen. Ihre Akten sagen, daß Sie an einer Entziehungskur teilgenommen haben. Warum lügen Sie in diesem Punkt?«

»Ich habe es unter Kontrolle.«

»Dann waren Sie nicht unter dem Einfluß von Drogen, als Sie in Officer Kellogs Haus einbrachen? Schade, Ihr Verteidiger hätte das vielleicht bei Ihrem Prozeß nutzen können. ›Verminderte Zurechnungsfähigkeit‹ heißt das.«

»Was bedeutet das?«

»Lassen Sie mich das erklären, so gut ich kann. Wenn Sie nicht kooperativ sind, wird man Sie vor Gericht bringen und die Todesstrafe verlangen. Nach meiner Einschätzung hat die Anklage genügend Indizienbeweise, um eine Verurteilung zu erreichen.«

»Und wenn ich kooperativ bin?«

»Dann bleibt Ihnen vielleicht die Todesstrafe erspart. Es ist möglich, daß der District Attorney Ihre Drogensucht berücksichtigt und bei dem Strafmaß mildernd wertet.«

»Scheiße.«

»Ich bin kein Anwalt, Mr. Leslie. Sie sollten das mit einem Anwalt besprechen.«

»Wann bekomme ich einen?«

»Wenn die Mordkommission Sie wegen Mordes verhaftet und Ihnen Ihre Rechte nach dem Miranda-Gesetz vorliest. Das wird passieren. Sie müssen sich entscheiden, ob Sie kooperativ sein wollen oder nicht, *bevo*r Sie wegen Mordes festgenommen werden.«

»Ich könnte – wie sagten Sie? – ›verminderte Zurechnungsfähigkeit‹ bekommen?«

»Ich sagte, Sie können entweder die Wahrheit sagen und es leichter für Sie und die Mordkommission machen, oder lügen und es schwerer für sich und die Mordkommission machen.«

»Sie werden nicht dabeisein?«

»Nein. Aber ich habe mit Lieutenant Natali gesprochen und ihm die Lage erklärt, und ich denke, Sie beide können etwas ausarbeiten, das in beiderseitigem Interesse ist.«

»Verdammt, ich weiß es nicht«, sagte Leslie.

»Ich muß gehen. Ich werde Lieutenant Natali bitten, herzukommen, um mit Ihnen zu reden.«

»Mann, ich wünsche, Sie könnten dabeibleiben.«

»Ich könnte später auf ein weiteres Gespräch vorbeikommen, wenn Sie das möchten.«

»Ja.«

Washington streckte ihm die Hand hin. Leslies Rechte war mit der Handschelle gefesselt, und so mußte er Washingtons Hand mit der Linken schütteln.

»Viel Glück, Mr. Leslie«, sagte Washington.

»Oh, Mann, ich weiß nicht, was ich tun soll.«

»Besprechen Sie es mit Lieutenant Natali«, sagte Washington. Er ging zur Tür und öffnete sie, doch dann schloß er sie wieder.

»Nur zwischen uns, Mr. Leslie, um meine Neugier zu befriedigen. Warum dachten Sie, Sie müssen Officer Kellog erschießen?«

»Scheiße«, sagte Leslie. »Ich mußte es tun. Er hatte mein Gesicht gesehen. Er war ein Cop. Ich wußte, daß er mich früher oder später finden würde.«

»Ja«, sagte Washington, »natürlich, das verstehe ich.«

»Sie haben versprochen, zurückzukommen und mit mir zu reden«, sagte Leslie. »Ich nehme Sie beim Wort.«

»Ich werde kommen«, sagte Washington. »Das habe ich gesagt – und ich werde es tun.«

Er verließ den Vernehmungsraum.

Lieutenant Natali und Detective D'Amata kamen aus dem Nebenraum. Sie hatten durch den Einwegspiegel zugesehen und durch den Lautsprecher das Gespräch mitverfolgt.

Natali zitierte: »Ich mußte es tun. Er hatte mein Gesicht gesehen. Er war ein Cop.«

»Mein Gott«, sagte D'Amata in einer Mischung aus Abscheu und Entsetzen.

»Das wirklich Traurige ist«, sagte Washington, »daß er nicht zugibt oder auch nur begreift, wie ungeheuerlich seine Tat ist. Er denkt nur, er hat etwas falsch gemacht, weil er erwischt wurde.«

»Sie möchten nicht hierbleiben, Jason?« sagte D'Amata. »Ich werde vielleicht Ihre Hilfe brauchen.«

Washington blickte Lieutenant Natali an.

»Weiß Joe, wen Mrs. Kellog verdächtigte, für den Tod ihres Mannes verantwortlich zu sein?«

»Sie meinen die fünfte Abteilung vom Rauschgiftdezernat?« fragte D'Amata.

»Ich dachte, er sollte es wissen«, antwortete Natali. »Ich habe ihn gebeten, es für sich zu behalten.«

»Daran habe ich gearbeitet, Joe, als ich hierhingeschickt wurde. Aber wie sagt man so schön, ›die Pflicht ruft‹. Oder wie wäre es mit ›es ist ein schmutziger Job, aber jemand muß ihn erledigen‹? Muß ich Ihnen noch sagen, daß ich lieber hierbliebe?«

Sowohl Natali als auch D'Amata schüttelten den Kopf. Natali klopfte Washington leicht auf den Arm, und dann verließ Washington die Mordkommission.

Der Ehrenwerte Thomas J. ›Tony‹ Callis, der District Attorney des County Philadelphia, hatte sich entschieden, den Fall Francis Foley und Gerald North Atchison persönlich zu übernehmen, anstatt ihn einem seiner Assistant District Attorneys zu übergeben.

Das lag nicht daran, daß seiner Ansicht nach außergewöhnliches berufliches Können erforderlich war (obwohl Mr. Callis wie die meisten Anwälte im Grunde seines Herzens glaubte, der fähigste Anwalt zu sein, den er jemals kennengelernt hatte), sondern an der politischen Bedeutung des Falles.

Es war ihm sehr bewußt, daß der Ehrenwerte Jerry Carlucci, Bürgermeister der Stadt Philadelphia, ein persönliches Interesse an diesem Fall hatte, der politisch gewürzt war. Der *Philadelphia Ledger*, der hinter Carluccis Skalp her war, hatte vernichtende Leitartikel gebracht, in denen er die Öffentlichkeit auf die Unfähigkeit der Polizei hingewiesen hatte, die nicht in der Lage war, den oder die Mörder von Atchisons Frau und Partner zu stellen und zu verhaften. Abwechselnd mit Leitartikeln ›Empörende Ermordung von Wirtsfrau und -partner in der Innenstadt‹ waren ebenfalls ätzende Artikel erschienen, in denen die Öffentlichkeit darauf aufmerksam gemacht wurde, daß ein Cop brutal in seiner Küche ermordet worden war und die Polizei auch in diesem Fall unfähig war und im dunkeln tappte.

Mr. Callis, ein großer, grauhaariger, elegant gekleideter Mann Anfang Fünfzig mit rötlichem Gesicht, hatte eine etwas dünne politische Allianz mit Bürgermeister Carlucci.

Es war zwischen beiden Seiten klar, daß eine die andere in dem Augenblick fallenlassen würde, in dem das Bündnis die Wiederwahl von einem von ihnen bedrohen würde.

Mit den politischen Fähigkeiten, die an die des Bürgermeister heranreichten, hatte der District Attorny die Möglichkeit erwogen, daß Bürgermeister Carlucci ihm liebend gern den Ball, sprich den Fall Inferno, in den Schoß legen würde. Daß er, mit anderen Worten, sich den *Ledger* vom Hals schaffen konnte, indem er auf Grund von Ermittlungsergebnissen eine Festnahme erreichte, die vor einer Anklagejury oder vor Gericht keinen Bestand haben würde.

»Meine Polizei, wie üblich hervorragend, hat diese Verbrecher geschnappt«, würde der Bürgermeister sagen. »Wenn sie als freie Leute aus dem Gericht spazieren, spricht das für die Fähigkeit von Mr. Callis.«

Den Beweis, daß dieser Fall schwere politische Konsequenzen haben konnte, erhielt er, als die Polizeibeamten, die in Callis' Büro kamen, um ihre Beweise zu präsentieren, sich als Chief Inspector Matthew Lowenstein, Chef der Kripo, und Inspector Peter Wohl, Chef der Special Operations Division, entpuppten. Mr. Callis – der normalerweise alles ablehnte, was im *Ledger* stand – der ihn vor der letzten Wahl bekämpft hatte –, mußte diesmal zugeben, daß in der Tat mehr als ein Körnchen Wahrheit an der Behauptung des *Ledger* war, daß die Special Operations Division Carluccis private Polizeieinheit geworden war.

Dazu trug auch Chief Lowensteins eröffnende Bemerkung bei, als er in Callis' Büro komplimentiert wurde:

»Mr. District Attorney, ich soll Sie von unserem Bürgermeister grüßen, aus dessen Büro Inspector Wohl und ich soeben kommen.«

»Wie nett von unserem geliebten Bürgermeister! Seien Sie so freundlich, Chief Inspector, und richten Sie ihm meine herzlichsten Grüße aus, wenn Sie ihn das nächstemal sehen, was zweifellos kurz nach der Beendigung unseres kleinen Plauschs sein wird.«

»Es wird mir ein Vergnügen sein, Mr. District Attorney.«

»Wie geht es Ihnen, Matt?« fragte Callis lachend. »Wir sehen uns in letzter Zeit selten.«

»Kann mich nicht beklagen, Tom. Wie geht es der Frau?«

»Im Vergleich zu was? Guten Tag, Peter.«

»Mr. Callis«, sagte Wohl.

»Sie sind jetzt ein großer Junge, Peter. Ein Voll-Inspector. Sie brauchen mich nicht mehr mit ›Mister‹ anzureden.«

Wohl lächelte und hob die Hände in einer Geste der Hilflosigkeit.

»Mein Vater ermahnte mich immer, wenn du bei einem Anwalt bist, sei respektvoll und halte eine Hand auf deiner Brieftasche«, sagte Wohl.

Callis lachte. »Grüßen Sie den alten Gentleman von mir, Peter. Und Ihre Mutter.«

»Danke, das werde ich tun.«

»Okay. Was haben wir nun?«

»Wir haben die Tatwaffen im Fall Inferno. Wir haben ...«, begann Lowenstein.

»Erzählen Sie mir von den Waffen, Matt«, unterbrach Callis.

Lowenstein öffnete seine Aktentasche. Er nahm einen Stapel Kopien heraus und legte sie auf Callis' Schreibtisch.

»Die Laborberichte, Tom. Sie sind sehr überzeugend.«

»Würde es Ihnen etwas ausmachen, wenn ich Harry Hormel herbitte?« fragte Callis. »Wenn ich keine Zeit finde, die Anklage zu vertreten, wird höchstwahrscheinlich Harry der Ankläger sein.«

»Sehr gut«, sagte Lowenstein glatt. »Ich möchte gern Harrys Meinung hören.«

District Attorney Callis drückte auf den Knopf der Gegensprechanlage und bat sehr höflich seine Sekretärin, festzustellen, ob Mr. Hormel im Haus war, und wenn ja, ob er ein paar Minuten für ihn opfern und in sein Büro kommen konnte.

Peter Wohl lächelte leicht. Er war überzeugt, daß Hormel

die Anweisung erhalten hatte, vermutlich weitaus weniger höflich, sich zur Verfügung zu halten.

»Harry«, hatte Callis wahrscheinlich gesagt, »verlassen Sie das Büro nur nach Absprache mit mir. Lowenstein und Wohl kommen mit etwas über den Fall Inferno. Ich werde Sie brauchen.«

Oder andere Worte in diesem Sinn. Mr. Harrison J. Hormel war ein stellvertretender District Attorney. Er war vor über zwanzig Jahren gleich nach bestandenem Examen ins Büro des District Attorneys gekommen und geblieben.

Nur eine kleine Zahl von jungen Anwälten, die frisch von der Rechtsakademie kommen, bleibt im Büro des District Attorneys. Viele, die blieben, taten es wegen des regelmäßigen Gehaltsschecks und waren sich nicht sicher, ob sie ihren Lebensunterhalt mit einer privaten Praxis verdienen konnten. Hormel war nach Peter Wohls Meinung die Ausnahme von dieser Faustregel. Er war ein sehr guter Anwalt und trat hervorragend im Gerichtssaal auf. Geschworene vertrauten ihm. Er hätte eine weitaus lukrativere Karriere als Verteidiger haben können.

Peter Wohl war vor Jahren zu dem Schluß gelangt, daß Hormel geblieben und (wenigstens de facto) zum besten Anklagevertreter im Büro des District Attorneys geworden war, weil er Stolz und Befriedigung darin fand, üble Leute dorthin zu bringen, wo sie keinen Schaden mehr anrichten konnten.

Und Peter Wohl wußte, wenn District Attorney Callis oder der Assistent District Attorney Hormel die Anklage gegen Foley und Atchison vertraten, dann nicht auf Grund beruflicher Qualifikationen – Callis war kein Dummkopf und ehrlich genug, zuzugeben, daß Hormel der bessere Ankläger war –, sondern auf Grund von Callis' Einschätzung, ob der Fall gewonnen oder verloren werden konnte. Wenn eine Verurteilung so gut wie sicher war, würde er der Ankläger sein und die Lorbeeren einheimsen. Wenn es einige Zweifel gab, erhielt Hormel den Auftrag. Es blieb die Hoffnung, daß sein größeres Geschick triumphieren würde. Und wenn Foley und/oder Atchison davonkamen, war Hormel der Blamierte, nicht Callis.

Callis setzte seine Brille auf, die an einem Plastikband von seinem Hals hing und auf der Brust geruht hatte, und rückte sie auf der Nase zurecht. Dann begann er sorgfältig den Bericht zu lesen, den Lowenstein ihm gegeben hatte.

Assistent District Attorney Hormel betrat das Büro, während Callis las. Er begrüßte leise Lowenstein und Wohl und nahm dann in einem Ledersessel neben Callis' Schreibtisch Platz.

Callis gab ihm wortlos den Bericht, Seite für Seite, während er zu Ende las. Als er fertig war, schaute er Chief Inspector Lowenstein an und machte eine Geste, die klar anzeigte, daß er von dem Bericht nicht beeindruckt war.

Lowenstein überreichte ihm einen anderen Stapel Ablichtungen.

»Die 75-49er über die Bergung der Tatwaffen«, sagte er.

Callis rückte seine Brille zurecht, las die 75-49er Formulare mit dem Ermittlungsbericht sorgfältig und gab jede Seite an Assistant District Attorney Hormel weiter.

Als er Seite vier las, sagte er: »Denny Coughlin war Augenzeuge bei der Bergung der Waffen? Was hat er dort gemacht?«

»Chief Coughlin hielt es nicht für nötig, mich über seine Gründe zu informieren«, sagte Lowenstein. »Inspector Wohl nimmt an, daß der Chief einen Yachtausflug am frühen Morgen für nett hielt.«

Callis lachte.

Er las zu Ende, und dann warteten alle, bis Hormel fertig war.

»Damit gibt es einige Probleme«, sagte Hormel schließlich.

»Zum Beispiel?«

»Wieso überwachte dieser Beamte von der Special Operations Mr. Atchison?«

»Auf Anweisung des Commissioners unterstützte Detective Payne die Mordkommission bei der Ermittlung«, sagte Lowenstein.

»Ich möchte wissen, was das alles zu bedeuten hat«, sagte Callis und schaute Lowenstein an. »War das vor Ihrer Rücktrittsdrohung oder danach?«

»Das spricht sich aber schnell herum, was?« sagte Lowenstein. »Ich habe nicht mit Rücktritt *gedroht*. Ich habe einen Rücktritt *erwogen*. Dann habe ich meine Meinung geändert. Wenn Sie meinen, ich wäre in irgendeiner Weise unglücklich über die Verwendung von Detective Payne bei der Mordkommission gewesen – ich war es nicht. Er ist ein sehr gescheiter und tüchtiger junger Mann, wie diese 75-49er zeigen.«

»Er hatte den Auftrag, Atchison zu überwachen?«

»Er war beauftragt, dem zuständigen Kriminalbeamten zu helfen bei allem, was dieser Beamte für hilfreich hielt«, erwiderte Lowenstein.

»Vermutlich gab es eine Koordination mit der Polizei von Media?« sagte Hormel und schaute Lowenstein fragend an.

»Am selben Nachmittag begleitete Detective Payne Sergeant Washington zu einer Befragung von Mr. Atchison in seinem Haus. Das wurde mit der Polizei von Media abgestimmt.«

»Jason arbeitet wieder für die Mordkommission? Davon wußte ich nichts«, sagte Callis.

»Sergeant Washington und Detective Payne waren die ersten Polizeibeamten am Tatort im Mordfall Inferno«, erklärte Lowenstein. »Inspector Wohl war so freundlich, sie mir zur Verfügung zu stellen, damit sie die Mordkommission bei den Ermittlungen unterstützten.«

Callis schnaubte.

»Detective Payne«, sagte Hormel, der die Rolle eines Verteidigers spielte, »Sie sehen wie ein sehr junger Mann aus. Wie lange sind Sie Polizeibeamter? Wie lange sind Sie Detective?«

»Wie lange sind Sie bei der Mordkommission«, führte Callis die Rolle weiter, die Hormel spielte. »Oh, Sie arbeiten gar nicht bei der Mordkommission? Sie haben gar keine Erfahrung in der Überwachung eines Mordverdächtigen? Wollen Sie mir das sagen?«

»Und dann müssen wir das widerlegen«, sagte Wohl. »Unser hervorragender Assistant District Attorney – oder vielleicht der District Attorney selbst – nähert sich dem jungen Detective im Zeugenstand und sagt: ›Detective Payne, waren Sie in irgendeiner Weise daran beteiligt, daß dem Serientäter, der sogenannten Sexbestie von Northwest Philly, das üble Handwerk gelegt wurde? Oh, Sie waren das, der zum Schußwaffengebrauch gezwungen war, um Mrs. Naomi Schneider aus den tödlichen Klauen dieses Satans zu reißen?‹«

Callis lachte.

»Sehr gut, Peter.«

»›Und waren Sie, Detective Payne, in irgendeiner Weise an der Festnahme der Personen beteiligt, die anschließend im Mordfall Goldblatts Möbelhaus als Täter verurteilt wurden? Ah, *Sie* waren das, der sich ein tödliches Feuergefecht mit einem der Mörder lieferte? Mr. Atchison war also nicht der erste Mörder, mit dem Sie es zu tun hatten?‹«

»Das könnte gegen ihn ausgelegt werden. Er würde wie ein Rambo wirken«, wandte Callis ein.

»Diese dunkle und stürmische Nacht macht mir Sorgen«, sagte Hormel. »Wir müssen die Jury überzeugen, daß das Päckchen, dessen Bergung aus dem Fluß Denny Coughlin beiwohnte, dasselbe Päckchen war, das Atchison dort hineinwarf. Das ist eine dürftige Verbindung.«

»Die beiden Beamten von der Kripo Süd sahen, wie Foley Atchison das Päckchen überreichte«, sagte Lowenstein.

»Nein, das sahen sie nicht«, widersprach Hormel. »Da gibt es berechtigte Zweifel. Und es *war* eine dunkle und stürmische Nacht. ›Wie können Sie unter Eid aussagen, Detective Payne, daß das Päckchen, das von Polizeitauchern aus dem Fluß geholt wurde, dasselbe Päckchen war, mit dem Sie Mr. Atchison aus dem Yock's Diner kommen sahen? Wie können Sie unter Eid aussagen, wenn die Nacht so dunkel war und Sie so weit von Mr. Atchison entfernt waren, wie Sie ausgesagt haben, daß das, was er in den Fluß warf – wenn er überhaupt etwas in den Fluß warf – dieses Päckchen war? Sie konnten ihn nicht richtig sehen, nicht wahr? Sie sagen aus, was Sie vielleicht ehrlich glauben, gesehen zu haben, aber geben Sie zu, daß Sie in Wirklichkeit gar nichts gesehen haben?«

»Na, na, Harry!« protestierte Lowenstein.

»Ich bin geneigt, mich Harrys Meinung anzuschließen«, sagte Callis. »Dies ist schwach.«

Lowenstein stand auf.

»Es ist immer eine Freude, Sie zu sehen, Tom«, sagte er. »Und Sie auch, Harry.«

»Wohin wollen Sie?«

»Ich will meine Anweisung ausführen«, sagte Lowenstein. »Ich wurde angewiesen, Ihnen zu zeigen, was wir haben. Und danach soll ich die Hurensöhne festnehmen lassen. Kommen Sie, Peter.«

Wohl erhob sich und gab Harry Hormel die Hand.

»Moment mal«, sagte Callis. »Ich habe nicht gesagt, daß es nichts taugt. Ich habe gesagt, es ist schwach.«

»Das ist es«, stimmte Hormel zu.

»Harry«, sagt der District Attorney, »Sie sind schon mit weniger in den Gerichtssaal gegangen und haben gewonnen. Peter hat ein gutes Argument vorgetragen. Sie brauchen nur die Jury zu überzeugen, daß diese beiden von einem der besten Detectives überwacht wurden. Von einem erwiesenen Helden. Wenn Sie diesen Punkt richtig hinkriegen, können Sie die Todesstrafe verlangen und bekommen sie.«

»Es ist schwach«, wiederholte Harry Hormel.

»Lassen Sie Harry wissen, wenn Sie die Kerle haben, Matt«, sagte Callis. »Er wird bestimmt gern dabeisein, wenn Sie die beiden mit den Waffen konfrontieren.«

22

Für Frankie Foley hatte das Treffen mit Gerry Atchison im Yock's Diner in der vergangenen Nacht etwas befriedigend Endgültiges. Er hatte die zweite Rate für den Hit erhalten und war die Waffen losgeworden. Der Job war erledigt.

Er nahm an, daß Atchison die Waffen irgendwo sicher beseitigte, sie vielleicht in den Delaware warf oder sie im Wald vergrub, wenn er mit der Nationalgarde Wochenendkrieger spielte. Wie auch immer.

Frankie war überzeugt, daß alles prima war, seit Atchison die Waffen übernommen und das Yock's Diner verlassen hatte, ohne daß jemand sie zusammen gesehen hatte.

Frankie fand wirklich blödsinnig, daß Atchison auf der

umständlichen Prozedur bestanden hatte, bei der er die Waffen auf der Toilette in den Abfalleimer legen mußte, wo Atchison sie dann abholte. Atchison mußte zu viele Spionagefilme im Fernsehen gesehen haben.

Es wäre viel vernünftiger gewesen, wenn sie sich irgendwo getroffen hätten, sogar auf dem Parkplatz vom Yock's Diner, wenn sie den Zaster gegen die Waffen getauscht hätten und in ihre Wagen gestiegen und weggefahren wären.

Andererseits hatte sich Frankie auf den umständlichen Tausch im Klo eingelassen, weil er sicherer war als ein Treffen auf irgendeinem dunklen Parkplatz.

Frankie traute Atchison nicht. Er hatte ihm im Inferno mißtraut, als er den Mordauftrag ausgeführt hatte, und er hatte Vorsorge getroffen, daß Atchison ihn nicht erschießen konnte, nachdem er die Frau und den Partner ermordet hatte. Das wäre smart gewesen. Dann hätte es ausgesehen, als wäre der Tote auf dem Boden der Räuber, der die Frau und den Partner umgebracht hatte, und Atchison wäre der verdammte Held, der ihn erschossen hatte.

›Tote plaudern nicht‹, das war kein Blödsinn. Er war der einzige, der Atchison belasten konnte, und Atchison wußte das. Wenn er tot war, konnte sich Atchison entspannen. Die Cops würden auf ewige Zeiten – oder wenigstens so lange, wie sie ermittelten – nach den beiden erfundenen Raubmördern suchen, von denen Atchison den Cops erzählt hatte.

Frankie sagte sich, daß das Gegenteil ebenfalls stimmte: wenn Atchison tot war, konnte er keine weichen Knie bekommen und den Cops nicht sagen: »Frankie Foley hat meine Frau ermordet.« Er spielte mit dem Gedanken, Atchison umzubringen. Das wäre überhaupt kein Problem. Er hätte auf dem Parkplatz vom Yock's Diner auf ihn warten, ihm ein paar Kugeln in den Kopf schießen und wegfahren können. Das wäre dann das Ende der Sache gewesen.

Vielleicht aber auch nicht. Die Bullen würden als noch größere Arschlöcher dastehen, wenn Atchison ermordet wurde und sie den Täter ebenfalls nicht schnappen konnten.

Die Zeitung *Ledger* machte den Cops bereits die Hölle heiß und bezeichnete sie als unfähig. Sie würden sich aufregen und sich ins Zeug legen, und vielleicht hatten sie Glück.

Frankie bezweifelte, daß Atchison den Mut hatte, zu versuchen, ihn selbst umzubringen, denn sonst hätte er ja wohl auch seine Frau und den Partner selbst umgebracht, oder? Und Atchison kannte keinen anderen Killer, sonst hätte er ihn, Frankie, nicht erwartet, oder?

So war es das schlaueste – das Professionelle – die Sache auf sich beruhen zu lassen. Er war für den Job bezahlt worden, hatte ihn ausgeführt und hatte den Rest der vereinbarten Summe erhalten. Damit sollte die Sache zu Ende sein. So konnte er sich anderen Dingen widmen.

Wenn es so lief, dann konnte er in ein paar Wochen im Inferno arbeiten und Wanamaker's sagen, was sie ihn mal konnten. In gewissen Kreisen würde sich herumsprechen, daß er den Job für Atchison tadellos erledigt hatte, und früher oder später würde man mit anderen Jobs an ihn herantreten.

Am liebsten wäre Frankie nach Las Vegas geflogen und hätte sein Glück beim Spielen getestet. Er war noch nie in Vegas gewesen, aber er hatte gehört, daß dort jede Menge Pussys bei den Spieltischen herumlungerten und einem Mann, den man für zahlungskräftig hielt, sogar Pussys aufs Hotelzimmer geschickt wurden. Das wäre wirklich schön, dort hinzufliegen, eine Menge Moos an den Spieltischen zu gewinnen und es mit einer Pussy zu verjubeln. Aber das wäre nicht profihaft gewesen. Er mußte cool bleiben, jedenfalls für eine Weile.

Vielleicht behielten ihn die Cops im Auge, und sie würden sich wundern, weshalb er es sich erlauben konnte, bei Wanamaker's den Job hinzuschmeißen, und sich fragen, woher er das Geld hatte, um nach Vegas zu fliegen. In ein paar Wochen, wenn er zu Atchison gehen und ihn an den Job im Inferno erinnern würde, hatten die Cops das Interesse an dem Inferno-Fall und an ihm wahrscheinlich verloren. Sie würden sich mit anderen Dingen beschäftigen.

Er würde die fünf Riesen auch nicht sofort ausgeben für

einen besseren Wagen oder sonst etwas, nicht einmal für Kleidung. Das konnte auffallen. Wenn er dann für das Inferno arbeitete, würde das anders sein. Wenn er mit viel Geld gesehen wurde, konnte er behaupten, er hätte es beim Spielen gewonnen. Nachdem er all dies entschieden hatte, sagte sich Frankie, daß es nicht schaden konnte, wenn er sich in Meagan's Bar ein paar Drinks gönnte und vielleicht Tim McCarthy sehen ließ, daß er mit ein paar Hundert-Dollar-Scheinen in der Brieftasche herumlief. Gleichzeitig konnte er Tim zeigen, daß er frei herumspazierte und sich einen Dreck darum kümmerte, daß Bullen Fragen nach ihm stellten.

Und wer weiß, vielleicht war eine gelangweilte Lady da, die ein bißchen Action von einem richtigen Mann suchte. Tim, und wenn nicht Tim, würde das Plappermaul Sonny Boyle über ihn reden und herumposaunen, daß Bullen nach Frankie Foley gefragt hatten. Tim und Sonny würden das verbreiten, darauf konnte er wetten.

Frauen sind scharf auf gefährliche Männer, hatte Frankie mal irgendwo gelesen. Er sagte sich, daß das vielleicht stimmte.

Frankie traf ein paar Minuten nach 18 Uhr von der Arbeit bei Wanamaker's zu Hause ein. Er duschte schnell, zog ein frisches Hemd, Freizeithose und das zweifarbige Jackett an. Er sagte seiner Mutter, daß er woanders zu Abend essen werde, er müsse etwas Geschäftliches erledigen, und um 18 Uhr 50 betrat er Meagan's Bar.

Er hätte gern ein paar Harte getrunken, vielleicht Whiskys, die er mit Ortleib vom Faß hinunterspülte, doch er hielt es für besser, nur ein Bier zu bestellen.

Nicht, daß er befürchtete, sich im Suff zu verplappern oder so etwas. Er nahm mit einem Bier vorlieb, weil vielleicht eine gelangweilte Lady ein wenig Action suchte und er dann nicht halb abgefüllt die Gelegenheit ruinieren wollte.

Er bezahlte das Ortleib's mit einem der drei Hundert-Dollar-Scheine, die er in die Brieftasche gesteckt hatte, gab Tim einen aus, und als er das Wechselgeld erhielt, ließ er es auf der Bar liegen, als wäre es ihm gleichgültig.

Er hatte das Bier getrunken und hielt nach Tim Ausschau, um ein weiteres zu bestellen, als jemand rief:

»He, Tim, wir verdursten. Noch eine Runde. Und gib Frankie noch einen von dem, was er trinkt.«

Am Ende der Bar, wo sie im rechten Winkel zur Wand bei der Tür abknickte, waren zwei Typen. Sie sahen wie Italiener aus und trugen Anzug und Krawatte. Das fand Frankie merkwürdig, denn Itaker sah man nicht oft in Meagan's Bar. Die Itaker hatten ihre Bars, und die Iren hatten ihre.

Aber diese Typen waren anscheinend schon hiergewesen. Sie kannten Tim mit Namen, und Tim rief zurück: »Johnnie Walker, richtig?« Das bedeutete, daß er sie gut genug kannte, um zu wissen, was sie tranken.

»Johnnie Black«, rief einer der Itaker zurück. »Und gib Frankie auch einen.«

Was soll das? dachte Frankie. *Na, da spielt ein Itaker den Großkotz. Diese Typen halten sich immer für die Größten.*

Tim servierte die Getränke, zuerst den Itakern, und dann brachte er ein Glas Ortleib's und die Flasche Johnnie Walker Black an die Bar und schenkte Frankie daraus ein.

»Willst du einen zum Nachspülen?« fragte er, als er das Schnapsglas mit Scotch gefüllt hatte.

»Das Bier genügt«, sagte Frankie.

Er nippte an dem Scotch, schaute zu den Itakern und hob das Schnapsglas kurz an. Einer der Itaker kam zu ihm.

»Wie geht's, Frankie?« sagte er und streckte ihm die Hand hin. »Ist der Scotch das richtige? Ich hab' vergessen zu fragen, ob du Scotch magst.«

»Prima. Danke. Kenne ich dich?«

»Weiß ich nicht. Kennst du mich? Ich bin Joey Fatalgio.«

»Ich hatte noch nicht das Vergnügen«, sagte Frankie.

Sie schüttelten sich die Hände.

»Ich weiß natürlich, wer du bist«, sagte Joey Fatalgio und zwinkerte ihm zu.

Was soll das Zwinkern? Dieser Typ sieht nicht wie ein Schwuler aus.

»Ich verkehre hier gelegentlich«, sagte Frankie.

»Und vielleicht habe ich dich im Inferno gesehen«, sagte Fatalgio. »Ich und mein Bruder – Dominic –, das ist der da hinten, gehen gelegentlich dorthin.«

»Ja, vielleicht habe ich dich im Inferno gesehen«, sagte Frankie. »Dort bin ich auch manchmal. Und ich spiele mit dem Gedanken, dort zu arbeiten.«

»He, Dominic!« rief Joey Fatalgio seinen Bruder. »Bring dein Glas mit und begrüß Frankie Foley.«

Dominic glitt vom Barhocker und ging zu ihnen.

»Frankie, Dominic«, stellte Joey vor. »Dominic, Frankie.«

»Wie geht's, Frankie?« sagte Dominic. »Freut mich, dich kennenzulernen.«

»Mich ebenfalls«, sagte Frankie.

»Frankie hat mir soeben erzählt, daß er mit dem Gedanken spielt, im Inferno zu arbeiten«, sagte Joey.

»Er spielt erst mit dem Gedanken? Wie ich das hörte, hat er die Arbeit im Inferno bereits erledigt«, sagte Dominic und zwinkerte Frankie zu.

Frankie wurde ein wenig nervös.

Es gibt Itaker bei den Bullen. Sind diese beiden Cops?

»Halt die Schnauze, verdammt, Dominic«, sagte Joey Fatalgio. »Was ist mit dir los?« Er wandte sich an Frankie. »Du solltest ihm verzeihen, Frankie. Manchmal ist er blöde.«

»Leck mich, Joey«, sagte Dominic.

»Es gibt Orte, an denen man über gewisse Dinge redet, du Arschloch«, sagte Joey, »und es gibt Orte, an denen man besser die Schnauze hält, und dies ist einer. Richtig, Frankie?«

»Richtig«, pflichtete Frankie ihm bei.

»War nicht böse gemeint, Frankie«, sagte Dominic.

»Ah, vergiß es«, erwiderte Frankie.

»Er hat es nicht böse gemeint, aber manchmal ist er gaga«, sagte Joey.

»Für wen hältst du dich, Joey, für Einstein oder wen?«

»Wo arbeitet ihr Jungs?« fragte Frankie, um das Thema zu wechseln – Dominic wurde sauer, weil sein Bruder so mit ihm redete – und um zu hören, was sie sagten. Er hielt sie nicht für Cops, aber man konnte ja nie wissen.

»Wir sind Fahrer«, sagte Joey.

»Trucker?«

»Ich chauffiere Leute«, sagte Joey. »Dieses Arschloch hier fährt Streife.«

»Was?«

Joey griff in die Innentaschen seines Jacketts, holte eine Visitenkarte hervor und gab sie Frankie. Darauf war eine Firma namens Classic Livery, Inc. mit einer Adresse in South Philly gedruckt, und darunter stand in kleinerer Schrift ›Joseph T. Fatalgio, jr.‹.

»Was ist eine Livery?« erkundigte sich Frankie.

»Das geht auf die Zeit der Pferde zurück«, erklärte Joey. »Erinnerst du dich an die Cowboyfilme, in denen Roy Rogers sein Pferd in den Livery Stables parkt?«

»Ja«, sagte Frankie, »ich erinnere mich.«

»Ich nehme an, es bedeutete damals ›Pferde zu vermieten‹ oder so was«, sagte Dominic. »Jetzt bedeutet es Limousinen.«

»Limousinen?«

»Ja, Limousinen. Hauptsächlich für Beerdigungen, aber wenn du eine Limousine für deine Hochzeit haben willst, haben wir weiße. Wir haben sogar einen Rolls-Royce.«

»Tatsächlich?«

»Kostet ein Vermögen, aber du wärst überrascht, wenn du wüßtest, wie oft er gemietet wird«, fuhr Dominic fort.

»Die meisten Fahrten machen wir zur Leichenhalle«, sagte Joey. »Für gewöhnlich fahren wir nur die Braut zur Trauung. Aber wenn man nicht dem Sarg zum Friedhof in einer Limousine folgt, denken die Leute, man ist das schwarze Schaf der Familie.«

»So ist das wohl.« Frankie wollte Joey die Visitenkarte zurückgeben.

Joey hob abwehrend die Hand.

»Behalte sie. Vielleicht brauchst du eines Tages eine Limousine.«

»Ja«, fügte Dominic hinzu. »Und dann bekommst du vielleicht Personalrabatt.«

Joey lachte.

»Du sollst die Schnauze halten, Arschloch«, zischte er.

»Personalrabatt wofür?« fragte Frankie, von Neugier überwältigt.

»Mann, du weißt wofür. Für die Steigerung des Geschäfts«, sagte Dominic.

Joey lachte.

»Ich weiß nicht, wovon du redest«, sagte Frankie.

»Na klar.« Joey lachte und zwinkerte.

»Na klar«, plapperte Dominic nach.

»Eigentlich, Frankie, ist das ein Teil des Grunds, weshalb wir hier sind.«

»Was?« fragte Frankie.

»Um über das zu reden, von dem du nichts weißt«, sagte Joey leise, und neigte sich so dicht zu Frankie, daß er sein Rasierwasser riechen konnte. »Frankie, wir haben einen Bekannten, der mit dir reden möchte.«

»Mit mir reden? Worüber?«

Joey zwinkerte Frankie zu.

»Ich weiß es nicht«, sagte Joey. »Aber ich weiß, daß dieser Bekannte einen gut ausgeführten Job bewundert.«

»Er hat selbst ein paar Jobs erledigt«, sagte Dominic, »wenn du verstehst, was ich meine.«

»Er hat dir bereits gesagt, daß er nicht weiß, wovon du redest, du Arschloch«, sagte Joey.

»Stimmt«, gab Dominic zu.

»Dieser Bekannte von uns, Frankie, will mit dir über einen Job reden«, sagte Joey.

»Was für ein Job?«

»Sagen wir, ein Job, bei dem du in einer Stunde zehnmal soviel verdienen kannst wie in einem Monat Möbelschleppen bei Wanamaker's.«

»Ja?«

»Sagen wir, dieser Bekannte von uns bewundert als Profi

die Art, wie du deinen letzten Job erledigt hast, und wir beide wissen, daß ich nicht vom Verladen von Möbeln rede.«

»Wer ist der Bekannte?«

»Er ist wie du, Frankie, und liebt es tiefzustapeln und nicht aufzufallen. Hat für die Öffentlichkeit einen festen Job, und daneben einen anderen Job wie eine Teilzeitkraft, von Zeit zu Zeit, ein Job, den nicht viele andere Leute erledigen können, wenn du verstehst, was ich meine.«

»Warum will er mit mir reden?« fragte Frankie.

»Wie ich das verstanden habe, kann er neben seinem Vollzeitjob auch einen Teilzeitjob übernehmen, wenn einer anliegt. Aber manchmal, du weißt, was ich meine, bekommt er mehr als einen Teilzeitjob. Wie ich das verstand, kommen in diesem Fall gleich drei oder vier Teilzeitjobs auf ihn zu, und er kann sie nicht allein schaffen. Ich meine, du würdest den Mund halten müssen – du kannst doch den Mund halten, oder, Frankie?«

»Ich bin verschwiegen wie eine Auster«, sagte Frankie.

»Das dachte ich mir, ein Junge wie du im Geschäft mit den Teilzeitjobs muß die Klappe halten können. Was ich sagen will, Frankie, du würdest so etwas wie ein Subunternehmer sein. Ich meine, du wirst eine finanzielle Vereinbarung mit unserem Bekannten treffen, den Job erledigen, und die ganze Sache bleibt unter euch. Ich meine, die Leute, die ihn für den besonderen Teilzeitjob anheuerten, würden nie herausfinden, daß er einen Subunternehmer eingeschaltet hat. Das könnte ihnen vielleicht nicht gefallen. Ich meine, sie zahlen unserem Bekannten viel Zaster und erwarten, daß er den Job selbst erledigt und nicht von einem Subunternehmer ausführen läßt. Aber wie heißt es so schön, was man nicht weiß, macht einen nicht heiß, richtig?«

»Richtig«, sagte Frankie.

»Wärst du also vielleicht bereit, mit unserem Bekannten zu sprechen, Frankie?« fragte Dominic. »Ich meine, er würde das schätzen. Und wenn ihr keine für beide Seiten befriedigende Vereinbarung treffen könnt, kannst du die Sache einfach vergessen. Keiner wird dir böse sein. Du verlierst nichts, und es wird in beiderseitigem Interesse sein, wenn du unseren Bekannten kennenlernst. Man kann nie wissen, was nächste Woche passiert.«

»Was soll's«, sagte Frankie. »Warum nicht?«

Frankie hatte noch nie so viele Cadillacs an einem Ort gesehen, wie in der Garage der Classic Livery, Inc. aufgereiht standen.

Er sagte sich, daß es Hunderte sein mußten. Die meisten davon schwarze Limousinen. Es gab auch ein Dutzend Cadillac- Leichenwagen und ebensoviele oder mehr Blumenwagen. Außerdem sah er eine Reihe normaler Cadillacs und Lincolns und den weißen Rolls-Royce, von dem Dominic erzählt hatte.

Der Boden der Garage war naß. Frankie sagte sich, daß die Limousinen jeden Tag gewaschen wurden und das Waschen der benutzten Wagen vor kurzem beendet worden war.

Frankie hatte sich nie Gedanken darüber gemacht, woher die Limousinen bei Hochzeiten und Beerdigungen kamen, aber jetzt konnte er verstehen, daß es ein ziemlich gutes Geschäft sein mußte.

Was mag eine Limousine bei einer Beerdigung kosten? Mindestens einhundert Dollar. Und sie können dieselbe Limousine für mehr als eine Beerdigung pro Tag benutzen. Vielleicht für ein paar. Wenn eine Beerdigung um neun Uhr, eine um elf und zwei am Nachmittag sind.

Das sind vierhundert Bucks pro Tag und Limousine!

Jemand hier muß verdammt reich werden, selbst wenn man die Kosten bedenkt, dreißigtausend oder mehr Bucks für eine Limousine. Vierhundert pro Tag an fünf Wochentagen, sind zwei Riesen pro Woche! Nach fünfzehn Wochen hat man das Geld für die Limousine zurück und braucht nur noch den Fahrer und das Benzin zu bezahlen. Wie lange läuft eine Limousine? Mindestens drei, vier Jahre …

Joey Fatalgio stoppte den normalen Cadillac, den er um die Ecke von Meagan's Bar geparkt hatte, und wies aus dem Fenster.

»Durch diese Tür, Frankie, auf der ›Zutritt verboten‹ steht. Du wirst verstehen, daß unser Bekannter mit dir unter vier Augen sprechen möchte.«

»Ja, klar«, sagte Frankie.

»Ich parke diesen Wagen und trinke 'ne Tasse Kaffee oder was, und wenn du fertig bist, fahre ich dich zurück zur Meagan's. Okay?«

»Prima«, sagte Frankie.

Er stieg aus dem Cadillac, ging zu der Tür und klopfte an.

»Herein«, rief jemand.

Frankie öffnete die Tür.

Ein großer Mann mit olivfarbener Haut und mit einem todschicken Anzug lehnte an einem Schreibtisch, der offenbar der des Managers der Garage war.

Er musterte Frankie lange von oben bis unten.

»Keine Namen, ja?« sagte er. »Sie sind Mr. Smith, und ich bin Mr. Jones, okay?«

»Okay, Mr. Jones«, sagte Frankie.

Jones? Das ist Paulo Cassandro. Ich hab' sein Foto vor ein paar Tagen in der Zeitung gesehen. Die Bullen nahmen ihn fest, weil er einen Nuttenring betrieb und weil er irgendeinen korrupten Bullen-Captain geschmiert hat.

»Danke für Ihren Besuch, Mr. Smith«, sagte Cassandro.

»Gern geschehen, Mr. Jones.«

»Sie werden verstehen, Mr. Smith, wenn man etwas hört, heißt das nicht immer, daß es wirklich geschehen ist«, sagte Cassandro. »Ich meine, ich hörte, daß es Ihnen widerstreben würde, über einen Job zu reden. Aber andererseits wird niemand hören, was hier zwischen Ihnen und mir gesprochen wurde, und nach dem, was ich hörte, sind wir im gleichen Gewerbe, und Sie werden verstehen, daß ich verdammt sicher sein muß, daß ich mich nicht mit einem Amateur einlasse.«

»Ich verstehe, was Sie meinen, Mr. Jones«, sagte Frankie.

»Wenn Sie mich oder das Büro nach einer Wanze durchsuchen möchten, werde ich das verstehen, Mr. Smith. Ich werde es Ihnen nicht übelnehmen.«

Verdammt, ich habe nicht mal daran gedacht, daß jemand dieses Gespräch aufzeichnen könnte!

»Nicht nötig«, sagt Frankie und fühlte sich sehr clever. »Ich vertraue Ihnen.«

»Das ist gut. Ich weiß dieses Vertrauen zu schätzen. Bei unserer Arbeit ist Vertrauen wichtig. Sie wissen, was ich meine.«

»Ja.«

»Erzählen Sie mir also über den Job, den Sie bei Mrs. Atchison und Mr. Marcuzzi ausführten.«

Und Frankie tat es in allen Einzelheiten. Von Zeit zu Zeit stellte Mr. Cassandro eine Frage, um einen Punkt zu klären, aber meistens nickte er bei Frankies Bericht nur hin und wieder, was Frankie für die Anerkennung eines Profis hielt.

»Mit anderen Worten, Sie meinen, es war ein guter, sauberer Job ohne Probleme?«

»Ja, das würde ich sagen, Mr. Jones.«

»Sie wären nicht beleidigt, wenn ich Sie auf ein paar Dinge hinweise? Auf ein paar Fehler, die Sie meiner Ansicht nach gemacht haben?«

»Überhaupt nicht«, sagte Frankie.

»Nun, dein erster Fehler war, du verdammter Scheißer, daß du dich für einen harten Jungen gehalten hast«, sagte Paulo Cassandro.

Er stieß sich vom Schreibtisch ab, ging zur Tür und öffnete sie.

Joey und Dominic Fatalgio kamen ins Büro.

»Brecht ihm die Finger der linken Hand«, befahl Paulo Cassandro.

»Was?« fragte Frankie entgeistert.

Joey umfaßte Frankie und preßte ihm die Arme auf die Seiten. Dominic bog die Finger von Frankies linker Hand zurück. Frankie schrie, und einen Moment später brüllte er viel lauter, als die Finger brachen.

»Bitte, Mr. Cassandro«, heulte Frankie. »Um Himmels willen!«

»Das war ein weiterer Fehler«, sagte Paulo Cassandro und schlug Frankie die Hand ins Gesicht, in der er eine schwere Heftmaschine hielt.

»Du hast mich nie in deinem Leben gesehen, verstehst du das, du Arschloch?« sagte Mr. Cassandro.

Frankie preßte jetzt die linke Hand unter den rechten Arm. Als er den Mund öffnete, um zu antworten, spuckte er zwei Zähne aus. Sein ganzer Arm schien in Flammen zu stehen, und er glaubte, ohnmächtig zu werden.

»Jawohl, Sir«, ächzte er.

»Einer deiner Fehler, du teiggesichtiger irischer Wichser, war es, Lügen zu verbreiten, den Leuten zu sagen, daß du für den italienischen Mob arbeitest. Zum einen gibt es keinen Mob, und wenn es einen gäbe, dann würde er keinen blöden irischen Scheißer beschäftigen. Die Italiener in Philadelphia sind gesetzestreue Geschäftsleute wie ich. Du hast mich beleidigt. Schlimmer noch, du hast meine Mutter und meinen Vater beleidigt, indem du Lügen verbreitet hast. Verstehst du das, du verdammter Scheißer?«

Frankie nickte, um seine Bereitschaft anzuzeigen, Mr. Cassandro zuzustimmen. Mr. Cassandro schlug Mr. Foley wieder mit der schweren Heftmaschine ins Gesicht, diesmal höher, so daß die Haut über Mr. Foleys linkem Auge aufplatzte und er mit diesem Auge nichts mehr sehen konnte.

»Sag ›jawohl, Sir‹, du verdammter irischer Abschaum!«

»Jawohl, Sir«, sagte Mr. Foley.

Mr. Cassandro trat daraufhin Mr. Foley mit überraschend graziöser Bewegung in die Genitalien.

Mr. Foley stürzte mit einem erstickten Schrei und mit offensichtlichen Schmerzen zu Boden.

Mr. Cassandro starrte ihn eine volle Minute lang verächtlich an.

»Hör mit dem Winseln auf, du irischer Bastard«, sagte er dann im Plauderton, »und steh auf, oder ich gebe dir wirklich etwas zum Winseln.«

Mühsam kämpfte sich Mr. Foley auf die Füße. Es fiel ihm schwer, aufrecht zu stehen, weil der Schmerz durch seinen Unterleib tobte und seine ganze rechte Seite in Flammen zu stehen schien.

»Jetzt werde ich dir etwas sagen, und ich will, daß du genau zuhörst, denn ich wiederhole mich nicht gern. Du weißt einen Scheiß über das Gesetz, und so werde ich dich belehren. Du weißt, was passiert, wenn du als Mörder ein Geständnis ablegst?«

Mr. Foley blickte Mr. Cassandro völlig verwirrt an.

»In neun von zehn Fällen kommst du mit dem Leben davon, wenn du ein Geständnis ablegst und dich schuldig bekennst, und genau das wirst du tun.«

Das drang durch Mr. Foleys Mauer des Schmerzes hindurch.

»Ein Geständnis?« fragte er.

»Richtig. Ein Geständnis. Für gewöhnlich kann ein Anwalt irgend etwas auftischen, was bei der Jury Mitleid erweckt, so daß sie nicht für die Todesstrafe stimmen. Selbst wenn dem Anwalt das nicht gelingt, mildert der Richter die Todesstrafe zu Lebenslänglich ab, und das heißt, daß du vielleicht zwanzig Jahre absitzen mußt.«

»Warum?« fragte Mr. Foley kläglich.

»Ich habe es dir gesagt. Du hast die Italiener in Philadelphia entehrt. Und wenn es einen Mob gäbe, hättest du auch ihn entehrt. Was würde sein, wenn bekannt würde, daß ein blödes irisches Arschloch wie du für den Mob arbeitet? Wenn es einen Mob gäbe.«

»Ich habe kein Wort …«, begann Mr. Foley, wurde jedoch unterbrochen, als Mr. Cassandro ihm zum drittenmal mit der schweren Heftmaschine ins Gesicht schlug. Der Hieb traf ihn am Mundwinkel, wodurch die Haut aufplatzte und Blut aus der Wunde strömte.

»Weißt du, was schlimmer ist, als für zwanzig Jahre in den Knast zu wandern, Frankie?« fragte Mr. Cassandro im Plauderton, als sich Mr. Foley wieder aufgerappelt hatte. »Sogar noch schlimmer als die Todesstrafe?«

Frankie schüttelte den Kopf und murmelte mit seinem geschwollenen und blutenden Mund etwas, das ›Nein, Sir‹ ähnelte.

»Wenn man Stück für Stück stirbt, ganz langsam, das ist schlimmer«, sagte Mr. Cassandro. »Du weißt, was ich meine?«

Wieder Laute und ein Kopfschütteln, worauf Mr. Cassandro schloß, daß Mr. Foley eine Erklärung brauchte.

»Zeigt es ihm«, sagte Mr. Cassandro.

Mr. Joey Fatalgio ging zu Mr. Foley, packt diesmal seine linke Hand, die Mr. Foley gegen seinen Körper preßte, und drehte den Arm hinter den Rücken. Dann packte er Mr. Foley am rechten Handgelenk und zwang ihn, die bis jetzt unbeschädigte Hand auf den Schreibtisch zu legen, bei dem Mr. Cassandro stand.

Mr. Cassandro ging vom Schreibtisch fort. Mr. Dominic Fatalgio tauchte dann am Schreibtisch auf. Er hielt eine rote Feueraxt. Er drückte Mr. Foleys Hand mit dem Axtblatt flach auf den Schreibtisch und schlug dann mit der Axt zu, wodurch Mr. Foleys kleiner Finger abgetrennt wurde.

Mr. Foley schrie, starrte auf seine blutende Hand und den abgetrennten kleinen Finger und wurde ohnmächtig.

Mr. Cassandro blickte auf ihn hinab.

»Wir wollen ihn nicht töten«, sagte er im Plauderton. »Weckt ihn auf, wickelt ihm einen Lappen oder was um die Hand und macht ihm klar, daß ich ihm die restlichen finger abhacken lasse, wenn mir irgend etwas zu Ohren kommt, das ich überhaupt nicht hören will.«

Mr. Dominic nickte zum Zeichen, daß er die Befehle verstanden hatte, und begann Mr. Foley mit der Schuhspitze in die Seite zu treten.

Mr. Cassandro verließ das Büro, kehrte jedoch zurück.

»Macht hier sauber«, sagte er. »Ich möchte nicht, daß Mrs. Lucca morgen früh zur Arbeit kommt und den Finger findet. Die würde sich in den Schlüpfer machen.«

Mr. Dominic und Mr. Joey Fatalgio lachten. Mr. Cassandro schloß die Tür hinter sich.

In Zusammenhang mit den Festnahmen von Mr. Atchison und Mr. Foley wegen der Ermordung von Mrs. Atchison und Mr. Marcazzi gab es eine Reihe von Problemen.

Das erste Problem tauchte auf, als Chief Inspector Matthew Lowenstein den Ehrenwerten Jerry Carlucci, Bürgermeister der Stadt Philadelphia, unter seiner Geheimnummer in Chestnut Hill anrief, um ihm zu sagen, daß der Ehrenwerte Thomas Callis, District Attorney des Philadelphia County, das übliche Theater gemacht hatte, jedoch zur Vernunft gekommen war, als er ihm erklärt hatte, er würde die beiden festnehmen, ob Callis die Beweise für ausreichend hielt oder nicht.

»Er hat mich schon angerufen, Matt«, sagte der Bürgermeister. »Um mir zu sagen, welch einen großen Gefallen er mir erweist.«

»Das ist klar«, sagte Lowenstein.

»Würde es Probleme für Sie bedeuten ...«, begann der Bürgermeister, was Chief Lowenstein richtig übersetzte. *So will ich es haben, denken Sie sich aus, wie Sie es durchführen,* »... Mickey O'Hara mitzunehmen, wenn Sie Atchison und Foley, vorzugsweise beide, festnehmen?«

Chief Lowenstein zögerte und suchte nach Worten, um taktvoll darauf hinzuweisen, daß dies keine so glänzende Idee war, wie der Bürgermeister offenbar dachte.

»Als ich Officer Bailey heute nachmittag hier hatte, um ihm persönlich für seine gute Arbeit beim Schnappen von Officer Kellogs Mörder zu gratulieren, hatte ich das Gefühl, daß Mickey ein bißchen sauer war.«

»Warum sollte Mickey sauer sein?«

»Alle anderen Presseleute waren ebenfalls hier«, sagte der

Bürgermeister. »Nun, ich will nicht sagen, daß Captain Quaire etwas Falsches tat, er konnte nicht wissen, daß ich in O'Haras Schuld stehe, aber als er die Nachricht an die Presse gab, daß wir den Fall Officer Kellog gelöst haben, gewann Mickey vermutlich den Eindruck, daß ich mich nicht an mein Wort halte. Ich möchte ihn davon überzeugen, daß ich mich um meine Freunde kümmere.«

»Kein Problem«, sagte Lowenstein. »Mickey wird diese Story ganz für sich allein haben.«

»Ich dachte, vielleicht bei beiden Festnahmen«, sagte der Bürgermeister. »Darf ich fragen, wie Sie die Durchführung planen?«

Und wenn ich sage: ›Nein, Jerry, das darfst du nicht, das geht dich nichts an?‹

»Wir schnappen uns Foley als erstes am Morgen«, sagte Lowenstein. »Er ist nicht sehr helle, und es würde mich überhaupt nicht überraschen, wenn wir ein Geständnis von ihm bekommen, bevor wir Atchison festnehmen.«

»In seinem Haus?«

»Sobald er es verläßt. Ich mag es nicht, Türen aufzubrechen, und wir haben herausgefunden, wann er zur Arbeit fährt. Wir werden ihn erwarten.«

»Wer ist ›wir‹?«

»Lieutenant Natali und Detective Milham, unterstützt von ein paar Uniformierten des Distrikts, falls wir sie brauchen. Aber ich bezweifle, daß wir sie brauchen werden.«

»Und Atchison?«

»Ich dachte mir – eigentlich hatte Peter Wohl den Gedanken, und ich bin seiner Meinung –, wir vermeiden alle Arten juristischer Probleme, wenn wir ihn in Philadelphia festnehmen, anstatt in seinem Haus in Media. So rief Jason Washington Atchisons Anwalt an ...«

»Wer ist sein Anwalt?«

»Sid Margolis.«

Der Bürgermeister schnaubte. »Das paßt.«

»Und Washington sagte ihm, er hat ein paar Fragen an

ihn, bei denen Margolis bestimmt anwesend sein möchte, ob er ihm die in Margolis' Büro stellen könne. Margolis rief zurück und machte einen Termin für 12 Uhr ab.«

»Gut gedacht. Haben Sie ein offenes Ohr für ein paar Vorschläge?«

»Natürlich.«

»Nun, ich denke, Tom Callis würde ebenfalls gern sein Foto in den Zeitungen sehen, und wenn ich ihm helfen kann, würde ich arrangieren, daß er und O'Hara dabei sind, wenn Sie Atchison festnehmen ...«

»Kein Problem. Wollen Sie ihn anrufen, oder soll ich das tun?«

»Ich rufe ihn an«, sagte der Bürgermeister, »und ich sage ihm, er soll Sie anrufen. Und ich denke, es wäre eine nette Geste, wenn Sie Detective Payne erlauben, bei beiden Festnahmen dabeizusein. Es würde die Zusammenarbeit zwischen Mordkommission und Special Operations zeigen. Außerdem verdient der Junge ein kleines Schulterklopfen. Er hat Überstunden gemacht, um Atchison mit den Waffen zu erwischen.«

»Er wird dabeisein. Ich rufe Peter Wohl an und arrangiere das.«

»Und dann, damit der Rest der Presse nicht sauer ist, weil Mickey die Festnahmen exklusiv bekommt, dachte ich an einen kleinen Fototermin in meinem Büro wie der an diesem Nachmittag, als ich Officer Bailey gratulierte, bei dem ich jedem danke, einschließlich Ihnen und Peter natürlich.«

»Und einschließlich Detective Milham?«

»Selbstverständlich einschließlich Detective Milham. Er ist ein feiner Cop und ein hervorragender Detective, der erstklassige Arbeit bei diesem Fall leistete.«

Das nennt man Gedächtnisschwund, dachte Chief Lowenstein. *Unser geliebter Bürgermeister hat sich entschieden, zu vergessen, daß Detective Milham bei unserem letzten Gespräch mein Detective der Mordkommission war, der seinen Pimmel nicht in der Hose halten konnte.*

»Gute Idee«, sagte Lowenstein.

»Ich lasse das von Czernick arrangieren«, sagte der Bürgermeister. »Danke für den Anruf, Matt, und halten Sie mich auf dem laufenden.«

»Jawohl, Sir«, sagte Chief Lowenstein.

Chief Lowenstein mußte Bürgermeister Carlucci am nächsten Morgen um half elf anrufen, um ihm zu berichten, daß es bezüglich der Festnahme von Mr. John Francis Foley eine kleine Panne in der sorgfältigen Planung gegeben hatte.

Lowenstein informierte Carlucci, daß Mr. Foleys Aufenthaltsort unbekannt war. Als er das Haus nicht verlassen hatte, um zur Arbeit zu fahren, hatten die Detectives Milham und Payne an seiner Haustür geklingelt.

Seine Mutter hatte ihnen gesagt, daß sie wegen John Francis besorgt sei. Er war am Vorabend ausgegangen und nicht zurückgekehrt. Das kam selten vor. Wenn er bei einem Freund übernachtete, rief er vorher stets seine Mutter an, um es ihr zu sagen. John Francis war laut Mrs. Foley ein guter Junge.

»Wollen Sie mir sagen, Sie wissen nicht, wo dieser Verbrecher ist?« fragte der Bürgermeister.

»Nun, wir wissen, daß er nicht bei Wanamaker's ist«, erwiderte Lowenstein sehr verlegen. »Wir forschen bei bekanntem Umgang von ihm nach.«

»Da wir von bekanntem Umgang sprechen, Sie wissen, wo Mr. Atchison zur Zeit ist, oder?«

»Die Polizei von Media beobachtet sein Haus. Er ist dort.«

»Finden Sie Foley, Matt«, sagte der Bürgermeister im Befehlston. »Und zwar schnell.«

»Jawohl, Sir.«

»Warum rufen Sie nicht die Polizei an?« fragte der Bürgermeister sarkastisch. »Vielleicht hat er sich gestellt. Oder überprüfen Sie die Krankenhäuser. Vielleicht ist er von einem Truck überfahren worden. Aber finden Sie ihn, Matt!«

»Jawohl, Sir.«

Chief Lowenstein hängte in Meagan's Bar den Hörer des Münzfernsprechers ein. Er sah einen Moment lang nachdenklich vor sich hin und murmelte dann: »Warum eigentlich nicht?«

Er warf eine Münze ein und wählte. Als sich ein Lieutenant meldete, wies er ihn an, bei den Krankenhäusern anzurufen und zu fragen, ob sie einen Patienten, vielleicht bei einem Autounfall oder sonstwas verletzt, namens John Francis Foley hatten. Und dann sollte er bei den Distrikten anfragen und feststellen, ob jemand dieses Namens festgenommen worden war.

INVESTIGATION REPORT PHILADELPHIA POLICE DEPARTMENT

Yr | C.C.# | DIST | COMPL.# | INITIAL(49) | | DIST/UNIT |
REPORT DATE SUPPLEMENTAL | PREPARING
CLASSIFICATION | CODE | CONTINUATION

PREVIOUS CLASSIFICATION CODE | DATE AND TIME | PLACE OF OCCURRENCE

COMPLAINANT | AGE | RACE | ADDRESS | PHONE | TYPE OF PREMISES

DATE AND TIME REPORTED | REPORTED BY | ADDRESS

FOUNDED ❒ YES ❒ NO ARREST ❒ CLEARED ❒ EXCEPTIONALLY CLEARED

STOLEN | ❒CURRENCY, BONDS, ETC. ❒ FURS ❒ AUTOS | RECOVERED VALUE
PROPERTY | ❒ JEWELRY, PRECIOUS METALS ❒CLOTHING ❒ MISC |
INSURED ❒YES ❒NO

DETAILS

E. Festnahmen

1. Beschuldigter # 1 Foley, John Francis, 25, weiß, South 18th Street 2320, PP#375783, zwei Vorstrafen. Beschäftigung: Arbeiter (Wanamaker's) Geboren: 2/5/50. Am Donnerstag, 25. Mai 1975, um 9.55 Uhr im Memorial Hospital festgenommen von Lieutenant Louis Natali # 233; Sergeant Zachary Hobbs #396; Detective Wallace J. Milham # 626 und Detective Matthew M. Payne # 701.

<u>Beschreibung</u>

Foley, John Francis, ist eine weiße männliche Person, 6'1", 189 lbs, hellbraunes Haar, hellblaue Augen, und trägt ein Krankenhausnachthemd. Er wurde von einem Transporter des 6. Distrikts in die Notaufnahme des Memorial Hospital eingeliefert, nachdem er halb bewußtlos an der Ecke Chestnut und South 9th Street gefunden wurde. Er wurde in der Notaufnahme unter der Leitung von M. C. Chobenzy, Dr. med., wegen verschiedener Verletzungen behandelt und ins Memorial Hospital zur weiteren Behandlung und Beobachtung aufgenommen.

An seiner linken Hand wurde unter der Leitung von Dr. Chobenzy ein Gipsverband angelegt. Fingerknochen waren gebrochen und Gelenke gerissen. Seine rechte Hand wurde unter der Leitung von Dr. Chobenzy verbunden. Der kleine Finger ist kürzlich amputiert worden; der Grund ist unbekannt. Sein rechtes Auge ist geschwollen, die Oberlippe eingeschnitten. Es gibt Platzwun-

INVESTIGATOR (Type and Sign Name) | SERGEANT | LIEUTENANT

Alonzo Kramer | *Zachary Hobbs* |
Alonzo Kramer #967 | Zachary Hobbs # 396

75-49 (Rev 3/63) DETECTIVE DIVISION

INVESTIGATION REPORT PHILADELPHIA POLICE DEPARTMENT

Yr | C.C.# | DIST | COMPL.# | INITIAL(49) | | DIST/UNIT |
REPORT DATE SUPPLEMENTAL | PREPARING
CLASSIFICATION | CODE | CONTINUATION

PREVIOUS CLASSIFICATION CODE | DATE AND TIME | PLACE OF OCCURRENCE

COMPLAINANT | AGE | RACE | ADDRESS | PHONE | TYPE OF PREMISES

DATE AND TIME REPORTED | REPORTED BY | ADDRESS

FOUNDED ❒ YES ❒ NO ARREST ❒ CLEARED ❒ EXCEPTIONALLY CLEARED

STOLEN | ❒ CURRENCY, BONDS, ETC. ❒ FURS ❒ AUTOS | RECOVERED VALUE
PROPERTY | ❒ JEWELRY, PRECIOUS METALS ❒ CLOTHING ❒ MISC |
INSURED ❒ YES ❒ NO

DETAILS

E. FESTNAHMEN (Fortsetzung)
Beschuldigter # 1 John Francis Foley (Fortsetzung)
Beschreibung (Fortsetzung)

den auf dem Hinterkopf, eine Platzwunde auf der linken Gesichtsseite in Augenhöhe, und Gesicht und Körper weisen verschiedene andere Verletzungen und Blutergüsse auf.

Es wurde von Long Tay Hu, Dr. med., entschieden, daß seine körperliche Verfassung keinen weiteren Krankenhausaufenthalt erforderlich macht, und er wurde aus dem Krankenhaus entlassen und der Polizei übergeben.

Die Kleidung, die er zum Zeitpunkt seiner Einlieferung ins Krankenhaus trug, wurde ihm zu diesem Zeitpunkt zurückgegeben. Auf Hemd, Hose und Jackett war eingetrocknetes Blut, und seine Unterhose war voll blutiger Fäkalien.

Er wirkte nüchtern.

Der Beschuldigte # 1 wurde zur Befragung in die Mordkommission, Police Department Headquarters, Franklin Square, gebracht.

INVESTIGATOR (Type and Sign Name) | SERGEANT | LIEUTENANT

Alonzo Kramer | *Zachary Hobbs* |
Alonzo Kramer #967 | Zachary Hobbs # 396

75-49 (Rev 3/63) DETECTIVE DIVISION

INVESTIGATION REPORT PHILADELPHIA POLICE DEPARTMENT

Yr | C.C.# | DIST | COMPL.# | INITIAL(49) | | DIST/UNIT |
REPORT DATE SUPPLEMENTAL | PREPARING
CLASSIFICATION | CODE | CONTINUATION

PREVIOUS CLASSIFICATION CODE | DATE AND TIME | PLACE OF OCCURRENCE

COMPLAINANT | AGE | RACE | ADDRESS | PHONE | TYPE OF PREMISES

DATE AND TIME REPORTED | REPORTED BY | ADDRESS

FOUNDED ❐ YES ❐ NO ARREST ❐ CLEARED ❐ EXCEPTIONALLY CLEARED

STOLEN | ❐ CURRENCY, BONDS, ETC. ❐ FURS ❐ AUTOS | RECOVERED VALUE
PROPERTY | ❐ JEWELRY, PRECIOUS METALS ❐ CLOTHING ❐ MISC |
INSURED ❐ YES ❐ NO

DETAILS

E. FESTNAHMEN (Fortsetzung)

2. Beschuldigter # 2 Atchison, Gerald North, 42, weiß, Wilson Avenue 320, Media, PA, keine Vorstrafe, Beschäftigung: Barbesitzer, geboren: 25/12/32, wurde am Donnerstag, 25. Mai 1975, um 12.01 Uhr in der Anwaltskanzlei von Sidney Margolis, Esq., im PSFS Building, Phil., festgenommen von Lieutenant Louis Natali # 233, Sergeant Zachary Hobbs # 396, Detective Wallace J. Milham # 626 und Detective Matthew M. Payne # 701, wie angewiesen von District Attorney Thomas Callis. Der Beschuldigte wurde in Vernehmungsraum 759, City Hall, Sheriff's Arrestzelle, und dann zum Untersuchungsgefängnis, Police Department Headquarters, Franklin Square, gebracht.

Beschreibung

Der Beschuldigte # 2 ist weiß, männlich, 5'8", 187 lbs, hat braunes Haar und braune Augen, trägt einen grauen Anzug, weißes Hemd, schwarze Krawatte, schwarze Schuhe. Er ging zu dem Zeitpunkt auf Krücken. Er wirkte nicht unter Einfluß von Alkohol oder Drogen.

INVESTIGATOR (Type and Sign Name) | SERGEANT | LIEUTENANT

Alonzo Kramer | *Zachary Hobbs* |
Alonzo Kramer #967 | Zachary Hobbs # 396

75-49 (Rev 3/63) DETECTIVE DIVISION

INVESTIGATION REPORT — PHILADELPHIA POLICE DEPARTMENT

Yr | C.C.#	DIST	COMPL.#	INITIAL(49)		DIST/UNIT
REPORT DATE		SUPPLEMENTAL			PREPARING
CLASSIFICATION		CODE	CONTINUATION		

PREVIOUS CLASSIFICATION	CODE	DATE AND TIME	PLACE OF OCCURRENCE

COMPLAINANT	AGE	RACE	ADDRESS	PHONE	TYPE OF PREMISES

DATE AND TIME REPORTED	REPORTED BY	ADDRESS

FOUNDED ❒ YES ❒ NO ARREST ❒ CLEARED ❒ EXCEPTIONALLY CLEARED

STOLEN PROPERTY | ❒ CURRENCY, BONDS, ETC. ❒ FURS ❒ AUTOS | RECOVERED VALUE
❒ JEWELRY, PRECIOUS METALS ❒ CLOTHING ❒ MISC
INSURED ❒ YES ❒ NO

DETAILS

F. <u>BEFRAGUNGEN</u>

1. Beschuldigter John Francis Foley.

Aussage – Im Winter 1974 ging er ins Inferno, um einen Freund zu treffen, und wurde Gerald Atchison vorgestellt. Gerald sagte, er habe gehört, er sei ein Killer, und er wolle jemand umbringen lassen. Der Handel beschränkte sich zunächst auf Geralds Frau. Dann kam Marcuzzi ins Spiel, und Gerald entschied, daß er ihn ebenfalls töten lassen wollte. Gerald entschied, daß Alicia und Marcuzzi zusammen im Inferno ermordet werden sollten.

Am Montag, dem 15. Mai 1975, besuchte Foley Gerald, und Gerald gab ihm eine .32er Savage, eine spanische .44er und einen .38er Colt.

Gerald wollte nicht mit einer großkalibrigen Waffe getroffen werden. Er wollte mit etwas Leichterem verletzt werden. Foley erklärte Gerald, daß der beste Tatort das Restaurant wäre und sie die Einzelheiten zusammen ausarbeiten würden, wie die Tat ausgeführt werden sollte.

Gerald sagte, daß er Alicia nach unten schicken würde. Sie solle so tun, als lese sie ein Buch, und Anthony Marcuzzi mit den Einnahmen im Auge behalten. Er sagte Alicia, er habe den Verdacht, Marcuzzi betrüge ihn. Gerald würde den Barkeeper wegschicken, damit er eine Ausrede hatte, weshalb er Alicia nicht begleiten konnte.

INVESTIGATOR (Type and Sign Name)	SERGEANT	LIEUTENANT
Alonzo Kramer Alonzo Kramer #967	*Zachary Hobbs* Zachary Hobbs # 396	

75-49 (Rev 3/63) DETECTIVE DIVISION

INVESTIGATION REPORT **PHILADELPHIA POLICE DEPARTMENT**

Yr | C.C.# | DIST | COMPL.# | INITIAL(49) | | DIST/UNIT |
REPORT DATE SUPPLEMENTAL | PREPARING
CLASSIFICATION | CODE | CONTINUATION

PREVIOUS CLASSIFICATION CODE | DATE AND TIME | PLACE OF OCCURRENCE

COMPLAINANT | AGE | RACE | ADDRESS | PHONE | TYPE OF PREMISES

DATE AND TIME REPORTED | REPORTED BY | ADDRESS

FOUNDED ❐ YES ❐ NO ARREST ❐ CLEARED ❐ EXCEPTIONALLY CLEARED

STOLEN | ❐ CURRENCY, BONDS, ETC. ❐ FURS ❐ AUTOS | RECOVERED VALUE
PROPERTY | ❐ JEWELRY, PRECIOUS METALS ❐ CLOTHING ❐ MISC |
INSURED ❐ YES ❐ NO

DETAILS

F: BEFRAGUNGEN (Fortsetzung)

Beschuldigter # 1 John Francis Foley (Fortsetzung)

Foley sollte in den Keller hinuntergehen und auf Alicia und Marcuzzi warten, bis sie zusammen ins Büro kamen, und Gerald würde mit der Musikbox ein Signal geben, daß oben alles klar war. Er würde dann den Mordauftrag ausführen. Danach sollte er nach oben gehen, Gerald verletzen und den Tatort verlassen.

Am Freitag, dem 19. Mai 1975, gegen 22 Uhr traf er Gerald in der 12th Street. Er erzählte Gerald, daß er sie in dieser Nacht töten mußte, weil ihm die Zeit weglief. Es mußte diese Nacht sein. Gerald sagte okay und gab ihm 2500 Dollar. Er hatte immer noch die Waffen, die ihm Gerald am Montag gegeben hatte, und er ging gegen 23.30 oder 23.45 Uhr ins Inferno. Dort blieb er eine Weile an der Bar. und dann folgte er Gerald ins Büro und begann die Waffen zu reinigen. Gerald wollte beim Reinigen der Waffen helfen, war aber ziemlich nervös und wollte trinken, und so reinigte Foley die Waffen selbst. Dann ging er im Keller zu den Bierfässern hinter einem Umkleideraum für das Personal. Er setzte sich auf ein Bierfaß und legte die Waffen auf den Boden. Gerald befestigte die Falltür so, daß sie einen Spalt offenstand. Dann gingen Foley und Gerald nach oben, und Foley verließ das Inferno.

Er spazierte eine Weile herum, und gegen 24.30 Uhr, er ist sich nicht ganz sicher, wann genau, ging er zur Hintertür des

INVESTIGATOR (Type and Sign Name) | SERGEANT | LIEUTENANT

Alonzo Kramer | *Zachary Hobbs*
Alonzo Kramer #967 | Zachary Hobbs # 396

75–49 (Rev 3/63) DETECTIVE DIVISION

INVESTIGATION REPORT PHILADELPHIA POLICE DEPARTMENT

Yr | C.C.# | DIST | COMPL.# | INITIAL(49) | | DIST/UNIT |
REPORT DATE SUPPLEMENTAL | PREPARING
CLASSIFICATION | CODE | CONTINUATION

PREVIOUS CLASSIFICATION CODE | DATE AND TIME | PLACE OF OCCURRENCE

COMPLAINANT | AGE | RACE | ADDRESS | PHONE | TYPE OF PREMISES

DATE AND TIME REPORTED | REPORTED BY | ADDRESS

FOUNDED ❐ YES ❐ NO ARREST ❐ CLEARED ❐ EXCEPTIONALLY CLEARED

STOLEN PROPERTY | ❐ CURRENCY, BONDS, ETC. ❐ FURS ❐ AUTOS | RECOVERED VALUE
❐ JEWELRY, PRECIOUS METALS ❐ CLOTHING ❐ MISC |
INSURED ❐ YES ❐ NO

DETAILS

F: <u>BEFRAGUNGEN (Fortsetzung)</u>

<u>Beschuldigter # 1</u> John Francis Foley (Fortsetzung)
Inferno. Er öffnete die Falltür zum Bierkeller und stieg hinab. Er nahm die Waffen vom Boden, setzte sich auf das Bierfaß und wartete.

Ungefähr fünf Minuten später kam Alicia in den Keller und ging ins Büro. Weitere fünf Minuten später ging Anthony Marcuzzi ins Büro. Dann begann die Musikbox zu spielen, das Signal, daß oben alles klar war und er den Mordauftrag ausführen sollte.

Er wartete noch zehn Sekunden, um sicherzugehen, daß die Musikbox das richtige Lied spielte. Er hielt die .44er in der rechten Hand und den .38er in der linken und betrat das Büro.

Er sah Marcuzzi vor dem Safe und Alicia in dem Sessel vor dem Schreibtisch. Er schoß Marcuzzi in den Kopf, und er fiel auf seine linke Seite. Einen Sekundenbruchteil später schoß er Alicia zweimal in den Kopf, und dann schoß er noch einmal auf Marcuzzi. Er dachte, daß Anthony sofort starb, aber Alicia legte den Kopf auf ihren Arm auf dem Schreibtisch und sagte: »Gerry, Gerry, was ist passiert?« Er (Foley) setzte sich auf das Sofa und sagte: »Keine Sorge, es wird bald vorüber sein.«

Während er zu Alicia sprach, hörte er Schritte auf der Decke über sich und dann Schritte, die sich nach vorne ins Gebäude entfernten.

INVESTIGATOR (Type and Sign Name) | SERGEANT | LIEUTENANT

Alonzo Kramer | *Zachary Hobbs* |
Alonzo Kramer #967 | Zachary Hobbs # 396

75-49 (Rev 3/63) DETECTIVE DIVISION

INVESTIGATION REPORT PHILADELPHIA POLICE DEPARTMENT

Yr | C.C.# | DIST | COMPL.# | INITIAL(49) | | DIST/UNIT |
REPORT DATE SUPPLEMENTAL | PREPARING
CLASSIFICATION | CODE | CONTINUATION

PREVIOUS CLASSIFICATION CODE | DATE AND TIME | PLACE OF OCCURRENCE

COMPLAINANT | AGE | RACE | ADDRESS | PHONE | TYPE OF PREMISES

DATE AND TIME REPORTED | REPORTED BY | ADDRESS

FOUNDED ❐ YES ❐ NO ARREST ❐ CLEARED ❐ EXCEPTIONALLY CLEARED

STOLEN | ❐ CURRENCY, BONDS, ETC. ❐ FURS ❐ AUTOS | RECOVERED VALUE
PROPERTY | ❐ JEWELRY, PRECIOUS METALS ❐ CLOTHING ❐ MISC |
INSURED ❐ YES ❐ NO

DETAILS

F: BEFRAGUNGEN (Fortsetzung)

Beschuldigter # 1 John Francis Foley (Fortsetzung)

Er ging nach oben in die Küche und rief nach Gerald. Gerald antwortete ihm von vorne aus der Nähe der Musikbox. Er rechnete damit, daß Gerald versuchen wollte, ihn zu töten. Er forderte Gerald auf, die Hände zu heben, und er ging mit beiden Waffen in den Händen zu ihm und befahl Gerald, seine Waffe hinter seinen (Foleys) Hosengürtel zu stecken.

Gerald ging vor ihm aus der Küche. Dort hielten sie an, und er legte die Waffen ab und wusch sich die Hände mit Essig, dann mit Seife und Wasser. Danach nahm der die Waffen, er glaubt, er nahm die .44er in seine rechte Hand und den .38er in die linke und schob dann den .32er in die Tasche. Er entlud Geralds Waffe und gab sie ihm, behielt aber die Kugeln.

Er und Gerald gingen ins Kellergeschoß und ins Büro. Gerald forderte ihn auf, noch einmal auf Alicia und Anthony zu schießen, und er tat es. Alicia saß in dem Sessel, und er schoß ihr in die rechte Seite des Gesichts. Ihr Kopf sank hinab. Sie stöhnte noch, und so schoß er ihr in den Hinterkopf. Bei diesem Schuß bäumte sie sich im Sessel auf, drehte sich und fiel mit dem Kopf gegen die Wand. Gerald und er gingen nach oben, und Gerald schaute aus der Hintertür, überprüfte dann die Vordertür, und

INVESTIGATOR (Type and Sign Name) | SERGEANT | LIEUTENANT

Alonzo Kramer | *Zachary Hobbs* |
Alonzo Kramer #967 | Zachary Hobbs # 396

75-49 (Rev 3/63) DETECTIVE DIVISION

INVESTIGATION REPORT PHILADELPHIA POLICE DEPARTMENT

Yr | C.C.# | DIST | COMPL.# | INITIAL(49) | | DIST/UNIT |
REPORT DATE SUPPLEMENTAL | PREPARING
CLASSIFICATION | CODE | CONTINUATION

PREVIOUS CLASSIFICATION CODE | DATE AND TIME | PLACE OF OCCURRENCE

COMPLAINANT | AGE | RACE | ADDRESS | PHONE | TYPE OF PREMISES

DATE AND TIME REPORTED | REPORTED BY | ADDRESS

FOUNDED ❒ YES ❒ NO ARREST ❒ CLEARED ❒ EXCEPTIONALLY CLEARED

STOLEN | ❒ CURRENCY, BONDS, ETC. ❒ FURS ❒. AUTOS | RECOVERED VALUE
PROPERTY | ❒ JEWELRY, PRECIOUS METALS ❒ CLOTHING ❒ MISC |
INSURED ❒ YES ❒ NO

DETAILS

F: BEFRAGUNGEN (Fortsetzung)

Beschuldigter # 1 John Francis Foley (Fortsetzung) dann setzten sie sich in eine Nische in der Nähe der Bar und warteten ungefähr zehn Minuten. Gerald sagte ihm, daß es ein guter Job war. Gerald ging wieder zur Hintertür und warf dann den Schlüssel zur Hintertür auf den Boden des Gangs.

Beide gingen dann in den Speiseraum, und Gerald nahm seinen Mut zusammen, und er schoß Gerald mit dem .32er ins Bein, und Gerald stürzte zu Boden. Nachdem er Gerald am Bein verletzt hatte, ging er zur Hintertür, und auf dem Gang warf er die Patronen für Geralds Waffe zu ihm, aber nicht nahe, denn er wollte nicht, daß Gerald seine Waffe lud und ihn beim Verlassen des Lokals erschoß.

Foley verließ das Inferno durch die Hintertür und ging zum Parkplatz.wo er in seinen Wagen stieg und heimfuhr. Dort blieb er auf und hörte Radio.

Er warf die Patronen für Geralds Waffe beim Verlassen des Lokals zurück zu Gerald, weil geplant war, daß Gerald ein paar Schüsse abgab, damit es nach einem Raubüberfall aussah. Er sagte, er habe seit zwei Jahren das Gefühl gehabt, daß er jemanden töten müßte.

2. Beschuldigter # 2 Auf den Rat seines Anwalts hin verweigerte Gerald North Atchison die Aussage.

INVESTIGATOR (Type and Sign Name) | SERGEANT | LIEUTENANT

Alonzo Kramer | *Zachary Hobbs* |
Alonzo Kramer #967 | Zachary Hobbs # 396

75–49 (Rev 3/63) DETECTIVE DIVISION

District Attorney Thomas J. Callis befand sich hinsichtlich der Anklage von James Howard Leslie alias ›Speed‹ wegen der Ermordung von Police Officer Jerome H. Kellog in einem Dilemma.

Möglichkeit eins war natürlich, daß er persönlich die Anklage in diesem Fall erhob. Er wußte, daß es zusätzlich zu der Befriedigung, wenn er den schändlichen Hurensohn verdonnerte, gewisse politische Vorteile bringen würde.

Der Prozeß würde gewiß bei Presse, Funk und Fernsehen für Aufsehen sorgen. Die guten Leute von Philadelphia wurden immer wieder darauf aufmerksam gemacht, daß ihr District Attorney in den vordersten Reihen des Strafrechtssystem marschierte und persönlich einen schrecklichen Verbrecher, einen Copkiller, vor Gericht brachte.

Das Problem war nur, daß er möglicherweise keine Verurteilung erreichen konnte. Die Tatsache, daß Leslie Kellog brutal ermordet hatte, war fast Nebensache. Er mußte zwölf Geschworene nicht nur überzeugen, daß Leslie die Tat begangen hatte – was fraglos gelingen würde –, sondern auch, daß er zur Tatzeit gewußt hatte, was er tat.

Leslie hatte einen Pflichtverteidiger verlangt und bekommen, kurz nachdem er über seine Rechte nach dem Miranda-Gesetz belehrt worden war.

Es stellte sich heraus, daß es kein Anwalt, sondern eine Anwältin war, eine mütterlich wirkende Frau, die sieben Jahre lang Nonne gewesen war, bevor sie von ihrem Gelübde entbunden worden war und die Rechtsakademie besucht hatte.

Sie hatte Leslie prompt geraten, keine Fragen zu beantworten, und er hatte sich daran gehalten. Tony Callis hatte zuvor oftmals die Anwältin (insgeheim bezeichnete er sie als ›diese gottverdammte Nonne‹) in Aktion beobachtet, und ihre Intelligenz und ihr Geschick bewundert. Er war zu dem Schluß gelangt, daß sie die Anschauung hatte, daß Töten eine Sünde war, und wenn der Staat einem Menschen das Leben nahm wie bei der Todesstrafe auf dem Elektrischen

Stuhl, war das moralisch nicht besser als das, was Leslie Officer Kellog angetan hatte.

Ihre Strategie war für Callis offenkundig. Sie würde zuerst versuchen, die Anklage gegen Leslie durch Zugeständnisse zu einer milderen Strafe als die Todesstrafe herunterzuhandeln.

Callis konnte da nicht zustimmen. Er war der festen Überzeugung, daß ein Polizistenmord die Fundamente der Gesellschaft erschütterte und mit dem vollen Ausmaß des Gesetzes bestraft werden mußte. Und er wollte keine Schlagzeilen im *Bulletin,* den *Daily News* oder sonstwo sehen, die den Wählern sagten, daß er zugelassen hatte, einen Copkiller mit nicht mehr als einem Klaps auf die Hand davonkommen zu lassen.

Bei dem Prozeß würde diese gottverdammte Nonne, die aus jeder Pore christliche, mütterliche Nächstenliebe verströmte, mit großen Geschick die Jury zu überzeugen versuchen, daß ihr Mandant die Tat nicht begangen hatte – und es war ein Indizienprozeß –, und wenn sie damit nicht durchkam, daß er ein armes gesellschaftliches Opfer der Armut, Unwissenheit und Vernachlässigung war, das Trost in Drogen gesucht hatte, nicht zurechnungsfähig gewesen war und folglich nicht verantwortlich gemacht werden konnte.

Die Schlagzeilen in *Bulletin, Daily News* und sonstwo würden lauten: ›DA scheitert in Copkiller-Fall; Leslie freigesprochen.‹

Möglichkeit zwei war, die Anklage von einem stellvertretenden DA erheben zu lassen. In diesem Fall war es durchaus möglich, daß der stellvertretende DA Glück mit einer Jury hatte, die nach zehn Minuten Beratung empfehlen würde, daß Leslie gevierteilt werden sollte, und der stellvertretende DA würde *sein* Foto in den Zeitungen und im Fernsehen sehen, und die Leute würden sich fragen, warum Callis nicht den Job erledigt hatte, für den er bezahlt wurde.

Weil er noch alle Faktoren abwägen und zu einer Entscheidung gelangen mußte, war Tony Callis äußerst ärger lich, als seine Sekretärin ihn informierte, daß Inspector Peter Wohl, Staff Inspector Mike Weisbach und Detective Matthew Payne in seinem Vorzimmer waren und um ein sofortiges Gespräch über den Fall Leslie baten.

Aus Prinzip ließ Callis sie fünf Minuten warten und überlegte, was Wohl wollte – für den Leslie-Fall war die Mordkommission zuständig –, bevor er zur Tür ging und sie öffnete.

»Peter«, sagte er. »Schön, Sie zu sehen. Verzeihen Sie, daß ich Sie warten ließ.«

»Danke, daß Sie uns empfangen.«

»Mike«, sagte Callis und schüttelte Weisbach die Hand, und dann wandte er sich an Payne. »Schön, Sie zu sehen. Grüßen Sie Ihren Vater von mir.«

»Danke, Sir, das werde ich tun.«

»Was kann ich für Sie tun?«

»Dies ist vertraulich, Mr. Callis«, sagte Wohl. »Wir wüßten es zu schätzen, wenn das Gespräch in den vier Wänden Ihres Büros bleibt.«

»Ich verstehe.«

»Mike, zeigen Sie Mr. Callis die Fotos«, sagte Wohl.

Weisbach überreichte Callis ein dickes Kuvert.

»Die ersten sind die Fotos, die von der Mordkommission auf Leslies Hinterhof gemacht wurden«, sagte Weisbach. »Sie zeigen das Foto von Officer Kellog und die Kassetten in dem Müllhaufen.«

»Ich habe diese Aufnahmen gesehen.«

»Als nächstes kommen Fotos von jeder Kassette, die heute morgen im forensischen Labor gemacht wurden.«

Callis blätterte die Fotos von den einzelnen Kassetten schnell durch. Jedes war beschriftet mit der Angabe, was aufgenommen worden war und zu welchem Zeitpunkt.

»Okay«, sagte Callis. »Sagen Sie es mir?«

»Wir haben hier eine interessante Sache«, sagte Weisbach. »Die Kassetten sind Beweisstücke im Fall Leslie. Sie könnten auch Beweismaterial in anderen Fällen sein.«

Wovon redet der?

»Ich befürchte, ich kann Ihnen nicht folgen, Mike.«

»Das ist das Vertrauliche«, sagte Wohl. »Die Witwe Kellog suchte Jason Washington zu Hause auf und behauptete, die ganze fünfte Abteilung des Rauschgiftdezernats sei schmutzig. Sie ging sogar so weit, zu behaupten, daß die Mitglieder verantwortlich für die Ermordung ihres Mannes sind.«

»Wir wissen jetzt, Peter, daß dies nicht der Fall ist, nicht wahr?«

»Wir wissen, daß Leslie Officer Kellog ermordet hat. Wir wissen nicht, ob jemand vom Rauschgiftdezernat schmutzig ist.«

»Peter, es gibt Gerüchte, daß Mrs. Kellog – wie soll ich es formulieren?«

»Mrs. Kellog war von ihrem Mann getrennt«, sagte Wohl.

»Und Sie war – wie soll ich sagen? – ›verwickelt‹ mit Detective Milham. Sie werden gewiß die Möglichkeit in Betracht gezogen haben, daß sie – wie soll ich es formulieren?«

»Von Milham ablenken will?« sagte Wohl. »Sie erhielt eine Morddrohung. Ein Anrufer sagte ihr, sie soll den Mund halten, oder es ergeht ihr wie ihrem Mann.«

»Tatsächlich?«

»Und sie erzählte Washington, daß ihr Mann eine Eigentumswohnung in Strandnähe und ein Boot gekauft hat. Beides in bar. Nur sehr wenige Cops sind in der Lage dazu. Mike hat das bereits überprüft. Sie besitzen eine sehr teure Eigentumswohnung und ein teures Boot.«

Es war offensichtlich, daß Callis alles andere als erfreut über diese neue Komplikation war.

»Ist das nicht Sache der Abteilung Interne Angelegenheiten? Und was haben die Kassetten damit zu tun?«

»Ich wünschte, es läge im Papierkorb der Abteilung Interne Angelegenheiten«, sagte Wohl. »Aber ich erhielt heute morgen einen Anruf vom Commissioner, der den Fall der Special Operations übertrug.«

»Sie sind wirklich das private Detektivbüro des Bürgermeisters, nicht wahr?« sagte Callis. Als Wohl keine Antwort gab, sich jedoch seine Miene verhärtete, fügte Callis hinzu: »War nicht böse gemeint, Peter. Ich weiß, daß Sie nicht darum gebeten haben.«

»Wir haben Grund zu dem Verdacht, daß diese Kassetten Aufnahmen von Telefonaten in Kellogs Haus enthalten. In diesem Fall enthalten sie vielleicht Informationen für unsere Ermittlung.«

»Sie *enthielten* vielleicht Informationen«, sagte Callis. »Vergangenheit. Sie sind verbrannt.«

»Das forensische Labor meint, vielleicht kann etwas gerettet werden«, sagte Weisbach.

»Wir möchten von Ihnen, um die Beweise in beiden Fällen zu sichern, die Erlaubnis, das forensische Labor daran arbeiten zu lassen«, sagte Wohl. »Jeden Schritt der Arbeit fotografieren zu lassen.«

»Jeden Schritt der Zerstörung, meinen Sie«, sagte Callis. »Wenn ich mit dem Fall Leslie im Gerichtssaal bin, möchte ich der Jury die Kassetten zeigen, wie sie im Feuer lagen, die tatsächlichen Kassetten, nicht das, was übrig ist, wenn das forensische Labor sie auseinandergenommen hat.«

Wohl schwieg, und Callis ließ seiner Phantasie freien Lauf: »Ein guter Verteidiger kann viel Verwirrung stiften, wenn jemand an diesen Kassetten herumgespielt hat«, sagte er und imitierte glaubwürdig den Tonfall von Bernadette Callahan, Anwältin und Ex-Nonne: »Was haben Sie auf diesen Kassetten gesucht? Oh, Sie wissen es nicht? Oder Sie wollen es mir nicht sagen? Aber Sie können mir unter Eid sagen, daß Sie absolut nichts auf diesen geheimnisvollen Kassetten gefunden haben, die Sie mit so großer Sorgfalt untersucht haben, was Mr. Leslie auf irgendeine Weise mit dem in Verbindung bringt, was Sie ihm vorwerfen.«

»Und dann«, fuhr Callis fort, »kann sie in ihrem Plädoyer die Geschworenen so neugierig wegen dieser verdammten Kassetten machen, daß sie alles vergessen, was sie vorher gehört haben.«

»Sie gaben ihm die Nonne als Verteidigerin?« fragte Weisbach lächelnd.

»Sie hat sich vermutlich freiwillig gemeldet«, erwiderte Callis. »Sie hat großes Mitleid mit Leuten, die andere Leute umbringen.«

»Tony«, sagte Wohl, »ich brauche diese Kassetten.«

Zum ersten Mal nennt er mich beim Vornamen, dachte Callis. *Interessant.*

»Ich weiß, daß …«

»Wenn es sein muß, bekomme ich einen Gerichtsbeschluß«, sagte Wohl.

Das ist die Höhe! Er meint das ernst. Für wen hält er sich, daß er dem District Attorney mit einem Gerichtsbeschluß zu drohen wagt?

Die Antwort darauf ist, er weiß, wer er ist. Er ist in die Macht des Ehrenwerten Jerry Carlucci eingehüllt.

»Na, na, Peter, wir sind Freunde und reden nur miteinander. Ich bitte Sie nur, dafür zu sorgen, daß die Beweiskette intakt bleibt.«

»Detective Payne«, sagte Wohl. »Sie sind hiermit angewiesen, die Kassetten des Falls Leslie entgegenzunehmen und zum forensischen Labor zur Untersuchung zu bringen. Sie werden die Kassetten nicht aus den Augen lassen. Sie werden dafür sorgen, daß jeder Schritt des Untersuchungsprozesses fotografiert wird. Sie werden die Kassetten zum Büro des District Attorneys zurückbringen. Sie werden (a) die Fotos, die Sie anfertigen ließen, und (b) die Ergebnisse der Untersuchungen, ganz gleich welche es sind, persönlich bei Mr. Callis abliefern.«

»Jawohl, Sir«, sagte Matt.

Wohl schaute Callis an.

»Okay?«

»Prima.«

»Danke, Tony.«

»Gern geschehen, Peter. Das wissen Sie.«

23

Das forensische Labor der Polizei von Philadelphia befindet sich im Kellergeschoß des Präsidiums. Es ist mit modernster Technik ausgerüstet, und dort arbeiten hervorragende Techniker, einige vereidigte Polizeibeamte und andere zivile Angestellte in ihrem sehr speziellen Beruf.

Als Detective Wally Milham dort um halb neun eintrat, fand er Detective Matt Payne, der seit neun Stunden im Labor war, weil er die Anweisung hatte, die Kassetten nicht aus den Augen zu lassen. Matt lag auf einem Tisch an der Wand. Er hatte sich eine Art Lager aus Plastiksäcken, die blutgetränkte Laken enthielten, Kissen und Decken hergerichtet. Einer der Uniformierten hatte Matt gesagt, daß es sich um Beweisstücke von einem Fall handelte, in dem eine Frau ihren Gatten mit der Nachbarin im Bett erwischt hatte und sie daraufhin ihren Unmut kundgetan hatte, indem sie mehrmals mit der Pfadfinderaxt ihres Sohnes zugeschlagen hatte.

Der Techniker hatte Matt erzählt, daß erstaunlicherweise weder Gatte noch Rivalin ums Leben gekommen waren.

Matt freute sich, Milham zu sehen. Er langweilte sich. Die forensischen Untersuchungen waren zunächst faszinierend gewesen. Einer der Techniker hatte mit der Geschicklichkeit eines Chirurgen behutsam die von der Hitze verformten Kassetten durchgesägt, damit das Band darin entnommen werden konnte.

Der Techniker, Danny Meadows, war fast so riesig wie Lewis der Kleine, und Matt war mächtig beeindruckt von dem Feingefühl, das er bei der Arbeit zeigte.

Matt hatte entsprechend seinen Anweisungen dafür gesorgt, daß von jeder Kassette, die geöffnet wurde, Fotos gemacht wurden und dann die einzelnen Teile fotografiert wurden, die der Techniker entfernte.

Er war zuerst auch fasziniert gewesen, als Danny Meadows die entfernten Bänder auf Spulen von neuen Kassetten aufgespult hatte. Und sein Interesse war auch noch groß gewesen, als einige der entfernten Bänder nicht aufgespult werden konnten, weil die Hitze sie geschmolzen hatte oder die Gummiräder der Kassette geschmolzen waren und das Geschmolzene auf die Räder getropft war. Danny hatte wiederum unglaubliche Feinfühligkeit bei der Arbeit gezeigt.

Aber nach einer Weile erlosch Matts Interesse, und er langweilte sich. In den letzten zwei Stunden, in denen Danny Meadows schweigend an einer Schneidemaschine gearbeitet und die ›guten‹ Abschnitte der Bänder, die er gerettet hatte, aneinandergeklebt hatte, wäre Matt fast die Wände hochgeklettert.

Um 19 Uhr 30 hatte Matt erklärt, daß er Hunger hatte, und gehofft, Danny würde auf seine Uhr schauen und Feier abend machen. Ein Corporal im Labor, der wußte, daß Matt die Kassetten nicht aus den Augen lassen durfte, besorgte bereitwillig zwei Eier-Sandwiches und einen Pappbecher mit lauwarmem Kaffee.

Um 20 Uhr 15 hatte Matt Danny gefragt, ob er romantisch gebunden war. Als er die Information erhielt, daß Danny vor drei Monaten geheiratet hatte, schlug er in seiner Güte vor, daß Danny vielleicht heim zu seiner Angetrauten gehen möchte.

»Kein Problem«, hatte Danny gesagt. »Wir können das Überstundengeld gebrauchen. Haben Sie eine Ahnung, was heutzutage Möbel kosten?«

»Ich habe Sie überall gesucht«, sagte Wally Milham.

»Ich war hier, für den Fall, daß mein Expertenrat gebraucht wird«, erwiderte Matt.

Der Techniker lachte, ohne den Blick von der Schneidemaschine zu nehmen.

»Ich dachte, Sie möchten das haben.« Wally überreichte Matt Ablichtungen von 75-49er Formularen. »Als Souvenir von Ihrer Zeit bei der Mordkommission.«

Allmächtiger, das stimmt! Meine Verwendung bei der Mordkommission ist vorbei. Ich darf wieder etwas Nützliches tun, wie zum Beispiel Kassetten im Auge behalten. Und mich im Schlamm wälzen und schmutzige Cops schnappen. Ich werde die Mordkommission vermissen, und es wird lange dauern, bis ich auch nur daran denken kann, dorthin versetzt zu werden. Es sei denn natürlich, unser geliebter Bürgermeister und Chief Lowenstein geraten sich wieder in die Haare.

INVESTIGATION REPORT PHILADELPHIA POLICE DEPARTMENT

Yr	C.C.#	DIST	COMPL.#	INITIAL(49)		DIST/UNIT
REPORT DATE			SUPPLEMENTAL			PREPARING
CLASSIFICATION			CODE	CONTINUATION		

PREVIOUS CLASSIFICATION	CODE	DATE AND TIME	PLACE OF OCCURRENCE

COMPLAINANT	AGE	RACE	ADDRESS	PHONE	TYPE OF PREMISES

DATE AND TIME REPORTED	REPORTED BY	ADDRESS

FOUNDED ☐ YES ☐ NO ARREST ☐ CLEARED ☐ EXCEPTIONALLY CLEARED

STOLEN PROPERTY | ☐ CURRENCY, BONDS, ETC. ☐ FURS ☐ AUTOS | RECOVERED VALUE
| ☐ JEWELRY, PRECIOUS METALS ☐ CLOTHING ☐ MISC |
INSURED ☐ YES ☐ NO

DETAILS

G. Verhöre

Beschuldigter # 1 Foley wurde am Donnerstag, dem 25. Mai 1975, um 15.35 Uhr in der Mordkommission von Lieutenant Louis Natali #233 wegen Mordes in zwei Fällen verhört.

Beschuldigter # 2 Atchison wurde am 25. Mai 1975, um 15.45 Uhr im zentralen Untersuchungsgefängnis von Lieutenant Louis Natali #233 wegen Mordes in zwei Fällen verhört.

Am Donnerstag, dem 25. Mai 1975, um 16.00 Uhr vor Richter John Walsh, in Anwesenheit des District Attorney Thomas J. Callis, nach der Anhörung der Aussage von Detective Wallace J. Milham #626 und Sergeant Zachary Hobbs #396, wurden die Beschuldigten vor die Anklagejury gebracht. Beschuldiger # 1 wurde nicht von einem Anwalt vertreten. Beschuldigter # 2 wurde von Sidney Margolis, Esq., vertreten.

INVESTIGATOR (Type and Sign Name)	SERGEANT	LIEUTENANT
Alonzo Kramer Alonzo Kramer #967	*Zachary Hobbs* Zachary Hobbs # 396	

75-49 (Rev 3/63) DETECTIVE DIVISION

INVESTIGATION REPORT PHILADELPHIA POLICE DEPARTMENT

Yr | C.C.# | DIST | COMPL.# | INITIAL(49) | | DIST/UNIT |
REPORT DATE SUPPLEMENTAL | PREPARING
CLASSIFICATION | CODE | CONTINUATION

PREVIOUS CLASSIFICATION CODE | DATE AND TIME | PLACE OF OCCURRENCE

COMPLAINANT | AGE | RACE | ADDRESS | PHONE | TYPE OF PREMISES

DATE AND TIME REPORTED | REPORTED BY | ADDRESS

FOUNDED ❐ YES ❐ NO ARREST ❐ CLEARED ❐ EXCEPTIONALLY CLEARED

STOLEN | ❐ CURRENCY, BONDS, ETC. ❐ FURS ❐ AUTOS | RECOVERED VALUE
PROPERTY | ❐ JEWELRY, PRECIOUS METALS ❐ CLOTHING ❐ MISC |
INSURED ❐ YES ❐ NO

DETAILS

H. Hearing

Beginnend am Montag, dem 29. Mai 1975, bis zum Mittwoch, 31. Mai 1975 fand eine gerichtliche Untersuchung in Gerichtssaal 696, City Hall, im Mordfall Alicia Atchison und Anthony J. Marcuzzi in Anwesenheit von Leichenbeschauer Dr. Howard D. Mitchell und District Attorney Thomas J. Callis statt. Nach der Anhörung zahlreicher Zeugen ordnete Mr. Callis an, daß die Beschuldigten John Francis Foley und Gerald North Atchison des Mordes angeklagt werden und ohne Haftaussetzung durch Kaution angeklagt werden. Der Beschuldigte Foley wurde nicht von einem Anwalt vertreten. Der Beschuldigte Atchison wurde von Sidney Margolis, Exq., juristisch vertreten.

I. Anklagejury

Am Mittwoch, dem 31. Mai 1975, um 15.00 Uhr faßte die Anklagejury den Anklagebeschluß, die Beschuldigten John Fancis Foley und Gerald North Atchison nach der Anklageschrift # 468, # 469, # 470 anzuklagen.

INVESTIGATOR (Type and Sign Name) | SERGEANT | LIEUTENANT

Alonzo Kramer | *Zachary Hobbs* |
Alonzo Kramer #967 | Zachary Hobbs # 396

75–49 (Rev 3/63) DETECTIVE DIVISION

»Danke«, sagte Matt, nachdem er die Berichte gelesen hatte. »Ich werde mir das einrahmen lassen und an die Wand im Badezimmer hängen, und wenn ich pinkele, kann ich mich daran erinnern, daß man mich mit den großen Jungs spielen ließ.«

Milham lachte.

»Na, na, Matt, wenn Sie nicht noch einen weiteren Blick auf Atchison geworfen hätten, wären wir nicht an die Waffen herangekommen. Das wird man in Erinnerung behalten, wenn Leute für die Mordkommission gesucht werden. Es hat mir Spaß gemacht, mit Ihnen zu arbeiten.«

»Danke«, sagte Matt. »Mir auch.«

»Und das hier.« Milham überreichte Matt die Schlüssel, und er erkannte sie als die Ersatzschlüssel zu seinem Apartment. »Ich stehe wirklich in Ihrer Schuld – wir beide. Danke.«

»Mensch, Wally, behalten Sie die Schlüssel, solange Sie sie brauchen.«

»Nun, das war's. Wir werden sie nicht brauchen. Ich habe Helene dort zurückgelassen. Sie packt. Wir haben heute zu Abend gegessen, und sie fragte mich: ›Was geschieht jetzt?‹ Und ich sagte: ›Ich denke, wir sollten heiraten.‹ Und sie sagte: ›Oh, Wally, was würden die Leute denken?‹ Und ich sagte: ›Wen juckt das?‹ Die Logik meiner Argumente überwältigte sie.«

»Gut für Sie. Werde ich zur Hochzeitsfeier eingeladen?«

»Sie sind natürlich willkommen, aber wir fahren heute abend nach Elkton, Maryland. Dort kann man sich auf der Stelle trauen lassen. Und wenn wir am Morgen zurückkehren, sind wir verheiratet.«

»Allmächtiger. Und ich muß Babysitter bei den verdammten Kassetten spielen!«

»Ich weiß. Ich denke, in ein paar Tagen geben wir eine kleine Party. Nichts Großes, nur für die Leute, die nicht dachten, ich hätte Kellog umgebracht. Sie sind natürlich eingeladen.«

»Ich nehme die Einladung an«, sagte Matt, und dann wechselte er das Thema. »Wird sie uns dabei helfen?« Er wies zu dem Techniker, der an den Bändern arbeitete.

»Ich weiß es nicht. Vielleicht wird sie nach einer Weile, wenn wir verheiratet sind, ihre Meinung ändern, aber im Augenblick will sie nicht über die fünfte Abteilung des Rauschgiftdezernats sprechen. Ich werde sie bearbeiten, aber sie hat Angst – dieser Anruf hat ihr wirklich zugesetzt –, und sie hat einen Dickkopf.«

»Nun, vielleicht kriegen wir etwas durch die Bänder heraus, aber ich bezweifle es.«

»Warum sagen Sie das?«

»Weil wir uns so große Mühe damit geben. Die ›Matt-Payne-Theorie der Ermittlung‹ lautet: Je mehr Mühe man in etwas investiert, desto weniger kommt dabei heraus. Der richtig große Erfolg fällt einem in den Schoß.«

Danny und Wally lachten.

Und dann überraschte Danny sie.

»Sie haben recht. Zur Hölle damit. Mir reicht's. Meine Augen tränen, und ich weiß nicht mehr, was ich tue. Geben wir's für heute dran, und machen wir morgen weiter.«

»Das ist die beste Idee, die ich in den vergangenen neun Stunden gehört habe«, sagte Matt.

Als Matt in seinem Apartment eintraf – das Abliefern der Bänder in der Asservatenkammer hatte noch länger gedauert als die Entgegennahme –, waren Wally Milham und Helene Kellog fort.

Helene hatte einen Zettel mit Dankesworten auf die Kühlschranktür geklebt, und als er den Kühlschrank öffnete, sah er zwei Sechserpackungen Ortleib's-Bier, Eier, Taylor-Schinken und Brötchen im Kühlschrank, und er fand, daß das wirklich eine nette Geste von Helene war.

Er trank ein Bier und briet eine Scheibe Taylor-Schinken, als das Telefon klingelte.

Wohl, dachte er, *oder Weisbach. Sie haben beim forensischen Labor angerufen, um zu fragen, wie die Dinge laufen, haben erfahren, daß ich fort bin, und rufen jetzt hier an.*

»Hallo.«

»Matt? Wo bist du gewesen? Ich habe dich überall gesucht«, sagte Daffy, die Frau von Chadwick Thomas Nesbitt IV.

Ganz oben auf der Liste der Leute, mit denen ich jetzt nicht sprechen möchte, steht die liebe alte Daffy.

»Die Orgie dauerte ein bißchen länger, als ich gedacht hatte. Ich bin gerade erst nach Hause gekommen.«

»Hast du getrunken?« Es war mehr eine Anschuldigung als eine Frage.

»Nein.«

»Du bist schwierig, wenn du getrunken hast, und ich möchte, daß du nett bist«, sagte Daffy.

»Warum beunruhigt mich dein Wunsch, daß ich nett sein soll?«

»Ich mache mir Sorgen um dich. Chad und ich sind besorgt.«

»Mir geht es gut, Daffy, wirklich.«

»Chad und ich sind besorgt, weil du ganz allein in diesem schrecklich kleinen Apartment bist.«

»Das ist sehr lieb von dir, aber es gibt keinen Grund zur Sorge.«

»Du mußt mal ausgehen, Matt. Was geschehen ist, ist geschehen.«

»Ich verstehe.«

»Chad sagt, du wirst denken, wir wollen Kuppler oder so was spielen.«

»Was hast du im Sinn, Daffy?« fragte Matt nicht gerade freundlich.

Sie sprudelte die Antwort förmlich hervor.

»Matt, Amanda kommt morgen geschäftlich in die Stadt. Ich weiß, daß du nicht mit ihr zurechtkommst, und ich habe nie verstanden, warum – sie ist ein wirklich nettes Mädchen –, aber wir gehen mit ihr zum Abendessen aus oder essen hier, und ich dachte, es wäre schön, wenn du ebenfalls kommst. Das ist alles, was ich im Sinn habe. Es wäre gut für dich, und ich will wirklich nicht Amor spielen.«

»Oh, Daffy«, sagte Matt. »Ich weiß nicht …«

»Bitte, Matt. Tu es für mich. Penny würde es wünschen.«

»Nun, wenn du es so siehst.«

»Wunderbar! Ich werde morgen anrufen und dir sagen, wann und wo.«

Die Leitung war auf einmal tot.

Sie hat aufgelegt, bevor ich es mir anders überlegen kann.

Matt grinste breit und kehrte in die Küche zurück. Der Taylor-Schinken war schwarz verbrannt, und die Küche war voller Qualm, aber das machte ihm nichts aus.

Er verbrannte sich die Finger, als er die rauchende Pfanne zur Spüle brachte, aber auch das machte ihm nichts aus.

Er ärgerte sich jedoch, als wieder das Telefon klingelte.

Das muß Wohl, Weisbach oder Washington sein, und dann ist mein gutes Gefühl ruiniert.

»Hallo.«

»Du klingst, als wärst du schlecht gelaunt, aber ich weiß wenigstens, wo du bist«, sagte Amanda.

»Gott ist in Seinem Himmel, und alles ist mit der Welt in Ordnung. Es überrascht mich ein bißchen, daß Er Daffy als Seinen Boten wählte, aber wer bin ich, um die Wege des Allmächtigen in Frage zu stellen?«

Sie kicherte.

»Sie sagte, sie ruft dich an«, sagte Amanda.

»Wann sehe ich dich?«

»Das kommt darauf an.«

»Worauf?«

»Ob du Gäste in deinem Apartment hast oder nicht.«

»Keine Gäste. Morgen abend? Wie werden wir Daffy entkommen?«

»Was morgen abend betrifft, so werde ich mir etwas ausdenken. Hast du heute nacht schon etwas vor?«

»Wo bist du?«

»13th Street Station. Ich bin das Risiko eingegangen und schon heute losgefahren.«

»Allmächtiger!«

»Bist du heute gebunden?«

»Nein, aber wenn du auf so was stehst, bin ich bereit, alles auszuprobieren.«

»Matt!«

»Du bringst den Strick mit; die Handschellen habe ich schon.«

»Das meinte ich nicht, und das weißt du.«

»Ich warte unten auf dich.«

»Okay«, sagte sie und legte auf.

Matt ging schnell ins Schlafzimmer.

Die Bettwäsche war gewechselt, und das Bett war ordentlich gemacht.

Er ging ins Wohnzimmer, schaltete den Anrufbeantworter auf On, stellte die Telefonklingel ab und ging schnell nach unten, um auf Amanda zu warten.

Nachdem die Bänder aus dem Haufen von verbranntem Müll analysiert waren, fand eine Konferenz bezüglich der Ermittlung in Anschuldigungen von Korruption beim Rauschgiftdezernat statt.

Anwesend waren Chief Inspector Matt Lowenstein, Inspector Peter Wohl, Staff Inspector Mike Weisbach und der Ehrenwerte Jerry Carlucci. Der Konferenzort war das Wohnzimmer von Chief Inspector im Ruhestand Augustus Wohl.

Es herrschte zwar die übereinstimmende Meinung, daß nichts Belastendes auf den Bändern der Kassetten gefunden worden war, es jedoch verdächtig war, daß

(a) Officer Kellog sorgfältig seine Telefonate mit Kollegen der fünften Abteilung aufgenommen hatte,

(b) bei den Gesprächen eine Art Code verwendet wurde, um vergangene und geplante Aktivitäten zu beschreiben.

Man war auch der übereinstimmenden Meinung, basierend auf Inspector Wohls Einschätzung der Reaktion von Mrs. Kellog zu dieser Zeit und nach einem Gespräch Staff Inspector Weisbachs mit Detective Milham über dessen Frau, daß

(a) es tatsächlich eine telefonische Morddrohung gegen die ehemalige Mrs. Kellog kurz nach der Ermordung ihres Mannes gegeben hatte und

(b) Grund zu der Annahme bestand, daß der Anrufer jemand aus dem Rauschgiftdezernat gewesen war.

Staff Inspector Weisbach berichtete darüber hinaus etwas widerstrebend, daß Captain David Pekach zu ihm mit der Vermutung gekommen war, daß Mitglieder der fünften Abteilung des Rauschgiftdezernats illegal Profit bei der Ausübung oder Nichtausübung ihrer Pflichten gemacht haben konnten.

Captain Pekach war der Meinung – und offizielle Statistiken hinsichtlich Verhaftungen in diesem Gebiet untermauerten sie; die Zahl der ›guten‹ Festnahmen, die vor Gericht mit Verurteilungen endeten, war außergewöhnlich groß – daß die Mitglieder der fünften Abteilung sich nicht von Drogendealern oder anderen Verbrechern schmieren ließen, damit sie ihre kriminellen Aktivitäten ignorierten.

Blieb eine Möglichkeit. Wenn es unehrenhafte Aktivitäten gab, dann fanden sie während Razzien und Festnahmen statt. Inspector Weisbach fand, daß die Zahl der Razzien und Festnahmen, die *ohne* Unterstützung anderer Polizeieinheiten der Distrikte, der Highway Patrol und des Anti-Crime-Teams durchgeführt wurden, ungewöhnlich hoch war.

Da bei einer Razzia oder Festnahme nur Mitglieder der fünften Abteilung des Rauschgiftdezernats anwesend waren, war es laut Captain Pekach möglich, daß sich diese Personen gesetzeswidrig Bargeld und Wertgegenstände aneigneten und teilten, anstatt abzuliefern.

»Scheiße«, sagte der Bürgermeister von Philadelphia, überzeugt, daß er unter Freunden war und seine vulgäre

Sprache nicht öffentlich bekannt wurde, und er fühlte sich im Moment nicht als Bürgermeister, sondern war wieder Cop. »Das reicht, um weiter zu ermitteln. Ich will diese dreckigen Bastarde haben. Das einzige, was schlimmer ist als ein dreckiger Cop, ist ein dreckiger Cop, der ungestraft davonkommt. Schnappen Sie die Scheißer, Peter. Lowenstein wird Ihnen jede Unterstützung geben, die Sie brauchen.«

»Jawohl, Sir«, sagte Inspector Wohl.

INVESTIGATION REPORT	PHILADELPHIA POLICE DEPARTMENT

Yr | C.C.# | DIST | COMPL.# | INITIAL(49) | | DIST/UNIT |
REPORT DATE SUPPLEMENTAL | PREPARING
CLASSIFICATION | CODE | CONTINUATION

PREVIOUS CLASSIFICATION CODE | DATE AND TIME | PLACE OF OCCURRENCE

COMPLAINANT | AGE | RACE | ADDRESS | PHONE | TYPE OF PREMISES

DATE AND TIME REPORTED | REPORTED BY | ADDRESS

FOUNDED ❒ YES ❒ NO ARREST ❒ CLEARED ❒ EXCEPTIONALLY CLEARED

STOLEN | ❒ CURRENCY, BONDS, ETC. ❒ FURS ❒ AUTOS | RECOVERED VALUE
PROPERTY | ❒ JEWELRY, PRECIOUS METALS ❒ CLOTHING ❒ MISC |
INSURED ❒ YES ❒ NO

DETAILS

J. <u>Gerichtsurteile</u>

1. ANGEKLAGTE: FOLEY, John Francis, 25, weiß, South 18th Street 2320
ATCHISON, Gerald North, 52, weiß, Wilson Ave. 320, Media, PA

2. EINLASSUNG DER ANGEKLAGTEN:
Angeklagter Foley, schuldig des Mordes
Angeklagter Atchison: nicht schuldig.

3. URTEIL; Schuldig des Mordes, Anklageschrift # 468, 5/75, an ANTHONY J. MARCUZZI, Anklageschrift # 469, des Mordes an ALICIA ATCHISON und Anklageschrift # 470, 5/75, Verabredung zur Verübung einer Straftat. Angeklagte wurden in allen Punkten für schuldig befunden und nach Anklageschrift # 468 und # 469 zum Tod durch den Elektrischen Stuhl und zu ein bis drei Jahren Haft nach Anklageschrift # 470 verurteilt.

4. RICHTER: Raymond Pace ALEXANDER, Joseph SLOANE, Alexander BARBIERI

5. DATUM DES PROZESSES: Der Prozeß begann am Montag, dem 11. Oktober 1975, in Gerichtssaal # 453, und dauerte bis Freitag, den 15. Oktober 1975. Am Dienstag, dem 19. Oktober 1975, wurden in Gerichtssaal 453 die Urteile verkündet.

INVESTIGATOR (Type and Sign Name) | SERGEANT | LIEUTENANT

Alonzo Kramer | *Zachary Hobbs* |
Alonzo Kramer #967 | Zachary Hobbs # 396

75–49 (Rev 3/63) DETECTIVE DIVISION

INVESTIGATION REPORT **PHILADELPHIA POLICE DEPARTMENT**

Yr	C.C.#	DIST	COMPL.#	INITIAL(49)		DIST/UNIT
REPORT DATE			SUPPLEMENTAL			PREPARING
CLASSIFICATION			CODE	CONTINUATION		

PREVIOUS CLASSIFICATION	CODE	DATE AND TIME	PLACE OF OCCURRENCE

COMPLAINANT	AGE	RACE	ADDRESS	PHONE	TYPE OF PREMISES

DATE AND TIME REPORTED	REPORTED BY	ADDRESS

FOUNDED ❒ YES ❒ NO ARREST ❒ CLEARED ❒ EXCEPTIONALLY CLEARED

STOLEN | ❒ CURRENCY, BONDS, ETC. ❒ FURS ❒ AUTOS | RECOVERED VALUE
PROPERTY | ❒ JEWELRY, PRECIOUS METALS ❒ CLOTHING ❒ MISC |
INSURED ❒ YES ❒ NO

DETAILS

J. GERICHTSURTEILE (Fortsetzung)

6. DISTRICT ATTORNEYS: Thomas J. CALLIS und Harrison J. HORMEL

7. VERTEIDIGER: Sidney MARGOLIS und Manuel A. MAZERATI

8. ZEUGEN: Am Montag, dem 11. Oktober 1975, wurde von der Verteidigung des Angeklagten # 1 der Antrag gestellt, sein Schuldgeständnis zu widerrufen, und der Antrag wurde abgelehnt. Er wurde dann am Nachmittag vom Obersten Gericht des Staates ebenfalls abgelehnt.

WENTZ, Fred, las Dr. COLEs Bericht in der Akte bezüglich der Ergebnisse der ärztlichen Untersuchung von John Francis FOLEY.

D. A. Anthony J. Callis las Baldwin HANEs Bericht in der Akte bezüglich der Ergebnisse der ärztlichen Untersuchung von John Francis FOLEY:

Dr. Michael KEYES sagte über die Ergebnisse seiner psychiatrischen Untersuchungen und die Erkenntnisse aller anderen Ärzte aus.

Am Dienstag, dem 19. Oktober 1975, verkündete Richter Raymond Pace ALEXANDER in Gerichtssaal #653 den Spruch der Geschworenen und verurteilte die Angeklagten zum Tod auf dem Elektrischen Stuhl.

FALL ABGESCHLOSSEN

INVESTIGATOR (Type and Sign Name)	SERGEANT	LIEUTENANT
Alonzo Kramer Alonzo Kramer #967	*Zachary Hobbs* Zachary Hobbs # 396	

75–49 (Rev 3/63) DETECTIVE DIVISION

Bennington Studentenzeitschrift

Philadelphia Regionalausgabe

VON PATIENCE DAWES MILLER '70

Wir, alle Freundinnen und Freunde, trauern um Penelope Alice Detweiler, '71, die nach kurzer Krankheit am 21. Mai in ihrem Elternhaus starb.

Unser Beileid gilt ihren Eltern, Mr. und Mrs. H. Richard Detweiler (Grace Wilson Thorney '47) von Chestnut Hill, und ihrem Verlobten, Matthew Mark Payne.

Der Trauergottesdienst fand in der St. Mark's Episcopal Church, Philadelphia, und die anschließende Beisetzung in der Familiengruft der Detweilers auf dem Merion Cementry statt.

Aber es gab auch gute Nachrichten aus Philadelphia. Mr. und Mrs. Chadwick Thomas Nesbitt IV. (Daphne Elizabeth Browne '71) sind die stolzen Eltern eines wunderschönen Babys weiblichen Geschlechts. Das Kind, ihr erstes, wurde in der St. Mark's Penelope Alice getauft, und Amanda Chase Spencer ('71) und Matthew Mark Payne sind die Paten.

Band 13 732

W.E.B. Griffin

Der Bombenleger

Deutsche Erstveröffentlichung

Marion Claude Wheatley glaubt, daß Gott selbst ihm den Auftrag gegeben hat, den Vizepräsidenten der Vereinigten Staaten bei seinem Besuch in Philadelphia mit einer Bombe in die Luft zu jagen. Staff Inspector Peter Wohl und seine Männer der Special Operations Division haben nur einen einzigen Hinweis: die perfekt getippte Bombendrohung. Und schlimmer noch, die Polizei ist nicht sicher, ob sie ihren eigenen Leuten vertrauen kann. In ein paar Tagen können ein korrupter Cop, der in die Fänge der Mafia gerät, und der Wahnsinn des Bombenlegers ganz Philadelphia in ein tödliches Inferno stürzen ...

›Ein mitreißender Roman! Griffin fesselt mit seinen Charakteren, wie es nur wenige ander Autoren können.‹ (Tom Clancy)

BASTEI LÜBBE

Sie erhalten diesen Band im Buchhandel, bei Ihrem Zeitschriftenhändler sowie im Bahnhofsbuchhandel.